榆冬/著

上　册

青岛出版集团
青岛出版社

图书在版编目（CIP）数据

辞金记 / 榆冬著. —— 青岛 : 青岛出版社, 2025.
ISBN 978-7-5736-3276-0

Ⅰ. I247.5

中国国家版本馆CIP数据核字第2025580HK2号

CI JIN JI
## 辞金记
榆　冬　著

| | |
|---|---|
| 策　　划 | 崔　悦 |
| 责任编辑 | 方泽平 |
| 特约编辑 | 宋晓霞 |
| 责任校对 | 郭金乔 |
| 插　　图 | 菊发发　崖　山 |
| 装帧设计 | 千　千 |
| 出版发行 | 青岛出版社（青岛市崂山区海尔路182号） |
| 本社网址 | http://www.qdpub.com |
| 邮购电话 | 18613853563 |
| 照　　排 | 梁　霞 |
| 印　　刷 | 三河市良远印务有限公司 |
| 出版日期 | 2025年8月第1版　2025年8月第1次印刷 |
| 开　　本 | 16开 (710mm×980mm) |
| 印　　张 | 37 |
| 字　　数 | 745千 |
| 书　　号 | ISBN 978-7-5736-3276-0 |
| 定　　价 | 75.00元（全2册） |

编校印装质量服务电话　4006532017　0532-68068050

编校印装质量服务

# 目录

## 上册

第一章 君歌声酸辞且苦 ... 1

第二章 身世浮沉雨打萍 ... 37

第三章 等闲平地起波澜 ... 65

第四章 白日放歌须纵酒 ... 98

第五章 墙头马上遥相顾 ... 130

第六章 万里写入胸怀间 ... 160

第七章 角声满天秋色里 ... 193

第八章 那堪风雨助凄凉 ... 223

第九章 忽见千帆隐映来 ... 256

# 目录 下册

第 十 章　今日方知我是我　293

第十一章　曲尘犹沁伤心水　334

第十二章　相逢欲话相思苦　372

第十三章　世事纷纷一局棋　404

第十四章　梅雨暂收斜照明　432

第十五章　恩仇到此冰销未　460

第十六章　断肠声里忆平生　489

第十七章　只愿君心似我心　520

番　外　　559

# 第一章
## 君歌声酸辞且苦

夏雨潇潇如帘，院中芭蕉被洗得正绿。

沈澜以手支额，斜倚红木几案，透过赭色破子棂窗望出去，忽见一个婆子冒雨匆匆赶来，踩着湿滑的台阶跌了一跤，骂了两句便爬起来，一瘸一拐地走过来。

候在一旁的婢女画屏自然也瞧见了，便笑出声："这老虔婆被雨一淋，活像只褪了毛的鸭子！"

画屏此时言语粗俗刻薄，浑然不像十三四岁的少女，语毕，大概是想起了阿娘的教训，便刻意讨好道："这李婆子必是见姑娘要发达了便来卖乖，姑娘可莫要被她蒙了去！"

闻言，沈澜眉眼分毫不动，只收回视线，轻翻手中的书页，吩咐道："你且看看我的匣子里还有多少银钱。"

画屏正要张口，"吱呀"一声，李婆子推开老旧的木门走进屋来。见了沈澜，李婆子脸上堆起笑，细声细气地说道："绿珠姑娘，刘妈妈唤你呢！"

沈澜这才动起来，合上书，淡淡地回应道："知道了，我一会儿就去。"

"哎哟喂，绿珠姑娘啊，刘妈妈唤你，哪儿敢耽搁啊！"

沈澜便笑笑。这一笑，晃得画屏和李婆子直发愣。

李婆子回过神儿来，啧了一声，心道：怪不得刘妈妈拿绿珠当眼珠子看，有这等美色，还怕将来攀不上权贵？

沈澜却没理睬李婆子的小九九，起身抚了抚衣裙上的褶皱，走出了房门。

画屏急步跟上，在她身后举着伞。

沿着抄手游廊走上一段，穿过垂花门，便到了刘妈妈的屋里。这一路上竹帘四卷，映出昏昏天光，廊下的砖被雨水打湿，有了些更深的颜色。沈澜来得不算早，混在各屋大大小小的姑娘们中间。

"人都来齐了。"坐在上首的刘妈妈扫了一圈儿，开口。

刘妈妈人至中年，却依然纤腰楚楚、风姿绰约。她手摇一柄如意蝶恋花团扇，斜倚在椅子上，略带审视地打量着眼前五个已经及笄的姑娘，最后把目光落在了沈澜身上。

今日沈澜上身穿着月白绫素绢衫，下身穿着一条翠蓝天青重绢绉纱裙，腰悬豆绿鸳鸯汗巾，冒雨前来，衣衫上水汽盈盈。她未曾傅粉描眉，只松松绾了个云髻，斜插着玲珑白玉莲簪，鸦发间一朵玉芙蕖，衬得绿鬓朱颜、雪腮粉面，在一众娇俏的女子间显得气质不凡。

刘妈妈笑盈盈地打量了她两眼，轻磕杯盖，不疾不徐地抿了口茶："今儿我请你们来是为了什么，想来你们也知道。"

下首的一群姑娘半垂着头，有的不停地拧着帕子，有的茫然无措，有的高昂起下巴……其中，坐在沈澜对面的那个姑娘最是骄矜。她上身穿着大红织金紧身扣衫，下身穿着一条鸳鸯戏水藕色膝裤，挑红绉纱镶边裙，梳着高髻，插着如意金梅花簪并几根金虫草扁头簪。

那姑娘高高地扬起头，满怀期待地望向刘妈妈。她自然是有资本傲气的。作为这批"瘦马"的"领头羊"，琼华姿容姣好，加上精通琴技，又学了些伺候人的法子，必能叫男人们神魂颠倒，趋之若鹜。

可被人当货物挑拣，甚至被冠以牲畜之名买卖，又能算作什么好事呢？沈澜恭顺地垂着头，心里暗叹。

她越平静，对面的琼华就越自得，对着她仰了仰下巴。

刘妈妈居高临下，将底下的姑娘们的眉眼官司尽收眼底。

"砰"的一声，刘妈妈搁下茶盏，给了琼华一个警告的眼神。

琼华身体微僵，想起刘妈妈的手段，不禁颤抖起来，又觉得自己被沈澜看了笑话，恼得拧着帕子瞪了沈澜一眼，暗啐一声："假清高！"

"绿珠、琼华、含珍……"

刘妈妈视线扫过，被点到名的姑娘们便一个个柔顺地低下头去。

刘妈妈慢条斯理地说道："三日之后，也就是六月十五，上午刘老爷要来，下午来的是陈老爷、赵老爷。老规矩，被挑中的，就坐一顶小轿欢欢喜喜地嫁过去。可要是一个月内，没一个老爷挑中你……"

她拖长了音调，冷冷地扫视底下的这群姑娘。

最为高傲的琼华都煞白了脸，瑟瑟发抖，别的姑娘就更别提多害怕了。

刘妈妈看着姑娘们的状态，满意地啜了口茶水，轻描淡写地说道："如果你们一个月都没被挑中的话，就得被送去当最下等的私窠子，毕竟我也不能白养你们一场。"

这些姑娘正值及笄之年，貌美无瑕，好似那最上等的官铸银锭，谁能不爱呢？于是刘妈妈看上去更为慈和，说出的话却叫人发颤："一年前，我带你们去看过了，私窠子被千人枕万人骑。客人里什么脏的烂的都有，玩的花样也多，拿针扎，用鞭子抽，一巴掌一巴掌地扇过来……"

底下的姑娘们被吓得脸色发白。

刘妈妈话锋一转："你们打从七八岁进来，都是我精心养着的，养出了一身细皮嫩肉，这要是被打了……"她又叹了口气，满脸怜惜，"真是可怜哟！"

"妈妈。"琼华艰难地扯出笑，"您放心，我们姊妹都懂事的。"

"你们懂事好啊！"刘妈妈站起来，拉住琼华的手，轻轻地拍了拍。

"既然如此，老规矩。"刘妈妈招招手，"来，绿珠你先来。"

沈澜顺从地缓步退回厅外。

刘妈妈坐下，慢条斯理地品着茶。

李婆子躬身站在门边，高声喊道："绿珠姑娘进——"

沈澜便从门外缓步行来，行走之间，绉纱裙显出细细的柳腰，颤巍巍的花枝一般的身段绰约多姿。

刘妈妈微微点头。

"绿珠姑娘过——"

正厅的门槛高，抬高腿跨进来难免不好看，可沈澜自有办法。她裙摆微动，如碧波生涟漪，素白潞绸绣鞋轻轻一探，只露出一点儿含羞带怯的鞋尖，便跨过了门槛。

一个进、一个过，都是为了让主顾看姑娘的步态。

"绿珠姑娘拜客——"

沈澜莲步轻移，裙摆生波，对着刘妈妈盈盈一礼。

这一步是为了让主顾看姑娘的仪态。

"绿珠姑娘上前——"

沈澜再度上前，在距离刘妈妈五步远的地方站定。

这是为了让主顾仔仔细细地看清姑娘的脸。

见她一双远山眉如清秋月，含情眼盈盈脉脉，朱唇掩着贝齿，香腮胜比细雪，刘妈妈便满意地摇起了团扇。

"绿珠姑娘验身——"

这是为了让主顾检验"货品"是否有瑕疵，看看成色如何。

话音刚落，即刻由另一个负责伺候的婆子将沈澜的袖子轻轻地挽起。手出、臂出，沈澜的胳膊白皙、光洁，一点儿疤痕、小痣都没有。

刘妈妈笑容加深。

"绿珠姑娘眄老爷——"

这是为了让主顾看姑娘的眼睛，也是为了让姑娘勾着主顾买了她。

沈澜微微侧身抬头，只望了一眼，便又低下头去，分明是含羞带怯。只见她眼神如春日蒲草，丝丝缕缕摇曳于风中，痒得人心猿意马。

"绿珠姑娘几岁？"

"回老爷，绿珠恰逢及笄之年。"沈澜声音柔柔的，含着点儿颤，透着点儿怯，若空谷黄鹂音，又似珠落玉盘声。

"绿珠姑娘请回——"

沈澜便转身，轻移莲步，背影婀娜地出去了。

步态、仪态、眼神、声音、背影等是姑娘们每天都要练习的东西，一通儿下来，基本被主顾看过了，这才叫完成了一次见客。

"好！"刘妈妈拊掌大赞，"绿珠不愧是我养了七年的娇娇儿。"

说完，刘妈妈扫过下首的四个姑娘，说道："一年前绿珠跌了一跤，意外掉进了井里，被救起来后前尘尽忘，别说诗词歌赋、叫酒唱曲，连人都认不得了。如今不过短短一年，她便能做得这般好，你们几个真应当好生向她学学。"

话音刚落，沈澜感觉到身侧投来几道又羡又嫉的视线，灼热得恨不能将她的脸盯出个洞来。

沈澜无奈。她与琼华几个人的关系之所以这么差，一大半要归咎于刘妈妈。刘妈妈常使用一些挑拨离间的手段让每个姑娘陷入孤立无援的境地，相互盯着对方，相互憎恶，甚至争相检举揭发。这样的手段在沈澜看来再浅薄不过，在这个吃人的地方却是极为有效的。

虽然对刘妈妈的把戏心知肚明，沈澜却依然摆出和顺的笑容，微微垂首以示谦恭。

刘妈妈满意地点头，轻摇团扇说道："下一个，琼华吧。"

姑娘们一个接一个地上前。这些动作她们每日都在练习，重复了几千次，稍有不对就要挨打，现在没有哪个姑娘会再出错了。

刘妈妈连连点头。

"琼华好啊！

"香梧不愧是最早来的，极有风范！

"含珍不错！

"云烟的步伐甚美！"

所有姑娘都看过一遍后，刘妈妈眉眼含笑，拍着沈澜的手说："既然你们心里都有数了，那今儿就早点儿睡，明儿还得早起梳妆呢！"说完，摆了摆手，叫她们都回去。

众姑娘起身。

沈澜刚要出门，便听到一声"绿珠留下"。

琼华也听到了这句，认为刘妈妈要给沈澜开小灶，心里又急又气，当着刘妈妈的面却又不敢发火，只憋着气，狠狠地瞪了沈澜一眼，离开了正厅。

"绿珠啊，你来这里也许久了吧。"刘妈妈将沈澜带到自己身侧坐下，牵着她的手拉家常。

沈澜觉得刘妈妈的手像毒蛇一般绕上了自己的手臂，冰冷黏腻，让人作呕。但她仍努力保持住了仪态，浅笑道："是啊，我来这里也快七年了。"

"我打小儿养着你，咱们也算情同母女。"刘妈妈感慨不已，"你刚来的时候，瘦骨伶仃，那么小一个，现在都出落成大姑娘了！"

沈澜即刻感激地说道："这些年里，绿珠多谢妈妈照料。"说完，盈盈一拜。

"不必，不必。"刘妈妈把沈澜扶起来，还亲昵地拍了拍她的手，"你呀，人虽然话少，傲气了些，可我知道你是这群姑娘里心地最好的。"

沈澜羞涩地垂下头去，惹得刘妈妈笑容加深："妈妈我呀，如今要送你一桩大机缘。"

沈澜抬头，面上有些羞涩，又带着些许野心："我可是有面见哪位权贵的机会？"

刘妈妈满意地点点头。绿珠不仅有绝顶的容貌，还有往上爬的野心。她绝不满足于给富商们当小妾，而是铆足了劲儿地要爬上权贵们的床。这么多姑娘里，最让人放心的就是她了。

"你也知道，我姓刘，勉强攀上了刘老爷，对外也好说是本家。"刘妈妈慢慢解释，"你可知道这刘老爷是做什么生意的？"

"可是一年前挑走了秋雨姐姐的那位刘老爷？"

那会儿她初来乍到，拖着病体，看着数位富商挑走了三个"瘦马"。剩下的最后一个，一直没被挑走，最终被卖进了暗窑子里。

见刘妈妈笑盈盈地点头，沈澜疑惑地说道："为我等梳拢的都是富商，其中以盐商最富。刘老爷应当是盐商吧？可这权贵与盐商有什么关系？一个贵，一个富，沾不上边儿啊。"

刘妈妈意味深长地笑了笑,心道:这绿珠有点儿聪明但又不够聪明,这才好呢。

"你可知道,新任两淮巡盐御史来扬州了?"

"呀!"沈澜惊呼一声,"莫不是……"

刘妈妈点头:"不错,刘老爷想买了你献给那位大人。"

沈澜大喜过望,又忽而羞涩,瓮声瓮气地说道:"不知那位大人……年纪几何?"

还真是姐儿爱俏!刘妈妈更放心了。绿珠看权贵不挑官职竟要挑脸,说明野心也不够大,不过就是个小姑娘罢了。刘妈妈笑道:"你放心,听说那位大人年纪轻,生得俊,想来正值盛年呢!"

官员正值盛年的多半已三四十岁了,足足比她大了一轮多。沈澜心中暗暗盘算,表面上还是羞涩地低下头去,双颊飞霞,细声细气地说道:"绿珠任由妈妈做主。"

刘妈妈捏了捏她的手说道:"行了,那你先回吧,这几日好好梳妆,但凡能让刘老爷看中你,把你荐给那位大人,你下半辈子也算有着落了。"

沈澜端端正正地行了个大礼:"绿珠若将来能发达,必不忘妈妈的恩德。"

刘妈妈眼角的笑纹加深:"好好好,你且回去吧。"

"谢过妈妈。"沈澜转身出去。

见人走到门口,刘妈妈忍不住又提醒了一句:"三日后刘老爷便要过来了,这些日子你好好歇息,好生养着。"这可是她的摇钱树啊!

沈澜深深地望了她一眼,恭顺地说道:"多谢妈妈提醒。"

沈澜自刘妈妈处出来,又去了偏厅练琵琶,紧接着和着乐师唱小曲儿。练习完全部的技艺已是傍晚,沈澜筋疲力尽地回到房间。她顾不上歇息,急叫侍女来问:"画屏,我还有多少钱?"

早晨她才问了一回,这会儿又问,画屏不禁心生鄙夷,语气不善地道:"姑娘,你又要去赌啊?你攒了七年也才攒了五两银子,这一年来快赌光了。"

沈澜只是笑,不搭话。为何原身日日熬眼做绣品,七年却只攒了五两银子?还不是因为画屏的娘是守门的婆子,原身的绣品要靠她去卖,也不知这人昧了原身多少银子。

"我马上便要飞黄腾达了,哪里还缺这三五两银子啊!"沈澜抿嘴轻笑。

画屏撇嘴,心里发酸,想着若自己也能有姑娘这般好看,如今享受荣华富贵的便是她了。

"姑娘,只剩下二两银子了。"画屏捧着一堆零碎的铜钱,还有一个银角子。

"够了够了。"沈澜急急接过钱,叮嘱道,"好画屏,你可莫要说出去。"

画屏点点头。跟绿珠打牌的是她亲娘，绿珠十赌九输，最后这钱全进了她娘的口袋。画屏只恨不得绿珠再多输一些呢！

沈澜取了钱，待到夜深人静，辞别了画屏，穿着秋香色里衣、白绫底软缎鞋，围了防风面纱，又披了件大氅，提着一盏羊角灯，小心翼翼地出了房门。

院子的东西厢房里住着琼华等四人。沈澜资质最好，得了刘妈妈的偏爱，便独占了一间屋子。

现在是三更天多一刻钟，沈澜不疾不徐地往后院的小角门走去。

这里是距离内院最近的一扇门，出了这扇门，就是大街。角门里，两个健硕的婆子陈荷花与王三娘正等着呢。

"绿珠姑娘，你怎么才来啊？"王三娘摇着一把芭蕉蒲扇嗔怪道，一张老脸皱皱巴巴，如同风干的橘皮。

沈澜嗔道："我总得等琼华她们几个睡着了才能出来吧。我们房间离得近，万一被她们发现，非得去刘妈妈那儿告我一状不可。"

"快快快！"陈荷花催促道，"我们莫说些有的没的，这马吊我都带来了！"

沈澜哧哧地笑起来："陈妈妈这便说错了，三个人玩的可不叫马吊，叫蟾吊。"

"哎哟喂，绿珠姑娘书读得多，懂得也多。"王三娘捧了她一句，就指望着她一高兴就多赌点儿，也好多输点儿。

这两个人都是赌鬼。沈澜几乎每晚都来赌，已经持续了一年，从最开始输一文到后来输十文、几十文，早把两个人的胃口养大了。

"今晚打一吊钱的。"王三娘提议道。

沈澜惊讶之余不免犹豫起来："这……一吊钱是不是有点儿太多了？"说着，又为难地说道，"我身上拢共也不过二两银子。"

"哎呀，绿珠姑娘怕是一时想岔了！"陈荷花一拍大腿，劝道，"若姑娘输了，大不了写张欠条。将来姑娘穿金戴银，哪儿还稀罕这几两银子，还不是随手便还给我们了。"

沈澜想了想，觉得有几分道理，便点头说道："陈妈妈果真才思敏捷，若是年轻些，也是个扫眉才子！"

被沈澜哄得高兴，陈荷花"扑哧"笑起来。

王三娘早已赌瘾上来了，急急地催促道："快着些！快着些！我们再不开始，天都要亮了。"

三人一起在小凳上坐下来，打蟾吊。

沈澜手气差、技术烂，十赌九输，不过几轮，二两银子便输得一干二净。

"哎呀，绿珠姑娘，这怎么就输了呢？"王三娘赢了钱，分明高兴，却还是佯装懊恼地说道。

"我们不如不赌了？"陈荷花试探地说道。

"不成！"沈澜正在兴头上，哪儿肯善罢甘休，气鼓鼓地催着二人继续开局。

王、陈二人和绿珠赌了一年，知道她"牵着不走，打着倒退"的驴脾气，便想激一激她，看看能不能榨出更多的银钱来。二人对视一眼，便演起戏来："不赌了，不赌了，绿珠姑娘都要输光了！"

"那不成！下一盘，下一盘我便能赢回来。"沈澜此时与赌坊里输红了眼的赌鬼无异，脱口说道，"我房里还有一对玉镯、三对耳坠子、四根牡丹吐蕊银簪、两根蝶恋花金簪，还有两对银臂钏。你们怕我没钱，我如今便拿首饰抵。待我走了，你们便去取了这些东西。到时候，刘妈妈必定以为首饰是我带走的，我攀上了高枝儿，她必不敢来问我。届时你们便偷摸把这些东西卖了，换成银钱，如何？"

王三娘和陈荷花对视一眼，只觉这法子比打欠条强多了。她们方才说打欠条不过是哄绿珠这傻姑娘继续赌钱的借口罢了。毕竟绿珠将来若攀上了达官显贵，谁敢拿着欠条去问她要钱啊？还不如让绿珠拿首饰抵呢！

"是，是，绿珠姑娘当真是……"王三娘没读过书，搜肠刮肚半天才想起一句，"冰雪聪明！"

沈澜颇为受用地抬抬头，看了眼她们二人桌上的钱数："只不过，我的那些首饰可都是真金白银，林林总总加起来足有三十两，这还不算匠人的手艺钱呢！你们便是不卖，拿去给女儿当陪嫁也是好的。你们桌上加起来也不过七八两银子，这可不够。"

王三娘咬咬牙："明日……明日我多带些银钱来！我带个二十两来！"

陈荷花也盘算一番，就绿珠那赌运和牌技，自己与王三娘配合，闭着眼都能赢绿珠，于是也应道："明日我也带个二十两来！"

"二十两？"沈澜不满地说道，"这么点儿钱，你们就想拿走我的首饰？"

王三娘苦笑道："姑奶奶啊，你养在深闺不晓得，这二十两都够一家五口过个好年了，还能存下几两银子呢！"

沈澜蹙眉说道："你们莫不是骗我？"

陈荷花连忙接过话茬儿："我们哪儿敢啊！"

"罢了，罢了。"沈澜摆摆手，"二十两便二十两吧。我回去好生拜拜财神，明日必杀你们个片甲不留！"说罢，起身提着灯笼离开。

陈荷花和王三娘见沈澜走远，美滋滋地点起眼前的银钱来。就这么一会儿的工夫，两个人联手便赢了绿珠二两银子，傻子的钱真好挣！

沈澜回了房。

见她神色恹恹地躺上床，画屏便知道她这是又输钱了。

沈澜躺在床上，翻来覆去睡不着，烦躁地说道："画屏，去点一支安神香。"

画屏心知沈澜是输了钱，心里烦得睡不着，也不想惹她，便乖乖起身，点了一支安神香。谁知画屏刚要入睡，沈澜又叫道："这大晚上的，开了窗还那么闷！画屏，你去把房门开了，透透气。"

见困得迷迷糊糊的画屏没有动，沈澜便嘟嘟囔囔地自己起身开了门。

脚踏上的画屏半眯着眼，看见沈澜上床，又见她放下纱帐安生入睡，知道她不会再冒出什么幺蛾子，这才闭上眼。

夏季的晚风悠悠地吹进来，带来了些许清凉，室内的热气散了些。

沈澜与画屏在安神香的作用下，迷迷瞪瞪地睡着了。

第二天，刘妈妈又叫沈澜等人练习技艺。吟诗作对、吹拉弹唱，都是姑娘们自小要学的功夫。如今她们再练，不过是追求熟能生巧罢了。

到了晚上，沈澜又提着灯笼准时准点地出现在了角门。

"哎呀，绿珠姑娘可算来了！"王三娘急道，"快快！我们二人今日可都带够了银钱！"

沈澜闻言，便昂头说道："这还差不多。"

三人也不多话，就坐在角门前的小凳上打起蟾吊来。

沈澜赌技是真的烂，赌运也不好，就这么一会儿工夫，竟将三根银簪子都输了。她咬了咬红润的嘴唇，有些犹豫要不要继续赌下去。

"要不今儿就到这里吧？"沈澜试探地说道。

王三娘正赢得高兴，哪儿肯让她走，连忙嚷起来："绿珠姑娘输了就要走，会坏了赌运的。"

陈荷花一边盘算着自己将来能拿走多少首饰，一边劝道："王三娘说得极是，人总不可能一直输下去。"

沈澜想了想，说道："你们说得也有几分道理。罢了，今夜我必要赢回来！"她们又来了几局，毫无悬念，沈澜的首饰都输光了。

见她输了个底儿掉，陈荷花和王三娘强压着喜悦，假装安慰道："绿珠姑娘，你今儿的牌运不怎么样啊！不如咱们今儿就不玩了。"

"那可不行！"沈澜说道，"后天刘老爷便要来挑人了，我明天晚上要准备白天的见面，不能玩。今儿是最后一天了！我非得玩个痛快不可！"

陈荷花犹豫地说道："可绿珠姑娘你的首饰都输干净了，哪里还有银钱？"

沈澜顿时气道："好啊，你们这两个老虔婆，赢了钱便想要走，哪儿有这样的道理！"

王三娘连忙说道："绿珠姑娘，我们二人不是……绿珠姑娘！绿珠姑娘！"

沈澜提着灯笼走了。

王三娘正要去追，被陈荷花一把扯住："你追她做甚？浑身上下一文钱都没有的穷鬼，有甚好追的？"

"可她将来若是发达了，我们会不会得罪了她？"

听了王三娘的话，陈荷花拍拍大腿，笑得泪花都要出来了："哎哟喂，我在刘妈妈这儿十五年了，送走了多少姑娘啊！绿珠说什么攀上高枝儿，都是虚的。旁人捧她两句，'姑娘、姑娘'地叫着，她还当真了！能出头的'瘦马'有几个呢？还不是被卖来卖去。真要算起来，这绿珠还不如我们呢！我们好歹都是良籍，她被老子娘卖给刘妈妈的时候签的可是奴籍！"说着，她对着沈澜离开的方向狠狠啐了一口，"什么东西！"

沈澜浑然不知道自己挨了骂，便是知道了，也不在意。她一路顺顺利利地回了房间，照旧因为输钱气得睡不着，点了两支安神香，又开了门散热通风。

第二天又是照常练习技艺。因为转过天刘老爷就要来了，对姑娘们来说成败在此一举，刘妈妈再三提点后叫她们早早地回去，挑选好妆容、衣衫、首饰，以确保万无一失。

姑娘们所住的院子忙乱起来。

"画屏，刘妈妈正在琼华的房中，你快去问问她，可有细细的茶白色的素绢？若有，你且去裁一条来，这白绫绢衫得挑边儿才更好看。"

画屏应了一声，急匆匆地去寻刘妈妈。待她赶回来时，沈澜正比画着簪子，见画屏进来，便急忙说道："这新得的银丝玲珑莲瓣簪与天青色绉纱罗裙配起来，我总感觉怪怪的。你快去跟刘妈妈说说，看看可有其余的银簪或者玉钗？"

画屏刚跑回来，气还没歇一口，又被支使出去。可院子里其余几个姑娘的丫鬟也都忙得团团转，她也不好说什么，只暗骂一句"惹事精"，便又匆匆地去寻刘妈妈了。

刚捧着几根玉簪和几朵绒花回来，眼看又到了午膳时分，画屏匆匆去厨房取了粥饭。用过午膳没一会儿，画屏又被沈澜支使着去打听琼华等几人的装扮，跑去厢房那边探头探脑，差点儿被人轰出来。整日下来，画屏的腿都跑细了一圈儿，人也累得直喘。晚间回来，坐在椅子上，画屏憋着一连串的咒骂，细细地清点了各件首饰，取出腰间从不离身的钥匙，要将这些金银玉饰锁回盒中。

沈澜见了，唉声叹气地摆了摆手："画屏，你不必上锁了，这些首饰我全输给你娘了。"

画屏听闻，又惊又喜，心道：这赌鬼竟然将那么多的首饰都输给我娘了！那这些首饰岂不都是我的了！

天上掉馅儿饼，画屏一时欢喜得竟忘记了遮掩神色。

沈澜一脸不舍："我明儿若是被选中，后天就得走了。今日许是我见它们的最后一天，且让我枕着它们睡一晚吧。"

画屏连忙安慰道："姑娘莫要难过。姑娘这般品貌，嫁给达官贵人都是使得的，将来发达了，穿金戴银，哪里还看得上这些破铜烂铁？"

沈澜摆摆手，闷闷不乐地拿起首饰盒子，依依不舍地将里面的首饰都抚摸了一番，又将盒子放在了枕头下。

画屏美滋滋地躺在脚踏上，极快地陷入了美梦。

入夜，这一回沈澜终于没去赌钱了，躺在床上，焦虑地翻来覆去。

"画屏，我睡不着，你点安神香了吗？"

"姑娘……"画屏听见沈澜唤自己，猛地惊醒，一骨碌从脚踏上爬起来，"婢子再去点一支。"

她打开香盒，顿时垮下脸，回身，无奈地说道："姑娘，这安神香今日都点了三支了，只剩下最后两支。这些日子，姑娘输了钱，日日睡不着，天天点香，点着点着，这香便快没了。"

今日点了这么多，满屋子都是安神香的气味，她困到眼睛都睁不开了，姑娘竟然还睡不着！

沈澜翻了个身，像是想倾诉一下，艰难地开口："画屏啊，我也没法子啊，明儿就得见客人了，心里头慌得很啊！"

"姑娘……别怕，婢子估计今晚姑娘们……都睡不着。"画屏含含糊糊地应付着。

沈澜叹了口气："天太热，这安神香的烟气又重，开着窗都没用，你且起来把门开了。"

"姑娘……"画屏整个人都在发飘，窝在脚踏上想爬起来，可脑袋昏昏沉沉的，上下眼皮像被粘住了一样，实在睁不开。

"画屏！画屏！"

画屏竭力想把上下眼皮撑开，但抵不住睡意袭来。

"罢了，罢了。"沈澜下床，穿好鞋，"我去开吧。"

"吱呀吱呀——"沈澜把老旧的木门开大了些。

"这下可算是透气了。"

往日里也总开着门入睡，画屏都习惯了，甚至没听到沈澜脱鞋上床的窸窣声便去"会周公"了。

沈澜打了个哈欠，嘴里嘟囔着："画屏，我明儿早上要喝白粥，你记得去取。"

沈澜不知道画屏听没听见。画屏劳累了一天，又嗅着安神香，此刻睡得正沉。

沈澜却没睡，盯着头顶的素纱帐，时不时掐掐胳膊，强迫自己保持清醒。

鼓打三更，沈澜轻手轻脚地坐起来，取出白日里支开画屏后偷偷藏在寝衣里的空荷包，打开首饰盒，将耳坠子扔进荷包里，再把金簪、银簪攥成一把。为了能往小小的荷包里塞更多的簪子，她将尖尖的簪头塞进荷包，半截带着花纹的簪身露在荷包外，系紧袋口，在腰带上狠狠打了好几个死结。她放下宽大的寝衣后，旁人根本看不出来。紧接着，沈澜披上大氅，拎起软缎底的绣花鞋，赤脚走在地上，跟猫似的，一点儿声音都没有。她越过画屏，轻手轻脚地出了门，照旧去了临街的小角门。

"谁啊？"看到昏黄的灯光照过来，陈荷花赶忙摇醒王三娘，大声喊道，"谁过来了？"

王三娘一激灵，瞪大了眼睛往远处瞧。

灯光越来越近，一道身影逐渐清晰。

王三娘眯起眼睛一看："哎呀，是绿珠姑娘！"

陈荷花是个老油子，虽然昨晚才骂过绿珠，今晚却又笑嘻嘻地说道："我还以为是谁呢，原来是绿珠姑娘来了。"

沈澜在小凳子上坐下来，面上显得格外紧张："嬷嬷们，我实在是睡不着。"

陈荷花和王三娘会心一笑："绿珠姑娘是心里慌吧？"

"唉！"沈澜叹息一声，"我不知道怎么的，越想睡就越睡不着，点了安神香还是睡不着。"说着，咬咬牙，继续道，"我想了想，还是不甘心。"

陈荷花自己就是烂赌鬼，对沈澜的情况也有几分同情，不禁感叹道："唉，绿珠姑娘这赌运实在有些差。"

沈澜叹息道："原本我身上没钱也就消停了。可刘妈妈为了我明儿面见刘老爷，给我做了条襦裙，还给我打了一整套头面。这整条襦裙的绉纱料子加上头面，在外头可值四五十两呢！"

四五十两？！陈荷花和王三娘被这个数字冲击得头晕目眩。

"我想过了，今儿是我翻盘的最后机会了。"沈澜像是魔怔了一般，语气中带了些破釜沉舟的意味，"今儿是最后一次了，你们赌不赌？"

王三娘犹豫了一下。刘妈妈管得严，不允许守夜的婆子吃酒赌牌，每天夜里入睡前她都要亲自巡逻一遍。从前绿珠和她们赌牌，都得等刘妈妈巡逻完走了后再来。可今日刘妈妈再三强调，明儿就是"卖货"的日子了，千万不可出差错。但四五十两白花花的银子又实在诱人，按照绿珠的手气，只要开赌，这钱就是自己的囊中之物。

一时，王三娘犹豫不决。

王三娘的纠结在陈荷花这里却不算什么事。她本就是个老油子，守夜实在无聊，绿珠又日日来赌牌，今日不赌，原就心痒难耐。这会儿绿珠来了，她赌瘾一上来，又被四五十两银子的赌注冲击得脑袋发昏，连忙说道："赌赌赌！"

陈荷花一答应，王三娘也动摇了，心想：这绿珠日日都来赌，瘾头何其大，今日按捺不住，得了裙子、头面后便要来赌，也是正常，更何况赌了一年都无事发生。这小妮子还一心攀附权贵，总不至于逃跑。

一想到逃跑，王三娘忍不住去看绿珠，只见绿珠双腿被裹在大氅里，这会儿大氅的下摆微微滑开，露出细棉布的中衣；再看她那双软缎鞋，分明就是平日里她来赌钱时穿的那双。

"王三娘，你到底赌不赌？"沈澜催促道，"你若不赌，我便与陈妈妈玩，两个人玩搭桥便是了。"

王三娘一激灵，心道：那可不行！如此一来，那四五十两银子岂不是要被陈荷花独吞了？那可是四五十两银子啊！

"赌赌赌！"王三娘连忙应道。

"那行！快！你们二人快把马吊、银钱都拿出来。"沈澜说道。

这下两个人傻眼了。马吊还好说，就藏在一旁的芭蕉树下，她们只需翻开草丛，取出便是；可钱从哪里来啊？

"你昨日不是说今晚不能再赌了吗？我早早地把银钱放家里去了。"陈荷花急道。那么大一笔钱，足有二十来两，谁会带在身上？

沈澜不耐烦地说道："那你们去取来便是。只是我们先说好，我那裙子的绉纱料子加上头面少说要四十五两，你们最少也得拿出四十五两银子来，否则不赌。"

四十五两啊！若是输了，这一下子损失那么大一笔银钱，她们不得气绝过去啊！可她们要是赢了，一人少说也能拿个二十来两。

想想绿珠那赌运、牌技，王三娘试探地问道："绿珠姑娘，可否打个欠条？若输了，我们明儿便还你钱。"

沈澜冷笑一声："王妈妈，你莫开玩笑。我输的可都是真金白银，便是要拿衣裙、首饰抵押，那也是有实物的，你轻飘飘地只出一张白条，忒不像话啊！"

王三娘被怼得直皱眉。

一旁的陈荷花却已经不耐烦了，狠心地说道："我回家拿钱去！"

王三娘一见她答应了，连忙说道："我也回家拿钱去！"

"哎，等等。"沈澜叫住匆忙转身的二人，"你们俩都走了，留我一人在这儿，乌漆墨黑的，吓死个人了！"说着，她顿了顿，稍加思索后继续开口，"要不你们俩轮流去取钱,反正家住得近,要不了多少工夫。一个人先去拿钱,另一个留在这里陪我说说话,待回来了再让另一个人去取便是了。"

听到这话,二人便彻底打消了顾虑。哪儿有要逃跑的人不支开看守,反倒要留一个人陪着自己的呢?

闻言,王三娘起身说道:"我年轻,腿脚快,我先去取。我取四十五两,够吗?"

陈荷花刚要点头,沈澜突然说道:"你们俩都要取四十五两吗?"说着,像是意识到自己失言似的,不好意思地笑笑,便不说话了。

王三娘心眼儿多,立马便想到了,如果两个人都出四十五两,都赢了,卖裙子和头面的钱必定是一人一半。可若是她出得多,届时便能分到更多的钱。一想明白,她生怕陈荷花也想到,即刻催促道:"老姐姐,你快去把锁打开!我这便去取。"

两个人各从腰间取出一把钥匙,打开了角门上的两把大铜锁。

门一开,王三娘便提着灯笼急急忙忙地离开了。

角门里只剩下陈荷花和沈澜。

见王三娘走远了,沈澜便向陈荷花靠过去,柔柔地开口:"陈妈妈,咱们闲着也是闲着,说说话吧。"说着,把放在地上的灯笼提起来,放到两个人中间的小桌子的正上方,动作缓慢,没有引起陈荷花的注意。

"好啊,绿珠姑娘。"陈荷花打开了话匣子,"要我说……哎呀!"

陈荷花说话间,沈澜突然把灯笼提到陈荷花眼前,吓得她惊呼一声,条件反射般往后闪躲。沈澜猛地抡起小凳子,奋力砸下。"咚"的一声,陈荷花应声倒地,额头血糊糊的。

沈澜毫不心疼。眼前这人为虎作伥,为了钱,送多少姑娘进了暗无天日的私窑子里。一条一条,全是人命啊!

此时陈荷花已晕,四下无人,按理说,沈澜已经可以开锁逃跑,但她没有,反而气定神闲地等着王三娘取钱归来。毕竟如果她此刻逃跑了,只要有人回来喊一声,那她根本跑不远。眼下一切顺利,沈澜深吸一口气,按照计划把陈荷花拖进草丛里藏了起来。

此刻,门上只有陈荷花负责看守的那把铜锁还锁着。沈澜取了钥匙开了锁,用脚抵住角门,又把小凳子藏在角门边上,仔细地听着外头的动静。沈澜第一次干这种事,难免心里慌张。她擦擦手心的汗,深呼吸两下,静静地等着王三娘回来。

王三娘是一路跑着去、跑着回的。她身上带了七十余两银子,这可是她的全部家当。

"老姐姐,快开门!"

"嗯。"沈澜压低嗓音,随意拨动了几下挂在门上的铜锁,装出有人在开锁的声音。

"老姐姐,你快些!"王三娘催促道。

"好了。"沈澜压低声音,顺势松开脚,举起凳子。

门"吱呀"一声便开了。

王三娘推门而入:"老姐姐,我……"

"砰!"没等王三娘的话说完,候在角门一侧的沈澜便把凳子向着她的头顶砸去。见王三娘倒地,担心自己力度不够,沈澜又抄起凳子猛往对方的脑袋上狠击了两下。王三娘的血流得比陈荷花的还多。

沈澜不敢耽搁,搜遍王三娘身上的衣服,找到了七十二两银子,又摘掉两个人头上戴的首饰,通通塞进荷包里,再将荷包打成死结系在自己的腰带上。紧接着,她脱掉两个人的衣服,将其中一件拧成一根粗粗的布绳,围在腰间。她腰肢纤细,要想扮成健妇,首先要做的就是增加腰围。

沈澜身上的大氅其实不过是适合春季穿的短披风罢了。她索性把自己的大氅如同裹浴巾一般裹在身上,又把王、陈二人剩下的所有衣服按照抹胸、中衣、外衣的顺序一一套在自己身上。这样一来,沈澜原本纤细的身体看上去便壮硕多了。

衣服穿好后,沈澜将自己的袜子、鞋子脱下来,揣进了胸口的兜里,这些都可以拿去估衣铺换钱,一点儿都舍不得丢。沈澜换上其中一人的袜鞋,用另一双袜子正好将两个人的嘴堵上,又解下两个人的裤腰带将她们捆了个结实。最后,沈澜照着她们的发型给自己梳了个已婚女子的发髻。这发髻极简单。想来也是,平头百姓日日要劳作,怎么可能梳些复杂的发髻?她又用手指在地上抹了点儿泥巴,均匀地抹在自己白净的脸上。

万事俱备,沈澜推开了门。外头依然黑漆漆的,可鲜活的空气涌进了胸腔。沈澜心脏狂跳,深吸一口气,正要跨过门槛奔逃,忽觉脖颈儿一痛,便失去了意识。

入夜,盐漕察院内。

裴慎站在四君子雕花楠木翘头案前,案上置着一只天青色官窑古胆瓶,里头斜斜地插着几枝青翠的莲叶。

忽有人轻叩房门。

"爷,我查到了一册账簿,只是……"进来的侍卫林秉忠将账簿递上,为难地说道,"我去刘宅时发现有一女子打晕了两个守门的婆子似要逃跑,为防节外生枝,便将她一起带回来了。"说完,他将肩上扛着的麻袋放下来,正要解开。

"不必解开!"麻袋里的沈澜突然出声,吓了林秉忠一跳。

就连裴慎都是一愣,而后沉着脸对林秉忠说:"你稍后出去自领十军棍。"

麻袋里的人一动不动,林秉忠还以为对方一直晕着,一时大意了,竟被这个外人听见了"账簿"二字。他自知鲁莽,不敢辩驳,领了命,站在一旁不说话了。

沈澜半路上就被颠醒了,可四肢被绑,逃也逃不了,便只能装昏,这会儿见对方要解开麻袋,赶紧说道:"诸位好汉,我被套着麻袋,不曾见过你们的脸,还请好汉饶命。"

见她这般,裴慎问道:"你是何人?你为何从刘宅出来?"

沈澜心知对方能无声无息地掳走她,绝不是刘妈妈之流,更不是她能抗衡的,便说道:"我本是刘宅的丫鬟,不堪被人打骂,趁夜出逃,望二位好汉饶命。"

丫鬟?裴慎冷笑:"你满口谎话!"

沈澜心里一紧,只听裴慎说道:"你一个丫鬟,随意找个由头出府一趟,一去不回便是,非要在夜深人静逃跑,恐怕不是丫鬟,是刘宅的'瘦马'吧?!"

沈澜见自己身份被识破,即刻说道:"这位壮士明察秋毫,小女的确是'瘦马'出身。少时家贫,小女没吃过一顿饱饭,被卖后学不会诗词歌赋,又不会算账、女红,便日日挨饿,面黄肌瘦,苦不堪言,只好趁夜出逃,万望二位壮士可怜一二。"

这话说得实在可怜,还隐有啜泣之声,一旁的林秉忠面露不忍,谁知裴慎是个冷心肠,只淡淡地说道:"你又说谎!你一个人能打晕两个婆子,必定是使了计策。这般灵慧之辈,说自己太笨,学不会东西,谎话连篇!"

沈澜咬着牙,暗恨今儿怎么这么倒霉,碰上了个煞星。

裴慎见她不说话,心道:这女子百般狡辩,说什么怕看见我与林秉忠的脸,又说自己是丫鬟,日日挨饿以致面黄肌瘦,无非是怕我解开麻袋看了她的脸后对她心怀不轨罢了。

"你去解了麻袋。"裴慎吩咐林秉忠。他倒要看看是什么样的天姿国色,这姑娘竟敢谎话连篇地哄骗自己。

麻袋口一开,沈澜猝不及防地见到亮光,生理性眼泪涌出,湿润了眼眶。她睁开眼,一双水洗般的明眸,朱唇榴齿,云鬓花颜,明澈干净、清丽脱俗。阑珊灯火之下,唯见美人含泪,似喜似嗔,最是多情。

裴慎见状,竟微微失神。

而此时,沈澜也在看他。

此人身着竹叶纹缂丝云锦直裰,头戴玉冠,腰束锦带,脚蹬官靴。他身量高挑儿,肩宽背阔,剑眉星目,鼻梁高挺,薄唇,渊渟岳峙,气度斐然,颇具压迫感。

沈澜死死地把这王八蛋的脸印入脑海后,便低下头去。她生得俏,此刻低头,如海棠垂首,又似菩萨低眉。

裴慎喉结微动，轻咳一声："你早不跑晚不跑，偏偏挑在今夜跑，可是明日便要被送去哪家府上？"

沈澜心念一动："是，刘妈妈约好了明日便要将我送去新任巡盐御史的府上。若我明日不出现，御史老爷必定会派人来找我。"

为今之计，她只盼着巡盐御史尚还有些震慑力，能压住此人。只是不知为何，沈澜这话说出口，室内一片静默。这样的安静，着实令她坐立难安。

半晌，裴慎朗声笑道："我怎么不知道明日竟是佳人有约？"

沈澜惊愕不已，猛地抬头看他，只见对方笑盈盈地过来，替她解开双手上的绳子，又将她扶起来。

他越笑，沈澜越惊惧。她刚出虎穴，又入狼窝。

"你这是……"见她站直了身体后，腰部粗壮宛如水桶，分明是为掩盖身形缠了许多衣物，裴慎一时哑然失笑，笑骂道，"你当真鬼精灵！"

二人素不相识，对方却表现得如此亲昵，沈澜心里发沉，只低头说道："大人，民女不懂事，方才是胡说八道的。"

裴慎见她如此，哦了一声，好心地说道："既然你不是被赠予我的，我便将你送回刘宅，也算是做善事了。"说着他便要喊人。

沈澜一时情急，连忙恭顺求饶："大人，民女方才一时情急，胡言乱语蒙骗了大人，万望大人海涵。民女出身低微，乡野小民，市井之徒，没读过多少书，不识得几个字，却也知道清白做人的道理，只因不愿做'瘦马'，这才逃跑，还请大人莫要将民女送回刘宅那虎狼之穴。万望大人体恤一二，权当今日没见过民女。"

裴慎似笑非笑，拿着笔遥遥指着她："你不实在。我见过便是见过，哪里能当作没见过呢？"

沈澜心知对方不肯放过她，也不想再绕圈子，直言道："敢问大人欲如何处置民女？"

裴慎见她低眉敛目却依然可见朱唇粉面，心里便有些意动："你原本是要被送到我府上的，逃跑后竟还能遇着我，也算是一段奇缘。"

沈澜银牙暗咬，恨得不行，却挤出一个恭敬的笑容说道："大人此话何意？"

裴慎笑道："你一介弱质女流，手无缚鸡之力，便是逃出去了，日子也不好过。既是如此，你倒不如留在本官身边。"

沈澜一时悲从中来。她不想给人当妾室，足足熬了一年才逃出刘宅，谁料刚出虎穴，又入狼窝，到头来还得给人当妾。她不死心，咬牙问道："大人何意？"

"我初上任，盐漕察院里侍奉起居的丫鬟、婆子粗手粗脚，不堪大用，便想寻一个懂些文墨的丫鬟。"

丫鬟？沈澜惊讶不已，一时竟不知该难过还是该庆幸。她不用做妾室固然很好，可当丫鬟又能好到哪里去呢？沈澜还在挣扎："大人，民女只想做个良家子，安安生生地过日子。"

她这是既不想当妾，又不想为奴为婢。裴慎冷下脸："你是'瘦马'出身，签的必定是奴籍，如今不过是将主子从鸨母换成了本官。你觉得本官还比不上一个鸨母吗？"语毕，似是留了些给沈澜思考的时间，又似笑非笑地说道，"你若不愿意伺候我也罢了，我就当今日恰好抓了个逃奴。按律，逃奴若被抓住，打死勿论。"

沈澜被他威胁，又见他冷冰冰的样子，心知对方已然不耐烦，若再争下去，自己恐怕真要被治罪打死。为今之计，她只能顺从。留得青山在，不怕没柴烧。且先安抚他，等熬过这一遭她再逃跑。于是沈澜假意恭顺地说道："民女愿伺候大人。"

见她这般恭顺，裴慎神色和缓地问道："你原来叫什么？"

本想说"沈澜"，她转念一想，本名得等自己逃出去再用，便说道："绿珠。"

"绿珠。"裴慎瞥了她两眼，笑道，"这名字倒也贴切，只是寓意不好，况且你既然做了丫鬟，应当换个名字。"他抬眼看了看院中，"如今已是六月，花团锦簇好时候，你便叫沁芳吧。"

沈澜秉持除死无大事的原则，能屈能伸，应道："是。"

裴慎瞥了她一眼，沈澜会意："奴婢谢过爷赐名。"

见她恭顺，裴慎便问道："你在刘宅待了多久？你可曾听过刘葛这个人？"

沈澜刚才听他们提到账簿，想来对方是为了找什么账簿才去刘宅的。账簿这种东西素来隐秘，既然能查到这般隐秘的东西，他们恐怕已经知道许多东西了。

思忖片刻，沈澜老实地说道："我在刘宅待了七年，刘妈妈自称攀上了盐商刘葛才做了'瘦马'生意，对外宣称是本家。我只是上一年刘葛来挑'瘦马'时见过他，刘葛起身时，刘妈妈靠得很近，且扶了他一把，这二人恐怕是姘头关系。"

见她说起"姘头"二字面不改色，裴慎心道：这女子果真是"瘦马"出身，不知廉耻，恐怕避火图、淫词艳曲之类也是学过的。

思及此处，裴慎一时心生不喜，淡淡地说道："他们不过是靠得近罢了，你又怎知二人的关系？"

沈澜二话不说，往林秉忠的方向走了两步。

林秉忠下意识地后退半步，低下头去不敢看她。

"大人，这才是正常男子见了女子的反应。"

裴慎定定地看着，见她靠近林秉忠时竟毫不害臊，反倒是林秉忠低头红脸，一时只觉此女果真是放荡至极，原先生出的那点儿心思也就淡了，便冷哼道："你且下去。"

沈澜不知他为何阴晴不定，不过不必伺候他倒是件好事，便高高兴兴地走了。

这会儿天已蒙蒙亮，有丫鬟早起洒扫庭院。

沈澜进了后院，颇有自知之明地问道："敢问这位小妹妹，府中下人住何处？"

正在洒扫的小丫鬟抬起头来，骤然看见沈澜的脸，好一会儿才回神儿问道："你是……？"

"我是府中新来的婢女。"沈澜说道。

那丫鬟名叫坠儿，此刻呆呆地哦了两声，方带她去往下房。

前任扬州巡盐御史将盐漕察院修建得颇为宽敞，再加上院中仆婢稀少，即使是下房，也足够仆人们一人住一间。沈澜随意地挑选了一间离得不远不近的下房，躺在榻上。她足足一天一夜没睡，又四处奔波，心神紧张，这会儿躺在床榻上，本想理理思绪，思索日后的路要怎么走，偏偏头一沾着枕头便睡着了。

她睡得香，书房里的裴慎却毫无睡意。

侍卫林秉忠抱剑而立，正禀报情况："我带了两个人去正房，吹了些迷烟进去，又怕那鸨母醒来，敲晕她后才四处详查。其余的倒也没甚怪异之处，只床榻四周的地上俱有划痕，恐怕时常移动。我等移开床榻后发现有几块砖明显没砌死，便找到了账簿。"说到这里，脸微微发红，含糊道，"我还找了件鸨母的衣物塞了进去，只要对方不把包着账簿的包袱打开来看，或许能糊弄过去。"

裴慎不置可否："既是床榻时常移动，恐怕刘葛每次去刘宅都要查看账簿。下一次再去，他必定会发现账簿丢失。"想到这里，突然嗤笑，"不过也不一定。"

爷怎么又觉得不一定了？林秉忠一脸茫然。

见他鲁钝，裴慎也懒得解释，只摆摆手说道："你且派几个人盯住那鸨母和刘葛，若没动静便按兵不动；若他们逃了，不必留情，把二人都抓了扔进牢里再说。"

"是！"林秉忠应声出去。

裴慎便不再说话，一页页翻过账册，只见上面记载着一条条信息。

丁卯年三月十五，宴都转运盐使司转运使秦献、副使刘必之、经历赵案费银百十七两，赠秦宅邸一座、刘瘦马一个、赵《伯远帖》真迹。

丁卯年四月初六，再赠秦金珠三百、美婢一名，余得残盐二百引、余盐一千引。

丁卯年七月十九，暴雨七日，转运使秦上报正盐两千四百六十三引为雨水所淹，余分润得正盐七百四十八引。

裴慎神色冷淡，便是不继续往下翻，都知道底下是什么，无非是以各色名目侵吞运所盐产罢了。他取出纸笔，一一录下账册上提及的名字，紧接着一个个地看过去。

转运使秦献乃都察院御史孙宁德的外弟，脾性暴烈，言辞如刀，被人戏称为"刀笔吏"。若秦献一倒，必有人弹劾孙宁德，陛下恐不会让秦献坐实贪虐之罪，会要他再任一年，此后借机寻个错处革去其转运使之职，以免牵连孙宁德。既然如此，他便可向孙宁德与秦献卖个好。裴慎思索着，将秦献的名字圈了出来。

下一个，副使刘必之。此人是浙中心学门人，在朝无党无派，在野关系颇多，且擢拔一个浙中心学门徒代替他便是了。

裴慎以朱笔画去刘必之的名字，又在旁写下"李阔"二字。

此人师从浙中心学谷良定，但他还有另一个更具代表性的身份——裴慎同年。况且李阔任副使，待一年后秦献被革职，李阔若做得好，必能被擢升转正。届时，两淮都转运盐使司转运使的位子便稳稳当当地落在裴慎的囊中了。

辛苦一月，总算略有所得，裴慎面带浅笑。

至于接下来的这些官位，经历司经历、知事、仓场大使等十余个人中有一大半都是朝中无人照应的小卒。既然如此，将泰半官位分润给朝中数位阁老以示好，留下一两个给戴罪立功之人以收买人心，最后三四个关键位子便留给同乡、同年，既不显眼也好办事。

裴慎细细地写了名单，待复核过一遍后，记于脑中，将纸张掷于火盆中焚烧殆尽。紧接着，他取出题本，只思索片刻，便换成了奏本。

公事用题，私事用奏。账簿一事颇为隐秘，若用题本，他必须先去通政司、内阁走一遭，难免走漏风声。

十二幅白纸上书："臣都察院巡盐御史裴慎，谨奏为劾都转运盐使司转运使秦献、副使刘必之、经历赵案罪七条……如燕口夺泥，贪财贪色以率其行，似针头削铁，好利好谀以欺乎上……臣一请暂不增发盐引以恤灶恤民，二请增设避潮墩以免灾殃，三请清点正盐、余盐、残盐、零盐、所盐数量……右谨奏闻。"

裴慎年少登科，文采斐然，加之上任一月以来四处走访盐所乱象，胸有成竹之下，提笔一蹴而就，连篇馆阁体，一字未涂改。他写完奏本，便将其与账簿一同放于报匣中，将另一个侍卫陈松墨唤进来，吩咐道："你快马加急将东西送去锦衣卫。"

陈松墨接过东西，告退离去。

此刻日头高照，盐漕察院里人少，颇为静谧，刘宅里却已一派兵荒马乱。

"快快快，快把我的裙子拿来！"

"哎呀，簪子都插歪了。"

"姑娘，忍一忍，别吃东西，万一见客的时候想如厕就不好了。"

"花钿呢？你们快把花钿给我贴上！"

婢女们急急忙忙地把自家姑娘喊起来，着绫罗、簪钗环，搽脂抹粉、描眉画眼……

刘妈妈这一觉睡得沉，若不是丫鬟喊她，恐怕还要再睡。直到日上三竿，她才揉揉酸痛的脖子，穿戴完毕，迈进小院子，怡然自得地从东厢房开始巡查起来。

琼华、香梧都开始准备了，不错不错。

"虽说要快些，但你们也不能急。"刘妈妈嘱咐道。

见两个人细声细气地应了，刘妈妈满意地点点头，又去了正房。

"嘭嘭嘭。"敲了有一会儿了，屋子里还是没有声音，刘妈妈眉头一蹙，伸手将大门推开。屋子不大，一眼可以看到底，刘妈妈只见画屏正在脚踏上酣眠。

这都什么时辰了，这臭丫头竟还在睡？！

刘妈妈沉下脸，朝着画屏蜷缩的腿就是一脚。

画屏吃痛，惊恐之下睁开眼，正瞧见刘妈妈那张阴沉着的脸，顿时吓了一跳，但又有些委屈地说道："刘妈妈，你踢我做甚？"

画屏这贱坯子越发没规矩了，待忙完了这几天，且叫她老子娘好生教教她。刘妈妈想着，越过伏在地上的画屏，抬手撩开纱帐。素纱帐内薄被隆起，看样子，绿珠分明还在睡。

绿珠当真不知轻重！这都什么时候了，她竟然还在睡。

刘妈妈蹙眉，一把掀开被子，尖声训道："绿珠，快起来！"

话音刚落，刘妈妈定睛往床上一瞧，这才发现那被子底下赫然是个青竹枕，摆得端端正正，枕头旁还放着个雕花杉木妆奁，里头一干二净。

瞧着眼前的情景，刘妈妈哪里还有什么不明白的呢？一时，她只觉血气直冲天灵盖，太阳穴突突直跳。刘妈妈回身斥骂："你们还愣着做甚，快去找绿珠！厅堂里、花园子里，你们把犄角旮旯都翻检一遍！快去！"

跟在身后的李婆子见刘妈妈脸色不对，大约猜到了几分，慌忙带着几个健妇出去找绿珠。一时，屋子里只剩下画屏脸色惨白地缩在床边，哆哆嗦嗦如鹌鹑。

刘妈妈见状，心里恨极，伸手甩了画屏两巴掌，边打边骂道："你这懒驴！我叫你看个人，你看狗肚子里去了？你的眼珠子不要了不成？你可真是痰迷心窍了，贱蹄子！"

"哎哟，妈妈，妈妈饶命！疼！我不敢了，再也不敢了！"画屏哭哭啼啼地躲闪，可刘妈妈此时正在气头上，哪里肯饶她？刘妈妈打骂累了，便干脆拧起画屏身上的一块皮肉，狠狠地掐她。

刘妈妈下了狠手，掐得画屏疼得不行，抽噎道："厨房！姑娘可能在厨房！"

刘妈妈停下手，惊疑不定地看着她。

画屏宛如抓住了救命稻草，死死地揪着刘妈妈的衣袖，将自己的猜想一股脑儿地说了出来："昨晚，姑娘说她早上要喝粥，必定是自己去厨房取了。"

闻言，刘妈妈火气更盛，暗骂眼前这赔钱货实在是蠢。吃白粥和床上隆起的被子一样，都是绿珠拖延时间的把戏，若自己真信了，派人去厨房找绿珠，不正着了绿珠的道吗？刘妈妈越想越气，干脆抄起随身携带的专门用来调教"瘦马"的细竹条，劈头盖脸地抽下去，边抽边骂道："蠢东西！你当真是个蠢笨玩意儿！我平日里给你吃喝，都算喂了狗了！脏心烂肺的下贱蹄子，活着做甚？你蠢死算了！"

画屏哭得上气不接下气。

刘妈妈将手中的细竹条专往画屏身上细嫩的地方招呼，打得画屏顾得住头却顾不上腚，很快画屏的脸上、身上就浮现了一道道骇人的血痕。她在家从没受过这么大的委屈，又急又气，只嚷嚷着："你打我做甚！打我做甚！那绿珠对谁都说要去攀富贵，谁能想到她会跑了呢？"

画屏这话正好戳中刘妈妈的痛处，她没想到自己终日打雁，如今竟被雁啄了眼，此刻气急败坏，正要扬起细竹条再狠狠地打上一通，方才去找绿珠的李婆子连滚带爬地过来了。

"刘妈妈，不好了！陈荷花和王三娘被人绑起来了。"

"什么？"剧烈的眩晕感让刘妈妈脑袋发昏。

"就在后头的角门，两个人衣服都被扒光了，还被扔进了草丛里，脑袋血糊糊的，绑得可结实了！"李婆子惊魂未定，"刘妈妈，要不您去看看？"

"我去看个屁！绿珠必定是逃出府了。"刘妈妈胸口一阵闷痛，恨恨地扔下细竹条，顾不上哭喊着要去找陈荷花的画屏，吩咐道，"你们把人给我散出去，从角门一路往外搜。她一个弱女子，大门不出，二门不迈，跑不了多远。"

"可……可是刘妈妈，再过半个时辰，刘老爷就要来了。"护院刘鹏匆匆来报。

"好好好！贱人！她就是想趁此机会拖时间是吧！"刘妈妈恨极，却又无奈，只好对李婆子改了吩咐，"你分出一半人手去找她，把另一半人手留在院子里，等着主顾上门。"说着，又指着刘鹏说道："你去了外头小心着点儿，别给我招祸！"

"妈妈尽管放心。"刘鹏自然知道做这种事要隐晦些。扬州乃膏腴之地，有很多富贵人家，他们不过是调教"瘦马"的平头百姓，哪里能横冲直撞、肆无忌惮呢？

"还有……"刘妈妈语调森森，"今日申时三刻，若还抓不到那贱人，你便拿着刘老爷的帖子去衙门里报逃奴。"

刘鹏心中惊了惊，暗道刘妈妈心思歹毒，这是要赶尽杀绝啊！绿珠若是不离开扬州，总有一天会被他们找到；可要想逃出扬州，就得要路引，但一个逃奴去官府办路引便是自投罗网。对绿珠而言，前后的路都被堵死了。

想到这里，刘鹏不禁打了个寒战。

刘妈妈好狠心啊！

"呵！"刘妈妈阴着脸冷笑一声，"你可别对那贱坏子心软啊！她这一逃，你可是亏了一大笔银钱呢！"

每卖出去一个姑娘，这里上上下下都能分润一笔银子，虽然不多，却也是个进项。

听了这话，刘鹏那点儿微薄的同情心顿时消散。绿珠不过是个长得好看些的"瘦马"，挡着他生财的路，那就怪不得他心狠手辣了。想到这儿，刘鹏利落地点了几个人："你，你，还有你，跟我走！"

看着刘鹏远去的背影，刘妈妈冷冷地吩咐道："你们还愣着干什么？刘老爷要来了，你们赶紧准备去！"

刘老爷马上就要来选人了，绿珠不在，那就只有琼华了。刘妈妈边走边思量，越想越恨，只恨不得撕下绿珠身上的一块肉来。

"贱坏子！小娼妇！没福气的下作东西！泼天的富贵摆在眼前，她竟然跑了！她还将守门的婆子打得头破血流，害得我少了两个得力的人手。"

思及此处，刘妈妈脚步倏忽一顿。

绿珠一个弱女子，怎么可能击晕两个健妇？

再回想自己后颈酸麻，早上昏睡不醒，刘妈妈脸色灰暗。

她原是沿着游廊莲步轻移，此刻却顾不得婀娜风姿，越行越急，裙摆翻动，行步如飞。她匆匆地赶到正房，合上房门，慌忙推动自己的床榻，露出墙角，取下两三块未曾砌死的活砖，只见里面有个细棉布包袱。

刘妈妈一口浊气吐出，包袱还在就好。她扯出包袱，打开一看，差点儿晕过去，那包袱里面赫然是一件豆绿色的比甲！捏着柔软的杭绸，刘妈妈火冒三丈，怒气冲冲地将衣衫掷于地上，狠狠地啐了两口，这才冷静下来。她藏的账簿被人拿了，刘葛必定事发。况且对方能找到这里，自己恐怕也被人盯上了。事已至此，她舍了家业，速速离开扬州去避风头才是正事。

刘妈妈慌忙取了银钱想要逃命，但转念一想，刘葛那死鬼贩私盐起家，心狠手辣，若今日见不到她，又找不到账簿，定会以为她携账私逃，到时候狗急跳墙，随便找个由头报官追捕她可如何是好？况且虽然路引早已备好，但她手头的银钱只有千余两，此时若能先哄过刘葛，卖了手上的货再走，那便松快多了。

思忖片刻，刘妈妈狠下心来，扯开被褥，那床上竟还有个隔层，她打开来，里面赫然是一本账簿。

刘葛做账是怕事发，好用账簿将功折罪或是要挟受贿的官吏救他一命，但又怕那些官只想毁了账簿而不肯救他，于是除了在自己府中藏有正本外，又在刘妈妈这里藏了个副本。可刘葛既然狡兔三窟，刘妈妈又何尝不是个精明人呢？她早就趁刘葛不备复刻了一份账簿私藏起来。

如今，丢了刘葛那份，还有刘妈妈这份。

刘妈妈手头的账簿用的是贮藏三年的官堆竹纸，以刘葛最常用的剔红管狼毫蘸着凹地阳文墨写就，与丢掉的账簿材质、字迹均一模一样。就算是刘葛本人查看，也难看出破绽。刘妈妈取出账簿，暗叹一声："葛郎，你也莫怪我，夫妻本是同林鸟，大难临头各自飞，更别提你我还不是夫妻呢！"

刘妈妈将账簿塞进墙中，将砖块、床榻复原，又急急地去寻琼华。

琼华正梳洗打扮，忽闻绿珠逃了，一时惊愕不已。

刘妈妈见她一副呆呆的样子，忍不住迁怒她，内心暗骂一句：这死丫头也不知是不是装的，左右都是贱蹄子！

"绿珠这下作东西也不知道念我的恩！"刘妈妈满腔怒气，却还要和颜悦色地拍拍琼华的手，语气温柔地说道，"琼华啊，绿珠书读多了，人也傻了。她一个弱女子孤身一人在外面，能有什么好的呢？她只怕是早被人掳去，卖进私窑子里当暗娼，做个千人枕万人骑的婊子！"

听到"私窑子"，琼华打了一个哆嗦，脸上的血色瞬间退去。她又想起之前刘妈妈带她们去看过的暗门子。那些女子极为悲惨，怀孕了，就被龟公一棍棍打在肚皮上，血流满地，活生生被打到流产；还有长了杨梅疮的，被人拿烧红的烙铁烫掉疮，继续接客；还有遇上不好的主顾的，被人拿鞭子打得半残……

见琼华神色惊慌，刘妈妈便知这小贱人已经被自己三言两语唬住了。她满意地点点头，对身后的人吩咐道："去！你去把绿珠的衣物拿来，再叫画屏来伺候！"

琼华的丫鬟春燕应声出门。

见四下无人，刘妈妈这才说道："琼华啊，如今绿珠逃了，能去巡盐御史府上的人便只有你了。你可愿意？"

琼华微微一怔，喜上眉梢，但面上仍做娇羞状，只点头应道："我自是愿意的。"

见她这般，刘妈妈紧绷的心弦可算是松了下来。她早已告诉过刘葛，院中有一位天姿国色的美人，可献给新任巡盐御史。如今绿珠逃了，若无人顶替，刘葛必起疑心，为今之计，只能拿琼华顶替绿珠，糊弄过去了。

刘妈妈心中计定，又安抚了院中其余的几个姑娘，勒令众人不得再议论绿珠逃跑一事，这才急急赶回去梳妆打扮。

不过半个时辰，刘葛如期而至。这刘老爷年过四十，留一把美髯，大腹便便，头戴深色网巾,穿一件鹤鸣缂丝直裰,看起来颇有气度。

刘妈妈捏着清漆柄水仙茶花团扇,穿着时新的白线挑衫、蓝织金裙,梳着云髻,头上插一柄玉梳并一根白玉兰簪,精心梳妆打扮后看起来风姿绰约。

见刘葛走进院里,刘妈妈将下人都打发出去,扭腰靠近,自然地挽起刘葛的胳膊,嗔道:"你这冤家,来挑个'货'便这般打扮,浑然忘了还有奴家成天以泪洗面,日夜念着你。"

刘葛连忙顺势将她搂进怀里,一通儿"心肝肉"地哄着。

俩人腻歪了好一阵儿,刘妈妈见他要起身去查看包袱,娇声说道:"葛郎,你每次回来都要看那东西,到底是来见我还是见它?我今儿就不许你看那东西!"

刘葛闻言,顿时起疑。他是做盐商的,若说没心眼儿,那当真是笑话。今天刘妈妈反常的话语叫他疑心大起,但他没有证据便不能撕破脸,只能一面赔笑,一面挪开床榻。

刘妈妈气道:"好好好,你要看便看!只有一条,若这东西没事,你以后都不许上我的床!"

刘葛没搭理刘妈妈,扯出了包袱,打开一看,账簿果真还在。他正要翻开来,刘妈妈便在一旁讽刺道:"你看便是了!你好好看、仔细看,看到日落西山都行!"

为保险起见,刘葛还是翻开了账簿,在第一页上扫了几眼,确认了没什么差错,这才扔下账簿赔笑道:"我不看了,不看了,来看我的娇娇儿。"

见刘葛这反应,刘妈妈心知应当是蒙混过关了。

刘妈妈心中一松,又装模作样地冷哼一声,伸出莲足想踹他一脚,却偏偏止住,又含羞带怯地睄了他一眼。

刘葛瞧着刘妈妈这般模样,一时便心猿意马起来。

二人在床上调笑了一阵儿,才将床榻复位。刘妈妈唤来"瘦马"以供刘葛挑拣。

"怪了,上一年我分明见着个清丽脱俗的姑娘,那姑娘去哪儿了?"

刘妈妈摇着团扇的手一顿,她娇笑着说道:"你可莫要提她!那丫头是个蠢笨的,原还有张好脸,前些日子脸上竟起了疹子。我再三告诫她不许挠,可她不听,还是挠花了。眼瞧着治也治不好,还留了疤,我气得叫人把她卖进楼子里了。"

刘老爷扼腕叹息:"好端端的脸,怎么就毁了呢!"

毕竟对一个"瘦马"而言,纵有万般才情,毁了脸便是毁了一切。

听了绿珠毁容的事情后,刘葛再没了打听的兴趣,看了几个姑娘后,只挑中了琼华,付了足足千两银票,派一顶小轿带走了她。

送刘葛离开后,刘妈妈才松了口气。等招待完下午约好的几个老爷,把手里的几件"货"卖了,拿上银钱,她便可离开扬州了。

沈澜醒来，已是日上三竿。

想来是这一年来她日日提心吊胆，如今骤然松懈下来，便是饿着肚子也酣眠了一场。至少裴慎不至于把她送去给人当妾室，也不会因为卖不到好价钱就将她送去妓馆接客，为了自己的官声更不会虐待她。细细算来，这几日竟是她一年来精神上最为舒缓的时候。沈澜叹了口气，复又打起精神来，想出门寻些吃食。

她醒得太晚，丫鬟、婆子们早已吃过早饭，她便只能在坠儿的带领下到小厨房，请厨娘做了碗清汤面。

那厨娘正摆弄着几十颗黄梅，以杵去核。

沈澜好奇地问道："赵娘子这是在做甚？"

"制梅酱。这天热死个人，我且给大人做一碗梅汤消夏。"说完，赵娘子又将甘草制成的粉末和研磨好的姜片扔进钵中，接着又半侧着身子挡住了沈澜的视线，往钵里扔了几粒剖开的青梅子和些许紫苏干、白豆仁……

沈澜见状，了然一笑。盐漕察院富庶，连厨娘都是扬州的名厨，这样的人家多有自己的秘方，小心谨慎也是常态。沈澜无意窥伺他人的秘方，便转过身专心吃面。待她吃完，赵娘子还在搅拌食材。沈澜问："赵娘子，若是不用这么多料，只用几颗黄梅、青梅，制出来的梅酱味道如何？"

赵娘子知道她是大人身侧伺候的丫鬟，便好声好气地回答："寻常百姓家里，夏日也煮梅汤，不过是将蒸好去核的乌梅、黄梅捣烂，煮成汤罢了，味道虽没有我制的梅酱好，却也过得去。"

沈澜若有所思地点头："这样的梅汤作价几何？"

"姑娘说笑了，街里街坊的，家里有株青梅树，若有人去讨要几个梅子，谁还收钱不成？若有人真要去买，青梅太酸也要不了几个钱。便是用青梅腌渍成的乌梅或是四五月的黄梅，也不过多费些柴火罢了。"

沈澜点头称是，又问道："这夏季消暑的饮品，除了酸梅汤，还有绿豆汤吧？这绿豆可便宜？"

"绿豆不过四文一斤，一斤绿豆十斤水，够你喝到肚皮圆滚滚的。"语毕，赵娘子好奇地问，"姑娘问这些做甚？"

"我不过是随口一问罢了。"沈澜只是笑，又换了个话题，"我初来乍到，不谙院中事务，敢问赵娘子，这院子里可有大人带来的家生子？"

赵娘子手下不停，答复道："院中唯有我一个厨娘并三个粗使婆子，还有坠儿与墨砚这两个七八岁的小童罢了，俱是扬州本地人。"

沈澜便点点头，又道了谢，自己洗净碗筷，出门去寻坠儿，探听将她掳来的那侍卫的去向。沈澜觉得,那侍卫既然是裴慎的亲信,多半是其府中人,即便不是,也对裴慎了解甚深。

坠儿年纪小,常做跑腿的活儿,被沈澜塞了两个铜板便喜上眉梢,什么都交代了:"我方才见那林秉忠出了内院门口,只是不知道何时回来。姐姐若要寻他,不如去门口等一等。"

沈澜便在一个月亮门前截住了他。

这林秉忠掳了她来,害她为奴为婢伺候人,沈澜心里对其厌烦至极,可这会儿人在屋檐下,不得不低头,只能挤出个笑来,问道:"林大哥可有空?我有几件事想问问你。"

林秉忠想了想,大人只叫他盯着几个案犯,暂时没别的吩咐,便说:"敢问姑娘所问何事?"

沈澜也不扭捏,直言道:"据我所知,卖身契一式三份,买方、卖方各一份,担保人即官府一份。我若持有刘妈妈手中的卖身契,能否前往官府销去奴籍?"

林秉忠颇为惊讶,皱起浓眉:"爷不是让你安心住下来吗?"

沈澜反问:"你家爷让我安心地为奴为婢吗?"

林秉忠一愣,劝道:"姑娘,爷是国公府世子,你给爷做丫鬟,穿金戴银,不算且委屈你。况且外头的世道太乱,对女子来说太过艰难。你生得又好,若无人庇佑,帮闲无赖白日便敢敲你家的门。"

沈澜不是不知道在古代一个孤身女子生存何其艰难。多少人家插标卖首、卖儿鬻女,都是为了活下去。可比起当"瘦马"被人卖来卖去,比起为奴为婢丧失尊严,其他的困难她都可以克服。

"林大哥,人各有志,我这一生,宁可自由自在地老死于荒山野岭,也不愿荣华富贵地为奴为婢。"

林秉忠愕然不已,不禁抬头望向沈澜,见她荆钗布裙难掩清丽,亭亭地立在日光里,他慌忙低下头去。良久,他轻声说道:"若是如此,你不如求求爷。爷见你一个弱女子可怜,或许便肯销了你的奴籍。"

沈澜郁闷不已,心道:这裴慎面上功夫做得好,其实是心冷如铁之辈!

见她不说话,林秉忠又安慰道:"你且宽心!公府为积德,对丫鬟多有定例。你不是家生子,等到了二十岁,也就能被放出去了。有的蒙主子恩典,十七八岁时有家里人来赎,便也如愿随家里人走了。况且你若活儿做得好,叫爷高兴,出府的时候,爷自会送你一份前程。"

沈澜苦笑。她原本想着刘葛倒台,刘妈妈就此失去靠山,她或许能赎回自己的卖身契。如今看来,林秉忠避而不谈此事,恐怕希望不大。

"既是如此，还有一事，我想问问林大哥。"沈澜直言道，"大人身侧可有妾室？"沈澜此举是想确认裴慎有没有可能纳她做妾。

但林秉忠实在耿介鲁直，根本听不出她的言外之意，直言道："姑娘勿要胡说，大人要守孝三载，怎会有妾室？"

沈澜一时悲喜交加。事情已成定局，她如今想销去奴籍是不可能了。且裴慎势大，与刘妈妈不同，她想从他手中逃跑更是难上加难。不过，听林秉忠这么一说，她不用做妾，只干个三年仆婢，期满后找人来赎她，就能脱身，届时便是光明正大的良家子了。这可比当个逃奴，挖空心思上户籍，心惊胆战，生怕事发强多了。若是还能借助国公府结识些人脉善缘，将来她孤身一人也不怕被街头的帮闲地痞欺凌。这样一来，做奴婢对她而言反倒是个机遇。况且，哪怕三年后她脱不了身，届时已然熟悉了周围的情况，麻痹了裴慎，有了银钱、人脉，要逃跑也容易些，总比如今两眼一抹黑，连出扬州的路在哪里都不知道强。

沈澜下定决心，做好两手准备，却忽觉不对："大人可是夺情起复？"

按理，裴慎守孝期间不该做官。

林秉忠摇头说道："爷是为其恩师守孝。"

裴慎是为恩师守孝？沈澜只觉不对劲，她就是再不熟知风土人情，也知道守孝是为父母、祖父母，哪里有为恩师守孝的？难不成这恩师是裴慎五服内的族亲，还是他在求名？沈澜正要细问，坠儿急急来寻，说大人找她。

沈澜辞别林秉忠，匆匆到了正房，只见裴慎头戴网巾，穿着缂丝圆领袍，端坐于黄花梨四出头官帽椅上，正握着一卷《青琐高议》翻看。

见沈澜进来，裴慎放下书问道："你去哪儿了，怎么不在房中伺候？"

沈澜垂首回道："奴婢昨日睡得沉了些，今日便起晚了。"

裴慎冷哼："我一宿没睡，你倒是好眠。"他拿到了账簿，有诸多事情要做，哪里能安睡？

沈澜咋舌，算是明白裴慎的语气为何如此不好了。任谁为忙公务熬了一夜心情都不会好。她不想捋虎须，便低头恭顺地说道："是奴婢不懂事，敢问爷有何吩咐？"

裴慎散漫地瞥了她一眼："你知道我一夜未眠，还不快去铺床叠被？"

已然日上三竿，可主子要补眠，沈澜还能拒绝不成？她顺从地看了看房内。裴慎为了方便处理公务，让书房连通了内室。古来盐官最为富庶，裴慎屋子里用的都是上好的物件，床榻围屏俱是紫檀乌木，盘匣漆器多是螺钿剔红，案头清玩有昆石灵璧，就连墙上挂的画都是玛瑙轴头。沈澜眼睛转了一圈儿，只觉此地实在奢侈。可眼前这人忙到连买丫鬟都顾不上，想来这些布置多半是上一任巡盐御史留下的。

她正思忖之时，听到裴慎不耐烦地说道："你戳在那里做甚？"

沈澜便匆匆地从一旁的檀木斗柜里抱出群青四君子杭绸被，捋平褶皱，铺在床上，又拍了拍枕头令其松软。一切准备妥当后，她才转身说道："爷，好了。"

裴慎剑眉微蹙："这便好了？"

沈澜稍显迷茫："不知爷还有何吩咐？"

裴慎语气不悦，指着屋内的布置说道："如今已是夏季，这被子还是茧绸，帐子是厚实的绢帐，就连枕头都是西域五色毷氉制成的，地上还铺着洒海剌。你要热死我吗？"

沈澜一时为难，甚至有些想发火。她从未伺候过人，就算在刘妈妈处学的也是风月，生活起居上有画屏等侍女照料，何时要自己动手？但如今她寄人篱下，况且不管是要请裴慎为她销去奴籍，还是期满赎身，和裴慎处好关系都是第一步。想到这儿，沈澜即刻端正态度："爷，奴婢鲁钝，不曾服侍过人，经验不足。"这是积极向主子承认错误。"若爷觉得奴婢做的有不妥之处，还请指点一二。"这是请求懂行的主子指点。"既然被褥、枕头、帐子等皆要随四季变化而更换，那么房中的其余陈设可也要如此？"这是举一反三，展现她的聪慧。

果然，听到她这三句话后，裴慎的脸色好看多了。他没想到眼前这女子"瘦马"出身，平日里多半也是学琴棋书画、茶围双陆之类的，哪儿有公府的丫鬟会伺候人？如今见她聪敏，倒也省事。

裴慎嗯了一声。

沈澜得了许可，先把全部柜子打开，翻出一条夏季薄被，然后卷起床上厚重的被褥和枕头，替他换好。

沈澜今日穿着宽大的粗布衣衫，腰间只系了根细带，走动间勾勒出袅袅腰肢。

裴慎目光轻扫过她的腰肢，浮出一个念头：她的腰太细了，我一掌便能握住。

东西又多又重，沈澜一通儿忙碌，难免双颊泛红。

裴慎放下书，端坐饮茶，总有意无意地朝沈澜的方向瞥去。见此情态，裴慎喉结微动，拨弄着手上的白瓷茶杯，将杯中的茶水一饮而尽。

沈澜一无所觉，换好被褥后转过身说道："还请爷先歇息，我便不吵嚷爷了。待爷醒了，我再来换掉屋中的陈设。"

裴慎嗯了一声，又说道："更衣。"

更衣？沈澜微怔，复深吸一口气，伸手就去解裴慎的腰带。

两个人靠得实在太近，近到裴慎能嗅到沈澜身上淡淡的香气。那不是女子常用的桂花头油，也不是什么昂贵的花露，香味倒泛着些清苦。

"你用的什么香？"裴慎忍不住问。

沈澜一愣，想起来了，当即回道："奴婢昨晚用了些安神香。"

她为了逃跑点了很多安神香，纵使穿着旁人的外衫，可里衣是自己的，难免沾上。

"不对。"裴慎摇头说道，"你那安神香虽不劣质，却也不是什么名品，香味必不会如此清淡雅致。"

"瘦马"纵然需要培养风雅，可到底还是"商品"，老鸨要控制成本。

沈澜想了想，又说："奴婢从前只烧过四弃香。"

"四弃香是用哪些料做的？"

"无非是瓜果橘皮之类的。"

那些反正都是廉价易得的东西。

裴慎思忖片刻，便明白她为何从四弃香改用安神香了，想来用安神香是为了叫周围的监守之人睡得更熟。只是安神香颇为昂贵，若日日烧她承受不起。可若不烧香，她忽然在临逃跑前有了烧香的习惯，恐惹人起疑，便只能前面燃些廉价的四弃香，最后再烧安神香好逃跑。

"你倒聪敏。"裴慎意味深长地说道，"你若只是做丫鬟倒也不必太灵慧，勤恳伺候好主子便是了。"

沈澜垂首，心知对方在警告她不要把这些小把戏用在他身上，更不要试图耍小聪明。

"爷说得是。"说完，她替他褪去腰带、外衫，接着打算为他脱去亵衣和亵裤。

裴慎突然说道："净室里备好了水，你过来替我擦背。"说完，坦然自若地向净室走去。

沈澜也不生气。裴慎敢洗，她就敢看。

盐漕察院当真富庶，净室内有不知从哪里引来的一泓温泉，装饰得格外清雅。入门不是屏风，而是由太湖石制成的假山石景。绕过这座咫尺山林，从几根古拙的竹节中流出"汩汩"热泉，水面上漂着几片青碧玲珑的荷叶。沈澜仔细一看才发现那荷叶边缘卷曲上翘，泛着润泽的光华，竟是能工巧匠烧制而成的孔雀绿釉荷叶瓷盘，一旁还点缀着充满童趣的莲藕，底下应当是做了些小机关，令其浮于水面上。

见沈澜惊叹的样子，裴慎意味深长地问道："这里如何？"

沈澜答道："极美，这必定凝结了诸多工匠的心血。"

裴慎颇为诧异地回头看了沈澜一眼。他还以为沈澜或是斥其奢靡，或是艳羡不已，却没料到她竟是这般说法。

"你这说法倒有几分趣味。"闭目养神的裴慎轻笑一声，"过来，给我擦背。"

擦就擦！沈澜无所畏惧。她拿起盘中的锦帕，蘸了温泉水，放在裴慎的背上。

裴慎自幼习武，身量高，肩宽背阔，英武挺拔，肌肉精瘦结实，充满着力量感。

裴慎回头，见沈澜脸不红气不喘，一脸平静，便心有不满，暗想：这女人果真是"瘦马"出身，给一个陌生男子擦起背来竟半点儿也不害臊。

于是裴慎干脆靠在池壁上，故意找沈澜的麻烦："你用点儿劲儿，挠痒痒呢！"

沈澜闻言，咬着牙，使出吃奶的劲儿给他擦洗起来。

过了一会儿，裴慎突然说道："我说挠痒痒真是高估你了，蚊子叮得都比你擦得强。"

沈澜本来就擦得满头大汗，闻言心头火起，但只能咬牙柔声说道："爷，奴婢力气不够，不如叫个侍卫进来给您擦背。"

擦！最好擦掉你的皮！

裴慎也不回头，只摆摆手说道："喊了侍卫，我要你有何用？你那月俸是白拿的不成？"

月俸？沈澜一顿，便小心试探地问道："爷，这月俸是多少？"

裴慎回头看了她一眼，暗道：她成日里惦记那点儿银子，果真是出身卑微，见识浅薄。

"我不知，照旧例走便是。"裴慎冷冷地说道。

沈澜愣了愣。想来也是，裴慎哪里会知道一个婢女的月银有多少。

有了这一出，裴慎忽又不耐烦地摆摆手："你且出去。"

沈澜觉得莫名其妙，不知道此人发的什么邪火。但他不叫她擦背了，她还是非常乐意的，于是甩下锦帕退去了。

裴慎见她转身就走，没有半点儿身为侍女的自觉，皱眉说道："你去哪儿？你且去外间的榻上守着。"

沈澜无奈，出了净室，将博山炉内隔水熏炙蓬莱香，又换上芙蕖簟，铺好天水碧杭绸薄被，拂下水墨白绫纱帐上缀着的玉钩，帐内日光昏昏。

洗好的裴慎合眼枕在竹枕上，呼吸渐渐绵长。

见裴慎睡着，沈澜躺在离床不远处的美人榻上发呆。此时，屋内一片静谧，香气袅袅，连阳光都显得闲适。渐渐地，沈澜意识昏昏，迷迷糊糊地睡去。

裴慎精力充沛，只小睡了一个时辰便清醒过来，拂开纱帐，见不远处美人横卧，香梦沉酣。他走近了才见她薄被半搭，鬓乱钗横，眉眼纯稚，唯一点儿缃晕染于香腮之上，露出半截雪白的玉臂横陈在胸前。

或许是听到了脚步声，沈澜从梦中惊醒，懒起无力，只一双剪水秋瞳泛着盈盈脉脉的水光，迷蒙地抬眼，脸上便露出几道被竹簟压出的痕迹。那几道红痕在她雪白的香腮之上，如雪里红梅，清极生艳。

裴慎呼吸发紧，看了一会儿才强迫自己移开视线，开玩笑道："怎么？你睡了一会儿便认不出我了？你莫不是被压坏了脑子吧？"

闻言，沈澜伸手摸了摸自己的脸颊，才发现左脸被竹簟硌出了几道痕迹。她愣了好一会儿，才清醒过来，起身垂首，又换回平日里那副安静恭顺的样子，福了福身："爷，奴婢失职，竟睡着了。"

裴慎心情不错，笑道："你生得这么好，只穿粗布麻衣着实可惜了。"

沈澜哪里敢装扮，只想安生地熬完三年，便说瞎话哄他："大人正守孝，我哪里好穿红着绿？"

听到"守孝"二字，裴慎脸色不变，只一双眼睛冷若冰霜，寒意森森。好似替恩师守孝，他不是心甘情愿的，倒像是被迫似的。

沈澜低着头，一无所觉，只奇怪裴慎为何不说话。半晌，她才听见裴慎说道："不必大红大紫，只是你这身实在破烂了些，给爷丢脸。"说着，便喊人进来，"陈松墨，且去唤几个绣娘来。"

陈松墨一时惊异。爷平日里哪里耐烦折腾这些？丫鬟、婆子穿什么，他素来是不在乎的。陈松墨心里有了盘算，也不敢多看，便告退离去，径自去寻绣娘。

沈澜还以为裴慎要给她发丫鬟的制服，心道：也不知道将来辞职了，这些衣服我要不要还。若是不必还，那辞职后我便把这些衣服卖去估衣铺，还能挣一笔。

此时已是半下午，裴慎尚未用膳，沈澜便取了午膳摆上桌。蟠桃饭，碧涧羹，鲜鱼虾做成的山海兜，松花黄与炼熟蜜制的松黄饼，新鲜的马齿苋汆水青翠欲滴，活鲤清蒸后鲜甜味美，菱角白嫩爽脆。

沈澜立在他身后，咋舌不已。都说三代方知穿衣吃饭，可见裴慎果真是钟鸣鼎食之家出身，这一顿饭造价未必高昂，但俱是夏日时令蔬果，取的便是"应时"二字。

伺候裴慎用了饭，沈澜在厨房随意用了些，填饱肚子便径自回房。她刚走到房门口，就见陈松墨带着一个捧着一些衣衫的三十来岁的绣娘立在门口："沁芳姑娘，爷叫我把衣衫给你送来。"

这院子里适龄的丫鬟只有沈澜一个，虽有绣娘在场，但陈松墨也不好多待，只匆匆嘱咐了一句："这是陈氏绣庄的绣娘。姑娘若有什么吩咐，尽管与她说。"语罢，匆匆离去。

沈澜蹙眉看着绣娘抱来的衣衫，鸦青色比甲、豆绿潞绸对襟、雀蓝杭缎外衫、靛蓝月牙儿白镶边裙、妆花织金裙、莲叶纹百花间破裙、白纱挑边襦裙……十几件衣衫，叫人眼花缭乱。虽都是素净的颜色，可这些衣衫料子未免太好了些。

沈澜颇有些疑惑：裴慎的丫鬟待遇这么好吗？

这院子里的下房隔得近,她这边有了动静,坠儿便跑出来看热闹。

"沁芳姐姐,这些衣裳好漂亮啊!"坠儿与沈澜打了几回交道,见她和善,也不怕她,只羡慕地望着那些锦缎华裳。

沈澜回过神儿来。这院子里的丫鬟、婆子她都见过,这些人穿得虽不差,却也只是细布罢了,何曾穿得这般显眼。沈澜不想出挑,便冲绣娘笑了笑,想开口拒绝。

那绣娘被她笑得一时恍惚,脱口而出:"姑娘当真好颜色,这些衣衫配姑娘正好。"

"这些衣裳可是你选的?"

见沈澜面上并无喜色,绣娘一慌,即刻说道:"今日来的是个五大三粗的男人,只说将店里好看的衣服包起来,我便送来了。敢问姑娘,可是有不妥之处?"

闻言,沈澜心中松快了不少。裴慎应当只是叫陈松墨去采买些衣物,却没料到陈松墨阴错阳差买的都是极为昂贵的。她说道:"这些衣服太贵重,我穿不起,你那里可有细棉布制成的衣衫襦裙,无须太贵重,也不能太简陋,看着妥帖便是。"

绣娘只觉这单生意做黄了,一时怏怏地说道:"姑娘,你好歹是巡盐御史府的丫鬟,走出去都是主子的体面,不说穿金戴银,怎么能连绸缎襦裙都没有呢!"

见沈澜只回以微笑,并不理会她的抱怨,绣娘便讪讪地说道:"是我多嘴了。"说着,为沈澜量了尺寸。大概是不想失去巡盐御史府这个大客户,绣娘还想争取争取,于是一边量一边夸赞,"姑娘这腰真是细,肩背也好,我量过这么多妇人,姑娘这尺寸是顶顶好的。"

沈澜心知她必定是对每一个客户都这么说,也不在意,只问道:"你要多久才能送来?"

"姑娘要新做的,便要两三天的工夫。若姑娘只需我在店里现成的衣衫上改一改,我明日就能送来。"

"明日吧。"沈澜提醒道,"你记得帮我把衣衫做得宽大些。"这样一来,也好掩盖住她姣好的身体曲线,以免惹祸。

绣娘原想再劝劝,但转念一想,衣裳宽大了,用的布料更多,衣服的价钱也就高了,便喜上眉梢:"姑娘可还有其他吩咐?"

沈澜摇了摇头。绣娘告辞离去,房里剩下那一堆衣服没拿走,理由是陈松墨已经付过钱了。不仅如此,陈松墨还要求绣娘明日送衣服来的时候再带几个绣娘,把这些衣服不合身的地方都改了。

坠儿得了沈澜的同意,正欢喜雀跃地抚摸那些新衣裳,只觉这些比她身上的漂亮多了。"姐姐,我也是丫鬟,待我长到姐姐这么大的时候,也能有这么多漂亮的衣服穿吗?"

沈澜摸了摸坠儿毛茸茸的脑袋，苦笑道："虽然漂亮的衣服好，可我穿不了。"

坠儿不懂她在说什么，只睁大眼睛茫然地看着她："姐姐为什么穿不了？"

沈澜没回答，只轻叹一声，叹息声散落在庭院里，几不可闻。

第二天一大早，沈澜要的衣裳便送来了。

换上鸦青色细葛布制成的襦裙，她便出了门。

裴慎尚未接到陛下的旨意，这几日闲来无事，正在练字。沈澜进来的时候，他正提着一杆白茅根芯制成的茅龙笔，临摹行书诗。听到有人进来的动静，他头也不抬地说道："研墨。"

上等的"瘦马"要学些诗词歌赋，自然也要会研墨。沈澜看了眼他纸上的墨迹，便闷声不吭地在龙尾砚中加了少许清水，拈起文犀照水墨细细研磨起来。

待一卷字写完，裴慎搁下笔，颇为满意："你墨研得不错。"

他方才在绢上的字迹墨色极干，色如焦枝，分明要用的是焦墨，沈澜便只加少许清水，好合他的意。

搁下墨条，沈澜取了干净的手帕递给他。

接过帕子，裴慎突然蹙眉问道："我不是让人给你送了衣裳吗？你怎么还穿得如此素净？"

沈澜心一颤："爷，陈侍卫是不是买错了？陈侍卫送来的衣物太过贵重，全是些杭缎潞绸。"

裴慎擦手，只淡淡地说道："爷赏你的，你尽管穿。"

她寸功未立，何来赏赐？沈澜心里发紧，只小心试探地问道："奴婢可是立了功？"

裴慎笑着反问："你不过是个闺阁女子，能立什么功？爷赏你两件衣裳，还要什么由头不成？"

沈澜非但不欢喜，心中反倒越发沉郁。她一时拿不准裴慎到底是一时兴起赏了她几件衣服，还是有意纳她为妾；或是干脆要将她赠予旁人，临行前给她好生打扮一番。沈澜脑中思绪万千，顷刻之间便下定决心，小心试探地问道："那些衣衫虽是爷赏的，可太贵重了，奴婢行走坐卧难免弄脏，倒不如平日里穿素净的衣裳，待要出门见人了再穿爷赏的。"

裴慎闻言，定定地看了她两眼，不出声。此人剑眉星目生得威严，加上年纪轻轻身居高位，此刻脸一沉，上位者的压迫感如同沉重的乌云，仿佛随时都有暴雨雷电会倾泻而下。

沈澜低着头，毫不害臊地吹捧他："前任巡盐御史留下的这屋子里的陈设颇为奢靡，爷尽数叫人换了去，可见爷秉性廉洁，不好奢靡。都说有其主必有其仆，奴婢亦不好挥霍，倒不如穿干干净净的细葛布制成的衣衫，吸汗透气，夏季穿起来颇为舒适，取其清静自然之意。"生怕裴慎不肯答应，没等裴慎回应，即刻追加了第二个理由，"爷正在孝期，我虽是个小小奴婢，却也不敢穿金戴银，四处招摇，给爷找麻烦。"语毕，她只觉自己用尽了毕生所学，紧张地等待裴慎的回复。

见她这般，裴慎竟有些想笑。不过几件衣裳罢了，不爱穿便不穿，也值得她这般小心谨慎、拐弯抹角地找理由？裴慎原本就盯着她，这会儿忽然又想起她方才说话的时候的神态，于是视线忍不住放在了她的唇齿之上。她看着也没抹胭脂，怎么唇瓣如此嫣红润泽？

他忽然问道："你可吃过石榴？"

沈澜愣了愣，夏日哪儿来的石榴？她摇摇头："奴婢不曾吃过。"

既是不曾吃过，为何她那唇瓣像刚刚咬过石榴，红艳艳的汁水染在了唇上？

裴慎忽然笑道："待到秋日，我且给你捎几个石榴吃。"

沈澜摸不着头脑，只觉他话题转得太快，便茫然地道了个谢。可她这会儿哪里在意石榴不石榴的？没有得到裴慎的准确答复，沈澜只能小心翼翼地追问："爷，那我这身衣裳能不能穿？"

裴慎但笑不语，过了一会儿，意有所指地说道："沁芳，你这张嘴当真生得好。"

沈澜只以为裴慎是夸她话说得好，说服了他，心中不免泛起几分喜悦和庆幸。既然裴慎能轻易答应她穿现在这身衣裳，想来之前多半是看她衣着寒酸，临时起意让人给她送几件衣裳而已，不是想将她送人，也不是要在孝期强纳她为妾。沈澜舒缓下来，只垂首说道："多谢爷夸奖。"

见她这几日颇为恭顺，行事也周到小心，裴慎便说道："我上任一月，这院子里也没个人管事，原本这些内务都交给了陈松墨和林秉忠管，如今你来了，院里的丫鬟、婆子便交给你管吧。"说完，他喊了陈松墨进来，叫陈松墨将库房的钥匙、账册尽数转交给沈澜。

沈澜接过钥匙和一只装着银钱的檀木匣，心知正式工作要开始了。

陈松墨交接完后就离开了。

裴慎叮嘱道："外头的丫鬟、婆子都是历任巡盐御史积留下来的，也有良家子前来做工，俱是扬州本地人，便是日后我离任，这些人也不会随我一起走。"

沈澜会意。裴慎这是警示她，这些人不可信，叫她行事谨慎些。

"爷，奴婢不曾管过内院，望爷指点一二。"沈澜诚心说道，"奴婢私以为这院子里也就三处最要紧：一是爷的书房，二是厨房，三是卧房。"书房是机要之地，厨房是烹煮入口之物的地方，卧房是起居之所。至于库房之类的，里面堆的都是些杂物。

裴慎上任前轻车简从，一应物品俱是在扬州本地购置的，便是失窃了绫罗绸缎、杯盘碗盏之类的，也不过损失了些许银钱。

听她这么说，裴慎颇为赞许地说道："不错！你既然知道，便去做吧。"

下午，沈澜细致地了解了这院子里的丫鬟、婆子的情况，又详细地问了厨房采买事宜，再去耳房将裴慎的物品尽数登记造册，还将他的上峰、同僚、下属、友人等送来的各色礼品清点入礼账，便于回礼。

入夜，沈澜照旧伺候裴慎沐浴更衣，又睡在正房中的美人榻上守夜。忙活了大半天，沈澜殊无睡意，心知明日她的婢女生活就要正式开始了。思及此处，她只觉前路茫茫，哪里能安睡呢？她翻来覆去睡不着，干脆睁开眼，自柳叶格窗望出去，唯见一钩弯月、两三点碎星，闻见数缕清风送来庭前蔷薇一院香。

看着看着，沈澜忽而想起了她从刘宅出逃的那一晚，也是这般好景致。只是彼时她心中惶恐，怕自己逃跑不顺，又怕被卖入暗窑子，罹患疾病，失去尊严，便没有心情赏景。如今天上弯月依旧，人间清风犹在，她也好端端地活着，无须学什么伺候男人的把戏，也不必时刻忧虑沦落风尘。况且，三年过后，若能销去奴籍，她便是良家子。便是不成，她再逃跑，也有三年时间来做准备。

思及此处，沈澜心中一派安宁，拢着满袖暗香，合眼睡去。

# 第二章
## 身世浮沉雨打萍

第二日一大早，沈澜正低头为裴慎整理腰上的素银束带，要将一个竹叶纹三棱布荷包系上去，忽闻房外传来林秉忠的叩门声："爷，来圣旨了。"

裴慎闻言，应了一声，即刻去外书房接旨。

他一进外书房，只见十几个锦衣卫立于左侧厅堂，身穿飞鱼服，腰挎绣春刀。东厂档头带着几个番子立于右侧，头戴尖帽，脚蹬白皮靴。双方泾渭分明，互不搭理。

裴慎暗忖：陛下无子，又日渐老迈，疑心病越发重了，不仅起用东厂，还要东厂与锦衣卫一同前来传旨，相互制衡，这是生怕有哪一方做手脚。不过，扬州官场侵吞盐引行贿受贿一案证据确凿，没哪个傻大胆敢在这时候动手脚。

"裴大人，接旨吧。"

"奉天承运皇帝敕曰：古来唯廉而能后平，平则公矣。昔子罕辞玉、杨震辞金，列前古之清洁，为将来之龟镜……"

裴慎接了旨，发现这旨意果真与他想的一模一样——转运使秦献仅因管教下属不力被申饬一番，副转运使刘必之却要被押送回京受审。

"裴大人，陛下命我等速速缉拿要犯，不知裴大人可否派个差役给我等带路？"说话的是北镇抚司镇抚使，威名赫赫的石经纶。

石经纶板着脸，络腮胡须浓密得看不清神色，一板一眼地说道："还请裴大人速速行动，勿要耽搁我等的差事。"

裴慎尚未说话，一旁的东厂档头许益便不咸不淡地说道："石镇抚使说笑了。裴大人深受圣恩，哪儿敢耽误陛下交代的事？"说着，又满脸堆笑，"裴大人来扬州一月便查出了一桩惊天大案，当真是头角峥嵘、年少有为啊！"

石经纶即刻嗤笑起来。

见他嗤笑自己，许益扯扯嘴角，皮笑肉不笑地回敬："北镇抚使好大的威风！"

"我可比不得许档头，许档头带着三五个番子便敢来办差事，艺高人胆大。"

石经纶这分明是讥讽他们东厂无人。

许益心中恼火，若不是裴慎还站在这里，他恐怕早已经甩袖便走。许益沉着脸说道："咱家出京办差，不与你置气。裴大人，且给咱家也派个差役带路吧！"

见二人互不搭理，裴慎也不在意。锦衣卫若与厂卫处得好，陛下只怕要彻夜难眠了。

裴慎说道："二位若一家家抄检过去，唯恐走漏了风声有人畏罪潜逃徒增麻烦，还是由本官出面将一干人等邀来赴宴为妙。"

许档头大喜过望："如此便多谢裴大人了。"锦衣卫人多，石经纶那厮若缺人，调几个当地驻扎的锦衣卫便是。可他们东厂刚刚被起用，哪儿来那么多人手？提出这办法，分明是裴大人体恤他。

许益眉开眼笑，心道：这国公府世子爷果真会做人，怪不得简在帝心，圣眷正隆。

"既是如此，咱家就等裴大人好消息了。届时裴大人摔杯为号，咱家带着刀斧手即刻冲出来！"

石经纶听得脸皮发僵，心道：这太监就是粗俗，听了几出《鸿门宴》，还真唱起大戏来了。

三人议定，许益和石经纶便纷纷告辞。

裴慎喊人拿着他的帖子请涉事的官吏于太白楼赴宴。

此时东曦既驾，日上三竿，明亮的日光从玻璃窗格中透出来。

裴慎坐在太师椅上，把玩着手中的洒金川扇。

少顷，忽有人推门而入。

正是方才离去的石经纶。

"裴大人……"石经纶拱手，"指挥使叫我代他向您问个好。"

裴慎说道："按理，赵十一是传旨百户，我原本以为来的是他，怎么是你？"

石经纶恭敬地说道："十一被派去督办采选良家子一事，无暇来见大人。指挥使特意着我告知大人几件事。"

他一一重复道："第一，廖美人、何婕妤有孕。御医把过脉，只说有八成把握廖美人生男，何婕妤生女。"

裴慎毫不犹豫地说道:"廖美人恐怕是活不了了。"婉贵妃深得陛下爱重,廖美人的儿子必定会抚养于婉贵妃膝下。

石经纶微微叹息,继续说道:"第二,婉贵妃的侄女林六娘及笄后至今尚未婚配,今年,林九娘、十三娘也要及笄了。"

听他提到"婉贵妃"三个字,裴慎面容平静,只眼带厌恶,冷笑道:"京中恐怕日日都有适龄子弟成亲,热闹得很。"

想避开婉贵妃的几个娘家侄女,除了守孝便别无他法了。守孝这招儿他用过了,况且若非时机巧合,寻常人也用不了这招儿,那就只能成亲了。

"第三,云南巡抚傅济中派遣家仆携两罐黄雀银鱼拜谒林少保,傅济中被擢为南京大理寺卿,赴任途中死于镇远。"

裴慎点点头:"我在邸报上瞧见了。"

林少保是婉贵妃之父,他的党羽死了,不管是怎么死的,朝堂只怕又会风起云涌。后宫与朝堂扯在一起,牵一发而动全身,裴慎无意掺和。

他便是要入阁,也要先外放攒出政绩,待到三四十岁再请回京,顺顺当当地做一任尚书,届时入阁,那便是既有资历又有实绩了。

裴慎思忖后,沉下声说道:"你且告诉指挥使,就说裴慎巡盐御史任满回京后会再请外放。"

石经纶点点头,将裴慎的嘱咐记在心里后,又说了剩下的两件事。

"第四,东南倭寇日渐猖獗,浙江巡抚刘集上奏折欲罢免浙江、福建市舶提举司。"

裴慎摇摇头:"两淮盐政课税素来是国朝盐税的重中之重,论理,一引应得盐税六两六钱四分,按照盐引量应得盐税一千万两有余,可去年盐税才两百四十五万两。我年不过弱冠,陛下不用老成持重之辈却要我来担任巡盐御史,必定是要借年轻人的锐意进取来革故鼎新,严查盐政官场的积弊,可见朝中财政已日益紧张。"否则,沉迷于婉贵妃、生子、修道这三件事的陛下绝不会腾出手来打理盐政。

裴慎继续说道:"既然朝中如此缺钱,浙江和福建两个市舶提举司年抽解白银百万两,朝中必定不肯裁撤。相反,刘集乃浙江巡抚,干出此事要么是一时糊涂,要么是被倭寇逼到没办法了,前者无智,后者无能。浙江巡抚的位子多半要换人坐了。此外,若真是倭寇猖獗,还请指挥使多多留意东南的情报,陛下日后必定要问。况且,那些情报将来总有用到的时候。"

石经纶会意:"我会提醒指挥使大人的。"

语罢,石经纶又说道:"去年便有流言说蒙古土默特部的孛儿只斤·俺答病重,可拖到如今也没个确切的消息,指挥使想听听裴大人的想法。"

裴慎思忖片刻后说道:"明年土默特部必定会南下劫掠,大战将起,我们要早做准备。"

石经纶叹了口气:"指挥使与朝堂诸公也是这么想的。"

裴慎说道:"俺答若没有病重,定会率兵南下劫掠。若他病重乃至亡故,继位的新首领为了树立威望也会南下劫掠一遭。我们躲也躲不掉,只能早做准备。"

石经纶无奈地扯了扯嘴角,拱手说道:"最后一事,白莲教近年来越发猖獗,山西太原城内有白莲教夜聚明散,烧香诵偈。此外,宣大亦有教徒聚众滋事,谋逆为乱。还请裴大人近来多多留心淮扬可有白莲教作乱。"

裴慎点点头,应下了。

石经纶不好多待,便小心离去。

此刻沈澜闲来无事,正与厨娘赵娘子搭话:"赵娘子,这可是槐叶?"她指着案板上的一小筐绿叶问道。

赵娘子正给煮熟的河虾去壳,闻言笑道:"那槐叶是现摘的,新鲜着呢!"

沈澜便净了手,坐在小杌子上帮她一起剥虾壳。

赵娘子脸上笑意便显得真诚了些,主动问道:"姑娘来寻我可是有事?"

沈澜手中不停,口中只道:"我闷在房里,闲着也是闲着,不如来帮忙。"说着,开玩笑道,"我帮了忙,赵娘子届时做了好吃的,还请饶我一份。"

赵娘子"扑哧"笑起来。

两个人又闲话了几句,沈澜这才状似随意地问道:"这院子里也没槐树,哪儿来的槐叶啊?"

"姑娘说笑了,这槐叶自然是我在外头买的。"

沈澜似好奇地问道:"外头还有槐叶卖?"

见虾仁尽数剥出,赵娘子起身,拿出小钵,放入些许槐叶,以杵捣碾成汁,又随口答道:"今早外头有几个小子拿着槐叶叫卖,我便做主买了些。"

这槐叶竟然是售货员上门推销的,不是赵娘子去府外买的。沈澜有些失望。

她若要逃跑,第一步总得了解清楚情况。她被关在刘宅一年,如今又在盐漕察院,不负责采买事宜,等闲不得出府。

沈澜思忖片刻,便装傻问道:"赵娘子,那这些河虾、菱角也都是有人送上门的吗?"

赵娘子笑道:"河虾得去码头现买才新鲜,菱角和蔬果自然是我去菜市街采买的。"

沈澜心中欣喜,正要再问,听到赵娘子又继续说道:"我已与河上那船家约好,叫他日日送来新鲜的河虾和活鱼。"

沈澜一时失望。她本想借着采买事宜与赵娘子一同出府，如今看来，这条路走不通了。况且，采买涉及银钱，颇为敏感，赵娘子未必愿意与她同去。

沈澜思忖片刻，换了个说法，笑道："赵娘子，我来得匆忙，没什么胭脂可用，正打算出府买些胭脂水粉，不知赵娘子何时有空，我也好与你一同搭个伴儿。"

赵娘子微怔，颇有些为难。盐漕察院富庶，给厨娘的月银也高，赵娘子不想丢了这份活计，偏偏又是个寡妇，生怕惹来是非，便不肯频频外出，只谨慎地闷头做事。

"姑娘，我平日里若不是采买，等闲不出府，就是怕大人想吃个东西却寻不着人。"

沈澜见她为难，体贴地说道："我也不挑日子，只待赵娘子要出府之际，且通知我一声便是了。"

赵娘子松了口气，笑着剥了个菱角递给她。


午间，太白楼内。

受邀者俱是盐政官吏以及盐商。此次是巡盐御史相邀，他们哪儿敢不来？几个盐商不敢身穿锦衣华服，还特意换上了青衣褙子以示恭敬。

太白楼是扬州最大的酒楼，高三层，五楼相向，以数座虹桥相连，雕栏玉砌，檐牙高啄。又有伎子小唱出入其中，帮闲、篾片四处走动。

三楼的包间里，见裴慎尚未来，诸人叙爵落座，只吃着茶点却不敢开桌，叫来的三五伶伎不好干坐着，也不好叫酒，便只好弹唱《骤雨打新荷》《锁南枝》《山坡羊》之类的慢曲小调。

"主家怎么只喊了这么几个小唱？"秦献端坐次席，不悦地说道。

宴席虽是裴慎开的，可太白楼开设宴席驾轻就熟，二十余人的宴席却只叫了三五伶伎，实在不合适。

一旁陪坐的刘必之低声说道："卑职特意叫人撤了几个，因为听说那裴大人守孝在身，不好宴饮享乐。"

秦献嗤笑，心想：裴大人既是在守孝，为何开宴？他分明是装模作样。

秦献心里这么想，嘴上却说道："裴大人上任一月，还是头一次设宴，当真是旰食宵衣、尽瘁事国啊！"

听到盐场转运使的话，周围几个经历、盐所官也纷纷拍马屁。

"是极，是极。"

"裴大人勤政！"

"裴大人忧国奉公、未明求衣。"

满场都是官，几个盐商不敢托大，只敬陪末座，这会儿见官吏们夸赞完，才敢附和几句"裴大人夙夜在公""裴大人宵旰忧劳"……

一时，满场桴鼓相应、笙磬同音，气氛融洽和乐。

隔壁包间里等着的锦衣卫小旗忍不住啐了一口："裴大人还没来呢，他们至于这么吹捧吗！"

周围几个相熟的便挤眉弄眼地说道："老爷们现在说得高兴。一会儿咱们进去，管叫他们唱得高兴！"

众人哧哧地笑起来。

石经纶清清嗓子，身后的十余名锦衣卫便做肃穆状，不敢再开玩笑。

"行了，此行共要抓捕十七人，你们都警醒些，可不能让隔壁的那帮阉货抢了先。"他刚说完，便听见楼梯口传来几道脚步声，极轻盈，听着俱是习武之人。

石经纶做手势，示意身后的部下噤声准备。

裴慎带着三个侍卫上楼，进了包间。

他一进去，众人纷纷拥他端坐上首。裴慎坐在鱼肚牙太师椅上，环顾四周，除了几个熟面孔，剩下的人俱不认识。

也是，能见到他的都是五品以上的盐政官吏，普通的小吏根本见不着他，他自然不认识，更别提几个连功名都没有的盐商了。

裴慎说道："诸位都坐吧，是本官来迟了，原该自罚三杯，只是恰逢孝期，以茶代酒可好？"

秦献即刻说道："大人客气了！忠孝大过天，我等哪儿敢让大人自罚？"

一时，劝说声不绝于耳。

裴慎就坡下驴："诸位的好意，本官心领了。只是本官初来乍到，尚有诸多仁兄贤弟不认识，秦大人可愿做个中人介绍一下？"

秦献朗声笑道："好说，好说。"说罢，先是指点了几个官位稍次者，只说这几位分别是吴经历、陈知事……

被点到的人即刻起身敬酒。

这么一轮下来，最后秦献便介绍到了几个盐商。

"这是刘葛，刘鹿裘。"

被点到的刘葛穿着青衣褶子，即刻起身，作揖把盏："裴大人，小人刘葛，字鹿裘，家中世代贩盐，今日蒙大人召见，不胜惶恐。"语毕，即刻灌了自己三盅酒。

裴慎没有接酒，反而问起了刘葛的字的出处："你这字可是出自《后汉书·虞延传》中的'昔晏婴辅齐，鹿裘不完，季文子相鲁，妾不衣帛'？"

见巡盐御史与自己搭话，刘葛激动得满脸通红："是极是极！大人博通经籍，不愧是状元之才。"

裴慎淡淡地说道："这倒也有趣。'鹿裘不完'喻指节俭，你却做了奢靡富庶的盐商。"

刘葛一时不知该怎么接话，只好讪讪地说道："小人名葛。夏穿葛，冬着裘，故小人取了'鹿裘'为字。"

裴慎不过是想起了沁芳才与刘葛多说了两句，此刻早已不耐烦，便不再理睬刘葛，而是将目光转向秦献："秦大人，你还未介绍其余人。"

秦献一愣，原以为刘葛入了这新来的大人的眼，没想到这大人如此阴晴不定，只能听命介绍了剩下的几个人。

和在场的人都打过招呼，裴慎这才说道："人齐了便好。本官今日设宴，只因有几位贵客想结识诸位。"说完，他吩咐两个侍卫出门将"贵客"请来。

众人疑惑，茫然地看向门口。

愣神儿的工夫，包间门便被打开了，如狼似虎的锦衣卫和厂卫冲进包间里。

"锦衣卫来这里做什么！"

"你们绑我做甚！"

"裴大人这是何意？"

宴席尚未开桌，室内已然充斥着尖叫声。场面混乱不堪，桌上的定胜糕、红豆酥随即滚落，杯盘碎了一地，地上全是翻倒的茶水。

看见几个锦衣卫和番子冲过来，盐场转运副使刘必之不由得哆嗦起来，一时只觉天旋地转，惨叫一声，晕过去了。

见他这般，那番子啐了一口"窝囊废"，便将他堵住嘴，戴上了木枷。

一旁的秦献见状，只觉满目凄惶，哆嗦着说不出话来。副使被抓，他这个转运使难道还能逃得了吗？

最后进来的石经纶板着脸，正色说道："还请秦大人接旨。"

秦献本已跌坐在地，脸色煞白，闻言，强打起精神，颔首跪拜说道："臣秦献接旨。"

石经纶中气十足，大声说道："陛下口谕秦献，你可曾诵读过《南华真经》第十五篇？"

可怜秦献年过四十，这会儿紧张之下脑袋空空，连四书五经都忘了个干净，哪里还想得到《南华真经》，更别提《南华真经》第十五篇了。

一旁的裴慎却即刻想到《南华真经》第十五篇是《刻意篇》，其中有一句"众人重利，廉士重名"。好端端的《庄子》不叫，非要叫什么《南华真经》。况且，既要训诫秦献"清廉"二字，《论语》有"饭疏食，饮水，曲肱而枕之"，《礼记》有"临财毋苟得，临难毋苟免"，《尚书》有"直而温，简而廉"。四书五经一个不用，偏偏用《庄子》的"众人重利，廉士重名"，可见陛下近来越发向道了。

趴跪在地上的秦献可想不出这么多。被锦衣卫和番子虎视眈眈地围困着，秦献早已面如土色。

偏偏石经纶还嫌不够似的，高声说道："陛下再谕秦献，既是记不住《外篇》第十五，可记得《杂篇》第二十八？"

裴慎略一思忖便明白了。《杂篇》第二十八是《让王》，应当是那句"人犯其难，我享其利，非廉也"。而秦献连第十五篇都不记得，更遑论第二十八篇了。此时的他早已汗如雨下，跪地稽首不停。

石经纶见状，便板着脸说道："陛下三谕秦献，既是不读《南华真经》，那么可还记得《八佾》中'君使臣以礼'的下半句？"

《八佾》是《论语》第三篇，秦献好歹是进士出身，四书五经烂熟于心，自然知道下一句是什么。

"君使臣以礼"的下半句是"臣事君以忠"。

秦献分明知道答案，可此刻的情态竟比答不出前两问还惨烈。他面如死灰，整个人涕泪涟涟，惨叫不休。"我秦羹之对陛下忠心耿耿，绝无二心，绝无二心啊！"说罢，他竟被吓得胆丧魂惊。

裴慎见状，一把拽起秦献，朗声说道："秦大人何苦如此？陛下未曾下旨褫夺你的官位，自是知晓你竭诚尽节，忠贯白日。"

秦献原本黯淡无光的眼睛里竟猛然迸发出亮光，死死地攥着裴慎的胳膊，连声说道："是极是极！裴大人说得是，说得是！"

见他这般，裴慎便知道秦献已被吓破了胆，至少在转运使的任期内必会全力配合自己。

方才还板着脸的石经纶此刻挤出一个笑，说道："秦大人安心吧。"

听锦衣卫这么说，秦献悬着的心才算放了下来，他终于没有刚才那般失态了，只是腿软得站不起来，只能瘫坐在地。

裴慎一把将他扶起，让他坐在了圈椅上，又轻声安抚道："秦大人今日蒙陛下垂怜得以聆听圣训，想来如今蒙昧尽去，心明眼亮了。"说着，裴慎看了眼许益。

秦献心里一紧。

陛下前两谕俱是在训诫他一个"廉"字，必定是知道他贪污受贿的事了。如今他之所以没有像副使刘必之那样被番子扣押，等待入京受审，多半是因为姐夫孙德宁。可这样一来，他的官位也保不住了。过个一年半载，陛下必定会找个错处贬了他。他得想想办法，想想办法……

秦献定定地看了两眼许益。

许益是东厂档头之一，肯定是陛下身侧的某个大珰的心腹，若能通过许益请那位大珰在陛下那里说几句好话……

他又想了想陛下的第三谕，第三谕是在训诫他一个"忠"字。什么叫忠？臣子贪污受贿，挖陛下的墙脚，是不忠；臣子自己吃得脑满肠肥，陛下却一无所得，是不忠。既然要对陛下尽忠，那他就得……

秦献心思既定，便感激地朝裴慎笑了笑。裴慎回以一个温和的笑。

锦衣卫和厂卫联手，在座的众人自知在劫难逃，早已软了身子，呜呜咽咽。有几个性烈的还想挣扎，被赏了几棍后也就老实了。

"裴大人，我等还有皇差在身，这便告辞了。"石经纶吩咐手下将这些犯官绑好送上囚车后，便要告辞离去。

许益闻言，在心里把石经纶骂了个狗血喷头。他还想着带孩儿们在扬州快活两天，可现在锦衣卫要走，东厂自然也不能留。否则，两方同时出京，锦衣卫却比东厂先回，这不显得他们厂卫办事不力吗？这出京拿人还真是个苦差事，半点儿油水都没有，怪不得大珰们都一推六二五，谁也不肯来。

"还请二位稍候。"裴慎拱手说道，"罪官宅院均须查抄，其中还夹杂着几个盐商。本官人手不够，想请石镇抚使和许档头拨几个人手，随本官与扬州知府一同前去抄检。"裴慎想借抄家之举"喂饱"太监们，好让他们速速离去，不要滋扰扬州以及沿途的百姓。毕竟让太监们祸害平民百姓，不如让他们祸害贪官污吏。

闻言，许益大喜。抄家是何等富到流油的差事，这裴大人果真会做人！

锦衣卫和东厂不和已久，叫太监们得利，石经纶却无不满之色，只因他们锦衣卫人多，抄家分润到的财货更多。

石经纶说道："既是如此，我且调一队小旗与裴大人同去，只是不知裴大人要我等查抄哪里？"

许益久在宫中伺候人，听人话的本事是一等一的，闻言，即刻意识到石经纶这是投桃报李，给裴慎面子，请他先挑。

许益也说道："裴大人尽管吩咐！咱家别的不行，抄家最是得力！"

裴慎说道："许公公说笑了。陛下未曾下旨，本官哪儿敢擅自抄家，不过是还有些证物要搜检出来，一并呈给陛下罢了。"

"是，是，是！"许益连连点头，又轻轻打了自己一个嘴巴，"瞧我这嘴，浑说什么！您老大人有大量，莫与我计较。"

裴慎说道："那刘必之的府上有一'瘦马'是人证，赵案的府上有《伯远帖》真迹是物证，还有其余受贿官吏的府上均有些人证物证，这些便不劳烦二位了。只是账簿的正本应当还藏在盐商刘葛的府上，且多半藏得隐秘。一事不烦二主，劳烦许公公和石镇抚使了。"让锦衣卫和厂卫亲手将账册的正本搜出来，不经过他的手，便无人能说他蓄意构陷，这案子也就定死了。

一听说让他们抄盐商的家，许益放声大笑："裴大人且放心，为陛下办差事，咱家必定尽心尽力，即便掘地三尺都要把那账簿挖出来！"

石经纶心想：这太监是找到了账簿还要掘地三尺吧！他心中虽鄙夷这死要钱的太监，但并不反对抄盐商的家。毕竟有外快可赚，他为何不干？

"既是如此，本官这便派人带二位前去。"裴慎说道，"原本该为二位及众兄弟接风洗尘，只是今日抓人闹出了动静，为防有人毁去证物，只能劳累二位速速前去抄检。"

许益笑盈盈地说道："我们有皇命在身，应该的，应该的。"

毕竟盐商豪奢，几万两的家底总是有的，便是分润下来，自己也能拿个几千两，哪儿还在乎裴慎请的一顿饭啊？

石经纶更没有二话。

裴慎温和地说道："待人证物证尽数集齐，明日午间本官在太白楼设两桌宴席，必叫诸位吃好喝好。只是本官为恩师守孝不能宴饮，知府大人恐怕也要忙于政务，届时便由秦大人招待诸位。"

秦献闻言一喜。裴大人此举是给他跟许益、锦衣卫单独相处的机会啊。且到了明天中午才设宴，他还有一天的工夫筹钱。思及此处，秦献感激地说道："下官必定好生招待诸位。"

有吃又有拿，许益心里美得不行，就连石经纶都暗自感叹指挥使大人果真没看错人。裴慎做事守正不阿，但手段圆滑老辣，想来不出二十年，必能入阁拜相，位极人臣。

石经纶和许益一走，秦献原本想赶着去筹钱，犹豫片刻还是驻足，低声试探地说道："方才听裴大人与石镇抚使、许档头谈起什么账簿，这账簿……"

裴慎但笑不语。

秦献当即了然，又想到裴大人刚刚提到的什么"瘦马"、《伯远帖》俱是刘葛献上来的，尤其是开宴前裴慎还特意与刘葛说了几句话，一时，怒火中烧。别的盐商一样给他送人送物，这刘葛送归送，竟敢私下里记账，还被裴慎查出来了！想到这里，秦献又气又恨，双目赤红。若不是刘葛已被押走，只怕他顾不得体面都要饱以老拳。

秦献这会儿被吓得后背尽数被汗浸湿。明知这扬州盐场受贿案多半是裴慎捅出来的，可他不敢恨裴慎。裴慎上任一月便使他失去了转运使的位子，却又给他指了条活路。这人雷霆万钧的手段，春风化雨般的圆滑，竟让秦献隐隐有了几分畏惧。

见他神色惊惧，裴慎浑不在意。这般小人畏威而不怀德，裴慎让他又敬又畏便是了。

果然，没过一会儿，秦献弯腰作揖，毕恭毕敬地问道："裴大人可还有何吩咐？"

裴慎便笑着摆摆手，任由秦献匆匆告辞离去，回家筹钱。

此刻，包间里已是杯盘狼藉，满地碎瓷，桌倒椅翻。

被邀请来的二十余人中，大半被抓捕并送上了囚车，只剩下跪在角落里瑟瑟发抖的三五伶人伎子以及几个没被抓走的官吏、两个盐商。

裴慎刻意邀请了几个清白人家，便是怕这伙人赴宴时起疑。剩下的几人方才见锦衣卫闯进屋中，又惊又怒。见同伴被带走，自己却逃过了一劫，又悲又喜。一时，他们百感交集，只呆坐在那里。

裴慎说道："诸君莫怕，事情已了结，锦衣卫和厂卫也都走了。只是，这宴席不吃，颇为可惜。"

方才上的不过是开桌前垫肚子的果子、茶食罢了，正式的小菜、案酒、下饭、汤品、果碟都还没上呢。

裴慎扫了眼战战兢兢陪坐的五人，笑道："本官有孝在身，不能宴饮，诸位自行享用宴席吧。"

几人强颜欢笑，哪里还有心情吃宴？他们本就已经脸色发白，大汗淋漓，又听到他和锦衣卫、东厂番子聊了一通儿如何抄家，更是两股战战，几欲奔逃。只是，他们亲眼见着裴慎上任不过一月便以雷霆手段将整个扬州盐政官场一扫而空，这会儿对他又敬又惧，生怕惹他生气，便捡了桌上干净的一碟果干机械地往嘴里塞。

裴慎慢条斯理地说道："诸位能从此等大案中脱身，必是因为素日里清白做人。陛下智周万物，诸位的言行他自然看在眼里。"

三个官吏微怔后，一股狂喜涌上心头。这是要给他们升官了？是了，这么多官吏都倒了，他们自然能升官。

就连剩下的两个盐商也喜不自胜。刘葛是扬州最大的盐商，他一倒，跟他关系好的几个盐商也得遭殃，空出来这么多盐引，他们怎么着也能多吃两口。

一时，众人纷纷转忧为喜，眉开眼笑，只觉手里的玫瑰搽穰卷儿都香甜了。

裴慎笑道："如今这宴席你们可还吃得？"

在座的众人纷纷喜笑颜开："吃得，吃得！"

这会儿，众人对裴慎折服至极，格外恭敬，不敢有半分放肆，纷纷起身把盏敬酒，连声谢过裴大人。

裴慎微笑颔首回应。

上任一月,他荡清了两淮盐政官场,充实了府库,在都察院留了份香火情,拿到了两淮盐场转运司转运使等林林总总七八个位子,加固了与锦衣卫的关系,又新结交了厂卫。细细数来,他这一月来的忙碌颇为值得。接下来,他便能放开手脚推行盐政改革,若能将盐价降下来,便能让更多百姓受益。思及此处,裴慎心中快慰,便以茶代酒,一饮而尽,复拱手告辞,带上侍卫扬长而去。

回到盐漕察院,裴慎进了正堂,见廊下无人,便掀开湘帘一看,屋内更是人影子都没半个,当即沉声问道:"人呢?"

正给芭蕉洒水的粗使婆子连忙回道:"大人,坠儿和墨砚原在廊下守着,只是方才身子不舒服,便歇息去了。"

坠儿和墨砚都是活泼好动的年纪,裴慎素日里很少使唤她们,自然也懒得问她们的去向,这时候想问的自然是沁芳。裴慎只觉这婆子果真不晓事,只好摆手吩咐道:"你去将沁芳唤来。"

说话间,沈澜捧着小茶盘过来,见裴慎站在门口却不进去,便说道:"爷,厨房的赵娘子进了碗梅汤来。"

裴慎站在湘帘前,低头一望,见那小茶盘上放着个浅口官窑半脱胎的甜白碗,盛着栗褐色的梅汤,澄澈清亮,里面的碎冰已化,碗壁上悬着些许水珠,看着便一阵舒爽。裴慎端起碗来一饮而尽,凉意随汤入喉,只觉五脏六腑里的暑热之气顿消。饮完梅汤,他随手将碗放回小茶盘上,难得地赞扬了一句:"你有心了。"说完,拂袖进屋。

沈澜捧着空碗跟上。她今日来是有正事的,可不是为了伺候裴慎喝碗梅汤。

进了屋,沈澜问:"爷,这梅汤可好喝?"

裴慎坐在榻上。那榻上早已被沈澜换上了芙蕖簟,旁边又放了两个冰盆,丝丝凉意袭来,让裴慎心情大好。他顺手拿过一卷书,答道:"尚可。"

"夏日暑热难消,方才坠儿有些中暑,我叫她去后院的竹林子里乘凉了,还请爷恕罪。"

听了沈澜的解释,裴慎冷哼道:"你倒会卖乖。"

沈澜这些日子里揣摩裴慎的心思,渐渐有了一些心得,知道他这番作态不是怪她,不过是不满意回来的时候院子里没人罢了。

"爷素来怜贫恤苦,盛夏暑热难消,院子里的丫鬟、婆子们中了暑最是麻烦,吃药弄得满院子都是药味儿,平白无故费钱不说,还抽不出人手来伺候爷。与其如此,倒不如让她们隔两日吃一碗梅子汤。"

裴慎饶有兴味地看着她。

沈澜既已开了头，便绝没有回头路可走，只恭顺垂首往下说："梅子汤最是消暑解燥，爷用的梅子汤用料多，只是仆婢们用的梅子汤不用加什么料，只几十颗梅子捣烂煮开便是，也不必加冰，拿井水拔一拔也够消暑了。"

裴慎扔了书，拿起榻上的金棕川扇有一下没一下地扇着风，淡淡地说道："你巴巴儿地送了梅汤过来，我还以为你晓事了，原来竟是要拿我做人情。"

沈澜倒也不害怕。经过这几日的相处，她知道裴慎心明眼亮，极难蒙骗，可今日这事她又没骗他。

"爷，我初来乍到，心里想着为爷分忧，偏偏又没什么见识，思来想去也只能想到这么个笨办法。"沈澜垂首，声音柔软，在裴慎听来有些撒娇的意味，"爷在外头有下属官吏、侍卫小厮跟着，暑热时若赠他们一碗梅汤，是爷体恤他们。间或换成绿豆汤，盛夏两个月，他们便是日日饮用，也不过费爷二三两银子罢了。"

费不了几个钱，裴慎却能得个爱护下属的好名声，让手下人办起差事来尽心些，何乐而不为？更别提裴慎刚以雷霆之势扫荡了扬州盐政官场，群吏惶惶，正是安抚人心、施恩布德的好时候。

裴慎颇为惊异地看了她一眼："我原想着赏赐些财物下去，你这法子倒是更贴心，也能惠及最底下的小吏。"若裴慎赏赐财物，恐怕也到不了小吏的手中。

沈澜见他赞同，松了口气，说道："爷，高义！"

以一碗梅汤安抚人心，这办法既得了裴慎的赞赏，又能惠及周围的丫鬟婆子、侍卫小厮，让她结些善缘，何乐而不为呢？沈澜目的已达到，便垂手侍立一旁，眼观鼻、鼻观心，紧闭檀口，八风不动，当个摆件。

裴慎见她这般，只歪在榻上拿扇子指了指她，调笑道："你既然蕙心兰质，如今又这般谨慎做甚？你还怕触怒了我不成？"

他这话说得略显亲昵，可沈澜心知他孝期未过，绝不至于在此时惹出些风流债来，便也不怕与他谈笑，只睁眼说瞎话："爷脾气好，待人温和，奴婢不是怕爷，只是没学过做奴婢的规矩，就只好立在一旁等爷吩咐。"

裴慎把玩着折扇，心道：没学过也无妨，左右三年一过，她就能辞工，也不必去学什么做奴婢的规矩了。

两个人正在闲聊，门外忽有人禀报说许档头派了两个番子来送礼。

裴慎蹙眉，心道：许益不去盐商家中敛财，找我做甚？

裴慎当即吩咐小厮道："你把他们叫进来！"

区区两个小太监，还不至于要他去迎。

沈澜犹豫片刻，看了看房中，发现有一架紫檀嵌云石小座屏风。

"你且去屏风后面躲一躲。"裴慎说道。陛下正派赵十一采选良家子以充盈宫廷,沁芳容貌太盛,未免惹事,还是避开为妙。

闻言,沈澜松了口气,匆匆躲到了屏风后。

就在此时,两个小太监进了门,恭敬作揖说道:"见过裴大人。"

裴慎剑眉微蹙:"许公公派你们二人来可是有什么事?"说着,他看了眼跟在二人身后的那名女子。只一眼,他便移开了视线。盯着女眷看,实非君子所为。

高个番子满面堆笑,指着自己身后的女子:"此女乃盐商刘葛府上的'瘦马',名唤琼华。"

琼华为何在此处?屏风后的沈澜愕然,但只思忖片刻便想明白了,多半是她逃走后,刘葛挑中了琼华要来献给巡盐御史裴慎。

高个番子继续说道:"据她所述,刘葛买她是为了献给裴大人。许公公听闻此事后,便叫我们二人将此女送来。"

裴慎心知这是许公公投桃报李,谢他让其查抄盐商家。可他如今恰逢孝期,光明正大地接受一个太监送来的"瘦马",官声、仕途还要不要了?

裴慎摆摆手:"许公公实在太客气了,只是我如今正守恩师孝,焉敢近女色?"

那两个番子闻言,一时竟有些为难。许公公只让他们把人送来,却没说裴大人不肯收他们该怎么办。

一旁的琼华已是面如土色,惊慌失措。她先是在刘葛府上过了几天仆婢成群的好日子,只等有朝一日飞黄腾达。谁知没过几日,竟等来了如狼似虎的锦衣卫和东厂番子。今日若不能留在此处,她回去后便要面对锦衣卫和太监。想到这里,琼华一时涕泪涟涟,跪倒在地,连声高呼:"请大人垂怜,请大人垂怜!"

屏风后的沈澜心中酸涩。虽然平日里她和琼华多有争执,但琼华不过是个十五六岁的小姑娘,她有心想帮一把,奈何自己在裴慎面前又有什么脸面呢?若惹急了裴慎,那人只消喊来牙婆将她卖了。虽不至于沦落到烟花柳巷,但以她的容貌,必定又被卖去做妾,届时哪里还能运气这么好,正好碰上一个守孝的主家?沈澜咬咬牙,再看看,再等等。

琼华哀泣声越甚,偏偏太师椅上的裴慎八风不动,心冷如铁。这世道,可怜人多了去了,死在大旱、大疫中的人成千上万,被土豪劣绅欺凌而求告无门的人数不胜数,被鞑靼、倭寇屠戮全家却报仇无望的人比比皆是。人世间谁不可怜呢?

裴慎没有收留琼华的意思,端起茶盏,示意送客。

两个番子会意,便一左一右地将琼华扯起来,拖着出了门。

"大人!求大人救救我!救救我!"琼华涕泪涟涟地哀求。

屏风后的沈澜自己都还是奴婢,前路茫茫,按理,实在不该出头,可她心中不忍，便轻叩屏风。

琼华正大声哭喊，而且这击叩声小，两个番子浑然不觉。

可裴慎是习武之人，即刻朝屏风后望去，只见沈澜以手指做笔，在空中写字，似是向自己传递消息。裴慎细细一看，发现她写的是"奴籍"二字。

那又如何？裴慎呷了口茶水，不言不语。

沈澜见裴慎没有反应便急了起来，匆匆指了指屏风外的檀木几案，那上面还放着小茶盘和甜白碗。她刚献了以梅汤安抚人心的主意，这才过去一刻钟，便要来兑现功劳。裴慎心中不满，照旧不动。

沈澜无奈，只得面带哀求，拱手作揖。她素来沉稳，很少喜怒形于色，更别提秀眉微蹙，欲说还休地哀求了。

裴慎瞥了她一眼，放下茶盏，淡淡地说道："二位且住！此女看着也是个可怜人。若审查过后发现她不涉及刘葛案，便放了她的奴籍，且让她归家去吧。"

琼华闻言，霎时瘫软在地，又忽而放声大哭。

两个番子面面相觑，只好谄笑着说几句"大人仁厚，体恤百姓"之类的话，拽起琼华告辞离去。

屏风后的沈澜松了口气，心里又晦涩难明。她不可能要求裴慎收琼华做丫鬟或是妾室，一则裴慎绝对不会答应；二则这很可能惹怒裴慎，把自己搭进去。可只要裴慎肯为琼华说句话，锦衣卫和东厂便会放过她。只是若琼华还是奴籍，命运依然不由她做主。沈澜便请裴慎帮忙销去琼华的奴籍。成了良家子后，若琼华聪慧些，联合刘妈妈院子里那些剩下的姑娘，众人抱团儿，便没有地痞流氓敢欺凌她们。届时精进绣艺，将来开一家绣庄，她们也能好好过日子了。

"出来吧。"见人走了，裴慎吩咐道。

沈澜没动。

裴慎抬眼望去，只见沈澜怔怔地立在原地，不知在想什么。

裴慎见状，开玩笑道："你方才胆子不是挺大嘛，这会儿愣着做甚？你莫不是怕我怪罪你？"

沈澜回过神儿来，笑道："爷，没什么，只是我刚才走了神儿。"

她明明是笑着的，可是笑容里泛着几分苦涩。她心心念念地想销去奴籍，琼华却比她先做到了。琼华要的荣华富贵，却放在她的面前。人世间的事总是这样——想要的，求不到；不想要的，偏要找上来。

一整日，沈澜都神思恍惚、怅然若失。

见她这般，裴慎蹙眉说道："我是叫你夹一筷槐叶冷淘，不是蜜渍梅花。"

沈澜惊觉，连忙收回手中的三镶银箸："对不住，爷，奴婢走神儿了。"

裴慎冷下脸："下午我让你研墨，你拿笔洗当砚台使；我叫你泡盏清茶来，你弄了杯桂花木樨茶。如今你连布菜都布不好了！说吧，到底是什么事，弄得你一整日梦魂颠倒、神思不属？"

沈澜稍显沉默。

见她这般，裴慎冷冷地说道："你莫不是见那琼华脱了奴籍，心生艳羡？"

沈澜正犹豫可否借此机会说明白，也好求个良籍。琼华脱奴籍如此容易，不过是裴慎一句话罢了，沈澜若不试一试，心中实在不甘。她正要开口，一抬眼，惊觉不对，只见裴慎脸色冷若冰霜，泛着股砭骨的冷劲儿。

裴慎这人城府极深，素日里喜怒不形于色，微笑不一定是喜，冷脸也不一定是怒，可那都是面对官场同僚的神态。对她一个丫鬟，他有什么装模作样的必要呢？心知裴慎已然恼怒，沈澜急急止住话头儿，缓了口气，垂首说道："爷误会了。奴婢之所以总走神儿，只是想着要不要出府一趟。"

闻言，裴慎缓了神色，面带微笑问："你确定不是艳羡琼华？"

见他这般，沈澜心中越发警醒，小心翼翼地说道："爷说笑了。奴婢不过是见了当年旧人，一时心生感慨罢了。若不是爷将奴婢留在身边，只怕奴婢逃出刘宅后便要无家可归，任地痞流氓欺凌了。"

闻言，裴慎又看了她两眼，明知她是个狡狯性子，这番话里有几分真、几分假尚未可知，可她话说得甜，素日里办事妥帖，无半分愤慨之意，他便当她这番话是真的吧。裴慎淡淡地说道："你知道便好。"

沈澜过了一关，只觉后背冷汗涔涔。她心知脱奴籍一事不能再提，否则便是自寻死路。她想了想，小心地问道："爷，奴婢大胆问一句，刘妈妈是否已入狱？"

裴慎见她脸色微微发白，想来是刚才吓着她了，便点点头，只夹了几瓣蜜渍梅花递给她，权作安抚："你尝尝。"

"谢爷赏赐。"沈澜见桌上只有裴慎的一双银箸，总不能用公筷吃，便只好挽起袖子，以手指拈住了那两片薄薄的梅花瓣。她那若春葱的指尖沾了些琥珀色的糖汁，捻弄着淡粉色的梅花瓣，送入了娇嫩润泽的朱唇中。香舌一卷，梅花瓣三两下便消失在她雪白的贝齿中。

裴慎呼吸一窒，周身俱是热意，四角冰盆全然无用。他镇定了半响，到底拂袖起身："我要沐浴！"说着，他大步进了净室。

沈澜茫然无措，只觉此人果真反复无常。他方才还好好的，况且她话还没说完，这会儿他沐什么浴！但沈澜不敢发作，只能忍着气跟随裴慎进了浴室，照常替他沐浴更衣。沐浴后的裴慎大概是心情好多了，歪在榻上，捏着卷尚未看完的《青琐高议》，闲坐读书。

沈澜站在他身后，拿着干净的棉帕替他绞干湿发。

室内一片静谧，唯独窗外间或响起几声蝉鸣。月华透过轩窗在榻上铺出一片雪色，映得三两烛火暖黄可亲。

"爷，头发绞干了。"过了会儿，沈澜说道。

裴慎嗯了一声，随意扔下书，问道："你白日里问那鸨母的事做甚？"

沈澜踌躇片刻，开口："我自己有爷庇护，已是衣食无忧。可若刘妈妈入狱，想来那刘宅也被封了，琼华和留在宅中的姑娘们只怕是无家可归。"

裴慎不为所动，嗤笑道："你白日里已发了一回好心，如今到了晚上，又要来做好人，真当自己是女菩萨不成？"

昏黄的烛光里，沈澜心里忽有几分惆怅："我与她们一般无二，俱身世浮沉。我不是想做菩萨，只是心有同感，想着能帮则帮罢了。"

裴慎蹙眉："日后这话你莫要再说。什么'身世浮沉'，着实不吉利。"

听到沈澜应了一声，裴慎这才满意地说道："你且安心！你既然跟了我，我必不会叫你无枝可依。"

沈澜只微笑着应了一声"谢过爷"，心里想的却是"人生就该做一棵树，只管挺直了脊背向上长去，谁要当依靠你的藤萝"。

谢过裴慎，沈澜才垂首说道："爷，奴婢可否出府一趟？"怕裴慎不同意，又解释道，"刘妈妈每年都会买十几个生得好的女孩。资质上等的，她便教些琴棋书画、诗词歌赋；资质中等的，她便教些膳食、女红；资质下等的，她便教她们算账、掌家。一年一年地进行裁汰，裁汰了的卖给妓馆回本，直到最后，剩下四五个养成了的'瘦马'，她便高价卖出去。故而，刘宅中有许多小女孩，小的才六七岁，大的也就十一二岁。这些女孩有的是被人牙子拐来的，有的是被亲人卖了的。虽说刘妈妈下狱是好事，可这些女孩不能没了栖身之所啊。"

裴慎无动于衷。这天底下苦命人多了去了，若他见一个便怜一个，日子也不必过了。"我府里收留不了这么多丫鬟。"

沈澜垂首："爷，我没想着收她们进府，只是想出府一趟去见见琼华。"

裴慎蹙眉："你去做甚？"

"我从刘宅逃出来的时候带了好几根金银簪子，想去当了，能有个三十来两，加上我身上的七十多两银子，左右能凑个百十来两银子。我想托付琼华花个四十来两买所便宜些的民居，便是破烂些，能有片瓦遮身即可。不想归家或无家可归的女孩子便可以住在那里。十几个人凑在一起，没有闲汉强人敢近身。我还想让琼华再花三十两左右请一个技艺不错的绣娘，请两年，教她们一点儿绣艺，将来她们也能有份手艺以供糊口。最后剩下的银子便一分为二，我要让琼华一年掏十几两，只买些料子给她们，且回购她们的练习之作。若勤加练习，两年后她们便能去绣庄接些简单的活计了。"

听她说完，裴慎却不搭话，只暗自忖度：沁芳到底是爱钱还是不爱钱？她当日分明极为在意月银，如今却又舍得用百两银子去做善事。

思及此处，裴慎当即问道："百两银子已是寻常人家五年的嚼用，在外头能添置十亩上好的水浇地了，你也舍得？"

沈澜毫不犹豫地回道："那些银子本就是姑娘们卖身所得的血汗钱，取之于她们，用之于她们，也算用得其所。"便是没有遇到裴慎，待她逃出去，将来有能力了，一样要回去救一救那群姑娘。语毕，见裴慎迟迟不说话，沈澜微微焦虑，还以为裴慎不肯答应。

实则裴慎见她穿着薄薄的细布夏衫，眉间笼着轻愁，阑珊灯火之下，越发弱不胜衣，不由得心生怜惜。她这般羸弱心软，若年纪到了被放出府去，恐怕顷刻间便会被人剥皮拆骨。她倒不如留在府上，他也好看顾着。裴慎一面想，一面轻斥："你倒心善！那点儿钱，你自己留着用吧。"说完，裴慎便要将陈松墨唤进来，叫他支取三百两去办此事。

沈澜连忙开口："大人如今正守孝，哪里好吩咐下属去办此事？若有言官风闻奏事，岂非不美？况且我与琼华等人俱相熟，倒不如由我去，一来俱是女子不起眼，二来免了大人沾上性喜渔色之名。"她除了想帮一把琼华等人，还想借机出府打探一二。若是陈松墨去办此事，她便还要被困在府中，等赵娘子有空方能跟着一道出去。

"不好。"裴慎摇头说道，"你一个弱女子孤身出去，我哪里放心？若要陈松墨陪着你，那还不如叫他单独去办便是了。"

见灯火下裴慎神色冷淡，沈澜不敢再争执，唯恐暴露心思惹了裴慎警觉反倒不美。罢了，她且等等赵娘子吧。

沈澜计定，便问道："大人，我可否给琼华写封信，且在信中嘱托她一二？"

裴慎便起身去了楠木翘头案前，招手说道："过来，你且来写便是。"

沈澜草草研墨，将自己的计划一一道来，又说若无人想靠绣艺生活，便将那百两银子按照人头均分，各人自奔前程便是。

说到底，大家都有自己的心思，而她只想着帮人一把，并不愿强迫别人。

沈澜正斟酌字句，谁知身后忽传来几声闷笑。她纳闷儿地回头望去，只见裴慎兴味盎然，拿着笔点道："你这字毫无筋骨，宛若两三岁稚儿写的，竟是个花架子。"

沈澜脸不红气不喘，毫无羞恼之意。她来此地一年，除却熟悉环境，苦思冥想如何逃跑，剩下的时间俱在恶补礼仪、品香研墨，学些唱曲小调，外加学一些房中术。像习字这些需要积年累月方能有成果的事，沈澜根本来不及做。

"那鸨母竟是个面上光,莫不是个骗子!"裴慎笑道。

沈澜好奇地问道:"鸨母还能有骗子不成?"

"自然有。"裴慎握住她的右手,只觉握上了一团莹润细腻的软玉,"常有人买了女孩子,调教个几天,胡乱教她们背几首诗,便带去主顾面前,只说这是个上等'瘦马',要价千两。外地来的客商常有人被骗。"

沈澜一时大为惊奇,只觉古往今来,世事流转,独独骗子永远都有。

说完,裴慎立于沈澜的身后,带着她的手,一笔一画地教她写信。

一豆灯火,两三蝉鸣。

裴慎心中一派宁静,一面握住纤纤玉手,一面嗅着她鬓发间的盈盈暗香。

芬芳轻盈,不像花,莫不是槐叶,或是脂粉的香气?裴慎想了一会儿实在没什么头绪,只一心二用地想着她怎么连根钗都不用?若用上蝶恋花银丝吐蕊簪,蝴蝶振翅欲飞,花蕊微微颤抖,缀在她的鸦鸦鬓发间,必定好看。即便不用银簪,她用玉簪也好啊,白玉兰簪通体温润……

"爷,写好了。"沈澜退开半步,松了口气。

裴慎弱冠之年,已是成年男子的体形,胸膛贴着她的后背,热得像火炉。

"哦。"裴慎眨眨眼,只缓慢地应了一声,这才松开手,略有几分怅然若失。只是他怅然若失过后,忽又朗笑出声。原来红袖添香夜读书竟是这般滋味。

沈澜只迷茫地看着他,不知他为何笑,半晌,只听见裴慎哑声说道:"沁芳,日后闲来无事,我教你读书习字可好?"

沈澜略微思忖片刻,便答应了。

按理,两个人握笔学习时太亲密,沈澜怕裴慎起心思,本不该答应的。可偏偏裴慎要守孝三年,必定不会在此时动她。加上在古代,接受教育的机会何其难得,如今有名师指点,她为何不答应?但凡能写得了一笔好字,她将来出了府,扮成男子做个账房也够养活自己了。

"多谢爷。"沈澜头一回如此真诚地道谢。

裴慎微微翘起嘴角,复又将她虚虚搂在怀中,贴着她纤细的脊背,握住她柔软白嫩的手指,在她的耳畔低语:"你先学握笔姿势,当以五指执笔,指实掌虚……"

"是这样吗?"

"我教你……"

第二天一大早,沈澜便将手中的银钱,加上数根金簪、银簪,连同一封信,尽数交托于陈松墨。

"劳烦陈大哥了。"沈澜客客气气地递过去五两银子。

陈松墨低着头，不去看她，只摆手说道："姑娘客气了。近日院中日日供给梅子汤、绿豆汤，我等暑热之时饮一碗，甚是爽快。我等尚未谢过姑娘，哪儿敢收姑娘的钱。"

爷素日里赏赐财物较多，怎会记得这样的小事？因此他们纷纷猜测送解暑汤多半是沁芳提议的。

"陈大哥客气了。"沈澜隔着一丈远说道。

二人未再多闲话，陈松墨便匆匆出门了。

待沈澜回了正房，裴慎正好练武回来。沈澜上前，正欲接过裴慎手中的拓木牛角强弓，谁知裴慎微微避开，笑道："这弓极重，你提不动。"平时裴慎嫌弃院子小，没有演武场，便极少动弓箭，近日不知从哪里寻了三石强弓，便总于后院的竹林里练习。

"爷近日里怎么练起射箭来了？"沈澜试探地问道。

主子的任何一点儿变化都会对下属产生影响，或好或坏，沈澜自然要问清楚。

裴慎将弓挂到墙上，进了净室："我练习射箭，只不过是未雨绸缪罢了。"

沈澜脚步一顿，担忧地问道："爷，要打仗了吗？"

若是打仗，顷刻间便会生灵涂炭、疮痍满目。

裴慎见她的脸色微微发白，不由得心生怜惜："你且安心，我不过是随口一说罢了。"

他这么说分明是搪塞，沈澜有心再问，却也知道他既然存心敷衍她，那便是不愿说，她再问也没用。

裴慎又说道："我近期须外出一段时间。"

闻言，沈澜心喜，却面不改色地问道："爷要外出多久？"

裴慎瞥了她一眼，见她如往常一般垂首肃立，绝不多说一个字，恨不得自己是个不引人注目的摆件。

"外出多久，我暂时还未定。"裴慎思忖，回道。他要巡查都转运盐使司的三个分司，两座批验所，还有六十二个盐场、盐课司。盐政改革已开始，巡查这些地方，他绝对不能走马观花，要在一地待上三五天。

"我此次外出可能要五六个月。"裴慎盘算着。

五六个月？沈澜强压着笑意，把头深深地低下去，唯恐自己笑出声。半年她都不需要伺候主子，有的是时间出府去了解情况，做些准备。唯一可惜的是她的学习要停滞了。"爷，可要我做些什么？"沈澜摆出一副甚是关心的样子。

见她这般懂事，裴慎微微叹息："沁芳，你说我可要将你带去？"

沈澜心里一紧，拒绝的话刚要脱口而出，转念一想，裴慎此人权欲极重，若带她去办公务，别人必定以为她是裴慎新纳的妾室而不是丫鬟。届时裴慎难免要被言官参一本，说他性好渔色，甚至不孝不悌。他绝对不会为贪图一时享乐，让自己仕途有损。

果然，还未等沈澜开口，裴慎便笑了笑，拂袖起身，看书去了。

第二日，晨雾侵晓，天色将白。

裴慎只带上侍卫队，出了盐漕察院后便快马加鞭，离开了扬州城。

沈澜一个人在房中坐了一会儿，见轩窗外晨间薄雾缓缓散去，日光渐明渐亮，心里也亮堂起来。见四下无人，沈澜轻笑出声，毫不犹豫地倒头睡了个回笼觉。

裴慎一走，院子里的丫鬟各司其职，无事不会来寻她，侍卫们更是跟着裴慎一块儿走光了。沈澜舒舒坦坦地睡到了日上三竿，醒来后又在床榻上赖了一会儿，才径自去寻赵娘子，想问问她何时出府。

自在惬意地过了半个月，沈澜终于等到了机会。她戴上帷帽出了府，边走边听赵娘子说："姑娘，这扬州城里最好的胭脂铺子叫戴春林，那香粉、香件极好，就连皇帝都要买呢！前些日子我听院里的婆子说他们家新出了什么紫茉莉、鹅蛋香……"赵娘子是地道的扬州人，提起扬州风物来自是如数家珍。

沈澜极目望去，只觉这扬州城不愧是江淮要冲、南北咽喉之地，人口近百万。光是这条街上便人稠物穰，行人摩肩接踵，民居挤挤挨挨，精巧繁密。有小子四处穿行，叫卖着："芍药花、芍药花，簪一朵在头上，俏生生小娘子。"

沈澜见了，好奇地问道："如今已是七月，竟还有芍药？"

赵娘子笑道："姑娘不晓得，这花或是从山上摘的，或是家里搭了暖棚，延上一个月的花期的，够这小子赚了。"

果然，沈澜只驻足看了一会儿，那人手里的花便一卖而空。

"油糕，又香又甜的油糕！"

"补锅碗，补锅碗！"补碗匠挑着担子穿行而过。

"吹——糖人嘞！吹——糖人嘞！"

这卖货的多得令沈澜目不暇接，可如今她身无分文，全部钱财都给了陈松墨。况且她难得出来一趟，买东西自然不是最重要的。

"赵娘子，我不仅想去买些香粉，还想去看一位故人。只是那个地方离得有些远，这里可有什么牛车或马车租用？"

赵娘子抿嘴轻笑道："姑娘说笑了，大户人家出门，谁肯坐旁人的马车。小门小户的，假赁马驴约需百文，谁舍得出这个钱？"

沈澜眨眨眼，疑惑地问道："可若有人外出行商，难不成到了一地便去买几匹马或几条船？那他岂不是还没赚着钱便赔了本？"

赵娘子"扑哧"笑起来，嗔道："姑娘又在开玩笑了。若要出门贩货，自然要去寻当地的牙人，既能在牙人的家里借宿，还能放货，又能叫他们去租赁信得过的车马船只。"

沈澜知道牙人是中间商，只是有些不解："为何要寻牙人？自己去租车船便是，还能省钱呢！"她就不信精明的商人愿意多一个中间商赚差价，必有什么说道在里头。

赵娘子便笑道："姑娘年轻，又没有离开过扬州，哪里晓得这些说头？我也是听我家男人说的。单说租船就不简单，若自己去码头随意寻一艘野船载客运货，待到江心，船家若起了贼心，只将人往河里一扔，昧下货物，神不知鬼不觉。若有了牙人便不一样了，登船前牙人要在文簿上录下客商、船户的姓名，一来可以震慑船夫，叫他不敢起贼心；二来也好方便将来官府查案。"

沈澜恍然大悟。眨眼间，她便想到恐怕不只姓名，牙人还要查看路引，防止是逃犯逃奴，甚至要登记货物的数量，好方便官府收税。一时，沈澜只觉见识大长，正要再套些话，赵娘子大约是想起了自己的亡夫，神色间便有些郁郁。

沈澜不好再问。

赵娘子引着沈澜穿过数条小巷，边走边说："姑娘若不想买戴春林家的胭脂，去馥香堂胭脂铺买也好，那都是苏意样子，包姑娘满意。若姑娘再往前走两条街，有个海贸铺子，那里有番货卖，不仅有什么玫瑰花露，还有什么稀罕的香料，只是价格太贵，我也不好进去。"

两个人一路闲聊，很快便到了馥香堂。

沈澜笑道："我在这里四处看看，赵娘子尽管去忙。"

赵娘子迟疑片刻："姑娘还是快快买了回去，女眷孤身在外，到底不好。"此举不仅有碍沁芳姑娘的名声，还不利于她的安全。况且沁芳姑娘是爷身边的大丫鬟，赵娘子哪里敢放她一个人在外头闲逛？若她出了事，赵娘子可如何是好？

"姑娘，你挑了香粉便走吧。"赵娘子再次劝道。

铺子里的伙计见有两名女子站在门前，分别是戴着帷帽的少女和中年妇人，想来是母女，便即刻扬起笑脸招呼："二位进来看看，近日店里新来了些苏州货，俱是拿筛子细细筛了十几遍的，和着脂膏，保管摸上去细腻光滑！"

沈澜无奈，本想甩脱了赵娘子，去书铺看看可有游记或记录风土人情的书卖。谁知赵娘子跟得如此之紧，她只能进铺子里转了转，复又跟着赵娘子走了。

她们二人去了码头。上回船家送来的鱼虾不新鲜，赵娘子要换一家，再看看市面上可有新的香料和蔬果。

二人回到盐漕察院后，已是半下午。

沈澜被赵娘子跟得极紧，除了套话外，竟没能单独行动过。可这好歹是个好开始。沈澜深吸一口气，心道：裴慎还要半年才回来呢，足够我一点儿一点儿了解情况，制订计划，如同当年从刘妈妈院中逃走之前那样。

第二日一大早，沈澜没去寻赵娘子。她心知赵娘子出府频率极低，下一次出府是为了更换时令蔬果，恐怕要一两个月后了，届时已经入秋。

沈澜不急，只日日与院子里的各个丫鬟、婆子闲聊套话，等着赵娘子第二次出府。谁知左等不来，右等不来，沈澜到底坐不住，去问了赵娘子。

"何时出府？"赵娘子说道，"我上一回出府便与菜贩子说好了，有什么菜蔬果子尽管送来便是，只要是新鲜的，我这边都收。"

沈澜略微思忖，便想明白了。这是因为裴慎不在，赵娘子自然懒得精心准备膳食，菜农上门送什么她就做什么，再也不必出府采买了。沈澜着实无奈，但又不能说赵娘子不对。领导走了，员工想摸个鱼，有什么问题吗？"我不过是觉得白日漫长，无事可做，便想着出府去看看热闹罢了。赵娘子日后若要出去，麻烦带我一个。"沈澜怀揣着最后一丝希望说道。

赵娘子就笑笑，不说话了。

沈澜无奈转身，又被赵娘子塞了块桂花糯米藕片，赵娘子只说让她甜甜嘴。

接过糯米藕片，沈澜不肯放弃。既然不能与赵娘子一同出府，那便干脆自己出去。这样做虽显眼了些，尤其是她有从刘宅逃跑的前科在，可裴慎难得离开，此时她若不多做绸缪，将来出府的机会恐怕更少。如今已是三秋桂子飘香时，再过一两个月便要入冬了。沈澜打定主意，只说要去上一次来过盐漕察院的陈氏绣庄给自己买件入冬穿的棉衣，不用与赵娘子同行。赵娘子也不好说什么，只叫她小心些。

沈澜给了膀大腰圆的粗使婆子孙嬷嬷几文钱，对方便高高兴兴地领着她去了陈氏绣庄。

上回给沈澜量尺寸的陈绣娘是这家绣庄的掌事娘子，见了沈澜，自然认得这是盐漕察院的丫鬟，便笑盈盈地迎上来："姑娘，快坐。"然后，她又吩咐人看茶。

沈澜抿了口茶水，温热的茶汤带起热气，让她微微舒缓。她轻声说道："我想做件棉衣，你这里可有棉衣卖？"

陈绣娘笑得眉眼盈盈，即刻吩咐人取出了棉布："姑娘且看，这些棉布俱出自松江，都是时新货。"

"松江棉布？！你店里也卖吗？"

陈绣娘没发觉沈澜是在套话，只觉得对方是个大主顾，遂亲亲热热地回道："姑娘说笑了,陈氏绣庄在扬州城内也是排得上号的,潞绸、杭缎、蜀锦、松江棉布、南京雕花天鹅绒,样样都有。"

这里样样都有,那再好不过了。沈澜很满意,便轻轻地笑了,那是很纯粹的喜悦,清透得如素月清辉,似雨后初霁,表里俱澄澈。

陈绣娘看得出了神儿,心道:若不是后面跟了个膀大腰圆的婆子,这样的姑娘,家里人哪儿敢放她出来走动啊?

"陈娘子,我先看看松江棉布吧。"沈澜说道,"这些都是什么花色?"

陈绣娘本就是个生意人,兼之知道她是盐漕察院的人,虽是个丫鬟,可这般貌美,焉知没有飞黄腾达的一天,故而存了点儿烧冷灶将来好搭上贵人的投机心理,便详细介绍起来:"姑娘且看,这是松江的三梭布、织花绒布、官布、棋花布、尤墩布。尤其是这两匹斜纹布,是最时新的水浪胜子的样式。姑娘摸一摸,似绒非绒,手感也好,一匹只要一两银子。"

沈澜心知对方主动推销昂贵的布匹是想卖货,可她今日之所以来绣庄不单纯是为了买棉衣。"说来也怪,这松江棉布为何如此有名?"沈澜佯装蹙眉问道,"陈娘子可去过松江?"

陈绣娘不好意思地笑笑:"姑娘,这外地跑商的事俱是我家那口子在折腾。我等闲不出扬州的。"

"那陈娘子刚刚说什么杭缎潞绸,你可曾去过这些地方?"

陈娘子越发歉然:"我不曾去过。"

沈澜微微失望。古代原本就交通闭塞,许多人一辈子出不了十里地,更别说能打上交道的妇人,出门的机会更少,以至她能获得的绝大部分是各种各样的毫无用处的琐碎信息。

最后,沈澜买了两件棉袄,花了一两银子,足足一个月的月钱。出了绣庄,沈澜原想照着陈松墨临行前给的地址去寻琼华,可偏偏问遍了府中的丫鬟、婆子,没一个知道盒子巷在哪儿。既然众人都不知道,那地方恐怕颇为偏远,沈澜没有代步工具,靠走是决计走不到的。加之扬州城内人口众多,到处都是羊肠小巷,精房密舍遍布,沈澜不认识路,只能暂时歇了心思。

沈澜一连两次出府都没有收获太多的信息,只能平心静气,等待下次外出的机会。出府不宜太过频繁,她打算等一个月后再去书铺问问可有游记等书。

春去秋来,又过了一个月。

这一日,沈澜正借着给裴慎打扫书房的机会翻阅书架上的《经行记》。此时已是十一月,隆冬腊月,虽是天高云淡,但难免寒气森森。冬日里难得出太阳,沈澜只是站着,背靠楠木架,借着堂前满室的日光全神贯注地读书。她书还没读两页,远远就传来坠儿的脚步声。

"沁芳姐姐，大人回来了！"

这才过去四个月，裴慎便回来了？他不是说要出去半年吗？沈澜一时心惊，二话不说先将书复位，看了一番，与裴慎走之前并无变动，又细细回想了这些日子自己的行为可有疏漏之处。四个月来，沈澜总共只出去过两次。外出次数少，她也从未有过单独行动，甚至都没来得及见过琼华，平日里便是和丫鬟、婆子闲话也只提及扬州风物。沈澜反复思索，只觉自己并未露出什么破绽，裴慎应当不会起疑，可心里到底有些打鼓。

沈澜不复闲散，绷起身体，打开门，安抚了报信的坠儿两句，便急忙向外走去。裴慎归来，她做丫鬟的，必定要去大门口迎接。谁知沈澜刚走到月亮门前，便听到有人斥道："你跑什么，当心摔了！"

沈澜抬头一看，正是裴慎。

四个月不见，裴慎模样未变。眼前人身着杂花青袍、鹤氅、素银腰带、脚穿乌皂靴，大步行来，可见其英武，只是一双眼睛如山巅霜雪、夜间寒雾，越发冷厉了。

沈澜在打量裴慎，裴慎也在看她。他见她穿着照旧素净，柳青棉袄、葱白素裙，别的就没有了，只是荆钗布裙也衬得她云鬟鸦鸦、唇色朱红、香腮如细雪，越发美了。

簌簌寒风里，沈澜上前两步行礼："爷回来了。"

扬州"瘦马"之所以名唤"瘦马"，就是因为身姿纤细，这样的美是靠节食换来的。在刘宅时，沈澜一旦吃多些即刻就要挨打，以至在盐漕察院养了五个月，到了秋冬季依然手脚冰凉。

裴慎只觉她这脸似有些虚白，便蹙眉说道："你穿成这样立在寒风里做甚，还不快回去！"

沈澜头一回觉得裴慎说话如此动听，即刻点头称是。待她进了正房，温暖的热气扑面而来，她的眉眼才舒缓开来。

"爷可要沐浴？"沈澜自觉地问道。

一路风尘仆仆，裴慎又喜洁，必定是要沐浴的。

裴慎点头，只舒展肢体，任由沈澜为他更衣。

沈澜正专心地解着他身上的鹤氅。

裴慎忽然说道："你这身衣裳不错！陈氏绣庄的绣娘用心了。"

沈澜脸色煞白，指尖一顿，心如擂鼓般狂跳起来。这衣服很素净，上头也没个标记，他怎么刚回来就知道自己去过陈氏绣庄？难道是院子里的丫鬟、婆子告诉他的，还是……

"爷怎么知道这是我前些日子去陈氏绣庄买的？可是孙嬷嬷告诉爷的？"沈澜低着头，强作镇定。

裴慎只懒散地笑问："孙嬷嬷是谁？"

果然，裴慎连院子里的丫鬟、婆子叫什么都懒得记。这些人也不会无聊到去告诉裴慎沈澜出了两次府的小事。可裴慎偏偏刚回来就知道她去了陈氏绣庄，那就只有一个可能——裴慎派人监视她。

沈澜浑身紧绷，只低头去解裴慎腰上的竹叶青潞绸荷包，一面解，一面绞尽脑汁想着裴慎派人监视她做什么。她一个做丫鬟的，有什么值得裴慎派人监视？

沈澜秀眉微蹙，脑中思绪百转千回，倏忽间便已想到答案——裴慎年纪轻轻便能身居高位，必定心思缜密，凭什么相信她一个深陷贼窝七年，出身不清白，第一次见面就试图蒙骗他的"瘦马"呢？他派人监视她才合情理，更别提他们的相遇如此巧合，林秉忠刚查到账簿在刘宅便遇到她这个貌美"瘦马"出逃，还将她掳到他面前，而她恰恰是第二天刘葛要送给他的"瘦马"。裴慎必是起了疑心，怀疑她是别人故意送来的，于是顺水推舟，将她留在身边。只怕裴慎这四个月外出公干不仅仅是为了公事，也是为了试探她。若她背后有人指使，异动频频，足够裴慎顺藤摸瓜，将她及其背后的人一网打尽；若她虽无人指使却再度出逃，便是不忠，他派人抓她回来当作逃奴处置便是。

思及此处，沈澜一时额头隐有细汗，心中惊惧。

一个月来朝夕相处，此人甚至手把手教她读书习字，原来撕开他温情脉脉的面纱后，底下竟是冷血无情的算计。只是她惊惧之外又油然而生几分庆幸。万幸她没有莽撞地逃亡，行事谨慎未曾留下破绽。更幸运的是，她终于找到了裴慎将她留在身边的理由。监视、试探也无妨，只要他不是见色起意就好。

沈澜心中大定，一时鼻子竟有些酸涩。千难万险，她好歹不用给人做妾了。她思绪百转千回，垂下头去，修长的五指绕在他的腰间的攒心梅花络子上，状似随口问道："爷，说来已快半年了，不知刘妈妈如何了。"

闻言，裴慎只淡淡地说道："她被执行了绞刑。"

沈澜微怔，只觉胸中的一口郁气吐出。刘妈妈害死了那么多姑娘，以命抵命，实属应当。

"那刘葛也被判了吗？"

"他亦是死刑。"语毕，裴慎补充道，"沁芳，盐所贪污受贿案的案犯该死的死，该流放的被流放，秋后判刑俱已结束。"

沈澜指尖一顿，将素银腰带取下，放置在楠木清漆小几上。她心中已隐隐有数。果然，裴慎对她的监视停止了。因为受贿案已彻底了结，沈澜不涉其中，的确清白，他自然不必再派人监视她。无论如何,她通过了裴慎的试探。想来,自此以后,裴慎便能安心了。

沈澜也很安心。既然裴慎对她无意,照着林秉忠的说法,只要熬到十八岁,国公府就会将丫鬟脱奴籍。届时她靠攒下的银钱做些小生意,日子就能好起来了。

想到此,沈澜心情大好。

沐浴完,裴慎慢条斯理地吃着鸡丝汤面。厨娘的手艺不错,汤面清淡的香气扑鼻而来。在寒冷的冬日,吃一碗热腾腾的汤面,裴慎眉眼都舒缓开来。待他吃完,沈澜奉上温热的棉帕。裴慎净手后,又接过她奉来的小岘春呷了一口,说道:"沁芳,近来不必再添置东西,将行李陆续收拾起来,过几个月,便有新任巡盐御史前来与我交接,届时我便要回京述职,再行外放。"

沈澜心中霎时了然,恐怕这便是裴慎的目的——提点她通过了试探,暗示扬州事务全部了结,自此以后,北上南下,自己俱要跟着他走,安心伺候他,莫起歪心思。至于沈澜是否听懂,裴慎倒也不甚在意。她听懂了更好,听不懂也无妨,左右裴慎只夸了她一句"衣衫好看"罢了。

"是!"沈澜垂首,思索片刻又说道,"爷,我们离了扬州后,也不知何时才能回来。离开之前,我可否去见一见故人?"虽说如今沈澜只需静待脱奴籍便可行动自由,可脱奴籍后的生计还没着落呢。若琼华能把绣庄经营起来,沈澜将来投奔她也算一条出路。

谁知裴慎听完蹙起眉头,不悦地问道:"你可是要去见那个叫琼华的?"

见沈澜点头,他眉头拧得更紧,目光锋锐,直直地盯着沈澜,严厉地问道:"照刘妈妈的口供,你与她素来不睦,赠她百两银子也就罢了,权当你做善事,如今非见她做甚?你莫不是要与她叙一叙离别之情?"

沈澜心道此人果真看过刘妈妈的口供,恐怕对自己与琼华等人的关系已心知肚明。虽然不满裴慎城府如此之深,但是沈澜表面仍然恭敬地解释道:"爷,我与琼华虽不睦,却也无深仇大恨,不过是刘妈妈居中挑拨,不肯让姑娘们抱团儿罢了。如今我要离开扬州了,临行前若不去见琼华一面,心里总归难受。"

裴慎略有不耐烦:"你是我的丫鬟,'瘦马'不过是个玩意儿,你总与她们纠缠做什么?"

沈澜微怔,一时心酸。"瘦马"是个玩意儿,丫鬟难道就不是吗?"瘦马"和丫鬟的生死俱操于他人之手,同病相怜罢了。

见她脸色微微发白,裴慎轻叹:"你既然当了我的丫鬟,日后天南海北地与我去,必有一份好前程。往事故人又不甚光彩,你俱断了吧。"

沈澜心中发寒,奴籍、"瘦马"、涉案,几件事加在一起,听起来的确不光彩。可她与琼华俱是受害者,有什么好丢人的?沈澜本想反驳,但转念一想,自己不过是人在屋檐下,朝不保夕,忍过三年便好了。安慰了自己一番,沈澜垂首应道:"爷教训得是。"

没想到,这一应承,沈澜竟再也没能寻机见琼华一面。

日子倏忽而过。

盐政改革开了个好头,裴慎照旧不得闲。卸任前,他风餐露宿,快马疾行,又花了大半个月巡视都转运盐使司的三个分司,两座批验所,六十二个盐场、盐课司,查验盐政改革起效如何。

沈澜不由得咋舌。裴慎勤政至此,怪不得年纪轻轻就能大权在握。

或许是时势造英雄,裴慎的官途比沈澜想象的还要顺遂。

裴慎十七岁中进士,在翰林院当侍读三年,调任两淮巡盐御史。因盐政有功,一年后被调任至京都担任户部清吏司郎中。己巳年四月,裴慎刚至京都,蒙古孛儿只斤·俺答的义子脱脱率领三千余兵马入侵京都,裴慎开强弓射杀一名千户。脱脱为其所摄,故退去。裴慎转为兵部职方清吏司郎中。同月,草原白灾,牲畜、人员尽数被冻亡。俺答亲率军一万劫掠京都周围十四所州县,焚毁房屋数万,踩踏良田万顷,以致数万百姓流离失所,冲入京都。裴慎募流民中的敢死之士夜入敌营,营啸后,俺答被迫退走。裴慎因此被擢升为右佥都御史,并任山西参政。庚午年,裴慎因镇压山西白莲教叛乱有功擢山西巡抚。同年,裴慎出孝,归家成婚。

## 第三章
## 等闲平地起波澜

魏国公府,门前三道门楼,门楼之上龙额金书。穿过门楼,方到魏国公府的正大门,三间五架门屋,金漆兽面锡环,太祖亲题的紫檀木匾额高悬,泥金署书体态方圆,端楷典重。

入得门内,绕过影壁,前厅、中堂、后堂俱是七间九架,处处碧瓦朱甍,黑金窗枋,重檐重栱,层台累榭。

南山堂,五间七架正房,庭中有嶙峋山石缀着数竿修竹、几株芭蕉,不时有报信的丫鬟、小厮进进出出。

"快!快去探探,看慎哥儿到哪儿了?"

国公府的老祖宗年过花甲,穿着金绣云霞翟纹的真红袖衫,银发拿桂花头油抹得整齐,拄着八仙过海楠木杖,坐在榉木螭龙纹倚板圈椅上,心心念念,非要打发家里的小厮再去码头探探。

素来妙语连珠的二太太一样满头珠翠、绮罗遍身,这会儿站起来凑趣道:"不得了,老太太打发了十七八个小厮去还不够,这是要再打发十七八个小厮去啊!"

一时,满堂欢声笑语。

老祖宗笑骂道:"好你个泼猴,待慎哥儿娶了媳妇,非叫她撕了你的嘴不可!"

二太太喊冤道:"老太太,您一心只想着慎哥儿未过门的媳妇,有了新人便不要我这个老丝瓜瓢子了!"

满堂众人霎时又欢笑起来。

就连裴慎的母亲大太太也笑道:"你都四十好几的人了,怎的还这般顽皮!"

二太太更冤枉了："嫂嫂，你莫冤枉我。论顽皮，我哪里比得过四太太啊？"

话一说出口，二太太暗道不好。

果然，满堂的欢笑声忽然戛然而止。如同一盆冷水泼下来，气氛急转直下。

一旁坐着的四老爷捋了捋美髯道："二嫂，好端端的，你提这丧门星做甚！"

堂堂四老爷，竟将自己的妻子称为丧门星。

一时，女眷都心有戚戚。

三太太是个安静娴雅的性子，素日里很少说话，此刻竟忍不住讽刺道："四弟，你那是拿着丝瓜筋打老婆——装腔作势，演给我们看呢！谁不知道你们夫妻俩恩爱有加啊！"

四老爷差点儿被气得揪断胡须。

谁跟那疯婆子恩爱有加啊！他不过是寻摸了个粉头养在外面，那疯婆子竟喊了人将他和粉头捉奸在床，闹腾得整个京城的人都知道了。成何体统！成何体统！

四老爷正气着呢，门口忽有小厮来报："世子回来了！世子回来了！"

堂中的气氛一下子又和乐起来。

四房其乐融融，仿佛刚才的事情都没发生过。

裴慎一进门，他的母亲便急急地迎了上来，迭声喊着"慎哥儿"。

母子相见，原该热泪盈眶。只是裴慎三岁就移进外书房开蒙读书，六岁去往书院刻苦求学，十七岁考中进士方才归家。此后，他又连连外放。论起来，他与母亲的感情实在淡薄。大太太不知道该怎么面对这个少小就离家求学的孩子，而裴慎也不知道该怎么面对陌生的母亲。

跟在裴慎身后的沈澜原本不想掺和。她再过几个月，待裴慎成婚后便能出府，现在只想安静地熬完最后几个月。可裴慎母子俩就这么站着，回头裴慎想起来了多半会觉得她没眼色，届时还得给她甩脸子看。

沈澜安慰自己，辞职前也要站好最后一班岗，便上前半步，垂首低声提醒道："爷，礼物。"

裴慎便一下坦然起来："劳母亲挂念，儿离家多年，如今带了些东西回来，也好给大家分一分。"说着，便喊了声"沁芳"。

沈澜从身后的小丫鬟手中接过礼品，一个个递给裴慎。

裴慎给男性选的礼品是雕刻着不同铭文的青绿端砚，年长的男性的礼品上刻着"天保九如""兰薰桂馥"等，年轻且还要考功名的男性的礼品上刻着"蟾宫折桂""独占鳌头"等，小男孩的礼品上刻的则是"桑弧蓬矢""虎豹之驹"等。

裴慎给女性选的礼品统一是金银锞子，根据每人的生肖，打造了一整套不同动作的生肖像，看起来煞是可爱。

"慎哥儿用心了。"老祖宗感叹道。

其余收到礼物的人也颇为满意。

裴慎也很满意。当年他离任扬州,原本是要坐官船回返京都,忽闻俺答大军压境,京都被脱脱所围,他只好将沈澜留在官船上,自己下船快马疾驰回援京都,靠着战功一跃而起,升任山西参政。之后,他又速速带着沈澜转道赴任山西,以至沈澜从未登过魏国公府的大门。即使如此,她依然将要送的礼物打理得妥妥当当,可见其办事谨慎,从无疏漏。

大家都是自家人,也不必避讳什么,便在水榭上设宴。这水榭建在湖边,湖面清渺,芙蕖生香,旁有嶙峋怪石,正是背山面水的好地方。

男人一桌,女眷一桌,齐聚在一起吃吃酒、说说话,再叫伶人戏子们唱两出《渔阳弄》《翠乡梦》。

这宴席甚丰,杯盘错落,水陆尽有,簇盘、糖缠、兰溪猪、太仓笋、松江米、火炙鹿肉、冰鸭鲫鱼,当真是穷山之珍,竭水之错。

沈澜看得咋舌不已,戳在裴慎的身后听他们说着诗词歌赋以及时不时穿插些四书五经的功课,她再替裴慎斟酒。

沈澜垂首不语,姿态恭谨。离裴慎不远的四老爷的目光来来回回地打量她。

沈澜低着头,四老爷虽然看不见她的整张脸,但只看那雪肌玉肤、修长白皙的脖颈儿、玲珑有致的身段,就知道她是个美人。四老爷饮尽杯中的石练春,清清嗓子说道:"守恂啊,我记得你离府去扬州上任时只带了几个侍卫、小厮,怎么如今从山西回来竟带了个丫鬟?"

沈澜心里一紧。

好端端的,这四老爷提她做甚?

裴慎原本正考校几个堂弟的功课,闻言望了四老爷一眼,淡淡地说道:"四叔,沁芳是我的丫鬟。"

四老爷裴延正色心大起,没听出裴慎言语间的警告之意,又是时隔多年未见这侄子,只觉自己是长辈也不怕他,便一把打开手中的金铰藤骨蜀扇,故作潇洒地说道:"公府里的丫鬟走到外头去,便是被人称一声'小姐'也行,你何故低着头,畏畏缩缩的,不说话?你且抬起头来看看。"

沈澜暗道倒霉,不知道这位四老爷是真好奇还是假好奇,但她知道自己绝对不能抬头。沈澜已经十八岁,脸面长开了,身量也秾纤合度,一旦被国公府里的爷儿们看上,她可不敢保证裴慎不会把她送出去。

正当沈澜思索如何逃过这一劫的时候,裴慎看向四老爷,目露警告之意:"四叔,她胆小,不敢看人。"

四老爷一时便有些不悦。她不过是个丫鬟罢了，何至于这般娇惯？

见气氛有些僵，一旁的老二、老三连忙打起圆场来。

底下就座的几个小的也跟着笑。

恰在这时，女眷那里又送了碟荷花酥来，拿斗彩灵云碟盛着，摆成了"品"字形。二太太高声说道："慎哥儿，这可是你母亲赏你的，还不好生谢过你母亲？"

裴慎便朝着女眷的桌子方向说道："多谢母亲关怀。"

大太太不知为何竟讪讪地摆摆手："空腹吃酒不好，你吃些糕点垫垫肚子。"

裴慎一母同胞的亲弟弟裴珲年纪不过十七岁，见母亲送来糕点，即刻叫嚷起来："这荷花酥是我最喜欢吃的，哥哥你饶我一块吧。"

裴慎是何等敏锐的人物，即刻意识到这荷花酥其实是母亲拿来给珲哥儿吃的。他一时有些气闷，心道自己多年未归家，母亲恐怕连他喜欢吃什么都记不得了；转念一想，他却又觉得着实无趣，珲哥儿比他小五岁，他跟一个小孩计较什么呢？

沈澜虽不解其中的详情，但也猜到了几分，担心裴慎回去后不高兴。他一不高兴，全院的丫鬟、小厮都得跟着遭殃，她便用一双方首圆足雕花银筷夹了一小块晶莹剔透的翠玉冻放到他的碗中。

裴慎一愣，余光扫了沈澜一眼，心想她倒乖觉，便夹起那块翠玉冻细细吃了。

众人吃了酒，都有些醉醺醺的，说了会儿话便散了。

裴慎神色镇定，看着没有几分醉意，还能语调清晰地吩咐："去三畏斋。"

然而沈澜知道，这人已经醉了，而且醉得挺厉害。因为裴慎总觉喝酒误事，所以从不在酒后处理公事，更不会酒后去外书房。

沈澜说道："爷，您醉了，我带您回存厚堂。"

裴慎不说话，只醉眼蒙眬地看着她，看了一会儿后，突然问道："你为什么一直低着头？爷亏待你了？"

旁边的几个小丫鬟慌忙低下头，不敢再听。

沈澜无奈地说道："爷，您醉了。"

裴慎不肯走，固执地站在水榭里。

他个儿高，力气大，沈澜一个人拉不动他，只好哄道："爷，您没亏待我。"

裴慎这才轻哼一声，满意地笑笑，抬脚走人。

沈澜无奈，好在裴慎还记得回存厚堂的路，自己走回去了。到了院门口，院子里早年间负责伺候裴慎的丫鬟、婆子们慌忙迎了出来，为首的叫念春。裴慎的院子里原有四个大丫鬟，分别是念春、槐夏、素秋、清冬，还有些负责洒扫的丫鬟、婆子，如今尽数站在院门前迎接裴慎。

裴慎往日行走官场，威仪日重，丫鬟、婆子们见了他都不敢说话。可他今日头戴玉冠，腰佩白玉，穿着宝石蓝的直裰，神峻骨秀，身姿挺拔，加上玉面上带了些醉意，显得柔和了许多，更有些翩翩君子的意味。一时，几个年轻貌美的丫鬟便有些想头儿。

裴慎却目不斜视地走过，随意地摆摆手，叫她们起来。

回来之后，沈澜跟着裴慎直接去了南山堂见老祖宗，根本没回过存厚堂，以至和这里的丫鬟、婆子互不认识。

"快！快扶着爷进去！"念春匆匆指挥几个小丫鬟簇拥着裴慎回房。

槐夏与清冬一下子便将那几个小丫鬟挤开，一左一右地扶着裴慎进了院子。

念春见状，顿时气结，转过身来，见沈澜低着头，穿得素净，浑身无华丽的装饰，只头插一根银簪，以为她是哪个院里的小丫鬟，劈头盖脸地骂道："你戳在这里做甚，没点儿眼色的东西！你是哪个院里的？我与你们管事嬷嬷分说去！"

沈澜听着这话觉得很是刺耳，但想到她只需再熬几个月，待裴慎成婚便好，不必与旁人争吵平添是非，便想忍耐一二。

恰在此时，小丫鬟兰香匆匆地说道："诸位姐姐，爷嫌弃腰上的香囊味道太浓，扯了叫我收着，我方才走得急，如今找不到了。"

念春火气还未发完，张口欲骂，却听到沈澜连忙说道："可是绣着几片竹叶的天水碧潞绸香囊？"

兰香已是语带哭腔，连忙点头说道："正是！好姐姐，我这便回去找。"

沈澜说道："你不要急，许是忘在水榭了，我与你同去找便是。"她可不想在这里跟人吵架，更不想进去伺候裴慎脱衣去靴、铺床叠被、端茶倒水，便跟着兰香去寻那香囊。

见她们二人走了，念春也顾不得责骂，急忙去伺候裴慎更衣。

沈澜和兰香出了存厚堂，涉阶而下。正值春夏之交，草木勃发，一路行来，她们见漏窗外忽有迎春吐蕊，牡丹生香，迎面又遇芭蕉新绿，修竹正茂，移一步，换一景，一派好山好水好景致。沈澜悠闲置于其中，缓步慢行，不带半分烟火气，不一会儿就到了澄波拥翠的水榭。

"我们这么胡乱找不行。"沈澜沉吟道，"你找左侧，我找右侧，若在抄手游廊没有找到，那就去其他的地方找。爷回来的时候在水榭前停了一会儿，我们恐怕要去那里找找。"

沈澜与兰香一齐找了抄手游廊和水榭都没有找到香囊，便只能出了水榭再往前走。前面是一个小花园，这小花园位于国公府的西侧，实则一点儿也不小。园内以黄石叠成的秋山古拙苍劲，上有松木枝丫横生，掩映着一座四角小亭，上书"拥翠亭"。只这一座假山就够大了，前面还连着一片澄湖，栽种着满湖荷花。

沈澜叹息道:"此地太大,我们分别从两头儿找起,届时在假山处会合,如何?"

兰香憋着泪,只点头称是。

两个人分开后,沈澜边走边低头找,谁知沿着小径走了没多久,忽有人斜斜地踉跄几步,冲了出来。她原本低着头找东西,一时没注意竟撞了上去。

"哎哟!"那人惊呼一声。

沈澜下意识地抬头看去,只一眼,就脸色突变,虽已快速低下头去,但已然来不及了。

四老爷裴延骤然见此等好颜色,一时色迷心窍,竟痴痴地望着她,连话都说不出来了。此女当真是霞姿月韵、绮年玉貌,荆钗布裙难掩清丽脱俗,青裙缟袂可见瑰逸绝伦,姿容之盛,浑然不似凡俗之流。怪不得他那侄子既不许这丫头抬头,也不许她穿锦衣华服,想来是想独占此等佳人。

沈澜见是四老爷,暗道不好,转身欲走。

见她要走,裴延急忙拦住,说道:"沁芳姐姐这般着急做甚?"

被一个四十几岁的老男人油腔滑调地喊"姐姐",沈澜几欲作呕。她狠掐自己的手心,低头说道:"四老爷,奴婢要回存厚堂去了。"说着,不顾裴延的阻拦,急忙要走。

谁知裴延喝了酒,色欲熏心,先前不过是好奇,借着三分醉意撒撒酒疯,想瞧瞧她长什么样子,如今见着了,哪里肯放她走?他一只手扯住沈澜的袖子,另一只手便想去搂她的腰。

沈澜心知今日是走不了了,便镇定下来。此时她若与四老爷拉扯,被人发现,事情闹大了,裴慎未必肯保她,说不定还会为了叔侄和睦把她送给裴延。

沈澜抬起头来,娇嗔道:"你这般急色做甚!"

见她扬眉浅笑似春日新桃般娇艳可人,凑近了似能嗅到香气,幽幽冽冽,清雅绝伦,裴延一时心旌摇曳,忍不住伸手去抚摩她那双白皙细腻的柔荑。

沈澜强忍着恶心,垂首,羞羞怯怯地说道:"四老爷,光天化日的,奴婢怕。"

"你怕什么?"裴延柔声哄她,"这府里能管我的只有老太太,可老太太最是疼我。我将你讨来可好?"

沈澜一惊,心中郁郁发沉,最糟糕的事情要发生了。他若向裴慎索要她,谁知道裴慎会不会给?沈澜银牙紧咬,娇滴滴地哄道:"四老爷,我虽是个奴婢,却也是正经人,可不愿没名没分地跟了您。"

裴延暗笑:这小丫鬟真是想攀高枝儿想疯了,也不看看自己是个什么货色,真以为什么阿猫阿狗都能给本老爷做妾。只不过现在嘛,老爷我哄哄她倒也无妨。

裴延捋美髯，摆出一副正经读书人的样子，低声说道："我自然是要纳你做妾的，以后我日日到你房中，保管叫你尝尽人间极乐事，独步风流第一科。"

　　沈澜恨不得撕烂这张色欲熏心的脸，面上却笑盈盈地应付道："那奴婢便谢过郎君了。"

　　"郎君"二字在她的朱唇榴齿间辗转，竟然带出了几分香艳的暧昧。

　　裴延更是着急，扯着沈澜的胳膊便要往房中去，嘴上说着"走走走，我明日便去向守恂讨你"。

　　沈澜一把拉住他："不可！叔叔去侄子房里讨丫鬟太过难听，倒不如我自己去向爷请辞，先去了老祖宗那里。等过段时间，郎君让老祖宗把我赐给您便是了。"

　　"好好好，这个办法好！"裴延连连点头。

　　见他信了，沈澜暗暗松了口气。如今只要糊弄过去便好，往后她便每日跟紧裴慎或者只待在院子里不出来，再熬几个月就走了。

　　"那我便先走了。"沈澜提步欲走，却被裴延一把拉住袖子。

　　"等等，你既然如此心慕我，倒不如今日先从我一回。"说着，裴延便去拽她的腰带。

　　沈澜这才意识到裴延也不是傻子，他分明是怕自己哄他，走了便一去不返。沈澜咬咬牙，斥道："您想在这里做什么！旁边便有假山洞，我们去假山洞里！"

　　裴延一惊，又有几分得意，没想到这丫鬟竟真爱慕他，愿与他当对野鸳鸯。

　　沈澜慢慢转身，一步步往假山走去。她再拖延一会儿，兰香便要找过来了。就算此事闹大，她也顾不得了。她走得极慢，仿佛有些羞涩，怯怯地说道："郎君，我们非要在此地吗？"

　　裴延不回答，只急忙催促："你怎么走得这么慢？"说着，色眯眯地向沈澜张开双臂，"你可要老爷抱你？"

　　沈澜与他虚与委蛇已经够恶心了，这会儿又惊又怒，只恨不得挖了他的眼睛。正当她想要开口再次拖延时，远处传来兰香喜悦的呼声："沁芳姐姐，沁芳姐姐，我找到香囊了！"

　　裴延脸色一变，可沈澜已经高声应道："你找到了香囊便好。"说着，她急急地转身离去，竟看也不看裴延一眼。

　　裴延这才意识到自己被骗了，正欲发作，却发现沁芳已快步跑远了。

　　就在沈澜和兰香寻回香囊，意欲返回存厚堂时，存厚堂内，裴慎躺在楠木螺钿飘檐拔步床上，枕着素丝枕，略盖上一角墨色山水遍地锦被，胸口衣襟半散，酣然好眠。

一旁伺候的念春见裴慎睡得沉，便于床檐悬上蔷薇香球，抚下天青素纱帐上的玉钩，轻声说道："爷睡沉了，你们出去吧。"

素秋和清冬对视一眼："念春姐姐，我们一同走吧。"

念春冷哼一声，甩了门帘便走了。

素秋和清冬跟在后面出去了。

此时博山炉里青桂香烟气袅袅，案头上的甜白蒲搥瓶内斜插着一根翠色欲流的竹枝，日光透过半开的菱窗格洒进来，重叠明灭间，室内安静得只有裴慎绵长的呼吸声。

过了一会儿，忽有人掀开帘子进来，柔声唤道："爷，我煮了碗解酒汤，您起来喝一碗吧。"

裴慎只酣然好眠。

来的是清冬，她生得俏，正是十八好年华。只见她端起一个淡描青花缠枝花瓷碗，柔柔怯怯地伸手将瓷碗递过去。

裴慎在山西的那些年，日日都有蒙古兵来犯，便是连睡觉都得留出三分警醒。这会儿隐隐见有人孤身立于榻前，他心想：自己的房中除了沁芳哪儿有其他女子，可沁芳从不戴首饰。

裴慎因酒意正神思混沌。

清冬见他还未醒便柔声说道："爷，奴婢为您宽衣。"说着，一双柔荑便抚上了裴慎胸口的衣襟。

裴慎骤然惊醒，眼见一个不认识的女子正立在床榻前望着自己。惊怒之下，裴慎一记窝心脚便踹了过去。裴慎常年习武，又使的是十足的力气，而清冬不过是个弱女子，哪里挨得住他这一脚，霎时便呕出一口血来，疼晕过去。

"沁芳呢？"裴慎不悦，"沁芳，你怎么管教的丫鬟，滚进来跪着！"

沈澜刚回到存厚堂，就听见内室传来裴慎的声音，劈头盖脸便是一句"跪下"。沈澜不知发生了何事，面带茫然，心有戚戚，忽觉悲从中来：为什么刚逃过一劫，我如今回来竟还要挨骂？为什么我被裴延欺凌却不能狠狠扇他一巴掌？为什么裴慎莫名其妙地要我下跪？我过得好好的，又为什么要被送来这里？

沈澜深吸一口气，咽下满腹的委屈，安慰自己：沈澜，你再忍一忍。你已忍了三年，不差这几个月。

她原想问问缘由，却又想到裴慎平日里最恨旁人辩解，她不说还好，一说恐怕今日没法儿善了。

沈澜脸色冷淡地掀开帘子，走进正堂，挺直脊背跪了下来，膝盖磕在冰冷的地面上，"砰"的一声，叫人心一颤。

裴慎原本是一时气急，加上醉酒后脑袋发蒙，这会儿终于想起来沁芳入府才半天，连谁是清冬都未必知道，哪里管得到她的头上。此时见沁芳平静地下跪，裴慎一时有些心虚，讪讪地说道："你起来吧。"

跟谁过不去都别跟自己的身体过不去，沈澜顺势起身。

她进来的时候看了一眼，发现床边有个年轻女子躺在地上，嘴角还有血迹，旁边有瓷碗碎了一地，褐色的汤药洒了一摊。稍加思索，沈澜便猜到发生了什么。裴慎虽喜怒不定，但很少如此动怒，只是戎马数年，最忌讳陌生人站在他的榻前。院中有这么多丫鬟，按理说，服侍裴慎必定是三四个丫鬟一起。哪里料到竟有人如此大胆，敢在裴慎熟睡之际，独自去摸他的胸膛。

沈澜暗自叹气，低头恭敬地说道："爷，打死奴婢到底对官声不好，不如请个大夫来给她看看。"

这姑娘躺在地上，着实可怜。

怕裴慎仍在气头上，届时迁怒自己，沈澜低声说道："爷，醒酒汤已洒了，您不如服几颗衣梅。衣梅是用各色药材制成的，裹了薄荷和橘叶，生津润肺，最是解酒。"

裴慎点了点头，嚼了几颗衣梅，心中顺了气，瞥了一眼清冬，吩咐道："你叫大夫把她治好之后，就送去庄子上吧。"

沈澜叹息，当即喊来健妇将清冬抬走，又命小丫鬟去请擅长治内伤的大夫。

裴慎见状，便将念春等其余三个一等丫鬟叫进来，吩咐道："你们三个谁是领头的？"

念春素来知道清冬看似温文不说话，实则心中有成算，否则也不敢挤开她去搀扶裴慎，又开口排挤她，却也没料到清冬竟敢干出这种事。此刻，她被清冬的下场吓了一跳，只强撑着说道："奴婢念春，是四人中年纪最大的，素日里负责管理银钱往来。"

裴慎瞥了她一眼说道："你既然管不好底下的丫鬟便不必再管了，将院子里的库房钥匙、账簿对牌都交给沁芳吧。"

念春骤然被他这么一说，眼泪在眼眶里打转。

沈澜又想叹气了，再过几个月便要出府了，不交接工作就不错了，哪里还能接手新工作？只是沈澜不好违逆裴慎，便低头不语。

裴慎处理完了此事，突然说道："沁芳，给我更衣。我一会儿要出府。"

沈澜明白，裴慎刚回京，自然要走亲访友，有一大票人要联络交谊。可她原本打算寸步不离地跟着裴慎，若裴慎这段时间天天出门的话，她便麻烦了。裴延必定会趁着裴慎不在找上门来。

在沈澜忧思如何摆脱裴延对她的觊觎的时候，傍晚，裴慎赴宴回来了。裴慎脸色如常，只眼中沉郁，分明是压抑着怒气，如同雷雨前兆，风暴前夕。

沈澜与他朝夕相处了三年，一见他那样子就暗道不好，下意识想避开。

谁知裴慎直接把她喊进去说道："你去找几个人盯着四太太的院子。若四太太要出府，便来告知我。"

沈澜微怔。侄子往自己婶婶的院子里安插人，这若是传出去未免也太难听了。况且之前还好好的，他怎么赴宴回来后就这样了？

"是！"沈澜不想多问，正要告退。

裴慎突然问道："你可知道原因？"

沈澜摇摇头。

见她不知情，裴慎摆摆手："罢了，这些个污糟事你也不必知道，去办便是。"

沈澜低头称是，出门后便去找了念春。

念春脾性泼辣，刚被剥夺了管事的权力，故而见了她便没个好脸色："沁芳姐姐来我这破落地方做甚！"

沈澜不疾不徐地说道："我再过几个月便要出府了。等我一走，你勤恳些，大丫鬟的位子还是你的。"

其他说什么都是虚的，唯有利益最实在。

果然，念春脸色一缓，将信将疑地问道："你说的是真的？"

沈澜点点头："只是爷如今厌弃了你们三个，你若想要保住位子，总得做些实事。"

念春犹疑地问道："你想让我做什么？"

"爷回来的那一天，四太太为何没有出现？"沈澜问道。

闻言，念春嗤笑两声，说道："她哪儿有脸面来赴宴？她被关在佛堂里抄佛经呢！"见沈澜疑惑不解，念春解释道，"四老爷最喜眷红偎翠，前些日子把个粉头安置在府外做外室，被四太太知道了。四太太喊了几个健妇、婆子便打上门去，好巧不巧，堵了个正着。听说那会儿四太太疯了一般殴打四老爷，指甲把四老爷的脸挠得坑坑洼洼的，整条街的人都来看笑话。"

沈澜明白了，裴慎必定是知道了此事，甚至很可能因此被政敌暗讽，怪不得脸色那么难看，仿佛被捉奸的是他自己一样。毕竟作为公府世子，魏国公府的名誉与他息息相关。偏偏裴慎是做侄子的，不好插手叔父房里的事，便只能暗地里叫她派人盯着四太太。恐怕林秉忠那头儿也正盯着四老爷呢。

沈澜厘清了思路，便说道："你是府中的家生子，想个办法买通四太太院里的洒扫婆子，若四太太出府，即刻来报。"

念春瞠目结舌。便是府中有再多阴私，下人们私下议论时话也说得婉转，哪儿有像沁芳这样直来直往，仿佛做生意一般？

"怎么？你做不到？"她之所以找上念春，就是因为念春是国公府的家生子，而她才来了国公府不到一天，"你若不行，我自去办了便是。"

念春一时好奇，问道："你才来半日，连国公府里的人都不认识，怎么办？"

沈澜淡淡地说道："我代爷去四太太院子里送个东西，便能见到洒扫婆子或专门跑腿的小丫鬟，记下名字，无非是查查她有没有赌钱吃酒的习惯，家中可有人生病需要银钱之类的。再不济，我分些糕点给专门跑腿的小丫鬟就是。四太太出府这种事本就瞒不住，我不过是要最快知道罢了，又不是教她们叛主，必有人愿意。"

听她这么说，念春连忙说道："能的能的。有个钱婆子，最是好钱。你又不是教她做伤天害理的事情，她自然是愿意的。"

"既是如此，那便劳烦你说和了。"语毕，沈澜犹豫片刻，又问，"四太太被关在佛堂抄经，四老爷呢？"

念春一时沉默下来，良久才说道："四老爷被老祖宗骂了两句，此事便揭过不提了。"

沈澜拳头攥得死紧，良久，又问道："那个外室呢？"

这下，念春话更少了，只低头说道："死了。"

春夏之交，天色瓦蓝如镜，雪团似的云雾浮在碧蓝的苍穹之上。

裴慎前几日拜访座师，联络同年同乡，今日又要与少时玩伴交谊，约上三五好友去别院春猎，这一去，少说也要两天。加上四老爷裴延似忘了沈澜一般，再也没来找她，以至她无事可做，便借着房中的象眼窗格里漏进来的疏疏日光，闲坐读书。

正读到《幽明录》中的白龟救人时，忽闻房外有喧哗之声，沈澜蹙眉，掀开帘子出去，恰好与匆匆赶来寻她的念春撞上。

"钱婆子来了。"念春急急说道，"这婆子当真是昏了头了，这般不晓事，竟挑着正午来，眼下这院子里都是人。"

念春既不能让钱婆子在大庭广众之下禀报四太太的行踪，又不好将她引进房中说话，否则四房的洒扫婆子突然来存厚堂，还刻意关上门，傻子都知道有事。

念春又急又气。

见状，沈澜只将手中的书卷递给她，安抚道："你不必怪她。必定是四太太临时要出府，她只能匆匆前来禀报，哪里能挑时间呢？"

闻言，念春越发急切，只拧着帕子说道："四太太出府做甚？爷也不在，这可如何是好？我们还是快快去禀报大太太和老祖宗吧！"

沈澜瞥了她一眼，暗道她傻。被禁足的四太太能出府，大太太和老祖宗会不知道吗？四太太必是用了旁的借口，诸如探亲、礼佛之类的。

"你愣着做甚！你不去，我去！"念春急得转身就走。

"你觉得老祖宗不信四太太说要出府去探亲或是礼佛，却信你一个丫鬟说四太太出府是为了捉奸？"沈澜慢条斯理地问道。

念春一时愕然。

"还是说你想去告诉老祖宗，你在窥伺主子的行踪？"沈澜又问。

念春便不说话了。

沈澜回身取了个藕荷色的荷包，又往里塞入一两银子，阖上房门，走了几步便见到有个婆子立在院中，穿着青绿色的袄裙、赭色的比甲，头上只插了根老式的一点油银簪。

见往来的丫鬟、婆子各司其职，方才还与她说话的念春不知做甚去了，钱婆子立在院中，一时竟有些尴尬。

沈澜走上前，翠眉微蹙。这钱婆子慌慌张张的，看着便叫人起疑。沈澜笑盈盈地说道："钱嬷嬷，可是四太太有什么吩咐？"

见钱婆子结巴了一会儿也编不出个理由来，沈澜无奈，只拿纤手抚了抚腰间的素色络子。

钱嬷嬷连忙说道："非是四太太吩咐，只是老奴听说姑娘是府外来的人，还是扬州人，便想来问问姑娘，可有时新的络子样式？"

沈澜便点点头，替她圆话："说来上回爷丢了个香囊，若不是嬷嬷眼尖，那香囊便找不回来了，届时我必定要挨骂。"

这便解释了为何钱婆子作为四房的洒扫婆子，会认识她一个大房的丫鬟。

说着，沈澜笑道："扬州时新的络子有攒心梅花、方胜、九转连环。"

沈澜哪里会打络子，她身上的络子还是在绣庄买的，况且她心中焦急，便引钱婆子到廊下坐下，当着院中来来往往的丫鬟、婆子的面，说道："嬷嬷，这络子不仅有样式上的区别，颜色配起来也有说道。葱绿的络子若配桃红的汗巾子、荷包便俗气了，只因人人都这么配。"

钱婆子一时弄不明白沈澜要做什么，只好奇地问道："那该怎么配？"

"葱绿颜色浅淡，若配桃红，色太浓，看着便俗气，得拿桃粉来配，这便好看了。"沈澜笑道，"说来上回爷带回来几朵绒花，恰是淡淡的桃粉色。"

沈澜说到这里，驻足微微一怔，过了一会儿只懊恼地说道："这几日我收拾行李忙晕了头。临行前爷还吩咐我去寻摸一匣子好看的绒花呢。"

众所周知，裴慎此番回来必定要定亲，这绒花他要赠给谁，不言而喻。

听到此话的丫鬟都眼露艳羡，周围的几个婆子便纷纷笑起来。

说着，沈澜歉然地笑笑："钱嬷嬷，实在对不住，爷再过一两天便要回来了，这络子的事我过几天再与你讲，可好？"

钱嬷嬷赶紧起身："姑娘不必介怀，忙差事要紧。"

沈澜便笑着取下腰间的荷包，连同那络子一起递给钱嬷嬷："嬷嬷，你且把这荷包和络子拿回去，琢磨琢磨配色。"

钱嬷嬷接过荷包，只拿手一摸，便笑出了满脸褶子："哎呀，谢过沁芳姑娘。沁芳姑娘康强逢吉，却病延年！"这还是上次老祖宗过寿时有人说的祝词，她瞎学了两句。

沈澜有些想笑，可在这样的情景下又笑不出来："嬷嬷，这地上许是刚洒过水，你回去的时候小心，慢些走。"

钱婆子自然明白，这是要她避着人，别被人看见。

随后，钱婆子千恩万谢地离开了。

沈澜这才吩咐道："玉雁，你去寻林秉忠，叫他去外头找几朵时新、精巧的绒花。你告诉他快着些，别拖拖拉拉的，爷急用。你再叫他多找些，买来的绒花还得孝敬给老祖宗和各房的太太们。尤其是四太太那里，原本爷就没和她见着面，失了礼，这会儿得多孝敬几朵绒花。"

七八岁的小丫鬟玉雁脆生生地应了，提起裙摆就要跑。

沈澜却忽而将她叫住，又吩咐道："罢了，你且叫他在府外备好马车就是。他一个大男人，哪里晓得什么绒花、宫花、绢花的，保不准还得我去找。记住，你和他说马车要寻常，不要显眼。偌大的国公府，寻不出一朵时新的绒花，我还得去府外买，没得叫人笑话。"

玉雁点点头，见沈澜挥挥手，便一溜烟儿地跑远了。

沈澜即刻说道："念春，你带着剩下的几个丫鬟速速缝制出几个面罩来。你们取一块细棉布，四四方方，能盖住下半张脸的大小即可，四个角各缝上四根带子。你们缝上几个这样的面罩，我一会儿出门要用。"说罢，还解释道，"出门在外，我不好露面，春季里风沙大，帷帽还不透气，不如这般面罩来得好使。"

闻言，着急忙慌地站在廊下的念春劝道："寻个绒花罢了，你何至于这般大张旗鼓？若外头没有好绒花，你可怎么办？"

她言下之意，若四太太不是去捉奸的可怎么办？

沈澜但笑不语。若是虚惊一场，裴慎回来后最多说她几句，训斥她大惊小怪，左右明面上她也只是外出寻几朵绒花罢了，无人会在意。可若四太太真是去捉奸，而沈澜阻止不及，怕是得狠狠吃个挂落，还会影响她在裴慎心中的形象。沈澜怎么选择，不言而喻。

沈澜安抚好念春，带着兰香匆匆赶往大太太的院子。

沿存厚堂向东，粉白的游廊一侧无窗，另一侧挂着竹帘，廊下栽着数丛修竹新笋，竹帘四垂，竹叶繁茂，衬得天光杳杳，晦晦难明。

前方游廊似已至尽头，沈澜略一拐弯便行至月亮门前。大片大片的日光从月亮门一跃而出，倏忽之间便阔朗起来。沈澜满腹心事，原也无心赏景，只是看到这般山重水复疑无路，柳暗花明又一村的景象，不由得赞叹起这国公府设计之精巧。

穿过月亮门，又过了一道垂花门，她们便来到了大太太的兰雪堂。

大太太年过四十，面有细纹，只梳着鹅胆高髻，衔珠金簪齐插，戴着金镶红宝石珠箍，卧在藕荷色水芙蓉杭绸引枕上，呷着龙园胜雪。

沈澜得了通禀，前来见她，只说得了爷的吩咐，要去外头采买些绒花。她虽是裴慎的丫鬟，可府中内宅之事俱是由大太太管辖的，若无大太太的允许，她是出不得府的。

闻言，大太太放下宣（德）窑印花白瓯茶盏，面露不悦："不过是几朵绒花罢了，你去外头买做甚！"

一旁有个丫鬟凑趣道："听说沁芳姐姐不是家生子，许是不知道国公府养了好几十个绣娘吧。"

能在内室伺候的丫鬟都是玲珑心肝，见大太太不曾阻止，便纷纷出言，一个说"来日带沁芳姐姐见见绣娘"，另一个说"沁芳姐姐不知道，宫里有绒花赐下，外头的有什么好稀罕的"，字字句句绵里藏针，听得沈澜心中叹息。这些人不认识她，对她也并无恶意，不过是会了大太太的意要赏她一个下马威罢了。只是，她不明白自己何时得罪了大太太。

"太太，爷临行前特意叮嘱我，只说要最时新的苏样。"沈澜垂首恭顺地说道。

苏州时新货，既不是宫里赏的，也不是府内的绣娘们自己绣的。

大太太点头说道："你不是京都本地人，初来乍到，哪里知道京里有哪些好铺子，且叫翠微与你一同去吧。"说罢，便招招手，唤来身侧一个身穿碧青襦裙、素色比甲的丫鬟，又道，"待选完了绒花，你便收拾收拾，去存厚堂伺候慎哥儿吧。"

翠微生得俏，羞羞怯怯地屈膝行礼："是！"

周围年轻的丫鬟们心里一阵艳羡。

沈澜心中了然，这翠微是来补位清冬的，那么大太太看她不顺眼，恐怕就是因为清冬了。裴慎积年在外，院子里的丫鬟多半是大太太挑的。谁知裴慎刚回来，清冬便被发配了庄子上。大太太不会觉得自己挑的丫鬟清冬不好，也不会觉得裴慎不好，思来想去，必定认为是她这个跟着裴慎四处上任的丫鬟私下里挑拨的。

沈澜暗叹倒霉,可又找不出理由拒绝,况且何必惹怒大太太呢?左右裴慎的院子里多的是丫鬟、婆子,多一个不多,少一个不少,随她去吧。现在唯一的麻烦是她不能带着翠微出府,毕竟她又不是真要去买什么绒花。

不过,眼前的情况,沈澜只能先行应下,带着翠微往外走。出了兰雪堂,行至廊中,见四下无人,沈澜才说道:"翠微,你先去存厚堂寻念春可好?"

翠微惊诧,摇了摇头:"大太太叫我与你一同去买绒花。"

沈澜无奈,编了个理由:"爷或许再过半天便要回来了,而我们要凑一盒时新的绒花必要东奔西跑,汗流浃背,到时衣衫不整地去见爷反倒不美。况且爷若回来了,得知我还未买好绒花,届时或许还会连累你挨骂。"

翠微固执地摇头:"大太太吩咐我与你同去。"

她伺候大太太,便得听大太太的吩咐,哪里敢违逆呢?

沈澜蹙眉,她这一来一回,一刻钟的时间过去了,林秉忠还在府外等,若她与翠微再纠缠下去,恐怕四太太那头儿要来不及了。

"既是如此,我们走吧。"沈澜想着,左右翠微是存厚堂的人了,也不敢将今日之事说出去。

沈澜提着个细布包袱,带着翠微匆匆地从东侧的小角门出了国公府。

府外已停了辆双轮骡车,无描金黑漆、锦缎雕纂,唯素布清漆,毫不起眼,如同平常人家出行。沈澜带着翠微上了骡车,车夫李六扬鞭,骡车便"嗒嗒"地动起来。车内二人静坐无言。过了一会儿,翠微忍不住说道:"若要买绒花,当去朱雀街的露香园或是德耀街的青碧斋,拙园的也极好,你打算去哪儿?"

沈澜只从袖中取出面罩系好,又递给翠微另一个面罩,低声说道:"你先戴上。今日出来我有大事要办,你莫要多问。"

翠微惊了惊:"你不是来买绒花的!你竟敢骗大太太!"

沈澜正要解释,骡车忽然停下。

守在杏花胡同不远处,等得心焦的林秉忠一看见骡车过来,即刻飞奔上前,掀开帘子,脱口而出:"你可算是来了!"

"你急什么?上来吧!"沈澜说道。

林秉忠四下查看,确定无人,这才带着身后的两个人进了车厢。

翠微脸色一变:"你叫他们上来做甚!"她一个黄花大闺女,跟三个男人挤在一个密闭的车厢里,传出去哪儿有清誉可言?

林秉忠内心惊奇:此人不是爷身边的丫鬟,怎会在沁芳身旁?

沈澜以为翠微骤然见三个男人上车心中害怕,便安慰道:"翠微,他们是爷的护卫,不会伤害你,莫怕。只是他们若不进车厢,守在车外实在太引人注目。"

普通百姓，或许稍稍富裕些，却也雇不起三个壮年护院。

翠微性子执拗，极守原则，见沈澜欺瞒大太太，心中已是不满，再见她这般轻浮，越发不忿，只柳眉倒竖，言辞如刀："我魏国公府若要做什么，堂堂正正地去做便是！这京都地界，谁敢多嘴？你从外头学来的鬼祟行径，莫带来国公府！"

林秉忠碍于男女大防，和身后的两个人一起低头，没敢多看，听了翠微这话，心中略有几分不平。他们从前在外头东奔西跑，日日忙碌，爷素日里只赏赐他们财物，其余小事并不在意。可沁芳来了之后，一年四季发放衣衫、药材，每年请大夫给他们把一次脉，林林总总，俱是恩惠。虽然沁芳是以爷的名义做这些的，可众人也承沁芳的情。

林秉忠低着头说道："翠微姑娘慎言。"

翠微不理他，连声高呼："停车！停车！"

车夫没动，骡车继续往前走。

"阿六，劳您快着些。"沈澜嘱咐道。

"得嘞！"车夫一扬鞭，青骡走得更快了。

翠微又急又气："你……你……我告诉大太太去！"

沈澜学她的语调慢悠悠地说道："我告诉爷去。"

林秉忠笑出了声。

其余两个人年纪也不过十七八岁，跟着一阵闷笑。

翠微脸色涨红。她在兰雪堂也是有脸面的丫鬟，从未吃过此等闷亏，今日被人逼到这份儿上，着实生气。"你莫搬出爷来压我。爷很快就要成婚娶妻了，等新夫人一来，哪里还有你好日子过？我倒要看看，你一个外来户还能骄横到几时！"

沈澜尚未说话，林秉忠脸色已格外难看，斥了一句："翠微姑娘，爷的婚事不是你能置喙的。"

翠微脸一白，惊觉失言。她只是一个丫鬟，如何敢妄议主子？她便不说话了，只暗下决心，沁芳胆敢欺瞒大太太，又行鬼祟事败坏国公府的声名，还与男子私自往来，轻浮浪荡，自己必要去大太太那里告她一状。

见翠微不语，沈澜看向林秉忠，问起了四太太的情况。

林秉忠急道："前面便是杏花胡同，正是那外室所在。此人名唤玉容，原是行院里的姑娘，后被四老爷赎身，安置在杏花胡同第三座院子里，乌木门的那座。"

"四太太那里你可派人绊住了？"

"我已派人毁了四太太的马车车轮，若要修好，少说还要一刻钟。"

"你干得不错！"沈澜称赞道。

林秉忠苦笑："哪里不错？若不是你派人提醒我，说要给四太太送绒花，我只怕要等四太太到了那外室的家门口才知道。"说着,他又叹了口气,忧心忡忡,"希望我们能赶上。"这要是让四太太再闹一次,全京城都得看魏国公府的笑话,"梅开二度",爷非得活剐了他不可。

沈澜点头说道:"你且安心。"说罢,从袖中取出几个粗粗缝制的面罩,"你叫大家都戴上吧。"

林秉忠接过来,发现不过是一块四四方方的棉布,四个角上各缝了一根带子。他感叹道:"这玩意儿我们戴上了,当真形同匪寇。"

"我们到底是要进别人的宅院,遮掩些为妙。"

其实是她自己出门后为了遮掩过盛的容貌,防止惹出祸事才准备的。

"况且此事来得太急,你们匆匆换去了亲卫服,恐怕来不及带粗布覆面。"

这次出来的都是裴慎的亲兵,算上车夫,一共四个男人,衣服都是府里发或外头买,哪儿来的碎布料遮面?若叫他们自己去找,多半是从衣服上撕下一块。好端端的衣服,毁了实在可惜。林秉忠暗道沁芳姑娘果真心细如发。"我们只要四个面罩便够了,剩下的还给姑娘。"

沈澜摇摇头:"剩下的你们收着,届时进了门,塞进那些人的嘴里,防止他们闹出声来。"

林秉忠服气地点头。若叫他们上战场杀敌,绝对分毫不惧,只是处理此等后宅阴私,重了怕惹爷不快,轻了怕办事不力,着实没头脑,还好有沁芳姑娘这个军师在。

"你们麻绳都带了吗?"沈澜问道。

"带了。我们还带了棍子、麻袋,还有伤药。"

"好。"沈澜点点头,没再说话,心里盘算着等下进门后的事宜。

眨眼间,骡车停在了杏花胡同口。杏花胡同以巷口的杏花树得名。此树树龄已十余年,树大根深,枝叶繁茂,绿荫蔽日,冠盖如林。树下有三两小童斗蚁,剪去蚁上双须,令两蚁相斗,呼呼喝喝,加油鼓劲,只玩得满头大汗。还有几个妇人一面缝补衣裳,一面闲坐磕牙,眼看有不曾见过的骡车来,即刻好奇地招呼道:"你们是哪个?来此做甚?"

沈澜隔着帘子朗声说道:"此地可是杏花胡同?我来探望家姐。"

"是哩,是哩。"妇人说道,"你阿姐是哪家?"

"我阿姐是杏花胡同里有乌木门的那家。"

"哦,你往里走,第三户人家便是。"

"多谢这位嫂子了。"

骡车继续往里走,留下一众好奇的妇孺张望着,沈澜依稀还能听见几个妇人的谈论声。

杏花巷窄，一辆骡车带上车厢便能将其堵得严严实实。

此刻骡车停在门口，巷口的妇孺们往巷子里望，只能看见车厢尾。

到了门口，沈澜下了车，"嘭嘭嘭"，敲了三下门。

"谁啊？"门内隐隐传来问话声。

沈澜高声说道："是我！阿姐可在家？"

阿姐？门内的丫鬟开了门，见眼前人着细布衣衫，戴着个怪模怪样的面罩，疑惑地问道："你是哪个？"

沈澜微笑："你家姑娘可在？"

丫鬟脸色大变，即刻就想关门，可她哪里快得过林秉忠，对方早在她开门时就站在墙边，此刻一把捂住她的嘴。剩下的两个人即刻进门，直冲内室。

沈澜慢悠悠地往里走。

"啊——你们是谁？檀郎救我！"

"你们是从哪里来的？我是魏国公府……嗯嗯……"

正房里，两个人已将四老爷、玉容姑娘堵住嘴，捆成了两个"粽子"。春夏季衣裳薄，四老爷和玉容俱衣衫不整。四老爷葡萄紫潞绸里衣半敞，露出了白肚皮，茄花色膝裤松松散散。玉容姑娘亦是鬓斜钗横，衣襟散乱，露出了鹅黄鸳鸯戏水杭缎抹胸，大片雪白的肌肤暴露在眼前，看得逮人的两名亲卫面红耳赤，手都不知道往哪里摆了。

"哎呀，你们怎么把四老爷捆成这样？"跟在沈澜身后进来的翠微惊呼，"你们还不快快解开。"

听到此话，地上的四老爷顿时"嗯嗯"地挣扎起来。

一旁的玉容姑娘也激动起来。

沈澜扫了翠微一眼，对林秉忠说道："把他们套进麻袋，我们即刻就走！"

匆匆将室内恢复成了原样，又阖上乌木门，林秉忠带着两名亲卫将四老爷、玉容、丫鬟统统塞进骡车。众人拥挤着上了车。

骡车行到胡同口，沈澜高声说道："多谢方才那位嫂子了，我们找错地方了。我阿姐家不在杏花胡同，而是在槐花胡同。"

那妇人正与众人站在巷口看稀奇，闻言，摆摆手说道："找错地方了？你们要去槐花胡同，还得过去几条街呢！"

沈澜道谢，骡车晃晃悠悠地继续走。恰在此时，另一辆雕花饰锦、红缨缀玉，旁有七八个健妇围绕的四轮马车也到了杏花胡同。两车相遇，骡车避让，停了一会儿，见马车匆匆而过，这才继续慢悠悠地动起来。

车厢长宽不过四尺，颇为狭窄，众人难免肩挨肩、踵接踵。翠微碍于男女大防，膝盖拼命往里缩。林秉忠带着两名亲兵不敢看女眷，只能低着头，为了节省空间又只能半蹲着。车上的三个麻袋里的人侧身叠在一起，勉力挣扎，姿势别扭。

沈澜抱膝而坐，竭力缩在一角，却舒展大方，神色颇为平静。所幸这样的拥挤很快就要结束了。

"林头儿、沁芳姑娘，到了。"车夫将骡车赶进了一栋两进小宅里。这栋宅子是裴慎的私宅，专用来安置亲兵，处理私事。

林秉忠跳下车，一名亲卫即刻迎上来，抱拳行礼："林头儿，你让我盯着的马车在那家门口停了一会儿，没闹出什么大动静，就离开了杏花胡同。"

林秉忠摆摆手。四太太现在过去，什么人都找不到，没办法捉奸在床，就只能回国公府。今儿这事算是解决了。"多谢沁芳姑娘。"林秉忠拱手道谢，"你这釜底抽薪的招数用得极妙。"四太太一心要捉奸，他们是无论如何都拦不住的。要让四太太回府，他们只能釜底抽薪，让她无奸可捉。

沈澜提着包袱下了车，微微垂首说道："你若真要谢我，便去寻三个单间，将三个人分开关押。"

"爷明日就回来了。四老爷今晚不回去，会不会……？"林秉忠有些担忧。

沈澜摇头："不会的。四老爷在秦淮河畔倚翠偎红，彻夜不归也是常有的事。"

"那便好。"林秉忠派人寻了三个单间，分别将三个人扔了进去。

"沁芳姑娘，天色将晚，不如我送你回去。"林秉忠说道。

"多谢你了，但我想先去看看那名女子。"

林秉忠愣神儿片刻，连忙说道："我带姑娘去吧。"

"不必。"沈澜轻声说道，"你在这里看好翠微，别让她乱走动、乱说话。"

说罢，沈澜带着包袱踏进了玉容所在的单间。门被锁着，窗户也都被钉死了。日光疏疏，透过窗上七零八落的木板间的缝隙钻进来，明明灭灭地映在床榻上。

沈澜进来时，玉容已被人从麻袋里放出来，双手双脚被缚，嘴里塞着棉布，只躺在榻上怔怔落泪。她很漂亮，鹅蛋脸，皮肤光洁细腻有弹性，杏仁眼睛大，显得滚圆，泛着青春干净的美。沈澜猜测她也就十四五岁。四老爷今年已经四十又二了，女儿比她还大几岁。

大概是觉得自己被强人所掳即将横死，见沈澜进来，她拼命挣扎起来，双手被粗糙的麻绳摩擦，泪珠从眼角滚落。且她原本就衣衫不整，这一路颠簸，连抹胸都快散开大半，剧烈挣扎之下，顿时露出了半片雪白的胸脯。

沈澜闷声不响地打开了包袱。

玉容挣扎得越发厉害，手腕被麻绳磨破皮，眼中惊恐交加，泪水汹汹而下，生怕沈澜拿出一根白绫将她吊死。

沈澜把包袱打开，里头是一套干净的女式衣衫，豆青抹胸、素白中单、沉绿团衫、葱白襦裙、藕荷比甲，一应俱全。玉容微怔，挣扎渐缓，眼泪却一下子落得更凶。沈澜替她系好抹胸，换上干净的里衣、外衫、袄裙、比甲。此时，玉容已满面泪痕。

"对不住，方才时间太赶，我来不及给你换衣服，叫你难堪了。"沈澜说着，心中酸涩，只觉自己像是伪善的鳄鱼。

玉容挣扎起来，似要说话。

"你不要喊叫，若答应便眨两下眼睛。"见她连眨两下眼，沈澜这才拿出她口中的棉布。

谁知棉布一被拿出，玉容即刻斥骂道："我不要你假好心！若不是你掳了我，我怎会衣衫不整地被几个男人瞧了去！"

沈澜看着她，心里一阵难过："你知道跟你颠鸾倒凤的男人是魏国公府的四老爷吗？"

玉容恨恨地说道："那又如何？"

"那你便是知道他的身份了。"沈澜看着这小姑娘，缓缓说道，"那你可知道上一个跟四老爷在一起的外室下场如何？"

"你莫要吓唬我。"玉容年岁尚幼，闻言心中害怕，有几分瑟缩，但仍强装镇定地回应。

"上一个外室是贱籍，被四老爷的妻子四太太捉奸在床，押回了国公府。"

玉容打了个寒战，忍不住问："然后呢？"

沈澜不疾不徐地说道："那是冬季，京都飘起鹅毛大雪，白茫茫一片。四太太允诺，只要她能熬过十棍，便放了她。

"她欣喜地答应了。可刑杖是军中足有手臂粗的榉木杖，受刑者还要褪衣露股，受众多丫鬟、婢女围观。十棍过后，她人还活着，能喘气，当夜却发了高烧，没药，没大夫诊治，死了。"她听念春说起来的时候，那外室的尸身已凉透了。

"方才若不是我将你掳走，来寻你的就是四太太了。"

沈澜的话如同一盆冷水泼在玉容的心头，冻得她浑身发抖。

沈澜怜悯地看着这个小姑娘。她之所以要插手此事，不仅是为了完成工作，更多的是想救这个外室一命。

"姐姐，你救救我！"玉容大哭起来，"我不是故意要跟四老爷的，我不是！"她太恐惧、太害怕，一股脑儿地将所有事情都说了出来，"春芳姐姐得花柳死了；燕子怀孕，被鸨母灌了碗堕胎药，孩子还没下来人先没了；月娘拼命接客攒足了银子要赎身，鸨母却趁她不在翻箱倒柜拿走了所有银子，她上吊死了；寒霜遇到有癖好的客人，被打得浑身是血，当晚发高烧死了。我怕死在鸨母的手里才求了四老爷收了我。我……我不跟四老爷了！你救救我啊！救救我！"

她哭得撕心裂肺、涕泗横流，鬓发散乱地搭在脸颊上，如同一个疯婆子。

玉容为了活下去被迫跟了四老爷很可怜，四太太丈夫出轨很可怜，被她弄死的女子罪不至死很可怜。

人人都很可怜。

沈澜心里发涩，轻轻摩挲着玉容的脊背："你先别哭，听我说。"

"我听！姐姐，你救我！救救我！"

沈澜安抚了几句："明日会有一人来审你，此人生得俊，你一眼便能认出来。他是我的主子。你不必遮掩自己的经历，只需如实说出你的出身、来历，他不会为难你的。"

裴慎再心狠，也不至于对一个毫无威胁的妓子下毒手，届时多半是让她远远地离开京都，好歹能保住一条命。

"好！我听姐姐的，我听姐姐的！"

沈澜取出帕子替她揩了揩眼泪，没再多停留，起身走了。她如果再留下去，耽搁的时间太长，翠微那里说不过去。她关上门，发现林秉忠正在门外等她。林秉忠半低着头在前面引路，只是欲言又止，频频回头。

沈澜权当没看见。

走了一会儿，他终于忍不住了："沁芳姑娘，你这样在府里要吃亏的。"

沈澜心软至此，连一个素不相识的妓子都要帮一把，也不怕将来被人恩将仇报捅上一刀。

沈澜笑笑，心情倏忽好转，只耐心地说道："你来劝我不也是好意吗？这世界上总归还是好人多。"

林秉忠笨嘴拙舌，辩不过她，憋了半晌，都快走到骡车附近了，终于憋出了一句："你若有事，便来寻我。"语毕，拱手告辞。

沈澜微怔，笑道："多谢林大哥了。"说着，便上了骡车。

翠微正安分地待在车厢里，见沈澜进来，摆出脸色，冷冷地说道："我们可以走了吗？"方才她想下车，那车夫竟拦住了她，不许她下车，想来是沁芳吩咐的。翠微哪里还能有好脸色对沈澜呢？她只默默地又给沈澜加了条罪状。

沈澜点头说道："六子，走吧。"

车夫扬鞭，车轮碾过石板路，骡铃声声，悠悠远去。

沈澜走后，林秉忠总觉得哪里不对劲。四老爷便是再贪花好色，也是爷的叔父，待此事了结，沁芳必遭四老爷报复。他秉性耿介鲁直，事发突然，哪里想得到这些弯弯绕绕，如今想明白了，心中顿时生出几分懊悔。早知当初，他将四老爷打昏送回国公府便是，何至于绑了四老爷，害了沁芳？思及此处，林秉忠坐立难安，想了又想，到底去了关裴延的屋中。

裴延双手反剪被缚，嘴里塞着棉布，此刻见有人进来，慌忙"呜呜"地挣扎起来。

林秉忠进来说道："四老爷，我林秉忠一人做事一人当，今儿把你绑起来这事是我的主意，日后你若要报复，尽管来找我。"语毕，抽出裴延口中的棉布。

裴延破口大骂："你这狗奴才！奸夫淫妇！我看你和沁芳背着守恂通奸来着！只可惜那沁芳早就被我碰过了，如今还与你勾三搭四，真是个水性杨花……"

林秉忠大怒，斥道："你胡说八道什么！"

裴延冷笑两声："我胡说八道？你不如去问问那淫妇。她先前可是在小花园里求着我说要到我身边来，还主动说要去假山洞里与我燕好呢！"

林秉忠冷静下来："那她为何不引诱爷却引诱你？"

裴延被问得一怔，愤然变色，大发雷霆，咒天咒地，叫嚷着"小娼妇""奸夫""叫守恂将你们二人沉塘"等等。

林秉忠见裴延如此行径，反倒想明白了，四老爷素来贪花好色，必是看上了沁芳却不得，在这里诋毁她。

林秉忠冷冷地看了他一眼，将棉布塞了回去。

子夜时分，夜凉如水，唯一轮弦月高悬，两三星子疏缀。

夜阑人静之际，忽有马蹄"嗒嗒"地踩过石板路，行至门前。有人自马上下来，轻叩乌木门，那门上的兽首铜环与鎏锡钉相撞，发出沉钝的"砰砰"声。

负责轮值的亲卫闻声开门，见一位身穿骑射服的男子立于门前，其身后跟着四个精壮汉子，顿时诧异地说道："爷回来了？！"

即刻就有人去唤醒林秉忠，又有人前去掌灯。

"爷。"林秉忠匆匆穿好衣衫迎上去。

裴慎随手将碧玉兽炳藤马鞭扔给他，大步向院中走去，问道："你和沁芳是如何处置那几人的？"

"我们只将四老爷、外室和其婢女绑了来，分开关押。那外室被关在东厢房，婢女被关在西厢房。"林秉忠一边说，一边跟着裴慎进了东厢房。

东厢房并不大，里面只有一张榉木寿纹罗汉榻，上有白绫卧单、浅蓝贮丝锦被，还剩下些拉拉杂杂的面盆架、桌凳、茶盏、烛台之类的。

榻上的玉容正暗自神伤垂泪，难以入眠，忽听见些微响动，即刻抬眼看去。烛光昏暗，她依稀可见来人着石青圆领窄袖蜀锦骑射服，束金腰带，佩药玉，头戴网巾，脚蹬皂靴，英武挺拔。

裴慎随意地挑了把榉木圈椅坐下，林秉忠和陈松墨持刀立于他的身后。

"你可是良家子？"裴慎问道。

玉容见有人来审，心中慌张，双目噙泪，摇头说道："公子容禀，奴名唤玉容，家住掖县，五六岁时老子娘捕鱼撞上了龙吸水，被龙王爷吃了去。"说着，啜泣起来，"家里养不活我，便将我卖给了一个小戏班。那戏班子辗转进了京，我又被七卖八卖，沦落进了西河沿行院。"

裴慎神色冷淡："你与裴延是如何认识的？"

玉容脸色微微发白，挣扎片刻，正要开口，谁知裴慎摆摆手，制止道："罢了，你不必再提，免得污人耳目。"

她无非是先小意奉承裴延，待两情渐浓之际，裴延发下海誓山盟，使些烧香刺臂、同心罗带、一纸红笺的把戏，趁此最是情浓之时，她尽诉凄苦之事，裴延自然又爱又怜，愿为她赎身。

裴慎见玉容脸色煞白，只怔怔落泪，心中已是不耐烦，起身说道："稍后你便远远地离开京都，越远越好。"

玉容霎时瘫坐在地上，不知是悲是喜，只呜呜咽咽地啜泣起来。命保住了，可她一介弱质女流，无枝可依，还能去哪里呢？

一旁的陈松墨道了声"得罪"，便上前为她解开手、腿上的麻绳，将她扶了起来。

她站起来，沉绿团衫，葱白襦裙……

裴慎忽而停步，蹙眉问道："你这身衣服是谁的？"

玉容骤然受惊，不禁打了一个哆嗦，慌忙说道："是奴自己的。"

裴慎冷笑一声，说道："你自己的？你若不说实话，我便将你送官法办。"

若是进了衙门，她好坏都得被剥掉一层皮。玉容惶惶无措，吓得连连求饶，抽噎道："这是一个戴面巾的姐姐与奴穿上的。"仓皇之间，尽数交代，"她为奴换了干净的衣裳，叮嘱奴若见到一个样貌好、气度高绝的人来审问，只需如实说出自己的来历便是，来人不会为难奴。"

玉容虽年轻，却久在风月场上，深谙如何说话，只盼着自己拍的马屁能让对方饶她一命。可等了半响，却没有听到声息，玉容偷摸抬眼去瞧，唯见对面的男子冷肃的脸色在暖黄烛火的映衬下竟显出几分柔情来。她一时心惊肉跳，慌忙低下头去，不敢再看。

裴慎冷哼一声,心知此女拿沁芳做筏子,对她的狡狯颇感不喜,只摆了摆手,示意林秉忠送她出府。裴慎让林秉忠将玉容打发了,剩下的那个丫鬟也不必在意,只一同送出府便是。

他走出东厢房。

"砰!"裴慎一脚踹开正堂的鹤鹿雕花大门。那大门是用榉木所制,质极坚,却生生被裴慎踹裂了半扇。

巨大的声响吓得陈松墨一激灵,躺在菱花围架子床上的四老爷裴延也被吓了一跳。裴慎来得急,身上寒露未消,此刻大步走近,冷锐逼人,唬得四老爷瑟瑟发抖,呜呜咽咽地往床榻里缩。

裴慎瞥了眼陈松墨。

陈松墨会意,上前两步,拿掉四老爷口中的棉布。

刚被拿掉了棉布,裴延即刻高声叫嚷起来:"守恂,你的这帮下属非得好好整治不可!沁芳和林秉忠这对狗奴才,连我都敢绑!"

裴慎脸色沉肃,振袖坐于榻上,慢条斯理地说道:"四叔,我且问你,要么管好你自己,要么管好你的妻子,你选哪个?"

裴延也不是傻子,早就猜到没有裴慎的命令,两个仆婢焉敢对他动手?方才他那样说,不过是想先发制人告黑状罢了。如今见裴慎单刀直入,再不掩饰,裴延只讪讪笑道:"侄儿说什么呢,四叔没听明白。"

"四叔,六堂弟敏哥儿已十四岁,算是立住了。便是没了你,四房也不至于败落。"裴慎说这话时神色与谈论天气时无异,但叫人听着心惊。

"我是你四叔!"裴延睁大眼睛,不敢置信。

裴慎冷冷地说道:"你若不是我四叔,今日我也不至于来劝你。"

他夤夜疾驰百余里而归,只为处理此等男欢女爱的阴私,虽面上不显,实则心中已不耐烦至极。

裴延见他眉间隐有不耐烦,心中难免发怵。这侄子位高权重,年仅二十岁出头已是四品高官,而他迄今不过是个工部员外郎罢了。裴延觍着脸讪笑道:"守恂,这也不怪我,我不过是置个外室罢了。哪个男人没点儿风流韵事?是你四婶爱拈酸吃醋,是她太过不贤。"

"你寻花问柳原也不是什么大事,可你们夫妻俩成日里闹腾得府中上下不得安宁。四叔,正所谓堂前教子、枕边教妻,你若教不好她,我便写书信一封,请父亲以族长之责代你休妻。"

休妻?裴延连连摇头:"别别别!守恂,你有话好好说,好好说。"那疯婆子虽不甚贤良,却为他生了一儿一女。况且他只有这点儿骨血,一旦休妻,两个孩子的婚事就都完了。

看来裴延尚未被脂粉女色熏晕脑袋。裴慎冷冷地说道:"我给你三条路走,管好你的裤腰带,管好四婶,再不然我请父亲替你休妻。"

"管管管。"裴延急忙说道,"我必定管好她。"

裴慎定定地看了他两眼,突然叹息道:"四叔,我前些日子警告过你一次,你那时也是这么说的。"

裴延讪笑。前几日裴慎叫他不要再寻花问柳,他原以为裴慎是借此警告他不要歪缠沁芳,便消停了几日,没想到裴慎是真要他管好那疯婆子。"这……这次我肯定管好她。"

"好!四叔,我丑话说在前头,事不过三,你再有一次,我便不客气了。"

陈松墨会意,给裴延解绑。解了绑,这事便算过去了。裴慎起身,正欲唤人将裴延送回国公府,谁知裴延冷哼两声,想起林秉忠和沁芳,顿时恨得牙根痒痒。

"守悒,你且小心些,那沁芳可是个淫妇,与你身边的林秉忠勾三搭四、不干不净的。你当心哪一日二人勾连,将你蒙了去!"

裴慎忽而驻足,转身看他。

灯芯"噼啪"两声,暖黄色的烛火摇曳,映照得裴慎神色不明。

"你说什么?"裴慎阴沉地问道。

裴延一时胆寒,被他盯得后背直冒冷汗,可他是长辈,自认为裴慎不至于对他做什么。思及此处,他又想起今日受此奇耻大辱,便鼓起勇气说道:"那沁芳先勾引我,又引诱林秉忠,实在是水性杨花!"

裴慎分明是冷着脸的,却忽然笑了笑,说道:"四叔,你且说说沁芳是如何引诱你的。"

裴延微怔。他原就是个浪荡子,如今和侄子夜谈女色,脸上竟难得生出一点儿得意之色。裴慎这般位高权重之人,竟也有求教他的时候。他又想借此机会与这侄儿拉近距离,便难免滔滔不绝起来。

裴延捻起胡须,故作正经地说道:"她见了我便故意撞我身上,又说要来伺候我,还说我若向你讨要她恐坏了名声,不如她自荐去老太太那里,日后我再向老太太把她讨来。"

一旁的陈松墨恨不得死死地捂住耳朵,不敢去看自家爷的脸色。

裴慎脸色不变,只一双眼睛冷厉如刀,像是夜霜未去、寒露未消,仿佛在看一个死人。他轻声开口:"还有吗?四叔。"

裴延意味深长地笑了两声,轻抚胡须,故作姿态地说道:"她唤我郎君,又拉我去假山洞里,说要和我鸳鸯交颈,共度良宵。"

裴慎看了他一会儿，见他说完了，平静地吩咐道："陈松墨，套车，送四叔回国公府。"

裴延便有些得意，复又说了几句"守恂可愿割爱""沁芳浮花浪蕊""且叫她今后唤我檀郎"。

只可怜陈松墨，吓得大气儿都不敢出，肃立在裴慎的身侧，目送着裴延远去。

此时天上有一轮明月，三两稀疏星子，皑皑蟾光照在庭院中的青石板路上，映出满地的白雪霜色。

裴慎立在院中，赏了会儿月下夜景，心平气和地说道："我记得亲卫刘续出自松江，似是打行青手出身。"

陈松墨一时愕然。

松江一地盛行打行青手，这些人最擅长打人，专打人的胸、腰、腹等部位，技艺精湛，极为讲究，要挨打者几月后死，便绝不会让其早死。

见陈松墨点头，裴慎淡淡地说道："待我调令下来，离开京都，你再让刘续动手吧。"

陈松墨应了一声，不说话了。

裴慎这才出了庭院，翻身骑上黄骠马，扬起碧玉兽炳藤马鞭，径自往国公府去了。


三更天，月明千里，华光如水，穿堂过户，映在素白帐幔上，照彻满室清辉。

沈澜只盖着一床细布薄被，玉臂横陈于外，入夜微凉，枕上清寒，不禁蜷了蜷身子。幽梦绵绵，她将醒未醒之际，忽听得院外响起一阵喧哗之声。

有小丫鬟匆匆推门而入："沁芳姐姐，爷回来了。"

沈澜骤然惊醒，在榻上怔了一会儿，复才清醒过来，拂开素白纱帐，匆匆说道："你让念春与槐夏去铺床叠被、掌灯沏茶，让素秋去吩咐小厨房备一碗雪霞羹、碧粳粥、绉纱云吞，其余人随我一同去迎爷。"

跑腿的小丫鬟得了吩咐，匆匆去了。

沈澜换上素白里衣、白蓝挑边衫子、石青细布襦裙，一切收拾妥当后，匆匆去院门前迎裴慎。

裴慎尚未到，沈澜立于院门前，只见庭中芭蕉新绿，修竹苍翠，廊下海棠吐蕊，芍药生香，月华一照，崇光泛泛，香雾空蒙。繁花翠竹间，她忽见裴慎，携皎皎月华，大步行来。

沈澜微怔，心道：裴慎生得果真英武挺拔，极是俊朗。待回过神儿来，她忽觉不对，裴慎这副携霜带雪、神色晦晦难明的样子，分明是心中不愉。

思及此处，沈澜紧绷身体，强打起精神："爷回来了。"

裴慎嗯了一声，将手中的碧玉兽炳藤鞭扔给她，往正堂去了。

入得正堂，他先以温热的棉帕净手，一碗解渴的雪霞羹开胃。夜间不宜饱腹过甚，上小半碗碧粳粥好克化，若他腹中尚饥，再上热气腾腾的绉纱云吞，最后奉上一盏馥馥盈盈的万春银叶。

见裴慎神色柔和下来，沈澜却依然不敢松懈。裴慎若要发作，便是茶足饭饱也最多只能延迟一二，她总归躲不过去。思及此处，沈澜只默默垂首，恨不得当个隐形人。谁知裴慎忽然以手中的书卷遥遥一指，问道："沁芳，这是谁？"

沈澜循迹望去，正是翠微。

念春于戟耳石榴足宣德炉中打香篆，翠微便立于一旁递上香押。

房中多了个生面孔，裴慎自然要问。

沈澜正要开口，翠微放下手中的香押，屈膝行礼回道："回爷的话，奴婢是翠微。大太太吩咐奴婢与沁芳一同去府外买些苏样绒花，买完后便来存厚堂伺候爷。"

室内寂然无声，静幽幽一片。沈澜原就紧绷的心中霎时蒙上了一层阴云。她原想将今日之事糊弄过去，谁知翠微偏偏提了。

裴慎扔下手中的书卷，披着道袍，坐在紫檀木太师椅上，摆摆手，示意念春等四人下去。

槐夏、素秋老老实实地躬身告退，只是念春和翠微面面相觑。翠微欲言又止，脚步犹豫，行至门前，却突然跪下，恭敬地说道："爷，奴婢有事禀告。"

沈澜心里一紧，即刻去看裴慎，唯见几盏宽把豆托底的铜铸荷叶灯上，数点烛火幽幽跃动，衬得端坐在紫檀木太师椅上的裴慎越发俊美且极具压迫感。沈澜垂下头去不再看他，只静静地等着翠微说话。

"你说吧。"裴慎说道。

翠微应了一声，直言道："爷，奴婢初来乍到，按理实在不该出头。只是奴婢自小跟在大太太的身边，决计不能容忍旁人欺骗大太太。沁芳胆大包天，竟敢假借采买绒花之名行欺瞒之事！"

翠微沉下声说道："不仅如此，沁芳还敢窥伺四太太的行踪，又绑了四老爷，实属胆大妄为。"

裴慎沉默地听着她历数沁芳的罪状，听她说完，便说道："你倒是个忠心的，且起来，去账房支十两银子以作赏赐。"

翠微心喜，起身表忠心："奴婢本想将沁芳欺瞒一事告知大太太，只是思来想去，如今既跟了爷，爷便是奴婢的主子了，自然要告知爷。况且奴婢与沁芳无冤无仇，也不是嚼舌根之人，如今在爷的面前告状也是光明正大，非是为了一己之私。"

裴慎点头，只随意地说道："你是个忠心的，我心里有数。你且下去吧。"

待翠微满心欢喜地告退，裴慎这才瞥了眼沁芳，见她垂首肃立，便冷笑道："有人告你的状，你可要辩解一二？"

沈澜暗叹倒霉。

论忠心，这翠微能把她甩出二里地，怪不得大太太要将翠微派来。她心知肚明，翠微历数的三条罪状中，欺瞒大太太、窥伺四太太的行踪这两条罪状都不重要。因为裴慎心里清楚，四太太出府礼佛，他母亲必定是知道的。沁芳一个婢女说四太太出府是为了捉奸，他母亲哪里会信？他母亲便是信了，多半也是派人去将四太太追回来，届时四太太不肯，在街上闹起来，反倒叫人看笑话。至于窥伺四太太的行踪，这是裴慎自己吩咐沁芳去做的，也不会怪罪于她。

一切的症结都在第三条罪状上——绑了四老爷。

沈澜正绞尽脑汁地思忖该如何解释，谁知裴慎突然说道："翠微的话不可全信，我自有裁决，你且细细将此事的前因后果尽数道来。"语毕，又意味深长地说道，"你若受了委屈，要我给你做主，也尽管说来。"

沈澜微怔，一时竟想起了当日裴延在水榭欺凌她一事。她怔了一会儿，回过神儿来，恭恭敬敬地将此事的前因后果尽数道出。她从钱婆子来存厚堂送情报，说到四老爷被绑进裴慎的私宅，不加一句，不改一字。她口齿伶俐，吐字清晰，不到片刻便说完了。

裴慎未曾听到他想听的，便沉默片刻，冷冷地问道："你说完了？"

沈澜疑心大起：裴慎还想听什么？难不成我背着裴慎干的事被他发现了？是我跟他的亲卫、幕僚打好关系，希望万一将来脱奴籍不成只能逃跑时对方能睁只眼闭只眼的事吗？还是我试图将裴慎赏我的布料绸缎卖了换成银子，以方便离开的事？又或者是我想找人扮演亲戚来国公府赎我的事？

沈澜背着裴慎干的事太多了，可不管哪一桩，她都不能认。

"爷，奴婢说完了。"沈澜说道。

裴慎瞥了她一眼："你为何要把自己的衣物赠予那名外室？"

对于此事，沈澜早已打过腹稿，恭顺地回道："到底是前去……怕遇到一些衣不蔽体的不雅事，我便带了些许衣物以防万一。"

这个理由很合理，任谁听了都会觉得沈澜思虑周全。

但裴慎不是个寻常人，一针见血地戳穿："你怜惜那外室！"

否则，沈澜也不至于心细到要保全她的颜面。外室素来被人鄙薄，寻常女子见了外室只恨不得上去啐两口，裴慎还是第一次见到沈澜这样的。

沈澜低下头，不说话。

她沉默的时间太长，裴慎原就压着火气，如今更是不耐烦地说道："说话！"

沈澜恭敬地答道："若是不愁吃喝，无性命之忧、累卵之危，却为了荣华富贵做人外室，自然遭人鄙夷；可若只是为了艰难求生，那外室便叫人怜悯了。"

裴慎摇头："那你便错了，此女之前是个清倌儿，虽无荣华富贵，却也吃喝不愁。她为了攀附国公府才哄得四叔替她添置宅院，做了外室。"

清倌儿？身在那样的场所，所谓的清倌儿又哪儿能独善其身？年纪一到，清倌儿就得被逼着接客，一旦开始接客，只等年老色衰后被一卖再卖，花柳、梅毒一应俱全。若她不幸怀孕，鸨母只管一碗堕胎药灌下去，或是拿棍子狠打她的肚子，或是用布裹缠她的肚子至落胎。若没死，她就继续接客；若死了，她的尸身就被草席一裹便是。妓女下场之悲惨，不言而喻。那姑娘肯做裴延的外室，不是为了攀龙附凤，而是为了艰难求生，因为做人外室是她千万条死路里最好的一条了。

沈澜心中郁愤，拿指甲狠掐自己的掌心，强逼自己恭顺地说道："爷说得是。"

裴慎心知肚明，她状似恭敬，实则心中决计不是这么想的，附和他也不过因为他是主子罢了。思及此处，裴慎心里怒气愈盛，只得强压着，半讽刺半提醒地说道："你若日后再滥好心，恐被人欺凌。"

沈澜暗道"我已日日被你欺凌"，只是面上照旧恭谨有礼地说"多谢爷教诲"。

见她低下头去，又是这副恭恭敬敬的样子，裴慎原本强压下去的火气越盛，阴沉着脸说道："你和林秉忠进入宅中后只消陈明利害，四叔一朝被蛇咬，十年怕井绳，必定会跟你们走。你们为何要绑他？"

沈澜心里一紧，心知翠微历数的三大罪状中最致命的那一条来了。她自知是想拉着裴慎的大旗作虎皮，好叫裴延吃个教训，只因四太太丈夫出轨可怜，玉容为了生存做人外室因此差点儿丢了性命可怜。千错万错，这一切都是裴延的错，更别提这色中饿鬼还差点儿强迫了她。

沈澜强压着恶心，说出了自己提前想好的理由："奴婢怕四太太来得急，自己实在来不及解释，又怕四老爷不信，叫嚷起来便不好了，情急之下才将四老爷绑了。是奴婢太过急躁，请爷责罚。"

语毕，沈澜静待裴慎处置，可左等不来，右等也不来。沈澜心中微微焦躁。她这理由听起来极是正当，只是不知裴慎信不信。

裴慎幽幽说道："责罚便不必了。我还当你深恶四叔，想给他一个教训。"

沈澜笑容微僵，垂首，小心试探地问道："爷说什么？"

见她还不承认，裴慎压抑已久的怒气骤然迸发，抬手掀翻了凭几，凭几上的瓜果滚落了一地，茶盏碎裂，瓷片迸溅，唬得沈澜心脏狂跳。

"你不该叫沁芳，该叫敏言才是。你巧言令色，谀辞如潮！"说罢，裴慎骤然起身，想让她跪着，又想起上一回她挺直了脊背跪下来的样子，一时气闷不已，冷冷地说道，"你回屋禁足，反省三日！"

沈澜疑心裴慎知道了当初裴延在小花园里强迫她的事，却又不敢确定，更不明白裴慎便是知道了，为何要生气。沈澜心中惊疑不定，却并不生气。她回屋禁足三天有何不好？她既不会被扣工钱，又能休息，这不是带薪休假吗？她垂首肃立，恭敬地说道："爷莫生气，奴婢这便回房反省。"

见她低着头，对着他的时候，照旧是那副不温不火、不疾不徐、恭敬有礼的样子，裴慎又忍不住想起裴延的话，什么"唤他郎君""主动与他燕好"云云。

一时，裴慎勃然大怒："待想明白了，你再来伺候！"

恐怕她是一直想不明白了。

"是！"沈澜转身告退。

掀开海天霞色珠帘，出了正房，沈澜见念春等人提着琉璃灯候在廊下，便对念春说道："我被爷禁足三日，这三日里，一应事务均托予你处理。"

念春与翠微俱怔了怔。

"好端端的，你怎么被禁足了？"念春瞥了眼翠微，暗道翠微说有事禀报爷，然后沁芳便受罚了，莫不是翠微向爷告了状？思及此处，念春压低声音说道，"我在外头都听见爷砸了茶盏的响动，唬得心'怦怦'跳，你到底哪里招惹爷了？"

沈澜摇摇头。无非是她明明可以请走裴延，却偏偏绑了他，让裴慎骑虎难下，裴慎心里不高兴，借此发作罢了。她含糊说道："没什么。"

念春急切地说道："你怎会没什么事呢？禁足虽是小事，可若主子就此厌弃了你，只随意将你配个老光棍儿或是烂赌鬼，或是那起子打老婆的人，届时你叫天不应、叫地不灵，我看你怎么办！"

沈澜微怔，勉强挤出个笑。她当务之急是尽快赎身离开，否则哪里还轮得到什么老光棍儿？裴延原就看上了她，如今她又绑了他，裴延不敢找林秉忠的麻烦，待风头过去了必要来寻她。也不知裴慎是如何处置裴延的。

沈澜知她是好意劝解，便笑道："你若怜惜我，只一日三餐给我送饭便是。"

念春白了她一眼，嘴上嚷嚷道："谁怜惜你了？我要教你日日吃旁人剩下的，饿死你！"

沈澜轻笑，正欲转身回房，一旁的翠微忽然上前一步："你除了被禁足三日，可还有受到别的惩戒？"

沈澜驻足，摇了摇头，走了。

翠微脸色发白，只怔怔地站在原地，不知所措。沈澜欺瞒大太太、窥伺四太太的行踪、绑了四老爷，犯下这般大罪，竟只被禁足三日。她绞着帕子，急急地拦住沈澜:"你莫不是又蒙骗了爷?你犯下这般大罪过,怎会只被禁足了事?"

沈澜瞥了她两眼,不疾不徐地说道:"你这话是何意?爷智周万物,我哪儿能蒙骗得了他呢?"

翠微脸一白,连忙说道:"我不是这个意思。"

"那你是什么意思?"沈澜轻声讨教道。

翠微吃了瘪,不免冷下脸:"爷罚你禁足三日,你对我甩脸子做甚?况且你犯了大罪,恐怕不止被禁足吧!"

"我骗你做甚!我的确只被禁足三日。"沈澜轻笑,"你既有这么多问题要问,不如直接去问爷。"语罢,就着庭中的月光,慢悠悠地走了。

翠微失魂落魄地立在廊下,望着沈澜的背影发呆。

一旁的念春见状,忍不住问道:"你这般关心沁芳如何受罚,莫不是你告了沁芳的状,害她被爷惩戒?"

翠微不说话,只茫然若失。

见她这般,念春便以为她承认了,心中越气:"你告她的状,害爷厌弃她,若将来她真被配了个老光棍儿,你于心何忍?这对你又有何好处?"

翠微回神儿,反驳道:"她背主,原就该受到重罚,便是被爷随意配了人,那也是她应得的。"

念春闻言气极,泼辣性子一上来,张嘴便骂道:"你是有人撑腰的,我们这样的破落户可不敢与你争锋,万一惹怒了你,你一状告去大太太那里或者告去爷那里,岂不是要将我们统统赶出去,好只留你一人伺候爷。"

"你胡说什么!"翠微张嘴欲驳,偏偏念春是张刀子嘴,只噼里啪啦爆豆子似的一通儿好骂。

"你打量我不知道你的心思呢?你接了清冬的位子来伺候爷,刚来就撵走了沁芳,接下来是不是还要眼珠子都不错地盯着我和槐夏、素秋,好踩着我们几个攀高枝儿?那你可想错了。沁芳是个好性子的,由得你闹。我可不是,你若寻事寻到我头上来,便是当着爷的面,我也非撕了你的嘴不可!"

"你……"翠微气得面皮涨红,说不出话来。

念春说完,胸中的一口郁气吐出,只扬起头,转身欲走,却见门口立着一道人影,披着宝蓝色道袍,似庭前玉树,松形鹤骨。

念春大惊失色,脸色煞白,慌忙跪下。

翠微被念春挤对了一通儿,一见到裴慎便委屈巴巴地唤了一声:"爷。"

裴慎本在屋内唤人,喊了两声竟无人应答,这才出门来看看。

他本就携怒而来,如今更是冷笑道:"我竟不知这存厚堂里还有此等口齿伶俐之徒，当个丫鬟真是屈才了。"

念春煞白着脸，心知裴慎必定听见了全部，急忙磕头说道："爷，奴婢知罪。"

裴慎见这群丫鬟规矩散漫、胡诌八扯的，心中难免生怒，只冷着脸，斥道："沁芳呢？你且去问问她是怎么管教丫鬟的！"

跑腿的丫鬟年纪小，不懂看人脸色，只为难地说道："爷，沁芳姐姐方才叮嘱我，说她被禁足了，万事都不要去扰她。"

裴慎动怒："我让她禁足三日是从明日算起，难不成她睡一晚也叫禁足？"

小丫鬟吓了一跳，着急忙慌地跑去寻沁芳。

伴着残月如钩，疏星三两，沈澜回房，合上楞纱纸糊的柳叶格窗，轻解罗裳，褪去素履，撩开白帐幔，枕上石蓝贮丝软枕，喟叹一声。无论如何，她且先安生地睡一会儿。谁知她刚躺下，便有小丫鬟来报，只说"爷寻沁芳姐姐"。

沈澜匆匆来到庭前，见院中灯火通明，跪了满地的丫鬟、婆子。

小丫鬟已告诉她是念春和翠微起了口角，惹得裴慎动怒，可沈澜仿佛不知道一般照旧问道："爷，这是怎么了？"

裴慎冷冷地说道："我被外放做官，数次来去匆匆，来不及整顿府中人事，只将院子交到你手里，你便管成这副样子？"

沈澜随他回国公府不过五六日的工夫，行李都才堪堪理顺，更别提翠微甚至才来一日，她便是要管也还没来得及啊！

明知他是心中有气，借题发挥，沈澜也只能认下："爷，奴婢办事不力，请爷责罚。"

裴慎见她对着自己恭恭敬敬，俯首认错，心中怒意更盛，冷冷地说道："这两个丫头起了口角，嘴里胡诌八扯的，还敢带上主子，各笞五杖！"

跪在地上的翠微和念春涕泪涟涟，不停地磕头："奴婢知错！请爷饶命，请爷饶了奴婢吧。"

那可是军杖，足有成人的手臂粗，一杖下去便能让受刑者血肉模糊。

沈澜心中不忍，低声说道："爷，翠微是大太太赏的。爷不在府中的这些年，念春没有功劳也有苦劳。"

裴慎冷笑道："在你口中，人人都有不能打的理由。既然如此，你可有为自己找好理由？"

沈澜愕然，说自己办事得力有功劳，还是说自己勤勤恳恳有苦劳？她一时竟寻不出个理由来求饶。又或者说，她这些日子里受尽委屈，倍感屈辱，于是哽着一口气，不肯求饶。

见她半句求饶的软话都不肯说，裴慎心中怒意越盛。

恰在此时，陈松墨得了令，带着几个亲卫持杖匆匆赶来。

裴慎冷着脸说道："沁芳管教丫鬟不力，笞五杖。"

陈松墨微怔，行至沈澜面前拱手说道："沁芳姑娘，得罪了。"说着他便要提杖。

沈澜若是平日里也就求饶了，跟谁过不去都别跟自己的性命过不去，可这段日子里先是被裴延欺辱，又被裴慎罚跪，非但不能惩戒裴延，还得千辛万苦地替此等烂人扫尾，已是倍感屈辱，如今翠微和念春起了口角又要她来挨打受罚，偏偏还前路茫茫。沈澜心中愤懑难当、悲郁交加，胸中哽着一口气，只觉若求了饶，便连最后一点儿尊严也没了。于是她怎么也不肯低头，只银牙紧咬，趴在长凳上，闭上眼，任打便是。

见她这般，裴慎越发惊怒，沉着脸，不说话。

两厢对峙，谁都不肯低头。

## 第四章
## 白日放歌须纵酒

  一个立在院中,神色冷肃;另一个趴在凳上,低头不语。
  只可怜陈松墨夹在其中,只觉进也不是,退也不是,暗叹倒霉。早知如此,他还不如跟着林秉忠去查访朝中的适龄贵女呢。
  "你愣着干什么,还不打?"见沁芳不肯低头,裴慎已然怒极,暗道恐怕是素日里将她宠坏了,她竟敢跟自己甩脸子,今日非得打上这一场,好叫她醒醒神儿。
  得了令,其余数名亲卫将翠微和念春一同拖到凳上,陈松墨则持杖行至沈澜身侧。若说打人,锦衣卫、东厂俱是行家里手。陈松墨习武,又与锦衣卫百户交好,曾学过几手,百杖只破个油皮,一杖却可毙命,如何打,全看上意。
  上意如何啊?陈松墨偷偷瞥了一眼裴慎,见他袖手立于庭中,神色莫测,面上实在看不出什么,一狠心,便将手臂粗的铁梨木军杖高高扬起,狠狠落下。
  第一杖落下。
  沈澜闷哼一声,硬受了这一下,脸色惨白,额间隐有细汗冒出。但她性子倔,若呼痛,倒像服输似的,便死死地咬住唇瓣,不肯呼喊出声。
  陈松墨见裴慎不出声,便再次扬起军杖。
  第二杖狠狠落下。
  军杖落在沈澜身上,她竟觉不太疼。沈澜微怔,心中惊疑。
  第三杖,陈松墨以更大的力道狠狠地挥下铁梨木军杖。
  受了这一下,沈澜却半分痛感都没有,仿佛那军杖打下来时力道都被卸去了。
  沈澜心中有数,只觉平日里给亲卫的消暑汤水、四季节礼、年关诊脉都没白给,便颇为感激地抬头看了一眼陈松墨,又装出一副勉力忍痛的样子,甚至到承受第四杖、第五杖时还相应地呼痛一声。

"爷,我打完了。"语罢,陈松墨喘了几口粗气,抹了把汗,仿佛累坏了的样子。

裴慎冷哼一声,心知陈松墨打第一杖时用的力道不过三分,故而未曾制止,更不曾叫陈松墨狠狠地打。陈松墨这才有胆子越打越轻,到了打后几杖时,表情凶狠,实则半分力道都无。只是明知陈松墨弄鬼,裴慎到底没揭穿他,心思复杂地站在原地看着沈澜。

沈澜只穿了件薄春衫,夜深凉意逼人,加上又是被吓,又是被打,难免脸色虚白。她艰难地从凳子上起身,似弱柳轻红,单薄羸弱地站在那里,煞白着脸,唇瓣被咬得殷红如血,寒风透体而过,便微微颤抖起来,好不可怜。

裴慎一时心生怜惜,暗斥自己与她置什么气,她性子拧,自己慢慢教就是了,何至于此,便开口:"沁芳,你可知错?"

这五杖打下来,翠微和念春已是皮开肉绽,哀号痛哭。

沈澜被放水,连个油皮都没破,细细算来,大约疼上一两天便能行走自如。沈澜不愿再跟裴慎拧巴,以免拂了陈松墨的好意,只低头说道:"爷,奴婢知错,望爷宽恕。"

裴慎见她软声软语求饶,心里怒气尽消,又思及裴延,便说道:"这几日,你不必出存厚堂,且在院中养伤。"

沈澜点头称是,正好可以借机避开裴延。

见三个大丫鬟都挨了打,俱被打得皮开肉绽,院中的众仆婢被唬得屏声息气,噤若寒蝉。

裴慎冷眼扫过,沉下声说道:"我素日里外放,很少归家,以至这院子里的人没规没矩的。若日后谁再无故起口角纷争,我要赏的便不止五杖了。"

念春和翠微被两个小丫鬟搀扶着,眼中含泪,与众仆婢一同称是。

裴慎摆摆手,众人这才告退,也不敢发出响动,只悄没声地散去。

夜凉如水,沈澜只觉夜风料峭,翠袖轻薄,稍有几分寒凉之意。

见她于夜风中微微颤抖,裴慎便取下身上的宝蓝色道袍递过去:"你披上吧。"

沈澜愕然,一时脑中思绪百转千回,垂下头去:"爷,奴婢不冷。"

他们不过是主仆关系,她怎能穿裴慎的衣物,这样实在太过亲密。

裴慎被气笑,只蹙眉说道:"你不冷?面白如纸,你一点儿人气都没有了。叫什么沁芳,你不如改叫知白吧。"

沈澜无奈,只好接过道袍。见裴慎一动不动,只看着她,她只能披上。那道袍是用松江嘉定的斜纹布做的,质地细密,似绒非绒,极适宜春夏御寒。沈澜一披上,透骨的寒意稍去,身子也渐渐暖和起来。

沈澜说道:"多谢爷恩赏。"

裴慎不语,只微微发怔。他肩宽背阔,身量又高,故而那道袍也宽大,下摆、袖口俱垂了一截,几乎将她整个人都裹了进去。

他的衣衫裹着沁芳。思及此处,裴慎呼吸发紧,站在原地缓了缓,这才袖手说道:"夜深了,你且回房歇着去。"

沈澜应了一声。她臀上的伤处虽未破皮,但多半肿了,行步之间伤处略有牵扯,难免有几分痛意,便只好小步慢移,转身回房。她刚进房里饮了杯茶水,便有个小丫鬟拿着一个翠青釉三系盖罐匆匆前来,说道:"沁芳姐姐,爷叫我送了药来,说是拿三七、桃仁、冰片制的伤药,舒筋活络且化瘀。爷叫我给姐姐抹在伤处。"说完,小丫鬟便将伤药罐递给沈澜。

沈澜接过来,开盖,只见罐中的脂膏质地细腻,色白如玉,其香清苦,当是上等的伤药。

"念春和翠微那里可有?"沈澜问。

小丫鬟懵懵懂懂地摇了摇头。

沈澜疲惫地说道:"你去将我桌上的两个鱼藻纹盖罐取来。"

待小丫鬟取来了,沈澜分装了大半伤药,又给了她几文钱,请她去给念春、翠微送药,再去厨房打盆井水来。夜间井水寒凉,勉强可用作冷敷。

今天从白日里钱婆子来存厚堂送情报开始,到刚刚她挨了一通儿打为止,波折频频,无有片刻停歇。沈澜已是疲惫至极,以棉帕冷敷伤口后上了药,疼痛稍缓,便拂下素白帐幔,趴在石蓝色贮丝软枕上,昏沉睡去。

或许是冷敷及时,或许是伤药起了作用,沈澜伤势好得极快,没两天就好了。但翠微和念春还躺在床上。少了两个丫鬟的帮助,沈澜的工作便繁重起来。

这一日,沈澜点起一支鹅梨帐中香,正要置入象牙雕梅雀香筒中,闲坐案前读书的裴慎忽起身,递来一只剔红梅花盒:"你且打开看看。"

沈澜微怔,开了盒盖,见绒花团团簇簇地排列其中,鲜妍明媚。光是沈澜认得的,就有七八种,昌州海棠、玉丹、碧桃、绿萼……足有二十几朵。

"爷可是要奴婢收起来?"说着,她便要将梅花盒放去大漆镶嵌雕方角柜中。

裴慎一时愕然,没好气地笑骂:"我好心好意赏你几朵绒花戴戴,你存起来做甚?"

沈澜捧着剔红梅花盒惊讶地说道:"这是给奴婢的?"绒花价贵,这二十几朵绒花样式时新、手艺精巧,且料子也好,俱是用蚕丝制成,外头买也要几十两银子。

"爷,奴婢无功不受禄。"沈澜犹豫片刻,到底拒绝了,"奴婢上回说要买绒花,不过是为四太太一事稍做遮掩罢了，非是真的要买绒花。"

裴慎笑道："我既然给了你，这些便是你的了。"语罢，又意味深长地说道，"你当知道我祖籍南京，南京有个习俗，女子出嫁时要戴绒花，寓意荣华。你将来嫁人，自可头戴绒花出嫁。"

此话何意？沈澜心中微颤，恐怕裴慎要将她配人，勉强笑道："爷怎么说这个，莫不是要将奴婢嫁出去？"

裴慎笑道："你都十八岁了还不成婚，难道想熬到桃李之年？"

沈澜小心试探地问道："无论十八还是二十，都得等我销去奴籍出了府，置办一份家业，再寻婚配。"

裴慎嗤笑道："你一介女子，柔弱娇怯，无枝可依，还想置办什么家业？"

沈澜非但没觉得受屈辱，反而异常欢喜，因为裴慎没有反驳她销去奴籍出府一事。她心中雀跃，正要张口，听到裴慎又说道："至于出府，你出去做甚？"

沈澜脸色一白，方才的喜悦消失得无影无踪。她立在原地，只觉周身寒气砭骨，似有朔风如刀，叫她遍体生凉，心中凄惶：裴慎竟要我当一辈子奴才？

"你的脸怎么这么白？"裴慎蹙眉说道，"难道你身上的伤还未好？"

沈澜心道：若真要当一辈子奴才，我还不如当一辈子逃奴呢。

沈澜强忍着心中的凄怆与愤懑，试探地说道："爷，奴婢若不出府，您是否要给奴婢配个小厮？"

听她这么问，裴慎心中不悦，哪里有女儿家半分都不害臊，竟亲口问自己的婚事的？她到底是"瘦马"出身，又被那鸨母教养长大，身上净是些浮浪之气，跟着自己这些年还是没能尽数散去。他转念又想起裴延说的"檀郎""燕好"之语，明知她当时必是被裴延绊住与其虚与委蛇罢了，可心中到底烦闷，便不耐烦地说道："我吩咐什么你去做便是，哪儿来那么多问题？"又说道，"明日你随我出府，去灵霞寺礼佛。我们轻车简从，东西不必多，去去就回。"语罢，他拂袖离去。

沈澜盯着手中的剔红梅花盒越发烦闷，站了许久，长舒一口郁气。无论裴慎是要将她配给小厮，还是送给裴延，又或者是赠予同僚，她只有一条是必要做的——早日脱离国公府。

第二天，沈澜带上一套素白中单、柳青潞绸直裰以作换洗，又将梅苏丸、金疮药、定心丸等俱装入一只楠木雕花箱中，便跟着裴慎上了一辆雕花饰锦、朱顶清漆的马车。车身刷着上好的桐油，侧壁隐藏着梅雕多宝槅，存放着蜜饯干枣、榛松果仁、石榴橄榄等。

沈澜正奇怪裴慎素来不爱茶点零嘴，嫌弃甜腻，为何吩咐人在马车上放这些，谁知裴慎见她进来了,便吩咐道:"你一大早起来就没吃东西,垫垫肚子吧。"

沈澜应了一声。她不好吃带核的、带皮的、掉渣的,便取了几颗柳叶糖甜嘴。

见她这般,裴慎忽笑道:"我原也不该在车里坐的,该在车外骑马才是。"

沈澜微怔,颇为诧异地望着裴慎。

他这是何意?

妾乘油壁车,郎骑青骢马,郎意浓,妾意浓,相逢九里松。裴慎心里想着这些,却只笑笑,车上不好读书,便随意望着沈澜不说话了。

沈澜心里发怵,只觉口中甜滋滋的柳叶糖无甚味道,如坐针毡般熬到了灵霞寺。

裴慎带着沈澜下了马车。林秉忠和陈松墨一左一右地从车辕上跳下去。

灵霞寺是京都附近的大寺,便是建于灵霞山山顶,照样香火旺盛。山脚的青石阶绵延至山顶,积年累月受风吹雨打、为人踩踏,早已光洁如镜,连苔痕都无一丝。他们一路行来,只见周遭遍栽槐松。值此五月,槐松正翠,风烟轻、云霭净,草色苍润,野花杂秀,时有蜂簇其上,泛着自然的野趣。

沈澜望着许久未见的秀色心情大好,便跟着裴慎一同上了青石阶。

裴慎、林秉忠、陈松墨三人俱是习武出身,独沈澜一个弱女子,只登了几十阶便气喘吁吁。沈澜一面想着登完几十阶都快上到三楼了,气喘吁吁也不怪她;一面又觉得这眼前的台阶何时是个头儿,也不知裴慎为何非要让她同来。

见她这般,裴慎蹙眉问道:"你可要用篮舆?"

富贵人家来灵霞寺,决计不会自行登山,必是叫家中的仆婢抬着轿子上山。这青石路上,除了行人,时不时有仆婢抬着绿泥金顶大轿、雕花朱漆蓝泥轿拾级而上,还可从山下雇些人抬着蓝布小轿上山。

沈澜连忙摇头:"多谢爷体恤,不必了。"

她只是一个奴婢,裴慎都不坐轿,她哪里敢坐,嫌弃自己命太长了吗?

裴慎看了她两眼,慢悠悠地摇晃着手中的洒金川扇,陪着她一点儿一点儿磨蹭上山。他不走,林秉忠和陈松墨哪里敢走,一行四人俱慢吞吞地爬山。

他们好不容易爬上了山,但见佛寺建于山顶,云遮雾绕之下俯瞰群山,明瓦朱漆,珠宫贝阙,石栏杆,菱花窗,回文万字,幡幢重重。

见裴慎衣着不凡,便有一个身穿皂色僧衣的小沙弥来引路,带他们进了大雄宝殿。

大雄宝殿内,供奉着结跏趺坐的释迦牟尼佛像,宝相庄严,慈和悲悯。殿内人来人往,有善男信女许愿求签,有僧人立于一旁为信众解签,烟雾缭绕,一派繁华之景。

既然来了佛寺,裴慎便意思意思拜了拜,又示意沈澜、陈松墨、林秉忠三人去拜一拜。

沈澜抬眼望去，见那大佛清净庄严、慈眉善目的样子，只怔怔地立在佛像前，愣了半晌，到底合眼，双手合十，跪于蒲团之上，诚心诚意许愿。

"大慈大悲菩萨，信女沈澜若得归故里，必为佛祖重塑金身。"沈澜自诩唯物主义者，只觉此生此世从未有过如此虔诚的时候。在缭绕的香雾、僧人的诵经声中，她重重地磕了三个响头。

时光像是在这一刻变得漫长起来。

怀着满心期待，沈澜睁开眼。佛还是那个佛，人还是那个人，一切照旧，无事发生。什么解八难、度众生，什么千圣千灵、万称万应，都是假的。

沈澜笑了笑，也不知是笑这木胎泥塑的佛，还是笑自己竟来拜这个木胎泥塑的佛。

见沈澜拜完，裴慎笑问道："你许了什么愿？"

领导问她，沈澜本想拍个马屁说"许愿爷身体康健"，但这会儿突然又不想骗人了，也不想骗自己，于是如实回答道："我许愿能早日回家。"

见她怅然若失，裴慎还以为她思念扬州了。原本是顺路带她来散心的，可他要等的人还没来，罢了，还是叫她先找个厢房歇着去。

裴慎刚要开口，忽见远处有老者穿着青布鞋、丝经布直裰，戴着石青幞头，偕一书童，笑盈盈地走来。"守恂，你久等了吧？"那老者虽衣着不显，却气度儒雅，带着几分朗阔豪气，叫人看一眼便心生好感。

裴慎见了此人，便迎上去，拱手作揖说道："苦斋先生。"

老者捻弄三缕胡须，笑吟吟的："守恂不必多礼，相逢即缘，不如随我去禅房坐坐？"

裴慎恭敬应是。

沈澜便明白了，原来这二人是来佛寺里谈事情的。可他们有什么事不能在府上谈，或者在茶楼谈，非要来佛寺谈？她百思不得其解，只能和林秉忠、陈松墨一起低眉顺眼地跟上去。

到了禅房里，沈澜愕然。

禅房多半简朴素净，内置一床一被、一桌一椅才算正常。这禅房里竟然立了一座六扇三抹花蕊石山水屏风。更要命的是，那屏风是用绢布制成的，影影绰绰可见其后有两道人影。沈澜看那重重云鬟，发现竟是两名女子。

沈澜一时诧异：裴慎竟是来佛寺相看女子的？！

可裴慎乃世家子弟，带两个丫鬟服侍也正常，单独带她一个做什么？他嫌弃自己相亲太顺利，还是一会儿需要她和女方交流？可他若真需要女子与女方交流，为何不找自己的母亲？她实在弄不明白裴慎的想法，越发低眉顺眼。出门在外，她本就穿着朴素，此刻垂首之下，更无人看见她的脸。

裴慎和苦斋先生谈佛论道，又下棋品茗，还聊起了书画装裱。一个说古画尘埃当以皂荚水浸泡，便能光洁如新；另一个点头称是，又说古画不宜捣理。一个便说捣理之时，以光滑的鹅卵石为佳；另一个便笑言雨花石极好，还约定来日赠对方几块。二人言笑晏晏，又谈起了诗文。裴慎当场赋诗一首，以飨今日之会。苦斋妙语解颐，谈笑风生。两个人聊得格外投契，便约定来日再谈。裴慎这才拱手作揖，恭敬离去。

走到门外，见沈澜若有所思的样子，裴慎问："你可认识这位老者？"

"爷唤他苦斋先生，想来是在野的大人物。"

此人若是在朝，裴慎必定是称呼其官名。

"不错。"裴慎赞许道，"郑渚，号苦斋先生，是文坛大家，虽未入仕却颇有人望。"

沈澜心中有数。裴慎本是勋贵，又是正统进士出身，若与勋贵或朝堂的高官结亲，未免太过势大。所以他择一小官之女或是清流名士之女为妻最佳。

她记得裴慎早年是在鹿鸣书院求学的，当即问道："苦斋先生可是鹿鸣书院的山长？"

裴慎摇头："苦斋先生是鹿鸣书院山长的好友，家中藏书万卷，是江南书画一道的大家。"实际上，他备选的还有国子监祭酒林丛、金石名家魏宣、藏书大家范临修等，俱是些官位虽低甚至在野但名气颇大的清流名士。

外头人多眼杂，几人不再闲聊，被小沙弥引着去了另一间禅房。

沈澜几人一走，那厢房里的屏风后便走出个满头珠翠的中年女子，带着个妙龄少女。那少女及笄之年，眉眼盈盈，娇俏灵动，穿着豆沙织金罗衣、妆花重绢裙、时新的朱绿错软缎鞋，银丝云髻旁斜插着金累丝玲珑蝴蝶簪，腰上香囊丝绦齐全，臂间玉钏银镯琳琅，看着便是个富贵人家的小娘子。

郑渚见她出来，端起建窑兔毫盏，呷一口八宝青豆木樨泡茶，笑道："夫人、慧娘，且坐。你们尝尝这茶，这茶最是适宜女子饮用。"

那中年妇人和少女便随意拣了把杨木圈椅坐下，用了些金橙馅儿椒盐金饼、白糖薄脆。食不言，寝不语，待三人垫了垫肚子，郑渚这才说道："慧娘，你闹着要见一见裴守恂，如今见了，觉得如何？"

见父亲问话，郑慧娘只拿竹筷拨弄着一碟十香瓜茄，低头不语。

见她这般，郑夫人掩帕笑道："慧娘莫羞！成婚虽是父母之命、媒妁之言，但是我与你爹都望你能与夫君琴瑟和鸣。今日你既见了那裴守恂，若觉得不好，可要说出来。"

怕女儿羞涩，郑渚还说道："裴慎虽大了你几岁，可那是因为守孝才未成亲。为父打听过了，裴慎身侧既无妾室也无通房，必不是贪花好色之辈。况且方才为父也考校过了，此人做起文章来倚马可待，如腾蛟起凤，似铁中铮铮，当真是'酒发雄谈，剑增奇气，诗吐惊人语'。且他出任山西，武勋卓著，能文能武，必是佳婿！"说到这里，颇为得意地捋了捋胡须，"为父为你寻到此等佳婿，你还不快谢过为父？"

闻此言，郑慧娘忽然掷下手中的竹筷，抬起头说道："爹胡说！那裴慎分明是个贪花好色之徒，明知今日爹爹要考校他，竟还带一个美婢前来。"

郑渚蹙眉："哪儿来的美婢？"

郑夫人也担心地说道："老爷，裴慎身侧确有一个婢女，穿得虽不甚起眼，但那脸与身段都很出众，我和慧娘隔着屏风都觉得是个绝顶美人。"

郑渚回想一二，洒脱一笑："那女子若是裴慎心尖上的人，裴慎必不会叫她穿得那般灰扑扑。可见，她不过是个普通的婢女罢了。"

"可那婢女甚是貌美，若婚后他非要纳了此女，我又该如何是好？"郑慧娘急道。

郑渚劝慰："你且安心！裴慎在血气方刚的年纪为一个十几年前教过他的句读之师守孝，肯三载不近女色，可见其守规矩，这样的人必不会在婚后让你没脸。"

说句不好听的，守孝不守孝的，只要不弄出孩子来，谁知道此人到底有没有收用美人？慧娘闻言，急切地说道："爹，什么不近女色，或许那裴慎早已有了通房姨娘，不过是藏得好罢了。"

"你浑说什么？！"郑夫人斥道，"什么通房姨娘？！这哪里是你这个闺阁女子能说的？！"

郑慧娘低下头去，噘着嘴，双目含泪。

见她如此，郑渚自然格外心疼，忙不迭地劝慰道："慧娘勿忧，为父必为你挑一个好夫婿。"

独独郑夫人心中起疑。这是她身上掉下来的肉，她万分了解慧娘，见慧娘这般作态，突然问道："你可是有了意中人？"

郑慧娘一时慌乱，连连摇头："没有，没有！我成日待在家中，哪里能见到外男！"

郑渚便劝自己的夫人："慧娘素来懂事，自不会做出此等傻事。"

郑慧娘强颜欢笑，只深深地低下头去，不再言语。

另一间禅房，小沙弥引裴慎和沈澜进来。林秉忠和陈松墨便持刀守在禅房外。

禅房里，青石铺地，菱花格窗，虽地方宽阔，却照旧素净，唯有桌椅、床榻。

过了一会儿，又有个小沙弥提来一个三层雕花榉木食盒，他将盒中的斋饭尽数摆出后，道了声"施主慢用"，便退下了。

沈澜随意地看了看，俱是素菜，素虾仁、翡翠核桃、瓜茄盒。

裴慎慢悠悠地摇晃着手中的洒金川扇，只待沈澜将碗碟一一摆放整齐，为他布菜。

谁知沈澜正要以公筷将素虾仁夹入裴慎的碗中时，他忽然说道："广仁师傅是扬州人，扬州菜做得极好，你尝尝这道煮三丝。"

沈澜一愣，垂下头去："谢爷赏赐。"说着，便取了另一双竹筷略尝了一口煮三丝。

"这可是你家乡的味道？"裴慎笑道。

沈澜实在笑不出来。这不是裴慎第一次赏她饭菜，却是第一次赏她扬州菜。

"奴婢幼时穷苦，没吃过多少扬州风味。"沈澜做"瘦马"时日日挨饿，有吃的就不错了。

裴慎笑道："你日后有的是机会吃扬州菜。你且坐下，同我一起吃吧！这一桌菜泰半都是扬州菜，左右我一人也吃不完。"

沈澜微愣，猜测大概是方才在大雄宝殿听她说许愿回家，裴慎以为她思念扬州，便特意请寺中的师傅做了扬州菜。可她与裴慎不过是主仆，为何裴慎如此关心她？沈澜脑中思绪百转千回，说道："多谢爷赏赐，只是奴婢鄙陋，不敢与爷同桌而食。"

知道裴慎最恼怒旁人违逆他，见他神色已淡下来，沈澜即刻说道："不如爷拨些饭食给奴婢，奴婢感激不尽。"

"罢了。"裴慎见她恭敬疏离，心中不快，只用饭，不再言语。

沈澜松了口气，只觉裴慎这几日不知道受了什么刺激，做起事来越发奇怪，竟突如其来地体恤起她来了。例如昨日他无缘无故赐她绒花，说什么她出嫁要戴。还有眼前这斋饭，裴慎不仅让寺中的师傅特意做了扬州菜，还邀她同桌而食。思及此处，沈澜心中寒意愈盛。自昨日送她绒花，到方才问她是否坐篮舆，再到如今邀她同食斋饭，桩桩件件，如同给她临死前的断头饭，叫她心中实在不安。

更让她不安的还有今日他带她来谈婚事。裴慎乃勋贵子弟，又是朝中重臣，带几个丫鬟出行自然可以，可仅带她一个貌美丫鬟，只会让女方心中不愉，这便不合适了。沈澜心里沉甸甸的，只觉这一桩桩、一件件怪事互相勾连、呼应，织成了密密麻麻、层层叠叠的蛛网，让她如同飞蛾在其中勉力挣扎，却终不得解脱。

沈澜心中沉郁，手上却不停，伺候裴慎用了饭，又吃了一盏野山茶。

裴慎茶足饭饱，心情不错，便笑问道："你方才也进了那禅房，可猜到屏风后的人是谁？"

沈澜心中一紧："奴婢看身形，似是两个女子。"语罢，她想了又想，只觉裴慎既谈及此事，若不趁机试探一二，否则自己心中着实难安。

思及此处，沈澜状似随意地问道："爷来见两个女子做甚，竟还要隔着屏风相见？"

裴慎便放下手中的绿釉暗刻流云茶盏，只拿洒金川扇点了点她的头，笑道："你素来敏慧，可能猜到我此行为何？"

"爷此行莫不是相看妻子？"沈澜心下发沉，勉强笑问道。

裴慎点头，又拈了块云片糕递给她："你觉得此女如何？"

裴慎与她一个丫鬟谈及正妻，无论如何都显得太轻佻，不合时宜。沈澜心中不好的预感越发重了。她接过云片糕，只觉口中泛苦、心中发涩，怀揣着最后一丝希望问道："我不曾见过那女子，哪里知道她好不好呢？"

裴慎见她脸色微白，还以为她是怕未来主母性子严苛，便安抚道："那女子自然是好的。陈松墨已查过了，此女养在郑渚身前十五年，熟读闺范，通晓辞赋，性子柔和贤淑，将来必能容你。"

沈澜咀嚼着"容你"二字，只觉这二字如同钢刀剐得她鲜血淋漓、皮骨俱痛。她已面无血色，只死死地咬着银牙，口中几乎要泛出血来。

"爷，何谓……容我？"她一字一顿地问，字字泣血。

裴慎爱怜地望着她，慢条斯理地说道："沁芳，你聪慧灵秀，难道还不明白我的意思吗？"

沈澜似乎不太明白裴慎的话，便怔怔地望着他。她往日里的聪慧似乎俱没了，愣了许久，她才迟钝地想明白了裴慎的意思。新夫人是不会容不下一个丫鬟的，唯一容不下的是裴慎的妾室。

妾室？！沈澜想明白了，却又觉得脑袋发蒙，眼前雾蒙蒙的一片，口中血腥气一阵阵泛上来，想来是咬破了腮肉。

禅房菱花窗只用薄薄的一层桃花纸糊着，似有朔风透进来，泛着砭骨的凉意。眼前的茶盏杯盘无人动，便渐渐冷了下去。冷茶冷风，冷言冷语，似风刀霜剑，严相催逼，直将她的五脏六腑搅和在一起，疼得她说不出话来。

三载时光，她日盼夜盼，只盼着销去奴籍，出府道遥。可她盼来盼去，却盼出个大梦一场空。

见她面无血色，人也怔怔的，像丢了魂似的，裴慎蹙眉说道："春衫单薄，你可是冻着了？"

沈澜心中悲郁，哀思如潮，放在桌下的手，手指死死地掐着掌心，皮肉血红一片。

疼痛让人冷静。沈澜勉强笑道："爷，窗户开得太大，奴婢有些冷。"

裴慎瞥了她一眼，脸色淡淡的，也不知道信不信，只是笑道："既是如此，你便关上吧。"

沈澜起身，见一截细木抵着窗框，菱花窗半开半闭，待她行至窗前，便有清风拂面盈耳。

她望出去，窗下是青石方砖，不远处摆着几个线条粗犷的陶土盆，盆里栽种着几株细白馥郁的栀子花，似霜华素雪，轻盈芬芳。

沈澜立在窗前，盯着那栀子花看了半晌。

她看花，裴慎在看她。

满目青山秀色，绿窗美人似花，纤腰细若柳枝，鬓间银钗似凤，正凭窗远眺，望极天涯。

见她这般情态，裴慎只把玩着手中的川扇，金柳钉扇骨，素白绢扇面，绘着落落怪石，幽幽清兰。原本他看着只觉雅致、素净，如今看来竟觉得这扇面上不该画兰石图，该细细绘一幅美人凭窗图。何须洒什么金粉银粉，只消用青绿抹出山水，再拿小羊毫勾勒人物，寥寥数笔，他便能绘出她半喜半嗔半含情的样子。

裴慎心里微痒，奈何此处绘不得，只好无奈地掷下扇子，见她还站在窗前，便笑问道："你愣在那里做甚？窗户外头这般好看？"

沈澜回神，合窗轻笑："爷，这灵霞寺还种花？既然种了栀子，那可有种芍药？"

裴慎闲坐，见她眉眼盈盈，再不是方才面无血色的样子，心里欢喜，便笑道："你可知灵霞寺以何闻名？"

沈澜见他有兴致讲古，便顺势摇摇头。

裴慎说道："创立灵霞寺的戒持大师是讲僧。本朝讲僧不同于禅僧、教僧，须着深红条浅红色袈裟。据传有一日，戒持大师云游至灵霞山，抬头见山顶红霞漫天，低头见身上僧袍深红浅红，两相呼应，可见天意如此，便在此地立下了灵霞寺。"

沈澜笑问道："既然如此，寺里为何要栽种栀子？栀子色洁白，可不是红的。"

裴慎只拿折扇点了点她的头，笑道："栀子别名'禅友'，是西域薝卜花。《维摩诘所说经》乃大乘佛经之一，其中曾提及过意为入薝卜林中嗅其香，如入佛寺嗅功德之香，故而寺庙里栽种栀子虽少见，却并不奇怪。"

沈澜心中哀叹：裴慎博闻强识，如此偏门的东西都知道。若他是个傻子该有多好啊！

语罢，裴慎嗤笑道："各大佛寺里都种莲花、牡丹，灵霞寺大约是为了吸引香客游人便遍栽栀子，图一个别出心裁、与众不同罢了。"

闻言，沈澜叹息道："这寺里栽种栀子也就罢了，可既然霞光袈裟相映红，不种些红色的芍药实在可惜。"

裴慎笑道："芍药柔媚多情，妖而无格，佛寺里哪儿能栽种芍药呢？"

沈澜摇摇头："芍药有何不好？爷前些日子教奴婢读《诗经》，正读到《溱洧》，'维士与女，伊其相谑，赠之以勺药'。"

男女定情，正是互赠芍药。

裴慎怔了怔，他刚刚透露要纳她为妾的意思，如今她便暗示定情之意。裴慎一面觉得她轻浮了些，一面又心生欢喜，便朗笑道："你莫不是要来向我讨一朵芍药？"

谁要你的芍药！沈澜暗恼，只嘴上说道："爷误会了。"

裴慎脸上的笑意便隐没了，神色淡淡的，只看着沈澜不说话。

沈澜被他平静的目光看着，心知他已不愉，若解释不好，她恐怕要吃不了兜着走了。"爷既然来佛寺相看那郑家小姐，想来是定下了。奴婢只是想着，不如现在送些东西给那郑家小姐，好叫她心中欢喜。届时爷和郑家小姐夫妻之间互生情意，便能琴瑟和鸣、白头偕老。"

听她轻声解释，裴慎脸色稍缓，只说道："我若私相授受，叫人不齿，待回府后送些东西给苦斋公便是。"

那怎么能行呢？沈澜摇摇头，说道："爷是男子，不知道女儿家的小心思，家中送出去的必是些绫罗珍玩，不是不好，只是显不出爷的心意来。"

裴慎哪里耐烦这些儿女情长的事，不禁嗤笑道："既然如此，你有何主意，你莫不是真要去找一朵芍药？"

"若有芍药自然最好。郑家小姐通诗书，若收到爷送的芍药，必定知晓爷的意思。可如今既然没有芍药，那便摘些栀子花，还有方才山下的野花，错落有致地插在瓶中赠给苦斋先生。苦斋先生必能会意，转赠给郑家小姐，这可比送金银财宝更能体现爷的心意。郑家小姐见了，必定欢喜。"

她这便要去讨好未来主母了？裴慎嗤笑，摆摆手说道："罢了，你且去摘来，届时叫陈松墨送去便是。"

沈澜心平气和地说道："爷，还是我去送吧。"

裴慎心道的确也该她去送，便说道："陈松墨随你一同前去。"

沈澜为难地说道："爷，陈松墨是外男，见那郑家小姐恐怕多有不便。"

裴慎蹙眉："你待如何？"

"爷还是派个小沙弥引我去寻几朵上好的栀子花，再去找个花瓶，然后去寻那郑家小姐吧。"

裴慎思忖片刻。他此来灵霞寺，一是为了郑渚，二是想带沁芳去后山栀子林散散心，既然如此，赏景之时顺路摘几朵便是。思及此，他点头说道："灵霞寺后山便是大片大片的栀子林，已是五月份，虽然栀子花半开，但是游人还不多，正宜登高望远，赏景探胜。"

沈澜微惊，强压着心头的紧张，顺势点了点头。

裴慎便出了禅房，喊了个小沙弥引他们去后山。

灵霞寺的后山果真是奇峰耸峙、千尺叠翠，遍栽栀子树，青枝绿叶，郁郁葱葱，多年生长早已枝繁叶茂。此时云淡风轻，苍翠横流的枝丫上点着朵朵白雪霜色，似清露凝霜、玉雪泛香。

裴慎带着沈澜和林秉忠、陈松墨行走在林间，笑问沈澜："如何？"

沈澜行走之间只觉满目玉色，芳香扑鼻，便笑道："爷，这栀子花如此之美，我可否向寺中的僧人讨要些种子，回院子里种几棵？"

裴慎朗笑道："府中自有花房，你若要赏栀子，且叫他们养来便是。"

两个人说说笑笑间，沈澜又挑了几朵半开半闭的栀子花苞，摘下来捧在手中，又跟着裴慎往前走。

他们行至半山腰，气温便低了下来。栀子花喜暖，尚未开，他们满目只余翠色。无花可赏，此处游人越发稀疏。若再往山顶去，一朵花都没有，游人恐怕也一个都没有了。前方已无景可赏，裴慎本欲折返，只是见沈澜的额间冒出细汗，香腮飞霞，心知她累坏了，若此时折返，恐怕更累。思及此，裴慎便说道："方才小沙弥说半山腰往上有个四角小亭，专供游人歇息，我们且去歇一歇吧。"

沈澜累得直喘，点了点头，便跟着裴慎往前走，行了几步，忽见前方栀子树后掩映着几个人影。她走近一看，竟是几个健妇，俱是藕荷色比甲，身材粗壮，抬着篮舆，还有一个穿着秋香色衣裳的年轻丫鬟立在一旁。

沈澜暗道也不知哪家达官显贵有此雅兴，竟也来赏景。她一面想，一面跟着裴慎往前走。谁知刚走到这群人附近，那丫鬟见了他们竟大惊失色，慌慌张张就要往前跑，还张嘴欲喊。

见状，裴慎即刻冷下脸，唤了一声"林秉忠"。

林秉忠两步上前，拿刀鞘劈在这丫鬟的脖颈儿上，丫鬟应声而倒。

周围的健妇见状，俱被吓得尖叫出声。

"闭嘴！谁吵我便杀了谁。"陈松墨拔刀威胁道。

见了雪亮的刀锋，四五个健妇便默默颤抖啜泣，不敢言语。

独独其中一个胆子稍大些的，颤抖着威胁道："我……我家老爷虽未入仕，但还有个三老爷是……是礼部侍郎，贼子休得无礼！"

裴慎看了看这群人，只问道："你们老爷叫什么？"

那健妇大概是觉得威胁有效，便鼓起勇气说道："奴婢不敢直呼主家名讳。"

裴慎冷冷地问道："你家老爷可是郑渚？"今日他来灵霞寺，只与郑渚有关。

见那健妇愕然，裴慎便知道自己猜对了，冷笑一声，摆摆手，径自绕开这群人，直接往山上去了。

林秉忠抽了这群人的腰带将她们绑起来，又撕了衣服的一角将她们的嘴堵上，留在原地看守。

沈澜心里掀起惊涛骇浪，一时竟不知该不该跟上去。只是陈松墨已跟了上去，她也不好落下，便咬咬牙也跟上裴慎。

裴慎人高腿长步子大，又常年习武体力好，几乎转眼之间便不见了踪影。沈澜喘着气追上裴慎时，只见他袖手立于树下，神色淡淡的，看不出什么来。沈澜微微抬头，见前方青翠山色间掩映着一座四角小亭，飞檐翘角，青漆碧瓦，很是别致。

上亭的台阶沿山势蜿蜒，曲曲折折。沈澜等三人便立于青石阶上，前方山势突出，兼之两侧花木掩映，亭中人甚至都没注意到他们，只顾诉尽衷肠。

"你……你生得真好看。"那男子站在亭子的一角，站得远远的，只低头说道，"你诗也写得好。"说着，取出怀中的红叶笺，柔情诵读道，"寺中灵霞层渐染，山后越桃竟相燃。凭栏不见南归雁，望断天涯有谁怜？"

郑慧娘也站得远远的，闻言，便红了脸，嗔道："哪儿来的登徒浪子？你胡说什么！"

"我没胡说，是你叫我来见你的。"那男子急忙解释道，"你的诗里写了'灵霞寺、后山、从南面上来'。我照着你的诗来，便见到了你。"

沈澜心道怪不得那群仆婢在山北面等着，原来是郑慧娘从北面上山，叫这男子从南面上山，好避开仆婢们。被打晕的那个年轻丫鬟必是这郑慧娘的亲信，在山下为她望风。

好灵秀的姑娘啊！沈澜暗叹。

亭中的郑慧娘已羞红了脸，讷讷不语。

那男子便急了，行礼说道："敢问姑娘芳名，家住何处？小生明日便央求父母前去提亲。"

郑慧娘脸色一白，忽地转过身子，闷闷地说道："你走吧。"

那男子急了，再三追问，却使得郑慧娘涕泪涟涟："我爹要将我嫁给魏国公世子。"

男子震惊之下，脸色发白。他不过是寻常升斗小民，年纪尚轻却没有功名，哪里敢与勋贵夺妻？

"你走吧。"见他不语，郑慧娘越发绝望。

她听说那裴慎是从战场上杀出来的，又位高权重，性喜辞赋的她哪里会喜欢此等汲汲营营、精于功名之辈，只怕婚后二人无话可谈，她只能独守空闺，寂寞老死。思及此处，郑慧娘心里更绝望："你快走吧！日后再见，我们便是罗敷有夫，使君有妇！"

见她这般难过，少年情热，只觉刀山火海都敢去闯一闯，狠狠心说道："你们还未走过三书六礼吧！我佯装不知你们议亲，明日便去你家提亲。只要求得你父亲的同意，便能解除这桩婚事。"

郑慧娘一时涕泪涟涟，只觉那一日她在风筝上题诗，风筝线断了，叫这人捡了去，这段上天注定的姻缘果真没错。

"好好，我等你便是！"性喜浪漫的郑慧娘破涕为笑，连声答应。

两个人分别站在亭子的两端，隔得老远，她看看他，他看看她，只觉姻缘天定，此生此世，她非君不嫁，他非卿不娶。

看到亭中的二人又是哭又是笑，又作了诗，又和了词，你侬我侬，煞是情浓的样子，沈澜不敢去看裴慎的脸色。

裴慎可不是什么好招惹的人物。郑慧娘心有所属还敢来跟他议亲，甚至极快就要成婚，如今还敢私会情郎。若裴慎今日没发现，岂不是平白无故地被妻子戴了绿帽子？今日之事，对裴慎而言当真是奇耻大辱！

沈澜手里还捧着要送给郑慧娘的栀子花，这会儿生怕裴慎迁怒，便偷摸背过手去想扔了栀子花，又偷偷去瞧他的脸色，见他沉着脸，嘴唇紧抿，神色莫测，便心里发怵。沈澜暗自猜测裴慎恐怕已是怒极，只是养气功夫好，强行压着罢了。

沈澜心中惴惴不安，不知该如何是好时，亭中的人已开始依依惜别。一时，沈澜悚然而惊。他们就站在亭下，只是因为亭中的人太过专注，不曾发现罢了。一旦他们二人分别，往下走几步，就能发现他们。

沈澜忍不住抬头，小心翼翼地提醒道："爷，咱们是不是该走了？"

"走？我们为何要走？"裴慎问。

沈澜抬起头，见他满面笑容如同三月春风，心中愕然不已。

他这是疯了不成？

裴慎朗声说道："前方可是苦斋先生之女？"

沈澜和陈松墨齐齐愣怔，眼睁睁地看着裴慎振袖迈步，进入亭中。

亭中的郑慧娘已被骇得花容失色，连连后退，慌慌张张便要下山。

那男子见状也慌了神儿，没头没脑地说道："你快走，我去拦一拦他。"说罢，急急转身欲走。

然而裴慎所在处距离亭子不过十几步远。两个人来不及躲，便见一个身穿宝蓝色蜀锦团领衫、脚踏银带皂靴,清朗俊逸、身姿挺拔的男子大步行来。

裴慎进入亭中后,只随意扫了眼那女子,见她绫罗满身、环佩叮当,看着便是个富贵小娘子。裴慎记住她的面容后便退后三步,守礼地问道:"小姐可是苦斋先生之女?"

郑慧娘心中慌张,又不愿使家族蒙羞,张口便想否认。

裴慎慢悠悠地说道:"怪我无状,竟来问小姐,合该去问苦斋先生才是。"语罢,他转身就走。

见他要走,郑慧娘一慌,急急追了两步:"我是我是。你莫去找我爹!"

既然确认了此女的身份,裴慎便不再理她,转过身去看那男子,只见那男子穿着天水碧细布襕衫,蹬一双蓝布鞋,戴幞头,面容白皙俊秀,身量单薄,颇有些羸弱之象。

"敢问兄台尊姓大名?"裴慎笑道。

被人撞破幽会已然难堪,此人还一眼就认出了他的幽会对象慧娘,孙峰年不过十八,心里慌张,面上便忍不住露出几分惶惶之色,只连声斥道:"我是孙峰,你是何人,意欲何为?"

裴慎见他这般惶恐,面上淡淡,心中却很鄙夷。他既知道被撞破幽会的后果便不该私自幽会,敢私自幽会就要承担后果。如今他这副样子真是没担当。裴慎笑盈盈地说道:"魏国公世子裴慎,裴守恂。"

闻言,孙峰脸色惨白,竟被吓得跌坐在地。

郑慧娘更是面无血色,骇得几欲昏死:"我……我……"她结结巴巴地说不出话来,涕泪涟涟,啜泣不休。对方既然敢上亭来,必是听到了他们的对话,恐怕这会儿已派人去请她爹了。思及此,郑慧娘越发惊恐,凄然落泪,哽咽难言。

裴慎见郑慧娘哭哭啼啼,越发不耐烦。她这会儿知道哭了,私会情郎的时候怎么不哭?他暗自冷笑,面上却温和地说道:"二位在亭中的对话我都听到了。"

孙峰被吓得即刻便要下跪:"千错万错都是我的错,还请世子大人有大量,饶了慧娘。"

听他这话,郑慧娘心里悲喜交加,越发坚定了和他比翼同心之意,慌忙便要与情郎一同下跪。

裴慎一把扶住孙峰,不叫孙峰跪。

见他这般,跟在裴慎身后的沈澜当机立断,双手拽住郑慧娘,也不肯叫她跪。

裴慎赞许地看了她一眼,温和地说道:"我非为兴师问罪而来,二位大可放心。"

魏国公世子高官显贵,实在没必要骗他二人。

两个人闻言,犹豫着起身。

沈澜便从袖中取出一张素白细棉帕为郑慧娘拭泪，又低声哄她。

见沈澜安抚住了郑慧娘，裴慎便笑问道："我方才在亭下听到你以'别离'为题赋诗一首，觉得你颇有才气。如今这场景，你可能赋诗？"

"那有何不可？"孙峰一口应承下来。

他踱出约十步远，沉吟片刻后说道："始得素翁柳，又饮半山酒。君子量不极，胸吞百川流。"

沈澜暗叹：此人倒是有几分急智。前两句中，素翁是杨素的字，半山是王安石的号。此二人的爱妾与旁人偷情，他们干脆将爱妾赠予男方以成人之美。后两句更是直白，意为劝裴慎心胸宽广，不要计较。

沈澜垂下头去，心道裴慎本就忍着气，又被这么一"夸"，只怕快要怄死了。

然而她实在低估了裴慎这位政治人物，只见他笑容满面，看不出半分不满，连声称赞："兄台当真有捷才！今岁乃大比之年，兄台必能金榜题名、蟾宫折桂。"他高声说道："陈松墨，取银百两，赠予这位兄台。"

裴慎身后的陈松墨即刻自袖中抽出百两银票，恭恭敬敬地递过去。

孙峰哪里料到此事竟会峰回路转，满心欢喜。他家贫，能得银百两，便可专心考试了。只是，他总要推拒一二，便摆摆手说道："多谢世子好意，只是学生未建寸功，无功不受禄！"

裴慎便说道："今日赠银百两，助你来日大登科，此为第一喜；至于第二喜……"

孙峰一愣，茫然问道："第二喜何来？"

裴慎便抬扇遥遥往亭下一指，唯见一个身穿丝经布直裰、头戴石青幞头的老者正带着一名家仆拾级而上。

裴慎笑言："我要赠你的第二喜来了。"

孙峰欣喜若狂，竟有些不敢置信，只望了几眼慧娘，越发喜不自胜。

登山而来的郑渚却不甚欢喜，而是僵着脸爬上来的。他脸色阴沉，心中愤懑，只是养气功夫好，面上看不出什么罢了。他甫一上山，一见亭中立着魏国公世子裴慎及其仆婢、女儿慧娘，还有另一名陌生的男子，便隐隐觉得不好。

裴慎一把牵住孙峰的衣袖，且将他带到郑渚的面前，朗声笑道："你还不快来见过你岳父！"

孙峰大喜过望，连忙躬身说道："小生孙峰，拜见岳父大人。"

裴慎慢悠悠地说道："孙兄竟还不改口？"

孙峰连忙说道："小婿孙峰，见过泰山大人。"

郑渚人老成精，只听到这么几句话便猜到了事情经过。他理也不理孙峰，只对着身后的丫鬟和健妇说道:"你们先带小姐回去。"

慧娘素来得父亲宠爱,否则也不敢背着父亲干出此等大事来。她咬着牙,膝盖磕在地上,垂泪叩首说道:"慧娘心有所属,望父亲垂怜!"

郑渚神情冷峻、牙关紧咬,分明已是强忍着怒气。

慧娘心知若不能将此事定下来,只怕回家后便要被关起来,被父亲另嫁他人。她哀泣不休:"求父亲垂怜!求父亲垂怜!"

郑渚忍无可忍,暴怒道:"你们愣着干什么,还不快把小姐带下山去!"

紧跟而来的数名健妇眼见主子发怒,惊慌失措之下,即刻禁锢住郑慧娘,强行带她下山。

"慧娘!慧娘!"孙峰急得追出去,连连解释:"不是慧娘的错,是我之过!是我之过!"

裴慎便叹息道:"说来今日也是巧合。我前来寺中礼佛,得遇苦斋先生,和苦斋先生相谈甚是愉快。我来后山赏景,又见一对有情人,细问之下,竟是苦斋先生之女,实在巧合。"这是不承认他来和郑慧娘相看一事,"都说无巧不成书,相逢即是缘,不若今日我替这二位求个情,也好成就一段良缘佳话。"

郑渚立在原地,咬牙不语。他心情激荡,郁愤难平。慧娘这几日向他撒娇卖乖非要来灵霞寺相看裴慎,原来竟然是为了私会情郎。这不孝女竟干出这般好事来!她败坏家风清誉,偏偏还被人堵了个正着。郑渚气急,恨不得拿起戒尺教训她,且叫她长长记性。可偏偏这是他最为疼爱的女儿。她是早产儿,生下来才四斤多重,夜里她的哭声跟小猫的哀叫声似的。他生怕养不活,昼夜忧心,把她抱在怀里一点儿一点儿养到这么大。

郑渚一时老泪纵横,又急又气又担忧,生怕裴慎将此事闹出去,害了慧娘性命。也罢,他只好舍了这张老脸,且去求情。他躬身拱手,语带哀求:"我替不孝女向世子爷赔个不是。"

一旁的沈澜微怔,只暗自叹息,可怜天下父母心。思及此,她又想起自己的父母,眼眶发涩,鼻尖泛酸。她回不去了,不要想,不能想。她强压下情绪,又垂下头去,不肯叫人看见。

一见郑渚行礼,裴慎即刻侧开半身:"郑公说笑了。此事原与我无关,不过是我见这位兄台才华高绝,见之心喜,便想着成人之美罢了。"

郑渚凝重的神色稍缓。至少裴慎无意将事闹大,慧娘的性命便算是保住了。况且女儿幽会外男,传出去辱没家风。可若是外男才华横溢,得中进士后前来求娶,那便是他女儿慧眼识英雄,倒也算一段佳话。

裴慎笑盈盈地说道:"天色将晚,我不便久留便自行离去了,苦斋公不必相送。"

此时已是夕阳西下，树杪斜阳，碧空之上灵霞漫天，如绮似锦，映在漫山遍野的玉雪洁白的栀子花上，如同千亩桃花竞相燃。恰在此时，寺内的青钟三响，惊得漫山遍野的鸟雀南飞。

沈澜抬起头，见鸟雀振翅，高高地掠过一望无际的碧空，跃入云层消失不见，她心生艳羡，转念又越发郁郁。今日郑慧娘私会孙峰，裴慎解除了婚约，让郑慧娘和孙峰在一起。今日之事若没泄露，不会有人知道裴慎的未婚妻子私会情郎，于裴慎的声名无碍；若泄露了，他也能得一个成人之美的好名声。况且要是将来二人琴瑟和鸣，郑家、孙峰都欠裴慎一个人情；若是二人成了怨偶，裴慎更是出了一口恶气。翻来覆去，左右他都立于不败之地。这可比他先行避开，事后再解除婚约，得些郑家补偿的财货强多了。

沈澜思及此处，暗自叹息。今日骤然遇到这样一桩事，所有人都怔在那里，唯独裴慎几乎眨眼之间便想到了这些。此人心思之深、应变之快，可见一斑。

想到要在这样一个人的手中生存甚至逃亡，沈澜难免心中惊惧，略有几分怆然，只觉风萧萧、人迢迢，前路茫茫又渺渺。

日落西山，霞光渐暗，夜色四合，新月高悬于柳梢头。

雕花缀锦的马车辚辚作响，慢悠悠地回了国公府。

小厨房早已备好热水，待裴慎沐浴出来，楠木束腰云纹牙桌上杯盘碗盏齐备，一律拿官窑甜白瓷盛着春日莼菜羹、太仓笋、鲜鲥鱼、三黄鸡、香粳米、芥茶。

待裴慎用过饭，沈澜递上润湿后的白棉布为他净手净面后，便吩咐人将饭食撤下。

沈澜一通儿忙碌下来，已是戌时一刻。

裴慎坐于紫檀螭龙纹三围屏罗汉榻上，穿着月牙儿白寝衣，悠闲看书。

槐夏和翠微已铺好素白绫卧单、天水碧蜀锦水墨被褥，念春已将博山炉内的颤风香燃起，素秋已温好热水置于青白釉瓜形壶中。诸事完备，井井有条，沈澜便垂首提醒道："爷，夜已深了。"

裴慎只专注地翻阅手中的一卷《册府元龟》，闻言，摆摆手。

沈澜会意，便带着丫鬟们徐徐退下，独翠微一个留下，因为今日守夜的是她。

"沁芳，今日你来守夜。"裴慎抬头吩咐道。

沈澜心里一颤。

在这样可有可无的事情上，裴慎素来是按照沈澜的安排来的。按理，几个丫鬟一人轮值一天，今日是该轮到翠微了。

沈澜正犹疑，欲要试探，站在床尾的翠微脸色已隐隐发白，以为之前自己和念春咬嘴那事还没过去，以致裴慎恼了她，便慌里慌张地跪下："爷，可是奴婢做错了什么？"

裴慎饮了一杯温水，随意地说道："与你无关！你且出去吧！"

翠微脸色虚白，勉强起身告退，路过门口，见沈澜怔怔地立在那里，面无血色，她不禁抿了抿嘴。

见念春她们都走了，室内只剩下自己与裴慎，沈澜心生警惕，便垂下头去，说道："爷可要歇息？奴婢这便熄灯。"说罢，她低头就要往那烛台旁走去。

裴慎轻笑，扔下手中的书卷，脱靴，上了床榻，却不曾拂下竹叶青纱帐上的玉钩，只是坐在床上，懒散地朝她招手说道："过来。"

沈澜心中越发惶恐。相处三年，裴慎虽对她偶有轻佻之举，却从不曾意图如此明显。昨日还好好的，二人还是主仆，怎么今日风云突变，到底发生了什么？沈澜心中惊惶，思绪翻涌之下，倏忽想到了郑慧娘。

沈澜惊诧之下暗叹自己着实倒霉。裴慎虽有意纳她为妾，却从不曾宣之于口，不过是多方暗示，二人心照不宣罢了。原本表面的平静尚且可以维持下去，沈澜可争取准备逃跑的时间，偏偏郑慧娘私会情郎的事情彻底刺激到了裴慎，使他不愿意再等了。

"你愣着干什么？过来！"裴慎哑声催促道。

沈澜垂着头，小步慢移，只佯装女儿家羞涩，实则脑中思绪百转千回，极力思索该如何逃过这一劫。

可沈澜距离裴慎不过十几步，再怎么慢也磨蹭到了榻边。面前的裴慎刚刚沐浴过，月牙儿白的寝衣系得整齐，整个人端坐在床榻边，只双目湛湛，笑盈盈地望着她。

沈澜心里发怵，勉强笑道："爷，有何吩咐？"

裴慎轻笑，起身握住了沈澜的玉腕。纤细的手腕白如霜雪，肌理细腻，骨肉匀称，于荧荧灯火下泛着暖色。

被他炽热的手掌握住手腕，沈澜惊惶之下只觉尘埃落定，像是最后一只靴子终于落地。

裴慎果然是想在今晚纳了她。

沈澜收敛心神，不再胡乱猜测，只全心全意想着应付过这一劫。

"爷，您这是做甚？"沈澜垂首，露出雪白修长的脖子。

裴慎离她极近，只觉她檀口呵气如兰，隐隐能嗅得到她身上如兰似麝的清香。又盯着她的朱唇看了半响，裴慎忽然想起了三年前，那时候他说日后赠她石榴吃。如今没有鲜红的石榴，唯独一点儿朱唇可以供他尝尝。

裴慎轻笑一声，扯着她的手腕将她带倒在床榻上。

沈澜身体骤然紧绷，只觉裴慎整个人罩在她的身上，密不透风，热得像团火。她双手轻抵裴慎的胸膛，低下头去，含羞带怯地瞄他，似拒还迎，欲语还休。

裴慎左手搂住她的纤腰，右手便去扯她的腰带。

沈澜惊呼一声，强行压制住内心的紧张，凑到裴慎的耳边，懊恼地说道："爷，奴婢这几日癸水来了，身子不干净。"

裴慎右手一顿，微有不愉，只好将她搂在怀中，似笑非笑地问道："这般巧合？"

沈澜心里紧张，心知裴慎此人极难糊弄，便竭力舒缓身体，只做出恋恋不舍、懊恼难言的样子。

裴慎性子看似温雅，实则极傲气，她就赌裴慎绝对不会脱她的衣物检查。

"罢了。"裴慎叹息一声，只好将她放开。

他原想成婚后偕妻赴任山西，婚后一年半载再纳了她，也算给妻子体面。谁知出了郑慧娘一事，而距离他上任仅剩下一个半月，他来不及再精挑细选一位妻子，只怕婚事又要拖上三年。待他再次回京方能成婚，届时纳沁芳一事只怕要等到四五年后了。

裴慎实在等不及，原想今夜成就好事，谁知天公不作美。他怏怏地放开沈澜，见她朱唇丰润，唇瓣鲜红，一点唇珠如沁血，一时心痒难耐，只想着就算今夜不成好事，尝尝也好，便搂着沈澜，俯下身去。

月上中天，梆子声已不知响过多久，方有一双素手掀开纱幔。

沈澜笑盈盈地从床榻上下去，心中暗骂数声"王八蛋"，又恨恨地嘲讽裴慎不愧是个初哥儿，就算学习能力强、进步速度飞快又如何，最开始那会儿吻技简直烂得惊人。她泄去心中的怒火，取了温水，佯装净面，狠狠擦了擦嘴唇，这才躺在榻上给裴慎守夜。

沈澜身体困倦不堪，精神却越发振奋，靠着假装癸水来了为自己争取到了五六天的时间。

可她也只有五六天的自由了。

沈澜低低地叹息一声。月华漏过小轩窗，在美人榻上铺出一片粼粼雪色。就着素月华光，她昏昏睡去。

第二日一大早，沈澜正伺候裴慎用早膳。越窑青花流云碗盛着芡实牛乳碧粳粥，芡实细细研磨成粉，只拿滚水煮开，碧粳米被炖得微微开花，注入细腻雪白的牛乳，泛着浅淡香气。

沈澜却丝毫不觉得饿，立于裴慎身侧，只觉芒刺在背。往来的念春、翠微等人若有似无的目光总是落在她身上。尤其是翠微，几乎眼珠子不错地盯着她。

用过早饭，裴慎净了手，闲坐读书。

沈澜正欲站到裴慎身侧，好偷窥一番书卷，却见念春不停地对她使眼色，便轻手轻脚地告退。她一出门，念春即刻将她拽去了房中。存厚堂地方大，厢房、耳房、退步、抱厦、倒座……林林总总，有好几十间。念春虽住下房，却把房间布置得颇为清雅，进门是一道湘妃竹帘，挑开竹帘往里望，帐幔悬着个流云纹香囊，散发着浅淡的玫瑰香气，床榻上放着一个绣了一半的蝶恋花白罗帕，半敞的榉木妆奁内有几根镂空的荔枝银簪，旁边有一面磨得锃光瓦亮的小靶镜。

"我这里可不像你的房间似的，除了睡觉的床榻还有几分人气外，别的地方半分装饰都没有，哪里像是给人住的？"念春嗔骂道。

沈澜只笑笑，不说话。她迟早要走的，何必装饰？

"你拉我来做甚？"沈澜问道。

念春抿抿嘴，半晌才低声问道："你可知道素秋要走了？"

沈澜微惊。她还以为念春想打探昨晚裴慎和她说了什么、做了什么，却没料到竟是要和她谈素秋要走的事。

"素秋怎么了？"沈澜问。

"她年岁也大了，有个相好的邻家阿哥来求娶。"念春抿嘴说道，"她想求了爷，自赎出府去。"

沈澜思忖片刻，笑道："这是好事。"

沈澜来之前，府中有四个大丫鬟。念春性子泼辣，槐夏和清冬当日挤开念春去扶裴慎，可见心里都是有些想头儿的。只是槐夏被清冬的下场唬住，自此便收敛起来。只有素秋存在感低，很少说话，平日里只闷头做事，从不与人起纷争，也不掺和旁人的事。如今素秋能攒下银子脱去奴籍，出府去过自己的小日子，沈澜由衷地为她高兴。

沈澜回过神儿来，见念春怔怔的，便问她："素秋可是有什么难处？难道她自赎所需的银钱不够吗？"

念春心里有气，戗道："怎么？素秋若真银钱不够，难道你给吗？"

沈澜想了想："我手上还有些银子存着，素秋还差多少？"

她自己脱不得苦海，若能帮助旁人脱离苦海，心里也是高兴的。

念春闷闷地说道："素秋的银钱早够了，不劳你操心。"复又长叹一声，道明来意，"我找你，是怕爷不同意素秋自赎，想让你敲敲边鼓。"

沈澜微怔，便是念春不提，她也是要帮忙的。只是念春为何会觉得她在爷跟前说话有用？沈澜心中惊疑不定，便试探地问道："我说话哪里管用？"

念春瞥了她一眼，嗔道："你休要在我面前装模作样。昨儿爷头一回留你守夜，正房里的灯亮了半宿，爷又要了水，你拿我当傻子不成？"

沈澜只觉吞了黄连似的，从口中一路苦进心里，又不好解释什么，便只好说道："你若要我帮素秋附和两句倒是可以，别的我也帮不上忙，毕竟我自身难保。"

念春嗤笑道："什么自身难保，你莫来唬我。"语罢，又恶声恶气地劝道，"你且收敛着些，可别叫人坏了你的好事。尤其是翠微，昨儿守夜的本该是她，她这会儿还以为你抢了她攀高枝儿的机会，大早上就眼红了，一直盯着你呢。你就没瞧出来？"

沈澜苦笑着摇摇头。她自身难保，哪里还顾得上提防翠微呢？况且她巴不得来个人坏了这桩"好事"呢。

沈澜实在不想再聊这个话题，便笑问道："素秋出府是件好事，你却看起来闷闷不乐，这是为何？"

沉默半晌，念春叹息一声："这儿拢共五个大丫鬟，素秋走了，槐夏的家里人也帮她相看起亲事来了，而你好事将近，翠微一心一意地盼着爷，便只剩下我，都快十九岁了，还在混日子呢，也不知道将来能去哪儿。"

沈澜安慰道："此事急也急不得。除了我，你们一个个都是家生子，都有父母可依，已是极好了。"不像她，何其不孝，让父母中年丧女，白发人送黑发人。

闻言，念春点点头，脸上又笑起来。

两个人又随意地闲谈了几句。

沈澜这才笑道："念春，你床头那罗帕上绣的蝶恋花煞是好看。"

念春挑起眉毛，骄矜地说道："那是自然。我幼年脾气躁，入府以后拜了个干娘，干娘想磨一磨我的性子，便教我做绣活儿。这可是正儿八经的苏绣帕，拿到外头去卖怎么也得卖几百文呢。"

沈澜轻笑："既是如此，可否劳你帮我一个忙？你且稍等。"说完，她回房取了二两银子，还有一匹三梭布。

"你要我给你做一身直裰？"念春惊诧。

沈澜便凑过去耳语，只说要与裴慎玩些闺中手段，羞得念春直骂："这样的话你也说得出口，好不要脸！你莫不是专来臊我一个黄花大闺女！我不做，不做！"说罢，她扔下布匹就要走。

沈澜一把拽住她："好念春，你就帮我一把吧。若不能现在叫爷将我过了明路，将来新夫人进了门，哪里还有我的容身之处？"她生得美，软声哀求起来，美人垂泪，如芳兰泣露，竟叫念春都神魂颠倒起来，心道：世间哪个男子不好色呢？无怪乎爷要纳了沁芳。

见念春已软了心肠，沈澜又取出二两银子塞给她："你拿着，只是莫将此事说出去。"

念春板起脸，将那银钱推开："上回我与翠微吵嘴，连累你受罚，你还让人来送药给我，我也不是没心肝的。你且说，除了直裰，还要什么？"

语罢，她已羞红了脸，只低下头去，含含糊糊地说道："你要不要我帮忙绣些鸳鸯之类的？"

绣什么鸳鸯啊！沈澜连忙笑道："多谢你的好意，你只要给我做直裰便好，或是襕衫、道袍也行。你不需要绣花装饰，素净些便是。念春，多久方能做好？"

"若不要绣花，只要裁剪缝补，一件衣裳我三日的工夫便能做出来。"

三日太晚。

沈澜笑道："针脚不好没关系，你随意缝缝就行。"

沁芳竟然敢叫她缝出那般次品！念春柳眉倒竖，当即就要开骂，沈澜连忙说道："好念春，爷对我不过图个新鲜罢了，若不能快着些，我只怕他新鲜劲儿过了，届时我可怎么办？"

念春心已软，只白了她一眼，嘴上骂道："你就拿我当嬷嬷吧！你这么大个人了，不会绣花也就罢了，连件衣裳都不会缝，且看你将来怎么办。"

她这是答应了。

沈澜笑问道："你几日能做好？"

"你若不要什么针脚，只消能穿，我只需一日的工夫便能做一件。"她招手说道，"你且过来，我给你量一量尺寸。"

待念春量完，已是午间。

裴慎用过午膳，便取出一把紫檀木骨、素白绢面的折子扇，又拿出青金石、赭石磨成的颜料，朱砂、藤黄一一备齐。他只拿余光瞥了眼沁芳，见她专心致志地立在博古架旁，往雕花檀木盒的下层装入色如琥珀的蜂蜜以养沉香，不曾看他，他正欲提笔，谁知忽有丫鬟在外禀报，只说素秋跪在廊下。

裴慎被扰了雅兴，搁下笔，起身出去，见素秋直挺挺地跪在廊下，蹙眉问道："你这是何意？"

素秋膝行两步，跪地稽首："爷，奴婢有一事相求。"

裴慎道："你说来便是。"

"爷，奴婢年岁也大了，家里给定下了一门亲事，奴婢便想着求了爷，自赎出府，好成亲去。"

闻言，裴慎点点头，懒得问那么细致，便吩咐道："你自赎后去账房支二十两银子吧。"

素秋闻此言，只泪水涟涟，叩首不休。

沈澜心生艳羡，看来不必她敲边鼓，裴慎也会答应的，如同当年他放过琼华那般。只是他既然浑不在意丫鬟们，又为何要死死地扣着她不放呢？沈澜心中感伤，面上却笑道："爷，素秋平日里勤恳任事，与其余的丫鬟处得极好。她要走了，咱们不如请小厨房开一桌宴，也好为她送行。"

裴慎点了点头，见素秋这个忠厚老实的丫鬟哭得跟个泪人儿似的，难得安慰了一句："你莫哭了！若是有人给你委屈受，你便去寻沁芳。她处事公正，必不会委屈你。"

素秋讷讷地点点头，又解释道："奴婢不是受了委屈。只是在府里待了十年，奴婢如今要走了，心里难受。"

闻言，裴慎叹息。只是他素来不耐烦什么儿女情长，只觉这是天下一等一的累赘事，便看了看沁芳。

沈澜会意，将素秋搀扶出去，好生安慰了一通儿。

入夜，一轮明月高悬，月华充盈庭中。

沈澜起身，掩上门，不曾提灯笼，只摸黑去了翠微的房中。

"嘭嘭！"沈澜以指节叩门。

翠微的房中亮着灯，她分明还没睡，听见响动，便开了门，见沈澜只穿了身秋香色里衣，披了件细布大袖衫站在门外，即刻沉下脸来，冷冷地问道："你来做甚？"

沈澜柔声说道："我有事要与你商谈，可否请我进去？"

翠微愣了愣，摇头："你这人巧言令色，既能蒙骗大太太、蒙骗爷，自然也能蒙骗我，我不与你说话。"她说着就要阖门。

"关于爷的事你也不听吗？"沈澜笑道。

语罢，沈澜耐心地等了一会儿。

很快，那门便又打开了，露出翠微干净的眉眼。

她冷冷地说道："你进来吧。"

沈澜入得房中，顺手阖上门，便寻了个小杌子坐下来。

"你有何话要说？"翠微直挺挺地站着，连杯水都不愿意给她倒。

沈澜浑不在意，只笑道："你且坐下。我要说的话太多，怕你站着隔得太远听不全。"

自那一日裴慎让沈澜守夜开始，翠微心里便憋着一口气，咽不下去，也吐不出来，见她还要凑上来，心中越气。她本不想坐下，可偏偏又想听爷的消息，思来想去，冷着脸坐下，且看看这沁芳还能如何舌灿莲花。

沈澜不疾不徐地开口："爷想纳我为妾。"

翠微没料到她开口就是这话，一时愕然，然后又只觉荒谬，想斥她胡说八道，竟敢攀扯爷，却又隐隐觉得她没说谎。爷对她的偏爱实在太过明显。她是唯一一个跟着爷外放上任的丫鬟。她骗了大太太，窥伺四太太的行踪，绑了四老爷，竟只被爷禁足三日。还有，那天她明明也挨了打，可自己和念春在床上躺了许久，时至今日臀部还隐隐作痛，独独她只两日的工夫便行走自如。

一桩桩、一件件，都昭示爷偏爱她，凿凿有据，铁证如山。

翠微心中五味杂陈，斥责道："你告诉我这些做甚！爷既要纳了你为妾，你便安安心心地伺候爷呗。"

沈澜轻笑："这便是我要说的第二件事了。你可知道我是如何让爷想纳了我为妾的？"

翠微一怔，抿嘴不语。

见状，沈澜心中了然，只慢悠悠地说道："我曾是扬州'瘦马'出身。"

翠微惊诧不已，喃喃道："怪不得，原来你是使了手段迷惑爷。"语罢，勃然大怒，"你这娼门子里出来的玩意儿，使些不干不净的手段，不藏着掖着，竟还敢来我面前显摆，也不怕我告诉大太太去！"说着她便要起身出门。

沈澜端坐在小杌子上，纹丝不动，借着一豆灯火、三两微光，清清楚楚地看见她气急的样子，这才慢条斯理地开口："你可想学这些手段？"

翠微脚步一顿，扶着门框的手瑟缩了一下。

见她这般，沈澜越发有把握，正要再次开口，却见翠微突然满脸厌恶地说道："你休要拿这些把戏来耍弄我！你就是个下三烂的玩意儿！你的这些手段若伤了爷，大太太必扒了你的皮！"

沈澜了然，她不是不想学，而是怕伤了裴慎的身体，果真是个忠仆；又或者她是怕事发，被大太太发卖了。无论如何，她想学便好。沈澜笑道："你放心，一不用香，二不用药，决计不会伤了爷的身体。你原就生得貌美，如果学了这些手段，必能如虎添翼，直叫爷心里日夜记挂着你。"

"你胡说什么！"翠微涨红了脸，"我不是这样的人。"

沈澜顺势点头："你是个忠心的，我知道。"

翠微摇头："你们都觉得我是傻子，觉得我对主子忠心是个笑话，实则我们当奴才的若不忠心，被主子厌弃了，只怕就没了活路。"

沈澜只觉心中微涩。翠微做了十几年的奴婢，忠心耿耿是她唯一的倚仗。靠着对大太太的忠心，她得了伺候裴慎的机会；靠着对裴慎的忠心，她将来有可能得到一个做妾的机会。若她能为裴慎诞下一男半女,下半辈子便有了着落。

沈澜解释:"我并没有笑话你的意思。"只是,她们道不同不相为谋罢了。

"我与你说这些做甚!"翠微喃喃了一会儿,抬头说道,"我不信你肯教我那些不伤身的手段,只怕是想蓄意骗我,好让我惹怒爷。"

"我蓄意构陷你又有何用?"沈澜反问。

翠微一时讷讷不语,半晌后方说道:"我哪里知道你的诡计?"

沈澜轻笑:"你放心,我还不至于如此下作。我教你,是因为我想让你帮我离府。"

"离府?"翠微惊诧,"爷都要纳你为妾了,你离府做甚?"

沈澜解释道:"我在扬州有个相好,我们曾海誓山盟,约为白首。我若做了爷的妾,便对不住他。此番出府,我正是要销去奴籍,前往扬州与他一同过日子。"

翠微摇头:"你这人骗过大太太、骗过爷,满口谎话,我不信你。况且世间哪儿有男子能好得过爷?"

沈澜心道像裴慎此等心思深沉之人,生得再俊也没用,她是绝对消受不起的,便笑道:"我若嫁个情郎,便是正头娘子;与爷好却一辈子都只是个妾,若惹了主母不快,即刻便要被打发卖掉。两相比较,你说我该怎么选?"

翠微不以为意,只笑话她傻:"外头典妻的男子多的是。你与其嫁一个普通人,吃不饱、穿不暖,为了几两银子日日操劳,还不如跟了爷,好歹吃穿不愁。"

沈澜只是笑,不说话。人各有志,她何苦多言?她转了话题:"如今素秋将走;念春年纪大了,不出一年,多半也要离去;槐夏家中已为她相看亲事。再过不久,院子里的丫鬟便只剩下你我二人。若我不走,一直都是大丫鬟,你便只能任我差遣。况且爷将来若给了我名分,我便是正儿八经的妾,绝对不会分宠给你,且叫你做一辈子丫鬟,再给你配个小厮打发了事。"

见翠微气红了脸,沈澜又添了一把火:"不管你我二人身份如何,我若不走,处处压你一头,定叫你动弹不得。"

翠微气急,骂道:"你未免也太过张狂了些!你焉知我没有翻身的那一日?"

沈澜大笑:"你若学了我的手段,翻身快,得宠更快。"

见翠微隐有意动,沈澜笑道:"我若走了,你便是存厚堂里最大的丫鬟。你再学了我的手段,管叫爷宠着你、爱重你。届时你锦衣玉食,不比做丫鬟并被配小厮强?"

翠微呼吸略显急促,暗道:她得了爷的宠爱却不珍惜,竟还要去外头与人私奔,可见是个水性杨花的,既然如此,让她早早离去也好,省得她再蒙骗爷。

"罢了,我且帮你一把。"翠微说道。

沈澜心知自己"大棒加红枣"的招数起了作用,心中的大石终于落地。

"你要我如何帮你?"翠微问道。

"今日素秋是怎么求离府的,你看见了吗?"

翠微迟疑地说道:"你是说,你也要自赎?"她只觉莫名其妙,"你也要自赎,只管求了爷去,找我做甚?"

沈澜无奈地解释:"爷正贪新鲜,我若要自赎,他必定不允,所以得来个人佯装是我的亲戚,或装成堂哥,或装成表哥,或装成叔父,或装成婶母,装成谁都可以。后天素秋要离府,我正好告知爷,家中外祖父病重,想见一见我这个失散多年的外孙女,家里人千里迢迢找到了我,想给我赎身。"

沈澜并没有原身的记忆,只是猜测要么是原身父母双亡,被刘妈妈捡了去;要么是被卖给刘妈妈的。若原身真是父母双亡,自然就好办了。可若原身是被卖掉的,在古代这种父权社会,被父亲或者祖父卖掉的概率比被母亲卖掉的可能性大,故而沈澜便拿着母亲那一系的亲戚说事。

"不行。"翠微摇头,喃喃道,"我不能骗爷。"

沈澜一本正经地解释:"这怎么能叫蒙骗爷呢?我那情郎的外祖父的确病重。我与他成了亲,他的外祖父便是我的外祖父。"

翠微摇摇头:"这就是骗爷。"

沈澜也不生气,说服翠微本就是整个计划中最难的一步,当即耐着性子说道:"你总念着爷、体谅爷,那谁来体谅你呢?"

寒凉春夜里,骤然听到这样一句话,翠微身子一暖,一时竟鼻子发酸。

沈澜真诚地说道:"我们都是做丫鬟的,一同挨过主子的打骂,寒冬腊月里手泡在冷水里洗衣服。主子有了吩咐,我们便是病着都得爬起来做事。我们俱是命苦的可怜人,你帮我一回,也帮你自己一回吧。"

沈澜又柔声劝了她好几句。

翠微沉默良久,迟疑着点了点头。这样的事她不敢找父亲来做,便只能找自家阿哥了。

翠微小声说道:"我哥哥有些狐朋狗友,年纪比你大上几岁。只要银钱足够,让他们演一演你的堂哥或表哥,应当是可以的。"

这便是她要找翠微帮忙的原因了。翠微是家生子,且此前在大太太院子里当丫鬟,裴慎对她的家人不甚熟悉。

沈澜笑着取出二两银子:"这是订金。事成之后,我再给你十两。"又提醒道,"我若出去了,爷问起你来,你只说不知道,千万守口如瓶,明白吗?"

翠微点点头,接过银钱,默默地送沈澜出去。

又过了两天,正是沈澜提议给素秋办送行宴的日子。她们只在存厚堂里开了三桌,虽没有贡酒建茶、临江黄雀、香粳米、银杏白之类的名品,但春夏蔬果多,吃一口时鲜也很好了。况且,众人今日意头也不在吃食上。

念春举起青白釉玲珑酒杯,喝得两颊微红,高声说道:"今日且为素秋送行!"

众人哄然笑闹,一饮而尽。

在场的俱是仆婢,没读过多少书,酒过三巡,菜过五味,便有人提议掷钱。

"六个钱,且猜字、背,谁能掷出'一色浑成'来,谁便赢了!"

"还是猜枚吧,猜枚好。"

"呸!羞杀你个老妇!你猜枚百猜百中,自然想玩猜枚。"

众人嬉笑欢闹,冲散了离愁别绪。

翠微这几日都极为沉默,只坐在沈澜的对面,对着她使了个眼色。

沈澜会意,便对身侧的念春说道:"我且去更衣。"说罢,她起身离去。

隔了一会儿,翠微也说要去更衣。

沈澜刚回到自己的房中,翠微便追上来说道:"我哥找的人已在府外等着了,说是你表哥,外祖父病了,要将你赎回去见他老人家最后一面。"

沈澜点点头,笑道:"多谢。"

谁知她的话音刚落,翠微便隐隐有些后悔:"要不算了吧,我们这样蒙骗爷……"

"事已至此,我们没办法回头了。"沈澜劝慰道。她取出房中一壶温好的浮玉春,配上一只青白釉酒杯,便去找裴慎。

翠微只怔怔地立在原地,也不知懊悔与否。

院子里都是丫鬟、婆子在笑闹,裴慎自不会参与,又不喜这些,便避开,去了外书房。

见林秉忠持刀守在书房外,沈澜笑着与他打了个招呼后便推门而入。

三大排楠木架上俱是各色书卷,墙边的香案上放着哥窑双鱼耳香炉,青烟袅袅,窗边的楠木雕花翘头案上置着冬青釉云纹水盂,旁有一丛半开半闭的芙蕖疏疏地斜插在粉彩抱月瓶中。

裴慎穿着织银缂丝云锦,正提笔在素绢扇面上绘制,见沈澜进来,将笔扔进汝窑青白釉三足洗中,又拿绢布盖住扇面,轻咳一声:"你有何事?"

沈澜正奇怪他为何如此心虚,闻言,便笑道:"爷,素秋那里正热闹,我想着爷这里无人照料,便端了一壶酒来,请爷也喝上一杯。"

裴慎心里微动,心道已过三日了,沁芳莫不是身子干净了,便笑道:"你倒念着我。"说罢，他大概是心情好，便取下青白釉杯，倒了些酒，饮了一杯。

"这似乎不是浮玉春。"裴慎把玩着酒杯蹙眉说道，"你往里头加了什么？"

沈澜浑然不惧，只是笑："爷这舌头果真是尝遍珍馐的。我想试试看混酒。"她狡黠地说道，"爷可能尝出来混了哪些酒？"

裴慎难得见她这般欢喜，只觉她慧黠灵动，仿佛画中的美人活了过来似的，便笑道："这里头可是有太禧白？"

沈澜笑着点了点头，又为他倒了一杯酒："爷再尝尝，可还有别的？"

"佛手汤，还是长春露？"

"似还有几分桂花香气，可是桂花酿？"

"你是不是还加了富平的石练春？"

酒饮了一杯又一杯，裴慎酒量虽不错，可混酒最为醉人，兼之小杯饮用，他未曾意识到自己饮得太多了些。

没过一会儿，裴慎便有些醉了，只以手支额，神思恍惚间似乎听见啜泣之声。他抬头望去，一时竟有些愣怔。清透和暖的日光透过柳叶格窗照在沁芳身上，衬得沁芳的脸上的泪珠都晶莹起来。

泪珠？裴慎抚了抚额头，再睁眼，竟见到沁芳在哭。两行清泪垂，梨花春带雨，她哭得泪眼婆娑、肝肠寸断，当真是痛彻人心。

"你怎么了？"裴慎的意识不太清醒。可这是他第一次见沁芳哭。她被罚跪没哭，挨打没哭，怎么好端端的竟哭了呢？

"可是有人欺负你？"裴慎问道。

沈澜微愣，裴慎喝醉与没喝醉的时候从外表上是看不出什么的。只是喝醉了，他总会问出一些平日里不会问的话。比如上一回，他问沈澜可曾亏待她，这一次他问沈澜"可是有人欺负你"。

沈澜心里微涩，只抬起头，默默地垂泪说道："爷，我找到外祖父了，可他偏偏病重，要死了。"语罢，她拿袖子擦了擦眼睛。

微呛的蒜味儿刺激得她眼泪再度滑落。

"你哪里来的外祖父？"裴慎蹙眉问道。

沈澜心知他已是喝醉酒的状态，思维远没有平日那般缜密，便说道："我的表哥找来了，只说我母亲当年被人贩子拐走，后来辗转流落扬州，与我父成婚，生下了我。外祖父一直惦记着我母亲，死都不肯合眼，非要叫我去看最后一眼。

"我表哥千里迢迢追来京都，却得知我沦为奴婢，便想着将我赎出来，自此做个良家子，也好叫外祖父安心去，再侍奉外祖母终老，替我母亲尽孝。"说罢，沈澜已是涕泪涟涟，"爷，求求爷销了我的奴籍吧，让我出府，去见我的外祖父最后一面。

奴婢求爷了，奴婢求爷了。"

裴慎被她哭得心烦意乱。这还是沁芳第一次哭，第一次不是为了别人而是为了自己来求他。即使如此，他还是问道："你怎么知道那是你表哥？"

沈澜心惊，暗道他喝醉了思维竟还如此缜密，只怕醒来后即刻就能意识到她在骗他。"爷，奴婢身上有一个小小的花状胎记。我表哥见了我，便说我的母亲身上也有这般胎记。"

事情真是这样吗？

裴慎总觉得天下怎么有这般巧合之事，疑心是哪里来的人贩子，见沁芳生得貌美，专来骗她。可沁芳一直在啜泣，泪珠子一颗颗滚下来，直往裴慎的心里砸，砸得他心烦意乱。她偏偏还一声声唤他，软声软语哀求着，好似他不同意，便要哭死在这里似的。

沁芳从来不哭的，这一次却哭了。

她在哭。

裴慎想到这里，烦躁地摆摆手："罢了，你且去吧。"

沈澜没料到事情竟会如此顺利，不敢显露出高兴之态，只强稳着心神，又拿袖子擦了擦眼睛，她啜泣着说道："多谢爷。"说罢，她便急忙出门了。

守在门口的林秉忠见她双目发红，正欲开口问她可好，沈澜便笑道："林大哥，你可曾听见了？爷允了我销去奴籍，离府去看望外祖父。"

林秉忠点点头。她在室内又是哭又是笑，声子才听不见呢。

"林大哥，我表哥等得急，劳烦你帮我去一趟衙门，销了我的奴籍吧。"说罢，沈澜自袖中取出二两银子递给他。

林秉忠摇摇头："你自己留着吧。"语罢，又蹙眉说道，"你可要我去查一查你那表哥，万一他是个骗子，那可如何是好？"

"不用！"沈澜急忙制止，又怕他起疑，缓了缓说道，"林大哥，还请你速速去官府吧，我要去收拾行李了。"她啜泣着说道，"我只怕来不及见外祖父最后一面，抱憾终生。"

林秉忠叹了口气，提刀走了。

沈澜匆匆回房，取了早已收拾好的包裹，且将念春做的两套直裰塞进包袱里，生怕夜长梦多，来不及告别，便匆匆出了国公府。

国公府西侧的小角门外，沈澜拿钱打发了这位"表哥"，便左等右等，眼睁睁看着日头升得越来越高，终于等到了林秉忠。

林秉忠生怕沁芳等急了，特意快马加鞭去销了她的奴籍，翻身下马，只说道："我已将你的奴籍销去，此后你便是良家子了。"

良家子？！

沈澜一时不知该做何反应，回望国公府，照旧是朱甍碧瓦、层台累榭，堆金积玉、锦绣成堆，只是那些庭院深深、门扉重重竟像是远去了似的。

沈澜抬起头，眼前唯余碧空如洗、天光朗朗，云霭净、风烟轻，和煦的日光照于身，泛着真实的暖意。

多年夙愿，一朝得偿，沈澜只恨不得抚掌大笑，放歌纵酒。此后天高地远，山长水阔，她何处去不得！

## 第五章
## 墙头马上遥相顾

　　国公府位于城西的定阜街,城西素来是高门贵胄云集之处,各个兽首朱漆,府邸豪阔。升斗小民不会来此,相较于人流稠密的民居,这里便略显清静。

　　沈澜提着一个蓝葛布包裹,轻易便寻到了一个无人的小巷,巷子极窄,抬头只见一线天光。见左右无人,她索性褪下衣裳,只拿出一卷细布缠胸,又解开包袱,取出衣物。从巷口的另一侧出来后,沈澜已是身穿三梭布直裰、头戴四方平定巾、脚蹬青布鞋的寻常士子了。她往前走了几步,隐约觉得不对劲,似有人在跟着她。沈澜心里发沉,回头一看,却见街上只有行色匆匆的过路人罢了。

　　沈澜垂首,加快了步伐。

　　她没有路引,此刻若要出京,尚需要备好路菜干粮,走陆路要寻走熟了路的车队同行,走水路则要找靠得住的船家。此时已是半下午,再过不久,夜色将起,沈澜必要在天黑前寻一个落脚之处,便步履匆匆,朝南方而去。

　　京都的格局素来是东富西贵,南贫北贱。南面多住着普通百姓,甚至是卖苦力的穷苦百姓。

　　沈澜生生快步走了一个时辰方觉人口稠密起来,熙熙攘攘,五方杂处。她七拐八拐,四处穿行,还专往人多的地方扎,过了许久,被盯着、被跟踪的感觉终于消失了。此时,沈澜才有心情看起四周来。

　　临街的民居多数是前面做铺子,后院住人。她这一路走来,看到有酒旗招展"内酒御制""重罗白面"的面粉店,有李家冠帽、卖竹货漆具的漆店、卖蜡膏红粉的胭粉铺,还有什么汗巾铺、打金铺、江米店、海菜店……

沈澜第一次出门，左顾右盼，倍感稀奇。她走了一段路，腹中饥饿，便随意地在一家包子铺前停下。雪白暄软的白面包子泛着腾腾的热气，她一口咬下去，油润润的肉馅儿里掺着细碎的笋丁，清爽解腻，饱腹感十足。沈澜连吃了两个后，便快活地笑起来，抿出一个细细的酒窝。

她来这个世界四年，头一次吃得如此快活。不必忍饥挨饿，不必伺候旁人，她只管尽兴便好。花十文钱买了两个肉包后，沈澜自认为和这位临街卖包子的壮实娘子有了几分交情，便笑问道："这位娘子，我想去投宿，附近可有什么客栈之类的？"

那娘子的丈夫正在铜盆中揉面，将面饼摔得"嘭嘭"响，闻言，抬起头看了看，见对方竟是个小白脸儿，便紧张地往前走了两步，生怕自家娘子被勾了去。

谁知那娘子见沈澜一身读书人的打扮，俊秀斯文，便一巴掌拍开她的丈夫，咧嘴一笑，招呼道："公子要投宿，再往前走两步，路过陈家的干鱼铺，隔壁就是连升店了。我听说上一任解元郎就出自这连升店。"

这连升店品牌溢价，一听就很贵。

"娘子，可有便宜些的客店？"沈澜苦笑。她只有三十几两银子。

"那你往东边去，那头儿多是过路的客商，万隆店、开源店都在那里，既能住人，又能存货。"

客商好，南来北往的，消息也灵通。

沈澜点了点头，笑道："不瞒娘子，我头一回离家，对外面不熟悉，请问这住店可有什么讲究？"说罢，她从袖中掏出钱，又买了两个包子。

那壮实娘子"哎哟哎哟"地喊着，笑容满面地接过银钱："公子是读书人哟，跟着同窗一起去就行。那茶博士保管不会拦你。"

沈澜微愣：这客店不能单人去住？她回过神儿来，笑问道："与我结伴来的人多半都投宿了，只有我一个人，难不成住不了店吗？"

"能住能住。"那娘子堆起笑，"公子要是一个人去住店，掌柜自会将公子的名姓、货物登记在店历上，衙门年年来查。"

沈澜点点头，又笑问道："我过几日便要转道他处，敢问娘子，这附近可有路菜干粮可买？"

那娘子摆摆手，笑道："公子只管去住店，要买什么，使了钱吩咐茶博士去置办便是。"

沈澜又与她寒暄了两句，这才告辞。她一路往东行去，来到了万隆店。

客店不大，乃两层小楼。

沈澜甫一进店，茶博士即刻迎上来："这位公子，里头请。"

那掌柜见沈澜一个人进来，便躬身笑问："公子贵姓？"

"鄙人姓沈。"沈澜大步进门，拱手说道。

掌柜见她双手细白，衣裳干净，人也俊俏，看着便不像逃犯或强人，于是笑道："沈公子可要住店？"

沈澜见如此轻易就过关了，有些惊诧，复又了然一笑。

掌柜未曾查验，任由她胡诌，连她是不是逃犯都不甚在意，恐怕是因为报官对他毫无好处，届时衙门来人，吆五喝六惊扰了店内的其他客人不说，保不齐还得敲诈勒索一番，反把自己赔进去，东家都要嫌他多事。说到底，他们做生意的求的是和气生财，多一事不如少一事。

沈澜进了店，随意地点了壶茶水，便招来茶博士，笑问道："这位茶博士，我若要去外地，该如何办路引？"

那茶博士连忙说道："公子说笑了，若要路引，自己去衙门办便是了。"

沈澜哪里会信？像她这样没权势、没人脉的去办路引，衙门的皂隶只会推说路引还未办好，一日日拖着，那沈澜就只能拿钱开路。至于沈澜要掏多少钱，全看皂隶们有多少良心。

思及此，沈澜便取出二十文钱递过去："实不相瞒，我家道中落，无处可去，便收拾了细软想去外头闯一闯。可我又没有经验，连路引该怎么办都不知道。"她说完还捧了他一句，"茶博士你久居万隆店，见多了商贾，想来经验丰富，还请不吝赐教。"

那茶博士收了钱，又被捧了几句，见她生得面容姣好，双手白嫩，只衣着简朴，看着不像强人，倒真像个落魄的富贵人家的少爷。

茶博士低声说道："沈公子有所不知，便是外出行商，途经驿站时也不会有官吏时时查看路引。"

沈澜轻笑，暗道：果然如此。商业一发达起来，人口流动频繁，路引这种东西势必会废弛。

"敢问茶博士，这路引可否托人帮我代办？"万一正碰上个办事靠谱儿的清官查路引，那她就完了。为保险起见，她还是办一份路引为妙。

茶博士低声说道："我自有相熟的衙役，代办一份路引只需十两。"

十两？沈澜瞥了他一眼，笑道："你是万隆店里的伙计，有家有口的，我信你。"

那茶博士不禁身体一僵，讪笑不已："我方才说岔了，五两便够了。"

沈澜笑盈盈地说道："我要去扬州。"

这茶博士连问都不问她要去哪儿，给她代办的路引必定是高档货，恐怕是目的地空白，拿到手可以随意填写的。

茶博士见她实在懂行，不敢再欺瞒，只好老实地说道："去扬州的路引价贵，得要二两银子。"

扬州繁华，南来北往，膏腴之地，去扬州的路引自然昂贵。

沈澜掏出四两银子递给他："这是订金，我要两份路引，一份去扬州的，一份空白的。剩下的钱，待我拿到路引再付。"

她没有再额外给钱，买路引的钱必是这茶博士与衙门里的文书衙役分润的，保不准还有掌柜一份，或许中间还有其余的牙人。

茶博士欢欢喜喜地接过钱。

沈澜又问道："我若拿了路引去扬州，该怎么走？"

茶博士自然知无不言，言无不尽："你得先走四十里陆路到通州潞河水马驿，乘船沿着运河南下，过和合、河西、杨村……经过三十几个水驿后，你才能到达扬州广陵驿。前后共有三千多里的路。"

沈澜点头，又问了茶博士去哪里购置干粮、价钱几何，可有信得过的船夫等，再叫他备间客房，且住一晚。明日她便去另一家客店问问，两相比较印证，省得上路被骗。损了银钱还是小事，她只怕被害了性命。

暮色四合，沈澜拂下素纱帐，躺在床上，合上眼，楼下的喧哗笑闹声日渐远去，一枕黑甜，好梦沉酣。

此刻，裴慎揉了揉额头，睁眼，便见轩窗外夕阳西沉，窗外一丛芭蕉泛着暖色，墙角三两修竹浮翠流金。

裴慎记得沁芳端酒来时不过中午，自己只是喝了点儿酒罢了，怎睡到这么晚？

"沁芳。"裴慎唤道。他连唤了好几声，外头都无人应答。裴慎蹙眉，正欲起身，外面终于有人进来。

"你进来做甚？"裴慎看着持刀而入的林秉忠，眉心微皱，"沁芳呢？你让她去取碗醒酒汤来。"

林秉忠一时愕然，迟疑地说道："爷，沁芳姑娘已经走了。"

她走了？

裴慎抬头，愣了一会儿方才想起来，是沁芳的表哥寻来了，说是外祖父病重。沁芳哭得厉害，他心烦意乱，便允了她离去。

裴慎揉了揉太阳穴，冷冷地说道："不过半日工夫，她便走了？"

林秉忠点点头："她赶得急，说是怕见不上外祖父最后一面。"

裴慎冷笑："你带几个人即刻去将沁芳追回来。"

"爷。"林秉忠迟疑。人伦乃大事，沁芳若不得见她外祖父最后一面，只怕要抱憾终生。

思及此，林秉忠解释道："听说她外祖父病得极重，恐怕不久后就要撒手人寰。"

"外祖父？"裴慎怒气勃发，只沉着脸，冷笑道，"当日沁芳逃出刘宅，你将她押来我面前，知道沁芳来历与去处的唯有你我二人。其余涉案的，如鸨母、龟奴、刘葛等人，俱被斩首示众，便连琼华也只收到了旧友所赠的百两纹银，不知旧友是何人，亦不知沁芳在何处。这个所谓的表哥到底是从哪里知道沁芳在国公府的？"

林秉忠迟疑地说道："爷是说这个表哥是个骗子，把沁芳给骗走了？"急道，"爷，沁芳手无缚鸡之力，若被人骗去了，恐怕凶多吉少。"

"她哪里会被人骗，素来只有她骗别人的份儿！"裴慎勃然大怒，将案上的酒杯狠狠地砸了下去。

"砰！"青白釉瓷片迸溅。

一旁的林秉忠噤若寒蝉。

裴慎尤不解气，恨恨地说道："知道她来历、去处的不只你我二人，还有一个人。"

她自己！

"此事必是沁芳在其中弄鬼。"裴慎断言道。

朝夕相处三年的丫鬟竟敢骗他！他酒后难得发一次善心还被她蒙了去！裴慎生平从未受此大辱，见案上尚未绘完的檀木素绢折扇，其上寥寥几笔勾勒出美人的婀娜体态，他一时怒极，便将扇子扔进了一旁的冬青釉云纹水盂中。水波荡漾间，青绿墨朱，各色颜料洇开来，直将扇面毁了个干净。

见那画中的美人被毁去，裴慎方觉解气，这才起身，冷着脸出了书房，见两名亲卫持刀肃立于院门处，吩咐道："你去喊几个亲卫来。"

林秉忠迟疑片刻，见裴慎脸上已无霜寒之色，反倒神色平静，一时心中隐隐发怵，便点头称是，行礼告退。

裴慎在院子里立了一会儿，见四周幽静，并无人声，唯古松劲直，风吹松叶簌簌作响。他听着阵阵松涛声，只闲闲想着，这松树的枝丫横斜，生得太肆意，明日便叫花房修剪一二。

裴慎正想到入神处，林秉忠便进来禀报，说带了几个人来。

裴慎随意地点点头，吩咐道："走吧。"

他们穿过三重清漆仪门，沿着游廊往前，云淡风轻，夜色渐起。裴慎借着柳梢上的一轮明月，方见廊下牡丹酣红、海棠似锦，漏窗外芭蕉新绿、修竹浮翠。裴慎分明是该恼怒的，可此刻竟还有闲心赏景，一路慢悠悠地到了存厚堂。

入得院内，裴慎看见庭中的三桌宴席已散场，桌上碗筷横陈、杯盘狼藉。

有几个穿着藕荷色比甲的丫鬟、婆子正在收拾，见裴慎进来，慌忙屈膝行礼。

裴慎说道："你们去将院中众人都叫来。"

那几个丫鬟、婆子面面相觑，不敢违逆，便匆匆将睡着的、吃醉的、回家的统统喊来。足足过了小半个时辰，院子里黑压压地站着二十余人。

裴慎环顾四周，笑问道："你们可认识沁芳的表哥？"

翠微心里一紧，只偷摸抬眼去看裴慎，见对方今日着墨色织银缂丝云锦，头戴网巾，腰配香盒，气宇轩昂，英英玉立于庭中，一时，她紧紧抿着嘴，垂下头去不说话。其余仆婢也都面面相觑，没人当出头的椽子。

裴慎见众人沉默不语，淡淡地说道："动手吧。"

他身后的亲卫即刻持杖而上。

一通儿杀威棒下去，众仆婢被打得皮开肉绽，疼得涕泗横流，只叫嚷着"爷饶命，奴婢知错，奴婢不认识什么沁芳表哥"。

裴慎站在庭中，等了一会儿，便有仆婢受不住疼，只攀扯些有的没的。很快，就有几个二等丫鬟招供说白天看见沁芳进了念春的房里。

裴慎摆摆手，示意亲卫放过这几个招供的丫鬟，又冷冷地看向念春。

念春被打得头昏沉沉的，只愕然看着裴慎。她哪里晓得沁芳的去向，更不认识什么沁芳的表哥。念春身上剧痛，生怕再挨打，连忙止住啜泣，抽抽搭搭地说道："爷明鉴，那一日沁芳只是来求奴婢为她做两身直裰而已。"

裴慎心中冷笑：果真是沁芳在弄鬼。想来这会儿她已扮成男子模样逍遥去了。

"继续。"裴慎摆摆手。

挨了打的翠微哪儿敢说自己伙同沁芳骗了裴慎，只紧紧抿着嘴唇，数着板子，咬牙挨痛，盼着裴慎拷问不出来便能消停。可裴慎早已确定沁芳很少能出府，交际往来的人也只有这些仆婢罢了，那个所谓的表哥必是有人帮沁芳找的，只是他不确定是谁。

一棍接一棍，无休无止。

寻常人哪里受得住无休止地棍棒加身？有几个已经胡言乱语起来，学方才那几个逃过一劫的丫鬟，说见着沁芳进出某个丫鬟的房中。

裴慎老于仕宦，一听就知道她们泰半是攀诬胡扯，只求莫要挨打罢了，便随意地说道："你们若实在说不出什么，也不必留在府中了。"

翠微一时心生惶恐，汗与泪模糊了眼眶。她隐隐有些后悔，早知道沁芳是个狐媚子，一张嘴最是会骗人，为何还要听她胡言乱语。翠微只觉腰臀部渐渐没了痛感，心里慌张，晓得这是皮肉已被打烂。她心里又慌又怕，实在受不了了，生怕被活活打死，便高声哭喊着："爷，与奴婢无关。求爷饶命，求爷饶命！"

恰在她求饶时，有个脸色煞白的小丫鬟承受不住剧痛，招供说有一晚听见翠微的房中有说话声，奈何声音太轻，听不清楚。此事原也与沁芳无关，况且是真是假尚未可知,不过是小丫鬟禁不住痛胡乱扯出来好不挨打罢了。

可裴慎是信的,因为这小丫鬟荷香就住在翠微隔壁的房中。他挥挥手,示意亲卫停下。荷香逃过一劫,大哭不止。

裴慎不去管她,只看了看翠微。

翠微本就惨白的脸色此时半分血色都没有了,她垂着头,几乎要昏死过去。

见状,裴慎便审问和荷香同住一屋的其他丫鬟。一个已昏了过去;另一个被打得不敢欺瞒裴慎,只哭泣着说自己睡得太死,没听见。

闻言,裴慎只冷笑一声。若是这三个丫鬟尽数告诉自己听见了,他反倒不信。

如今……

裴慎望向翠微,问道:"你可还有话要说?"

翠微勉强抬起头,虚弱地说道:"爷,奴婢待您忠心耿耿,从未欺瞒过您。是荷香攀诬奴婢!她攀诬奴婢!"

裴慎嗤笑,见她还嘴硬,心中不愉,只淡淡地说道:"要不要我派人去角门问问,第二天你可有出过府?"

翠微霎时面白如纸,像是冷极了,身体不由得颤抖起来。

见她不说话,裴慎冷笑:"你久在府中,几乎不可能与男子交际往来,沁芳那个所谓的表哥多半是你的家人替你找的。是你自己老实交代,还是我去寻你的父母兄弟?"

这下翠微吓得牙齿都打战起来。她动了动,牵引得伤处剧痛。疼痛令人清醒,到了这时候,她忽然意识到自己犯下了何等大错。她明明只要将沁芳说的那些大逆不道的话都告诉爷便是,爷自会惩处沁芳。她到底为何会被沁芳迷惑?明明知道沁芳胆大包天,惯会骗人,自己竟还信她?怎么能信她呢!怎么能信她呢!

翠微撕心裂肺地哭起来:"是沁芳骗了我!她骗我!"她又颠三倒四地哭喊,"她要私奔!要去扬州找她的相好!她骗了爷!她骗我,骗我!"

裴慎再不去看她,迈步入正堂,独留翠微扯着嗓子嘶喊:"我没骗爷,没骗爷!"喊了一遍又一遍。

裴慎入得正堂,见四下无人,才冷冷地吩咐:"林秉忠,你派几个人去找翠微的父兄,问出那骗子的来历,若是良家子便报官处置,若是奴籍就拷问一二,问问他可知道沁芳的去处。还有,你亲自持我的帖子去找石镇抚使,叫锦衣卫留意京畿附近的各大客店驿站、酒楼食肆可有俊俏的陌生男子孤身出入且购置干粮。"

只半个下午的工夫,他料定沁芳多半是走不远的。

"你再叫陈松墨快马传信两淮转运使李阔,且问问他,扬州的盒子巷有一家绣庄,那儿近来可有陌生人出入。若有,你让他先将人扣住再说。"

裴慎出身显贵，本就权势赫赫，又多年仕宦，广结善缘，也不知有多少同乡同年、同僚下属。此刻，他不过稍稍动作，不消一时片刻，林秉忠便来报，说锦衣卫查到京都衙门里有个年轻的落魄公子托人代办路引。

"那代办人形容此人身长约五尺，年十七八，孤身住店，面白无须，貌若女子，极是俊俏。"林秉忠顿了顿，"那人说是要办两份路引，一份目的地空白，另一份要去扬州的。"

"那人叫什么，现在在何处？"裴慎问道。

林秉忠低声说道："沈澜，现在在东坊街的万隆店。"

"沈澜？"裴慎轻笑。

他接过林秉忠手中的白玉兽首马鞭，翻身上马，径自朝着东坊街去了。

东坊街距离国公府所在的定阜街不过一个时辰的路程，他快马加鞭赶路，甚至一刻钟便能到。

恰是二更天，已是宵禁时分，街上无人，唯见一轮素月、三两疏星，映照着千家万户。

裴慎策马疾驰了一会儿，天上忽然下起了牛毛细雨，顷刻之间便沾湿了衣袖。裴慎最不耐烦此等缠缠绵绵的春日夜雨，正欲快马加鞭，前方的街上忽然绕出一队巡逻的锦衣卫来。

"站住！宵禁时分，何方人氏敢犯宵禁！"有个锦衣卫厉声呵斥道。

林秉忠正要取出令牌，谁知那锦衣卫领头的小旗即刻呵斥了下属，且拱手问道："可是裴大人？"

裴慎点头，勒停了马，笑问道："你认得我？"

"裴大人说笑了。您高中状元，跨马游街的那一年，京里有多少小娘子去看。我自然也去凑了个热闹。"想起裴慎被多少漂亮的小娘子砸了鲜花、香帕，那小旗便语带艳羡，只恨自己没有此等艳福。

裴慎听了，冷哼一声，心说：这世上还不是有不识趣的小娘子，莫说掷些鲜花、香帕，竟还劳累自己大晚上的打马去寻。

那小旗说了几句话，想着不好耽搁裴慎办公务，便退开半步，将道路让出来，又摘下头上的斗笠、脱下身上的蓑衣递过去，说道："大人请。"

裴慎轻笑，只说道："春雨寒凉，这斗笠和蓑衣你且自用便是。"

那小旗一愣，咧嘴笑笑，暗道：怪不得裴大人能做天子重臣，待我这么一个微末小旗都如此亲切。他正欲开口，忽闻身后有快马疾驰而来的"嗒嗒"声。

裴慎凝神一望，见是陈松墨匆匆来送斗笠、蓑衣。

那小旗见了，便将手中的蓑衣再度穿上，只哀叹自己少了个向上官献殷勤的好机会。

裴慎拱手说道:"巡夜最是辛劳,辛苦诸位了。"

语罢,他对面的陈松墨即刻取了十两银子递给那小旗。

那小旗接了,即刻欢喜地说道:"多谢大人赏赐。"

裴慎笑道:"你且拿去与众兄弟吃酒吧。"说罢,他扬鞭策马而去。

寻了个宽敞些的檐下,裴慎拂了拂袖上的丝雨,换上蓑衣,戴上斗笠。

陈松墨拱手禀报道:"爷,翠微的兄长招供说那人姓宁,乳名金哥,还给自己取了个号,叫清知。"

裴慎嗤笑。这些年来,世风日下,连街边不事生产的闲汉都要附庸风雅,给自己取个号。

"我带人去了这宁金哥的家里,他人不在。我问了街坊四邻,只说他从早上出门,就没回家。"陈松墨说道。

裴慎系蓑衣带子的手微微一顿,他忽然问道:"你离开那宁金哥的家里时是何时?"

陈松墨微愣:"一更天。"

"一更天开始宵禁,也就是说,直到宵禁时分,他还未归家?"裴慎问。

陈松墨点了点头:"爷,我已派了几个人在宁金哥家里守着,必定能抓住他。"

裴慎摆摆手:"不必了。"语罢,又冷笑起来,心道:沁芳当真是引狼入室。

他翻身上马,疾驰而去。

此时的沈澜刚刚小憩一会儿,便被吵醒。她躺在床榻上,侧耳听到楼下还有行商喧哗。

"这是从松江运来的斜纹布,你看看,这质地,摸起来,似绒非绒、似绸非绸,一两银一匹。"

"南京天盖楼的吕氏时文,要价多少?"

"看好了,这可是正宗的杨倭漆。"

"好你个鸟厮,这一车杨梅分明是青的,你竟拿棕刷弹墨给染成紫黑!你休来糊弄我!"

客店既然多接待行商,自然四方会聚、五方杂处。有些客商便直接在店中做交易,就地结钱结货,故而楼下甚至会昼夜喧闹。这也是沈澜为何不选连升店那种主营举子的客店,却选择了客商颇多的万隆店。她孤身一人在外,地处热闹之处被吵到睡不着总比置身僻静之处强。

沈澜在床榻上坐了一会儿,人也清醒了些,便拂开素纱帐,以冷水净了面。被清凌凌的冷水一激,她残留的半分睡意都没了。她醒了醒神儿,起身来到窗前。

这万隆店是两层小楼,沈澜住二楼,从窗户望出去,有夜风寒斜,吹得一帘细雨润如酥。

街面上已无人影,唯独街道两侧的民居为了做生意肆意搭了些棚子,侵占了街面。这些散乱的棚子不复白日热闹,在夜色掩映下留出一团团漆黑的阴影。

沈澜站在窗前赏了会儿景,便取下支应着窗户的木棍,将窗户关上。她又看了看完好无损的门闩,想着一楼、二楼的走廊中俱有往来的客商、茶博士,尚算安全,便从桌子旁提起个五开光鼓钉圆凳,抱在怀里,安安静静地坐在窗户边。

夜色渐深,寒凉如水,楼下的喧闹声渐消,唯有三三两两谈不拢的行商还在做交易。沈澜靠着老旧的墙壁,闲坐无事,便熄了灯,听着窗外细雨轻敲。没一会儿,她忽然听见身侧的窗户传来窸窸窣窣的动静。沈澜挑眉望去,见那窗户上糊着绵纸,上有一道横栏,底下是一扇未曾雕花的木窗。此刻,这扇木窗的底部微微开启,窗外的细雨漏进来。

借着这一点儿光亮,沈澜看见那窗户缝儿越开越大,紧接着就有一双手伸进来,死死地抠住了窗沿。

即使已经预料到今晚不太平,可沈澜依然被这一幕吓了一跳,只放轻呼吸,攥紧手中的圆凳。没过一会儿,那窗户缝儿越来越大,竟有个人扒拉着窗沿将头探进来,朝房里张望。沈澜咬牙,用尽全身力气,抡圆了凳子,狠狠地砸过去。

"啊——"那人的脑袋被凳子砸中,立马惨叫一声,跌下二楼。

沈澜剧烈喘息了好一会儿,方才放下手中的圆凳,支开窗户朝下望去。

那人从二楼跌下去,跌在街上,抱着自己跌断了的双腿凄厉地哀号。他满头满脸鲜血淋漓。透过鲜血和疼到扭曲的五官,沈澜依稀可分辨此人的容貌,面皮白净,鼻梁高,山根凹,双眼皮,颧骨低,似有几分憨厚,只一双眼睛滴溜溜地转,看着灵活了些。

这人可不就是她的"表哥"吗?沈澜轻笑。

一个老实巴交、忠厚纯朴的人,怎么敢跟一个丫鬟串通,装模作样地做她的表哥去骗国公府的主子?敢应承来做此等事的,必是游手好闲的混混儿或是浪荡子弟,再不然就是什么要钱不要命的赌棍或是恶汉。这样的人,见着沈澜孤身一人,貌美,身有钱财,又怎会不起贼心色胆呢?

下午沈澜给了他十两银子便顺利地打发掉他,不过是因为她还站在国公府的角门前,只消一喊,门子便会冲出来查看,他不敢造次,这才离去。紧接着,沈澜为了更换衣物进了一条小巷。与其说是巷子,还不如说是两个大户人家的围墙相近凑出来个半尺巷,天光狭窄唯一线宽。沈澜身量单薄,方能侧身挤进去,那恶汉进不去,这才含恨放过她。

沈澜特意从巷子的另一侧出去，又专往人多的地方扎，此人白日里找不到下手的机会，还差点儿被她甩脱，不敢再跟得那么近，只远远地跟着。沈澜察觉不到，便以为甩脱了他。

不过为了安全起见，晚间沈澜只小憩了一会儿。她本打算守夜熬到天亮，第二天拿到路引后即刻走人，可是左思右想只觉此等恶棍多半有三两狐朋狗友，人多势众，还是本地人，又熟悉下作手段。若她不能解决了此恶棍，万一对方明日在她雇用的车队、船上弄鬼，那更糟糕。思及此，沈澜才特意立在窗前赏了会儿景，好叫此人确认她在哪间房里，以有心算无心，方打了此人一个措手不及。

沈澜立于窗前，见这恶棍凄厉哀号，惹得一楼似有响动，想来是茶博士听见动静，出门查看一二。

她思索再三，只觉这恶棍决计不敢将她找他假扮表哥，欺瞒国公府主子的事说出去，否则二人同谋，他一样要倒霉。只是怕这恶棍揭破她女子的身份，她便点起烛火，正打算下楼，与那茶博士一同出去看看，只说此人是个贼，想来偷钱，届时佯装泄愤，狠狠扇他两巴掌，只叫他说不出话便是。

谁知就在此刻，她忽闻街上有马蹄"嗒嗒"之声。这么晚了，谁敢打马从街上过？那人莫不是要来投宿？那人也不怕锦衣卫来抓？沈澜没多想，更没多少好奇心，正要阖窗下楼，忽见遥遥夜色里，有人骑马而来。

寒露沾衣，青箬笠，黄骠马，那人携一身霜色，快马前来。

裴慎忽然心有所感，便抬头望去，只见楼台灯火之下，有美人凭窗，怔怔地望着他。

四目相对之际，裴慎笑了笑，而沈澜已面无血色。

裴慎见沈澜白着脸阖上窗，便翻身下马，将白玉兽首马鞭扔给陈松墨。

陈松墨叩门，林秉忠自去处理躺在地上哀号不止的宁金哥。

茶博士正要出门查看，刚打开一扇乌木门，便见一个身穿石青色圆领袍的锦衣公子立于门前。"公子里面请，可是要投宿？"茶博士问道。

裴慎懒得搭话，绕过堂中三三两两的客商径自上了二楼。

那茶博士纳闷儿，正欲阻拦，陈松墨径自塞了二十文大钱过去，笑道："我家公子寻个人便走。"

茶博士便不说话了。

沈澜坐在房中，耳侧是客商们三三两两尚在讲价之声，伴随着木质楼梯"咯吱咯吱"的声响，她知道是裴慎上来了。

沈澜没有逃，此刻也根本逃不了，若逃了反倒惹怒裴慎，徒受皮肉之苦。她只冷着脸暗自思索，回想计划。沈澜自问出逃离府之计划看似粗糙，实则设计得颇为精密。她知道翠微对裴慎有想法，劝说或逼迫翠微，对方势必肯帮她出府；知道裴慎不爱凑热闹，她提议为素秋举办送行宴，裴慎必定会避开人去外书房。这样一来，她便能让外书房值守的亲卫听到裴慎亲口允诺放她离府，而不是在内院让一群无法去官府办事的丫鬟、婆子听见。

她更知道近来在外书房值守的是林秉忠。此人性格耿介鲁直，只消她三言两语便能被骗速速去官府为她销奴籍。若换成了陈松墨，见她这般着急离去，必定心中起疑，势必要劝她再等等，等裴慎酒醒后，他问清楚了再去官府为她销奴籍。

她甚至猜到了自己此前以来癸水为由推开裴慎，此番携酒前去，裴慎必以为自己是去与他亲热的，心猿意马之下，待她自然就有几分柔情似水，临上床前什么诺言都能说出口，加之酒后思维没那么缜密，被她哄去也是理所应当的。

一切都很顺利，待她出了府，更是万事顺遂。

她寻念春做的直裰不过是寻常样式、普通布料，满大街的男子一半这么穿，毫不稀奇。更别提她还特意在里面多穿了几件，好增加身量与腰围。她头上的四方平定巾宽大高耸，从视觉上增加了她的身高，又盖住了她的额头，让她看起来好似有了个刘海儿遮面。她三年未用钗环首饰，不仅仅是怕自己打扮惹出祸来，更多的是为了不戴耳坠，令耳洞闭合。如今，旁人只有凑近了细看方能看见沈澜的耳朵上有浅淡的耳洞痕迹。更别提沈澜离开那半尺巷时，还特意从墙上蹭了些雪白的墙粉抹在耳洞上。她本就白净，那点儿墙粉毫不突兀地遮盖了耳洞。唯一剩下的破绽便是喉结，所以沈澜在直裰内穿的是素白立领中单，遮盖住了一半脖子，有没有喉结便看不分明。

京都人口逾百万，茫茫人海里，她又经过一番不露痕迹的乔装改扮，只要不是一直跟着她，想找到她怎么都要花费个两天吧。至于去城门码头围堵，简直是说笑。京都有十六个城门，七个官办码头。裴慎或许有能力将人手遍布这些出入口，但绝对不会为了她一个婢女动用这么多的人手。

如此这般，沈澜甚至可以悠闲地小憩一会儿，明早拿到去扬州的路引和空白的路引，解决了宁金哥后，即刻便可乘上茶博士订下的船只。

从京都去往扬州的路上有三十余个驿站城镇，沈澜只要随意挑一个下船，接着在空白的路引里填上目的地，换乘一次船，裴慎便再也追不到她了。甚至当她到达目的地时，还可以路引为凭证，隐去国公府丫鬟的这段过往。京都衙门发放的路引自会证实她是京都本地人，家住汇通街三里铺，亲朋俱亡，家道中落，前来此地经商。届时她持路引去当地衙门，有官府开的路引为证，再贿些钱财，便能在当地安家落户，买房置产。这样一来，她连户籍的问题都解决了。

不仅如此，裴慎想查到去扬州的路引自然轻松，不过是遣人去顺天府衙问一问罢了。待他查到了，目光自然会转去扬州。到那时，任由他派人在扬州琼华处守多久，都等不到沈澜。

这计划千好万好，沈澜着实想不明白到底哪里出了纰漏。

沈澜冷白着脸色，安安静静地坐着，看窗外夜雨绵密侵寒衣，间有漏声迢迢相递。她安静地坐了会儿，门口便传来"嘭嘭"两声，紧接着是裴慎浑厚的嗓音："开门。"

语罢，他带着点儿兴味盎然的笑意说道："我给你送路引来了。"

避无可避，沈澜只能起身取下门闩，开门后见裴慎笑盈盈地望着她，石青色圆领袍衣角沾雨，素银荔枝腰带系着白玉子母扣小香盒，清俊英挺，如庭前玉树。

"喏。"裴慎轻笑，将手中的路引递给她。

沈澜接过来一看，正是她要的两份路引，一份是去扬州的路引，另一份是空白的路引。捏着薄薄的两张纸，沈澜心中惊惧。她千算万算没算到问题竟出在这里。

她猜到裴慎会去查路引，故而特意要了两份，一份去扬州的路引，一份空白的路引。她断定裴慎若遣人去顺天府衙查看这几日的路引存档，势必只能找到去扬州的这一份路引。因为衙门文书被人托人情办了去扬州的路引，最多也就是个失察之罪，可办一份空白的路引，是渎职啊！这空白的路引是绝不会被衙门文书存档的，也就是说，裴慎根本不会知道沈澜拿走过一份空白的路引。

可偏偏裴慎知道了。

这世道，绝不会有下属日子过得好好的，主动把自己渎职贪污之事告知上官。此事暴露便只有一个可能——裴慎势大，查到了空白的路引；或者他在顺天府衙里也有人。

一时，沈澜只觉自己上天无路、入地无门。她呼吸急促，沉默了一会儿，忍不住质问道："敢问裴大人，这两份路引你是如何得到的？"

"我路过顺天府衙门，顺路帮你捎回来了。"裴慎笑道。

见他滴水不漏地打太极，沈澜知道自己问不出来什么，便只好忍着气说道："路引我已经收到，多谢裴大人了。"

见她垂死挣扎地装傻，裴慎越发觉得有趣，便眉眼含笑地说道："你收到便好，走吧。"

沈澜认真地问道："去哪儿？我是要去扬州的，不知大人欲前往何处？"

裴慎便笑，慢悠悠地说道："沁芳，你是个聪明人，应该知道在大庭广众之下闹起来不好看。"

若真闹开来了，裴慎未必会因强抢民女被言官弹劾，可惹恼了他，她倒平白无故挨一顿皮肉之苦，何苦来哉？沈澜心知躲不过去，只心中烦闷，冷下脸，回身取了包袱，跟在裴慎后面。

见她走得慢，裴慎也不急，从陈松墨手里接过大氅，将她严严实实地裹好，打横抱起，置于马上，又翻身上马将她搂于身前，一路拥着她直奔国公府。

沈澜安分地被裴慎搂在怀里，贴着他温热的胸膛，听他的心跳声，思绪飘远，不知在想些什么。

沈澜是被裴慎裹在大氅里抱进存厚堂的。待大氅被裴慎取下来，沈澜见到的是一顶千里江山水墨罗纱帐。那是存厚堂正房里的纱帐，沈澜昨夜亲手换上去的。

沈澜闭了闭眼，只觉心中大恨，也没什么顾忌，张口说道："裴大人，你总得叫我死个明白吧。"

"什么死的活的，你净说些浑话。"裴慎笑骂道。

他快马赶回国公府，未着蓑衣，身上难免沾着雨丝。

沈澜只觉缕缕寒意扑面而来。

"罢了，你要问什么便问吧。"裴慎大约是心情好，慈悲地说道。

沈澜性子执拗，死也要死个明白。"大人可否告诉我，到底是如何查到那份空白路引的？"他可是严刑拷问了那个文书？

裴慎哪里会告诉她，别的地方锦衣卫势力还没这么大，可京畿重地的锦衣卫经营了两百余年，别说查私发空白路引的不法之事，便是皇帝在干什么都查得到。他更不会告诉她，为她经办路引的文书便是个锦衣卫。

"我为何要告诉你？"裴慎单手将她抱起，只盯着她笑道，"你拿什么来换？"

他的声音沙哑，其中狎昵意味甚浓。

沈澜咬着牙，心知裴慎不过是要避开话题罢了，便恨恨地说道："大人不想说便不说吧。"

裴慎轻笑，将她抱进了净室。

沈澜心知躲不过这一场，安慰自己，留得青山在，不怕没柴烧。况且，裴慎生得俊俏，肩宽背阔、个儿高腿长，她也不亏。

净室里早已放了热水，裴慎见她冷冷的，心里倒也没多恼怒，不过是觉得她穿着男装，一脸的不驯服，似枝头寒梅，欺霜傲雪，别有一番趣味。

他轻笑一声，伸手去解沈澜的腰带。

水雾氤氲之下，沈澜只觉那热气直直地往她的心里熏，叫她心中哽着一口郁气，不吐不快。沈澜忍不住问道："你到底看上我什么了？"

裴慎放在她的腰带上的手轻轻一顿，便袖手闲立，朗声笑道："三年前，你从刘宅出逃后，做了我的丫鬟。便是你不逃，一样要被刘葛送来给我。由此可见，你我之间的缘分是天注定的。"

沈澜微怔，冷冷地讽刺道："你说什么缘分天注定，不过是见色起意罢了。"

裴慎被她说得心头一堵，发了狠，心道今日非要叫她说不出话来，便解了她的衣衫，抱着她沐浴更衣，又将她抱进水墨帐内，拂下玉钩。

卯时一刻，晨光侵晓，曙色薄明。

裴慎自帐中醒来，见帐顶绘着一幅山水松石图，一角半边的格局，斧劈皴绘的巨石，双钩的松竹。裴慎看来看去，心里只评价道"匠气"，懒得再看，便侧过身，见沈澜鬓发如云、雪腮生艳，白花花的臂膀横陈于枕边，好似杨妃清醉，海棠春睡。见她这般娇态，裴慎轻咳一声，想要拿手掌摩挲她纤细的手指。

他正欲凑过去，沈澜忽然睁眼，盯着他问道："你做甚？"

裴慎讪笑，轻咳一声："我们该起了。"

帐幔重重，天光昏昏，沈澜懒散地问道："避子汤呢？"

裴慎微怔，敛了笑，沉下脸说道："你浑说什么！"

沈澜轻笑，只觉裴慎此人甚是不可理喻。他主动赏给她避子汤，那自然可以；可若她自己来讨要，他又不高兴了。

"难不成你想要一个庶长子？"沈澜慢悠悠地说道。

裴慎只拧着眉看她，纵使心中不愉，却也知道她说得对。庶长子是祸家根源，他自然不会乱了礼法纲常。只是理智归理智，见她一脸平静，带着些无所谓的随意，裴慎又忍不住气恼起来。他只觉她竟连女子最为在意的"贞洁"二字都浑不在意，果真是轻佻。

裴慎心中不愉，便冷着脸起身，唤丫鬟端来避子汤。

那丫鬟十四五岁，到了知人事的年纪，端着个填红釉三鱼纹碗进来，见地上、榻上衣衫凌乱，抹胸、里衣、腰带散了一地，她便脸一红。

从重重帐幔后忽然伸出一双雪白纤细的手，似有美人卷珠帘。

丫鬟怔怔地望着，骤见沈澜露出来的锁骨玉臂雪白细腻，好似琼枝新雪，只可惜上面遍布痕迹，便又红了脸，慌忙低下头去，将碗奉上，不敢再看。

沈澜接过碗，苦涩的药汁味儿扑鼻而来。她面不改色，一口闷尽。那苦味儿太重，倒像是能一路苦进人的心里去。

"多谢你。"沈澜将碗递还给她。

裴慎拈着颗酸梅，凑到沈澜的嘴边喂她吃，闻言笑道："你谢她做甚！药是我派人熬的，她不过端过来罢了。"

沈澜从不跟身体过不去，毫不犹豫便吃了那解苦的梅子，含糊地说道："她是人，我也是人，她为我端药来，我道一声谢也是应当的。"

裴慎嗤笑："你休要胡说！她是奴婢，你怎会是奴婢？"

沈澜抬头，似笑非笑地说道："怎么？爷这是要正儿八经地纳了我？"

裴慎一时便有些讪讪。

沈澜心中极平静，并没感到失望，只暗道这也不错。若他正儿八经地写了纳妾的契约书，妾通买卖，那么她千辛万苦得的良籍就白费了，做妾就等于自缚己身，逃妾可比逃奴的下场还惨。如今她看似不主不仆地混着，实则还是良家子，反倒最好。

裴慎见她神色平静，便郑重允诺道："你且安心，待两三年后新妇过了门，我便正经纳了你。"

沈澜不置可否，只随意地说道："你去给我拿件衣裳。"

裴慎一愣，挑眉说道："你让我给你拿衣裳？"

沈澜刺他："怎么？你刚得手便把我弃如敝屣了？"

他若真是如此，那倒好了。

裴慎被她的话噎住，纳闷儿地说道："我素来知你脾气拧、气性大，可你往日里好歹装一装，面上柔顺总是有的，怎么今日这般不驯？"

一大早，她就接二连三地给他甩脸子。

沈澜只差半日工夫便能逃跑，却被他带了回来，心里有气，自然不肯叫他好过，便照着他的话柔了神色，像平时那般低眉顺眼："往日里我是丫鬟，你是主子，我对你自然柔顺。如今我也算是跟主子同过床了，身价不同，自然长了脾气。"

裴慎长这么大，还从未有人敢话里话外地讽刺他，闻言，脸色也冷下来，只嗤笑道："你原也是扬州'瘦马'出身，几千两银子的身价，的确昂贵。"

沈澜哪里会在乎什么出身不出身的，只笑道："爷乃从二品高官，又是累世的勋贵，几万两银子都不放在眼里，偏偏与我这个身价几千两银子的人睡在一起，委屈爷了。"

裴慎被她气得呼吸一窒，知她素来能言善辩，当年头一次见面她便敢说谎两次，可见其牙尖嘴利。裴慎心里生气，只盯着她，不说话。沈澜被他看得莫名其妙，正疑心他到底要做什么时，只见他忽然敛了怒色，眉眼含笑，拂袖而去。

沈澜微怔，只以为自己计策奏效，将他激走了，便倒下，先睡个回笼觉再说。昨晚她被折腾得太久，必须多睡会儿，以补一补这些日子来损耗的精气神。无论如何，养好身体最重要，她身体健康，方有以后。

裴慎出了正房，见院中安安静静的，便随意吩咐个小丫鬟："你去取一套沁芳的衣物来。"

那小丫鬟是新来存厚堂的，连沁芳的房门在哪里都不知道，可又惧于裴慎的威势，便点了点头，跑着去寻念春。

念春正趴在床上养伤，银珠跑来寻她要沁芳的衣物，还傻愣愣地问："念春姐姐，沁芳姐姐是谁？爷要她的衣物做什么？"

念春被吓了一跳，斥骂道："你嘴里胡咧咧什么，也没个把门儿的！这些话，你日后不许向旁人提起！"

银珠好端端地挨了骂，心里委屈，抹了抹泪："我不提就是，你骂我做甚！再说了，那衣裳是爷要的，又不是我要的！"

念春气极，若不是伤口痛，非要去拧她的耳朵不可，只骂道："你还记得自己是怎么进来的吗？但凡你还有点儿脑子，便不该将主子的事挂在嘴边。你若惹恼了爷，被逐出院子，我看你怎么办！"

银珠当即怕了。昨日爷发落了一大批丫鬟、婆子，她爹娘这才托关系将她送了进来。若惹恼了爷，她回家还得挨爹娘的打。

银珠唯唯诺诺地说道："我知道了，以后都不乱说话了。"

念春这才缓了神色，教她："你记得，在这院子里，最好当个锯嘴葫芦，可听明白了？"

见银珠点了点头，念春这才艰难地向她招招手，吩咐道："你扶我起来，我去取衣裳。"

这新来的小丫鬟懂什么，万一取错了，平白无故地惹祸。

沁芳本已经逃了，偏偏昨夜被带了回来。爷径自将她抱进了正房，夜里又要了好几回水。也不知道沁芳这会儿怎么样了，念春心里担忧。念春艰难地挪进了沈澜的房中，见柏木圆梗翘头衣架上搭着件细三梭布袖衫，本欲伸手去拿，思来想去，到底开了榉木灵芝纹衣箱，看了看，挑了件压在最底下的对襟葱白绫衫、荔枝红妆花罗裙，又红着脸取了一件抹胸。念春细细叠好，递给银珠，嘱咐道："你且小心着些，送了衣物便回来，不要多言。"

银珠捧着衣裳，艳羡地说道："念春姐姐，这些衣裳真漂亮。"

念春微怔。漂亮的衣衫都被沁芳压在了箱子的最底下，放在上头的全是细布衣衫。念春叹息一声，一时竟不知该说什么。

银珠年岁小，什么也不懂，只匆匆抱着衣物到了正房里，见主子正坐在楠木四出头官帽椅上看书，便胆怯地说道："爷，衣裳送来了。"

裴慎将手中的《三略》扔在清漆翘头案上，起身接过衣裳，绕过螺钿雕螭纹大理石屏风，径自进了内间。

沈澜刚睡了没一会儿，忽觉床榻一沉，无奈睁眼，只见裴慎正笑盈盈地坐在床头望着她。

沈澜心道：我都那样说了，怎么还没把他赶出去？她正纳闷儿，却见裴慎将什么东西递来。沈澜接过一看，一时愕然。这人竟还真的取来了她的衣物。她转念一想，这些衣裳都是压在箱子底下的，裴慎为人傲气，无论如何都不会去翻她的衣箱，多半是吩咐丫鬟取来的。

沈澜被搅扰了一通儿，已无睡意，淡淡地说道："你出去吧，我要更衣了。"

裴慎清清嗓子，笑道："不必我伺候你了？"

沈澜瞥了他两眼，自然知道他在想什么，冷着脸说道："我自己有手有脚，会穿衣裳。"说罢，她便将那件对襟葱白绫衫抖搂开，里头竟掉下来一件抹胸。这还是当年扬州绣庄为她做的。沈澜微怔，回过神儿来，手疾眼快地将那抹胸塞进枕头下。

可裴慎目力惊人，一眼便看见了。大红色，织金面料，潞绸，抹胸上面还绣着几枝深深浅浅的竹外桃花。

裴慎一时只觉嗓子眼儿有些发痒，便轻轻地咳嗽了一声。

沈澜见他端坐在那里，只拿余光瞥她，面上一本正经，心里还不定起什么念头呢。她一时气恼，便重复道："你出去，我要更衣。"

裴慎不动，只笑道："你要我拿的衣物我也拿了，你与我置气做甚！"

沈澜被气笑，皮笑肉不笑地说道："爷，我不更衣了，要睡一会儿，劳烦爷安静些。"

裴慎不好展露自己的失望，只是见她气得双眸蕴水、两颊生艳，忽然想起了当年于鹿鸣书院求学时，同窗私下里传阅过的《如意宝鉴》。裴慎那会儿负笈游学，寒窗苦读，日日箪食瓢饮，目不窥园，只瞥了两眼这种东西便扔到一边去，可他记忆力惊人，时至今日竟还记得那页泛黄的纸上画着什么、写着什么。

有美人于松竹下手捧红叶笺，望极天涯路，泪眼盈盈盼夫婿，香汗淋淋浸罗纱。

旁还题词一首，谓之曰：书一纸，小砑吴笺香细。怕落傍人眼底，握向抹胸儿里。

思及此，裴慎微微叹气。何时沁芳能与这诗中的女子一般，接了情郎的书信，便要藏在抹胸里，慰藉相思之意？

沈澜哪里知道裴慎在想什么，只面无表情地看着他。

裴慎见她此刻不似昨晚那般灼若芙蓉、艳如桃李，冷下脸来竟好似冰魂雪魄、霜清玉洁，凛然不可侵犯。一时，他又难免想到，她这般样子实在该配上雪中红梅图，以彰"清艳"二字。

沈澜见他还不动弹，催促道："你还不出去？"

裴慎看了她一眼，径自朗笑着出门去了。

待裴慎出去，沈澜殊无睡意，只躺在床上睁着眼看了会儿帐上的千里江山图。看着看着，大约是没了裴慎搅扰，沈澜睡意渐生，没多久，便合眼睡去。

室内一片幽静，从小轩窗漏进来的日光在重重帐幔下显得疏疏杳杳，帐上悬着的雕流云纹玉香盒内装着干梅花花瓣，散发着幽幽花香。

沈澜这一觉睡得沉，大概是因为精神紧张，身体疲惫久了，睡足后竟还有几分神思倦怠之感。她靠在石青色云锦引枕上，怔了一会儿才起身。沈澜撩开纱帘，正欲下床，忽听闻雕花柏木门"吱呀"一声便开了，只见四个丫鬟鱼贯而入。

统一的鹦哥绿衫子、丁香色罗裙，外罩鸭蛋青色比甲，都是二等丫鬟。一个将手中的铜盆放在楠木黑漆描金灵芝盆架上，拧湿了棉帕便要来给沈澜净面；一个过来给她更衣；另一个开了镜台奁箱等她梳妆；最后一个只等她起身，铺理被褥。

"且慢。"沈澜问道，"你们是新来的？"

这四个人，各个都是新面孔。

领头的丫鬟鹅蛋脸，见沈澜面色和善，并无不悦之色，便屈膝点头："回夫人的话，奴婢名唤宝珠，是新来的丫鬟。"

夫人？沈澜秀眉微蹙，只嘱咐道："日后你们不必唤我夫人，唤我名讳即可。"微顿，又说道，"沁芳便是。"

四个丫鬟哪里敢，只低下头去，瑟瑟不语。

沈澜见状，也不愿为难她们，便揭过此事，又问起另一件事："我昨日中午走时，存厚堂并无你们，为何一日之间新进了这么多丫鬟？"

算上方才进来送避子汤的，她已看见五副生面孔了。

宝珠为难。昨日爷发作一通儿，将一大批丫鬟、婆子尽数打发卖掉，唬得府中留下的人一个个噤若寒蝉。若将实情告知，便是妄议主子，她哪里敢呢？

"夫人……"宝珠嗫嚅着。

沈澜见她吞吞吐吐，只略一思忖便问道："你们能进存厚堂必是顶替了原来的丫鬟、婆子，那些人可是被逐回家去或是干脆被发卖了？"

宝珠松了口气，点了点头。

沈澜蹙眉，追问道："念春呢？还有翠微、槐夏、素秋，如何了？"

宝珠细声细气地回道："翠微姐姐回了大夫人处，素秋姐姐自赎出府，其余二位姐姐均在房中养伤。"

闻言，沈澜长舒一口气，她们没被打发、卖掉就好。只是下一刻，她便情绪低落起来，此次是她对不住念春。

沈澜拿起对襟葱白绫衫，又拿起荔枝红妆花罗裙。那小丫鬟想上来帮她更衣，沈澜摆摆手，径自穿好，洗漱过后带上药便往念春的房里去了。

四个丫鬟面面相觑,又慌慌张张地欲跟上。

　　谁知沈澜走到门口,忽然驻足,回头问道:"被打发卖掉的不止存厚堂的人吧?可有其余主子房中的丫鬟、婆子,乃至几位爷们的小厮、管事被发卖?"

　　宝珠一愣,摇头,又点头:"我只认得三小姐房中的碧玉,她爹是库房管事,被发卖了。至于旁人如何,我便不知道了。"

　　闻言,沈澜只觉森森寒意涌上心头。

　　宝珠见她不动,正欲相询,却见沈澜驻足良久,冷笑一声,便径自出去了。

　　沈澜出了正房,见裴慎不在,猜测他这会儿不是在习武,就是去外书房处理公务了,便沿着抄手游廊疾行数步,推开念春的房门。

　　门扉一开,天光泄入。念春闻声抬头,见沈澜清丽的眉眼间含着几分艳色,身姿窈窕,向她行来,一时心中五味杂陈。

　　"我带了药来。"沈澜坐在她的床头,伸手,递过去一个翠青釉三系盖罐,里头是裴慎上一次赏赐给她的伤药。

　　念春伸手接过,搁在枕旁,没好气地说道:"你放心,你上回送我的药还有的是呢!"

　　沈澜心里歉疚,替她掖了掖被角,郑重地说道:"是我连累了你,对不起。"

　　念春一惊,扭捏地说道:"你这话说得好没意思。上回我与翠微吵嘴,连累你挨打。如今你不过求我做了两身直裰罢了,是我自己禁不住痛,这才承认了。况且我认了之后,爷也不曾罚我。"

　　沈澜摇摇头,一时不知该说什么。念春这顿打,一半受她所累,一半受其身份所累,毕竟念春是家生子。

　　"你的伤势如何?你可有寻府中的医妇看过?"沈澜关心地问道。

　　念春哼了两声,说道:"我做丫鬟的,哪里能劳烦医妇来看?我可不是你,你是攀上高枝儿了。"

　　念春话一说出口,沈澜微怔,只笑了笑,那笑如同雨后山岚,泛着春山草木的苦涩。

　　念春暗骂自己这张嘴,欲言又止,半晌才扭捏地说道:"我不是那个意思。"

　　沈澜点头:"我晓得的。"

　　她们只是觉得她跟了裴慎极好。

　　念春便叹了口气,觑她一眼,说道:"像素秋那样出去做个正头娘子好;像你这般将来为爷生下一男半女,终身有托也极好。只有我……"长叹一声,又怅惘地说道,"我……也不知将来如何。"

　　沈澜安慰了她几句,念春又打起精神,偷摸瞄她。见她这般,沈澜便笑道:"你想说什么尽管说吧。"

念春望着她，见她娟好静秀、袅袅婷婷的样子，全然看不出她竟胆敢背着裴慎逃亡。思及此，念春吞吞吐吐，犹豫再三，到底没有说出口。

她不说，沈澜也不问。沈澜不愿打扰她养伤，又说了几句便走了。探望完念春，沈澜又去探望槐夏，再将裴慎的药分赠给院中其余受伤的婢女。

待她回了正堂，裴慎习武归来，已沐浴更衣，披着一身沉绿色云锦道袍，端坐在楠木圈椅上看书。见她进来，他正欲开口，谁知她先发制人，甫一进门便慢悠悠地说道："裴大人好雅兴，读书如此专注，任他东西南北风，自岿然不动。"

裴慎搁下书，只蹙眉说道："你方才的气还没消？"

那抹胸也不是他拿的呀。

沈澜轻声细语："我的气哪里能消呢？一波未平，一波又起。"

见她面容端丽，只双目熠熠如秋水寒星，分明已是嗔怒。裴慎便轻笑，狎昵地说道："谁又招你惹你了，可要我帮你出气？"

沈澜随意挑了把圈椅坐下，靠上潞绸引枕，淡淡地说道："裴大人若要帮我出气倒也简单，只消杖责自己便是。"

一听她提到"杖责"二字，裴慎便已明白她的意思，难免心中讪讪。

见他弱了声势，沈澜暗自冷笑，嘴上还要奚落他："裴大人素来不做多余事，一箭双雕算什么，一石三鸟才算厉害。"

裴慎心虚，反倒轻咳一声："你浑说什么！"

沈澜佯装惊讶地说道："我说错了？大人博学多识，我若说错了，大人尽管指出便是。"

见她三番五次不肯罢休，裴慎哪里肯伏低做小，心中怒气上涌，不过是养气功夫好才勉强压制住怒气，这才说道："沁芳，你这脾性实在乖张。"

沈澜心知裴慎必定是生气了，可她又怎能不气呢？这时候，沈澜连面上的温顺都不愿意装了，只冷冷地说道："大人让我无人可求助的时候，难道不知道我脾性乖张吗？"

裴慎呼吸一窒，解释道："你若不跑，焉能落得如此下场？"

沈澜嗤笑："你这话便没意思了。你杖责仆婢是为了什么，你我心知肚明。"

他这样做，一来是为了追查沈澜的行踪，二来是为了杀鸡吓猴，自此以后，再无人敢帮沈澜逃跑。光是思及这两条，沈澜便已胸中郁气丛生。若是再加上第三条，她更是心生惊惧，第三条便是他要借机整饬家风。

国公府本是开国勋贵，绵延百年，仆婢们俱是家生子，勾连横生，借着国公府的名头做了不少恶事，裴慎正好借机拷问处置。

沈澜不禁想起当日初见念春，对方劈头盖脸就骂了她一顿；加之清冬刚一见面便敢自荐枕席；翠微在马车上怒斥沈澜，说国公府势大，只管去做，谁敢多言。窥一管而知全豹，可见这府中的仆婢骄横。况且连被关在院中的丫鬟、婆子尚且如此，只怕国公府在外行走的庄头、管事更是嚣张。裴慎恐怕早就想整治了。翠微和念春吵嘴的那一日，他下令杖责二人，便已是征兆。

沈澜甚至想到她逃跑那一日，守在外书房的是林秉忠，想来陈松墨必是外出去查府中仆婢做下的恶事了。

"不错。"裴慎点头说道，"我积年累月不在府中，这院子里的丫鬟、婆子松散得很，偏又都是家生子，不是什么管事、庄头的女儿就是婆娘，关系盘根错节，枝丫勾连。昨日我下令棍棒加身，她们难免招出了些污糟事。"

假借国公府的名义放印子钱，采买管事贪墨，庄头强娶佃户之女，投献的箴片、清客弄出人命……林林总总，污糟事有十几桩。

闻言，沈澜低声叹息。想来是陈松墨刚找全证据，便突发沈澜逃跑一事，反正也要拷问仆婢，裴慎便干脆一起做了，挖根掘底，挖出一堆蠹虫来，再一同料理了去。思及此，沈澜焉能不惧？此人心眼儿之多、应变之快，令人咋舌，偏他又宦海沉浮，老于世故，若再加上位高权重，高官显贵，当真难缠啊。

如今这府中上上下下风气一清，裴慎回京的三个目的——升官、成婚、整饬家风，已达到了两个。此间事了，想来他快要赴任山西了。

"敢问大人何时赴任？"沈澜冷冷地问道。

裴慎瞥了她一眼，见她横眉怒目，分明还在气自己断了她求助旁人的路，想着安抚一二，便轻笑道："如今已是五月底，六月初六是洗晒节，初七到初九是龙王庙庙会，有赛神社戏，你可想去看？"

沈澜心道：他这分明是打一棒子给一个甜枣。只是他棒子打也打了，回不到过去，她多思无益，还不如先吃了他给的这颗甜枣。

"你若允我去看赛神社戏，自然最好。"沈澜即刻敛去怒容，笑道。

六月六，洗晒节。这一日，澄空极净，云团如絮。

沈澜带着几个丫鬟、健妇绕过裴慎的外书房，沿东侧的夹道行数十步，穿过一道垂花门便步入绛云楼内。七间正房打通，两层小楼，左右设门，桐阴槐绿，满架蔷薇，一泓清溪绕阁而过，溪边杂石错落，红蓼丛生。

这绛云楼本是裴慎私人辟建的藏书楼，与其外书房相连，里头藏书过万，俱是珍版奇卷。

今日是六月六，洗晒节，正宜将阁中的书卷尽数搬出，在院中晾晒。

"你们莫要弄乱了！我方才大致看了看，从连二橱上三排取下来的多半是十三经及其注释，放去西侧晾晒。南侧清漆橱内的是史部，东侧楠木坐几上有一本米芾的《画史》，与攒边书架上的那本《余清斋帖》放一起去。"沈澜正细细地叮嘱她们，忽见宝珠捧着几个樟木画匣过来。

"沁芳姑娘，这几卷书画可要晾晒？"

沈澜没名没分，加之她自己也不愿意旁人叫她夫人，院中的丫鬟、婆子便纷纷改口叫姑娘。

沈澜打开，只见里头是楠木小匣，再开，群青潞绸，里头竟还有个布套。沈澜小心翼翼地展开花梨木卷轴，见是一幅《江天霁雪图》。虽不知是何人所作，只看这层层包裹，便知其贵重。

"我来吧。"她将其余几个楠木画匣一一打开，取出里头的几张古画，搬了几个机子，置于槐树下阴晒。

"沁芳姑娘，这几本书的函套落灰了。"

沈澜接过，嘱咐道："你去取一柄丝拂软帚来。"

"姑娘，这几本有图有画的，不知是否贵重，可也要晾晒？"

沈澜正搬着书往外走，闻言，瞥了眼宝珠捧来的书，便微微一顿，笑道："给我吧。"

她强忍着"怦怦"的心跳，勉力做出平静的样子，接过书，见那封面上有正儿八经的六个大字——一统路程图记。她大略翻了翻，见上头城门码头、驿站客店的信息一应俱全，各地风物、牙侩船夫的信息样样都有，甚至有一张两京十三省的行路图。

"你是从哪里寻来这书的？"沈澜攥着书，竭力平静地问道。

宝珠不以为意，指了指东侧最里头靠壁的清漆断纹书架："最上头，我从第二排取下来的。"

沈澜点点头，赞许道："里里外外的书都要晾晒，你做事仔细，极好。"她说罢，便走进楼中，穿过七八个高大的书架，方见到了宝珠所指的清漆断纹书架。

这是子部，各类杂书均在此处。沈澜踩着个柏木小梯而上，打开函套，见到的第一本便是《士商类要·卷一》。她强忍着内心的激动，细细翻阅，才发现其余几个函套内俱是各类路程图记，有《水陆路程》《天下路程图引》《图像南北两京路程》……林林总总，有七八本。

从前跟着裴慎从扬州辗转到山西，沈澜趁着他外出总是在书房里翻阅各类书。可朝廷有不修衙的传统，衙门尚且破败狭窄，内院又能有多少书呢？只能裴慎看什么，她便看什么。她想要看的山川游记、地理图记更是寥寥无几，有的甚至是几百年前的东西，以至她都快死了这条心。

来了国公府后，她一个丫鬟更不可能出入藏书楼。若不是今日晒书，她怕是一辈子都不会知道这绛云楼内竟有路程图记。

沈澜抚摸着洁白细腻的书页，清淡的墨香氤氲在空气中。她坐在小梯上，见四周的书架极高，几乎遮挡住她的身形，加之四下无人，这才翻开《士商类要》，如饥似渴地读起来。

为防人发现，她撇去之后的起居之宜、四季杂占等篇目，只翻阅一、二卷内记载的各地驿站客店、靠谱儿的牙侩船夫的信息。

沈澜全神贯注，记着两京十三省的路线图。

"你在做什么呢？"来人朗声笑道。

沈澜的心脏急骤一跳，几乎要从喉咙口蹦出来，抬眼见裴慎从前方的清漆书架处绕出来。她搁下书，抚了抚胸口："你突然冒出来做甚，唬了我一跳。"

裴慎见她高高坐着，日光映出白净的面容，神色平淡，无有喜悲，好似一尊玉观音，只是此刻眉眼含嗔，添了几分鲜活。

他行了数步，站在沈澜的面前招手说道："下来。"

沈澜瞥了眼手中尚未放回去的《士商类要》，心脏"怦怦"乱跳，只得将手中的书搁在腿上，掩盖住封面，又强压着内心的紧张，装出波澜不惊的样子，慢悠悠地说道："你让我下来也行，只是有个条件你须答应。"

裴慎微怔。她前几日都不曾给自己好脸色，活像是扎手的野玫瑰，便是答应了带她去庙会，她也不过是不冷不热地晾着他罢了。如今难得见她撒娇卖乖，裴慎一时意动，便笑道："你且说来听听。"

沈澜挑眉，故意挑刺儿："裴大人不肯一口答应，原来待我只有这点儿心意。"

她嘴角微微上翘，双足一晃一晃，只一撩一撩地踢着裙摆，神采飞扬，明媚鲜妍，似春日韶光、晴时翠柳。

裴慎极爱她这般娇态，嗓音微哑，只低笑道："我应你便是。"

"那好。"沈澜轻笑，"你且闭上眼睛。"

裴慎微怔，复笑了笑，顺从地闭眼。

见他闭眼，沈澜即刻慢吞吞地一步一步下梯，软缎鞋踩在木制品上，发出极轻极轻的脚步声。

裴慎耳力惊人，沈澜哪里敢赌，这才以脚步声为掩护，轻手轻脚地将手中的书塞回原位，又打开书架中层的函套，随意抽了本书，见封皮上写着"彩鸾灯传"四个字。

这名字，一看就是个话本子。子部还真是什么都有。沈澜感叹了一句，便即刻握住了此书,站在梯上笑盈盈地说道:"裴大人可不许偷看。"

裴慎无奈地笑道:"你且安心!大丈夫一言既出,驷马……"

他的话还未说完,沈澜突然笑道:"你且接好我。"

裴慎一惊,骤然睁眼,只跨出半步去接她。耳畔响起"呼呼"的风声,下一刻,他便将幽香接了个满怀。

裴慎心中惊怒,单手搂着她纤细的腰肢,见她这般行险,正欲呵斥,却见她雪腮桃面、双眸潋滟,一双雪白的玉臂钩在他的脖子上,身子全心全意依偎着他。裴慎一时恼意尽散,抱着她,笑问道:"你这般相信我?竟敢从梯子上跳下来。"

闻言,沈澜微怔,心道:裴慎积年习武,怎会接不住我?况且便是接不住,自有裴慎给我做肉垫,我为何不敢跳?

沈澜点点头,笑道:"我自是信你的。"

裴慎轻哼一声,心里涌出些莫名其妙的快意来,只暗道原以为她是清高孤傲之花,却原来是多情芍药,一枝浓艳,倒是他往日里识错了人。

思及此处,裴慎难免又想到她前几日对自己不冷不热,莫不是等着自己来哄?他心生愉悦,便凑近了,哑声说道:"你今日晒书,怕是累坏了。"

沈澜不知他弄什么把戏,便盈盈望着他。

裴慎见状,握住她的一截凝脂皓腕,摩挲两下,哑声道:"我替你按一按吧。"

沈澜微怔,心中暗啐他,只是决计不愿让裴慎继续待在此地,便由着裴慎将她打横抱起,自绛云楼外侧的暗门出去了。

第二日,沈澜自重重帐幔中醒来,盯着帐上的莲渚文禽图怔了一会儿,便听到耳侧的裴慎低笑道:"快起来,我带你去逛庙会。"

沈澜合上眼问道:"什么时辰了?"

裴慎望了望从柳叶窗中漏进来的日光,随意地说道:"卯时一刻。"

沈澜摇摇头:"庙会一连举办三日,我尽可以去看。可你若要我日日早起,我是不行的。"

裴慎哑然失笑,又见她一身雪白的皮子上红痕未消,白得耀目,红得浓艳。

睁眼便见此殊色,裴慎心里意动,便凑过去。

沈澜见状,即刻冷哼道:"你还没闹够?"

裴慎轻咳一声,讪讪地说道:"你累坏了吧,我给你按按。"

昨日他也是这么说的。沈澜懒得拆穿他拙劣的借口,只合上眼说道:"你还是快快习武去吧,若再像昨日那般大白天的又是关门又是要水,院子里的丫鬟、婆子只怕俱要来看我笑话了。"

裴慎只以为她在开玩笑，便一同笑道："谁敢？"复安慰她，"你是这院子里的丫鬟、婆子的主子，若有人欺负你，尽管告诉我便是。"

沈澜想告诉他自己无名无分，算什么主子，却又觉得说这话好似在向他索求名分，况且她早起怠懒不愿说话，便轻轻踢了踢裴慎，示意他赶紧离开。

裴慎见她这副懒起画蛾眉、春睡犹未足的娇样，心里觉得新鲜，爱怜地摸了摸她的鬓发，笑道："你且再睡一会儿。待到中午，我便带你出府去逛庙会。"

语罢，见她已好梦沉酣，裴慎这才轻手轻脚地起身离去。

待沈澜睡醒，洗漱更衣后用完早膳，裴慎就带她坐上马车去府外。

"你带了亲卫队？"沈澜惊诧。若无公事，裴慎出行时多半只带上陈松墨和林秉忠二人。

裴慎笑言："今日庙会，主办的庙宇是金龙四大王庙。"

这是个什么稀奇古怪的庙？

沈澜蹙眉，好奇地问道："京里不是只有什么护国寺、城隍庙，最多再加上什么灵霞寺、药王庙之类的吗？"

裴慎拿手中的蜀扇点了点她的额头，笑道："这是运河水神！南起两淮，北至通州，两千余里长的河道，俱归此龙王所辖。"

她多增长一些知识总归是好的。

沈澜当即笑问道："这庙宇在哪儿？"

"广渠门往北十里。"裴慎笑道，"凡是靠运河吃饭的人，会在埠头脚头的带领下祭祀金龙四大王，还要从庙中将塑像请出，沿京都转一圈儿，再送回庙中。"

沈澜只当裴慎博闻强识，拿他当百科用，一路发问，反正不要钱。

马车极快就到了龙王庙。

下了车，裴慎的亲卫队即刻四散开来，隐在人群中，护卫他。

沈澜望出去，一时愕然。这龙王庙里，善男信女络绎不绝，香火缭绕，经幡重重。

"怎么有这么多女子？"沈澜疑惑地问道。

上一次她去灵霞寺，那儿虽也有女子，却没这么多。

"祭祀金龙四大王一年就一次，女子难得能出门，一来积福，二来看景逍遥，自然乐意来参加庙会。这一日，来庙里进香的男女足有万人之多。"裴慎解释完，警告道，"你跟好我，千万莫走散。年年都有游手好闲的恶少群聚闹事，见妇人生得貌美便上前调笑乃至将其拖至暗巷里凌辱。"

沈澜是绝对不会在这种时候起逃跑的心思的，规矩薄弱的混乱地带，虽容易浑水摸鱼，可体力不行的弱势群体通常只能做这条鱼。她点点头，极识时务地往裴慎身边走了两步。

裴慎见她乖顺，心中愉快，笑道："你可知道那一处是什么地方？"他拿蜀扇指了指前方围着黑压压一群人的地方。

见沈澜摇头表示不知，裴慎便带着她去了庙前搭建的两大排彩棚里。

沈澜只略看了一眼便知道，这棚子必是寺庙搭来给富贵人家的，台基高，看得远，还能遮风挡雨，不必去底下人挤人。沈澜登高一望，便见看热闹的百姓均被两侧的和尚挡在外头，庙前空旷之处有一口青砖井，上面雕刻着螭龙戏珠图，旁有七名围着井口的女子。

沈澜疑惑地问道："这是什么风俗？"

这总不会是要举行人祭吧？

见她脸色发白，裴慎大约猜到她在想什么，便半是无奈半是气恼地拿蜀扇敲了敲她光洁的额头："你胡思乱想什么呢！祭祀龙王，每年需要择七名容貌秀丽的少女于锁龙井处为龙王爷沐浴更衣。"

不是人祭就好！沈澜松了口气，只意有所指地说道："龙王爷也看脸？"

裴慎一愣，哂笑道："顺天府的府志中记载过，为龙王爷沐浴更衣的最开始是七名寡妇。此后庙会越办越大，大约是众人觉得寡妇不甚端庄，不知何时改成了容貌秀丽的少女。"

沈澜一面听裴慎说话，一面见那七名少女自井中打了水洗涤神像，又用簸箕将井水抛洒出去，边抛边齐齐喊道："东海龙王生七子，喝了井水即生子。"

沈澜看得发愣，纳闷儿地问道："这东海龙王不仅掌风雨之事，还管人间妇人生不生孩子？"

裴慎被她逗得发笑，便强忍着笑意说道："你且往下听。"

那七名女子又喊起来："东海龙王生七女，刷了簸箕即下雨。"

"东海龙王生七子，喝了井水即生子。东海龙王生七女，刷了簸箕即下雨。"

她们足足喊了七遍，方才停下来。

这时候，便有几个富贵打扮的仆从自棚子里冲下去，取了净瓶便去舀井水。

裴慎这才指点道："民间传说多有讹误，龙王本执掌风雨之事，偏偏众人觉得龙性本淫，又兼多子，保不准也管生子之事，不过是牵强附会罢了。"说罢，他却忽然脸色一冷。

沈澜循着他的目光望去，见井前有一青衣道袍男子，正低头将井水舀入竹篮中。他用那竹篮提着水，竟半分未漏。男子稳稳当当地提着竹篮，消失在了众人的视线中，只惹得周围百姓惊诧之下议论纷纷。

见裴慎脸色发沉，沈澜好奇地问道："竹篮能提水？世间竟有此等好手艺的篾匠！"

裴慎回过神儿来，缓了神色笑道："自然有的。一小段竹子能破出百余篾片，覆于纸上，薄可见字。再抬一压一，足足做上八层，便能用竹篮提水而水不漏。"

沈澜咋舌，心道：这古代的技术工匠果真厉害。

"为何旁人皆用净瓶来盛水，他偏要用竹篮盛水？"沈澜好奇地问道。

裴慎笑道："提篮观音乃观世音三十三法相之一。观音送子，你可听过？"

沈澜愕然，心道：也不知是哪个大户人家，为了生子竟如此迷信？

"既然如此，他为何不用玉净瓶盛水？"

观世音最常用的法宝难道不是玉净瓶吗？

裴慎摇头，嗤笑道："玉石虽有灵，却不过是死物，竹篮便不同，木主生发之意。"况且那舀水的人多半是个太监，非男非女，正好合了《金刚经》中的"若菩萨有我相、人相、众生相、寿者相，即非菩萨"之意。菩萨绝对不会执着于自己是男相还是女相，正好挑个太监。

裴慎思及此，只叹息一声。陛下为了求子，越发病急乱投医了，什么乌七八糟的法子都试，恐非寿数长久之相。

沈澜不知裴慎在想什么，她头一次出来看稀奇，兴致勃勃地往外张望，见那威严硕大的龙王神像被沐浴后，便被八人合力抬上大轿。

一队送神的队伍即刻出发。

周围的百姓便纷纷跟上。

十里长街之上，伞扇参差，幡幢络绎。前有青壮男子面涂青黑，戴上獠牙面具，手持刀斧杵棒开路，中间是八人抬的龙王神像，两侧有人踩着高跷，还有扮成各类鬼怪的戏子和妓子随行其中，再后头便是各种各样的台阁，小的有两人抬，大的足有八人抬。

沈澜顿觉惊奇。

裴慎便带着她出了棚子，只一路追着绵绵不绝的台阁看。那些台阁装潢精美，雕花饰锦，布景格外别致，有湖光山色、长亭古道、蟠桃园、金山西湖等，俱是七八岁的小童在上头唱戏。

"快看那猴王！"沈澜惊呼。

只见两小童握着两杆白蜡枪，你来我往，正打得难解难分，惹得街道四周的行人你拥我挤，齐齐追看。阔气些的还纷纷冲着台阁上扔铜板。

沈澜刚见了真假猴王的戏码，又见白娘娘使了法术要淹了那金山寺，转过眼，见那张生和崔莺莺你侬我侬。

"好！"沈澜惊呼一声，立马撒出手中的十个铜板，尽数给了那吞刀吐火的。偏偏她手劲儿不大，哪里砸得准，竟扔给了舞迓鼓的。

见她心生黯然，裴慎便随意取了些铜板，在震耳欲聋的锣鼓丝竹声中问她："你要赏给谁？"

沈澜毫不犹豫地说道："给那个！走刀山的那个！"

裴慎二话不说，将手中的百余文铜钱尽数撒出，"丁零当啷"的铜钱落地声清脆动听。

那走刀山的见得了赏钱，越发来劲，激起周围的百姓一阵叫好。

"好！那个踢铅键的，你来个佛顶珠呀！"

"呸呸呸！来他个翻花篮！绕花线！爷爷赏你！"

那踢键子的被周围人一激，只见其同伴双手合拢成中空的圆当作花篮，其余两人便在其左右两侧轮流对踢，次次都叫那键子踢过圈，激得周围百姓一阵叫好。一时，赏钱如雨。其后，跳百索的被那赏钱一激，更是跳出了个八仙过海。

沈澜甚至见到了倒喇的人头顶双碗，碗中烛火正燃。他左抱琵琶，右持琥珀，口衔湘竹，既要奏乐，身子还要来回滚动，好似疾风骤雨，偏偏那曲子丝毫未乱，烛火半分未灭。

"赏！赏！"

"好个倒喇的小子！爷赏你！"

"接好喽！"

围观的群众纷纷砸钱。

沈澜激动得满面通红，偏偏手中的钱都赏完了，只无可奈何地干巴巴地叫好，看得裴慎大笑不已，扬手撒出了数百文。

还有那高百尺的危竿，有人在其中"哧溜"一下上竿，在空中腾挪翻转，颠倒回旋，好似胁生双翼，振翅欲飞，激得围观群众一时屏住呼吸，一时惊声尖叫，赏钱如雨，纷纷而下。

他们再往前去，送神队伍绵延不绝，直叫十里长街尽数堵塞，人头攒动。耍枪耍刀、吞刀吐火、唱笑乐院本、跳鲍老郭郎、舞迓鼓……

沈澜一路走，一路瞧，见满街满道，两侧商铺，楼上楼下都是人，到处都是锣鼓声，到处都是欢呼声。

天与地都沉浸在欢声笑语里。

"好玩吗？"裴慎立于檐下，于锣鼓喧阗声中笑问她。

沈澜双眼湛湛，两颊染晕。她难得见到这般景象，更是三年未曾肆无忌惮地游玩了。听裴慎问她，她难掩满腔激动兴奋之情，点头连声说道："好玩。"

裴慎自上一次在绛云楼内见过她那般眉眼鲜活的样子，这还是第二次见她如此。

她向来淡然，似玉兰暗香，如今面染胭脂，如桃花欲燃。偏她今日穿的是大红织金妆花罗裙，一时，他竟觉得她这般好颜色，当真妒杀石榴裙。

见檐下人来人往，还总有人偷偷瞄她，裴慎又心生不愉，便将她揽在怀中，见她还目不转睛地望着送神队伍，便笑道："你若喜欢，来日我带你去看山西的明应王庙会。只是今日天色已晚，我们该回家了。"

沈澜微怔，垂下眼睑，点了点头。

裴慎继续说道："那庙宇颇有意思，殿中左侧是祈雨图，右侧是行雨图……"他边说，边揽着她往外走。

沈澜一面听，一面笑着问他："为何会有这个庙宇？"

"此庙在山西洪洞县霍山脚下，只因此地邻近霍泉，年年都有争水一事……"

"山西还有别的庙会吗？"

"自然有。你此前只去过大同，实则每月初一、十五，各县耄老乡绅……"

## 第六章
## 万里写入胸怀间

一连三日,裴慎几乎每日中午都带沈澜去逛庙会。

待庙会结束,见高大威严的金龙四大王神像被放回庙中的台座,沈澜一时竟怅然若失。

热闹结束了。沈澜微微叹息一声,神色间稍有落寞。

见她这般,裴慎便笑道:"如今才初九,我六月中旬去上任。你若喜欢游玩,下午我带你去澄湖看荷花、采莲子。"

沈澜一怔,点点头,冲他笑了笑。

见她眉眼含笑的样子,裴慎心生快慰,便笑盈盈地带她回了府。

入了府,沈澜略做洗漱,便照常去探望念春。

念春为了养伤,成日里趴在枕头上不得动弹,穷极无聊之下能有人和她说说话也是好的。她分明盼着有人来,可一见沈澜进来,便撇过脸去,冷哼道:"你日日跟着爷出府作耍,好不快活啊!偏我倒霉,庙会也没得去逛!"

沈澜不理会她这戗劲儿,只坐在她的床头,笑道:"你的伤势如何了?若你实在疼痛,可要我去找府中的医妇给你瞧瞧?"

"不必了。"念春摇摇头,"你送来的伤药效用极好,都八九日了,皮肉已慢慢结痂,暂时不流血了。"

见她的伤势好转,沈澜安慰了几句。

待沈澜说完,念春便盯着她,闷声闷气地说道:"我伤好了后便要出府去。"

沈澜微惊。

念春解释道:"我爹娘想着我年岁也大了,便给我与邻居家的阿哥定了亲。"

院子里的丫鬟各有各的归宿,她也不愿再蹉跎下去,便答应了。

沈澜笑道:"两家人知根知底,是好事。你为何闷闷不乐?"念春不是一直想着终身有托吗?

念春叹息一声,闷闷地说道:"对我而言,自是好事。可你呢?"

沈澜微怔,只是笑道:"我又怎么了?"

念春见她这般强颜欢笑的样子,只蹙眉骂道:"都说人之将死,其言也善。我都要走了,碍不着你什么,只是有几句话要嘱托于你。"

沈澜已猜到她要说什么,也知道她是一番好意,便平心静气地说道:"你说,我听着。"

念春叹息一声:"你上一次逃跑,我便知道你不愿跟爷,也不肯做妾,我总想着临走前劝一劝你。你是府外来的,应当知道外头的日子不好过。你这般貌美,寻常人家的子弟心知护不住你,又怕惹祸,不敢娶你。可大户人家的少爷哪里会娶一个做过丫鬟的人当正头娘子呢,到头来还不是要纳你为妾。"

见沈澜不说话,念春苦口婆心地说道:"都是做妾,你还不如跟着爷呢,知根知底。爷待你也好,将来你若生下一男半女,也终身有托。"

沈澜便开玩笑道:"万一有好人家瞎了眼,要娶我做正头娘子呢!"

念春见她听不进去,心头火起,斥骂道:"好!就算有普通人家的子弟肯娶你,你不知对方根底,焉知对方娶你不是要你做半掩门的暗娼供养他?不是好将你典卖给旁人做妻生子,乃至卖进窑子得一笔银钱好发家?"

"你老早便跟了爷,没吃过苦头。你信我吧,我与你无冤无仇,害你做甚!"念春又气又委屈,只觉沈澜好似一块顽石,怎么说都不听。

见念春恼了,沈澜点点头说道:"你说得有理,我且考虑考虑。"

"哎呀,你还考虑什么呀!"念春气急,指着沈澜斥道,"你头上的这根金镶玉鹦鹉衔桃嵌宝簪,上头镶了两小颗红宝石、三片绿翡翠,还有一大块羊脂玉,这一根簪子就要几十两银子;你腕间的这玉镯是和田白玉,油润润的,水头多好啊,百余两总是值的;你身上的这件白绫挑边潞绸扣衫,还有大红织金妆花罗裙,林林总总要五十两。这么一身下来,值几百两银子啊!你若嫁了普通人家,哪里还能享用这些?你只怕日日都要为柴米油盐操心,日久天长的,再好的颜色也被消磨了。你成日里吃苦受罪,你相公倒好,见你没了颜色便起了心思要纳妾,你何苦来哉?"

听她说完,沈澜愣了一会儿,这才看向她,说道:"多谢你,我心里有数。"

念春怔怔地盯了她半晌,泄气地说道:"罢了罢了,随你去吧!你便是死了埋了,都与我无关!"说罢,她气得艰难地翻过身,不搭理沈澜了。

沈澜见状,只笑着与她说了几句,便起身告辞了。

她回了正堂,见龙桂香倒挂点燃,袅袅青烟升腾而起,裴慎正铺开翘头案上的陈清款宣纸,提了一支湖笔,欲描画案头的昆山石。

见沈澜进来,他搁下笔,笑道:"你去哪儿了?"

沈澜瞥了他一眼:"我去看了看念春。"

裴慎便哦了一声,复又去看她,见她仍在发愣,心里不免欢喜。若她听了念春的那番话后还能神色如常,那才不妙。

前些日子她在绛云楼晒书时分明对他已有几分意动,连逛三日庙会更是与他亲近了许多,如今念春再一劝,他只消趁热打铁便是。思及此,裴慎说道:"我上午刚应了你去澄湖看荷花、采莲子,船已备好,你可要去?"

沈澜心里犹豫,只愣愣地走神儿。

裴慎头一次如此耐心,又轻声问了一遍。

沈澜这才回过神儿说道:"走吧。"说罢,她魂不守舍地往外走,过门槛时还差点儿绊一跤。

"你走路当心些。"裴慎扶了她一把,便带着她慢悠悠地穿过抄手游廊,往澄湖走去。

沈澜一路走神儿,待回过神儿来后,方惊觉已到了澄波拥翠的水榭,再往前,望得见波光粼粼的澄湖。那湖面清似镜,茫茫接天,风烟俱净,岸边停泊着一艘小船,船身小到只能并肩躺下两个人。

"这船还真是小巧玲珑。"沈澜说罢,瞥了眼裴慎,笑道,"裴大人体格高大,恐怕上不了此船。"

裴慎心道:我上不得此船,那难不成只让她一个人去?

"你体弱,我不在你身边,若你不慎跌入湖中,反倒不美。"

沈澜轻哼一声:"我的确不会浮水,哪里及得上裴大人谙熟水性呢?"

被她戗了两句,裴慎无奈地说道:"这船是底下人选的,你与我置气做甚!"

"既然如此,那你便叫底下人换了去。"沈澜接话。

裴慎便讪笑两声,解释道:"船只若太大,满湖芙蕖,不好行驶。"

沈澜便点点头,笑道:"既然这船上只能容纳两个人,便劳烦裴大人当艄公了。"

她本意是想臊臊裴慎面皮,谁知裴慎早有准备,只朗笑道:"我为你当一当艄公又何妨?"

沈澜微怔,瞄了裴慎一眼,复又转过头去,不说话了。

见她这般反应,裴慎难免嘴角微微上翘,心中愉快,不禁轻笑一声。

沈澜看过来,只睁圆了眼睛,瞪了他一眼。可她眼神清澈如春水,竟似瞪还羞。

已是和羞走,偏又倚门回首。

裴慎眉眼含笑,心中快慰不已,干脆取了船上的斗笠戴在玉冠上,可他锦衣玉袍,皂靴银带,好一个不伦不类的艄公。

沈澜看着看着,竟轻笑出声。待裴慎循声来看她时,她偏又板起脸,不笑了。此时的她好似一尾游鱼,透着股狡黠的劲儿,鲜灵灵的,只轻轻拿尾巴点了裴慎一下,便游入藕花深处,消失不见。

她越这般,裴慎越心痒难耐,竟立于船头,拿起长长的竹篙点了点她的腰侧。

沈澜怕痒,躲闪不及,竟被那竹篙点了个正着,偏她脾气倔,非要忍笑,只努力板起脸问道:"你做甚?"

裴慎见她不笑,实在可惜,干脆扯下头上的斗笠,朗声说道:"这位姑娘,船已至湖心,你还未付在下船钱呢!"

沈澜一愣,便仰起头,诚挚地说道:"我的衣裳贵重,被你的竹篙弄湿了,你得赔我钱。这位船家,我的衣裳钱你便不必赔了,正好抵了你的船资,可好?"

她分明是没钱,却偏要百般狡辩。

可裴慎见她满目慧黠、眉眼灵秀的样子,难免心生喜爱,只嘴上偏要为难她:"你这衣裳钱只抵了来时的船资,回去的呢?"

沈澜想了想,大方地侧身说道:"方才你拿竹篙点湿了我的左腰,如今你拿竹篙把我的右腰也点湿便是。"

裴慎大笑。

两个人一路说说笑笑,直将小舟驶入十里荷塘。

湛蓝的天,翠绿的叶,粉白的花。清风徐来,荷叶摇摇,映得水面清圆,风荷并举。

沈澜坐于船中赏景,睁眼是朗阔的天地与无穷的碧色,呼吸之间尽是十里芙蕖的暗香,只觉心中郁气尽散,心境都开阔起来。

裴慎一面赏景,一面随意折了莲蓬,撕开,取出青嫩可爱的莲子,又去了苦芯,拈在指尖,递到她的唇边。

沈澜微怔,抬眼见裴慎眉眼清俊如画,满面含笑。那是舒展的、自然的笑,饱含着快活与欢喜。

"你愣着做甚,吃吧。"裴慎笑道。

她看了裴慎两眼,不曾用手,只凑过去,轻轻咬住了那颗莲子。

裴慎只觉手指似触碰到了她的朱唇,柔软丰腴,却一触即分。

他一时怅然若失,只是忽又狂喜起来。沁芳主动来咬他的指尖的莲子,这意味着什么,裴慎自然清楚。他一时欢喜,便又剥了一颗莲子,只等她来咬。

这次沈澜偏偏扭过脸去,不吃了。

见她这般,裴慎越发心痒,便拿手中被他掰得七零八碎的莲蓬茎轻轻碰了碰沈澜的右腰。

"好姑娘,我喂了你一颗莲子,你也赏我一颗吃吃。"说罢,他便扔了莲蓬茎,直将手覆上了她的腰肢。

接天莲叶间,有一艘小船摇来晃去,将田田莲叶层层荡开,不知不觉间,便误入藕花深处,不知归路。

昨日游湖,两个人在外头闹过一场,沈澜难免疲惫,醒来便见裴慎习武沐浴过后,精神奕奕地坐在床头望着她。沈澜迷迷糊糊地睁眼,见是他,又合上眼,只从锦被里伸出一双雪白的玉臂,含糊地说道:"抱我过去。"

裴慎笑骂:"你是我的主子不成?"

沈澜随意地摇摇头:"不是。"

裴慎好奇地问道:"那我为何要抱你去更衣?"

"我是你的宠妾。"沈澜说道。

哪里有人正儿八经地说自己是宠妾的?

裴慎被逗得发笑,便一把搂住她纤细的腰肢,将她从薄被中抱出来。

夏日本就燠热,大清早沈澜只穿着一身月牙儿白亵衣,被裴慎搂在怀里,贴着他热烘烘的胸膛,只觉燥热得很。

沈澜本意是想撒个娇,却又觉得太热了,不值当,便开口:"你放我下来吧。"

裴慎温香软玉在怀,加上他虽心知自昨日游湖后二人关系必是突飞猛进,可难得见沁芳这般撒娇卖俏,哪里肯放开她,只一味笑道:"做人须有始有终。"

沈澜懒得动弹,闻言也不再争辩,任由裴慎将她抱到方杆官帽搭脑衣架前,那上头已搭了好几件衣裳。大约是之前丫鬟们已进来过,只是沈澜睡得熟,没醒。

见沈澜欲取下一件月白绫绢衫,裴慎忽轻咳一声:"我来吧。"

沈澜挑眉,任由裴慎替她更衣。

裴慎虽是膏粱子弟,可先是在外读书十年,又在军中待了三年,决计不是衣来伸手的废物,穿件衣裳自然是会的。只是他给她穿着穿着,手指便忍不住摩挲她的腰肢,笔茧和常年习练长枪、马槊落下的茧,粗糙得隔着衣物都能激起她的皮肤一阵阵战栗。

沈澜缓了缓,只瞪了他一眼,系好腰带。

裴慎摩挲了两下指尖,一时可惜,转念一想,她不同于往常那般或是牙尖嘴利地怼他,或是推辞婉拒,反倒似喜似羞地瞥他。裴慎一时心喜,便揽住她的腰肢笑问道:"夫人可要梳妆？"

沈澜点点头，未曾反驳他口中的"夫人"二字，只是钩住他的脖子，任由他将她打横抱起，略走了十余步，安置在檀木折枝牡丹镜台前。

面前是菱花纹铜镜，清晰地映照出沈澜的眉眼，看得她微微一怔。

裴慎立于她身侧，见她这般，便笑道："怎么？你莫不是见了这镜中人，便嫌弃案上的脂粉污颜色？"

沈澜回过神儿来，轻哼一声，刁难他："裴大人博闻强识，对这镜台之上的胭脂水粉可有了解？"

裴慎一怔，见她侧身抬头望他，只仰起脸，眉眼清秀，带着些恃宠而骄的鲜活劲儿，再不是从前那副装聋作哑的木头人的样子。

裴慎爱她这股鲜灵劲儿，生机勃勃得如同春日新柳，便笑道："胭脂水粉我是不懂的！我又不是什么纨绔浪荡子弟，成日里只吃女子的嘴上的胭脂。"

听到他说这个，沈澜只瞥了他一眼，轻笑不语。

丫鬟们早早地在冰梅纹卷头案上放了水盂。

沈澜略略净了面，开了青花小罐，挑了些胭脂，缓慢、轻轻地抹在唇上。

裴慎一时竟怔怔地看着她摆弄。

那胭脂原是拿来上面妆的，被她细细地抹在唇上，淡红如桃花，浓艳似酒晕，衬得她的唇瓣红鲜丰腴、柔润软嫩，看得裴慎呼吸一窒。

沈澜合上青花胭脂罐，漫不经心地问道："裴大人，我这胭脂可好看？"

白雪凝琼貌，明珠点绛唇。

裴慎一时说不出话来，半晌才哑声说道："自是好看的。"

沈澜瞥了他一眼，眼波似春水，盈盈脉脉，偏神态随意，漫不经心："好看便好。"说罢，她便要起身离去。

谁知裴慎一把拉住她的手，直将她搂在怀里，以指腹摩挲过她柔软的唇，在她的耳畔轻声说道："这般好看，只不知味道如何？"

沈澜轻笑："味道如何我是不知道的，怕是要找个轻薄的浪荡子一试才知道。"

裴慎低笑，只凑近了，含糊地说道："我自是斗鸡走狗的浪荡子。"

"浪荡子，你尝了胭脂，是什么味道？"

"这胭脂里可是掺了蔷薇露，还有茉莉花……"

二人交颈低语，唯漏下一两声低吟浅笑。

室外绿树阴浓夏日长，室内鸳鸯两两偕入堂。

二人过了几天浓情蜜意的日子。

这一日，沈澜立于黄花梨如意纹直枨案前，提一支竹雕狼毫，饱蘸香墨，于玉屑笺上细细地勾描柳枝。

"你绘柳自然要先由干而枝，再由梢及叶。"裴慎立于一旁指点道，"你先绘柳干，柳干樛曲震颤，当以金错刀法来绘。"

沈澜被他教导了三年，闻言便以腕带手，片刻的工夫便绘成了一幅垂柳图。

她细细欣赏了一番自己的"大作"，只将笔搁在钧窑三足梅花笔洗上，满意地说道："赠予你了。"

裴慎一愣，哑然失笑："你这是练习之作，拿来赠我，不合适吧！"

沈澜拿手指点了点画上的柳干，挑眉说道："美人赠你金错刀，你竟不要！"

裴慎大笑一声，即刻解下腰间的白玉双鱼环相赠："美人赠我金错刀，何以报之英琼瑶。"

沈澜便接过那白玉双鱼环，系在自己的缠枝纹腰带上，欣赏了一番后说道："这白玉双鱼环水头极好，值我的画。"

她拿个练习的拙作便敢来换走自己价值百两纹银的白玉双鱼环，裴慎被她气笑，拿手中的川扇点了点她的额头，笑骂道："你当真会做生意！"

沈澜便瞥了他一眼，笑问道："我赠你画，你不高兴吗？"

裴慎明知她狡黠，必有话等在后头，可见她这般，到底心甘情愿，说道："我高兴。"

"你既然高兴，难不成你的高兴不值得这一个白玉双鱼环吗？"

裴慎大笑，只连连点头说道："自然值得。"

沈澜像煞有介事地说道："值得便好。"

裴慎被她拿话将了一通儿，非但不气，反倒心里畅快。这几日来，她简直变了一个人似的，性子活泼，言语风趣，最是狡黠不过，活像一块糯米糖，嚼起来粘牙，直气得人牙根痒痒，偏偏嘴里和心里都甜滋滋的。裴慎见了她这般，只觉心里都是软的，柔声说道："沁芳，我再过七八日便要赴任山西，届时你与我同去吧。"

沈澜并不意外，点点头说道："那我吩咐院中的丫鬟、婆子尽快收拾行李。"

裴慎点头，牵起她的手说道："我这几天白日都须外出，不能陪你，你且在家中安心待着。"

沈澜毫不惊讶。即将赴任，裴慎自有座师、长辈要拜见，同僚、友人须交际，还要觐见皇帝等，自然不会有时间搭理她。况且像裴慎这般权欲熏心之人，能抽出半个月与她日日浓情蜜意，沈澜都觉得惊诧。

她点点头，笑道："你尽管去吧。"

裴慎满意地笑笑。他极喜欢沁芳这一点——知进退、知轻重、知分寸。

语罢，沈澜便侧身让开，取了一块松烟六方墨，细细研磨起来。

裴慎便从案上的剔红小匣中取出一张两指阔的纸，端端正正馆阁体，上书"晚生裴慎拜"五字。

陈阁老性喜简朴，裴慎写拜帖自要用普通纸；可崔阁老喜奢靡，裴慎又改用胭脂球拱花着色纸。朝中部堂高官各有各的秉性，情谊深浅不同，是敌是友不同，便连拜帖所用纸张的材质都各不相同，有单红的、双红的、销金的、缝缎的……其中门道何其之多，看得沈澜咋舌。

裴慎花了一刻钟写好了给阁老、座师的拜帖，又亲自手书了其同年、同乡的邀帖，这才唤来陈松墨，直叫他一一送去。

第二日，裴慎一大早便出了门，留下沈澜百无聊赖地发呆。

"宝珠，可有什么好玩的？"沈澜无聊地问道。

宝珠正拿着一把螭龙檀木梳，一下一下，细细地为她梳发，闻言，便笑道："姑娘可要抹牌？那博古架上正好有一副三十二扇象牙牌。"

沈澜摇摇头："你们哪里敢赢我，还不是挖空心思要我赢，忒没趣。"

宝珠本想再提议打马吊，闻言便歇了这心思，只提议道："既是如此，我们不如来掷色子？"掷色子全凭运气，自然也不会有人挖空心思叫沈澜赢的说法。

谁知沈澜摇摇头："掷色子是输是赢全凭老天爷的心情。今儿早上下了些小雨，可见老天爷心情不好。"

宝珠又提议道："既然如此，我们不如来投壶吧。"

沈澜认真地说道："我投壶技艺不好，未必能中，更别提玩什么倚竿、带剑、莲花骁之类的花样了。"

这也不行，那也不行。宝珠求饶道："姑娘，奴婢实在想不出来了。"

沈澜叹息一声，只闷闷地坐了半晌，看着轩窗外的细雨，忽然问道："宝珠，你小时候都玩什么？"

宝珠便一板一眼地举例道："跳百索、踢毽子、玩抓子儿，都是些乡野人家的玩意儿。"

"你倒是提醒我了。"沈澜喃喃道，"前些日子，庙会上不仅有跳百索、踢毽子的，那送神队伍里头还有几个演笑乐院本的人，极是滑稽。"

宝珠笑道："姑娘也爱听这些？府里老太太养了一小戏班子，虽不是演笑乐院本的，却也是正儿八经能唱堂会的。姑娘若喜欢，且去寻老太太。"

宝珠言语至此，忽然惊慌地下跪说道："姑娘，奴婢有罪！是奴婢不好！"

沈澜原本就怏怏的，如今更蔫了，只摆摆手："你起来吧，不关你的事。"

一个做妾的，跑去跟国公府老祖宗说要戏班子来给她唱堂会，像什么话……

沈澜望了望镜中的美人，只轻笑一声，心道：这便是妾了。

她摆摆手，说道："罢了，你且出去。我想一个人静一静。"

宝珠知她脾气好，从不责罚下人，闻言想劝几句，却又不好多言，便与铺床叠被的秋杏一同躬身告退。

待出了房门，及至廊下，见四下无人，秋杏这才低声说道："宝珠姐姐，我们可要请爷来？"

宝珠微怔，摇头说道："你休要胡言！"

秋杏才来半个月，总被宝珠压在头上，难免想在沈澜面前表现一二，便低声说道："宝珠姐姐，你提一个把戏，夫人就否一个，这哪里是嫌弃这些游娱戏码不好玩，分明是爷不陪着夫人，夫人做什么都没趣儿。方才夫人提及庙会，那庙会可是爷带着夫人去看的，夫人这会儿提起，话里话外的，恐怕是想爷陪陪她。"

宝珠愣了愣，只冷下脸，疾言厉色地说道："你疯了不成！做丫鬟的，主子们说什么，你做什么便是。夫人没说要去请爷，你又何必多嘴？你当心惹怒了主子，只将你逐出院子去！"

秋杏被她吓了一跳，便歇了讨好沈澜的心思。

傍晚，裴慎吃了些薄酒回来，服了一碗解酒汤，人便清醒多了，笑道："你白日里做什么呢？"

沈澜百无聊赖地坐在美人榻上，闻言，抬头说道："我还能做什么呢？我又不能出府玩，又不好出院子四处闲逛。"

她一个做妾的，是去小姐、太太们那里，还是去隔房的妾室那里玩呢？

裴慎便笑道："你若闲极无聊，自可习字作画，或是看看书。"

沈澜问道："八月秋闱将至，我日日读书习字，可是能去考状元？"

裴慎被她逗得发笑："好个牙尖嘴利的扫眉才子，不叫你做状元着实可惜了。"说罢，他便去搂她。

沈澜任他搂着，温顺地伏在他的胸口，低声说道："状元不状元的倒也罢了，只是你一走，我白日里总归无聊。今日本想问问两个丫鬟可有什么好玩的，谁知那两个丫鬟说起了跳百索。我忽而想起那日庙会上，送神队伍里头不只有跳百索，还有演笑乐院本的，专逗人发笑。"

沈澜漫不经心地绕着他腰间的丝绦，随口说道："我可否请个说书女先生来，听一听滑稽戏之类的？"

裴慎抚摩着她的鬓发，摇摇头说道："这些个走南闯北的说书女先生、瞎先生、女帮闲，如同三姑六婆般尽干些腌臜事，搬弄口舌是非，入了府，成日里唱些浮浪戏码，有些甚至和府里的男主子不干不净，败坏门风。"

闻言，沈澜蹙眉说道："可我在这里实在无趣，丫鬟、婆子们也不敢与我多说，与我作耍还千方百计要我赢，唯恐惹我不高兴，还不如听听戏呢。"

裴慎说道："念春尚未走，你自可以与她说说话去。"

一听他说到这个，沈澜便恼了，直起身子："你这是什么意思？你回来后也不愿意与我说话了？你竟赶我去与旁人说话！"

裴慎一时愕然，只得解释道："我何曾有过这个意思？你莫要无理取闹。"

沈澜火气"噌"一下就上来了，恨恨地说道："我无理取闹？裴大人自是讲道理的人。既然如此，你且讲你的道理去！"说罢，她起身趿拉上软缎鞋，掀开珠帘，甩手入了帐中。

只留下裴慎一时瞠目结舌，心道：这女子果真如小人哉，近之则不逊，远之则怨。

沈澜入了内室，拂下帐上的玉钩，隔着帐幔远远一望，见裴慎未曾追上来，便干脆背过身去，合眼睡觉。没过一会儿，沈澜便忽觉枕边一沉，想来是裴慎坐在了床边。沈澜没动。他们在吵架呢，谁先说话谁输。

又过了一会儿，沈澜只听见耳畔有人轻轻咳嗽一声。她仍旧没动弹。

两个人忍耐了一会儿，裴慎到底先开口，冷冷地说道："你如今越发骄横了，竟敢摆脸子给我看！"

沈澜便睁开眼，冷冷地说道："是我不对，不该给爷甩脸子。"说罢，她继续翻过身睡觉。

裴慎被她气得一噎，恨恨地说道："我哪里招惹了你，你要来我这里发脾气？"

沈澜心里生气，便低头不语。

裴慎位高权重，何曾被人这般对待过，也冷下脸来："我不过宠了你半个月，你便骄横起来了。既然如此，你且出去好生反省反省。"

沈澜掐了一把自己的腿，疼得泪眼蒙眬："你既然叫我出去，我出去便是。"她说罢便要起身。

见她眼泪汪汪，裴慎一下子便心软了，嘴上说道："你先与我发火，自己倒还哭上了，当真是倒打一耙。"

沈澜忍着泪："这府里各个都是主子，我一个做妾的哪里都去不得。你自己上外头逍遥也就罢了，回来后还要骂我。"

裴慎见她涕泪涟涟，便将她搂过来，软声说道："我何曾上外头逍遥了？那宴席上的俱是我的师长，我洗耳恭听还来不及，哪里敢肆意逍遥？"

沈澜抹了抹泪，文人狎妓蔚然成风，她根本不信宴席上没有，便将话题绕回来，说道："谁知道你们这群文人凑在一块儿，是不是狎妓，是不是寻欢？"

闻言，裴慎霎时便明白了她今日为何发作，原来竟是吃醋。他心里欢喜，搂着她，拿帕子替她拭泪，柔声说道："你浑说什么呢！那起子下九流不干不净的玩意儿，我哪里愿意沾身？今日宴席上虽叫了几个小唱，不过那是旁人喊的，我坐在椅子上听了几句戏词便散场回来了。"

沈澜便顺势说道："你不讲道理，自己听了那戏，偏不许我听！"

裴慎被她哭得没奈何，只好说道："罢了罢了，你既然要听戏，便叫个说书的女先生来唱给你听。"

沈澜睨了他一眼，生怕他起疑，便恨恨地说道："你说什么就是什么吗？我不要听了！"

裴慎乐得她不听戏，顺势说道："你说不听便不听吧。"

沈澜偏不顺他的意："我不！我要听戏！"

裴慎被她气得一噎，心道：天下女子秉性怎会如此？沁芳从前虽性子拧，好歹面上柔顺，如今倒好，脾气是越发乖张了。

"听听听。"裴慎无奈地说道，"你且听个几天戏，届时便与我一同去山西赴任。"他又柔声哄她。

沈澜这才破涕为笑，又凑过去，牛皮糖似的黏着他。

裴慎见她明眸如水洗、面颊似霞飞，眉含嗔、眼传情的样子，便柔声说道："你莫哭了。"说着，他便要将她往榻上带。

谁知就在此刻，门外忽然传来一阵叩门声。

裴慎蹙眉，正欲发问，听到门外的林秉忠急急禀道："爷，有急报！"

裴慎一惊，即刻起身出门，刚开门，就听到林秉忠急急低声说道："俺答大军压境，陛下派人来传口谕，来人正在花厅候着。"

裴慎心知必是叫他即刻赴任的口谕，便回身说道："林秉忠，去备快马。叫陈松墨留下，待战事过后，护送夫人前往山西。"说到这里，脚步一顿，又低声说道，"去告诉陈松墨，夫人要一个唱戏的女先生，叫他去寻一个来。记住，那女先生每次进出府中均须搜身。此外，待这位女先生唱完了戏或是夫人厌了，便寻个院子请这位女先生住下，留两个人伺候。待夫人安全到了大同，再传信回来，请女先生自行离去。"

林秉忠愣了愣，扣住唱戏的女先生做甚？他想了又想，这才明白过来：夫人已跑过一次了，爷这是怕夫人再弄鬼。

"是！"林秉忠低头应道。

明月悬于柳梢头，星子疏疏落落，冷白的月光铺出满地霜色。

裴慎一身皂袍，快马疾驰，赴任山西。

第二日一大早，陈松墨便将说书的女先生送来了。

女先生上身穿一件草绿衫大摆褶儿，下着白绫膝裤、沉青湘裙。她年约二十岁，容貌普通，抱着花梨木四弦琵琶，不知为何，双目竟蒙着一截两指阔的白绫。另有个小丫鬟扶着她进来。

沈澜见了她便是一怔，问道："你这眼睛是怎么了？"

那盲先生隔着珠帘，站在沈澜跟前，后跪在地上结结实实地对着沈澜的方向磕了个响头。

沈澜微愣，忙道："你快起来。"说罢，沈澜便要掀开珠帘去扶她。

一旁立着的两个丫鬟见沈澜一动，也慌里慌张地去扶那盲先生。

那盲先生虽然不知沈澜容貌，只是听她叫自己起来，且脚步声越来越近，竟是要来扶自己，一时心里既惶恐又庆幸，只暗道：这一次的主家脾气好，想来这桩差事是好做的。思及此，她定了定心，开了口，嗓音清脆婉转，好似莺啼燕鸣："多谢夫人。"

沈澜见那盲先生已起身，便坐回了楠木三攒板玫瑰椅上，说道："你且坐吧。"

有小丫鬟取了个小杌子来。

那盲先生理了理衣裳，小心翼翼地坐了半拉屁股在小杌子上，恭敬地说道："回禀夫人，我生来目盲。贵府管事怕我的双眼吓到夫人，便给了我一截白绫覆目。"

沈澜暗道：必是那陈松墨心细，怕寻来的说书女先生惹出祸事，便寻了个盲人。况且目盲的人行动不便又显眼，便是出了事，日后陈松墨要找她也方便。

"你叫什么名字？"沈澜问道。

盲先生说道："奴家姓王，夫人只管叫我王娘子便是。"

沈澜点点头，示意自己知道了，又说道："王娘子莫怕，且摘了白绫让我看看。"

沈澜无意揭旁人的疮疤，奈何总得确认此人是真盲还是假盲。她生怕裴慎叫陈松墨特意从自己手下的人中挑一个假扮说书的，设个套子叫她钻。

王娘子闻言，犹豫片刻，重复道："夫人，奴家双目甚是丑陋，恐吓到夫人。"

沈澜坚持："你摘吧。"

王娘子心里倒并无不满。往日里也有太太小姐们好奇，非要看她的双眼，见了之后又心生同情，她再多多陈述些凄惨的经历，便能多得些银钱。

王娘子摘下白绫，那畸形的双眼吓得一旁的小丫鬟们惊呼一声。

沈澜隔着珠帘望去，见她一只眼空空的，另一只眼瞳孔极小，眼白甚大，看着极是可怖。沈澜虽感到惊讶，却还不至于受惊，只看了一眼被吓得花容失色的几个丫鬟，顺势摆摆手说道："你们几个既然害怕，便先下去吧。"

宝珠素来不爱多事，沈澜叫她告退便告退。

可一旁的秋杏原就想着表现一二，这会儿见机会来了，说道："夫人，我陪着您吧。"

沈澜瞥了她一眼，疑心她是裴慎的人，转念一想，这院子里头有谁不是裴慎的人呢？

"也好。"生怕旁人起疑心，沈澜便答应了。

"王娘子家住哪里？"沈澜说闲话，拉家常。

"奴家家住迎东巷第六户。"王娘子听这夫人说话和善，心知今日必是桩好差事，便起了意，只囫囵地将家中的情况一一道来。

"我生来目盲，家中唯剩下老母和阿哥。母亲年纪大了，成日里走街串巷，挨家挨户卖些针头线脑。阿哥是个木匠，小时候跟着师傅上山砍树，被砸了腿，成了瘸子。为了治阿哥的腿，我也只好四处奔波，唱曲儿娱人。"她说着说着，双目便涌出泪来。

沈澜心知这些走江湖卖艺为生的人一张嘴能把死的说活，绝对不可轻信，可她面上仿佛也被感动了，只隔着珠帘，叹息一声："你也是个可怜的。"便吩咐道："秋杏，去取二两银子，赏给王娘子。"

王娘子一时大喜，连忙说道："多谢夫人打赏。夫人心善，必能长命富贵，岁岁无忧。"

秋杏听了，却只暗道：夫人实在好骗。这帮子唱曲儿的下九流，嘴里的话哪里能信呢？可她转念一想，夫人心软也是好事，做奴才的，谁要心狠的主子？

"是！"秋杏应了一声，出门去宝珠处开了钱匣报账取钱。

室内便只剩下沈澜和王娘子二人。

沈澜笑道："王娘子会唱哪些曲儿？"

王娘子还未唱便已得了二两银子，心中欢喜，只使出浑身解数博沈澜高兴，迭声说道："《山坡羊》《锁南枝》《二犯江儿水》《东瓯令》《三十腔》……"一口气报了三十几个。

沈澜虽做过"瘦马"，可不过短短一年罢了，好些个小曲儿都没听过，便随意地点了第一个——《山坡羊》。

王娘子素手抱琵琶，转轴拨弦唱道："负心的贼，可记得当初和你不曾得手的时节，你说道如渴思浆，如热思凉，如寒思衣……"

沈澜听得咋舌，怪不得裴慎不肯叫她听这些。

那《山坡羊》是个曲牌名，王娘子见沈澜未曾喊停，便一口气唱了十几段"谁知你大胆忘恩薄幸，亏心短行""进门来寻我风流罪犯，怎知我心儿没一些破绽"……

唱得回来的秋杏面红耳赤，羞赧异常，只红着脸低下头去。

沈澜虽无所谓，却瞥了一眼秋杏说道："你一个黄花大闺女，听这些着实不合适，且下去吧。"

秋杏如蒙大赦，即刻口称告退，只守在门外听候吩咐。

沈澜静坐在玫瑰椅上，呷了盏茶水，优哉游哉地听了小半天，这才喊停，说道："王娘子辛苦了，明日再来吧。"

见没赏钱，王娘子一时气馁，但摸着那二两银子，又安慰自己，唱一上午竟能得二两银子，也不亏。况且这夫人出手大方，想来银钱是要在最后才赏赐的。思及此，王娘子便面露笑容，说"谢过夫人"，便被小丫鬟扶着退下了。

一连三日，沈澜日日招王娘子进府唱曲儿，偏偏除了第一日给了二两银子，其余两日竟连半分银钱都没给。

王娘子一时心焦，偏她们这一行因着伺候达官贵人最是谨慎，也不敢急赤白脸地讨赏，只每日里卖力地唱。

沈澜见抻她抻得差不多了，这一日上午便又招她入府，按照惯例只叫丫鬟们在廊下候着。

待室内只剩下她和王娘子，沈澜这才道："王娘子，你这一段唱得极好。"

沈澜幽幽重复道："月儿弯弯照九州，几家欢乐几家愁。几家夫妇同罗帐，几个飘零在外头？"

王娘子听沈澜称赞她，一时心喜，以为沈澜要赏她银钱了，便即刻说道："夫人谬赞了。"

沈澜叹息一声，说道："哪里是谬赞呢？这一段实在是好，竟勾起了我几分情思。不瞒你说，我夫君去了山西，留下我一人，被冷衾寒，夜里都睡不着。"她又自嘲道，"秉什么红烛立什么志，激什么夫婿逐功名。"

王娘子只好安慰她："男儿志在四方。夫人是个有福的，必能与夫君团圆。"

"王娘子，我哪里是怕不得团圆，分明是怕他……"沈澜说着说着，语带哽咽，"世间男儿多薄幸，他若在外头有了新欢，我可怎生是好啊！"

王娘子微怔，听沈澜哭得伤心，只能安慰了几句，复小心翼翼地说道："夫人莫忧！我这里倒有些法子，夫人可要试试？"

沈澜心肝一颤，暗道：可算是勾出来了。这王娘子是个盲先生。这些盲先生在裴慎口中既然风评不好，想来是干出过污糟事的。更别提王娘子的母亲还是个挨家挨户卖针头线脑的卖婆，这些卖婆若只卖些针线绣品能得几个钱？要挣钱，王娘子必定要动些别的心思。

沈澜心喜，只面上狐疑地问道："你说的可是真的？"

王娘子听她语带急迫，只觉大生意上门，便欣喜地说道："自然是真的。我认识一个道婆，那道婆的符纸甚灵，只消道婆作法，将夫人的生辰八字写在符纸上，烧成灰烬，化在水里，叫男子服下，必能让他对夫人死心塌地。"

沈澜愣了愣，万万没料到竟是这种法子。她心中无奈，嘴上却还要说道："你莫来作弄我！我早已去名寺古刹求过姻缘符，难不成你这符纸能比那些得道高僧的还灵？"

王娘子一时瞠目结舌，可平日里伺候达官贵人，素来嘴巧，便即刻说道："夫人说笑了！那些出了名的寺庙都是正经寺庙，哪里会使这些偏方？"

沈澜沉思半响，方说道："既然如此，你且替我送一张来。"又道，"你可还有别的法子？"问得急切，分明已是病急乱投医。

王娘子哪里肯放过这只"大肥羊"，便略作沉吟，低声说道："夫人，奴家这里有几本避火图，还有些药丸子，您可要？"

沈澜意动："你且说来听听。"

王娘子笑笑："那避火图俱是从京中钟楼南边的几家店里来的，最是时新。还有那药丸子，女用的有揭被香、暖炉散、夜夜春，男用的自有耳珠丹、沉香合、保真膏……"

沈澜羞涩地说道："你只管挑药效最好的，给我来上几个。"

王娘子大喜，却偏要做出为难的样子说道："夫人，这些东西俱是用好药材做的，极是昂贵。"

沈澜不满地说道："不过百余两银子罢了，只一根簪子的价钱，我焉能付不起？"

百余两？！她原本要个二十两就够了。王娘子只觉心"怦怦"跳，竟宛如怀春少女，迭声说道："夫人放心，您只消用上这些手段，没有哪个男子消受得住！"

沈澜便笑起来，忽又叹息道："你那里既然有药丸子，可有叫人昏睡的偏方？"

王娘子一惊，心中生疑："夫人这是……？"

"不瞒你说，此方不是为我求的，是替另一个同病相怜之人求的。她不受宠，便想得了一男半女傍身，去外头求了几味药丸子。偏家里的老爷厌她年老色衰，中了药都不肯与她……她提脚便去寻了旁人。"沈澜含糊说道。

王娘子心领神会。这是要将爷儿们迷晕，再使药丸子好求子啊。届时她有了子嗣，便是老爷惊怒，也不过责骂她一顿罢了。敢干出此等事的必是正妻，哪个妾敢这么干，也不怕被家里的爷儿们打发卖了去。是了，这位夫人是妾，丈夫不在，无依无靠，大约是攀上了哪个房头的主母。

王娘子轻笑，低声说道："回禀夫人，外头走江湖的多使蒙汗药，这药化在酒中，效用最好。"

沈澜便嘟囔道："这药你得多弄些，谁知道一次能不能成。"

王娘子咋舌，转念一想，谁会嫌弃买家买得太多，便喜笑颜开地说道："夫人，贵府守卫森严，进出都要搜身，这些东西我恐怕是带不进来的。"

沈澜暗自冷笑：裴慎当真好心思，连一个唱戏的盲先生出入府中都要搜身，这是暗里提防着我呢！

王娘子低声说道："待过个几日，我便叫我的母亲来贵府西角门外卖绣活儿，夫人且派个心腹丫鬟去角门处拿便是了。"

"这法子不妥当。"沈澜摇头说道。

她哪里来的心腹丫鬟？

沈澜又说道："角门处人多眼杂，恐有疏漏。"然后她掀开珠帘，起身至王娘子身边，耳语道，"府中有湖，那湖是活水，从玉泉山上流下来，主支去了西苑的海子，其中几道分支分别入了几个国公府。"

魏国公府的澄湖便是其中一个。

"那湖在府中西面，自有几道浅浅的溪涧出府而去，润泽着墙里墙外的松柏垂柳。"

那溪涧很浅，最多也就能漂几张纸罢了。

"三日后，你只管叫你的母亲将东西拿油纸包好，放入羊皮泡内，顺溪而下便是。"

王娘子惊异，只道自己又知道了些秘闻，将来许是用得着，便悉心记下。

沈澜瞥了她两眼，笑道："王娘子这身衣裳鲜亮，靠着这身衣裳出入了不少高门大户吧？"

王娘子一激灵，警醒地说道："夫人且安心，我这人是个没嘴葫芦，人也蠢笨，除了会唱曲儿，旁的一概不会说。"

沈澜说道："你哪里蠢笨？我与你投缘，你这曲儿唱得又好。"她便吩咐秋杏去取十两银子来。

王娘子得了钱心中欢喜，又念着有一笔大生意要做，匆匆唱了几曲便离去了。

沈澜目送着她的背影离去，只立于房中，望着门扉之外，碧空之上，有白云絮絮，三两只不知名的野鸟倏忽振翅，高飞而去。

过了几日，一大早，沈澜用过早膳，忽然说道："我记得爷有件石青色圆领袍。"

跟在她身后的宝珠愣了愣，心道：夫人怎么突然提起爷的衣裳来了？

"夫人，有的。"秋杏插话道。

宝珠眉头一蹙，回话道："夫人，这衣裳早收在方角柜中了，可要取出来？"

沈澜对丫鬟们的眉眼官司、竞争关系不甚在意，只立在原地，人蔫蔫的，说道：

"爷一去数日，也没个信传回来，我只想着早早收拾行李去寻他。你们将那身襕衫找出来，挑些同样颜色、材质的布料，照着我的身量去做一件一模一样的。"

情侣装。

沈澜羞涩地笑笑："将来我北上寻爷，出门在外，还是穿男装方便。届时我便穿着这身去见他。"

宝珠会意，见沈澜眉眼盈盈、羞涩期待的样子，便笑道："是，夫人。奴婢这便去一趟绣房，叫那绣房管事孙娘子来做。"

沈澜摇摇头："这般私事，不好劳累绣房管事，只能劳烦你与秋杏二人了。"她得将宝珠和秋杏这两个贴身丫鬟留在房中。

秋杏站出来问道："夫人何时要？"

"你们快着些吧。我想早日启程去见爷。"沈澜嘴角微微上翘，粉面含春地说道。

秋杏笑道："那我这便去做，保管两三日的工夫便能做好。"

沈澜瞥了她一眼，见她如此殷勤，便笑道："你先去备一艘小舟，寻个驾娘来。我自有用处。"

秋杏见沈澜竟主动吩咐她，不再成日里"宝珠、宝珠"地喊，便欣喜应下，欢欢喜喜地走了。

下午，沈澜便去了澄湖，望见湖面上荷叶田田，两岸垂柳如烟。有一个驾娘已在岸边等候，年约三十岁，穿着秋香色比甲，皮肤白净。

那驾娘见沈澜带着两个丫鬟说说笑笑地过来，便迎上去："见过夫人。"

沈澜摆摆手让她起来。

驾娘便顺势起身笑道："夫人，奴婢姓钱，您只管叫我钱娘子便是。"又道，"夫人，这边请。"说罢，她便要引沈澜上船。

沈澜笑道："我今日来可不是为了游湖。"

见钱娘子一脸茫然地望着自己，沈澜又说道："爷前些日子带我来游湖，为我撑船。如今他不在，我便想着也学一学撑船，将来也好与他再游澄湖。"她只低下头去，半掩娇羞，悄声说道，"下一次，我要为他撑船。"

哎哟喂！

钱娘子咋舌，见沈澜艳波横、粉面春、香腮雪、绛唇丹，这般好颜色，当真是梅定妒、桃应羞，自是花中第一流。

钱娘子看得眼珠子发直，暗道：怪不得世子爷这般宠她，听说是头面首饰一盒盒流水般往里送，绫罗绸缎更是一匹匹任她挑，堆金翠、缀明珠，方养出这般艳色来。思及此，钱娘子难免谄笑道："夫人若要学撑船，尽管来寻奴婢便是。"

沈澜便笑道："既是如此，你且与我上船去，先教教我怎么拿船桨吧。"

钱娘子笑起来，先教沈澜握桨的姿势，又教她摇橹，再教她如何以竹篙撑船。

不消片刻，沈澜便将船只驶离岸边。

岸边等候的丫鬟们欢呼一声，便是沈澜自己都惊喜地说道："钱娘子快看！"

钱娘子正欲夸赞，下一刻，却见船只一个劲儿地在湖上打转。

沈澜一划桨，那船便转上半圈，浑然不听她使唤，这般窘态，惹来岸边的丫鬟们一阵阵轻笑。

沈澜自己也笑起来，可被人嘲笑的滋味到底不好受，笑着笑着便有些羞恼，对着船上的钱娘子说道："钱娘子，我先将船靠岸。你且先下船去！"

钱娘子一愣，忙劝道："夫人，奴婢哪里好叫您一个人留在船上？"

沈澜勉力辩解道："我已记熟了动作却划不了船，必定是还有别人在船上的缘故。"

这是什么道理？钱娘子诧异，辩解道："夫人方学划船一刻钟便能记熟动作，将船驶离岸边，可见是个聪明的。只是夫人学习的时辰尚短，方才划不好船罢了，与我在不在船上有何干系？"

沈澜轻哼一声："我要载人划船，必定比我单人划船更难。你说是不是这个道理？"

钱娘子愣愣的，一时竟觉得这话也有几分道理。可她哪里好放沈澜一人在船上，若沈澜跌进水里可怎么办？

见钱娘子急得额间都冒出细汗了，沈澜心中微有不忍，只是她必定是要独自行动的，只好迭声催促道："钱娘子，你快快上岸吧，莫要再磨蹭了。待学会了单人划船，我必定将你接上船，带你游览一番澄湖风光。"

沈澜是主子，钱娘子哪里拗得过她，只好唉声叹气地被几个丫鬟搭了把手，上了岸。

沈澜见众人俱在岸上望着她，便笑盈盈地说道："钱娘子，你看看可是这般？双脚站稳，两手握桨，与肩肘同宽，右手不动，左手调整松握……"

沈澜背诵了一通儿钱娘子传授的划桨技巧，钱娘子连连点头，称赞道："夫人聪慧！就是这般！夫人只是仍要去感受水流，莫要死板。"

沈澜便一遍遍重复，试了又试，没过一会儿便学会了。

桨叶轻轻荡开碧波，小舟眨眼间便前进了一大截。

岸上的众人便高兴起来，雀跃连连，欢喜拍马，说夫人聪慧，又喊着让沈澜快快靠岸。

谁知沈澜似是得了趣，一个劲儿地划船，小舟越来越远，竟宛如离弦的箭矢，顷刻间就没入了十里荷塘。

岸上的众人傻了眼。

钱娘子更是浑身发颤，尖着嗓子大叫起来："快！你们快去追夫人！我去划船！我去划船！"她踉跄两步，站稳后疾风般冲着澄湖东面而去。那里有个小码头，系着另几艘闲置的小舟。

其余的丫鬟更是慌得不知该如何是好，只听了钱娘子的吩咐，追着岸边跑，恨不得下一刻便能在岸边眺望见沈澜的人影。

沈澜生于江南两岸人家尽枕河的地方，少时每每到了寒暑假，跟着父母回老家，上山下河样样都会。此刻，以田田荷叶遮掩，她拼命向着西侧划去。待到湖面渐浅，船行得越发困难时，这才停下来。她怕船只搁浅，届时自己推不动，便干脆弃船入湖。此时湖面已越发浅窄，水深只及腰而已。

所幸是夏日，湖水并不冷。沈澜涉湖走了数步，湖水从及腰浅至及膝，湖道也越发窄小，直至成了一泓浅溪。沈澜拨开溪流两侧的红蓼，越过垂柳，便见一堵约两丈高的青石墙巍峨耸立。这般高度，普通人哪里越得过去？

沈澜叹息一声，见那青石墙下有一条小溪流太浅太窄，形如水沟，以至无人在意，也不知哪一日便会断了流。

正好便宜了沈澜。

沈澜望了望日头，已是申时。沈澜略等了一会儿，便见约有个巴掌大小的羊皮泡从墙根底下漂进来。沈澜取出藏在荷包中的绣剪，一剪子挑开羊皮泡，又取出其中的油纸包，见里头有几个纸包，打开一看，里头是各色药丸子。

那包药的纸竟是一张张避火图，图中的空白处书着"保真膏""揭被香"……

沈澜轻笑，只将那一包蒙汗药贴身藏入抹胸内，其余的便塞入荷包。

沈澜步行返回船中，将羊皮泡灌满水，扔在湖面上，望着那羊皮泡打了个旋儿便"咕咚"一声沉入湖底。一切都了无踪迹。

沈澜哼着歌，撑船返回。为了掩盖湿透了的衣裳，她挑了个稍浅些的岸边，站起来时水面估计到腰腹处，下水扶抱着木船，等着丫鬟们来寻。

隔得远，丫鬟们四散开来，对着湖面叫嚷着："夫人，您在哪儿？夫人——"

沈澜即刻高呼道："救我！救我！"

丫鬟们听见动静，慌忙来寻，见沈澜泡在水里时更是花容失色。

"莫慌！"沈澜见她们尖叫成一团，竟慌里慌张地要下水拉她，便制止道，"你们快去叫钱娘子来救我！"

又有个小丫鬟匆匆去报给钱娘子。

没过一会儿，钱娘子便从湖面上划船过来，将沈澜救上岸。

沈澜一上岸，佯作害怕，抱着钱娘子哇哇大哭。她身上、面上都是水，连眼泪都不用流，只拿水珠顶替一二便是。

"我不学了！钱娘子，我怕，我怕！"

看到她哭，钱娘子虽又急又气，却不敢怪她。哪个做奴才的敢怪主子啊？钱娘子便拍拍她的脊背，安慰了几句。

沈澜哭过一场，定了定神，又披上丫鬟们匆匆送来的大氅，只将单薄的夏衫遮起来，这才被丫鬟们簇拥着匆匆回房。

正在房间里苦做绣活儿的宝珠和秋杏听闻沈澜游湖落水，大惊失色，慌忙吩咐众丫鬟。

"快去叫小厨房烧热水！"

"姜汤呢？快去熬姜汤！"

"去将铜錾瓜棱形手炉取来！"

众人一通儿忙乱。

沈澜这才入了净室，吩咐道："你们都下去吧。"

沈澜素来不爱丫鬟们在自己沐浴的时候守在一旁。

宝珠和秋杏便带头告退了。

沈澜小心地将蒙汗药取出，沐浴后，将蒙汗药放入簇新、干净的亵衣抹胸中。

蒙汗药已到手，沈澜站在热气袅袅的净室内却不敢松懈，反倒越发紧张起来。她还差最后一步，测药性。

"宝珠，去取一壶温酒来，我要喝点儿暖暖身子。"沈澜吩咐道。

见宝珠取来一壶浮玉春，沈澜便坐在玫瑰椅上，温柔地说道："你们今日吓坏了吧？"

"夫人。"宝珠差点儿落下泪来，"夫人日后莫要再行险了。"

沈澜苦笑："对不住你们，我日后再也不下水了。"

宝珠便点点头，这才替沈澜倒了杯酒，说道："夫人，且用吧。"

沈澜笑了笑，又说道："爷不在，我自饮一杯便是。你且下去吧。"

见她分明是在笑，却秀眉微蹙，神色落寞，宝珠叹息一声，也不好多说什么，只觉这世间当真是痴心女儿薄幸郎啊！

待宝珠告退了，沈澜才取出蒙汗药，撒了些许药粉到酒中，一口饮尽。


安安静静地过了几日，沈澜只每天上午听听戏，下午则倚窗闲坐读书。

入夜，沈澜躺在贮丝湖蓝软枕上，隔着重重天青帐幔望出去，见秋杏躺在不远处的美人榻上，呼吸均匀，睡得正香。

沈澜看了她两眼，便低声唤道："秋杏。"沈澜连唤了两声。

秋杏霎时惊醒，连忙趿拉上布鞋，走过去问道："夫人有何吩咐？"

沈澜隔着床幔惊魂未定地说道："我方才夜梦，竟梦见爷上了战场，被一支箭矢射中了心脏。"

秋杏倒吸一口凉气，连忙安慰道："夫人，梦都是反的，都是反的。"

沈澜语低声颤，隐有啜泣声："秋杏，你明日去找陈松墨，问问他可有爷的消息。早上天刚亮，你便去！越快越好！"

秋杏点点头，隔着帐幔劝道："夫人莫忧，梦做不得真的。"

沈澜摇摇头，捂着心口怔怔地说道："我心里实在慌得很，你明日去寻陈松墨的时候再问问他，可否派几个人陪我去金龙四大王庙拜一拜。那地方之前爷带我去过，说是去那儿拜佛极灵验。"

秋杏连连点头，又柔声安慰了几句，这才返回美人榻上，也不敢睡，只睁眼守夜到天明。

第二日一大早，秋杏便去寻了陈松墨。

没过一会儿，陈松墨就来了正堂，只立在廊下，恭敬地说道："夫人，爷不曾传信回来，想来是无事的，夫人勿忧。"

"既然不曾传信，你又如何知道爷无事？或许是爷出了事，来不及传信呢？"沈澜忧心忡忡。

陈松墨哪里好交代爷传信给他说已至山西，待战事将定，叫他护送夫人启程。

见陈松墨一时沉默，沈澜只暗自冷笑。陈松墨是裴慎的得力下属，裴慎自然要传信给他。可沈澜呢？她不过是裴慎的一个妾罢了，无异于主子养在笼子里的玩意儿、放在屋里的摆件，没哪个主子出门在外会把行踪告知一个妾。

"陈大哥。"

陈松墨即刻侧开半步，躬身说道："属下不敢当。"

沈澜叹息一声："你是爷的得力下属，我不敢吩咐你。只请你念在你我二人曾共事三载的情谊上，派几个护卫与我一同前去庙中求个平安符，好叫我安心。"

她的话已说到这份儿上，陈松墨口称不敢，到底答应带她去庙中拜一拜。

沈澜望了望天色，大约是半上午的样子，便说道："我心中焦急，若无他事，现在便走吧。"

陈松墨微怔，点头说道："我这就去安排马车。"

见他告退，沈澜便亲手收拾了些解暑膏丸，备了一身换洗衣裳，俱装在酸枝木衣箱里，叫秋杏拎着。她又亲自拎了个小官皮箱，只等陈松墨套好马车。

没过多久，陈松墨便回来了，说请她戴上帷帽出行。

沈澜出了角门，便见一辆清漆四轮马车停在门口，由两匹五花马拉着，十个护卫站在马车周围。沈澜面不改色，带着秋杏就往马车走去。她踩着雕花脚踏，正欲上马车，忽然有个路过的偷儿撞了秋杏一下。

"你做甚？！"秋杏尖声叫嚷起来。

那偷儿竟抢了秋杏手中的衣箱便跑。

陈松墨大怒道："丁六、柳子，你们二人速速去追偷儿，务必将此贼擒拿！"

秋杏急得落泪，只一个劲儿地喊着"夫人"。

陈松墨见状，回身说道："夫人莫忧，属下必将此贼捉住。"

沈澜心中冷笑，暗道：你当然能将那贼捉住！哪个傻子嫌弃自己命太长，敢来抢国公府的东西，甚至当着十个习武的精壮汉子的面强抢？果真是贼喊捉贼。

沈澜心里有数，只是见秋杏依旧容色焦急、懊悔难当的样子，便安慰道："秋杏，无事无事，那衣箱里不过是几件衣裳加上些许消暑药膏罢了，不值当什么。"她拍了拍手中的官皮箱，笑道，"值钱的东西在这里呢。"

秋杏喃喃道："那便好。"

陈松墨看了看那箱子，恭敬地说道："夫人，那小贼胆大包天，为防其还有同伙，您不如将这箱子交予我等保管。"

沈澜心知陈松墨不敢指使人强抢她手中的官皮箱，便想索要。她干脆打开了这箱子，送到陈松墨眼前。官皮箱里面是一件叠好的石青襕衫。

陈松墨神色一凛，心道：夫人可是有穿男装逃跑的经历，我得万分注意。

沈澜轻轻抚摸着襕衫，说道："这是爷的衣裳，我想着带去庙中，请高僧诵经，届时去山西便带上这衣裳给爷，好求佛祖庇佑。"

陈松墨微怔，一时心中讪讪。他曾见爷穿这件衣裳，自然认得。

沈澜面不改色地合上箱盖，又说道："陈大哥，这箱子交给你。你好好护卫着，可不能让方才那小贼抢走。"

陈松墨便放下心来，尤其是派出去的柳子和丁六一起回来，说那小贼抓住了，还将酸枝木衣箱还了回来。陈松墨知道这是箱中无碍，便彻底安下心来，只说道："夫人，请上车吧。"

马车辚辚，轧过青石板。

沈澜坐在车内闭目养神，大约过了半个时辰，忽听闻陈松墨禀报，说金龙四大王庙到了。

沈澜下了马车，先在大雄宝殿内上了一炷香，捐了些许香火钱，才在小沙弥引路下，去了一间禅房内歇息。

国公府贵客，自然能独占禅房所在的一整个院子。

陈松墨亲自带人守住了院子的里里外外，共计三个出入口，并在沈澜的门窗外都安排了两个人守卫。

此刻已是中午时分，暑热难当。沈澜坐在禅椅上，对来送斋饭的小沙弥说道："小师父，天气太热了，寺中可有酸梅饮？"

小沙弥唱了句佛号，说道："回女施主的话，有的。"

这东西家家户户到了夏日都会备上，拿井水拔一拔，解暑解渴最好不过。寺庙中自然也是有的。

"夫人可要一碗？"小沙弥问道。

沈澜只是笑："劳烦小师父给我弄一桶来。我的这些护卫一路辛苦，且赠予他们消消暑。"

小沙弥点头应了。

秋杏正在沈澜身后铺床叠被，待那小沙弥出去了，方才问道："夫人，我们要在这里住几天？"

沈澜说道："今日我尚需沐浴更衣，明日起我要与广志大师一起为爷的衣裳诵经，一连诵上三日，三日之后我们再走。"

秋杏点头称是。

过了一会儿，便有小沙弥送来一桶酸梅饮。

沈澜尝了一口，笑道："味道尚可。"说罢，她便招呼守在院子内外的护卫来喝酸梅饮。

自三年前起，一入六月，每两日府中亲卫便能喝上厨房送来的酸梅饮。这可是沈澜提议的。

沈澜笑了笑，对陈松墨等人说道："待诵完了经，还得劳烦诸位送我前去山西，沁芳在此谢过诸位了。"说罢，她竟屈膝行礼。

陈松墨一惊，即刻侧开半步避开，连忙说道："此乃属下职责所在，焉能得夫人一个'谢'字？"

其余几个护卫纷纷拱手，只说"不敢，夫人尽管吩咐""夫人说笑了"。

沈澜头戴帷帽，从桶中舀了一碗酸梅饮，一口气喝得一干二净："以酸梅饮代酒，我先行谢过诸位了。"

见她这般，一众亲卫也多是爽快人，即刻一饮而尽。

陈松墨更是放心。夫人自己从桶中舀出来的，且亲口喝了，他还有什么不放心的呢？他也一饮而尽。

沈澜笑了笑，便起身回房了。

傍晚，天气依旧闷热，半点儿凉风都无，连院子里的柳叶都被晒卷曲了。

沈澜见状，便叫厨房又送了一桶酸梅饮到她的房中。她背过身去，从抹胸中取出蒙汗药，尽数撒入了那一桶酸梅饮中。

"叫院子里的护卫们都来喝吧。"沈澜吩咐道，"秋杏，你是个女子，且先盛一碗出来，不好与他们喝一个桶里的东西。"

秋杏心里感激，便唤来几个护卫，一同将酸梅饮抬出去。

陈松墨并未起疑。夫人与众人分食一次酸梅饮以示亲近、感激、笼络之意，哪儿有日日与下属兼一群男人喝一个桶里的东西的。

沈澜凭窗而望，见院中的护卫尽数将酸梅饮分食殆尽，这才放心。

过了一会儿，众人都渐渐脑袋昏沉，不过片刻的工夫，便倒了一地。只留下未曾喝下酸梅饮的秋杏脸色发白，差点儿惊声尖叫起来。

沈澜怕秋杏体弱，单独饮用导致药效提前发作，便只好将她留到最后。

此刻沈澜背手拿着一个小凳子，正欲靠近秋杏，趁她不注意往她的头上砸去。

谁知秋杏慌张之下，竟还想着护主。

"夫人！夫人！这帮和尚不对劲！我去找人！"

可怜见的，秋杏脸色都被吓得发白，腿也软了，不过是靠着一口誓要保护沈澜的心气勉力支撑罢了。

沈澜心里叹息，懊丧自己没了背后下手的机会。她干脆扔下小凳子，取出桌上为秋杏留下的酸梅饮，平静地说道："是我下的药。"

秋杏一下子愣在原地。

沈澜不疾不徐地说道："你为我做的衣裳，所以你与我是同谋。若我被抓，爷必定不会放过你。你若尖叫起来，我便将你打晕在地。"

秋杏愣愣的，脸色越发煞白。

"现在办法只有一个，你喝下这碗酸梅饮，与地上躺着的这些人一般，做个被我蒙蔽的人。"

秋杏愣了一会儿，劈手夺过那酸梅饮，一饮而尽。

沈澜轻笑，她知道秋杏是个聪明人，不像宝珠，宝珠是个死心眼子。弄晕了秋杏，扒走众人身上的钱袋子，沈澜取出陈松墨房中尚未来得及给高僧的官皮箱。

沈澜换上那件与裴慎的一模一样的石青襕衫，回望院中，心情复杂。

她前几日试验药效，发现蒙汗药入酒药效最好，且酒味辛辣，掩盖住了微苦味；蒙汗药入清水药效也好，但苦味最明显。酸梅饮口感酸甜，也能遮蔽蒙汗药的苦味，却药效一般。可沈澜没得选，不能用酒，因为陈松墨不会允许众人在执行任务期间饮酒，尤其是她还有用混酒灌醉裴慎的前科，无奈之下，只能选择将蒙汗药下在酸梅饮里，却没料到，她三年前给自己留下酸梅饮做退路，终究还是用上了。

沈澜叹息一声，奔入了浓浓的夜色里，借着夜色遮掩，一路奔下山。

她测过药性，酸梅饮中的蒙汗药可以让自己昏睡大半夜，而陈松墨等人俱是气血充盈的精壮汉子，保守估计，两个时辰后便能醒。所幸根据裴慎所言，这金龙四大王既是运河水神，其庙宇必定就建在运河不远处。

沈澜靠着《士商类要》中的路线图，下山后顺着官道又是跑又是走。她身上除了一件襕衫、些许钱财之外，再无他物。

此时月明星稀，夜里闷热，沈澜深一脚、浅一脚，走得满头大汗、气喘吁吁。赶了大半个时辰的路，她终于到了通州驿码头。

通州驿码头是整个京都最大的码头。沈澜放眼望去，见茫茫河面上舳舻千里，帆樯如林。夜里有成千上万的船只，不论大小，尽数燃起气死风灯，灯火烁烁。

天上繁星，地上舟楫，交相呼应，好似星子天上烁，舟在镜中游。

沈澜略有几分惊异。三年前她随裴慎从扬州赶赴京都，却偏偏转道山西，何曾见过通州驿这般繁忙热闹的景象？尤其是夜里，黄船上有太监押运木材，三三两两谈笑风生；吃水极重的三层高的漕船上旗帜招展，船舱内塞满了粮食。漕丁持枪林立船头；快船上，锦衣卫往来奔波。此外，还有赴任的官船，民间的货船、客船、小舟……四方口音交杂，八方货物齐聚。

沈澜深吸一口气，腥臭的河水，夹杂着嘈杂的声调，那是被关在深宅大院里一辈子都看不见的景象。沈澜回过神儿来，立于河边悉心观察了一会儿，便见有三两客商结伴于一艘小舟中下来，即刻就有脚夫们迎上去，追缠着客商。

沈澜见状，二话不说走过去，拱手笑问道："敢问诸位，方才那艘船的船价几何？"

那几名客商俱是生意人，出门在外，自然是结伴同行，见沈澜孤身一人，穿着襕衫，肤色白皙，看着便不像强人，于是笑脸迎人，说道："我等从杨村驿来，一人三十文。"

沈澜回忆了一番《士商类要》中的路线图，这杨村驿在去往天津卫的路上，往下，方能过沧州、德州，紧接着再一路南下，途经三十余个驿站去往苏州。她又想了想那船只的大小，不大，这般吃水浅，夜里哪里敢走长途，故而将客商运送到京都与天津卫之间的杨村驿已是极限。

想来，这些客商的话是真的。

沈澜又说道："不瞒诸位，我欲夜渡，只是不知那船家可曾有过不轨之举？"

那客商自己也是出门在外，提心吊胆的，闻言难免心生同情之意，说道："我等从杨村驿来，这船家尚算规矩。"

沈澜便拱手笑道："多谢诸位了。预祝诸位生意兴隆，财源广进。"

那几名客商便大笑起来，寒暄了几句，便告辞离去。

沈澜便快走几步。那撑船的船夫刚送客商下船，便见有个白净的后生走过来，于是摆出笑脸，招呼道："我要去杨村驿，小公子可要去？"

"敢问船家，船资几何？"沈澜笑问道。

那船家瞥了眼沈澜，说道："一人三十文。"

沈澜便晓得这船家尚算老实，却依然竭力装出一副没钱样，从袖中取出一个荷包，倒了倒，只倒出四十文钱来。

她又一个一个地数了三十文，一字排开在手上，复又数了一遍，这才递给船家，讪讪地说道："不好意思，我囊中羞涩。"

船家一面鄙夷，这穿得人模狗样的竟是个穷酸书生，一面又感叹世风日下，如今这穷秀才都不穿炼熟苎布做的襕衫了，竟穿上湖绸装门面。只是生意人哪里会露出鄙夷之色，只笑道："小公子且等等，待这船上人稍多些，便发船。"他竟全然没有提起路引一事。

沈澜心跳稍缓，想来也是，这老船夫哪里识字，若装模作样看个路引反惹人嗤笑，又难免有客人嫌他多事，还不如不看。

月亮渐渐高悬。沈澜眼看着身侧已有了一人，是穿着一双僧鞋的道袍男子。可除了这男子之外，竟再无他人。

眼看着老船夫欲再等，沈澜情急，焦虑之下开口："老叔，能否发船了？"

那老船夫摆摆手说道："再等等。"

沈澜焦虑地说道："老叔，不瞒你说，我原籍京都，只是父母皆在南京做小生意。八月秋闱，我欲返回京都参考，谁知刚回到京都还没几日，我的书童水土不服病重。我忙得焦头烂额之时，竟又接到父母的来信，说我祖母病重。我心中焦急，只得将书童托于同乡照顾，又实在等不及，方才欲夜渡回南京。"

沈澜哀求道："老叔，不瞒你说，我那书童病重，钱尽数留给他去治病了。付了船资后，我如今身上只余下十文钱，到了天津卫后还得乘夜去寻一友人借些路费。还请老叔发发善心，速速发船吧！若我晚了，恐怕见不上祖母最后一面了！"

那船夫听她这般哀泣，犹豫不决，这会儿发船，船上只有两个乘客，赚不了几个钱。

"船家，我也等得不耐烦了。你到底能不能开船？"一旁的男子也想要早早发船，催促道。

沈澜见那船夫犹豫不决，便添了最后一把火："若老叔实在不肯，还请老叔将三十文尽数还于我，我另寻他人便是。"

到手了的钱，他哪儿有往外吐的道理？

那船夫方才还犹豫不决,这会儿已点头说道:"也罢,深更半夜,左右也无人了。二位请扶好,这便走喽!"说罢,他拿竹篙一顶,撑开船只,改为摇橹,船只便离开码头,顺流而下,直往杨村驿而去。

沈澜坐在船舱里,望见一江明月,千里灯火,河面茫茫如镜。码头上的汹涌人潮、荣华富贵却束缚了她的国公府、庞大繁华的京都……一切都逐渐远去了。

沈澜这才长长地舒了一口气,靠在船舱里发怔。

同行的男子夜路无聊,便搭话道:"小公子可有功名?"

沈澜心知陈松墨快醒了,心中焦虑,强打起精神来交际:"庸碌之人罢了。"她绝口不提什么秀才举人,万一对方追问她在哪里读书、可是生员,未免露馅儿。

那男子见沈澜谈兴不浓,也不好强求,只靠坐在一旁,竟哼起小曲儿来。

"汗巾儿止不住腮边泪,手挽手,我二人怎忍分离……"

唱曲声悠悠扬扬,似有人在耳旁唤他。

"头儿,快醒醒!快醒醒!"

忽然,一杯冷茶泼在了陈松墨的脸上。

陈松墨勃然大怒。身为"宰相门前的七品官",他何曾受过此等大辱,愤然睁眼,忽见柳子神色焦急:"头儿,夫人不见了!"

陈松墨瞳孔微张,猝然起身,只见地上躺着几个亲卫,还有丫鬟秋杏。

夫人不见了?!

一时,他头晕目眩。

夫人跑了,爷那里他该如何交代啊?一想到裴慎的狠厉,陈松墨生生打了个寒战。

柳子功夫最高,最先醒来。他见陈松墨也已清醒过来,便焦躁地说道:"头儿,我们现在该怎么办?"

"你先去将其余亲卫唤醒。"陈松墨冷静下来。如今传信给爷已经来不及了,他们只能先去追夫人。若他们能把夫人追回来自然最好,若追不回来,只怕……

思及此,陈松墨见亲卫们俱已醒来,便冷冷地说道:"柳子,你带小九去把庙里做、送酸梅汤的那几个和尚抓起来拷问一二;钱平安,你留下来将秋杏弄醒,问问她夫人近来可有异常,可知道夫人的去向;其余人等,即刻跟我走!"他说罢,便提刀快步离去。

骑马沿着官道疾驰了一段路,陈松墨再度吩咐道:"这金龙四大王庙毗邻通州驿,夫人极有可能去了那里坐船。只是保险起见,丁六,你带几个人沿着官道往回搜,注意,如遇两侧的荒凉野庙,势必要仔细搜捕。"语罢,他便带了几个人快马赶去通州驿。

就在沈澜刚走约半个时辰，陈松墨便已到达通州驿站。码头两侧船来船往，陈松墨心知今日要寻到夫人恐怕是极难了，只是到底不甘心，便寻了几个船家来问。可码头里运人的小舟何其多，人来人往，兼之夜间天色不明，谁又见过沈澜呢？或是见到了，也无人在意。

陈松墨咬着牙，心知爷将这桩差事交给他，他却办砸了，只怕要挨上几十军棍。挨打倒不算什么，可若此后他再也不得爷重用，那才难挨。偏偏他思来想去也没什么好办法。如今爷不在，没有爷的吩咐，他不敢动用太多人手寻找。

"刘任，你速速传信给爷……"陈松墨咬着牙说道，"只说夫人前往金龙四大王庙参拜后便失踪了。"

刘任点头称是，即刻跨马扬鞭，直奔国公府。

见他离去，陈松墨只叹息一声，见天将明，沉默不语。

数次分兵后，陈松墨身旁只剩下两个亲卫，其中一个叫田丘，见陈松墨只立在这里一动不动，便问道："陈头儿，咱们不追了吗？"

陈松墨冷静地说道："自然要追。只是我们得先等爷的吩咐。"

等爷传信回来，告知他可以动用哪些人手，他们方能继续寻找，否则一旦出了纰漏，牵连到了战场前线的爷，他只怕万死也难辞其咎。

田丘不同意，说道："船运速度极快，只这么一会儿工夫，夫人恐怕已在百里之外了。若等爷传信回来，恐怕已来不及了。咱们可先行探察一二，好歹先查到夫人的消息啊。"

见四下无人，田丘低声说道："况且，锦衣卫那里我们或可查问一二。"

陈松墨摇摇头，不说话。

田丘不知道内情，他自然是知道的。爷之前叮嘱过他，说锦衣卫的陆指挥使近来自身难保，若无要事，暂时不要劳动锦衣卫。也不知朝中又发生了什么动荡。

"陈头儿，便是不问锦衣卫，我们问问这通州驿的几个埠头也好啊！"

那些船夫俱受船行经济管辖。埠头只需散出消息，问问手底下的船夫可有见过一个石青襕衫的孤身旅客，便知道是哪个船夫运的客人、客人去了哪里，他们自然能追踪到。

陈松墨摇摇头，没有采纳这一提议。能在京都码头做埠头的，不是与达官显贵沾亲带故，就是投靠了朝中重臣。消息一旦散出去，陈松墨生怕害得自家爷得个性喜渔色的名头，平时倒也无伤大雅，可若万一战事失利，被有心之人两相勾连，给爷安个"无心战事、沉湎女色、跋扈越权"的罪名……

如今他们不是追不了，而是暂时不能追。

夜色里,陈松墨低声叹息。

夫人还真会挑时机,怎么就偏偏选在这个时候逃跑呢!

沈澜一路换乘小舟。操弄小舟的船夫基本不识字,没人来问她要路引。靠着一路问,一路换乘,昼夜不歇地赶路三日,沈澜终于到达乾宁驿。

乾宁驿是大驿,位于沧州,距离她的目的地苏州才走了四分之一的路。若再不断地换乘小舟,她一路上提心吊胆不说,恐怕得等到猴年马月才能到达苏州。况且即便到了苏州,路引问题未解决,她走在街上便是隐户。隐户若不投靠世家大族,又没有邻里亲朋,被人打死在街头都没人报官。

沈澜当机立断,必要趁着苏州府与沧州距离甚远、分属两省,拿到沧州路引。只有这般,将来去了苏州,两地距离如此远,官府调动黄册不易,她才不会穿帮。

"敢问兄台,此地可有估衣铺?"沈澜随意在街上问道。

"喏,你往前走两里路就能看到打金店,旁边有一家估衣铺,价格尚算公道。"

沈澜随机在大街上问了好几个人,却得了几个不同的答案,无奈之下,只好挑了最近的一个估衣铺,进去买了件天青直裰。

澜衫多是士子生员专用,可直裰便满大街的人都穿了。穿上一件平平无奇的直裰,沈澜便出了门,又是一路问,到底问到了一户穷困潦倒且家中只有老人小孩的人家。河边茅草屋,两岸芦苇瑟瑟,天上漏雨,地上漏风,沈澜深一脚浅一脚地走过泥坑,跟着给她指路的那位大娘,终于找到了地方。

"赵三哥,快出来!"王婆子嗓门儿洪亮,隔着一里地就喊,"大喜事!你家亲戚来了!"

这亲戚穿得光鲜,看着也不像是来打秋风的,对赵家来说自然是喜事。

"你是哪个?"刚捡柴火回家的小孩光着屁股蛋儿,脚上的一双草鞋底已经磨烂,两只胳膊瘦得跟竹竿似的,手里抱着一捆细树枝,正抬头看她。

沈澜摸了摸他的头,笑道:"我是你家的亲眷,来投亲的。"

"爷爷——"那小孩大喊一声,便朝屋子里跑去了。

沈澜回身招呼那王婆子,笑道:"王娘子,我已寻到了亲人,劳烦你了。"说罢,沈澜取了两文钱给她。

虽不多,可王婆子不过带了个路就白得两文钱,自然高兴:"哎呀,这多不好啊!"

王婆子客气地推辞着,最后到底接了过来,又热情地招呼道:"公子,可要我帮忙?"说着,她还探头探脑地往里看。

沈澜笑道:"我与叔公许久未见,想聊一聊。"

王婆子见听不着什么，便怏怏地回去了。

沈澜见她走了，便想去敲门。

那小孩却出来堵在房门前，紧张地说道："我爷爷说我家没亲戚。"

沈澜心道：你们现在不就有亲戚了吗？

她笑起来，掏出五文钱递给小孩："给你买糖吃。"

那孩子满心欢喜地说道："谢恩公赏！"家里穷，吃着百家饭长大，嘴皮子自然要甜，"恩公进来。"说罢，他一抹鼻涕，便要带沈澜进去。

这一路，沈澜即使见多了穷苦人家，可心中依旧感到难受，叹息一声，跟着那孩子推开了破旧的木门。房间小才能聚热气，可这房间小到里面只能放下一张破木板，上面堆满了脏兮兮的稻草，旁边还有些破罐烂瓦，墙角堆着一卷卷芦苇席。

沈澜低头，见稻草堆上坐着个干枯黑瘦的老头儿，双手红肿皲裂，分明是积年冻疮未愈，穿着一身脏兮兮的土布衣裳，手片刻未停，正不停地用芦苇编席子，怪不得他们要住在河边芦苇遍地的地方。

"你是谁？"那老人分明是想呵斥她无故闯入，却又怵于她衣着光鲜，生怕惹怒贵人，以至一句话被他说得心虚气短。

"老人家，我有一桩买卖想与你谈一谈。"沈澜笑道，"你可否先叫这孩子出去？"

那老人一把搂过孙子，朝她喊了一句："俺不卖孙子！"

沈澜摇头说道："我不是牙人，是来与你买这芦苇席的。"

老人一愣，推了自家孙子一把，叫他出去。见孩子出去了，他才警惕地说道："一张席子五文钱，不赊账！"

他成日里辛苦编织，一日也就能编两张芦苇席，挣上十文。

沈澜暗自叹息，取出五十文钱，将其一字排开，放在木板上。

老人一愣，连忙问道："你要十张席子？"

沈澜又叹息一声，说道："我不要席子。老人家，不瞒你说，我本是从外地来做生意的，谁知路遇黑心船夫。那船夫本想杀了我劫财，多亏我机警，弃了货物跳船逃生，幸好在亵衣中封了夹袋藏了钱，否则如今连件衣裳都买不起。我当日抱着河中的一块烂木头漂来了这里，劫后余生，本想报官，却又觉得衙门的大门难进，如今只想寻个保人给我开路引，好叫我归乡去。"

老人听完，犹豫不决。

沈澜见状，又取出了五两碎银说道："老人家，那五十文是订金，待事成之后，这五两碎银便是你的了。"

老人神色茫然，愣怔了一瞬，像是没有反应过来一般。待过了一会儿，他才浑身颤抖，磕磕巴巴地说："好好好！五两……五两！我保！"

沈澜便笑道:"既然如此,老人家去向里长要路引时,描述时可否只说身高六尺,面无麻点,左手的手腕处有一颗红痣。"

沈澜特意拔高身量,还点了一颗朱砂痣做伪装。这一次裴慎便是查路引,也无法从路引中分辨出是她。

老人见了那五两银子心动不已,勉强镇定地说道:"好!"

五两银子啊!就算这是个强盗,他也认了!

沈澜便笑道:"既然如此,傍晚我来取路引,可好?"

老人点点头,即刻将孙子喊进来,叫他看着家门,自己去请里长。

沈澜叮嘱道:"老叔,财不露白,还请老叔对外莫要提起我,只说我是来投亲的,如今要外出做生意才要一张路引。"见老人答应了,她才转身离去。

待到傍晚,沈澜终于拿到了路引。这路引上正儿八经地记载着"沧州乾宁镇河坡巷王览,年十九,身长六尺,面无麻点,左手的手腕处有一颗红痣"。现如今,她便是沧州乾宁镇河坡巷人氏了。

路引到手,沈澜即刻洗去脸上涂的姜黄粉,又去了另一家估衣铺买了一身新的宝蓝色襕衫。沈澜身高一米六五,穿上千层底布鞋,加上四方平定巾,看着有一米七左右。在南方,这个身高的男子很常见。这也是沈澜选择南下却不北上的缘故之一。北方人高大,沈澜的这个身高颇有些显眼。

她虽肤色白皙,面部轮廓柔和,可如今身着襕衫,是读书人的装扮。读书人手无缚鸡之力,肤色白皙极是寻常。加上用高领中单挡住脖子,穿宽大的襕衫遮掩住纤细的腰肢,又弄了些墙粉遮盖已愈合的耳洞,刻意压低声音说话,昂首挺胸大踏步走路,如今的沈澜看着便是个貌若好女、略有几分瘦弱的读书人。

换上新襕衫,略做乔装,沈澜直奔码头,挑了艘去往苏州的大型客船。

验过路引后,她便登船,直奔苏州。

这一晚,沈澜睡在狭窄的船舱里,透过小小的窗户望出去,见外面朗月高悬,星子低垂,江面风烟俱净,水波潋潋。看着看着,沈澜便轻笑起来,躺在床上,放松了思绪,渐入梦乡。

第二日,雄鸡报晓天下白。

沈澜吃过馒头,便打算去客船的甲板上走一走。昨日,她挑船时刻意问过船工,这船上有几个着襕衫的士子。刚出客舱,沈澜一眼便望见穿着襕衫的那几个士子在甲板上聚在一起闲聊。其中两个虽穿着湖绸,脚上穿的却只是普通蓝布鞋;另两个锦衣银带,一看便是富贵人家出身。

沈澜瞥了两眼,却未曾多言,只闲立看风景。

她立了一会儿后,那几个人中便有一人站出来搭话:"这位兄台,可也是去苏州府参加乡试？"

沈澜轻笑一声。她穿了这么多日读书人才穿的襕衫，又刻意露出不错的长相，伪装成一个稍显瘦弱但样貌俊俏、气度斐然的读书人，要等的贵人终于来了。

沈澜转过身，笑脸迎人，拱手说道："诸位兄台，小弟不是去参加乡试的，只是家贫，想往苏州府寻个生计罢了。"

她这话倒是真的。苏州府是经济中心之一，格外繁华富庶，且机工万户，家家都有机杼之声，这意味着有大量女性做工。一地但凡有大量女性参与劳动，民风多半不会太保守，且女性的地位也不会太过低下。万一沈澜女子的身份暴露，也不至于走投无路。

沈澜又苦笑一声，说道："我原是沧州人，只是考妣俱亡，实在不愿意再耗在科举上。好男儿志在四方。我听闻苏州府汇聚天下风物，便想着前去闯荡一番，将来若有功成名就之日，也好告慰先考妣的在天之灵。"这话条理清晰，她明显是读过书的，还颇显豪气。同行的四个士子便不再怀疑她的身份。

他们四人原是同窗，虽年少便在外读书，但双亲俱全，闻言便有些怜悯沈澜。

其中一个颇为俊秀的士子开口："不知兄台贵姓？"

沈澜与他们通了姓名，序了齿，方知她在四人当中行三，最小的那个才十六岁。也是，江南一地文风鼎盛，年轻些的士子十四五岁便下场考举人了。

最小的那个见沈澜生得俊俏，原以为沈澜年岁也不大，正期待对方比他小，谁知对方竟还大他三岁，一时便怏怏的。

沈澜见他闷闷不乐的样子，便笑道："景弟，你还不知道年纪小的好处。"

李景纳闷儿地问道："年轻有何好处？"

沈澜笑道："年轻跑得快，先折秋桂来。"

众人一愣，霎时哄笑起来。

这打油诗泛着一股促狭劲儿，却又有祝贺李景蟾宫折桂之意。李景自己也忍不住发笑。一时，空气里都充满着快活的气息。

一伙全是年轻人，自然聊得来。

有个俊秀的即刻促狭道："景弟年轻跑得快，为兄老迈不堪摘，还请景弟歇歇脚，先令秋桂入兄怀。"

这下沈澜也忍不住笑起来。

李景被调侃得羞恼不已："惟学兄，你年不过十九，哪里老迈！"

杨惟学连忙摆手，正色说道："我到底不如景弟年轻。"

于是众人又笑作一团。

年纪最大的王志全笑着指了指杨惟学，又指了指沈澜说道："杨惟学啊杨惟学，你怕是没料到自己有朝一日竟能棋逢对手吧！"

杨惟学只觉这王览"小兄弟"颇为风趣，便说道："是极是极！只是目前我与览弟也分不出个高低来。"

说着，他的目光在周围人身上不怀好意地转了一圈儿："只等来日挑个好时候，再挑个促狭的对象，我好和他一决胜负。"

"别别别！"其他人立时求饶。

沈澜便正色说道："小弟认输，惟学兄当得起'江南第一促狭鬼'之称。"

众人又哄笑起来。杨惟学自己也笑得打跌。

闹过这一出，沈澜与众人距离拉近，便想趁机问问苏州城内哪里的客栈安全、哪里的牙行可靠等。

杨惟学自诩与沈澜惺惺相惜，便说道："览弟勿忧，为兄家在苏州还算有几分声望，届时指派个老仆带你去寻便是。"

沈澜心喜：这便是遇到贵人的好处了。八月秋闱，士子们回返原籍参加乡试，尤其是衣着华贵的子弟，俱是当地大族。有了这些大族子弟照料一二，她便不惧被衙役欺凌、恶少纠缠，办事也有人引路了。

沈澜连忙说道："今日蒙杨兄恩德，来日若能帮得上杨兄忙，杨兄尽管盼咐。"

杨惟学见她颇为知恩，心里也畅快，便说道："览弟千里迢迢去苏州，为兄焉能不尽地主之谊？届时到了苏州，为兄带你去松鹤楼好生祭祭五脏庙！"

沈澜拱手说道："若松鹤楼太贵，我便只能留在楼里洗碗抵债了。"

众人大笑起来。

王志全指指杨惟学说道："那松鹤楼便是他家开的，览弟尽管吃！"

一行人有说有笑地聊起了苏州风物。一时，满船都是欢声笑语。

此时此刻，置身于人群之中，纵情交谈，无拘无束，沈澜方有劫后余生之感。她庆幸之余，极目望去，见辽阔碧空之下，河面浩浩荡荡，横无际涯，数艘大船风帆鼓动，破浪而行，天高河阔之景，荡尽胸中郁气。

杨惟学见此景，转头朝沈澜眨眨眼，笑道："览弟见了此景可是诗兴大发？"

沈澜心知他这是又要来戏谑她，便朗笑道："我倒是想起了李太白的诗。"

杨惟学沉吟道："可是'行路难！行路难！多歧路，今安在'？"

沈澜朗声一笑，接话道："长风破浪会有时，直挂云帆济沧海！"

二人相视一笑，只觉湖海豪气、关塞风景、万里山河俱在胸怀中。

## 第七章
# 角声满天秋色里

沈澜出逃三日后,汇报消息的刘仁快马疾驰将信件带去山西大同。

此刻,裴慎正端坐军中大帐内汇集军报,处理事务。

他说道:"十二日前,俺答联合其兄吉囊,并泰宁部、朵颜部、青海部等十余部族来犯,连营七十里,人数逾三十万。六日前,三部分道,吉囊前去平定、寿阳一带;俺答兵锋直指宣府、大同、偏头、雁门、宁武;其余泰宁等部直犯甘肃、辽东、凉州。"顿了顿,他又说道,"三日前,蓟州镇十区险失其一,宣府左路失守,幸得京营救援,未让胡虏南下。"

堂中,巡抚、总兵、副总兵、游击将军、参将、都指挥……二十余人均沉默不言。

众人静了片刻,巡按御史孙岩拱手说道:"中丞大人,俺答大军压境已不是一次两次了,此事早已有定例,我们依例而行即可。"

依例而行?裴慎冷笑一声,起身说道:"本官掌管山西全境。部堂大人离去前曾有交代,山西兵事尽数托于本官。"

原宣大总督段仁因二度上奏复套(收复河套地区),且力劾婉贵妃之父林少保喝兵血,导致当年复套失败一事,锒铛入狱,为证清白,自裁于狱中。天下震动,庶民黔首亦为其冤之。值此鞑靼大军压境,段仁冤死,宣大无人协理以致人心惶惶之时,这个朝堂新派出的巡按御史竟敢大言不惭,以"依例而行"四个字来搪塞他,当真是绣花枕头、草包一个。

兵事如火,军情紧急。裴慎不复往日温和,冷冷地说道:"令副总兵常高预调延绥奇兵三千，赶赴大同西侧。

"快马去报蓟辽总督，请其于喜峰、白羊口处设卡，策应宣府。

"令大同东、西、中、北四路参将汤行思、温茂、曾向正、高和，各自驻扎阳和城、平房城、右卫城、弘赐堡。

"再令得胜堡、威远城、新平堡、井坪城内的各援兵营分拨一半人手，增援余下的各地。

"着领班游击将军钱宁领三千游骑兵于开平、大同一带巡哨。"

"是——"

众人各自领命而去。

眨眼之间，堂中众人绝大部分出帐而去，只剩下几个卫所的指挥使正眼巴巴地望着裴慎。

"中丞大人，其他人皆有事可做，为何独独落下我朔州卫？"朔州卫所的千户洪斌拱手问道。

其余四个卫所的千户也嚷道："中丞何其不公，置我卫所颜面于何地？焉能叫这帮客兵、游骑兵抢先？"

裴慎环顾众人，朗声笑道："诸君既然敢请战，我裴守恂自当舍命奉陪！"他掷下桌上的签筒令信，厉声喝道，"云川、玉林、朔州、天成等五卫千户听令！披甲执戈，横枪跃马，且随我杀尽胡虏，壮我山河！"语罢，他即刻掀帘出帐而去。

众将胸中豪气顿生，轰然跟上。

亲卫刘仁早已到了营中，奈何无令旗、无令箭，不得入中军大帐，只好等在大帐之外。眼见自家爷出来，他即刻追上去耳语一番，只说夫人在酸梅饮中下蒙汗药，于庙中出逃。

裴慎闻言，眼神骤然冷厉，只是养气功夫极好，顷刻间便恢复肃然之色，全然看不出半分怒意。

跟出来的众将好奇地看了几眼，见裴慎脸色无异，便以为是亲卫有琐事来报。

"爷，如今……"刘仁欲要个主意。

裴慎瞥了他一眼，翻身上马，说道："既然来了，你且归队着甲，上战场杀敌便是。"裴慎说罢，令前军开路，领着五千人马出了大同，直奔宣府。

宣府失了宣大总督协理，巡抚又是个不顶事的，其间虚弱，自然被俺答窥伺，以至仅仅一日工夫，便被围攻百余次，左路险些失守，右路岌岌可危。

九边重镇均唇齿相依、互为犄角，故而裴慎偕军昼夜奔驰，蓟辽总督、陕西三边总督亦派遣将士驰援宣府。即便如此，整个宣府也已危如累卵。

十万蒙古大军围困宣府，昼夜不停地强逼民夫填埋壕沟。宣府只紧闭城门，准备滚木礌石、"金汁"火箭。双方一日百余战，尸体堆积起来，生生将壕沟填平。壕沟一平，俺答即刻下令以撞车强攻城门，又允下重诺，先登之士赏赐百金。顷刻间，兵潮如咆哮的洪水般冲着宣府涌去。

宣府墩堡城楼之上早已哀声连连，有宣府兵刚浇下一瓢金汁，便被蒙古兵扯下城，双双跌落致死；刚攀上城楼的蒙古兵被长枪捅中，心肺剧痛，呼吸间俱是血沫子，眨眼之间便死于非命；有宣府兵被石块砸中，胸腹凹进去一个大坑，立时毙命。

战场实在惨烈至极。

"中丞大人，还不去救援吗？"朔州卫的千户洪斌见裴慎下令将部卒驻扎在宣府三十里之外处，分明不打算救援宣府，已是心急如焚，"这俺答奸诈，手中人多，只叫手下的部族轮流歇息、轮番攻城，使出车轮战的戏码来，这分明是要生生耗死宣府守将啊！"

裴慎摇头说道："十万蒙古骑兵，其中虽有老弱妇孺，可青壮年必也有七八万，而我等不过五千骑兵，贸然撞进去便是个死。"顿了顿，沉声说道，"等！"

这一等，又是半个时辰过去了。

洪斌忍不住再问，裴慎又叫他等。

这一等便等了半日，等到蓟州、辽东、陕西等地的援兵尽数到来，裴慎依旧未动。

又等了半个时辰，见裴慎还不发兵，洪斌愤愤地说道："等等等，我们还要等到什么时候？别的援军都来了，为何我们竟跟缩头乌龟似的！"

一旁的几个千户赶忙去扯他，连声辩解道："中丞大人勿怪，这王八羔子嘴臭！"

洪斌气急，骂道："哪里是我嘴臭，分明是中丞贪生怕死，竟是个罔顾同袍性命的小人！"

"你胡说八道什么！中丞大人勿怒，我们这便带他下去醒醒神儿。"几个千户撕扯着，便要将洪斌带下去。

洪斌性子躁烈，闻言越发恼恨，一边挣扎一边破口大骂："裴大人在山西大同待了三年，素来敢打敢战，怎的去京都温柔乡泡了几个月，竟成了个没卵子的狗官！"

旁边的几个千户闻言吓得快要晕过去，七手八脚，一个劲儿地去捂洪斌的嘴。

裴慎被他气笑，偏又惜才，只说道："本官督理粮饷、劝课农桑、增建营堡、修整城防、巡哨驰援、冲杀胡虏，何曾有过半分畏惧？"他又冷冷地说道，"你既然说我贪生怕死，那我便希望你上了战场后能奋勇杀敌，博一个万人敌的名头出来！"

他翻身上马，居高临下地说道："今日五卫均在，各卫所的旗帜俱不相同，凡让我见到有任一旗帜怯战不前、临阵后退者，便借几个千户的人头拿来祭旗！"

闻言，几个千户俱一激灵，纷纷上马，疾驰回本部，各自去警醒底下的百户把总们。

眼见军令一级一级下达到位，裴慎这才说道："传令全军，速速驰援宣府！"

此刻，宣府城外已乱成一团。蓟州游兵、辽东客兵、陕西义军、宣府卫所军、蒙古大军互相成团绞杀。整个战场上，各色旗帜遮天蔽日。

士卒久经训练，耳只闻锣鼓之音，目只视旗帜之色。按照旗帜号令，步卒居中，两翼骑兵护卫，先以火铳齐射打乱蒙古兵的阵形，再近身冲杀。然而，一旦冲杀过久，士卒原本的阵形在不经意间已被冲乱。各部渐渐分成了几十人或十几人的小团体，相互冲撞、掩杀。士卒太多，场面太乱，谁也看不明白局势如何，人人心中焦灼，偏又什么都做不了，只能奋力冲杀敌方。

裴慎的骑兵一到，如同虎狼之师长驱直入，一遇蒙古兵，即刻两个人一组，以朴刀砍杀、马槊砸刺。不仅如此，他还专叫众将士高喊"大同守军来了"。

战场众人均心中振奋，唯独蒙古兵素质极高，竟只是心中有几分犹疑，便再次冲杀起来。

双方士气渐盛，战局依旧胶着。

裴慎目标明确，只借百余亲卫直接朝俺答中军大旗而去。

没过一会儿，又有一支队伍驰援而来，分明是裴慎留下的千余人马，却偏偏高喊："援军来了！援军来了！"

稍后，又来了一支五百人马的援军。

眼见一拨一拨援军到来，己方士气大振，蒙古兵竟隐有溃败之象。

裴慎浑然不觉计策已奏效，只不断地朝着俺答中军冲杀。

战场上早已乱成一团。

俺答环顾四周，在周遭亲卫的掩护下，便是能看到裴慎，也根本冲杀不过去，只因前方不仅有蒙古兵，也有宣府等地的兵马。

裴慎在周遭亲卫掩护下寻了个不远不近的位置，便取出背上的强弩，于马上拉开弓，瞄准。

那俺答的亲卫见有人用箭瞄准自家可汗，即刻飞扑上去，高呼："可汗快躲！"

箭矢呼啸而去。

中军大旗的旗杆应声而折。

俺答回头望去，霎时脸色大变，竟伸手要去扶那旗帜："快，快把大旗扶起来！"可已经来不及了！

裴慎身侧的亲卫即刻高呼道："俺答已死！俺答已死！"

敌方的援军一拨一拨赶来，蒙古兵本就心中隐有焦虑畏怯，此刻又听闻自家可汗已死,纷纷乱作一团。离得远的蒙古兵抬头一望,竟望不到俺答的大旗了,心中惶恐,霎时溃不成军。

千里之堤,溃于蚁穴。蒙古兵已经溃败,便是俺答再将大旗立起来,也已来不及了。溃败之势,竟成了野火燎原。

裴慎带着骑兵再度冲杀起来,将蒙古兵的队伍分割得七零八落,任由各地的援军将其蚕食殆尽。

俺答眼见大势已去,当机立断,鸣金收兵,在亲卫的保护下速速退去。

十万蒙古大军丢盔弃甲,溃败而逃。

裴慎即刻令人擂鼓,鼓声大作。

众将士再度咬上蒙古兵,冲杀一阵,才鸣金收兵。此刻,裴慎铠甲上的血迹早已干透,积成了层层血污,浓烈的腥臭气直叫人作呕。

"蒙中丞大人相救,感激不尽!"宣府总兵高庸浴血奋战,侥幸留得一命,此刻右臂中箭,强忍着疼痛前来道谢。

此一役后,裴中丞只怕又要青云直上了,兼之对方又救了他一命,还赠了战功给他,官位又比他高,他坚持先前来面见裴慎,方肯去治伤。

"高大人不必客气,还是快回去治伤吧!"裴慎说道。

只说了这么一句话的工夫,裴慎跟前便已聚齐了各个总督派遣来的几位总兵。

高庸强忍着疼痛说道:"今日劳烦诸位驰援宣府,高某在此谢过了。"

"高总兵客气了。"

"宣大与蓟辽本就是唇齿相依,应该的。"

众人客套了几句。

高庸这才说道:"我已派人在府中备下热水酒菜,还请诸位莫要嫌弃。"

众人也不推辞,被高庸手下人引着前去高总兵的府上。

其中蓟辽总督派遣来的总兵蒋锐,边走边恭维道:"这一役,中丞大人功不可没,下官在此提前恭贺大人了。"

裴慎笑笑,拱手说道:"此役皆仰赖将士用命、诸位帮扶,我不过略尽绵薄之力罢了。"

这话一说出口,众人纷纷称赞起来,这个说"裴大人太谦虚",那个说"裴大人好计策"。人人拍马屁,拍得一片和乐。

蒋锐感叹道:"此等大捷,中丞大人必要回京都述职受赏。说来我已有八年未回京,也不知京都风貌如何了?"

回京?裴慎思及此,只冷笑一声,入得高总兵府上,径自沐浴更衣去了。

清点伤亡、修葺城防、抚恤民政……一连三日,裴慎彻夜不休,忙得脚不沾地。

待清点战果后，他才发现此一役斩敌万余人，缴获战马近万匹。损失了如此多的人马，俺答虽然还能以小股骚扰的形式侵扰九边，但五年之内无力再率大军进犯。

此等大捷，开国百余年来也是少见的，更别提是在兵事颓靡的本朝。果不其然，三日后，裴慎便接到上谕，要偕手下众将士入京献俘受赏。

大同距离京都六百余里，裴慎率兵疾驰，两日便到了。

又休整半日后，裴慎精挑细选了几十名俘虏，偕近千名将士自永定门入内，沿着正阳门大街往前走，路过山川坛、天地坛、正南坊、菜市口等地，再沿着东西江米巷绕一圈儿，到皇城根下接受皇帝的检阅。

凡军士所过之处，两侧街道上挤挤挨挨到处都是人。楼上的开窗观望，下方的棚子里、屋檐下，百姓摩肩接踵，人声鼎沸。

"来了吗，来了吗？"

"这仗真打赢了？"

"哎呀，别挤我！别挤了！"

喧哗声中，但见有军士从正阳门大街而入，容色肃穆，队伍绵延二里，旌旗蔽日，长枪如林。

朔气渐起，铁衣森森，肃杀之气如洪流扑面而来，唬得两侧的百姓俱是一静。

火铳兵、骑兵的铠甲上有大量刀砍锤砸的痕迹，还有匆匆清洗过后残留的血迹。步卒的长枪上挑着鞑靼人的衣裳，还有几百个用生石灰硝制成的鞑靼人头。

周围百姓看到这一幕，莫不欢欣鼓舞。

京都百姓年年受鞑靼寇边侵扰。三年前鞑靼更是打到了京城下，踩踏良田、掳掠妇女、残杀青壮，以致千村万落血流成河、白骨盈野。那一年，家家缟素，户户披麻。亡者怨，活人哭；坟连坟，冢接冢。目之所视，白幡蔽日；耳之所闻，哀声百里。仇深似海，恨入骨血，百姓怎能相忘？

前方打了胜仗，斩杀、俘虏近万鞑靼人，消息传回京都，一时竟无人敢信。百姓们又听说三日后正阳街上有献俘仪式，决定扶老携幼上街来看。

今日见几百个鞑子的人头被悬于长枪之上，其后囚车上还关押着几十个鞑子俘虏，百姓们顿时如梦初醒。

"真打胜仗了！"

"杀光胡虏！"

"打赢了，打赢了！"

欢呼声渐渐蔓延开来。

先是一角人潮在喊，紧接着欢呼声越来越响，直至声振林木，响遏行云，渐渐汇成了山呼海啸般的"虎！虎！虎！"。

噼里啪啦的鞭炮声骤然响起，锣鼓齐鸣，震耳欲聋。

宛平县、大兴县的乡绅带头，扶老携幼，拦在马前，取出美酒佳肴以飨军士。

见状，两侧酒铺纷纷抬出自家的招牌酒，靠壁清、兰英酒、芙蓉露、薏苡酒、黄米酒……一时，十里长街，俱是酒香。

茶馆里有茶客高呼道："今日大捷，我请诸位吃茶！"

"散喜！散喜！"有东家从柜台的笸箩里抓一把铜钱撒出去，引得街边小儿欢呼雀跃，纷纷去捡。

各家酒楼食肆的掌柜叫伙计挑着担纷纷赶来，沿街高呼。

"刘家冷淘面——赠边军将士！"

"来吃，来吃！抄手胡同华家猪头肉！"

陈家巷的炮谷、三斗街的火烧，又有米花、白饼、粉果、膏环……百余家食肆的伙计竟将长街堵塞了。

还有两侧街面上，楼上楼下前来看热闹的年轻男女们挨挨挤挤，只将手中的香囊荷包、扇坠玉佩，一个劲儿地朝将士们身上扔去。

又有机灵的小贩赶来卖鲜花，荷花、木芙蓉、秋菊……

此时此刻，无人会吝啬这几文钱，纷纷买了鲜花簪在头上或扔给将士。

舞龙的、舞狮的、游锣鼓的、设宴欢庆的……

十里长街，酒香花香，人潮人浪，天与地都是热烈的。

见此情景，裴慎难免心中暗叹：父老乡亲，箪食壶浆，以迎王师啊！

裴慎身侧的数位总兵纷纷昂首挺胸，竭力做出英武状，没过一会儿便有香囊、荷包落在怀中，喜不自胜。

总兵薛锐看看身旁的裴慎，竟没有一朵鲜花落在他身上，连条轻飘飘的香帕汗巾都被他躲了过去，一时纳闷儿，低声问道："中丞，你这是做甚？"

裴慎心道：这满大街的荷包鲜花、香帕汗巾，没一个是我想要的，不躲开，难不成任由她们砸？

思及此，裴慎神色如常，只暗自冷笑：该来的不来，不该来的倒满街都是。

见裴慎不语，薛锐正欲再问，却见裴慎勒停了马，竟已到了皇城根下。

待面见陛下后，交了纪功图册，又被陛下夸赞了几句"心性端谨、智识沉毅"，裴慎便离了皇城，径自返回国公府。此时已是漏夜时分，裴慎不好打扰家中祖母叔伯，便只叫个亲卫提着灯笼去了外书房。

外书房里是没有丫鬟、婆子伺候的，唯陈松墨跪在庭中请罪。

明月高悬柳梢头，月华映得庭中一地霜白。

裴慎穿着麒麟补子，绯袍犀带匆匆而来，瞥了一眼满身霜色的陈松墨，说道：

"办事不力，按照军中规矩，一人罚二十棍，可有异议？"

陈松墨暗松了一口气，只应了一声便自去领罚。

裴慎进了外书房，燃灯阖门，又来到翘头案前，不慌不忙地铺开陈清款宣纸，压上玉麒麟镇纸，又取了两根湖笔。他先研了淡墨描绘五官，次以赭色烘染骨骼肌理，粉白、绯色层层晕染，上一层薄粉，最后取一根羊毫细细勾勒秀眉鬓发。

裴慎将笔于宣窑磬口笔洗中细细洗净，悠闲地啜了盏茶水，静待墨干。

就在此刻，书房外忽有人敲门。

裴慎说了一声："进来！"

一个着皂色圆领袍的男子，满脸络腮胡，借着夜色入得门中。

裴慎开玩笑道："镇抚使如今是越发小心了。"

石经纶只苦着脸咧嘴一笑，阖上门低声说道："鬼鬼祟祟，实非男儿所为。若不是事情紧迫，我又哪里会贪夜前来？"

裴慎见案上的画墨迹已干，便将其小心叠起来。

石经纶探了一眼，感叹道："大人好定力！"

这都火烧眉毛了，他竟还有心情作画。

裴慎轻笑："这可不是画，是解你家指挥使忧思过甚、夜不能寐的灵丹妙药。"

石经纶一愣，纳闷儿道："我家指挥使可不好男色。"

这画中人虽男生女相，容貌清丽，绝非凡品，可指挥使又不是为了男色忧心。

裴慎不慌不忙地将画轴收好，眼底冷意森森，慢条斯理地说道："这是我的爱妾。"

石经纶微怔，正欲追问，谁知裴慎的下一句话唬得他脸色一变。

"我赴任山西之时，她意外走失。"

意外走失？好端端的一个妾，住在国公府里，怎会突然走失？她恐怕是逃了。

石经纶一时竟不知该说什么，愣怔了半晌，喃喃道："这女子莫不是个磨镜？"

她若非不喜男色，何至于弃了俊朗清贵、位高权重的裴大人？这不合理啊！

裴慎握着画轴的手攥紧，几要将那画轴攥裂。半晌后他冷笑道："你且将此画拿去，帮我查一查画中人如今去了哪里。"

石经纶拱手应道："是，大人！"又说道，"可这与指挥使又有何关系？"

裴慎淡淡地说道："段仁冤死狱中，宣大总督的位子空了出来，林少保和陈阁老两派为了得到这个位子相争不休。"

石经纶低声说道："裴大人战功赫赫，又指挥宣大之战，大捷。今日陛下还夸赞裴大人'才猷谙练、操履清勤'。朝野上下俱传裴大人将要赴任宣大总督。"

出头的椽子最先烂。皇帝当着满朝文武的面夸赞他，四面八方都是忌妒艳羡他的眼神，这哪里是好事？

裴慎暗自警醒，笑道："你且告诉陆指挥使，我无意宣大总督的位子。"

"为何？"石经纶蹙眉问道。

裴慎没说话。他今年二十四，从二品巡抚，已是鲜花着锦、烈火烹油，若得了宣大总督的位子，便是正二品高官，太过显眼。况且过早登上高峰，到了赏无可赏的地步，功高震主者的下场凄惨，尽人皆知。此时，他原就该压一压、沉一沉，积攒功劳，厚积薄发，到了三十余岁，便能一举入阁。此乃其一也。其二，林少保和陈阁老两派人马争宣大总督的位子争得厉害，恰是政潮暗流涌动的时候，他如果被卷进去，再想脱身就难了。其三，作为宣大总督候选人强有力的竞争者，他自愿退出，不管是林少保还是陈阁老，总会饶些好处给他。同乡同年们的职位也该往上提一提了。其四，他要放弃宣大总督的位子，来保住陆指挥使。

"陆指挥使不是正忧心陛下想让林通来担任锦衣卫的指挥使吗？"裴慎笑问道。陆指挥使屁股底下的位子要被抢了，能不忧虑吗？

石经纶也不知他为何转了话题，点头说道："那林通虽庸碌，却是林少保之子、婉贵妃弟弟，颇得陛下信重。"

裴慎笑道："你只管告诉陆指挥使，助林少保争得宣大总督的位子即可。"

如今俺答败退，宣大五年无大战，换一个庸碌的林通上去，只要他不瞎搞，老老实实当个木偶，并无大碍。而林少保一方得了宣大总督的位子，陛下为了朝野平衡，绝不会再把锦衣卫指挥使的位子给林少保，陆指挥使的位子也就保住了。

思及此，裴慎轻哼一声："我与你家指挥使相交多年，你何苦前来试探我？"

石经纶朝裴慎憨厚地笑了笑。

用宣大总督之位来保住锦衣卫指挥使的位子，这法子陆指挥使自然也想到了。但用此法的前提是裴慎肯放弃宣大总督的位子，故而石经纶才贪夜前来探他的口风。

裴慎说道："此番陆指挥使便是保住了自己的位子，却也悬得很。"

石经纶脸色凝重起来。陛下要换上林通，或许是因为单纯爱重婉贵妃，或许是因为不再信任陆指挥使。若是前者还好，若是后者，那真是要了老命了。失去陛下信任的陆指挥使，便是扛过了这一次，也总会有下一次的。

"保险起见，陆指挥使须向陛下表表忠心。"裴慎说道。

石经纶蹙眉："陆指挥使还能怎么表忠心？他替陛下尝丹药、夜夜持长枪守在陛下殿前。他还苦修青词，年年的贺表都是亲自撰写。去岁，他还献了《天赐时玉赋》《龙飞颂》，又寻了两只白狮当祥瑞。"

裴慎最烦靠裙带、阿谀上位之辈，奈何锦衣卫指挥使最重要的不是武勋卓绝、进士及第，而是得到皇帝的信任。无可奈何之下，裴慎说道："不知陛下是否怀疑陆指挥使的忠诚,更不知因何怀疑,既然如此,便另寻他法,向陛下表忠心。"

"何解?"石经纶语罢,顺着裴慎的视线望去,竟看见自己的手中拿着的画。

"锦衣卫原就有监察朝廷大员的职责,陆指挥使只需密告陛下——林通太过庸碌;裴慎近来无事,只在寻一被拐的爱妾,耽于女色;赵泉则是个酷吏。"

赵泉便是陈阁老推举竞争宣大总督位子的有力人选。

裴慎解释道:"这样一来,陆指挥使便将林少保、陈阁老和我尽数得罪,只做个忠心于陛下的孤臣。陛下感念其孤忠,必不会再对他起疑心,指挥使的位子也就彻底保住了。"

石经纶大受震动,心道:裴大人果真仗义,竟舍得牺牲自己在陛下心中的形象来保住指挥使的位子。思及此,他即刻下跪,对着裴慎重重地磕了个头:"我替陆指挥使谢过裴大人了!"

裴慎即刻去扶他:"我与陆指挥使相交多年,应该的。"

锦衣卫是他的得力盟友,裴慎自然要保住对方。

裴慎又笑道:"况且陆指挥使用这办法,明面上的确得罪了林少保。但比起性喜渔色的我、残苛暴虐的赵泉,只是庸碌的林通必定能得到宣大总督这一位子。林少保只会以为陆指挥使在暗中帮他。至于陈阁老那边,只要陆指挥使之后帮赵泉谋一个不错的位子,陈阁老绝不会怪罪陆指挥使的。"

至于裴慎自己,年纪轻轻,功劳太高,正要自污,偏又不能选择那些会留把柄的手段,如今这法子正好。他追索一个被拐的妾室,往好里想,陛下自己爱重婉贵妃,想来只会觉得他深情;往坏处想,陛下最多觉得他年少轻狂、性子浮躁,尚需打磨。恰好,裴慎正要沉一沉。既能保住陆指挥使的位子,又能让自己顺势缓一缓,这是两相得宜的好事。

见裴慎对自己笑,又听他处处替陆指挥使着想,石经纶感其恩义,拱手,掷地有声地说道:"裴大人且放心!锦衣卫便是上天入地,也必要将这女子找出来!"

裴慎说道:"既是如此,多谢镇抚使了。"

目送石经纶离去,裴慎回到楠木书案前坐下,提起笔,慢悠悠地绘了一幅雪中红梅图。绘罢,他看着那清艳的雪中红梅图,又在旁侧题了一句"风递幽香去,人窥素艳来"。

此时已至八月,沈澜在杨惟学派来的老仆带领下,赁了苏州城盘门外如京桥附近的一间临河小屋。苏州汇聚四时风物、八方奇玩,加之人口稠密,房屋鳞次栉比,以至房价奇高,这么一间房要价一月一两银子。

当日,沈澜从陈松墨身上取走了三百两银票,一路花销,加上租房、购置生活用品，如今还剩二百六十两。

赁来的小院子清幽，周围人家也多家境殷实，若真有贼，必要来偷沈澜的院子——谁叫她的家中只有一人呢。

思及此，待清点完资产，沈澜便将钱分别藏在床后的青砖内、床板下、细布卧单下，再放些显眼的铜钱碎银在斗柜里，好吸引贼子的目光。藏好了钱，沈澜又取了十两碎银子，打算出门去找营生。坐吃山空，绝非长久之道。她总得寻个生计。

她正欲出门，听见大老远传来一声"王公子——"。

沈澜眨眨眼，看了看柳叶窗，暗道这窗户后头便是从苏州府第一支河延伸出来的支流，河中小船往来如织，现在推窗跳下去，也不知来不来得及逃走。

"王公子可在？"那声音越来越近。

这时已来不及了。沈澜关上窗户，叹息一声。

下一刻，清漆乌木门"嘭嘭"被敲了两声。

沈澜心知她不去开门，这人是绝不会消停的，便只好无奈地开了门。

门外是一个四十来岁的婆子，脸上搽了粉，隐隐露出眼角的细纹，着秋香色大袖衫，底下一条白绫膝裤，挑边藕荷色罗裙，发髻上斜插着一根油金簪。

沈澜拱手说道："敢问吴娘子有何事？"

那吴娘子见她容貌俊俏，长身玉立，貌比潘安，当真是谪仙在世，又想起家中待嫁幼女娇娇也是好颜色，这二人站一起，当真是一对神仙人物。

吴娘子好似丈母娘看女婿，越看越高兴，夸赞道："小公子讲礼数哩！"

沈澜讪笑一声。早知如此，她当日便不该租吴娘子的院子，更不该在路过的时候对着那吴小娘子行了个礼，否则何至于此？

"公子可要来几块菊花糕？"吴娘子端着一碟香气扑鼻的糕饼前来，笑盈盈地递给沈澜。

"在下无功不受禄！"沈澜推拒道。

"公子且拿着！娇娇做了好些糕点呢！左邻右舍，人人都有。"吴娘子只硬塞给她。

沈澜无奈，只好接过："我去取碗来，这青花碟子劳烦吴娘子带回去。"

吴娘子笑眯眯地说道："公子客气什么！公子尽管拿去，吃完了再还便是。"

公子还碟子总得去她家里跑一趟，届时她叫娇娇儿出去接碟子，两相看对眼，这事就成了！

吴娘子算盘打得好，拿起一块香帕，"扑哧"笑道："小公子这是要出门？"

"是。"沈澜解释道，"我想出门去寻个生计。"

吴娘子瞪圆眼睛，眼角的细纹都绷开了，惊诧地问道："小公子不考乡试？"

沈澜略一思忖便明白了。这位吴娘子多半以为她是返乡举子，租个小院好读书，以备乡试。"自然不是。"沈澜心里有底了，苦笑道，"家道中落，孤家寡人罢了，哪里还有余财参加科举？"

吴娘子一时失望。她见这小公子衣着光鲜，气度也好，又是杨家的老仆领来的，想来是富贵公子哥儿，却没料到竟是个强装门面的破落户。

"公子家道中落，还有闲钱租院子？"吴娘子一时不信，挣扎着问。

见她言语这般直白，甚至稍显刻薄，沈澜蹙眉，笑道："自然不是闲钱。"说罢，叹息一声，"我手中也没几个钱。吴娘子心善，若能略微减免些租金，那就再好不过了。"

那哪儿行啊？吴娘子纵横桃花巷四十年，与人吵嘴从不认输，闻言却脸色大变，连连讪笑道："这……这一月一两已是最低的价了，哪里还能减呢！"

沈澜情真意切，苦恼地说道："吴娘子不包饭食，这一月一两是不是太贵了些？"

"当初我们可是说好的！小公子看着也是读过几本书的，怎的如此刁钻？"吴娘子拧着眉毛说了几句，生怕她再砍价，便匆匆离去了。

望着她落荒而逃的背影，沈澜忍俊不禁。

谁知绿纱窗下忽然传出男子低沉的嗓音："览弟，错过此等美人，着实可惜。"

沈澜一听便知来人是谁，开了窗，探出头去，只见一条小河清浅而过，数艘小船漂荡其上，杨惟学身穿海天霞色团领衫，头戴玉冠，腰悬缠枝纹潞绸香囊，手持洒金川扇，身姿昂藏挺拔，正立在船头，惹得沿河浣衣的妙龄女郎一个劲儿地打量他。

沈澜忍不住笑道："姑苏人杰地灵，遍地窈窕淑女、娉婷佳人，杨兄所指的美人莫不是吴娘子？"

窗外正坐船的杨惟学，抬眼便见天上粉云如扫，地上小楼清晓，有人凭窗望来，色如春晓，貌比宋玉，扬眉浅笑，漫不经心，端的恣意风流。杨惟学也不知道自己这般热心，是不是因为沈澜的这张脸。思及此，杨惟学忍不住笑起来："览弟休要胡言！听我家老仆说起，那吴家家资颇丰，有一幼女颇为貌美。而览弟丰神俊朗、才华卓绝，若娶了那吴小娘子，岂不是天作之合？"

沈澜知道杨惟学浪荡惯了，也不在意这些，可她不欲再谈此事，以免坏了那吴小娘子的闺誉，便换了话题，正经地说道："杨兄不在家中温书，来此做甚？"

"我帮览弟找着了这么个好地方，览弟便这般报答我？"杨惟学坐船来寻她，见了她便径自下船上岸。

沈澜干脆阖上窗，出门去寻他。

两个人正好在乌木门口相遇。

沈澜笑道:"如今已是八月初二,初九便要乡试,你竟还有时间来寻我?"

杨惟学一下子苦了脸,求饶道:"好览弟,我枯坐半日,实在看不进去书,便想着来外头散散心。"

沈澜会意,挑眉问道:"可是一众同窗俱要温书,不好打扰,你这才想起我这闲人?"

杨惟学讪笑道:"哪里哪里,我来寻览弟,且去石湖放舟。"

沈澜心知对付这帮世家子弟就得姿态高,若低声下气,反被认为没骨气,叫人看不起,故而她便是要巴结杨惟学也从不惯着他,于是说道:"杨兄,你初九就要考试,如今竟还要放纵游乐,想来是胸有成竹,必能做这苏州府的解元郎。"

杨惟学讪笑,见沈澜不肯随他出去,只好怏怏地说道:"也罢,不搅扰览弟了,我自去放舟便是。"

"且慢。"杨惟学帮了自己这么多,沈澜想回报一二,便说道,"杨兄,非是我劝你,只是今日初二,初九便要考试,你便是去玩耍,心里也挂碍着考试,玩不痛快,或是玩完了,心里又觉得罪过。"

沈澜久经考场,太知道考前心态了,焦虑、烦躁、担心、期待……很少有人能保持平常心。

杨惟学叹息一声:"我自然知道览弟是好意,只是实在烦躁,看不进去书,反倒影响考试。"

沈澜暗道他就是考得太少。按理,周周一考,考到麻木,把高考当成一场寻常考试,保持平常心最好。"据我所知,乡试一考九天,俱在贡院内,年年都有体力不支,入了考场后脑子一片空白的,打翻墨汁、烛台而脏污卷面的……泰半都是紧张所致。"这些她俱是听裴慎闲聊时说过的。

"杨兄这是第一次下场考举人吧,也不知到了考场后是否会紧张。"沈澜说道,"既是如此,乘着离考试还有七日,杨兄不若叫家人仿着贡院支个考棚,日日只在考棚中读书作文。一来制造氛围,杨兄不至于心思散漫,读不进去书;二来杨兄以此适应考场,到了正式开考的那一日,也不至于太过紧张。"

闻言,杨惟学一愣,细细思索后觉得颇有道理,且这法子便是这科不中,下科好生备上三年,一样有用。思及此,杨惟学便正色说道:"多谢览弟,我这便回去读书!"他又惋惜不已,"览弟灵慧,若能好生读书,必能金榜题名,如今操弄商贾之事,实在可惜。"

沈澜心道她若要参加科举,乡试搜身可是要从头发搜到脚底的,狠一点儿的还得褪去衣衫,光这一关她就过不去,于是只笑笑应付道:"我虽不能蟾宫折桂,可待杨兄跨马游街时,我必定去看!"

杨惟学朗声大笑起来，快活地说道："借贤弟吉言！"

两个人对视一眼，一同笑起来。

笑了一阵儿，杨惟学不免想投桃报李，问道："览弟可想好要做什么生意？若览弟有差遣，尽管告诉为兄。"

沈澜见他热心，便也笑道："我这生意的关键尽数系在杨兄身上。"

杨惟学一愣，好奇地问道："这是何意？"

"待杨兄得中解元郎，必有商贾盈门来求杨兄时文。劳烦杨兄务必拒绝，只将平日里所作时文尽数予我，容我集成册，届时苏州士子必定趋之若鹜。若杨兄考中状元，更是天下人都要来买杨兄的墨宝。"

明明是她要借杨惟学做生意，偏要说成士子来求他的墨宝，杨惟学一时被她逗得发笑，意气风发地说道："览弟勿忧，为兄便是为了览弟也要考中解元郎！"

这话说得二人齐齐怔了怔。

萍水相逢，对方如此真心待她，沈澜难免有几分感动，便情真意切地说道："我落魄之时能得杨兄一知己，也算不枉此生了。"

杨惟学也是性情中人，闻言洒脱地说道："览弟如此颖慧，便是一时落魄，也不过龙游浅滩、虎落平阳罢了，早晚有东山再起的一日。我能得览弟为友，亦是侥天之幸。"又意气风发地说道，"且待我做了解元郎，便提着时文来见览弟！"

沈澜拱手说道："只愿杨兄明年此日青云上，却笑人间举子忙。"

杨惟学大笑三声，快活离去。

这边沈澜正为独家的时文生意忙碌，那边石经纶再次前来国公府拜见裴慎。

"沧州乾宁驿？"裴慎说道。

石经纶拱手，娓娓道来："前些日子我派人临摹了大人给的画像，分发给各地的千户，叫他们细细留意画中人。千户们将消息层层下达给百户、总旗、小旗。乾宁驿有个小旗心细，思来想去，想起周围倒真有件稀罕事。

"原来是河坡巷有个卖芦苇席的老者突然发了家，竟买了两亩地。人人都说是来了个富贵亲戚，买了那老者的席子。这原本也不是什么大事，因做生意突然发家的、破产的，遍地都是。一个升斗小民挣了几两银子罢了，无人在意。可偏偏陆指挥使发了狠，底下人又盼着靠此等机会立功，便悉心留意起周围的陌生人、稀罕事。

"那小旗胆大心细，先是问了见过那公子的婆子。待婆子细细形容一番后，小旗便层层上报至千户处。千户取来画像去寻了那老者。一通儿诈唬之下，那老者哪里敢隐瞒，即刻认出给他银子的那位公子便是画中人。"

石经纶说道："大人，此女颇为谨慎，下船之时着石青襕衫，换了直裰，又涂黄了脸、画粗了眉毛才去见卖芦苇席的老者，为自己弄到路引。若不是大人给的画像本就是男子装扮，加之她的五官底子实在太好，恐怕还真就被她糊弄了过去。不仅如此，她恐怕是一路换船，几经周折。若不是那小旗心细，在沧州发现了她的踪迹，我等若跟着船只去查，只怕查来查去也是一团乱麻。"

她换的船太多了，又小半个月过去了，哪个船夫还会记得载过哪些客人呢？

石经纶感叹道："此女心思真细，若不是遇到了锦衣卫，只怕早已远遁千里，逍遥自在去了。"

裴慎闻言，只冷冷地说道："既然查到了她在沧州开了路引，可知道路引上写的是何地？"

"苏州。"石经纶说道，"我已派人传信给苏州的锦衣卫。"

"她未必会去苏州。"裴慎摇摇头，"若她中途随意找个地方下船，有此路引为证，只说自己临时改道，一样能在当地扎根。"

既是找人，裴慎绝不愿意放过任何一种可能。

石经纶拱手说道："既然如此，我便照旧传信给各地的锦衣卫，叫他们继续找。"

裴慎点头："苏州也不能放过，先从苏州寻起。若在苏州寻不到她，便去寻运河所过的城镇，若还是寻不到，再扩大范围。"

石经纶拱手称是。

裴慎又说道："你且叫兄弟们留心近来租赁、购置房屋的陌生人。"

无论如何，一个人去外地扎根，总得有个地方住。

"此外，她心思细，或许会主动结交同行的旅客，故而你还须留心投亲的、被邀请去旁人家里做客的，乃至去寺庙借宿之人。"裴慎思忖片刻，只觉再疏漏，这才笑问道，"那沧州的小旗叫什么名字？你且问问他要什么。"

石经纶便笑了一声，开口："那小旗早说了，愿为大人执鞭坠镫。"

裴慎便笑道："既是如此，你且叫他来我身侧做个亲卫。"

石经纶只道那小旗是时来运转，发达了。宰相门前七品官，裴慎的亲卫将来被他放出去，做个偏将也是使得的。

两个人又闲谈了几句，石经纶这才告辞离去。

今日乃八月十五，恰逢中秋，也是杨惟学参加乡试的最后一日。

沈澜取了银子要去贡院迎接他。友情是需要培养的。要想让杨惟学照拂她，她就必要在对方连考九日，出了贡院后头脑昏沉、身体虚弱之时，倍加关怀。

沈澜刚开门，竟见一妙龄少女着白绫扣衫、天青杭缎罗裙，盘头楂髻上插着一排银小簪，在旁探头探脑，忸怩不安。

正是吴小娘子。

沈澜暗道不好，回身欲阖门。

谁知那吴小娘子见她欲逃，竟直直追上来，怒问道："你跑什么？"

无可奈何之下，沈澜转身作揖："吴姑娘可有事？"

吴娇娇脸皮薄，不过是前几日在家中被母亲责骂了一顿，母亲说沈澜并非良配，叫她不必再想，她心中郁郁，方才出门散散心。可他见了自己竟转身欲走，吴娇娇难免羞愤，忍不住板起脸，牙尖嘴利地说道："你是做了什么亏心事，见了我便逃？"

沈澜不愿得罪房东的女儿，笑道："我方才不曾看见你，只是想起出门没带钱，正欲回家去，哪里就是逃跑了？"

吴娇娇冷哼一声，问道："你真不是要逃？"

见她生得俏，刁蛮起来也颇为可爱，沈澜便好生哄她："我自然不会骗你。"

"好！"吴娇娇昂起头，娇声说道，"你若胡说，我只管叫巡抚将你斩了！"

巡抚？沈澜一怔，脸色略略发白，转念一想，又觉得自己多思多虑，只听到"巡抚"二字便想到裴慎，当真是草木皆兵。她定了定心神，笑问道："什么巡抚？"吴娇娇不是官宦人家出身，怎会张口闭口"巡抚"呢？

吴娇娇哼了一声，只觉此人竟是个聪明面孔笨肚肠，还不如自己灵慧呢！她扬起头，笑道："我阿哥回来告诉我的，说茶馆里的说书先生现如今不说什么岳武穆了，改说俺答败走山西、巡抚受赏京都。"

"山西""巡抚"，这两个词凑在一起，直叫沈澜心发颤。

她掐了掐掌心，勉强镇定地说道："哪个茶馆编出来的戏文，胡诌扯上巡抚，也不怕被定罪？"

吴娇娇"扑哧"笑起来："哪里就要定罪了！那说书先生动不动便说宰相的千金、皇帝的女儿，那宰相和皇帝难道要将说书的都抓起来不成？"

沈澜苦笑，这吴娇娇听不出重点，无奈，她只好直白地问道："那说书先生在哪家茶馆里？我闲来无事，也去坐坐。"

吴娇娇张口便道："万春茶馆呀！那说书先生昨日才开始说的。"

他昨日才开始说的？怪不得沈澜前些日子都不曾听闻，想来是那说书先生刚刚编出戏文来。

沈澜心急如焚，一得到答案便想走，偏偏吴娇娇还在痴缠。

沈澜寒暄了几句，终于甩掉了吴娇娇，直奔万春茶馆。一入茶馆，她只随意点了壶万春银叶。沈澜跟着裴慎也算是久经富贵，一尝便知道这壶万春银叶不过是普通的野茶，想来是那店家假托贡品之名挣些银钱罢了。

就在她脑中胡思乱想之时，台上的盲先生醒木一拍，张口便唱道："胡儿铁骑犭狼寇，烧杀掳掠不罢休。一声边报如雷霆，愁云似怖罩燕京。原是那俺答的百万大军下燕京，直激得满朝文武慌张难定。"

台下的看客俱是精神一振。

这盲先生只一亮嗓，便得了一声好彩。

沈澜饮了口茶水定神，只听那盲先生继续唱道："武将魂难定，文臣魄也昏，唯一个书生挂帅印，退贼兵。诸位道那白面书生是谁？"

盲先生一记醒木拍下，众人均竖起耳朵，只听盲先生说道："且容奴歇息一二。"

沈澜一口气噎在喉咙口，不上不下。她从袖中掏出十文钱，正要扔上台，却早已有心急的茶客扔了铜钱上去。

"爷赏你！快唱，快唱！"

"茶博士呢？快给先生上一盏万春银叶润润喉！"

"接赏！快唱呀！"

一时，铜钱如雨，纷纷落地。

那盲先生眼睛看不见，耳朵却灵，在心中算了算这铜钱量，便心满意足地啜了口茶水，继续唱道："书生本是跨马游街状元郎，进士及第好文章，赴任山西巡抚心不慌，出宣府斥退那黄河浪，抖银枪斩贼寇在当场。"

"好！"

"当赏当赏！"

台下一片叫好声。

一时，又有铜钱纷纷落地。

沈澜此刻已是心神大震。

状元，山西，巡抚，这三个条件加起来还能有谁呢？裴慎竟已击败了鞑子。

那盲先生得了赏钱后越发来劲儿，开了嗓子又唱道："一弯月儿照九州，击胡虏、拒贼寇，直杀得九边血染流。捷报传至燕京府，巡抚解去皇帝忧，痛饮庆功酒，献俘前门楼，银枪上人头血淋淋挂，囚车里鞑靼……"

此后那盲先生唱了什么，沈澜已不知道了，满脑子只有一个念头——裴慎回京了。

然而此刻，裴慎并未在京都，他向陛下告假，只说要代父回南京祭祖，人已在漕船之上。

江南乃财货赋税重地，年年自湖广、吴中等地押运进京的漕粮高达百万石，故而运河之上，黄船、漕船月月都有，且因是官船，运河关卡畅通无阻，甚至可以昼夜行船，从京都途经沧州、扬州，直至苏州，只需半月的工夫即可。

裴慎便搭了漕船，直往苏州而去。

此时已是八月十五，中秋月半，他不与家人团圆，却在水路上奔波。

思及此，裴慎只冷冷一笑。

漕船上自然有个锦衣卫随侍左右，见裴慎心情不好，便取了月饼来。

"大人且尝尝。"锦衣卫管档千户潭英取了个印了嫦娥奔月图案的椒盐酥油五仁月饼。

裴慎接过月饼，笑道："这月饼上的嫦娥奔月印得尚可，是致美斋的手艺吧？"

潭英笑道："属下想着中秋要在船上过，临上船前遣了小子去买的。"

裴慎吃了一块月饼，说道："辛苦了。"

潭英低声说道："大人哪里话？若非大人帮忙，陆指挥使这一遭恐怕过不去。"

一朝天子一朝臣，若陆指挥使一倒，他们这帮老人也不会有什么好下场。

"陆指挥使福缘深厚，我不过略尽绵薄之力罢了。"裴慎笑了笑。

见裴慎性子温和，潭英又感念他帮忙，犹豫片刻，到底劝道："大人，苏州城的百户既然已查到那人所在，只叫他将此人押解进京便是，何至于劳动大人千里去寻？"

裴慎望着茫茫江面，只觉明镜清寒，一江霜白，两岸荻花瑟瑟。他赏了会儿景，才说道："她性子极倔，若被人绑了，必定要想法子逃脱。千里之遥，处处都是机会。唯我去，她方会死心。"

潭英心细，只笑道："观其言察其行，此人的确精明。如今八月秋闱，遍地都是士子租赁房屋备考，她赁一栋小院半点儿都不显眼。"他又邀功似的骄傲地说道，"只可惜，她千算万算，到底逃不过锦衣卫的法眼！"

传信兵快马加鞭，将裴慎找人的消息于八月初五传到苏州。锦衣卫即刻行动，去数得上号的官牙、私牙处遍查一月内苏州租赁房屋的契约，共计查得一千三百余人赁屋。既然租赁房屋的大半都是士子，那么这些人是必要参考乡试的。

八月初九，乡试开考。

锦衣卫即刻录下乡试参考名单，共计一千六百余人，拿名单两相对照，发现其中有一百五十人租赁了房屋却未曾参考乡试。保险起见，锦衣卫不曾剔除拖家带口的、当地人、行商的等，只消一位百户遣动自家小子，先叫手下人看过画像，再分头寻至这百余人的住处，一人盯梢一户，只消擦肩而过看上一眼，便知道是不是自己要找的人。

三日的工夫，锦衣卫便尽数查验完毕。

若运气好些，盯梢的一日便能遇见沈澜出门。只可惜锦衣卫运气不太好，又或者是因为沈澜谨慎，生生到了第三日才遇见沈澜出门采买蔬果。

此时已到了八月十二,一人双马八百里加急,将消息传回京都也不过三天。

如今八月十五,裴慎接到消息后,夤夜登船,直往苏州而去。

沈澜深一脚、浅一脚,跌跌撞撞地回到家,失魂落魄地阖上门,怔怔地立在院子里。

日薄西山,残霞夕照,庭中的青石板似熔金,唯石缝儿里的几株野草尚有几分浮翠。盯着那几株顽强破土的野草看了半晌,沈澜这才定了定心神。

既然关于裴慎剿灭鞑子的戏文已经传出来了,至少证明对方必定早已回了京都,此刻恐怕已腾出手来寻她了。她到底要不要离开苏州?

沈澜一时略有几分犹豫。

或许原本裴慎不曾发现,可她若动了,反倒引人注目。保不齐那盲先生唱的戏也是为了打草惊蛇,好叫她仓皇出逃,露出破绽。可她若不动,万一裴慎已查到她在苏州,那她岂不是原地等死?一时,沈澜竟坐困愁城,两相为难。

她坐在原地思索了一会儿,整了整衣衫,径自出门去找东西吃。她走远一些,入了巷子。巷子中有家象棋饼铺,专卖棋炒,细腻的重罗白面揉成面团,只拿香油烘烤,切成棋子般的小块,略炒制一二,撒上黑芝麻。食客们一口咬下去,又酥又脆,还泛着面团特有的麦香气。

沈澜花十文买了一份,只拿竹纸包着,闲来无事便拈上一块塞进嘴里,细细咀嚼。

恰逢中秋佳节,各家要团圆赏月,四处送节礼,主子赏奴仆、学子送馆师、东家赏伙计,店铺纷纷送账帖,债家盈门讨欠款,欠债的躲中秋……人人都有事忙。独独沈澜,咬了口棋炒,慢悠悠地往巷子里走。

"罗哥,她怎么老往偏僻的地方走啊?"跟踪沈澜的一个锦衣卫力士蹙眉说道。

罗平志一面远远地跟着沈澜,一面琢磨道:"管她去哪儿,我们跟上去便是。"

只要别让她走丢,安安生生地等到上头人来,他们的任务也就完成了。

两个人便继续装作归家的兄弟,一路闲聊,一路跟着沈澜。

走了一段路后,那力士迟疑地说道:"前面是个丁字巷口,她越走越偏了。她该不会是发现了我们,要逃跑吧?"

罗平志一顿,摇头说道:"你浑说什么!我们这几日每日盯梢都叫不同的人来,没有一个熟面孔,她不过一个闺阁女子罢了,哪里会想到被跟踪?"为了安全起见,到底说道,"你速速去叫几个小子来!这里的出口拢共也不过七八条巷子,叫他们守在巷子前,给我盯紧了!"

那力士得了吩咐,转身就走。

罗平志便稍微等了等,见前方巷子处没人了,即刻跟上,谁知刚走到巷子中间,便见沈澜从巷口折返。

罗平志即刻转身,对着眼前的人家"咚咚"敲门,嚷嚷道:"你躲什么躲!直娘贼的憨卵!快给你爷爷出来!"

他装出凶神恶煞的样子,一看便是中秋来讨债的债主。

沈澜瞥了一眼罗平志,见他这般凶恶,即刻低头,加快步伐,匆匆离去,不愿沾惹这光棍儿。

罗平志瞥见沈澜出了巷子,又骂了几句,惹得左邻右舍纷纷紧闭大门,这才匆匆去追沈澜。

此刻,沈澜已咬着棋炒,出了歪七扭八的小巷,慢悠悠地走在街上。苏州城乃江南水乡,人家尽枕河。沈澜只闲逛了一会儿,又等了等,终于等到了一艘归家的小船。沈澜拦住小船,只说要回盘门外的如京桥,叫船家送她。

那船家得了钱,哪里有不肯的道理,即刻撑篙摇橹。

碧波之上,小船漂漂荡荡。

沈澜立于船头,转身回望,这会儿已是月上柳梢,泰半人家早已归家团圆,街面上稀稀拉拉,只见三两闲人悠悠走动。沈澜望了望,见后方似乎无人跟着自己,便转身向前看去。

没过一会儿,前方河道上便出现了一艘小船。黝黑的船夫撑着竹篙,着宝蓝色直裰的客人坐在船舱里,拈二两花生米,优哉游哉地饮了口酒。

沈澜见状,说道:"船家,前方转弯,不去如京桥了,往另一个方向走。"

那船家一愣,只是沈澜掏出了铜板,管他去哪儿,便顺着沈澜的指示与前方那艘船分道。

沈澜悠闲地立了一会儿,见前后方都没有船只,只是岸边的街面上还有行人。沈澜又叫船家快着些,只说自己急着赶路。那船家得了钱,只在心里骂她多事,手上到底卖力。小船顺流而下,自然比行人快,两岸的行人俱被甩脱。

没过一会儿,从河道拐弯处又绕出来一艘小舟。小舟上面是个晚归的船夫,撑着空船往家去。

沈澜立在船头笑了笑,又出钱叫船夫往如京桥去。这么一通儿闲逛下来,待沈澜回返如京桥,已是明月高悬。

沈澜进了院子,将门阖上,只咬着最后一块凉透了的棋炒,冷笑一声。她折回巷子,便有人在巷子里追债;她上船,前方就有船客游览风光;她与前船分道,尚有两岸的行人悠闲夜游;她令船只加速甩脱两岸的行人,又有船夫撑船归家。沈澜哪里还意识不到,自己已被盯上了。

有能耐这般遮掩又小心谨慎的,绝不是普通的把棍恶少,必定是裴慎的人。

沈澜一时不知自己哪里露了破绽，竟让裴慎甫一回京便寻到了她。

她心里发沉，匆匆进房，微微支开柳叶窗，只拿余光一瞥，便见窗外的河道上有一艘小船泊着。

沈澜心知肚明，恐怕不仅是窗外、门口，乃至墙外，俱有人守着。

对方人马安置得这般周密，她当真是插翅难飞。

她佯装立在窗前赏景，赏了一会儿，似有些冷意，便阖上窗，只熄了灯，坐于桌前，苦思冥想对策。这帮人手腕老到，精于跟踪，若沈澜真是个深闺女子，必定看不出有人盯梢她。就算是如今，沈澜也没确凿的证据证明有人跟踪她，不过是察觉到一些苗头罢了。思及此，沈澜叹息一声，只倒了一盏冷茶啜饮。

这群人明明盯上了她却不发动，多半是在等上头的命令，或者是在等裴慎到苏州。

裴慎快来了？沈澜摇摇头，只自嘲一番，未免也太看得起自己了。裴慎是个什么性子，她还能不知道吗？此人权欲极重，这会儿恐怕是在京都四处交游，或者忙于战后受赏，怎会为一妾室千里迢迢南下苏州？他多半是要叫人将她捉住，送往京都。无论是什么情况，这些人虽防守严密却尚未动手，她还有机会逃跑。

沈澜定定神，铺开细布薄被，拂下素纱帐，沉沉睡去。

第二日一大早，沈澜开窗通风，见昨夜泊着的小舟已消失不见，河道上到处都是舟船，早已分不清是哪艘。沈澜心情越发沉重，暗叹对方心细。她赏了会儿景色，笑盈盈地阖上窗户，出门去寻杨惟学。

沈澜走了一段路，悉心留意之下，方觉身前身后尾巴重重，心知昨日自己几番试探恐怕已让对方起疑，加紧了跟踪。如今最好的办法是她闭门不出，缓和数日，以麻痹对方，再寻机逃跑。可沈澜不知他们何时发作，正要争抢时间，哪里敢用这般办法？

她慢悠悠地闲逛，终于到了虹桥杨府。

杨府乃苏州大族，门口有三座进士及第石牌坊，东面临街，占地七进，朱漆兽首，堂宇宏邃。

沈澜没有拜帖，冒昧前来，可府上的门子知道他是家中少爷的好友，便恭敬地说道："王公子，少爷昨日考完后在家中睡了个昏天黑地。老爷叮嘱了，只说一应事务无须扰他。"

沈澜心知乡试连考九日，铁人考完都要补眠的，便取了一两银子掩于袖中递给他，笑道："若你家少爷醒了，只说我曾来拜访他。"

那门子欢欢喜喜地应了。

见状，沈澜转身离去，又四处闲逛了一会儿，实在寻不到脱身的机会，这才无奈放弃。

第二日，沈澜照旧出门闲逛。可这群人心细，盯得极紧。她心知自己若跑了，不消一时三刻便会被人追上，届时撕破脸皮，叫这些人抓了，反倒再无逃跑机会。无可奈何，沈澜只好暗自等待机会。

过了一日，八月十九，一大早，杨惟学便登门拜访。

杨惟学年富力强，昏天黑地地睡了两日便缓了过来。听闻沈澜来拜访过他，他一大早便登门了。他敲开门，见沈澜今日着细葛直裰，青衫落拓，眉眼风流，便拱手笑道："览弟这气色是越发好了，不像为兄，连考九日，如今是神思昏昏写时文，两眼黑黑见来人。"

沈澜轻笑，心道此人戏谑旁人也就罢了，连自己也不放过，便开玩笑道："杨兄说笑了，如今龌龊不足夸，明朝看尽长安花。"

杨惟学被她逗笑，便正色说道："多谢览弟吉言。为兄若有跨马游街的一日，必叫览弟旁观。"

沈澜一时愕然，笑骂道："你跨马游街，风光至极时，我不看，偏要看你被榜下捉婿，慌慌张张，夺路而逃！"

语罢，二人齐齐大笑起来。

不远处撑船的罗平志咋舌不已，暗自将这些话记下来，届时还得学舌给上头人听。

两个人笑了一阵后，杨惟学问道："览弟寻我可有事？"

沈澜笑盈盈地说道："考完了，我怕你一味操心何时放榜，便想着约你出去游玩一二，也好散散心。"

杨惟学心中一热，只觉这朋友当真没交错，便朗声笑道："九月才放榜，如今我有的是时光好消磨。"他说罢，只将手中的川扇往外一指，便偕沈澜出门去。

"这阊门乃苏州城内一等一的繁华地。"杨惟学一个土生土长的苏州人，于苏州风物自然如数家珍。

听他言，沈澜环顾四周，只见大块青石砖铺地，街面宽阔，可容五车并行。桥下一泓河水，游船如织。两侧亭馆密布，旗幌林立，密无间隙。

"览弟可要进去看看？"杨惟学指着金福星画帮的旗幌问道。

沈澜见内里有几个直裰文人取了画正在交谈，好奇地问道："此地可是卖画的？那吴娘子家里似乎也是开画帮的。"

"不错。"杨惟学点头，"常有商贾中人市画。"语罢，他又往前走了几步。

那是家古董铺子，名唤清鹤斋。

沈澜见那楹联上写着"小门面正对三公之府，大斧头专打万石之家"，便笑道：

"这铺子的掌柜口气还挺大。"掌柜竟将客人定位在非富即贵的三公之家。

杨惟学笑道:"览弟不知,近来苏州兴起了新风气,只说苏州人玩古董,试新茶,方是透骨时样。"

沈澜猜测是新潮的意思。

杨惟学又笑道:"这家店叫清鹤斋,不仅贩古董,想来也卖案头清玩。陆子冈的玉马,赵良璧的锡器,汪中山的玄香太守墨,俱是名噪一时。览弟若有意,便进去看看。"

"可惜我囊中羞涩啊。"沈澜感慨道。

杨惟学竟大笑起来:"那些又不是什么贵价玩意儿。览弟若喜欢,我赠你一件便是。"

沈澜摆手说道:"无功不受禄。"

见她执意推拒,非是为了得好处才凑上来的,杨惟学心中越发欢喜,带着她一路看,一路吃。他们上金阊书林看了几本《鼎镌玉簪记》《东西晋演义》,去藏珠楼吃了仙人粥、阁老饼,再去胡家酒肆品尝名噪一时的谷溪春。一日下来,沈澜被杨惟学带着四处赏玩,只觉秋日风光,八方风物,荟萃苏州,果真是锦绣膏腴之地,不同凡响。

一连三日,沈澜俱玩得尽兴而归。

此时已是八月二十二。

她日日卯时出,酉时归,眼看着盯梢的人已不像前些日子那般警惕,便知道机会来了。

八月二十二日,沈澜与杨惟学白日里在外游玩。及至半下午,沈澜提议道:"杨兄,前些日子你不是说要去石湖放舟,今日天气晴朗,不若你我同游石湖?"

杨惟学自然无有不可,笑盈盈地应了,又说道:"览弟且稍待,容我取些笔墨,且上湖心作画去!"

沈澜略一思忖便应了。

少顷,杨惟学便带着一个小厮来了。

那小厮穿一身细布短打,拎着画箱和一把榉木官帽直背交椅。

石湖位于苏州虎丘、吴中两县中间,绵延数里。正值秋日,湖光山色映残荷,别有一番趣味。

三人一同上了艘小舟,一路往湖心而去。没过一会儿,沈澜便望见三两小舟现于湖心之上。

大约是怕她发现,又觉得她总不能从湖心消失,这群人便只远远跟着。

"览弟快瞧,那里便是行春桥,八月十七可见石湖串月之景。"语罢,杨惟学惋惜地说道，"只可惜如今已是八月二十二，我们错过了。"

沈澜瞥了一眼桥上的行人，笑道："不可惜，下一年我再与杨兄游览石湖便是。届时你我同上行春桥。"

杨惟学便也大笑起来。

见他心情不错，沈澜反倒苦着脸，重重地叹息一声。

"这是怎么了？"杨惟学蹙眉说道，"览弟可有烦心事？"

沈澜为了促进她与杨惟学的感情，生生陪玩了三天，如今眼看着火候到了，正要开口，谁知杨惟学突然笑道："且让为兄猜一猜，你可是为了生意一事烦恼？"

沈澜微怔。

杨惟学见她发愣，越发肯定自己的猜测，只笑道："当日览弟曾说要做时文生意，想来是要开办一家书坊，可这些日子来览弟只陪着我四处散心，不曾动作。为兄心中甚是感动，便想着今日作一幅《石湖游乐图》赠予览弟。"

沈澜只略一思忖便明白了。杨惟学竟以为她囊中羞涩，故而要将他的画作相赠，届时她便可通过变卖其画作换银子。怪不得前两天杨惟学还说要送她一件古董，想来也是为了让她变卖。

萍水相逢，能得对方如此帮扶，沈澜焉能不感动？

人心都是肉长的。沈澜深吸一口气，开口："杨兄赤子之心，倒是我枉作小人了。"语罢，凑近杨惟学，笑道，"杨兄且看，我这耳垂上有什么？"

这耳垂上能有什么？杨惟学一时纳闷儿，只凑近了去看。

那白玉般的耳垂被簌簌凉风吹得略略泛红。杨惟学想说自己带了件鹤氅，她可要穿，话未说出口，眼神一凝，竟见那耳垂上隐有一道圆形的伤痕，内里的肉似是后来长出来的。

伤痕？耳洞！

杨惟学大惊失色："你……你……"

沈澜拿手指抵在自己的唇瓣上，示意他噤声。

杨惟学大受震动，一时竟讷讷不语。

沈澜苦笑道："杨兄可看见周围的那几艘船？"

杨惟学还有些发蒙，顺着她所指的方向望去，见几艘小舟远远地漂荡在湖面上。

"看见了。"杨惟学缓过神儿来，蹙眉说道，"这些船怎么了？"

沈澜苦笑："不瞒杨兄，我本是扬州人氏，父亲乃盐商。我生来貌美，父亲为了攀附权贵，竟要将我献给达官显宦做妾。"

杨惟学定了定神，问道："哪个贵人？"

沈澜犹豫片刻，到底说道："两淮巡盐御史。那些人便是我父亲派来抓我的，他们已盯上了我，只待我父亲一到，便要将我悄没声地带回扬州。"她哀声说道，"杨兄，我实在不愿做妾。你我相交多日，还请你帮我一回！"

杨惟学蹙眉说道："父女哪儿有隔夜仇？待你父亲来了，我便帮你说和一二。"

沈澜苦笑道："杨兄，你若帮我说和，只怕我父亲动了心思，反要来攀附你杨家。"

"这……这……"杨惟学磕磕巴巴，瞥了一眼沈澜，见她眉眼多情，好似汪着一湖春水，又想起这几日两个人形影不离，四处游玩，一时竟不复往日里的风流，只脸色微红，讷讷道，"你且安心，我自会与你父亲说的，必不叫你父亲将你送去做妾。"

沈澜急得半死，只哀求他，梨花带雨，西子捧心，好不可怜。

杨惟学不过十九岁，哪里受得住美人这般哀求，到底无奈地说道："也罢，你要我如何帮你？"

沈澜即刻低声说道："这倒也简单。杨兄只消唤两个船妓来撑船，届时我与其中一个妓子换一换衣服便是。"

杨惟学略一思忖便明白了："你这是要我与那妓子归你家，引开那些人，届时你好撑船离去？"

沈澜点头，为使他心安，便说道："待离了石湖，我便去外头寻一民居暂且先住下，等过了风头便通知杨兄。"

哪里还要她通知呢？石湖连通八百里太湖，而太湖横跨两省三州，一入太湖，这些人便再也追不到她了。

二人稍加商议，杨惟学便唤来在船头与艄公闲聊的小厮，叫他去寻两个船妓来，又低声说道："与览弟身形相似的即可。"

那小厮素来机灵，闻言却不免傻眼，只望着自家公子与王公子，一时讷讷发呆。

"你还愣着做甚！还不快去！"杨惟学难免黑脸，心知自己在这小厮的心里已成了对兄弟有非分之想的无耻之徒。

只待艄公靠岸，那小厮便下了船，飞也似的跑了。

罗平志远远一望，见沈澜还在船上，自然无所谓那小厮去做甚，只专注地盯着沈澜。

日头偏西，暮色四合。

此刻，沈澜正端坐在小舟之上，焦急地等待那小厮回来。

就在她等待杨惟学的小厮归来时，裴慎的漕船却已至苏州的姑苏驿。

从京都至苏州，一路无关卡阻碍，只昼夜行船。若遇河道不便，就一人双马，昼夜疾驰，最高纪录是日驱驰三百里。这般赶路，与八百里加急无异。裴慎生生用了不到七日的工夫便赶到了苏州。

"大人且看,那便是姑苏驿。"潭英对着不远处指点道,"姑苏驿为水陆两用的驿站,一半涉水,一半涉陆,左为月洲亭,右为皇华亭,北有延宾馆,南有昭赐楼,俱是赏景的好去处。"他又道,"大人可要于驿站稍事歇息,沐浴更衣?"

裴慎望了望江面,摇摇头,问道:"马匹可备好了?老规矩,一下船,一人双马,即刻就走!"

潭英微怔,拱手说道:"大人且安心,虽底下人办事偶有差错,但此事我再三强调,孩儿们必定用心,绝不敢懈怠。便是我等稍缓上一二日也无妨,孩儿们必不会叫她走脱了去。"

裴慎摇头说道:"她性子狡狯,你若小觑了她,只怕要吃亏。"

行百里者半九十,以裴慎的谨慎,自然要落袋为安。他笑道:"我们再赶一段路,趁夜进城,今日就将此事了结。届时,我请兄弟们去苏州最好的酒楼喝酒!"

裴慎都这么说了,周围人自然拱手应声。

及至他们下船,即刻有留守在此地的锦衣卫迎上来,只说午间罗百户遣人来报过消息,其人正与友人游览石湖风光。

"友人?"裴慎勒停马匹,冷冷地问道,"她哪里来的友人?"

那禀报的小旗尴尬地说道:"是当地杨氏一族的公子,名唤杨惟学,年约十九,本在外求学,前些日子回返苏州参加乡试。"

裴慎猛地攥紧马鞭,冷笑一声,正欲扬鞭策马赶去石湖,却突然顿住。他熟读舆图,自然知道苏州石湖连通八百里太湖,而太湖途经两省三州。

"你去寻些小船,载几个人去石湖连通太湖的水道上等我号令。"

潭英愣了愣:"大人,她一个弱女子,总不敢从石湖孤身入太湖吧?"

八百里太湖,岛屿暗礁遍地都是,若不谙熟水道者进去了,只怕有死无生。

"此举不过是以防万一罢了。"裴慎语罢,扬鞭策马,直奔石湖。

此刻,杨惟学的小厮寻来的船妓已至。

士大夫狎妓本是寻常,见那小厮带着两个妓子来,罗平志浑不在意。

夜色渐渐蔓延开来。

沈澜和杨惟学上了那船妓的小舟。

"公子,儿名唤皎娘。"个子稍高的妓子领首低眉说道。

沈澜轻笑一声,笑问道:"你叫皎娘,那撑船的那个叫什么?"

皎娘便怯声怯气地说道:"她叫锦娘,是儿阿姐。"

沈澜便与她调笑几句,并不曾动手动脚。

那皎娘便渐渐安心下来。

见她神色舒缓，沈澜又望了望夜色，漆黑似墨，唯窄月朦朦胧胧。

沈澜心知时辰差不多了，便开口："你个子高，这身形倒与我相似。"

那皎娘微微一怔，只以为她嘲笑自己身量，便低下头去，不语。

沈澜只冲着她笑道："你身旁的这位是杨家公子，你可听过？"

皎娘羞涩地点头说道："儿自是听过的。"

杨家是大族，杨惟学自小便有神童之名，苏州城内无人不知，无人不晓。

杨惟学一听她提及自己，便知道已到了开口的时机："我与览弟打了个赌，赌若有人扮她，可能蒙骗过旁人？你且将你的衣物与她换一换，你来扮我览弟，若扮得好，我重重有赏。"

那皎娘微怔，便一口应下。她无须卖皮肉，不过是扮个人罢了，又有何难？

沈澜便叫锦娘往行春桥下驶去。

黑漆漆的桥洞里，沈澜快速与皎娘换了衣衫。

待船只驶离行春桥，沈澜已娇声到船头："姐姐，杨公子唤你，我来撑船吧。"

那锦娘正惊异，却听到沈澜低声说道："我与旁人打赌，你可莫要拆穿我。"

锦娘便"扑哧"笑起来，开玩笑道："奴家自然不会拆穿公子。公子若有吩咐，尽管说便是。"

沈澜便接过她手中的竹篙，笑道："一会儿你妹妹和杨公子下船去，你便待在船上，我稍后自会放你下船。你下船后，只管回家便是。"

"是！"锦娘一口应下，又迟疑地说道，"那我妹妹……"

"你且安心。天一亮，她自然会回去。"语罢，沈澜望了一眼船舱里稍显不安却还在矫正皎娘步态、体态的杨惟学，心中难免愧疚。这里的所有人，包括杨惟学，都是被她蒙骗的。之后便是被发现了，也不会有人将罪责推到杨惟学身上。

这是她对杨惟学的最后一点儿保护了。

夜色越来越深，湖面上清雾四起。

盯梢的罗平志纳闷儿地说道："快酉时末了吧，他们怎么还不回去？"

罗平志话音刚落，就见那船停在了岸边，杨惟学与"王览"说说笑笑，上了一辆马车。

罗平志即刻吩咐停船靠岸，远远地跟上那辆马车。

马车碾过青石板路，很快到了如京桥，停在了沈澜家门口。

杨惟学掀开车帘，对着下了马车、正低头掏钥匙的"王览"笑道："览弟，我明日来接你去香山墓，拜见一下名妓苏小小。"

"王览"低低地应了一声，推开门，径自回家去了。

车夫再度扬鞭，马匹鼻息轻吐，径自返回杨府去了。

此刻，弯月朦胧，夜色清寒。沈澜早已寻了个岸边放下锦娘，撑着船直奔太湖。而裴慎快马加鞭，赶往石湖的路上途经如京桥。

一到乌木门前，见对面屋檐下躺着两个闲汉，潭英打马上前，说道："可是罗平志？"

罗平志猛地蹿起来，低声说道："正是，敢问是哪一位？"

潭英笑道："可是此地？"他遥遥一指那乌木门。

罗平志点头："正是！那人刚刚游湖回来，正好与诸位大人前后脚的工夫。"

裴慎下马，冷着脸，一脚踹裂了半扇乌木门，唬得众人心猛地一跳。

刚走到庭中的皎娘闻声，难免骇得脸色发白，只以为是哪里的强人破门而入，惊得回身望去，竟是个锦衣玉带的公子哥儿。

二人只隔着几步远，四目相对，裴慎本就冷峻的脸色越发难看，竟看也不看皎娘，飞身上马，直奔石湖。

跟在裴慎后头、脸色难看至极的潭英斥骂道："你们是干什么吃的，竟叫一个弱女子逃了去！"

罗平志脸色发白，继而勃然大怒："你个鸟人！敢骗你爷爷我！"他便要去捉拿皎娘。

潭英骂道："你与她置什么气，还不快想想人是什么时候丢的！"他顾不上罗平志，只打马去追裴慎。

霜风烈烈。

裴慎快马加鞭，只消一炷香的时间便赶到了石湖。

石湖四寂，清雾弥漫，唯见桥影残荷，再不闻半点儿人声。

裴慎冷笑一声，吩咐身侧的亲卫去寻艘小船来，再去寻个常年在太湖中捕鱼的蛋民当向导。

不消半个时辰，人、船均到。

裴慎上了小舟。

那蛋民被人从船上抓起来，还在发蒙，又见抓他的人都是锦衣佩刀，心里发怵，自然是对方问什么自己就答什么。

"从石湖入太湖最近的一个口子？"蛋民颤颤巍巍地说道，"那得往庞家塘去。"

"你来引路。"裴慎示意亲卫取了二十两银票递给那蛋民。

蛋民穷苦，骤然得了二十两银票，竟宛如做梦一般，一时愣在原地，不敢相信。他缓过神儿来后，不停地说着苏州上话，拍胸脯表忠心，引着船直往庞家塘去。

此刻，沈澜已撑着船行了大半个时辰。夜色越发寒凉，沈澜体力隐有不支，全靠一口心气咬牙扛着。她本可以在脱离这些盯梢者的视线后，坐杨惟学备好的船只或是马匹，径自赶往城门或是码头。可这些人能这么快找到她，必是官面上的人，沈澜生怕城门、码头也有这些人的眼线，故而索性弃了这些地方，只一个人往太湖去。既然要往太湖去，自然是从石湖直接出发最好，故而沈澜方才在石湖换装脱身。

夜风渐凉，玉臂清寒，沈澜搓搓手暖暖身子，给自己鼓劲儿，继续行船。

快了快了，她只消靠着冷水和馒头熬一熬，顺着河道一路往下，再沿着对面的岸边行船，不消两日的工夫，便能到达浙江一带，届时随机挑个地方上岸，必比走官府驿站稳妥。

沈澜心思一定，咬着牙往下行船。

那河道虽窄，可行一艘小舟必是可以的。

沈澜又行了一会儿，忽见前方的河道口竟也泊着一艘小船。

怎会有船在此？

沈澜心里一紧，抚了抚胸口：莫慌！许是入太湖捕鱼的疍民以船为家，停泊在此歇息罢了。

沈澜握紧竹篙，佯装若无其事，欲绕过那小船。

谁知那舟上竟走出个佩刀的汉子来，一见沈澜便拔刀大喝道："速速停船！"

怎会有佩刀人？

沈澜一惊，佯装无事，弯腰低头："官爷，我赶着一大早去太湖打鱼，前头不让过吗？"

那锦衣卫只接到命令截停夜间往庞家塘走的船只，自然不曾见过沈澜，只是见她孤身一人，颇为貌美的样子，心中起疑，便开口："你且留下莫动。"

沈澜心急如焚，自知决计打不过对面船上的三个精壮汉子，只好笑道："官爷，奴家以打鱼为生，素来是手停口停，若明日打不到鱼，只怕要饿死。劳烦官爷发发善心，放奴家过去吧。"她取出袖中的两文钱，递给那锦衣卫。

两文钱？那锦衣卫嗤笑，还与身侧的人耳语起来。

沈澜无奈，以她这人设，无论如何都掏不出十两银子的。可她又怕这些人对自己的容貌起邪心，便不欲再做纠缠，趁着天还没亮，即刻换条路走。

那几个锦衣卫觉得她可疑，见她要走，犹犹豫豫想追。

其中一个劝道："咱们接到的任务是守住这口子。若咱们走了，届时上头问罪下来可如何是好？"语罢，这三人方才未追。

见那几人未追来，沈澜方才松了口气。她生怕这群人与盯梢她的人是一伙的，这意味着她走太湖的这条路被堵死了。如今来看，应当不是，这群人许是在此地有事要办，她恰好撞上来罢了。既然如此，她换条路走便是。

沈澜掉转船头，往回驶去。

此刻已是丑时，河道两岸山色青黎，影影绰绰，掩于雾中。江面上雾气渐浓，沈澜未曾挂灯笼，却见前方似有一点儿灯火，晃晃悠悠地行来。

沈澜微怔，只攥紧竹篙，心神紧绷，暗道莫不是盯梢人追来了？自己为何会被发现？沈澜一面思索着，一面扔下竹篙，往船舱里走。任由小舟停泊在河上，她伪装成疍民夜间停歇于此。

"大人，前方有船！"潭英眼尖，又说道，"一动不动，船里头的许是个疍民。"

以船为家的疍民们白日打鱼，夜间便使船随意地停泊于河上。

裴慎有百步穿杨之能，目力极佳，偏又心细如发，冷冷地说道："哪里来的疍民，船上竟没有鱼腥味儿！"只有船妓们为了招徕客人，方要将船弄得干净无味。

沈澜卧在船舱里，一时竟心神大震。她跟了裴慎三年，哪里会听不出这是裴慎的声音？裴慎怎会在此地？不对，她算过的，裴慎最早七月底、最晚八月初才回京，这才不过大半个月，行船到苏州尚需大半个月，更别提还要算上查她的时间，裴慎怎会如此迅捷？

"沁芳，你是自己出来，还是我过去？"裴慎负手立于船头，已断定这船只有异，便敛了怒容，笑盈盈地问道。

沈澜一口银牙几乎要咬碎，四处张望一番，奈何此刻在船上，当真是上天无路，入地无门。沈澜心中大恸，咬着牙勉力挣扎起身。

两船相接。

裴慎跨上沈澜的船，笑盈盈地掀开船上的竹帘。

沈澜已起身，正坐在舱中抬头望他。

簌簌秋风寒，茫茫江浸月，两岸青山如黛，红蓼丛生。

四目相对，一个脸色发白，另一个却满面春风。

裴慎伸手说道："过来。"

## 第八章
## 那堪风雨助凄凉

见沈澜不动,裴慎好脾气地重复了一遍:"过来!听话!"

沈澜摇摇头,背靠船舱,强忍着满腔惊惧愤懑,勉力平静地说道:"不必过去了。"

闻言,裴慎眼神一冷,柔声笑问:"何意?"

沈澜懒得看他装样,坐在船舱里,盯着他,一字一顿地说道:"我不回去。"

只这么一句话,激得裴慎怒气丛生,不过想到仍有外人在此,又不想逼得她太紧,便维持着温和的神色,警告道:"你在外头玩得也够久了,不要胡闹。"

沈澜又难过又烦躁,只冷下脸来:"我与你好生说话,你听不明白吗?裴慎,我不愿意跟你回去。"

她竟敢直呼裴大人的名讳?!一众下属惊骇至极,只恨不得把头低进湖里。

裴慎怒极反笑:"你胆子越发大了!谁许你直呼我的名讳!"

沈澜冷笑,既已撕破脸,自然是怎么扎他的心就怎么来:"你日日唤我的名字,却不许我唤你的名字,这是什么道理?莫不是'裴慎'二字有什么见不得人的?"

这哪里是在说名字见不得人,分明是在说裴慎见不得人。

另一艘小舟上,众人被她的话唬得心里大骇,不是抬头望着天上的朦月,就是低头研究船身的木质。潭英盯着两岸的远山,状似赏景,实则咋舌不已,暗道:此女果真是胆大包天,怪不得竟敢孤身独行两千余里。

"你怎么不说话?"沈澜冷笑道。

被她三番五次讥讽,佛都有火气,不过是碍于下属尚在,裴慎方才好声好气地与她说话。如今她既然如此，裴慎便也不再顾忌，只冷笑道："沁芳，你知我是个什么脾性。你若今日好生求饶，我还可饶你一命。"

求饶？沈澜竟"扑哧"笑起来，眉眼盈盈，似是汪着秋水，语声微颤，好似春风痴缠柳枝："裴大人，你饶了奴家吧。"

裴慎呼吸一窒，暗骂自己不争气，清清嗓子，正欲开口，却见沈澜霎时又冷下脸来："你若以为我会这般求你，那你便想错了。"冷笑道，"又或者，我倒是可以求你，可你还肯信吗？"

裴慎眼中寒意渐起，只冷冷不语。

沈澜嗤笑。上一回她虚与委蛇，假意风情，使裴慎放松了警惕。若她再来一回，裴慎是决计不会信的。"既然求饶无用，我为何还要求饶？"

"好，好。"裴慎被她气笑，只寒着脸，冷冷地说道，"你性子这般倔，不肯求饶，也不怕我将你打发卖了去。"

话一说出口，裴慎暗自气恼，什么外强中干的话，他说出来平白惹人发笑。

果然，沈澜嗤笑两声，根本不信："裴大人若肯将我打发卖了去，我倒要谢过裴大人了。"

将女子卖去秦楼楚馆，以裴慎的傲气，是决计做不出来的。若将她赠予旁人为妾，裴慎未曾驯服她，又心不甘情不愿。这般威胁之语，除了暴露出裴慎拿她没办法之外，倒显得他自己心虚气短。

裴慎一时恼恨，见沈澜似要再开口，干脆入了船舱内，原想着一掌劈在她的脖颈儿，将她弄晕了去，可见她背靠船舱，隐含防备之意，偏又眉眼刚烈，清倨至极。裴慎气恼，冷笑一声，吩咐船外的下属取一杯烈酒来。

原是为了行船之际，天寒取暖，这酒自然是最烈的烧刀子。

潭英上了船，强忍着好奇，将一壶烧刀子递给裴慎，便即刻出船而去，不敢看沈澜一眼。

"喝吧。"裴慎淡淡地说道。

沈澜扭过脸去，恨恨地说道："不喝。"

裴慎被她气笑，厉声说道："你可要出了船舱，去河上照一照自己的脸色？"

夜风寒凉，河上湿冷，她穿得又不多，偏又撑船行了大半个时辰，这会儿，面色虚白似冰。

沈澜蹙眉，方才心神激荡之下，便连寒冷都察觉不到，这会儿方觉湿冷刺骨。她心知自己酒量不行，两口烧刀子下去，恐怕即刻就会人事不知。可犹豫片刻，她到底起身接过裴慎手中的酒壶。身体就是一切！再冻下去，她只怕要大病一场。况且便是她不喝这酒，再僵持下去，无非是裴慎一掌将她劈晕过去或是堵了嘴带回去，殊无差别。

沈澜素来是识时务的,可此刻恨极了自己的识时务。她咬着牙,强忍心中的悲痛,狠狠灌下一口烧刀子。酒液辛辣苦涩,从喉咙烧过食道,一路烧进胃里,呛得她连连咳嗽,眼角涌出些许泪珠,脸上烧上两团红霞。可沈澜还嫌不够似的,满腔郁愤难发,望着两岸青山,一口一口地往下灌。

关山难越,谁悲失路之人?

饮了几口,沈澜提着酒壶回望裴慎,只觉满心的苦涩化作怒火,燃烧更甚,乃至迁怒船外的众人,只觉跟随裴慎而来抓捕她的尽是可憎可恶之辈,于是又抬手,灌下一口烈酒。

"行了!你别喝了!"裴慎劈手夺过她手中的酒壶,"好端端的,你做借酒浇愁之态做甚!"

沈澜很少饮酒,数口烧刀子下去,五脏六腑都暖和起来,偏偏人也晕晕乎乎的,看什么都是旋转着的。

见她双目含泪,身子发软,好似雨点桃花,薄粉无力,颤颤自枝头跌落,再不复方才牙尖嘴利的样子,裴慎冷哼一声,一把将她扶住,取了大氅将她仔细地裹好,又打横抱起,出船而去。

此时孤月渐隐,晨星寥落,江面上薄雾四散,曙色熹微,唯见两岸青山如黛,半江秋水滟滟,一苇轻舟渡江而去。

第二日夜间,沈澜迷迷糊糊地醒来,但见帐中昏暗,依稀可辨眼前熟悉的素纱帐,前些日子刚洗过,还泛着皂角的清香。

这是她在如京桥的宅子。

她还在苏州,裴慎没带她走吗?沈澜只稍加思索,便忍不住以手扶额,醉后头痛欲裂。她缓了缓,暗骂裴慎两句,便转过身,合眼歇息,不欲搭理人。

裴慎原在房中坐着,四处看。面盆架、衣架、斗柜、方桌,一应俱全。可白墙上苔痕遍布,窗户上糊着密不见光的桑麻纸,桌子高低不平。裴慎盯着马蹄四面屉方桌上的烛台,烛火幽幽跃动,只是灯油分明是豆油,燃起来时散着一股臭气。这是小门小户常用的灯油,只因燃起来时有异味,稍有钱些的人家便不用。他又想起方才潭英来报,只说厨房里俱是些破罐烂碗,米缸干净得耗子都不住。裴慎脸色越发难看。恰在此刻,他听闻帐中有动静,猜测是她醒了,便起身说道:"你既然醒了便起来,将醒酒汤喝了。"

沈澜头疼得很,拂开纱帐,欲起身下床。

见她不说话,只一味逞强,裴慎难免又气,讽刺道:"怎么?你从前惯会支使我，如今竟成了锯嘴的葫芦？"裴慎想起沈澜头一回逃跑被他带回来后，三言两语便支使他去帮她找衣服。

沈澜难免嗤笑："裴大人可真够有趣的，竟巴巴儿地凑上来要我使唤你。"

裴慎被她一噎，暗道她这气死人不偿命的功夫倒真是越发精进了，冷哼一声，恼恨地说道："你莫要胡说八道！我何曾凑上来任你使唤？"

沈澜瞥了他一眼，浅笑道："既然如此，便劳烦裴大人待在房中。"

裴慎微怔，复又蹙起眉来。他若听沈澜的话，待在房中，又是听她的使唤；可他若不待在房中，出门离去，岂不是遂了她的意？一时裴慎进也不是，退也不是，恼极了她这张伶牙俐齿的嘴。只是转念一想，他又觉得何必与她置气。眼下沈澜这般，不过是被抓之后无能为力，借机发泄怒气罢了。

思及此，裴慎便笑道："我不与你饶舌。日久天长的，你总有低头的时候。"

沈澜一口饮尽醒酒汤，闻言只冷笑一声："裴大人想错了。我做丫鬟的时候向你低头，是为了脱去奴籍。上一次我被你抓回来后向你低头，是为了让你卸下防备。如今我便是向你低头，你也不会再信。既然如此，我又不是天生的贱骨头，何必折了自尊伺候你！"语至此处，只怆然一笑，洒脱地说道，"安能摧眉折腰事权贵，使我不得开心颜！"说罢，她扔下手中的茶碗，径自入帐歇息去了，只留裴慎瞠目结舌地立在原地。

裴慎累世勋贵出身，进士及第，加之仕途顺遂，年纪轻轻便大权在握，素来只有旁人顺着他的份儿，何曾有人敢这般违逆他。他一时生恼，正欲上前，门外忽然传来叩门声。裴慎瞥了一眼素纱帐，见美人横卧，薄被半搭，似是醉后欲眠的样子，不由得轻哼一声，想着稍后再来寻她算账。

"何事？"出了门，裴慎问道。

敲门的潭英立在庭中，略有些为难，拱手说道："大人，今日半下午有个小厮来敲门，见是我等开的门，便自称找错了地方，离开后又在附近探头探脑、鬼鬼祟祟，我等便将他扣下了。"

裴慎略一思忖，便冷冷地说道："是杨府的人？"

潭英讪笑一声："是！我原想着也不甚要紧，便打算稍后再向大人禀报此事。"

他自然要等裴慎从房中出来再说。万一人家夫妻两个正床头吵架床尾和，他莽莽撞撞地前去禀报，岂不是好没眼色，轻则受一顿批评，重则在裴大人的心中落下个不知轻重的坏印象。

"可是杨惟学来了？"裴慎问道。若不然，潭英绝不会莽撞地将他唤出来，更不会开口就提及杨府的小厮。

潭英点头说道："大人未卜先知。"

裴慎笑骂道："你少拍马屁！"

潭英笑了两声，拱手说道："大人，许是那小厮被我们扣下，杨惟学久等不到消息，便干脆带了几个长随亲自前来。如今，他正等在宅外。"

闻言，裴慎神色发冷，只大步疾行。

见他面有薄怒，潭英心里发虚，欲言又止。可眼看着裴慎距离门口只有几步路了，潭英一狠心，张口说道："大人，那杨惟学说是来拜见王姑娘的父亲。"

裴慎脚步一顿，心知这是沁芳又编了些乱七八糟的东西。他面若寒霜，只冷笑一声："开门！"

两名守在门口的锦衣卫将乌木门打开。

听见动静，杨惟学循声望去，但见一男子负手立于门前。出门在外，男子穿得不甚华贵，不过是内着素白中单，外罩细葛窄袖团领袍，腰佩荔枝素带，方胜络子悬着个竹叶青香囊。此人虽衣着不显，可清贵磊落，气度沉严，浑然不像个盐商，倒像是个世家公子哥儿，还是个久居上位、常年发号施令之人。

杨惟学正觉奇怪：此人气度对不上，年纪也对不上。莫不是来的不是王姑娘的父亲，而是其兄长？

思及此，杨惟学整了整衣衫，拱手作揖说道："敢问这位兄台尊姓大名？"

裴慎打量了他几眼，暗道也不过如此。

杨惟学脚蹬粉底皂靴，穿玉带白暗流云纹缂丝云锦直身，腰上用沉香色双穗丝绦系着个墨玉葫芦，外罩织金玄色一口钟鹤氅。裴慎一打眼便知其是绮罗锦绣养出来的膏粱子弟，生得倒是平常，不过是占了几分面白的便宜罢了。

裴慎暗自嗤笑一声，朗声笑道："可是杨惟学，杨兄？"

杨惟学微怔，不知此人为何识得自己，便再次拱手作揖，笑道："正是在下。兄台如何识得我？"

裴慎轻描淡写地说道："内子曾提过杨兄。"

内子？杨惟学一时愕然，已隐隐意识到不好，勉力强忍着，一字一顿地说道："敢问兄台可认识王览王姑娘？"

裴慎看着杨惟学脸色发白、惊怒交加的样子，心中恼怒，暗道此人待沁芳果真有几分情意，否则何至于听了他一句"内子"便这般失态。

裴慎忍着怒意，冷冷地说道："杨兄慎言，内子名讳，岂可由外男随意称呼？"

杨惟学如遭雷击，只喃喃道："怎会如此？怎会如此？"

见他这般，裴慎不由得心生快意，负手闲立，好生欣赏了会儿杨惟学的脸色。

杨惟学分明已是失魂落魄，稍缓了一会儿才抬头说道："她说她父亲要将她送去做妾，她不肯，这才逃跑的。"

裴慎冷笑，暗道：沁芳满口谎话，惯会骗人。

"内子与我情意甚笃，不过是不愿归家，随口寻个理由罢了。"说罢，裴慎竟还拱手施礼，"内子蒙骗了杨兄，我代她向杨兄道歉。"

杨惟学骤然听闻"情意甚笃"四字，只觉心头怅惘难当，垂头丧气，再不复来时意气风发的样子。

裴慎还嫌不够，笑道："不瞒杨兄，内子顽劣，不过与我吵了几句嘴，一气之下就离家出走了，孤身辗转千里。若不是杨兄庇佑，她只怕途中多有波折。"说着又向杨惟学拱了拱手，"杨兄于内子多有照料，明日我备下酒菜，还请杨兄赴宴，容我谢过杨兄。"

裴慎见杨惟学待沁芳有情意心里正恼恨，哪里是真要宴请，不过是想以主家的身份提醒他避嫌罢了。

见裴慎字字句句不离"内子"二字，杨惟学哪里受得住，只暗道罗敷有夫，自己与佳人终究有缘无分，心中难免失落。可偏偏当着人家丈夫的面竟还怀揣着这般想法，便是他平日里再浪荡不羁，此时也觉得自己德行有亏。杨惟学心中既失落又羞愧，心知裴慎的宴请是万万去不得的，于是连连拱手说道："兄台客气了！我与尊夫人虽于沧州相识，却不甚相熟，不过萍水相逢罢了。"

裴慎听出了杨惟学的话外音——他不过是怕自己得知沁芳与旁的男子相熟而迁怒于她，这才改了口风，说他与沁芳只是萍水相逢。可他越如此说，裴慎便越发恼怒。他若非心生爱慕，何至于处处为她考虑？

裴慎难掩心中怒气，语气中自然没了谦和："也罢，我等明日便要启程归乡。山长水阔，此后再不复相见。"语毕，对身侧低眉颔首的潭英道："你且取白银百两赠予杨兄。"

潭英微怔，暗道：这也太折辱人了。待他从袖中取出银票，一抬头，果真见杨惟学神色黯然，魂不守舍。

"杨公子。"潭英暗叹两声，将银票递过去，心道：此人也算是个俊杰，看上哪个女子不好，偏偏看上裴大人的爱妾，何苦来哉？

杨惟学也是大家公子出身，何曾看得上纹银百两，推辞道："我不过是帮尊夫人介绍了个靠谱儿的中人罢了，一文未花，无功不受禄。"

夜色里，裴慎神色冷淡："对萍水相逢之辈，杨兄都肯伸出援手，可见杨兄恩义。此恩此德，我无以为报，还请杨兄务必收下银票。"

听此一番话，杨惟学神色黯然，心中怅惘。他心知肚明，此人强要他收下这笔银钱，便是要将他与王览间的恩义情谊一笔勾销。便是日后再相逢，他既已收下了百两纹银，又有何颜面再面对王览呢？可若不收，岂不是明晃晃地告诉此人，他对王览有意，届时恐连累她。

杨惟学左思右想，到底黯然叹息一声，接过银钱，拱手告辞离去。

一场情意，以百两纹银尽数了结。

杨惟学走后，潭英暗自咋舌，心道：本以为会见着大人勃然大怒的样子，谁承想大人三言两语，只用百两银票便打发了对方，果真是高招儿。

"潭英。"裴慎冷冷地唤道。

走神儿的潭英一激灵，拱手应道："大人。"

此刻星斗满天，裴慎站在漆黑的夜幕里，冷冷地说道："罗平志此前来报，说杨惟学与她把臂同游阊门、石湖等地？"

"是！"潭英抬头觑了一眼裴慎，见他神色如常，辨不出是怒是恼，只好如实禀报，"大人，罗平志心细，已将这几日的事尽数记下。"

裴慎原想着前尘往事不必再提，沁芳多半是利用杨惟学罢了。可今日杨惟学登门，见他一脸怅惘遗憾，裴慎难免心生恼恨，非要看看这些日子两个人说了什么、做了什么。

"去拿来！"裴慎吩咐道。

潭英点头称是，又低声说道："大人，今日抓住的那小厮恰是当日在石湖的船上伺候杨惟学的。"

裴慎明白，锦衣卫诈唬两下，这小厮只怕已将杨惟学与沁芳的对话和盘托出。恐怕那些话极是不利，否则潭英也不至于婉言提醒他。他冷着脸说道："你只管去拿来便是。"

没过一会儿，潭英便捧来一沓竹纸。

裴慎立于窗边，借着灯光细细翻看。

八月初二，杨欲寻王同游石湖，王拒之。

八月十六，王登门拜访杨府。杨府闭门谢客，杨未见王。

裴慎神色稍缓，继续往下看去。

"览弟若喜欢，我赠你一件便是。

"今日作一幅《石湖游乐图》赠予览弟。

"览弟勿忧，为兄便是为了览弟也要考中解元郎。"

看到这里，裴慎已然生怒，只攥紧那竹纸，暗道：这杨惟学果真是个傻子，沁芳不过是利用他罢了。裴慎一面想，一面强忍愤懑继续往下看。

"待杨兄跨马游街时，我必定去看。"
"下一年我再与杨兄游览石湖便是。"

待看到"我落魄之时能得杨兄一知己，也算不枉此生"，裴慎再也忍不住了，怒喝道："都滚出去！"

潭英被吓了一跳。他与裴慎相识多年，从未见对方如此失态过，连忙带着众兄弟退出院中，守在墙外。

裴慎攥着竹纸，大步上前，一脚踹开房门。

沈澜宿醉过后，便是喝下了醒酒汤，头也还晕乎乎的，这会儿正在帐中昏昏欲睡。忽听得房门巨响，她吓得心跳加快。沈澜拧起眉头，起身掀开纱帘，正欲探头望去，只见裴慎携寒风、沾夜露，满面怒容，大步行来。

"你做什么？"

他怎么气成这样？谁又招惹他了？

沈澜只着了件素白裹衣，身量单薄，弱不禁风，仰头望他的时候，眉眼盈盈，好不可怜。若是往日里，见了这种场景，裴慎满腔怒气都要消解一二，可如今，他心头又恼又恨、又酸又妒，强忍着怒气，一一与她翻起旧账来。

"我且问你，你与那杨惟学是何关系？"

沈澜微怔，不知他为何突然提起杨惟学，又怕裴慎找对方的麻烦，便说道："我和他不过是萍水相逢罢了。"

"萍水相逢？"裴慎冷笑一声，将手中的竹纸尽数掷在她眼前，恨恨地说道，"你且好生看看，这便是你所谓的萍水相逢？"

纸张漫天飘洒，有几张落在床上。沈澜捡了一张来看，见那上头记载的俱是何年何月何日，她与杨惟学说了什么、做了什么。

沈澜扫了几行，冷笑道："你派人跟踪我这么久，如今竟还恶人先告状！"

裴慎怒道："若非你自己跑来苏州，我何必派人找你？"

派人跟踪她，将她的行踪隐私逐一记于纸上向他汇报，这人竟还觉得是她的错？沈澜一时只觉与此人当真是鸡同鸭讲、对牛弹琴。她拂下满床的竹纸，径自入帐睡觉去了。

裴慎见她这般桀骜不驯，越发恼怒："沁芳，是我素日里待你太过宽和，由得你一而再、再而三地给我摆脸子。"

沈澜索性背过身去，不理他。

裴慎神色阴沉，见她这般，心中难免恼恨，大步上前，撩开纱帐，单手搂住她的腰肢，径自将她从床上抱出来。

"你做甚！"沈澜一惊，连忙钩住裴慎的脖子。

见沈澜这般反应，裴慎心中郁气稍缓，只冷冷地说道："叫你不说话！"

沈澜大恨，气得重重地捶了他一拳："放我下来！"

就她那点儿力道，裴慎毫不在意："你如今愿意说话了！"又冷冷地说道，"我再问你一遍，你与那杨惟学是何关系？"

沈澜冷着脸重复道："只是萍水相逢之人，我们无甚关系。"

裴慎哪里肯信，只当她在维护杨惟学，不禁讽刺道："你倒是好本事，不过一两个月的工夫，在外头竟连下家都找好了。"

"你胡说八道什么！"沈澜怒极，"你自己龌龊，看旁人也龌龊。"

龌龊？被她以此等字眼形容，裴慎怒极反笑："难道不是你穿了襕衫，主动撞上那杨惟学的吗？与他合做时文生意，难道不是你主动提出来的？"

裴慎越说越恨，眼神越发冷厉，一字一顿地说道："我原以为你三番五次逃跑是不愿给我做妾。现在看来，你是要去给旁人做妾！"

沈澜如遭雷击。

见她面无血色、满目凄惶的样子，裴慎万般滋味在心头，只不解地说道："那杨惟学年过十九，连举人都未考中，也不过出身于苏州大族，连个爵位都无，貌生得虽有几分风流，却也不过如此。功业、家世、样貌，他样样不如我！你却偏偏引他为知己。"

沈澜望着他，沉默半晌，忽然说道："他尊重我。"

尊重？凡有几分体面，俱是给妻子的。

裴慎冷哼道："你莫不是以为他会娶你？"

杨惟学若知道她是"瘦马"出身，还是个逃妾，恐怕即刻便要和她撇清关系，哪里会用八抬大轿迎她过门？

沈澜摇头："我与他相交，从不需要担心惹怒了他自己便要受罚。我说不愿意游湖，他也不勉强。"

裴慎嗤笑："你扮成男子，他以为你是同届举子，自然不会强迫你。"

沈澜一时生怒："当日我曾对他说自己是盐商之女，他心中恐有猜疑，想我只怕是义女或是奴仆、'瘦马'之流。"

盐商们哪儿来那么多女儿好送，况且送亲女给别人做妾到底舍不得，故而素来只有盐商买来奴仆、歌姬、"瘦马"，收养为义女，再赠予达官显贵。

"他明知我身份有异却依旧肯帮我一把，侠肝义胆，怜贫惜弱。"沈澜一字一顿地说道,"这便是他与你不同的地方了。"

沈澜语及此处,只一字一顿地道尽心中的不平:"他把我当人看,我便引他为知己,有何不对?"

若是方才,只要她说自己不过是利用、蒙骗杨惟学,裴慎也就不气了。可此刻她这句话一说出口,裴慎只觉气血上涌,便要追究到底:"好好好,你引杨惟学为知己,那你我又是什么?"

他们自然是主子和奴才。

沈澜怆然说道:"我自然是你养的金丝雀、放在房中的摆件、任你打杀的奴才。"

她秉性桀骜难驯,如今终于知道自己是她的主子了。裴慎本该高兴,可此刻抱着她却一丁点儿高兴都无,只心里发空。半晌,裴慎冷冷地说道:"妾通买卖,本就是个玩意儿,你说得倒也没错。"说罢,他竟将她掼在柔软的锦被里,伸手便要去解她的衣裳。

沈澜惊怒:"你做什么?裴慎,松手!"

见她拼命挣扎,格外抗拒,裴慎越发焦躁恼火,只单手压住她,神色沉冷,讽刺道:"你且安心!我也不是什么人都要的。你既然心里头有了知己,我对你可没兴致。"

沈澜惊惶之下,眼中涌上泪来,只强忍着,一双美目盯着他。

见她都这般了竟还如此倔强,半滴眼泪都不肯掉,裴慎也不知怎么的,竟想起了当年在存厚堂时她挨了五杖的样子,俱是一般的倔。

她怎么就这么倔呢?

裴慎恨恨地起身说道:"自己把衣裳解了。"

"你要做甚?"沈澜强忍着哽咽,一字一顿地问道。

"你是什么国色天香的人物,以为人人都上赶着要你的身子不成?"语罢,裴慎拂袖离去。

裴慎一走,沈澜一下子瘫软在床榻上,后怕不已。

不过片刻的工夫,裴慎便回来了。他随意取了香凳放在床旁,只将手中的笔、墨、砚、口脂尽数放在香凳上。

沈澜胡乱地擦干眼泪,冷眼看他研墨,慢慢化开朱红的口脂。

"你做甚?"沈澜预感到不妙。

裴慎此刻心中怒火未泄,想着法儿地惩罚沈澜:"杨惟学说过,要送你一幅《石湖游乐图》,是吗?"

此刻的裴慎面容平静,神色淡淡的,却反倒叫人害怕。

沈澜不欲惹他,便开口:"他以为我没钱,便想着将画赠予我,好让我拿去卖罢了。"

她不解释还好，越解释，裴慎就越恼。他冷冷地讽刺道："他侠肝义胆、怜贫惜弱，我却是个铁石心肠的。你将衣裳解了，去床上趴着。"

沈澜微怔。

裴慎这人说一不二，既然说自己不会做那档子事，沈澜是信的。况且他并无虐待人的恶习，加之此刻裴慎着实令人惊惧，沈澜不欲再惹他，便缓缓伸手，解开衣裳，趴在锦被之上。她转头问道："你到底要做甚？"

裴慎并未言语，只待墨研开，朱红的口脂尽数化开，便取了一支小狼毫，饱蘸浓墨，开始作画。

沈澜趴在锦被上，只觉背上略略发痒。她忽然明白裴慎在做什么了。他在折辱她。她说自己在他眼中是个物件，他便要她尝尝真做个物件的滋味。

黑暗里，沈澜睁着眼睛，愣愣地望着前方的素纱帐幔。

远离父母亲朋，孤身漂泊他乡，两度逃亡失败，前路茫茫。是她做错了什么吗？她为何会沦落至此？她又为何要受此屈辱？她明明是个人，却躺在这里，活成了一个物件。

裴慎一笔一画地勾勒着。

沈澜只觉得自己的尊严一步一步地被践踏着。

对于她这样的人，肉体所受的虐待不过尔尔，精神承受的屈辱却堪称凌迟。

沈澜的眼泪突然大颗大颗地涌了出来。

雪白的脊背上，漆黑的浓墨绘成虬曲劲瘦的枝干，朱红的口脂点染成了朵朵红梅，缀于枝头。

雪中红梅图！

裴慎搁下笔，心中怒意稍去，冷笑道："你既然心心念念杨惟学，想来是见过他画画的，你且看看这幅雪中红梅图，与杨惟学的那幅《石湖游乐图》，论起画技来，哪个高，哪个低？"

沈澜哪里看得见背上的画，可她心知裴慎问这话无非是为了折辱她罢了。

古有美人盂，今有美人纸，俱是些玩意儿罢了。

沈澜抬起头来，神色平静，只眼中的泪珠一颗一颗止不住地往下坠，好似红梅带雨，海棠泣露。

裴慎见她这般，一时愣怔，原本想用来折辱她的话俱堵在喉咙里。

沈澜亲手抹去了眼角的泪珠，神色冷淡地说道："裴大人既然绘了画，何妨再提一句诗？"

她父母教她读的第一首诗。

裴慎愣愣地望着她，提着笔，只听她淡淡地说道："零落成泥碾作尘，只有香如故。"

沈澜神色平静地望着他，清澈的眼睛，干净得好似雪山新泉。

裴慎握着笔，也不知怎么的，竟顿在了原地，心头隐有几分酸胀。她生于泥淖中，却从不肯摧眉折腰。这幅雪中红梅图，被她这句诗一衬，竟从折辱成了她清高自持的证明。

裴慎喜她灵慧颖悟，又恼她如此之倔，半句软话都不肯说。半晌，他只弃笔起身，沉着脸取了块棉布来。

沈澜趴在锦被上，已是八月底，秋夜寒凉，雪白细腻的脊背暴露在夜色里，触之微有几分寒意。紧接着，温热的细棉布铺在背上，有人替她细细揩拭脊背。他擦去漆黑虬曲的梅枝，再揩去鲜艳朱红的梅花。

寂静的夜里，沈澜一言不发，只任由裴慎动作。

裴慎也不曾说话，又或者是没想好说什么、怎么说，便只好沉默。

一枝一枝，一朵一朵，他连换了好几块棉布，直至将她的脊背上画的梅花擦净。

"好了。"裴慎起身说道。

沈澜没理他，一言不发，径自将薄被一卷，滚入被中，面壁睡去。

见她这般，裴慎拿着棉布，一时愕然。偏他此刻隐有几分心虚，知道自己做得太过了些。可一想起她说杨惟学是知己，说自己是她的主子，他心里又难免生怒。万般心绪掺杂，到头来，他只恨恨地将棉布扔进铜盆里，暗道：且饶她这一回，左右她与杨惟学此生不复相见。思及此，他脱靴去衣，上床就寝。

夜色渐沉，一弯秋月，三两星子，窗外流水杳杳，波光潋潋。

已是夜半，沈澜却突发高烧，昏昏沉沉间，依稀可听闻有人在唤她。

"沁芳，醒醒。"

"沁芳，沁芳。"

紧接着，是一阵匆匆忙忙的脚步声。

沈澜已经什么都顾不上了，神思昏沉，四肢倦怠乏力，身子热得发烫，只觉天与地都昏昏暗暗、颠颠倒倒。在这样的沉沉浮浮里，隐约可见旧时的光景。

沈澜看见自己和父母坐在暖白色的地毯上拼乐高；她踩着下课铃声飞奔去食堂吃饭；高考完，学校里，漫天的试卷书籍，纷飞如大雪；她冒着大雨去和同学聚餐……那些压在心里、她从未去想的画面突然浮现，好似拼图，一块一块拼凑成了那个恣意洒脱、鲜妍明媚的沈澜，不是如今这神色惶惶、前路茫茫的丧家之犬。

神思昏昧间，沈澜眼角有一行清泪落下。

见她烧得厉害，脸上好似胭脂晕红、晚霞尽燃，裴慎难免忧虑，蹙眉说道："你不是说她忧思过度、心情激荡之下，风邪入体、肺气失宣吗？为何你已施了针，她竟还落泪？"

一旁被锦衣卫连夜带来的大夫年过六十，戴着圆帽，脚蹬白靴，穿青布曳撒，腰系小皂绦，手提榉木药箱。闻言，他躬身说道："这位大人，我施针不过一炷香的工夫，哪里就能见好？至于这落泪……"

老大夫瞥了一眼眼前的男子，琢磨了半响，到底没敢说"这位夫人许是心中难过"，只说道："高热之下，人难受得厉害，落泪也是常有的事。"

裴慎瞥了他一眼，心知此人胡说八道。太医院里的这般把戏，他见多了。

"你且开方吧。"裴慎说道。

那老大夫自然是个中高手，从不拘泥于用古方，正欲对症下药，便问道："为免药性相冲，老夫想问一下，夫人近来可用过什么香药或膏丸之类的？"

裴慎微怔，只脸色如常，清了清嗓子说道："她前夜里饮过一壶烧刀子，方才身上沾了些墨汁、口脂。"

那老大夫自忖人老成精，什么稀罕事都见过了，何曾想到这深闺内宅的夫人竟会饮烧刀子，更想不明白什么叫身上沾了些墨汁、口脂。

"这烧刀子尊夫人是前夜饮的，想来无碍。只是此酒性烈，尊夫人本就体寒胃虚，日后还是少饮为妙。"

裴慎自然点头称是，又说道："那墨汁是松烟墨，口脂是上等的紫矿胭脂，且片刻的工夫便被洗去了，对她的身体应当无碍吧？"

他特意选了口脂，没用朱砂，便是怕朱砂性毒，沾在她的皮肤上，透骨而入。

老大夫点了点头："若是如此，倒也无妨。"女子用口脂不甚稀奇，至于墨汁，大约是打翻了不小心沾上了吧。思及此，老大夫便开了些麻黄、防风、荆芥，又加了安神的酸枣仁、茯苓，这才慢条斯理地继续为沈澜施针。

折腾了一宿，已至月落参横，雾散星隐。

沈澜被人抱起来，强灌了一碗药。那药里许是添加了安神的东西，以致沈澜再度昏昏睡去。

待她醒来，已是第二日半下午。

"醒了！"裴慎进来，后头跟着个梳了一窝丝楂髻的中年婆子，端着雕花漆盘，盘子上的青花碗里盛着黑乎乎的汤药。

沈澜一闻到这药味儿就犯恶心，将头别了过去。

见她这般，裴慎便劝慰道："良药苦口利于病，你快喝了吧。"

沈澜虽退烧了，人却倦倦的，靠着个潞绸引枕，摇了摇头，示意自己不想喝。

那婆子是裴慎昨夜使人雇的，头一回见沈澜，见她西子捧心、翠眉颦蹙的样子，暗自咋舌，心道：这是什么神仙人物，忒漂亮。

"你莫要胡闹！不喝药，你的病怎么能好？"裴慎蹙眉，取了青花碗，端过去递给沈澜。

经过昨日那一场，沈澜整个人颇为倦怠，只陡生厌倦之感，加之病中疲惫，一时连话都懒得与他说。沈澜不欲争辩，便接过药碗，药液入喉，苦得连心肝都颤起来。她皱着眉，强忍恶心，一饮而尽，将药碗放回去，下一刻，裴慎伸手，往她的口中不知塞了个什么东西。

沈澜微怔，略嚼了嚼，猜想是某种干果，甜滋滋的。

"这阳桃蜜饯味道如何？"裴慎坐于床头，笑问道。

沈澜瞥了他一眼，未曾搭话。也不知他是从哪家果子行买来的，味道倒还不错。

见她不语，裴慎只笑道："你既然不说话，想来这果子的味道尚可。若不然，你必是要给我甩脸子看了。"

沈澜瞥了他一眼，见他眼底略略发红，胡须已冒头儿，约莫是忙活了一宿。见他这般，沈澜只暗自嗤笑。他哪里会忙到连净面的工夫都没有，分明是做给她看的。不过是见昨夜折辱她的硬法子不成，他如今便专使些怀柔的办法叫她心软罢了。

沈澜本该顺台阶而下，假意和好，与他浓情蜜意一阵儿，再寻机逃跑。可她内心情绪堆积得太多了，两度逃亡，两度被抓，昨夜又被他那般折辱，偏又梦见了许多旧时往事，心中难免疲惫，甚至隐隐有几分绝望。她直直地望着前方，不知这样的日子何时是个头儿。

见她不开口，裴慎热脸贴了冷屁股，一回还好，两回，三回，以他的傲气，怎能忍？他正欲发火，却见沈澜竟一言不发，取走靠枕，只倒头就睡。

裴慎愕然，薄怒渐起，冷冷地说道："出去！"

那婆子惊慌之下，迅速端起漆盘，阖门离去。

"你起来说话！"裴慎站在床前，目光冷厉。

沈澜合眼。她人恹恹的，一想到裴慎生怒的样子，竟觉有几分好笑。她没了行动的自由也就罢了，如今倒好，竟连不说话的自由都没了。他莫不是要她做个提线傀儡，要她说便说，不许她说便不说。

沈澜蒙上被子，不欲去看他。

谁知她越这般，裴慎便越恼怒，恨恨地说道："你果真是个没心肝的东西！我忙忙碌碌折腾了一宿，你倒好，还给我摆脸子！"

沈澜头晕乎乎的，只想睡觉，欲打发了他，便扯下被子，轻哼一声，开口："我是个没心肝的，你尽管趁着我生病挤对我。"

见她终于说话，裴慎也不知怎么的，竟松了口气，暗道：从昨夜到如今她可算是开口了。他冷哼一声："你这嘴甚是金贵，等闲不开。我哪里敢排揎你？"

沈澜人恹恹的，实在不欲与他争吵，便问道："方才那阳桃蜜饯可还有？"

裴慎微怔，当即从袖中取出个纸包来："你少吃些。"

病重之人，哪里好成日里吃这些甜腻的东西？

"是给你吃！"沈澜纠正道，"吃还堵不住你的嘴！"

裴慎捧着那纸包，生生被她气笑。他久居高位，何曾有人敢对他这般说话！他欲发作，但看沈澜病恹恹的样子又将到了嘴边的话咽下。半晌，他揉了揉眉心，暗道：又不是头一遭知道她伶牙俐齿了，且饶她这一回。裴慎心思既定，便开口："待你病情稍缓，我便带你去南京。"

沈澜虽人发蔫，神思也稍显混沌，可基本的判断能力还是有的，难免狐疑："你带我去南京做甚？"

"祭祖。"裴慎看了她一眼。

昨日她不是说那杨惟学拿她当人看，自己拿她当个玩意儿看吗？

一想到这事，裴慎又恼恨起来，只冷冷地说道："我近来想了想，恐怕是你从前非奴非妾，没名没分地跟着我，心里惶恐，日久天长，越发不安，三番五次要跑，只怕是钻了牛角尖，成日里牛心左性的。如今我带你回一趟南京的老家，顺便带你见一见族人，也算过个明路。"

沈澜睁开眼睛望着裴慎，似是没明白他的意思。

裴慎见她眼神空洞，人也呆呆的，难得见到她这副样子，便笑道："待祭祖过后，我就带你回返京都，正式拿了纳妾文书。日后，你便安安心心地跟着我。"

见沈澜似没反应过来，又正色说道，"只有一条，你须答应我——日后莫要再与我使小性儿、摆脸子，也不许动不动就往外跑。你可听明白了？"

沈澜听明白了，于是身子不由得打了个寒战。她的病是越发重了，她喉咙、食道、胃里都剧痛起来，好似方才吞下去的药液、裴慎亲手递来的阳桃蜜饯俱成了穿肠毒药，直叫她恨不得将心、肝、脾、肺、肾都呕出来。

沈澜再也忍不住了，像是吃了极苦涩的东西，又像是听到了恶毒的话，以至再难以忍受，俯下身，应激之下，干呕数声。

裴慎一惊，连忙去扶她。

沈澜一把甩开他的手，睁大眼睛，强忍下内心的愤懑："我不做妾！"

见她甩开自己的手，裴慎难免生恼："你莫要不识好歹！"

沈澜抬起头，冷冷地说道："我自然分得清好歹，好端端的正头娘子不做，谁要来给你做妾！"

正头娘子？

裴慎嗤笑："你莫要痴心妄想！你'瘦马'出身，难不成还想做国公夫人？"

沈澜冷笑道："裴大人放心，便是你有朝一日跪着求我来做国公夫人，我也不屑一顾。"

闻言，裴慎勃然大怒。他何曾被人这般羞辱过？一时，他只觉是自己平日里太过纵容她，竟让她说出这般话来。他眼神冷厉，言语如刀："你这样的出身，莫说做国公夫人，连做个妾都不配，合该做个通房或外室！"

沈澜一而再、再而三地被他羞辱，心中愤懑难当，直斥道："你口口声声说我是'瘦马'出身，只配当个玩意儿。既是如此，为何我一走，你便巴巴儿地赶上来寻我？"转了神色，笑盈盈地讽刺道，"想来裴大人是个贱骨头，我怎么赶你也赶不走。"

裴慎一时被她激得胸中气血翻涌，见了她那张笑盈盈的脸，恨不得掐死她了事。他忙碌了一宿，又是寻大夫，又是找伺候她的婆子，还惦记着她吃了药会口苦就特意派人买了阳桃蜜饯。如今看来，这阳桃蜜饯喂了她，不如喂狗！

裴慎心头大恨，神色阴戾地说道："倒是我想岔了！你这般低贱的玩意儿，的确不配做我的妾室，只该当个暖床的丫鬟。"语罢，竟箍住她的双手，将她推倒。

沈澜心中惊惶，竭力挣扎着说道："你松手！松手！裴慎！"

见她挣扎得鬓发散乱，气喘不休，裴慎将她压在身下，冷笑道："我从不强迫旁人。"言下之意，他是要沈澜自己解了衣裳，心甘情愿承欢。

沈澜微微一怔，又听见裴慎笑道："杨惟学乡试尚未放榜吧，便是他榜上有名，还要参加明年二月的春闱。"裴慎也是寒窗苦读十余年，自然不会去做此等下作事，不过拿话诈唬她一二罢了。

沈澜被他威胁，果真惊怒。

见她这般，裴慎心里又气又涩，一面暗道她果真待杨惟学有意，一面又想着她总该自愿解衣裳了吧。

沈澜回过神儿来，只冷笑道："裴大人说笑了。科举舞弊实乃大案，若被人揭发出来，前途尽丧。我是何等人物，竟能劳动裴大人不惜毁了自己的前途也要指使乡试考官黜落杨惟学？"

闻言，裴慎颇为惊异地上下打量了她几眼。她"瘦马"出身，只学些诗词唱曲便已是一等"瘦马"了，做丫鬟之时只不过处理内宅事务罢了，怎会有此等见识？

沈澜哪里料到他在想这些，只消一想到高考被毁，便气得身子都忍不住发抖："旁人寒窗苦读，你做什么要去毁了他人的前途！"

一听这话，裴慎难免又有几分愣怔。她这话里头怎么隐含着一股悲愤，好似是她自己将被毁了前途似的。

裴慎心中惊疑，转念又觉得自己想多了。他当年初见沁芳时便已查过，沁芳七岁时被卖给了刘妈妈,除了十四岁那年跌落井中,醒来后失忆外,再无其他的异常。若非她身世清白,裴慎也不会收她做丫鬟。

"不用这法子也好,我且派人去查查杨家可有不法之事。"裴慎冷冷地威胁道。

沈澜被他钳制住双手,闻言,也不挣扎,只冷笑道:"你尽管去查。若杨家真藏污纳垢、欺凌乡里,你查了,还能还受害百姓一个公道。"

裴慎见她思维敏捷、能言善辩,一时喜她聪慧,一时又被她堵住了话头儿,只暗道:她怎么是这么个砸不碎锤不烂的铜豌豆!

裴慎心中气恼,冷冷地说道:"我说杨家有事,杨家便有事。"

沈澜恼怒过后,冷笑道:"你不必拿话骗我。你还不至于如此龌龊,非要构陷杨家。"杨家又不是和他势不两立的政敌,他何至于此?

听到她这番话,裴慎胸中的怒气竟稍稍散去,他在她的心中好歹还是有点儿好印象的。少顷,他又听沈澜骂道:"你这人也就在女色上下流!"

裴慎被她评价下流,恼怒地去堵她的嘴,心道:你说我下流,我今日便下流给你看。

沈澜被他含着唇瓣,缱绻辗转,来回碾磨,没过一会儿,便已是双眼含泪、娇喘微微,身子软了一半。生理反应无法控制,沈澜干脆回吻他。

见她这般,裴慎难免心喜,低下头去继续亲吻她。

"哐——"裴慎忽觉唇上一痛,直起身子来一摸,方觉嘴角被她咬出血来。

"你胆子是越发大了。"裴慎怒极反笑,冷冷地说道。

沈澜嫣红的唇上染血,闻言,她冷冷地说道:"只许裴大人强抢良家子,却不许我反抗吗?"

裴慎抹去嘴角的鲜血,冷笑道:"你自然可以反抗。于我而言,不过驯一匹胭脂烈马,且看是你有耐心,还是我有耐心。"说罢,他拂袖离去。

沈澜仰头倒在床上,好不容易打发走了他,只觉疲惫至极,本想着思索一二,可架不住病中昏沉,没过一会儿便浑浑噩噩地睡去。

裴慎大步走出了房门,心头尤怒。

见他出来,潭英便凑上去问道:"大人,我等何时启程?"话毕,他竟见灯火之下裴慎脸色难看,嘴角还是破的。

潭英一时懊悔,凑上来做甚,岂不是看大人的笑话?不过那女子性子果真是又烈又悍,竟将大人咬成这样。

见潭英看过来,裴慎吩咐道:"你去取些膏药来!"虽是小伤,可他伤在门面上,到底叫人看笑话。

裴慎淡淡地说道:"我方才跌了一跤,磕破了嘴角。"

潭英忍笑，低下头去，含糊地应了一声，示意自己听到了。

裴慎抹了药，冰冰凉凉的膏药熨帖地抹在伤口上，叫他心情稍好。

"敢问大人，今夜在何处歇息？"潭英小心地问道。

裴慎一顿，说道："你不必给我收拾别的房间。"

若只因沁芳三言两语便改了主意，他就不是裴慎了。

沈澜连日来心绪激荡，本已睡去，可病情未愈，身体难受，睡得不甚安稳，许是梦中多思，迷迷糊糊中，似看到一个黑乎乎的人影坐在床头。

人影？沈澜骤然惊醒，抬眼便看见裴慎坐于她的床头。

又是裴慎！沈澜只觉内心涌现一阵疲惫。两度逃亡失败、病情加重、争吵，耗尽了沈澜的心力。她长叹一声，疲倦地问道："你来做甚？"

见她如今难得如此平和，裴慎心绪稍缓，说道："你若打着三言两语激得我让你做通房或外室的主意，你便算错了。待回京后，我自然会纳了你为妾。"

沈澜心中一阵悲哀。她不是没想过当个通房或外室，至少没那么多丫鬟看管，也不算妾，或许还有逃跑的机会。可裴慎一冷静下来，即刻又来堵上这个漏洞。

沈澜心里涌现一阵阵绝望，喃喃道："我不做妾。"

又是这句话。

裴慎被她激出了火气，只恨恨地说道："扬州'瘦马'素以自安卑贱、曲事主母闻名，你也是'瘦马'出身，怎的性子如此执拗桀骜？你那鸨母是怎么教的？"

沈澜气得身子发抖，心中寒意上涌，正欲张口争辩，半晌只自嘲一笑。裴慎二十余年形成的观念，哪里是她三言两语能撼动的？

"我不与你争，你只消知道我不愿做妾便是了。"沈澜长叹一声，眉眼疲惫。

"你不愿做妾？"裴慎冷笑道，"你离了富贵乡，辛苦逃出来，便是为了住这样的地方吗？"

他指了指四周，嘲讽道："蓬门荜户，破布烂衫，墙上青苔，屋上碎瓦，桌子腿不齐，米缸里连半粒米都无。你是挑得动水，还是劈得了柴？离了我，你连活都活不下去。"

"碎瓦可以换，米没了可以买，桌子坏了我自己修，水没有了我可以雇人挑。"沈澜冷冷地说道，"你又怎知我活不下去？"

见她神色不驯，还不肯低头，裴慎冷冷地说道："钱呢？钱从哪儿来？"

沈澜性子倔，冷冷地说道："若不是你横插一手，我将来便会与杨惟学合作，开一家书坊，专做时文生意。待生意做起来，行销天下，自然财源滚滚。"

见她竟还敢提杨惟学，裴慎心里异常恼恨，再不与她争辩，只斥道："你是个什么东西，天底下的事何曾由你来定！"

沈澜只觉耳朵嗡鸣，抬起头来已是脸色煞白，怔怔地望着他，半晌，茫然地问道："你非要我做妾吗？"

裴慎冷着脸，不语。

沈澜怆然说道："若论美色，你什么样的美人得不到？若论性子，国公府里的婢女各个待你柔顺有加。你为何偏偏要我？"

裴慎一怔，沉下脸说道："这天下间的事哪儿来那么多因由？"

他遇到她了，便是她了。

沈澜神色渐渐衰败，好似枯草哀兰，被抽干了精气神，只怔怔地望着他，不言也不语。

见她神色木然，裴慎心里也空空的，只说道："你既然已退烧了，明日我们便启程去南京祭祖。"语罢，他脱靴上床，拥她入眠。

凉宵残月，被冷衾寒，加之仍处病中的缘故，沈澜的身子略有几分僵冷。

她被裴慎抱着，贴着他滚烫的胸膛，热气源源不断地传过来，焐得她的四肢渐渐暖和起来，一颗心却像是依旧泡在冰水里，冷得她发颤。

沈澜睁着眼睛，望着帐顶。这帐子早已被裴慎换过，换成了锦带银钩的水墨帐幔，顶上画着一幅《秋涉图》。

裴慎听她呼吸不匀，便睁眼，见她水汪汪的眼睛还睁着，蹙眉问道："还不睡？"

沈澜没搭话，只盯着《秋涉图》中的行人发呆，半晌，怔怔地说道："真好看！"

裴慎便瞥了那帐子几眼，原想说这画太过呆板，哪里好看，却见她心情稍好，不似方才那般面如死灰，便笑道："你若喜欢，叫人装在行囊中，带去京都便是。"

沈澜摇摇头："不必了。"

图中的行人秋日登高，入目所及是群山万壑、云海扬波，何其逍遥自在？她何必拘了他们跟她去京都呢？

沈澜合上眼，轻声说道："我们走前，你便将这些东西赠予此地的孤寡老弱吧。"

裴慎难免心喜，只道她想通了。可他难免想起上一次，她被抓回来后也是这般认了命的样子，过几天更是浓情蜜意，好似心里，眼里都是他，却原来俱是为了逃跑。

裴慎不由得警告道："你可莫要再起逃跑的心思。我既然能抓你两回，也不妨抓你第三回。"

闻言，沈澜心中陡生倦怠厌弃之感，还隐隐掺杂着几分绝望。

许是病中多思，沈澜的心情越发沉郁，只觉得那些绝望的情绪如同潮水，一层一层翻涌上来，直至彻底将她淹没。

"说话！"裴慎蹙眉说道。

半晌，沈澜只迷茫地望着他，开口："我该怎么办呢？"

裴慎一怔，以为她在问自己，便笑道："这有何难？你无须多想，只消跟着我，日久天长地走下去便是。"又允诺道，"我如今尚是山西巡抚，待祭祖完毕后回返山西，府衙之内由得你布置。届时你想买什么便买什么，想用哪顶帐子便用哪顶。"

沈澜心知他这是打一棒子给个甜枣，可她实在提不起劲儿，只被他搂在怀中，不说话。

屋外是一钩弯月，半帘西风；屋内是烛火可亲，三两闲话。

裴慎抱着她，于她的耳畔闲谈，嗓音低沉，娓娓道来之时竟透着几分缱绻。

那些欢欣的、快活的、值得期待的未来光景，被裴慎三言两语勾勒而出，听得沈澜微微发怔。

"你不是爱听曲儿吗？很多曲儿出自宣大，届时你可唤人进府去唱给你听。

"世人皆知五岳，实则尚有五镇。山西霍州的霍山之神便是官封的五镇之一。祭祀之时，四面八方的民众俱要赶来，极是热闹。

"你可还记得之前我说过的明应王庙会？我得了闲便带你去看，到时你还可尝一尝山西的天花菜、襄陵酒……"

沈澜安安静静听着裴慎描摹未来。在这样的安静里，她的心里渐渐滋生出一种绝望，如果未来要做一辈子妾室，这与死何异？

活下来的是沁芳，死掉的是沈澜。

死？这个念头一冒出来，沈澜像是触电一般被惊醒。她爱惜旁人的生命，也爱惜自己的生命。想到这里，沈澜又渐渐生出一点儿勇气来。人活着，就有希望。

她浑浑噩噩地思索了一宿，可思来想去都只有一个办法——耗下去。

沈澜骨子里就有韧劲儿，可以花一年的时间去蒙蔽刘妈妈，可以花三年的时间为自己销去奴籍。如今不过是再加上数年光景罢了，一年不够就两年，两年不够就三年。日久天长地耗下去，待裴慎放松看管或者对她失去了兴趣，她总能找到脱身的机会。如果按照裴慎所言，他们一辈子都要绑在一起。换言之，她有一辈子的时间来麻痹裴慎，直到自己重获自由的那一日。

心思既定，沈澜又思索了一会儿明日该如何对付裴慎，要不要给他点儿甜头，最后终究因病中精神不好，浑浑噩噩地睡去。

第二日一大早，她迷迷糊糊地被抱上了马车。到了姑苏驿，众人又改坐官船。

待沈澜醒来，已是中午。

见她醒了，裴慎放下手中的书卷，吩咐船上的丫鬟将药送过来。

沈澜蹙着眉，端起碗一饮而尽，又拈了颗剔红盘上的龙眼放嘴里去苦味儿。

"这龙眼是从哪儿来的？"沈澜蔫蔫地问道。

裴慎只盯着她的手，见她素白的玉指拈着一颗雪色清透、汁水丰沛的龙眼。那龙眼辗转于她的贝齿间，慢慢没入朱唇中。

"潮州送来的。"当地知府是他的同年。

裴慎笑道："你且给我也剥一个。"

沈澜觉得莫名其妙，才懒得给他剥，只淡淡地说道："我饿了。"

裴慎讨了个没趣，一时气闷，便摆摆手，吩咐丫鬟上了碗生滚鱼片粥。

"你尝尝。香粳米文火慢炖，再将兴化军子鱼快刀片好，生滚下锅，加几粒雪花盐，几滴香麻油，正宜你病后滋补开胃。"

沈澜接过勺子，只随意地舀了舀，略吃了几口便放下了。

见她人恹恹的，裴慎蹙眉问道："不合胃口？"

沈澜摇摇头："吃药都吃饱了，况且我困倦得很。"

她撑船逃亡之时吹了大半个时辰的冷风，回来后遭逢折辱，着凉加上心情激荡，骤然病倒。如今虽退烧，可病去如抽丝，人还是极倦怠，面色也略白。

"待到了南京，我便去寻几个好大夫来。"裴慎说道，"你吃不下饭可不行。"

沈澜摇摇头，只百无聊赖地拨弄着瓷勺："我想出去走走。"

裴慎摇头："船头风大，你病情未愈，哪里好吹风？"

沈澜垂下眼帘，轻声说道："我不想去南京。"

裴慎一时气闷，笑骂她："你又耍小性儿！"

"我若进了城，你老家族人的女眷必定要来拜见我。她们见我是个妾，却偏偏碍于你的权势还要捧着我，心里自然不高兴，面上必定带出来几分，保不齐还有没眼色的说怪话寒碜我。我可不去！"

沈澜不愿意跟裴慎的家人有牵扯，也不喜欢接受旁人表面谄媚实则鄙夷的目光。最重要的是，支开裴慎，她或许还能有逃跑的机会。

她因病脸色苍白，愁眉微蹙，似西子捧心，好不可怜。裴慎见了，只觉别有一番风情，一时心头发痒，去拉她的手。

那手掌白皙莹润，手指若春葱，只是有些凉意，好似冷玉雕。裴慎摩挲了几下，心里意动，只叹息她的病怎么还不好，半响，才说道："都是知书达理的大家妇，必定不会这般没眼色。"

沈澜冷笑道："她们都是大家闺秀，知书达理，唯我一个是'瘦马'，刁蛮任性。"

裴慎愕然："我何时这么说？"

沈澜一把将手抽出来，冷言冷语："你虽非直言，可话里话外就是这个意思。"

被她三番五次相激，又疑心她想支开自己逃跑，裴慎难免不悦，语带警告道："你听话些。"

沈澜反问他："我还不够听话吗？"

裴慎被她气得发笑："你若算听话，这天底下便没有不听话的女子了。"

沈澜瞥了他一眼："你昨晚是怎么与我说的？"

裴慎一怔，只听沈澜一字一顿地重复道："你想买什么便买什么；想去哪里，得了闲，我都带你去。"质问他，"你昨晚说过的话今日便不认了？"

裴慎微恼："如今我不是正带你去南京吗？"

沈澜慢条斯理地剥了一颗龙眼："可我不想去南京，你偏要违背我的意愿。"还感叹一句，"这妾做得又有什么意思呢！"

裴慎被她这话一噎，难免疑心她又起了什么鬼主意，思索再三，退了半步："你若不想见我的那些族人，住在院子里不出来便是。我会叫丫鬟、婆子们守着门，不让旁人进去。"

沈澜冷哼道："你这是打量我病中脑子昏沉，蒙骗我呢。待进了南京，你的族人们必定要收拾出房间给我们住。我难不成还能不见过你的族人，插翅飞进那房中吗？"

裴慎一时语塞，只讪讪道："我看你脑子清醒，实在不像病中。"

见他照旧避开了这个话题，沈澜便嗤笑道："你昨日将做妾说得天上有地下无，好似那是一等一的好事。如今倒好，我不过是不想去见你的族人，你便推托不答应，可见你的话都是骗人的！"说罢，她愤愤地掷下手中的龙眼，起身上榻，背过身去，再不搭理裴慎。

裴慎一时愕然，心道：她这脾气是越发坏了，竟开始明着跟他对着干。

"不如你的意，你便要冲我撂脸子！"裴慎板着脸，恨恨地说道，"你昨夜还将我的嘴角咬破，只叫旁人看我笑话。"

闻言，沈澜干脆转过身来看了他两眼。

裴慎正觉莫名其妙的时候，忽然听她恍然大悟地说道："原来我昨夜咬破的是你的左侧嘴角啊。"

裴慎板着脸问道："你可是后悔了？日后你不许再这般！"

沈澜嗤笑："你若再多言，我便将你的右侧嘴角也咬破。"她语罢，转过身去，将薄被一拉，睡觉去了。

裴慎愕然地望着她，末了，大为光火："你哪里像个妾，倒像是一尊庙里的菩萨,半句都说不得,成天要我供着。"

沈澜气了他一顿,心里舒服多了,闻言,便慢悠悠地说道:"你自找的。"

这还真是他自己千辛万苦寻回来的。思及此,裴慎顿时又被气了个倒仰,只恨得牙根痒痒,心道:来日必要叫她百依百顺。

他又想着昨夜既已使了怀柔的法子,今日也该给她些甜头尝尝,便笑道:"罢了罢了,待到了南京,我另替你寻个住处,容你住上一二日。"

他向陛下告假说要回南京祭祖,这才能离了京都。如今既然已寻到了她,他自然要回去祭祖一趟,以免被人攻讦欺君。

不年不节,无功无事,他只需开个祠堂上一炷清香即可。一两日的工夫,他们便能回返,谅她也折腾不出什么花样来。

裴慎已退了半步,沈澜也见好就收,能获得一两日离了他自由喘息的机会殊为不易。

"我累了,想睡一会儿。"沈澜睁着眼睛赶客。

裴慎见她人蔫蔫的,心知怕是方才那几句争吵耗了她的心力,便叹息一声:"你这病原本不该颠簸的,正该好生将养着。"

哪儿有人刚退烧便四处奔波的?

沈澜轻嗤一声:"你愿意让我留在苏州养病?"

裴慎没话说了,只讪讪地说道:"你且好生歇息,若有事便吩咐丫鬟们。"

沈澜摆摆手,示意他出去,便昏沉睡去。

待到傍晚,她被裴慎喊醒,用了一碗鲜虾鸡丝面。

淡黄筋道的面条漂在清亮如水的鸡汤里,两颗雪白细腻的鱼丸卧在其上,数缕鸡丝,淡红鲜虾,再缀上一把碧绿莼菜,色、香、味俱全。

沈澜睡了一日,精神稍好,竟用了大半碗。

裴慎见她到底不似方才那般恹恹的了,便笑道:"你若吃着喜欢,明日再叫厨房做便是了。"

沈澜随意地点点头,搁下越窑青花碗,拈了块桌上的带骨鲍螺,问道:"到哪儿了?"

"锡山水驿,前面便是无锡。"裴慎笑道,"要过的船多,我们得在这里停泊上半夜。"

沈澜微怔,便晓得裴慎未曾动用身份,这是不欲声张,不叫旁人知道他没去南京祭祖,却出现在了苏州无锡一带。

沈澜点点头:"既是如此,我可否出船舱去透透气?"

裴慎见她虽精神好了许多,却略有病容,便蹙眉说道:"这才九月,你这船舱里便点上了炭盆，可见你身子虚，哪里好出去吹冷风呢？"

沈澜失望不已，只低声说道："我在船舱中闷着无趣，你且与我说说外头风物。"

裴慎愕然，没好气地说道："你这是拿我当说书的！"

沈澜浑不怕他，只嗤笑道："你昨日还说会对我百依百顺，如今又变了脸色，可见你这人不可信。"

见她拿着鸡毛当令箭，裴慎只轻哼一声，状似开玩笑地说道："上一回我带你去庙会，告诉你金龙四大王庙是运河河神庙。你倒好，转眼便从那庙里逃跑。这会儿我若再说些无锡风物，谁知你会不会又伺机而动。"

沈澜瞥了他一眼："以小人之心，度君子之腹！"

裴慎万万没料到她竟倒打一耙，难免气恼，指着她笑骂道："你只消成日里气我吧！"

沈澜慢悠悠地想，若能将裴慎气死倒真好了。

被沈澜挤对了一通儿，裴慎便与她聊起无锡风物，却绝口不提任何地理舆图。

"若论及物产，无锡的华氏荡口酒、何氏松花酒、锡注均颇为有名。"

沈澜不好酒，听起来也不甚感兴趣，便问道："可有什么旁的趣闻？"

"说来无锡有一家进桥店，专卖些泉酒、宜心罐、泥人之流，颇为精美。"见沈澜颇为向往的样子，裴慎便笑道，"你若感兴趣，我且派人去买几个泥人来。"

沈澜摇摇头。

黹夜驱使旁人奔走十几里就为了买个泥人，她还没那么不知疾苦。不过驱使起裴慎来，她便毫不在意了。沈澜好奇地问道："无锡当地可有些奇特的风土人情？"

裴慎瞥了她一眼，笑道："无锡北塘每年二月有香灯会。这香灯会说来也颇为奇异。苏州人为上武当山求拜便年年集聚无锡，久而久之，竟成了香灯盛会。"

"二月啊。"沈澜难免感叹，"如今已至九月，我又错过了。"

裴慎一听她想去这灯会，便点点她的额头，警告道："你可莫要乱跑！两个月前，刚有千余倭寇自海阳登陆，突袭苏州青村所、陆泾坝、娄门等地。你也就是运气好，但凡稍早一些逃跑，撞上倭寇，即刻身死魂消。"

哪里是运气好，分明是她小心谨慎。孤身坐小舟时，她表现得很穷。拿到路引坐大船，她又刻意挑乘客中学子多的船，就是因为这帮读书人多有同窗，消息灵通，挑的路线、出行时间必定安全。且读书人多半都穷，便是真有倭寇盗匪劫掠，也不会放着客商多的船不挑，专挑读书人抢。

"我运气的确好。"沈澜轻抚胸口，装出一副后怕样。

裴慎素来知道她胆大包天，见她这般也不甚放心，只再三强调道："我方才说的不过是一股倭寇，还有川沙洼的倭寇前些日子突袭泗泾、北竿山，与无锡石塘桥的倭寇合流。除此之外，另有三万余名倭寇屯积柘林，还有倭寇进攻台州，劫掠象山、定海。"

语及此处，裴慎的脸色已难看起来："江苏、浙江、广州、福建，整个南方的沿海地区俱有倭寇流窜。"

沈澜叹息道："这些倭寇为何流毒如此之广，竟在南方遍地开花？"

裴慎心道：自然是真倭寇、海盗、掺和在其中的佛郎机人、走私的沿海士绅、受贿的朝堂高官，乃至被财货侵染的士卒军队等相互勾连，方弄出了绵延五年、流毒数省的倭患。可裴慎哪里会把朝堂大事与她讨论，便笑道："蕞尔小国，疥癣之疾罢了，倭寇逍遥不了几年。"

沈澜一听就知道他在敷衍自己，脸色便冷下来，再没了谈话的兴致，怏怏地说道："夜深了，我要去睡了。"她说罢，走进舱内，和衣入睡。

在河上漂泊了五六日，至吕城水驿。裴慎带人于此地换乘马匹，改走陆路。

驿站里早有锦衣卫备下清漆四轮马车，虽不算雕花饰锦、红缨缀玉，但榉木所制，又刷了桐油，质坚防火。

马车外是防风的松江斜纹布帘，里头铺着素白厚实洒海刺，上设一拱肩六屉案形小桌，拉开，里头俱是薄脆粉果、玫瑰馅儿顶皮酥、金橙卷儿之类的小点心，并一屉盖柿、水梨等果子。

"什么时候到龙江驿？"沈澜嘴里含着一颗橄榄，掀帘问道。

裴慎不耐烦坐马车，带着十几个亲卫骑马护卫在周遭，闻言笑道："我们已过了云阳、炭渚、云亭，再行十几里便是龙江驿。"见她脸色略略发白，想来是路途颠簸所致，便怜惜地说道，"你可要歇息一二？"

"我在马车上哪里能睡得着？"沈澜瞥了他一眼，慢悠悠地说道，"我想学骑马，裴大人既然不肯教，如今又来我这里卖乖做甚！"

裴慎一时讪讪，只正色说道："你身子弱，哪里吃得了骑马的苦？"

沈澜冷冷地看了他一眼，心知他这是不愿自己学会骑马。

挨了她一通儿白眼，裴慎自知理亏，也不好发作，只面不改色地说道："你若真想学，我先带你骑一阵儿，待日后得闲了再细细教你。"

沈澜才不信他呢，只一味疑心他是在想些什么双人同骑的风花雪月事，便将口中的橄榄当成他，恨恨地咬下，一口咬破。

"嘎吱"一声，听得裴慎牙根发酸："这几天你日日嚼橄榄，少吃些，当心酸倒了牙。"

青橄榄的酸涩劲儿一上来，提神醒脑，可算是压下了她长途赶路的疲惫。沈澜再不欲理他，只低声说道："我们还是快快赶路吧，早到早歇息。"

"也罢，你且再忍忍。"裴慎怜惜地说道。

他便吩咐潭英："快着些，今晚即至龙江驿。"

潭英听了这话，心里暗自纳闷儿：这裴大人也算是个英雄人物，怎的就看上了这么个悍妇？前两天，这悍妇刚把裴大人的嘴角给咬破了，这几天又动不动给裴大人摆脸子。此女莫不是松江府出身？正应了李绍文那句"松之悍妇，不胜枚举"。

他脑袋里千头万绪，待回过神儿来，却见裴慎打马疾驰，便也连忙跟上。

及至酉时一刻，他们终于到了龙江驿。

龙江驿位于南京金川门外十五里处，半陆半水，此地舟楫如林，素来是货物交汇之所、南北冲要之地。

沈澜下了马车，见眼前有一座三间四柱石牌楼，高高矗立，便知道是龙江驿到了。

南京是裴慎的老家，龙江驿更是进出南京最大的驿站，裴慎对此无比熟悉，笑道："前后各五间正厅、后厅，往左去是神祠。其余的前后鼓楼、廊房、库房，林林总总，有百余间。"

沈澜咋舌，心道：此地果真宛如一个大型客店，往来皆是客商官吏、士子生员。

裴慎方带她入门，便有个年约三十的士子着网巾直裰，匆匆而出，迎面拱手说道："裴大人高官显贵，竟足踏贱地，小人有失远迎，有失远迎。"

裴慎拿着马鞭遥遥一指，笑骂道："偏你怪话多。"

沈澜惊了惊，暗道：这两个人莫不是认识？

那驿丞闻言，竟哈哈大笑起来，自嘲道："我若不是这酸怪性子，也不至于被贬来做驿丞。"

裴慎笑着取出堪合递给那驿丞，笑道："仲恒，四载未见，伯父身子如何了？"

李仲恒看也不看，只笑道："劳你前些日子送来的琼玉膏，我父已是大好了。"

不过这一句，二人之间的生疏意味俱散。

沈澜见状，叹息一声，暗道：裴慎此人论起拉拢人心来，当真是一绝。

李仲恒虽看见了沈澜，可裴慎未介绍，便也不问，只笑道："你裴守恂要来，我早已备好了上房。你我兄弟且把酒两盏，也不知裴大人如今可还愿赏脸？"

裴慎只笑骂道："你若再说些酸言怪语，当心我去面见伯父，告你一状。"

李仲恒便大笑起来，亲自在前方引路。

裴慎将沈澜安置在另一间房中，叮嘱了她一句"勿要乱走动"便径自出去了。

入夜，沈澜正睡得迷糊，忽听得一阵响动，睁眼，见裴慎满身酒气回返。

沈澜本不耐烦伺候他，可这里没旁人，加之裴慎一进来便来抱她，挣扎片刻，挣不脱，只好认命地说道："你先松手，我去打盆水来。"

裴慎酒量尚可，神色间虽有几分微醺，神志却尚清醒，只将她搂在怀里，笑道："我没醉，不过是积年不见友人，喝了几杯罢了。"

一听他提起此事，沈澜便恼，冷冷地说道："你是不是早就想好了，要把我放在龙江驿？"

裴慎瞥了她一眼，慢条斯理地说道："龙江驿乃南北津要喉舌，距离南京极近。待我祭祖回来，便带着你从此地坐船，一路沿运河北上京都，甚是方便。"

沈澜哪里会信，只暗道还有另一个原因，便是这里的驿丞与裴慎相识，手下的驿夫虽不甚得力，却有数百个，加上十几名亲卫看守，由得她如何折腾，恐怕都逃不出去。

一想到这里，沈澜难免气闷，斥道："松手！"

裴慎也不是什么好脾性的人物，被她甩了脸子，难免变了脸色："你莫要不知好歹！若不是跟着我，只这么一路，倭寇海盗、蹚将响马，人人都能把你的皮给剥了。"又提醒道，"外头乱得很，我们路上光是见到的恶少无赖、喇虎剪绺就有好几十个，不过是不敢来招惹我罢了，否则你以为能这般安生？"

沈澜只叹息一声，说道："这世道越发难过了。"

如此割裂的世界！上层锦衣玉食，纸醉金迷；底层艰难求生，卖儿鬻女。

裴慎见她一脸哀民生之多艰的样子，觉得又稀奇又好笑："你成日里操心这些做甚！"接着又安慰她，"你且安心，我总会护好你的。"

沈澜怏怏的，提不起劲儿来，摇头说道："我要睡了，你自去服一枚梅苏丸吧。"

裴慎含了丸醒酒药，见她已沐浴更衣，因睡不着就靠在引枕上读书，脸红扑扑，人香煞煞，一时难免意动。他速速沐浴更衣，只着了件石青色亵衣，去靴上床，笑问道："你在看什么呢？"

那锦衣卫备下马车时甚是贴心，在里面放了好些打发时间的话本，沈澜不过是顺手取了一本来看。

见她不理会自己，裴慎便嗤笑道："话本子有甚好看，里头写的不过是些情情爱爱的玩意儿。"

"是啊。"沈澜头也不抬地说道，"情情爱爱，有什么好沾惹的，没得心烦！"

裴慎被她一噎，暗道她这孤寡性子可不好，便转了话题笑道："是什么书？"

沈澜不耐烦地说道："《三宝太监西洋记》。"

裴慎笑道："这东西有甚好看！这些都是多少年前的旧事了。"

沈澜轻笑，合上书，慢条斯理地说道："我不看这个，莫不是要看《裴中丞剿平九边志传》？"

裴慎清清嗓子:"不过是书坊主为了挣钱胡乱刻卖罢了。"

见他眉尾微微上挑,沈澜便知道这人心里颇为高兴。就见不得他高兴,沈澜冷冷地说道:"年纪轻轻便已有此名声,裴大人果真是鲜花着锦、烈火烹油。"

裴慎难免又狐疑。旁人只见他功绩煊赫,很少有人会想到此处。她"瘦马"出身,何来这般见识?

裴慎心中起疑,嘴上却糊弄道:"我将来不过是仿多年前的林隐居士旧事,四处讲学罢了。"

沈澜微怔,方才反应过来,这林隐居士肖似阳明先生,四处平叛,官至总督尚书,因军功封伯,后急流勇退,归而讲学,只可惜最终死在平叛路上。

沈澜笑道:"林隐居士临死前曾说'此心光明,亦复何言'。想来他不后悔这一生所为。"她觑了裴慎一眼,"也不知你死前可能问心无愧地说一句'此心光明'?"

裴慎微怔,心知她这是在暗指自己强要纳她为妾,实在称不上光明磊落。

思及此,裴慎竟有几分愣怔,半响,笑道:"我是个俗人,不及林隐居士多矣。"官场之上,若事事追求光明磊落,他只怕不出数日便要仓皇败退。

裴慎所求,也不过临死前问自己一句"这一生,可是仰不愧于天,俯不怍于人"。

沈澜意兴阑珊,没了兴致,讽刺道:"你是个俗人,俗人所求的权势果真是个好东西。"权势能让他强纳她为妾,她却反抗不得。

沈澜又叹息道:"只可惜,多少人汲汲营营为权势,到头来俱是黄土一抔。得了功名利禄,又有什么意思呢?"

裴慎生生被她逗得发笑,只暗道:大丈夫生不可一日无权,若无权,则如立于矮屋之下,连头都抬不得。

裴慎笑了一阵儿,心情大好,一把抽走她手上的书,低声笑道:"我们不谈这些了。我明日天一亮便要走,你莫要看书了。"他说罢便拂下纱帐铜钩。

沈澜自知若要日久天长地耗下去,是决计躲不过这一遭的,便叹息一声,任由裴慎施绫被,解罗裙,拂玉帐,掩香帏。

第二日,沈澜醒来时已是日上三竿,发了会儿呆正欲起身,忽闻有人叩门。

"进来便是。"沈澜遥声喊道。

一个年约四十,着玉色梅条裙、秋香色褶子的婆子端着铜盆进来,将其搁在清漆柏木面盆架上。

"夫人,李驿丞遣我来伺候夫人。"那婆子笑道,"我姓罗,夫人尽管支使我便是。"

沈澜只撩开素纱帐,一面趿拉上白绫平底鹦鹉摘桃绣鞋,一面笑道:"多谢罗娘子。"

罗娘子略略抬头，竟愣了好一会儿，半晌，回过神儿来，咋舌不已，暗道：生得这般好看，莫不是画里的人物？

待沈澜净面洗漱后，那罗娘子又端来了早膳。沈澜用了碗牛乳粥，又饮了盏温蜜水，这才好奇地问道："罗娘子，我枯坐房中，忒无趣，这龙江驿附近可有什么好玩的、好看的？"

罗娘子一怔，连忙说道："龙江驿是驿站，哪里有甚景色？"

沈澜瞥了她一眼，见她低眉顺眼地站在一旁，猜测约莫是有人叮嘱过她，否则照着一般人的想法，必趁此机会舌灿莲花地介绍起来，以求个赏赐。

"罢了。"沈澜慢条斯理地说道，"既然如此，你且下去吧。"

罗娘子点点头，收拾了碗筷，径自出门去。

那门一开，沈澜便见门口有两个裴慎的亲卫持刀而立。她心知肚明，他们明为护卫，实则监视。

门再度合上，罗娘子已经出去了。沈澜无事可做，只坐在玫瑰椅上发呆。

她此番支开裴慎，是为了寻找逃跑的机会。可如今既然守卫森严，逃不成，她便只能安心待着，权当麻痹裴慎。

有了这一次打底，待她下一次要支开裴慎时，他必会放心许多。一次次麻痹下去，她总能找到逃跑的机会的。

思及此，沈澜心思略定，不疾不徐地取了本《谢小娥传》来看。

她这厢正看书，裴慎那厢已入了南京城。

裴家当年跟着太祖马上打天下，得了个魏国公的爵位。此后成祖迁都燕京，裴家的嫡支便一道去了燕京。留在南京的，唯有几个旁支。

裴慎此行只带了十五个亲卫加锦衣卫，留了十个给沈澜，自己带着五个骑马至玄津桥，此地乃他的祖宅所在。

祖宅本是国公府规制，即使摘去了魏国公府的牌匾，换成了"裴府"，照旧煊赫。朱漆兽首，泥金署书。他分明已早早遣人来报过信，可如今大门紧闭，唯西角门处有两个门子立着。

房屋若久无人住便会败落了去，故而当年裴慎的先祖前去燕京时，将祖宅交给了几个旁支打理。

鹊巢鸠占久了，那些人便自以为是主家。

裴慎心中冷笑，面上神色不变，只吩咐人去寻南京的五城兵马司，语罢，又拿着白玉藤马鞭遥遥一指："平山，去叫那两个门子把中门开了。"

平山是裴慎的亲卫之一，闻言，打马上前。

裴慎远远望着，见平山与那两个门子说了几句，似起了争执。

"爷，那两个门子说要禀报给自家老爷一二。"平山匆匆折返回禀。

裴慎不疾不徐地说道："你手里的马鞭是摆设吗？"

平山愣了愣，自家爷性子并不暴虐，很少会上来就抽人鞭子。只他既得了令，便二话不说翻身下马，大步走过去，给了那两个门子一人一脚。

两个人被踹倒在地，"哎哟哎哟"地叫唤。

"你们二人若再不开门，爷爷我手里的鞭子可不是吃素的。"平山本就是铁塔壮汉，此刻面目狰狞地威胁起来，煞是吓人。

两个门子被骇了一跳，只好哭丧着脸求饶："爷，饶命啊，非是我们二人不肯开门，只是老爷叮嘱了，这些天谁来了都得从西角门走。"

平山一愣，不由得感叹道："你家老爷胆儿可真肥。"他说罢，绕过二人，进了西角门后，绕去大门前，亲手开了朱漆大门。

那两个门子心里惊惶，便龇牙咧嘴地爬起来去禀报自家老爷。

裴慎这才下马，慢悠悠地从大门入。刚绕过飞檐外挑的云锦影壁，迎面便匆匆来了个清瘦的中年男子。

中年男子头戴网巾，身着缂丝直裰，脚蹬粉底皂靴，腰佩螭龙白玉，见了裴慎便拱手行礼说道："可是慎哥儿？"

裴慎略一思忖，拱手行礼说道："小侄裴慎，不敢当二叔礼。"

裴荣难免发怔，只试探地问道："慎哥儿可是见过我，否则怎知我是你二叔？"

裴慎瞥了他一眼，笑道："来之前，家中的长辈特意叮嘱我，只说远房大伯身量中等，二叔清瘦，三叔体态圆润，叫我勿要认错了人。"来之前，裴慎特意问潭英要了这三人的画像。

裴荣讪笑道："难为你们还挂念着亲谊。"

裴慎也笑："我们自然常挂念在心。对了，二叔，大伯呢？"

裴荣一时磕巴，他大哥自然是端坐高堂，只打发了他来接人。

思及此，裴荣的神色难免冷淡几分："大哥在祠堂里候着侄儿。"

裴慎瞥了他一眼，便笑道："说来我等自迁去京都后已是许久未归。如今我特意告假前来祭祖，也不知祠堂可开了？"

"开了开了。"裴荣本不欲搭理裴慎，只是见他一来便打了门子，开了中门，气势汹汹的样子，便只想速速打发走这煞星。

"祠堂开了便好。"裴慎笑道，"二叔，既然要开祠堂祭祖，倒不如将家中的子侄一并唤来。"

裴荣愣了愣，不好拒绝这提议，便点头应了。

两个人一路走，一路略聊了几句，便到了草架梁栿、重椽斗拱的祠堂。

他们刚踏入祠堂中，便见七八个男子立于庭前，窃窃私语。

裴慎眉头一蹙，只觉这群人好没规矩，祠堂重地，焉能喧哗？

"可是慎哥儿？"大伯裴显迎上来。

裴慎便与这七八个叔伯一一见礼，相互认识了，这才领头推开了祠堂的雕花楠木门。

入得祠堂，楠木为柱，檀木为梁，三间大屋打通，无破花冰裂等纹路，唯水磨方砖铺地，简肃静朴。

裴慎看了看眼前层层叠叠的百余个牌位，接过三炷清香燃了。他俯身叩拜数次，见那烟气袅袅上升，散入空中后消失不见，这才将线香插在宣德兽盖香炉里。

接下来便是奉上酒食佳肴、面果牲礼，他却发现裴府中人根本没备。

"侄儿勿忧，我已叫人去采买了。"裴显捻须讪笑道。

裴慎暗自冷笑，心知这些人并非为了给他下马威，不过是燕京、南京两府分隔百余年，本就亲缘寡淡。加之南京是留都，六部俱全。这些人在南京扎根百余年，自忖树大根深，素日里跟这个正二品尚书称兄道弟，跟那个藩王勾肩搭背，底下人捧着纵着，养得太过傲慢，便觉他这从二品巡抚不算什么，方对他的话置若罔闻。

只可惜凡是有些前途的官不是在燕京苦熬，等着多年媳妇熬成婆，就是外放抚政一方，来南京赴任的不是养老，就是明升暗贬，仕途无望。

这帮人也不想想，实权巡抚与莳花尚书、养鸟藩王相比，哪个权力更大。

"无事，慢慢来便是。"裴慎笑道。

裴显刚脸色一缓，裴慎又关切地问道："大伯，府中剩下的兄弟们可到了？"

这么一会儿工夫，裴显哪里够把人凑齐，必有人没来。

裴显只咳嗽几声，讪笑道："快到了，快到了。"他说罢，便招来几个小厮，只叫他们速速去将剩下的几位少爷请来。

裴慎便静静等着，约过了一个时辰，已是申时初，府中的男人俱来齐，牲礼等也买到了。

"这人是谁？"

"紧巴巴地唤了小爷来做甚？"

"爹，我正读书呢，怎的突然要祭祖？"

裴慎不理会身后的酸言怪语，只亲自写、读祝文，再起了火盆一一燃去，又恭恭敬敬地奉上酒食，祭祖一事才算完毕。

眼看着祭祖完了，裴显松了一口气，正欲开口打发了煞星，谁知余光竟瞥见月亮门前有人急急奔来。

"吵吵嚷嚷做甚！没规没矩的东西！"裴显斥骂道。

"老爷！老爷！"管事衣着散乱，满面惊惶，"五城兵马司闯进来了！五城兵马司！"

裴显一愣，继而大怒道："好没规矩！什么阿猫阿狗都往家里闯！"他说罢，正欲出门去拦，却见南城兵马司指挥使带着几十个兵丁匆匆而入，指挥使在人群中一眼便看见裴慎，拱手见礼。

裴慎轻声还礼："辛苦了。"

南城兵马司指挥使江松头戴朱红油铁圆盔，身着水磨柳叶钢甲，束牛脂皮鞓带，身材魁梧，只侧身半步："不敢当裴大人礼。"

见二人寒暄，裴显一时惊愕，忍不住发问道："你们二人认识？"

谁知那江松理也不理他，只板起脸说道："裴琏，三年前有人状告你侵占田产。裴琦，两月前有人状告你私放印子钱。还有裴遥，和藏古董鼎彝。裴宣，打杀两名良家子弟。"语罢，只挥手说道："带走！"

便有几个兵丁站出来，将这四人上了木枷。

这四人哪里肯认，挣扎个不停，口中斥骂不休。

"我冤枉啊！"

"你们做甚！"

"放肆！"

"谁给你们的狗胆！"

这里头可有自己的亲儿子，裴显慌了神儿，又听闻儿子一个劲儿地惨叫，更是心如刀绞，只连声呵斥："还不快快放人！"

喊了几句，见江松不仅不搭理他，还要走人，裴显又慌又气，福至心灵——这人从前也是受过贿的，怎的如今奉公不阿起来了？

他猛地看向立于庭中的裴慎，一时气得心肝颤："好你个裴慎！莫不是你指使旁人栽赃我儿？"

裴慎淡淡地说道："我来南京不过半日的工夫。"语罢，又对着一旁愣愣的裴荣笑道："二叔，大伯遭此横祸，恐怕是乱了心神，你且好生安慰他几句。"

裴荣只觉情势变化得太快，一时竟没反应过来，骤然听闻裴慎唤他，打了一个激灵才醒神，迷迷瞪瞪地应了裴慎一句。

见他发愣，裴慎暗骂蠢材，不得不又提醒了一句："二叔，大伯魇着了，你还不快派人将他带下去歇息。"

裴荣愣了愣，看着暴跳如雷的裴显，轻声关切的裴慎，才反应过来裴慎这话是什么意思,一时喜不自胜,便叫来小厮:"你们还愣着干什么!就这么干看着我大哥发疯病不成?还不快快将我大哥带下去!"

裴荣三言两语定了调,惹得裴显勃然大怒:"裴荣,你个王八羔子,憨卵的小畜生……"一连串南京土话从他的口中喷出。

此刻裴荣的两个儿子也反应过来了,即刻命自家书童将大伯带下去。

一场冲突消弭无踪,自此以后,南京裴府便是由裴荣做主了。

乐呵呵地看着自家大哥被拖走,裴荣拱手说道:"侄子啊,不瞒你说,我这大哥和其子嗣骄横惯了,成日里恣意妄为。我没料到他们竟敢打杀人命,实在是败坏我们裴府门风。"说罢,他还装模作样地唉声叹气。

裴慎无所谓南京裴府由谁做主,若裴荣不行,换下一个便是,便警告道:"二叔,裴家百年名门,万望二叔好生珍惜,勿堕了我们裴氏的清名。"

裴荣拍拍胸脯,正欲张口保证,那月亮门前忽又响起急匆匆的脚步声。

还没完没了了!裴荣恼怒,张口斥道:"没规矩的东西!急赤白脸的,成何体……"后半句噎在嘴里,他不敢出声了。

来的竟是两个号衣皮甲的兵丁。

"总理粮储提督军务兼巡抚山西暨都察院佥都御史并魏国公世子裴大人可在?"

裴慎蹙眉:"何事?"

那两个兵丁见了他竟松了一口气,只低声说道:"我家大人相邀,还请裴大人过府一晤。"

裴慎好奇地问道:"你家大人是哪位?"

其中一个兵丁躬身说道:"小人不敢直呼大人名讳,乃大司马遣我等来请。"

五城兵马司隶属兵部,想来是他遣人去请五城兵马司时惊动了兵部尚书。

可兵部尚书寻他做甚?裴慎心中狐疑,只淡淡地说道:"你且带路。"说罢,他打马直奔兵部衙署而去。

## 第九章
## 忽见千帆隐映来

兵部衙门位于光华门附近,离玄津桥不远。裴慎骑马,不过两炷香的工夫便到了。

裴慎翻身下马,被小吏引着,绕过清漆仪门,入得堂内,竟见两侧的廊上有数名官吏来回奔波、神色焦躁。

他心中生疑,只可惜潭英不在身侧。他匆匆入城,亦尚未联络南京的锦衣卫,一时竟不知发生了何事。

裴慎一面思忖,一面望见有一绯衣乌帽、犀带皂靴的老者负手立于庭中,时不时望门外几眼。

这兵部尚书与他素无瓜葛,何至于亲自来迎?裴慎心中生疑,只快步上前,拱手施礼说道:"怎敢劳烦范大人相迎?"

范意之面有急色,只勉力捻须笑道:"老夫已是冢中枯骨,裴大人却风华正茂,便是迎一迎又有何妨?"

裴慎连忙躬身说道:"范大人年不过五十又六,精神矍铄,何必自哀?"

二人你推我让,寒暄数句。范意之这才带着裴慎入得堂中,随意地挑选了把圈椅坐下,又吩咐人上了香茶。

"不知范大人寻我有何事?"裴慎饮了口建州茶,笑问道。

范意之方才不过强忍着焦急,故作平静,此刻听裴慎问了,再也掩饰不住,急切地说道:"我记得裴大人是上午入城的,是吗?"

裴慎实在不知这范意之要做什么,便答道:"是,巳时三刻,由金川门入城。"

闻言，范意之身子微微前倾，急切地说道："既然如此，裴大人来时可曾听闻倭寇的消息？"

见他眉头紧皱，焦虑至极，裴慎心中生疑，思忖片刻，又觉得这猜想太过荒谬，便试探地说道："不曾听闻，我只听说江浙两广一带倭寇闹腾得厉害。"又说道，"这是怎么了？"

范意之见裴慎没能给出些许消息，一时失望，只勉力打起精神回他："秫陵关失守了。"

裴慎一时愕然，万万没料到他的猜测竟成真了。

秫陵关是南京城的门户。秫陵关一失守，意味着倭寇能一路打到南京城下。

南京城……

裴慎呼吸一窒，沁芳尚在南京城外。

见裴慎忽然站了起来，范意之一时愕然："裴大人这是怎么了？"

裴慎冷冷地问道："到底是怎么回事？"

这小儿好生无礼！范意之眉毛拧得能夹死苍蝇，只是他找来裴慎本就没怀着什么好心思。思及此，他心中怒意稍缓，只轻声解释：

"秫陵关守将罗宗、徐青于今日午时初快马入南京，只说倭寇于昨夜大举进攻，突袭秫陵关。他们二人偕数千将士勉力守了一阵儿，实在守不住，方才快马报予老夫，叫老夫早做准备。"

裴慎瞥了他一眼，暗自冷笑。他们哪里是什么快马报信，分明是守不住了，弃城而逃。只是如今不是追究责任的时候，他当务之急是速速了解情况。

"这二人可有说倭寇到底有多少人？"

范意之摇摇头："他们只说倭寇成千上万，漫山遍野。"

什么糊弄人的鬼话！

裴慎冷笑："老于行伍之人，难不成连个人数都估不出来？"

范意之正欲解释，裴慎又说道："况且几千倭寇进攻南京，沿路上的各州县怎会半点儿动静都无？"锦衣卫那头儿也没消息来报。

裴慎断言道："唯有小股倭寇方能如此隐蔽，且倭寇人数必不过百，保不齐只有几十个罢了。"人一过百，光是吃喝就麻烦，沿路必露痕迹。想来是罗宗、徐青弃城而逃，为免罪，方才夸大倭寇的人数。

裴慎说道："既然已明白是小股倭寇进犯，本官尚有些事要交代部下，烦请大人稍待。"说罢，他出门，只留下纳闷儿的范意之。

裴慎刚出大堂便沉下脸去，沉声唤来守门的亲卫："平山，你和张子一起，一人双马，速速赶往龙江驿，只说倭寇来袭，叫潭英带着夫人尽快入南京城中。"

平山拱手称是，即刻奔出了府衙。

裴慎脸色发沉，定定地望着平山的背影，不是自己亲自前去，心中实在焦虑。立了半晌，他长舒一口气，强压下心焦，回到堂中，说道："范大人勿忧，来的多半是小股倭寇。"南京城高，小股倭寇根本破不了南京城。

见他回来，范意之苦笑一声，说道："老夫亦是这般想的，怎奈何罗宗、徐青说倭寇大军压境。我们宁可信其有，不可信其无啊！"

若真的只来了数百倭寇，他动员周遭卫所的兵丁、南京的百姓，只将南京城守住，便是丢了乌纱帽，好歹还能保住性命；可若判断失误，倭寇的确大举进犯，他按照数百倭寇入侵的规模来备战，届时丢了南京城，百万生民流离失所，为倭寇劫掠屠戮，只怕他万死难赎其罪。

"老夫思虑再三，且与镇守太监王大珰商议过后，决意紧闭城门、发动南京百姓。"

裴慎心中有数，国朝军纪败坏多年，指望兵丁还不如指望百姓守城来得强。

"今日老夫特意邀裴大人过府一晤，便是听闻裴大人曾于大同击溃俺答，想来于兵事之上颇有见地。"

范意之年迈，此刻不顾自己尊长的身份，老泪纵横，拱手作揖："值此国难当头之际，恳请裴大人看在南京百万生民的分儿上鼎力相助。"语罢，他长揖不起。

好一个忧国忧民、济世安邦的兵部尚书！

若裴慎是个愣头儿青，只怕便信了。

先不说他只是山西巡抚，何来权力调动南京的守军？便是事出突然，他临危受命，与范意之一同镇守南京、防御倭寇，事后等着他的决计不是论功行赏，而是待罪入狱。只因南京是留都，却被小股倭寇打到了南京城下，国朝颜面何存？南京城里的官只怕有一半要丢了乌纱帽。

范意之这一出哪里是替南京的百姓求他，不过是想再拉个够分量的官事后分摊罪责罢了。他保不齐还打着裴慎为了脱罪还得使力将此事大事化小、小事化了的主意，届时他也能沾光，减轻罪责。

裴慎心知肚明，偏偏自己已入局。若此刻拒了范意之，事后一顶坐视倭寇不管的帽子栽下来，他一样要被问罪。

他左右为难，进退无路。

裴慎心中冷笑，暗道果真是人老成精，只他养气功夫极好，一把扶起范意之，说道："范大人何至于此？守护国朝安危，本就是我等的职责所在。"

范意之见他应了，松了口气，顺势被他扶起。

两个人互捧了几句，裴慎这才说道："既然午时罗宗、徐青便已入城，想来倭寇在秣陵关劫掠一二后便也要来了。"

范意之正色说道："老夫与王大珰早已下令悬起吊桥，紧闭城门，且发了告示，征发了城中的青壮年上城守卫。王大珰此刻恰在城门上巡视。"

这老狐狸果真是早有准备，有条不紊，此番来寻他不过是为了拉他下水罢了。裴慎心里想着这些，面上却毫无异色，只装模作样地叹息一声，口中却说道："范大人思虑周全，守恂受教了。"

范意之本就心中焦虑，又听到他叹气，难免追问道："可是有甚不妥之处？"

裴慎怜悯地说道："若真是倭寇大军压境倒还好了，南京城只要守卫得当，事后朝廷问罪起来，范世伯最坏也不过被贬官罢了；可若真是小股倭寇一路打到南京城下，朝廷颜面尽失，范世伯只怕晚节不保。"

这话实在戳中了范意之心中的隐忧。整个南京城，说得上话的唯独兵部尚书与镇守太监。那太监宫里有人，又不掌兵事。到头来，一应罪责俱掉在他这兵部尚书的头上。

"贤侄可有法子？"既然裴慎将称呼换成了世伯，范意之即刻打蛇随棍上，亲亲热热，口称贤侄。

裴慎笑道："法子倒是有一个。"语罢，见范意之焦躁难安，自己念着尚在南京城外、随时可能遇到倭寇的沁芳，心中也急切，便不卖关子，直言不讳。

"我们要想破局，便要将这股倭寇尽数留下。"裴慎说得云淡风轻，可其中浓烈的杀气溢于言表。

范意之哪里不知道这法子，可实在无奈。世袭的军户早已烂了，里头不是老弱病残，便是一帮吃空饷、喝兵血的兵油子。

半晌，范意之苦笑道："不瞒贤侄，南京守军军纪涣散多年，光是防守南京都已吃力，老夫还得征召民间的青壮年来守城，便是生怕这帮兵油子不出力。"

他言下之意，防守都困难，更别说主动出击了。

裴慎久于宦海，自然知道各地的卫所都一个烂样。就连当年他在山西时也是将兵丁足足训练了三年，方能一举击溃俺答。

对这些情况心知肚明，裴慎却依旧提出出城痛击倭寇的办法，那便是心中已有定计。

"南京守军共计前、中、后三个千户所，折合人马约三千人。世伯只需传下令去，说击溃了俺答的山西裴巡抚恰在南京。"

裴慎淡淡地说道："世伯再问问这三千人里可有人愿意随我出城，博一场富贵。"

范意之微怔，连声点头称是。当兵的也不是傻子，若带头的将官是个废物，自然没人肯去送命。可裴慎声名正盛，大街小巷都是颂扬他威名的话本子，此时他说要出城痛击倭寇，必有欲博前程的兵丁站出来。

"两炷香的工夫可够？"裴慎问道。

范意之连声说道："够了够了。"语罢，先是招来小吏将此事吩咐下去，又真情实感地说道，"贤侄，出城迎击倭寇危险，苦了你了。"

裴慎心中冷笑，却面不改色地说道："世伯说笑了，这是小侄应该做的。"

二人寒暄数句，又等了一会儿，方见有小吏来报，说裴大人要的人已到了。

裴慎出得门去，见衙署青砖街前立着百余个汉子。他冷眼一扫，有七八尺高的铁塔壮汉，也有身量中等、面容清秀的少年郎，竟还有几个身材消瘦、人也干巴的中年男子。

裴慎打眼一望就知道，这帮人良莠不齐，且这里头悍勇的没几个，投机的倒不少。

这原也在他的预料之中。

裴慎将那帮子下盘不稳、身材消瘦的挑出来，眨眼之间又去了十几个，竟只剩下八九十个了。

裴慎又说道："欲博前程的站右边，与倭寇有血仇的站左侧。"

众人面面相觑，到底分成了两列。

裴慎冷眼一扫，博富贵的及与倭寇有血仇的竟对半分了。

也是，倭患绵延五年，祸害了多少江南百姓。南京卫所虽从未被倭寇攻打过，可各地的卫所多年联姻，沾亲带故，前些日子吴淞所、南汇所、临山卫、福宁州、秦屿所俱被屠戮，里头死掉的保不齐就有南京卫所的人的亲朋故旧。

裴慎大喝道："右边的人跟我走！"说罢，他翻身上马。

闻言，众人皆愕然。

右边那些选择了博富贵的，惊疑之下，匆匆跟上。

"大人且慢！"

裴慎勒马，竟见一健硕的少年郎目眦尽裂，站出来大声呵斥道："大人为何弃了我等与倭寇有血仇之辈，偏选了这帮投机之人？"

投机之辈？右边欲博前程的自忖有几分武力，闻言，即刻怒目而视。

有几个冲动的，提拳便要去揍他。

裴慎理也不理那帮人，只拿马鞭指着那少年郎，问道："你叫什么名字？"

那少年郎以为裴慎要罚他，梗着脖子冷冷地说道："于成安。"

"你为何要杀倭寇？"裴慎也冷冷地相询。

"我胞姐嫁于吴淞所的一小旗。前些日子倭寇屠了吴淞所，她生生被……"于成安说到这里已是咬牙切齿、目眦尽裂。

众人沉默。

一个女子落在倭寇手里，其下场可想而知。

"我娘身子本就不好，得了这消息，只熬了两天的工夫就去了。"于成安说到后来已是眼眶泛红，哽咽不休，只恨得心口几欲呕血，"我此生若不杀尽倭寇，枉为人子！"

"好小子！有血性！"裴慎称赞道。

于成安心头一喜，正欲问"大人可能带上我了"，谁知却看到裴慎转了脸叱骂道："上了战场，本官最不需要的就是你这般有血性者！"裴慎说罢，竟理也不理他，打马便走。

谁知这一番动作彻底惹了众怒。

左侧站着的四十一人各个都与倭寇有血仇，何止一个于成安呢？

心里尚有些敬畏的只冷冷喊着"大人把话说清楚""说清楚再走"。

暴怒异常的大喊"直娘贼""凭什么带他们却不带我们"。

群情激愤。

左右双方俱已被激出了火气，已开始你推我搡，脾气大的已提拳头欲打。

裴慎手下还剩下的四个亲卫即刻围拢在他的身侧，拔刀示警。

奈何群体性暴动一起，众人热血上涌，谁还会在乎四个拔刀的亲卫呢？

左右两方人马即刻便要混战在一起。

见状，将这些兵丁传唤过来的小吏几欲昏死过去。要是这会儿闹腾出个兵变来，他这轻飘飘的身子骨怎么顶得了这么大的罪？

那小吏颤巍巍的，两条细腿支撑不住，差点儿瘫倒在地上，只一个劲儿地唤着"大人"。

裴慎看也不看他，望着眼前人人怒目、几欲混战的场景，朗声大笑道："不错，你们如今这般才算有几分血性。"

军中不怕能打胜仗的骄兵悍将，最怕的就是打不了仗的残兵弱将。

众人一时愕然。

握着拳头的也不打了，口中叱骂不休的也不骂了，纷纷惊愕地望着裴慎。

裴慎继续笑道："你们停下来做甚？继续啊！"

被他这么一说，众人哪里还有心思打下去？

见他们停手，裴慎这才冷笑道："你们既然有提拳相向的血性，为何不将这份血性用在倭寇身上，偏要用在同袍身上？"

他冷冷的一句质问，问得众人面皮臊红。

于成安此刻再也忍不住了，对裴慎怒目而视："哪里来的同袍？我都上不了战场,也算是同袍吗?"

于成安气愤至极:"今日必要问清楚,我到底比那帮投机的小人差在哪里?为何我也愿意出城卖命打倭寇,大人却不肯要。"他心中大恨,"莫不是大人收了他们的贿赂?"

话音刚落,即刻有一群人七手八脚地去扯于成安的衣裳,示意他别说话了。

"爷爷当年在北边打仗的时候,你小子还不知道在哪个地方喝奶呢!"见他对自家大人不敬,裴慎的一个亲卫面目狰狞,提起马鞭,扬手欲抽。

"严七!"裴慎制止道。

严七心不甘情不愿地退下。

裴慎这才说道:"你既然不死心,再三相询,我倒也不妨告诉你。"

裴慎坐在马上,居高临下,冷冷地说道:"你们既然为报亲朋血仇而来,可见都是颇有血性之辈。且欲博富贵之人为了前程钱财而来,只能打顺风仗,而你们这样的人是能打逆风仗的。"

闻言,于成安等人脸色稍缓,毕竟人都是爱听好话的,只是神色依旧凝重。

裴慎见右侧那帮博前程之徒被他一句"只能打顺风仗"刺激得脸都红了,想来是心中怒气翻涌。

裴慎颇为满意,便继续说道:"正因如此,我反倒不能带你们上战场。"

不等众人发问,裴慎便解释道:"上了战场,听从主将的号令乃头等大事。尔等上了战场,若见了倭寇可能忍住不攻?"

"你们既然为报血仇而来,想来必是珍视亲谊之人。偏偏尔等都是南京驻军,相互熟识。"裴慎残忍地说道,"主将若要以伤换伤、以子兑子,或是以偏师诱敌,届时若见同袍遇险,尔等可能忍住不救?"

萧萧秋风里,裴慎的声音冷如冰霜:"临阵需有静气。尔等这般满是杀心之辈,不宜上战场。"

满场寂静。

于成安已双目赤红,闻言,大声呼喊道:"我上了战场后,必听从大人号令!"

"我也听的!"

"听的!听的!"

其他与倭寇有血仇的人也纷纷表态。

到了后来,欲博富贵的人也齐齐表态。

"听从大人号令!"

"听从大人号令!"

百余人的声浪汇合在一起,声振林木,响遏行云。

裴慎这才叹息一声，顺势说道："也罢，尔等既肯听我号令，便随我一同出城去斩杀倭寇。"

"是——"

共计八十二人，齐齐称是，掷地有声，再不是方才那稀稀拉拉的样子。

裴慎便知道这个杂牌的队伍算是有了一点儿战斗力。接下来，他还需对他们稍加训练。

裴慎带着这八十二人，并四个亲卫，一同去往兵部的校场训练。

他将共计八十六人分作七个伍，一伍十一人，多出来的九人充作辎兵、号手等，紧接着又吩咐那小吏去南京城的武备库中取兵刃。

裴慎吩咐道："不要刀和火铳。"

刀太短，火铳填丸速度太慢，质量差的极易爆炸。

"我只要四样东西，盾、长枪、钯、狼筅。"裴慎生怕底下人没听过最后这一样东西，便叮嘱道，"狼筅是浙江处州兵常用的东西，南京是留都，其武备库中必有此物。"又叮嘱道，"这四样东西须速速送来。"

那小吏被派在裴慎身边做事，方才被吓得腿软，这会儿勉力支撑，不一会儿便带着几个兵丁将兵器寻来了。

裴慎拿到东西后，冷冷地说道："今日事发突然，晚间倭寇估计就要来了，故而我不多说废话。按照方才我教你们的队形排好。"

早在三年前任两淮巡盐御史，石经纶来报欲关闭市舶司一事时，裴慎便已意识到倭患恐怕会愈演愈烈。

根据锦衣卫搜集来的各色战报，裴慎曾推演过，要想杀伤倭寇，必要用比倭刀还长的兵刃，且须攻防结合，故而陆陆续续演练了三年，设计出了这个阵形。

众人照着裴慎的吩咐排成七个小阵，第一排有两名盾牌手，第二排有一名长枪手居中，第三排有两名狼筅手，第四、五排有四名长枪手，第六排有两名钯手。

"凡有倭寇来袭，若敌唯有一人，其长枪、长刀从高处刺入、劈入，盾牌手即刻将盾牌高举挡住敌人的兵刃，长枪手立时刺出以杀敌。

"左侧的狼筅手防备左侧，跟着左侧长枪手的动作；右侧的狼筅手……"

裴慎正训练这帮兵丁，此刻，报信的平山终于到了龙江驿。

已是申时末，残霞夕照，秋空长净。

见龙江驿屋舍俨然，人声鼎沸，平山吭哧吭哧地喘着粗气，万幸自己赶上了。

他翻身下马，顾不得跑得鼻翼翕动的马匹，随意将缰绳扔给驿卒，旋风般进了门。

"平山？"潭英刚在前厅坐下，随意一望，就见平山从门外冲了进来，步履匆匆，神色焦急，还东张西望，便赶紧招呼他，"你怎么回来了？可是大人那里……"他的话还未说完，平山便冲至潭英面前，压低声音说道："大人有令，只说倭寇将至，请潭大人速速带夫人入南京城中避难。"

潭英愕然。倭寇？为何会有倭寇打至南京城下？他这里竟没收到消息！

"大人是从哪里知道的消息？"潭英追问道。

"潭大人！"平山急得嘴角直起燎泡，"你管消息是从哪里来的！当务之急是速速护送夫人入南京城中避难！"

潭英猛地反应过来，急忙说道："你速去通知李驿丞，且叫他去通知百姓和驿卒，我去寻夫人。"说罢，潭英匆匆上楼。

正值晚膳时分，沈澜用了碗清汤面。现做的面条雪白细腻，极其筋道，上面卧一个黄白相间的荷包蛋，上头撒一把青碧野菜，配上热乎乎的鸡汤，暖腹盈胃，格外舒适。沈澜用过晚膳，正欲起身消食，却听见门板忽被叩得"嘭嘭"作响。

"夫人，属下潭英，不知夫人此时是否方便？"

潭英有何事要来见她，声音竟如此急切？沈澜心中生疑："你进来吧。"

潭英即刻推开门，低头，拱手作揖说道："夫人，大人派人传信来，倭寇打到了南京城下，还请夫人速速随属下前往南京城中避难。"

倭寇？！沈澜惊了惊："倭寇怎会打到南京城下？"

潭英也一头雾水，只好低声说道："事态未明，许是虚惊一场。"

沈澜摇摇头。她再鄙夷裴慎，也不得不承认此人绝不是一惊一乍之辈。他既然让人传信，这消息便绝不会是假的。

"我们即刻就走！"沈澜不欲多言，起身便要出门。

见她这般听话，潭英不免高兴，又怕她像昨日裴大人在时那般把人折腾个不停，便未雨绸缪地问道："夫人可有细软要收拾？"

沈澜一脸的莫名其妙："危急关头，我收拾什么细软啊？我们速速入南京城中避祸方是正事。"说罢便往外走，经过潭英身边时，忽然转身说道，"潭大人，你不必为了省事将我打晕，我绝不会跑的。"

潭英心思被她戳中，难免讪笑两声："夫人说笑了，属下岂敢？"

他有什么不敢的？就算事后要向裴慎交代，他只需轻飘飘一句"怕夫人路上生事"便能交代过去。说到底，沈澜又不是正经主子，不过是裴慎的一个妾罢了。

沈澜瞥了他一眼，怕潭英不信自己，强要将她打晕，万一撞上倭寇，昏迷中的她只能将性命尽数托于潭英等人。

这可不是沈澜的作风。

思及此，沈澜边疾行边解释道："潭大人，我若信誓旦旦地保证我不想跑，潭大人是绝不会信的。"

潭英正色说道："夫人，属下不敢。"

沈澜嗤笑，心知这是官场上的人糊弄人的老套路了，便不理他，继续说道："不是我想不想跑的问题，而是我不能跑，只因我知道倭寇何其残忍暴虐……我若跑了，撞上倭寇大军，必被充作营妓，生不如死。"这样的危急时刻，她当然是去城高墙深、等闲攻不破的南京城中避祸最好。

见她遇此等情况非但不似寻常女子般吓得花容失色，竟还能理智分析，面不改色地说出此话，潭英难免钦佩，只觉她颇有胆色，终于打消了将她打晕的念头。

二人快步疾行，入了前厅，却见前厅、厢房里俱是人喊马嘶，沸腾不休。

"囡囡，倭寇来了！快走快走！"

"先把药斑布扔了！"

"别带次春茶了！带芥茶！芥茶！"

南来北往的客商慌忙挑拣重要货物带上。

有的连货都不要了，宁可弃货保人。

人人疯了一般往驿站马棚里挤，往河面上停靠的船上冲去。

潭英大怒："这李仲恒是怎么办事的！"

潭英叫他通知百姓前往南京避难，他怎的弄成了这副鬼样子？

李仲恒匆匆自房中冲出，正好听见潭英骂他，他那酸怪性子，哪里能忍，只骂道："哪个晓得老子跟平山说话，外头有个傻子客商恰好来寻我，一听说倭寇来了，惊慌之下就全嚷嚷出去了！"

潭英气得欲骂人，却被个匆匆逃跑的客商撞了一下，顿时更为恼怒："你现在还说这些做甚？速速与我们去南京。"

沈澜怕自己这张脸惹祸，便撕了一片衣角蒙在脸上，说道："李大人，你若会骑马，便带上你要带的人；若不会，便请潭大人带你。我等速速出发。"

"我会骑马。"李仲恒说道。

一行几人飞奔出门。

潭英的几个下属早在门外牵马等候。

沈澜不会骑马，难免又要骂一句装慎。

"夫人，得罪了！"潭英正欲将沈澜抱上马，自己带她同骑，忽又听闻外头的喧哗声中夹杂着声声"倭寇来了！倭寇来了"。

马背上的沈澜死死地抓着缰绳，暗道：这也太惊慌了些，那些人怎么还在喊"倭寇来了"？

"杀人了！"

"河边都是倭寇！"

"倭寇下船了！"

沈澜一激灵，猛地意识到——倭寇真的来了。

"快！进驿站！进驿站！"潭英手疾眼快地拽起沈澜，将她推进驿站内。

一众下属紧跟其后，冲进驿站内。

驿站内原本尚未逃出去的客商被吓得惊声叫嚷起来，外头还有听了示警声往驿站里跑的，想去把门关上的，纷纷攘攘，一片混杂。

"砰！"瓷片迸裂四溅。

众人被唬得一静。

沈澜砸了个瓷杯，方叫厅中的众人静下来。她环顾四周，见货物撒了一地，椅塌桌倾，众人皆惊慌无措。

"你个小娘皮干什么呢！"一会儿后，有人叱骂道。

潭英即刻拔刀。

看到雪亮的刀锋，又被冷厉的眸子盯住，所有人都安静了。

沈澜即刻对潭英说道："厨房当有干柴、半湿柴，趁着倭寇还没有将整座驿站围起来，你速速派两个人去外头将柴火点起，令狼烟冲天，以提醒南京城的人，龙江驿有失。"

她在裴慎心中分文不值，加之裴慎无兵，必不会来救她。可龙江驿距离南京城太近了，见到这样的景象，南京城必会派人来查看。

如今她唯一可以指望的，就只有南京城的守军了。

"好！"这恰好也是他要做的，潭英即刻点了两个人去办。

"李驿丞，你最熟悉这座驿站，此地可有便于守卫的地方？"沈澜紧盯着李仲恒。

见李仲恒摇头，原本听见沈澜说点燃狼烟通知南京城的守军以至心中有了希望的客商们再度绝望。

"慌什么！"沈澜斥责道，"潭英、平山，我不通兵事，你们觉得守哪里好？"

潭英望了一眼门外，见门已关，因为已没人再逃进来了，外头已隐隐传来倭寇叽里咕噜的鸟语声。他脸色凝重，说道："既然是四通八达之地，守哪里都一样，那就干脆守这里！"

平山点头称是。

沈澜面对着残存的一百多个客商、士子、驿卒，冷着脸厉声说道："你们愣着干什么，速速去寻桌子、箱子统统把门窗都堵上！"

众人见她虽蒙着面，周围却有十个精干的扈从，且说得也有道理，心中有了主心骨，便纷纷行动起来。

外头的倭寇还要抢夺被杀客商身上的财货，故而给他们留了搬运东西的时间。

待到将门窗尽数堵上，众人方大汗淋漓地松了口气。

沈澜刚搬完一个沉重的楠木箱，勉强喘匀气，便厉声说道："我只说三件事。第一，南京城的守军必定会来救我们。"

这话一说出口，一个瘫在地上软成一摊烂泥的小老头儿呜呜咽咽地说道："官府的人都是王八蛋，怎会来救我们？"

"是啊！官府的人只会成日里问我们拿钱。"有个客商累得满头大汗，闻言，瘫坐在地上怆然说道。

一时，众人呜呜咽咽。

倒有两个生员学子蒙受过朝廷恩德，张口辩解，可说了一通儿之乎者也，反遭人唾弃。

见众人意志消沉，沈澜欲张口。

李仲恒却大笑三声，指着沈澜说道："你们可知道她是谁？"

众人齐齐望向沈澜。

李仲恒又笑道："南京兵部尚书范意之的幺女便是她。"

范意之确有一个与沈澜年岁相当的幺女。

众人一时大喜过望，连瘫坐在地上的小老头儿都爬起来了。

这下所有人都知道，南京城必定会派人来救他们了。

沈澜本也想用这一招儿，只是她对朝廷了解太少，正想让潭英来说，谁知李仲恒抢先开了口，正好免得她给潭英使眼色。

"所有人，都躲去桌子后面！倭寇必会先用重箭攻击！"潭英接过了指挥权。

沈澜镇定自若地跟着潭英挑了张桌子躲进去。

果不其然，少顷，四面八方射进来的箭矢钉在地上、梁上、桌上……

沈澜只在心中计数，大概熬了一两分钟，箭矢便停了。

潭英心喜，大声说道："箭矢数量不多，外头的脚步声也不多，是小股倭寇！"

只"小股倭寇"四个字，就足够令众人欢呼起来。

外头叽里咕噜一通儿鸟语，沈澜哪里听得懂五六百年前的另一个时空的日语？所幸这帮客商走南闯北，甚至有海商，好些个人语言天赋惊人，其中就有会福建话、广东话、倭语的人。

"大人，那些倭寇说让我们速速投降，要不然就放火。"那客商翻译道。

潭英嗤笑道："驿站内有如此多的财物，倭寇尚未取得，哪里肯现在就放火？"

倭寇便是真要放火，那也会等到真打不下来再说。

沈澜压低了声音说道："潭大人，让那个通译告诉倭寇，就说我们可以投降，但是要求倭寇保住我们的性命。然后，你再叫另一拨人与通译争吵，表示不投降。"

潭英会意，她这是想拖延时间！

外头松松散散地围了一圈儿倭寇，潭英粗略一数，约有四十来个，都是半月头、浴氏单衣、无腰带的。有的手持大太刀，有的双手持镰形枪，还有持打刀、三刃矛的。另外七八个倭寇或扛或抬，正将外头散落的货物往小渔船上抬去。

还有两个正在外头远眺放哨。

"烟！烟怎么还没灭？"倭寇头子骂骂咧咧的。

几个倭寇上蹿下跳，正提着水桶不断地来回河边，一桶桶往柴火堆上浇水。

谁知狼烟本就是干湿柴火混合，方能有黑烟。倭寇们浇了水，火倒是灭了，黑烟却越来越浓，几成冲天之势。

十五里外的南京城里，早已有兵丁上报消息。裴慎正于校场训练兵丁，忽接到消息，说龙江驿中升起了狼烟。

裴慎脸色大变。他知道此刻绝不是出击的好时候，一则训练尚且粗疏，二来待他们赶到龙江驿，倭寇保不准早已烧杀抢掠完毕。

实则最合适的出击时机应当是待倭寇打不下南京城，弃城而逃时，他们再与别的官军会合，咬上去。

裴慎一面想着这些，一面吩咐道："会骑马的持械上马，再带一个不会骑马的！其余人等，跑步前行！"他知道若叫这帮步卒跑到龙江驿，一则慢，二则已没体力作战，可事出突然，实在没办法。

裴慎一马当先，身后的十余匹马奔腾作响，尚跟着五十余个步卒大步跑动，直奔龙江驿。

龙江驿。

倭寇好不容易熄灭了狼烟，又朝驿站里头射了一拨箭矢，喊了一通儿"投降"的废话。

倭寇头子正欲举刀进攻，听到里头的人居然主动说要投降。

当即就有几个倭寇叫嚣着。

"投降！叫他们开门！"

"进去抢钱！抢女人！"

"杀光他们！"

谁知道里头的人刚说完投降的话，叽里呱啦的声音响起来了，都是他们听不懂的汉话。

倭寇头子心细，仔细听了一会儿也没听懂，笑道："吵起来了！他们吵起来了！"这点他倒是看出来了。

"他们为什么吵起来？"有个倭寇傻兮兮地问。

"野田次郎，肯定是有些人想投降，有人不许他们投降。"

"内讧了！"有个倭寇文绉绉地学汉人说"内讧"两个字，舌头差点儿打结了。

"等他们打起来后，我们就能毫不费力地将他们一网打尽！"

"现在就打！冲进去！里头有吃的、有喝的、有钱，还有花姑娘！"

外头的倭寇意见不同，先起内讧了。

倭寇头子也不傻，生怕里头的人是在拖延时间，骂了几句，吹响手中的海螺，发起进攻的号角。

一听见吹海螺的声音，潭英便神色凝重起来："这是要开打了。"

沈澜一直在心中数数以估算时间。从狼烟燃起来到现在，他们才拖延了约十分钟。南京金川门距离此地有十五里，按照快马时速三十公里计算，援军到达此地约需十五分钟。他们再拖延十分钟，保不齐就能有救。

"潭英，告诉他们我们现在就投降，马上去开门。"

那通译颤巍巍地用倭语转述了此话。

潭英又命人将桌子在地上拖来拖去，伪装移开门后的桌子的声音，果然让倭寇将信将疑，又生生等沈澜数了五十个数。

可一分钟都没到，倭寇便又催促了。

"我们已经在开门了，在开了。"通译满头大汗地大喊。

这一次，沈澜数了三十个数都不到，就听到倭寇叽里咕噜地叫嚷起来：

"竹内三郎，他们耍我们！"

"杀光他们！"

海螺再度被吹响。

方才瘫在地上的小老头儿突然痛哭流涕地大吼大叫起来，叽里咕噜地说了一通儿倭语。

李仲恒脸色大变。他博览群书，曾自学过一点儿倭语，不过不如那通译纯熟，故而方才没毛遂自荐当翻译。

沈澜问道："那人说了什么？"

李仲恒对着沈澜清澈的目光，面有不忍，扭过头去："他说里面有姑娘，他把姑娘们献出去，求倭寇不要杀他。"

出门的虽泰半是男子，可其中也有些带了妻女。

听到此言，百余人对那小老头儿叱骂不休。

"尽给祖宗丢脸！"

"侬个孬种！"

"没卵子的狗东西！"

各地土话喷涌而出，俱在骂那小老头儿。

沈澜方才生怒，如今见众人这般愤慨，反倒怒气稍消，便高声说道："诸位，外头的倭寇要撞门打进来了。等他们打进来，你们的妻女都得被凌辱，我们所有人都得死！"

她重复喊道："都得死！"

"死"这个字极大地刺激了所有人。

眼看着激发起了众人对死亡的恐惧，沈澜又坚定地说道："我们撑下去！我们再撑一炷香的工夫，我爹一定会来救我们的！"

对！对！还有南京兵部尚书呢！

众人这下子终于回想起来，他们还有活下去的希望。

潭英即刻说道："诸位背靠墙壁！只要几人合力，拿桌椅板凳堵住门窗，不让倭寇进来便是！"

百余人纷纷动起来，没人再去搭理被人殴了几拳、瘫在地上、不知是死是活的小老头儿。

"拿桌椅堵住门了！"

"窗户也堵住了！"

得知里头有花姑娘、有钱，却进不去，倭寇急得叽里咕噜地乱叫。

倭寇头子左看右看，最后吹响海螺，叫人砍了一艘小船上的桅杆来。

左右各列十人，拿着桅杆当撞木，撞向某扇窗户。

那窗户后头不过七八人合力堵着，哪里架得住二十个倭寇使力齐攻啊？

"砰！砰！砰！"

三声过后，窗户后竖起来的桌子轰然倒塌。

旁边的七八个人被吓得四散奔逃。

当即就有几个倭寇把握时机，从窗外一拥而入。

"夫人，快走！"潭英心急如焚。

他们只有十个人，得保护一个女子、一个文弱书生，何其不易。

"随我一同走。"沈澜低声说道，"倭寇没我们想象中的多，我们骑马四散奔逃，能逃掉多少个就看天意了。"说罢，她拽上潭英便要往后门去。

然而一见倭寇进来，人群再也稳不住了，如同沸腾的水珠，四散而出，夺路奔逃。

"啊！"

"杀人了！"

"别杀我！别杀我！"

几个倭寇早就去开了大门，放更多的倭寇进来。

还有几个狞笑着，提着染血的长刀，一步步逼近人群中的女眷。

"花姑娘！"

"钱！好多钱！"

到处都是惊恐凄厉的尖叫声……

沈澜回身望去，怎么也忘不了这一幕。

那些都是人，都是她的同胞……

沈澜的眼中一下子涌出泪水。

"夫人，别愣着！"潭英心急如焚，拽着她要往外走。

奈何沈澜生得漂亮，就算蒙着面却还是露出了一双水灵灵的眼睛，故而早就被倭寇盯上了。

七八个倭寇手持大太刀，直接劈砍过来。接近五尺长的刀，潭英根本近不了倭寇的身，只能带着几个护卫且战且退。

他们好不容易出了门，到了外头的野地里。

许是见沈澜的身侧竟然有护卫，越来越多的倭寇冲过来。

方才人们争相逃命，其他的护卫早已被冲散，李仲恒和沈澜他们失散了，此刻保护沈澜的只有潭英、平山，还有一个叫阿六的。

平山为了保护沈澜生生挨了一刀，溅出来的血染了沈澜半身，平山也跟跄起来。

潭英右臂中箭，强忍着剧痛提刀格挡。

阿六功夫最差，这会儿挨了两刀，已被平山背着。

四个人，全靠潭英和平山两个人勉力支撑。

沈澜没说什么"不用保护我"之类的话，她自知说了，这帮人也绝不会听的。她心脏狂跳，勉力镇定下来，观察四周。

到底被她看到了生路！

"潭英，那里有两匹马！"

潭英和平山余光一瞥，心中提起一口气，往马匹的方向且战且退。

奈何倭寇也不是吃素的。七八个倭寇冲上来，大太刀上头劈，下头砍，任潭英有三头六臂，也徒呼奈何。潭英还没到马前，挨了三刀，霎时血流如注，昏死过去。

所幸有几个之前分散开的护卫此时已经汇拢过来，继续阻挡倭寇。

倭寇见又有护卫来救她，也不知到底有几个护卫，便想着擒贼先擒王，又不愿意拿刀砍她，生怕把这花姑娘砍死，就想拿箭射她的两条胳膊。

那箭矢本是重箭，利能破甲，此刻朝沈澜快速射来，犹如毒蛇追魂索命。

"夫人，当心！"平山大呼一声，正要扑身来救。

沈澜不会武，根本来不及反应，只能眼睁睁地看着那箭矢飞速地向自己的手臂射来。

千钧一发之际，不知从哪里射出另一支箭，竟将那箭矢撞得一歪，从箭杆处生生断成两截。

"大人——"平山嘶吼道。

沈澜茫然地回身望去，竟见远处烟尘滚滚，马上之人张弓再次射出了一箭，正中倭寇的额心。

那……是裴慎！沈澜愣愣地想。可他为什么会出现在这里？他哪里来的兵？

裴慎见沈澜人还好好的，心中的惊惶稍去，即刻催马赶至她的身侧，又速速令人擂鼓杀敌。所幸有完整的一伍骑马快速而来，尚有体力，立时结阵。

倭寇的大太刀长四尺五，援军的长枪却长达一丈八尺，一寸长一寸强。

好似潭英因为刀不如倭寇的太刀长只能被动挨打一般，此刻的倭寇遇到了长枪手，也只能被动挨打。

长枪结阵杀敌之时，又有盾牌手、狼筅手、钯手保卫防御，攻防结合，宛如一个小型的刺团，开始绞杀倭寇。

加之气喘吁吁的步卒也跟了上来，七个伍开始杀敌。

共计五十余人的倭寇极快地就被绞杀殆尽。

裴慎细细清扫了三遍，确定再无遗漏的倭寇，这才赶去见沈澜。

沈澜抬头，望见裴慎的锁子甲上俱是血，上头还有刀劈枪刺的痕迹，竟怔怔地看了半晌，问他："你不安坐南京城，怎么来这里了？"

裴慎暗骂她没良心，自己千辛万苦地赶来救她，竟还要被她诬陷冷血。

"我若不来救你，你今日便死了。"裴慎板着脸说道。

沈澜心中五味杂陈，人也有几分恍惚，只缓慢地眨眼，问道："你为何要赶来救我？"

裴慎只觉她莫名其妙："你是我的妾室，我若不来救你，也配算个男人？"

听到他这番话，沈澜只自嘲地笑了笑。

偏偏裴慎见她脸色发白，以为她惊慌后怕，难免心里生怜，叹息一声，上前握住了她莹润的手掌，一摸，果真是冰冰凉凉的。

"倭寇虽除，但为防余孽作乱，你且随我去南京城。"裴慎温热的手掌包裹着沈澜的双手。

些许暖意令沈澜神色稍缓，她眨眨干涩的眼睛，点了点头说道："你一会儿要走了唤我便是，只是不知潭英以及那些护卫如何了？"

见她秀眉微蹙，满目清愁，裴慎自然好生安慰道："他身上自有锦衣卫的秘药，血已止住了。我又着人快马将他送去了南京，那里自有大夫为他疗伤。"

沈澜方才松了一口气，正色说道："连同潭英在内，共计十人，俱以命护我，不是因为他们重视我，而是因为你下令要他们护卫我入南京。为了你的一个命令，他们便不惜拼上性命，可见这些人待你忠心耿耿，你不要亏待了他们。"

见她替这些护卫说好话，裴慎只觉好笑，便轻声安慰道："你且安心，有功必赏，有过必罚，我绝不会亏待他们。"

沈澜这才点点头，起身，将一个清漆楠木官皮箱捧给他。

裴慎接过来一看，只见箱子里有金镶玉螭龙簪、金挑心累丝俏钗、粉碧二色错芙蕖嵌宝簪……共有十余件，俱是此前在苏州时他给她添置的首饰。

沈澜解释道："他们虽是出于听从你的命令方以命护我，可我不能这般想。救命之恩，我本无以为报，只好拿些金银俗物权作感谢。"她又说道，"你且帮我转告他们，若日后他们有什么需要我做的，尽管道来便是。"

裴慎阖上官皮箱，只盯着她，笑盈盈地说道："你拿一个诺言加上这些金银感谢了护卫们，那我呢？你要如何来谢我？"

沈澜一时竟说不出话来。

若裴慎要金银财宝，可这些东西本就是裴慎给她的；若裴慎要高官厚禄，她自然也送不了。算来算去，她什么都没有。

来了这世界四年多，她勉力挣扎，艰难求活，未敢有片刻松懈，到头来依旧是雨打浮萍，辗转飘零。

沈澜一时意兴阑珊，只淡淡地说道："我什么也没有。你若还要什么，自取便是。"

裴慎心惊肉跳，听出她这话里竟隐隐透着一股厌世之意。她看着倒是任他予取予求，实则是无所谓的态度，竟好似什么都不在乎了。

裴慎也不知发生了什么，分明早上他走之前她还好好的，怎么如今竟成这样了？他思忖再三，只觉是她今日骤见倭寇杀人，心中惊惶，神思恍惚倦怠，这才隐隐起了厌世之意。之后他得找个大夫，给她开些安神定心的药。说来南京城里似有好几个妇科圣手，他正好可以把他们找来替她治治这手脚冰凉的毛病。

"我救你原本也不是为了索要报酬。"裴慎笑着，打算把这话题岔过去，谁知沈澜原本人就恹恹的，听了这话后竟越发倦怠了。

裴慎见她小脸煞白，好似惊魂未定，心难免发软，便拿手去摸她的脸好替她取暖。

沈澜神情有些茫然，像是陷入了某些繁杂的思绪中。

倭寇的箭矢袭来的那一刻，是裴慎救了她，否则她今日必要死于倭寇之手，且是惨烈的，生生被踩躏至死。

像方才前厅里的那个女子一般……

裴慎从前总觉得她脾气太倔，极想打碎她的一身傲骨，如今见她神思恍惚，蜷缩在床榻的一角好似一尊将碎的琉璃像，却又忽然觉得那些东西都不甚重要了。

"莫怕！"裴慎软了声音，将她圈在怀抱中，一下一下抚摩着她的脊背。

沈澜靠着他的胸膛，冰冷的锁子甲上的甲片令她清醒过来。

"你外头还有事要忙吧！"沈澜强打起精神，"清点战功，审问倭寇的来源、去处、目的，向你的上峰汇报，桩桩件件都是事，你去忙吧。"语罢，沈澜自觉地离了他的怀抱。

怀中一空，裴慎怅然若失，只好起身笑道："你再等我一会儿。待处理完了此间事务，我便带你去南京。"说罢，他提刀出门。

裴慎一走，室内再度安静下来。

瑟瑟秋风，疏疏残阳漏过窗棂，晕染出些许赤红的余晖。

那颜色是……赤红的。

像血。

沈澜张口欲干呕。她知道，自己这是产生应激反应了。

没见过血的人见了车祸现场都会产生应激反应，更别提看见战场上的屠杀了。沈澜甚至可以推断自己今晚必定会做噩梦。

裴慎也猜到她必要做噩梦，一入南京，便遣人去寻了太医院里的张院判。

张院判年过古稀，须发皆白，自然不用忌讳什么男女之别，入了内室，叫人挑了帘子望诊。

"张大人，她白日里见了倭寇杀人，你可否给她加开些定心安神的药物？"裴慎问道。

张院判拱手说道："裴大人勿忧，老夫自有决断。"给沈澜细细诊了脉，查看了舌苔，又询问了些事项，方才说道，"夫人可是多年前落过水？"

沈澜微怔，暗道这大夫医术果真不错，便说道："我四年前意外跌落井中。"

原身落井而亡，沈澜便来了。

"那便是了。"张院判说道,"夫人身上尚有几分寒气,一年四季难免手脚冰凉。"又安慰道,"夫人且安心,只需喝些安神暖宫的药即可。"

"多谢大夫。"沈澜闻言,笑道,"夤夜前来,劳烦大夫了。"

张院判捻须笑道:"夫人吃了药后便安安生生睡上一觉,待到明日便好了。"他说罢,开了药方后便起身告辞,只是临行前忽而瞥了一眼裴慎。

裴慎会意,送张院判出门。

待出了门,立于庭中,清秋霜月下,张院判神情凝重,说道:"裴大人,这位夫人恐非寿数长久之象。"

裴慎只觉呼吸一窒,神思竟略有几分不定。

秋夜寒凉干燥,竟让他呼吸之间都扯着一股血腥之气。良久,裴慎方咬牙问道:"张大人这是何意?"

张院判见他眉眼间透出几分焦急,分明是对那位夫人有情,心中不免叹息有情人难成眷属。

"这位夫人病况有三:一乃今日猝然受惊。这倒不算什么,她只要安神定心,日久天长,将今日倭寇杀人一事忘了便好。

"二乃长年神思郁结,七情不畅。单说这一条,她若要好起来,服药是不够的,心病还须心药医。她必要每日里心情愉快,少费心神,这病才能好。"

裴慎沉默不语。

沈澜成日忧虑什么,他又怎会不知?可他好不容易救了她,眼看着她整个人都软和下来了,若要此刻放弃,他是万万不肯的。

裴慎只好沉默着听大夫说下去。

"三乃底子本就不好,积年寒气未去。除了她四年前落井偶得寒气,近日来可有寒邪入体?"

裴慎心里发涩:"数日之前,她在夜间河上孤身行船了大半个时辰。"

"那便是了。"张院判一面奇怪这好端端的夫人怎会去河上撑船,一面捻须道,"夫人当时便受了风寒,尚未祛根。"

裴慎正要叫张院判开方,听到他又说道:"夫人体内的寒气可不止这些。她是否服过些性寒的药物?"

裴慎微怔,摇头说道:"她只吃过些祛寒的药和滋补……"裴慎一顿,半晌后涩然说道,"她喝过数次避子汤。"

张院判了然,说道:"恐怕是了。避子汤性寒,便是调配得再好,积年累月地喝下来,到底会致使女子宫寒。"

裴慎不解地问道:"这避子汤是府中用了许久的方子,从未出过差错,怎会如此？"

张院判解释道："寻常女子身强体健，喝上一年避子汤，只消停了调养回来便好。可那位夫人许是幼年养得不好，身体底子极差，又数次受寒，喝了避子汤，自然于子嗣有碍。"

裴慎心里一阵阵发沉，低声问道："那她的身体可调理得好？"

张院判摇头说道："若夫人今后不喝避子汤了，好生调养，或许还能得个一男半女；若再喝下去，夫人只怕终生无子女缘了。"

裴慎毫不犹豫地说道："那我便不再让她喝避子汤了。还请张大人开方吧。"

张院判便细细开了方子，又瞥了一眼裴慎说道："裴大人神完气足、体格健壮，然而那位夫人体弱，若要调养身子，必要禁房事。"

裴慎暗自觉得可惜，只面不改色地问道："那她要调养到何时？"

张院判搁下笔，说道："都说春生夏长，秋收冬藏。这冬季本就是蓄养元气的大好时机，待到来年春日，生气萌发，夏日生气渐长，秋日方是收获的好时候。"

等到明年初秋，约莫还有十个月。裴慎算了算，只觉自己还能忍。

张院判又叮嘱道："此外，大人平日里且多开解一二，勿要叫那位夫人再心思郁结下去了，否则何止是子嗣问题，恐于寿数有碍。"

裴慎神色一凛，便点了点头，收了方子，送张院判出去。

待他回来后，厨房已熬了药，沈澜正苦着脸喝药。

"你这么大个人了，吃药还怕苦。"裴慎笑着递给她两颗桃门枣，"喏，南京的特产。"

沈澜蔫巴巴的，不欲动弹，只任他笑话，接过桃门枣，有一口没一口地吃。

"夜深了，你须早些睡。"裴慎叮嘱道，"大夫让你莫要忧思，莫要操劳。"

沈澜怏怏的，只低低地应了一声，便合眼睡去。

裴慎白日里便将事情处理完毕了，这会儿沐浴过，也脱靴上床，只将她搂在怀里，合眼睡去。

清秋素月，霜露洗空，三两梧桐剪影映在疏疏斜窗上，时有秋雨绵绵，一阵寒意涌上来。

沈澜的梦却是热的。

壮年男女、耄耋老人、垂髫幼童，他们一茬儿一茬儿地倒下去。临死前，他们瞪着眼睛，不停地问沈澜：

"为什么不救我？"

"你能不能救救我？"

"你自己活了，那我呢？"

"你为什么不救我？"

沈澜尖叫一声，猛地睁开眼睛，额间细汗涔涔。

裴慎被她惊醒，见她煞白着一张脸，惊魂未定的样子，只将她紧紧搂在怀里，贴着她的额头问："你可是魇着了？"

黑暗的纱帐里，唯有裴慎的心跳是真实的。沈澜一时眼眶发酸，便一声不吭地将脸贴着他温热的胸膛，听他强劲有力的心跳声。

一下，一下，又一下。

见她难得如此乖巧，裴慎的心软成了一摊黏糊糊的糖水，几乎要渗出蜜来。

"莫怕，我在。"

听到他这话，沈澜眼中一涩，拿脸颊蹭了蹭他。

裴慎一时又爱又怜，将她紧紧搂着，四肢交缠，于她的耳畔柔声问道："你梦见什么了？"

沈澜干涩说道："很多人死了。"

她亲眼看着他们死了。那些人就像一片片树叶，就这么落了下来。

裴慎不愿她回忆起那些恐怖的景象，可心知今日若不了断此事，她只怕夜夜都要做噩梦，便问道："还有呢？你还梦见什么了？"

沈澜怔怔的，只是抬头，茫然地望着裴慎，苦涩地说道："他们问我为何不救他们。"

裴慎本以为她是恐惧倭寇杀人，却没料到她竟是在自责。

"你这傻子，成日里胡思乱想什么呢！"裴慎知道她心软，却没料到她心软成这样，便又开口，"倭寇来了，所有人都四散奔逃，自己顾着自己。你倒是念着别人，可有人念着你？"

"不是。"沈澜喃喃道，"我就是觉得人不该活在这么个世道。"

裴慎略略发怔，便又笑道："那你认为人该活在什么样的世道，文景之治，还是贞观盛世？"

沈澜垂下眼帘，不说话，半晌才说道："国事蜩螗，百业凋敝，朝中大员难道都在莳花弄草不成？"

她一个弱女子竟还操心起国家大事来了。

裴慎被她逗得发笑："你且安心。我心中自有成算，必不叫你再遇到今日事。"

沈澜摇头说道："我不过是觉得自己应该做些什么才是。"

裴慎只觉她这副忧国忧民的样子好生有趣，便凑趣道："你想施粥，还是要去庙里烧香祈福？你若要银钱，只管来问我要。"

沈澜忽觉意兴阑珊。她连银钱都要问裴慎拿，实则什么也做不了。

"我不过随口一说罢了。"沈澜敷衍道,"夜深了,睡吧。"

裴慎见她谈兴不浓,只以为她困了,便笑道:"你如今知道外头的世道不好了,日后可莫要再离开我身边。"

沈澜微怔,沉默半晌,只任由裴慎揽着她,沉沉睡去。

第二日,裴慎出了门,自去忙碌。

沈澜无所事事,加之这是南京的裴府,实则是旁人的宅邸,不好乱走,便只能坐在廊下发呆。

"夫人,二太太说要来探望一二。"服侍她的丫鬟春兰前来禀报道。

沈澜昨日做了一夜的噩梦,人本就怏怏的,这会儿又吃了安神的药昏昏欲睡,哪里提得起精神应付旁人,便摆摆手说道:"不见。"

春兰脚步半分不动,只小心劝道:"夫人,您成日里闷在府中也不是个事,不如寻人来说说话吧。"

沈澜心知春兰是裴家的丫鬟,不过是临时被调来伺候她的,自然不敢违逆裴家的二太太,这才来劝自己。

她不欲令春兰为难,便搭了一条洒海刺薄毯在膝上,示意春兰将人请进来。

二太太自月亮门而入,乌黑的秀发梳成了挑心宝髻,繁簇簇的金钗齐插,油润润的东珠悬耳,一身织金大袖褙子,一条六幅罗裙。

盛装而来的二太太抬眼便望见一个素衣女子半靠在楠木躺椅上,鬓发微散,懒作梳妆,眉眼清丽,好似玉人。

"果真是神仙般的人物。"二太太三两步上前,笑盈盈地去牵沈澜的手。

沈澜任由她牵着,抬眼笑道:"我人怠懒,便不起身了。二太太且坐。"沈澜说罢,便招呼二太太在另一张躺椅上坐下。

那二太太今日本就是为了卖好而来,自然不在乎她失礼,只迭声地夸赞道:"我也不爱那些个繁文缛节,夫人这性子倒与我相和。夫人果真是赤子心性,行止皆发乎自然。"

沈澜疑心这人有事想求裴慎,便开口:"二太太这性子才是好,快人快语,煞是爽脆,忒叫人艳羡。"

两个人互相吹捧了几句,二太太不肯说正事,沈澜便绝不问,二人话里话外打太极。

二太太眼看着她八风不动,格外沉得住气,到底按捺不住了,侧身至她的耳畔,低声说道:"好妹妹,我也不瞒你,外头的风言风语都传开了,你且多多小心。"

沈澜一头雾水,笑道:"我打从昨日起便闷在这院子里,哪里知道什么风言风语。"问道,"外头怎么了?"

二太太上下打量了她一通儿,见她眉间略有倦色,难免心生怜悯,便轻声安慰道:"那也不是什么大事。不过是昨日在龙江驿遭了难的几个客商逢人便说自己运气好,正好撞上兵部尚书之女也在龙江驿。"

沈澜微怔,淡淡地说道:"这帮客商倒是幸运。"

"是啊。"二太太感叹道,"那几个客商不懂事,私底下说去救人的裴大人昨日与兵部尚书范意之的幺女举止亲密,都以为两家要结亲了。"

沈澜终于明白了这位二太太的来意。

昨日倭寇在场时她以布遮面,裴慎抱她入南京时又取了大氅将她遮得严实。这位二太太不知道她便是所谓的范意之的幺女,得了这消息,就忙不迭地来向她卖好,也不知要求些什么。

"多谢二太太。"沈澜笑道,"我心里有数。"语罢,她再不肯多言。

二太太只将帕子拧成了麻花。

这人晓得自家爷们儿要娶妻了,怎的半分都不生气?

"夫人,虽不知那范意之的幺女年纪如何,可她既然敢与倭寇相争,必是个狠性子,万望夫人早做准备。"

之后,二太太又说了几句,这才离去。

晚间,瓦上霜冷,月色空明。

裴慎着人提着一盏气死风灯回来,骤见沈澜单衣纤薄,立在院中,仰头望着杳杳疏星,不免冷下脸去。

"这院子里的丫鬟好不醒神,晓得主子身子弱,也不劝着些。"说罢,他取下身上的大氅,将沈澜打横抱了进去。

"你莫与她们置气。"沈澜回神说道。

廊下的丫鬟、婆子们慌慌张张地跪了一地。

裴慎面若冰霜,打定主意明日便叫裴荣换一批。

沈澜见他冷着脸不语,干脆示意春兰带人下去,莫在这里招惹他。

"你倒好性。"裴慎冷哼道。

沈澜不欲他再提起此事,便换了个话题说道:"白日里,裴家二太太来寻我,只说外头传言你要与范意之的幺女成婚。我不知她是何用意。"

裴慎心知肚明。往日里在外联络交谊的多是裴显,与范意之交好的也是裴显。然而如今裴显刚被他拿下,裴荣趁此上位,忽然听闻他要与范意之结亲,生怕范意之为裴显说话,便遣了自家夫人来探听口风。

"无甚大事。"裴慎笑道,"你若喜欢那二太太,便请她来和你多说说话;若你不喜欢，便把她打发了出去。"

语罢，他又凑近了沈澜，瞥了她几眼："你可是生气了？"

沈澜感到莫名其妙："我为何要生气？"

见她眉眼淡然，说话不疾不徐，照旧是平日里的那副样子，裴慎不知怎么的，胸中隐隐生出一股子怒气，沉下脸说道："我若真娶了范意之的幺女，你也不生气？"

沈澜愣怔，复又垂下眼眸，淡淡地说道："你总要娶妻的。于我而言，你娶谁都一样。"

裴慎被她一语激出了几分怒气，也不知生的哪门子的气，只是想起自己辛辛苦苦去救她，又为她找太医，就气得骂道："你果真是个没心肝的！"

平白无故挨了骂，沈澜神色也淡了下来："不是你要我曲事主母，自安卑贱吗？如今我说哪个主母都一样，反正都要我伺候，你怎的又生起气来了？"她又讽刺道，"裴大人一天一个主意，好难伺候啊！"

裴慎最恨她这副神色淡然、浑不在意的样子，是喜是怒俱不因他。

"我明日便去范府提亲。"裴慎沉着脸，一字一顿地说道。

沈澜微怔，低下头去："那我就提前恭贺裴大人了。"她说罢，转身自去歇息。

见她这般，裴慎越发生恼，恨恨地拂袖而去。

出了院门，他心中更气恼。

林秉忠被裴慎留在了山西，陈松墨在京都，潭英与平山俱在养病，如今留在他身侧的是平山的弟弟——平业。

平业提着一盏气死风灯匆匆追上裴慎："大人要去哪儿？属下来领路。"

裴慎脚步一顿。

这里是裴府，他只要了一个院子来安置沈澜，一时竟无处可去。

平业见他顿住脚步，挠挠脑袋问道："大人怎么不走了？"

裴慎面上挂不住，恼怒地说道："回去！"

平业终于反应过来，自家大人无处可去，便好心劝慰道："大人莫恼！夫妻床头吵架床尾和。再说了，大人要娶妻了，夫人闹一闹，使些小性儿也是寻常事。"

裴慎呼吸一窒，心头越发气闷，斥了一句："谁说我要娶妻了！"停步说道，"你又没娶妻，哪儿来这般经验？"

平业与他哥平山一般，也是个憨性子，闻言嘿嘿笑了两声："俺是没娶妻，俺哥倒是老挨嫂子挠。上回俺哥看了眼路过的小娘子，面皮都被俺嫂子挠出血了。"

旁人家的娘子都知道吃醋，她倒好，成日里当一尊菩萨！裴慎一时气闷不已，冷着脸回了院子。

沈澜躺在床上。她吃了药,正昏昏欲睡,忽觉纱帐被掀开,烛光透进来,便懒声问道:"怎么了?"

见她还有心情安睡,裴慎心里越发气恼,只冷着脸说道:"你睡得倒挺香。"

沈澜隐约猜到他发的什么癫,加之昨日被他救了一命,情绪复杂,千言万语横在心头,到头来却只问道:"你到底要怎样?"

裴慎一时沉默。他也不知道要做甚,不过是心里不痛快,就见不得她好过。

见他不说话,沈澜干脆起身冷着脸说道:"你要娶妻,我高高兴兴地恭喜你,你偏生心里不痛快。难不成非要我冷着脸,你才高兴吗?"

裴慎那点儿心思被她戳破,却不好问"旁人家的娘子都要吃醋,你为何半分反应都无",又或者问得再深入些"你待我可有情意"。这样的话,裴慎这般士大夫哪里问得出口,只好冷着脸等着沈澜来挑破。可沈澜不闻不问,裴慎没法子,只好自己圆话:"没人要你冷着脸,可我娶妻你半分反应都无,难不成是块木头?"

"你要我有什么反应呢?天底下哪儿有这般道理?我做了你的妾,既要自安卑贱,好似不会痛的木头,任由主母摆弄,又要喜怒哀乐宛如生人,时刻哄着你高兴。"沈澜只觉疲惫,"我待你本无情意,是你强要我做你的妾。如今看来,做你的妾要求太高,我做不了。"

听她说出"待你本无情意",只这六个字,裴慎一时又是恼又是恨,一颗心活像是在荆棘林里滚了一遭,绵绵密密地疼起来,呼吸之间似泛出一股血沫子。

"好好好!你待我无情意,是我强迫的你!"裴慎怒恨交加,欲拂袖离去。

见他盛怒,沈澜已是疲惫至极:"我只是个妾,你要娶哪个,我管也管不着。"又怠懒地说道,"夜深了,睡吧。"

沈澜将薄被盖好。

裴慎僵在原地,气闷不已,良久方才问道:"你方才那句'待你本无情意'到底是真是假?"

沈澜困极,不欲再与他吵下去,便敷衍道:"我那是气话罢了。"

裴慎一时喜,一时忧,又疑心她是在敷衍自己,正欲追问,又觉没趣。她也不是头一次说不愿做妾了,只不过这一次说得格外直白,竟说待他本无情意。

思及此,裴慎心头又恨起来。他要什么样的女子找不到,何苦在她的身上费力?他倒不如遂了那太医的话,也免得她成日里惦记着逃跑的事,弄得自己寿数不长。况且她既心心念念要跑,叫她去外头吃了苦后,便知道他的好处了。可他转念一想,自己与她好不容易才发展至今,眼看着就要成了,若要就此撒手,哪里肯答应?

裴慎立在原地,脑海里千头万绪,到头来忍不住追问道:"你确实说的是气话?"

沈澜含含糊糊地应了一声。

裴慎方觉怒气稍消。她这人惯会气他,保不齐心里待他也是有几分情意的,不过是嘴硬罢了。

裴慎脱靴上床,伸手将沈澜搂在怀里,低声说道:"我方才也是气话。那范意之的幺女与我何干?"

沈澜迷迷糊糊地想:没了这个,你也会有下一个,有什么区别?

裴慎只将她紧紧搂着,继续哄道:"你莫与我置气了。待将来你养好了身子,便给我生个孩子。"等有了孩子,她的心也该定了。

沈澜权当他夜半胡言乱语,含糊敷衍了他几声,便在药力作用下昏昏睡去。

裴慎见她好梦沉酣,忍不住骂了一句"没心肝",又打定主意和她生个孩子,再日久天长地耗下去,总能等到她待自己有情意的那一日。

思及此,裴慎心思稍定,便也合眼睡去。

裴慎每日早出晚归。沈澜又吃了药,成日里昏昏沉沉。

就这么过了几日,裴慎突然叫她收拾行李。

"我们要走了?"沈澜怏怏地饮了盏蜜水,"我没什么好收拾的。若缺什么,届时去山西后我再添置便是。"

裴慎笑道:"我们不去山西了。"

见沈澜颇为惊诧地望过来,裴慎低声解释道:"我原是山西巡抚,如今被平调为浙江巡抚,要改道去杭州赴任。"

沈澜微怔,半晌,抬起头说道:"你被调任,可是因为擒拿了南京城倭寇一事?"

裴慎挑眉,颇为惊诧她反应灵敏,复又点头说道:"没错。"

五十多个倭寇从浙江高埠登陆,一路过杭州、淳安、歙县、江宁,打到南京城下,其中仅江宁镇死伤的士卒就有三百余人,秣陵关的守军千余人甚至弃城而逃,国朝颜面俱丧。若不是他将这些倭寇于龙江驿擒获,任由其流窜下去,只怕丢脸更甚。因此一事,浙江巡抚邓豪、南京兵部尚书范意之被罢官,其余被罢免的官吏有数十人。裴慎则因为擒拿倭寇有功转为浙江巡抚,负责清剿倭寇一事。

"我们什么时候走?"沈澜问道。

裴慎说道:"我们明日便走,在龙江驿坐船,先至姑苏驿,再转松陵、平望、嘉兴驿到武林驿。"

沈澜应了一声,问道:"平山和潭英休养得如何了?"

"他们已能起身了。"裴慎笑道,"你且安心。"

听到他们无事,沈澜心里稍稍好受些,便抬头说道:"我先去收拾衣物。"

虽无须带什么大件,但他们日常换洗的衣物总归还是要带几件的。

第二日一大早,辞别了裴府的众人,裴慎带着沈澜坐船往杭州而去。

在船上的日子,沈澜颇觉无趣,毕竟入目唯有茫茫江面、瑟瑟江风、两岸的芦苇罢了。

已至十月,天气越发寒冷。

两岸的纤夫身着单衣,肩膀被粗糙的麻绳磨破,红肿青紫。

沈澜见了颇为不忍,却又无能为力,只是越发沉默。

她身子骨不好,裴慎不欲她出船舱受风,乐得见她不出去,只窝在舱中烤火。

十月中旬,裴慎和沈澜终至杭州的武林驿。一下船,裴慎将沈澜安置在巡抚衙门后院,便径自出了门,去会见同僚、下属。

沈澜实在没什么要添置的,也没兴趣摆弄这些,兴致不高,只清扫了一番后院便入住了。

谁知她才将行李规整好,便有丫鬟来报,说杭州知府的夫人前来拜访。

许是长时间吃药的缘故,又或者是因为见多了生民疾苦却又无能为力,沈澜近来格外疲惫。

那是一种精神上的倦怠感,像是溺水的人挣扎得太久了,手脚难免乏力。再后来,她疲惫到呼救声也越来越小,直到被淹没。

"不见。"沈澜摇摇头,"若有事,叫她的相公去寻裴慎。"

语罢,沈澜解了衣物便要去歇息。

几个丫鬟都是陈松墨新采买的。

裴慎赴任浙江,陈松墨和林秉忠自然分别从京都、山西赶来了。

听到沈澜说不见,几个丫鬟也不敢违逆,一人出去拒了,另几人便忙着铺床叠被、泡茶燃香。

沈澜刚服过一剂药,又昏昏沉沉地睡去。

冰梅纹窗格嵌着琉璃,清透干净,此刻略开了半扇,漏出庭前廊下的三两梧桐,窗前的榉木束腰灵芝纹禅香案上摆了个兽首博山炉,正隔水蒸熏四弃香,淡淡的香气逸散到空气里。

沈澜睡了一会儿,醒来后,拂开雪景寒林纸帐,方见裴慎坐在黄花梨束腰螭纹榻上,正端着一盏建州茶悠闲地啜饮。

沈澜奇怪地问道:"这才酉时,你便回来了,不需交接一二,再见见你的下属吗？"

裴慎起身，将她从帐中抱出来。室内已燃起了火盆，热烘烘的。

"已是十月中旬，入冬了，河面上行船渐渐困难起来，便是倭寇这段日子都甚少滋事了。"裴慎只拿薄被盖了，将她搂在怀里，又笑问道，"白日里，杭州知府的夫人来见你，你怎么不见？"

沈澜虽睡了一觉，可心思深重，人照旧恹恹的，闻言摇头说道："若有事，她必定会来寻我第二次；若无事，我也没必要见她。"

见她像只小猫似的驯服地窝在自己的怀里，裴慎心里热烘烘的，便低头笑道："你近日来精神不好。我特意叮嘱了杭州知府，叫他夫人来与你说说话，没料到你竟不愿见她。"

闻言，沈澜愣怔片刻，瞥了他一眼，说道："人家好端端的一个正室，恐怕是不想来拜会我这个做妾的，你偏要她来拜会我做甚！"

裴慎被她说得发怔，笑道："你这傻子！宰相门前七品官，你是我的人，她来拜见你本就是应当的。若能哄得你开心，她在自家夫君面前能多得几分脸面。"

沈澜明白这是所谓的"夫人外交"，可被一帮人吹捧谄媚，再听些虚头巴脑的废话，能有什么趣味呢？

"好没意思。"沈澜摇头说道，"你还不如放我出去闲逛一二。"

裴慎瞥了她一眼，见她眉眼似皎皎霜雪，素冷净白，没有几分血色，想来是在裴府刚养出的那点儿气血都被舟车劳顿消耗干净了。

"你这会儿出去做甚！"裴慎拢了拢薄被，将她裹得严实些，"你身子原本就不好，且好生吃药养着，待过了这个冬季，身子稍好些，我便带你出去作耍。"

沈澜心里失望，若不出去，哪里寻得到机会逃跑呢？

"你这般忙碌，何时才有工夫带我出去玩？"沈澜小心地试探道，"你倒不如让我自己领几个人出去闲逛一二？"

裴慎哪里肯放她离开自己的视线，又听她再三提起要自己出去闲逛，便已是心中不愉，语带警告地说道："外头闹倭寇呢，你莫要乱跑。"

沈澜心道：你方才还说冬季连倭寇都不爱出来打仗，如今又拿倭寇说事，两相矛盾。

她出不去，便懒得与裴慎争辩，只开口："你何时方有空？"

裴慎想了想："过年吧！腊月二十四官府便封印了，届时我总有闲暇的。"

此时距离过年还有一个多月呢。

沈澜想了想，便点头说道："我只希望你莫要骗我。"

裴慎便朗声笑道："我骗你做甚？"又低声说道，"说来，你随我辗转多地，奔波劳累。当年在山西，战事吃紧，我一个人没心思过年，你又是丫鬟，不好做主，便也囫囵弄着。"

裴慎说着说着，心便软成了一团："今年是你我头一回好生过年，打从今年十二月的腊八节开始，到明年二月二龙抬头，这段时间我俱听你的。你想怎么过，我们便怎么过。"

过年啊！

沈澜神思恍惚了一瞬，忽觉心中酸涩难当。亲朋俱无，漂泊他乡，过年只是徒惹她伤心。

"你这是怎么了？"裴慎见她神思恍惚，眉间泛着点点清愁，蹙眉问道，"可是有人惹你不快？"

沈澜只将满腹愁绪强压下去，笑着摇摇头。

又过了一个多月，日子便滑入了深冬。大雪连下三日，千峰松白，万壑净雪，天地雪霁无瑕。

沈澜穿上厚实的妆花织金红袄裙，又披上氅衣，方才得了裴慎的允许，开窗看雪。

廊下庭中俱覆了纷扬快雪，黛瓦净白，松柏新雪。

沈澜望出去，只见院中白茫茫的一片，唯余天上一痕晴蓝。

沈澜呼出的热气凝成霜雾，化在窗格玻璃上。她笑盈盈地擦去，又呵出一口热气在窗格玻璃上凝成雾，再擦去，反反复复，玩得不亦乐乎。

裴慎看得好笑，只拿书敲了敲她的脑袋："你可不许多看，当心着凉。"

沈澜成日里喝汤药，昏昏沉沉地睡觉，又被关了许久，早已看厌了庭前的梧桐，如今换了新的雪景，难免高兴，便笑道："明日便是腊八了，厨下备了腊八粥，你可要分送给下属？"

见她今日终于有了些精神，竟还想到了分送腊八粥，裴慎心情也极好，便笑道："那自然是要送的。"

沈澜瞥了他一眼，笑道："你此前可是说好的，过年便要带我出去玩耍。"

原来她提议分送腊八粥是为了提醒他此事啊。

裴慎见她眼巴巴地望着自己，便忍笑说道："元宵灯会，我便带你出去玩。"

沈澜嘴角微翘，转过头，欢欢喜喜地看雪。

见她难得这般高兴，裴慎心里也欢喜，便笑道："你可想去取些雪水来烹茶？"

沈澜奇怪地问道："这又是什么习俗？"

裴慎当即上前将她搂在怀中，笑道："雪水烹茶天上味，桂花作酒月中香。你若愿意，便叫丫鬟们取了松柏上的薄雪贮存在古瓮里，封存一年，去了土腥气，明年便能拿来烹茶，味道清冽绝伦，幽香馥郁。"

沈澜不知他这是什么文人癖好，便摇摇头说道："你不让我出去玩雪，还要叫我眼巴巴地看着旁人玩，好生残忍。"

裴慎被她的话逗得发笑，只将她揽在怀里，允诺道："待你身子好了，明年，后年，此后每一年，我都由着你玩。"

明年，后年……

这样的日子何时是个头儿？沈澜垂下眼睑，不说话了。

腊月初八，吃腊八粥。

腊月二十三，祭灶。

腊月二十四，扫房。

腊月二十九，贴上执戈佩剑的门神，拿起红纸写了春联，又在四处挂上了"鸿禧"牌。

年三十，四处都悬挂了羊角灯，床头又挂上了金银八宝。

裴慎与沈澜一同受了丫鬟、小厮们的礼，又赏了金银锞子。祭祀祖先完毕，两个人依偎在一起，打算吃团圆饭。

"你将手伸过来。"裴慎招手说道。

沈澜颇为惊诧，将手伸过去，却见裴慎从袖中取出一串黄钱，拿红绳将黄钱串成龙，仔细地将它绑在沈澜的手腕上。

黄钱、红绳、白腕，煞是好看。

裴慎欣赏了一会儿，方笑道："这是我给你的压岁钱。"

沈澜微怔，复又笑道："我又不是小儿，哪里就要你的压岁钱了？"

裴慎便笑道："你身子不好，拿着压岁钱，辟邪，讨个好彩头罢了。"他轻抚她的鬓发，柔声说道，"我盼你来年顺顺利利，无病无灾。"

檐下挂着芝麻秆，室内焚烧着柏枝以煨岁，桌上的屠苏酒热气腾腾，缠糖丝果叠了一层层，爆竹声"噼啪"作响。

沈澜抚摸着手腕上凹凸不平的钱币，在柏木的烟气里，怔怔地凝望着裴慎笑盈盈的眉眼，良久，又垂下眼睑，默然不语。

裴慎不知她在想什么，只是嘴角微翘，心情愉悦地去拉她的手。在众多丫鬟、小厮、亲卫的笑闹声中，喂了她一盏屠苏酒。

辞旧岁，迎新春，新的一年开始了。

过了除夕，初一到初五，裴慎只端坐家中，源源不断地接受下属来贺年。

初七咬春，初八祭星。

初九到十四原是要唱堂会的，只是裴慎生怕她再遇见几个专唱些艳曲、贩些乱七八糟的药物的盲先生，便不允家里外请唱戏的，只说她若喜欢，尽管买了人，自己养一个小戏班子。

沈澜顿时没了兴致，只一味盼着元宵。

正月十五，裴慎换上簇新的素白中单、宝蓝潞绸直裰，外罩青金如意纹鹤氅，石青宫绦悬白玉螭龙香盒。

沈澜则绾着挑心宝髻，额间点了梅花钿，斜插了一根金丝攒珠凤钗，换上白绫对襟袄、翠蓝织金十样锦襕裙、羊皮小靴，外罩大红百蝶穿花绒斗篷。

此时月照深庭，清冽素白，有美人穿过廊下的灼灼红梅，携融风暖意，袅袅行来。

裴慎看到这一幕，一时竟有几分发痴。

"走吧。"沈澜说道。

裴慎愣了愣，凭空生出几分悔来："你今日怎么想起来打扮了？"

沈澜觉得莫名其妙："我难得出门一趟，当然要打扮一番。"

裴慎竟叹息一声："待出了门，你且将帷帽戴上，可好？"

沈澜蹙眉："那帷帽是拿来防风沙的，杭州哪儿来的风沙，我戴它做甚？况且今日是上元佳节，金吾不禁，便是深闺妇人皆可出行，我为何要戴帷帽？"

裴慎自知没道理，便讪讪地说道："那外头必有喝多了酒的浪荡子弟，没得叫这帮人看了去。"

沈澜心知裴慎不过是占有欲作祟罢了，才不惯着他，只冷冷地说道："你莫不是见我难得心情好，非要找不痛快？"

裴慎一时没话说，只好任由沈澜出了门。

两个人是从巡抚衙门后院的小角门出去的，甫一出门便见两侧的食肆、酒肆、民居、客店俱拿长杆或短杆悬挂着各色的灯，高低错落，好似繁星十里，烁烁相连。灯下绮罗遍地，宝马香车，人影闹，笑声喧。不管是深闺少女，还是街边老妇，或是生员士子、挑夫农人，只相偕看灯。

街道两侧的棚子底下俱是商贩行人，借着煌煌灯火，正人生喧嚷。

"灯球儿！灯球儿！缕金剪彩的灯球儿！"

"这是用乌金纸裁的闹蛾，公子且看看。"

"玉梅雪柳菩提叶——"

沈澜一时兴起便买了十几个灯球儿。

原来那些商贩是拿彩帛或彩纸剪了，细细地贴在那橄榄上，一簇簇橄榄灯球儿花色各异，煞是好看。

"你若喜欢，尽管买来便是。"裴慎取了一簇，正欲为沈澜簪在鬓发上，谁知她却不肯。

"人人都把灯球儿簪在鬓发上，有甚趣味？"沈澜说罢，取了一簇簇灯球儿悬在腰上的豆青如意丝绦上。

裴慎忍俊不禁，任由沈澜的衣裙上悬着一串串灯球儿、闹蛾，带着她一路往外走，只是紧紧地牵着她的手，生怕她走丢。人流如织，摩肩接踵，竟还有人搭了戏台子唱戏。

"长子来看灯，挤得他头一伸。矮子来看灯……"

"二家有喜，三盏灯，三元及第，四盏灯，四季如意，五盏灯……"

沈澜听得发笑，驻足片刻，一面忍笑，一面往前走，前头比庙会都热闹。

"盲先生，说什么《谢小娥传》，换一个！换一个！"

"不踢佛顶珠，给爷来一个剪刀拐！"

"前头那个踢瓶的，别挡着人家翻跟头啊！"

沈澜只走了两条街，挤在人堆里，看了跳百索、踢毽子、踩高竿、吞刀吐火……

沈澜被裴慎带着，一路走，一路抬头望。

宫灯、银灯、玻璃灯、走马灯、屏风灯、缀珠灯、羊皮灯、鲤鱼灯、河神灯……

他们只走过了两条街，却看见了不下百种灯。

"前些日子，我听杭州知府说钱塘林氏做了个巨轮灯，层高数丈，你可想去看？"

裴慎说话间，二人便路过了不知是哪家巨贾做的鳌山灯，只见两条金龙盘旋而上，口含两盏珠灯，周围神佛环绕，流光溢彩。还有几个短打伙计将泥金红纸悬在那鳌山灯上，上书"前头街李家打金店赠鳌山灯一座"。

沈澜哑然失笑，原来是广告。

裴慎也笑了。他一面笑，一面拉着沈澜往前走，刚到丰宁坊，便看见数丈高的灯山，上头有十余根高耸的竹竿，悬着许多盏花灯，有鲤鱼灯、螃蟹灯、狮子灯……

"好高啊！"沈澜仰头赞叹道。

原来一旁酒肆的三楼还有茶博士使着长杆继续往那灯山上添灯。

裴慎见她多看了两眼螃蟹灯，便笑着对那灯山附近守着的青衣褶子伙计说道："伙计，将那盏螃蟹灯取下来。"

"这位公子，你猜灯谜中了，方能拿灯。"那伙计支了长杆取下螃蟹灯。

沈澜凑过去一看，见那灯谜上写着"倚阑干，东君去也。眺花间，红日西沉"。

裴慎只一看就猜出了谜底是"门",便拿去笑问沈澜:"你可猜得到谜底?"

沈澜思忖片刻,笑道:"谜底可是'门'字?"

裴慎点了点头,笑盈盈地说道:"你果真聪颖。"

难得能从这人的嘴里听到几句好话,沈澜心情愉快,欢欢喜喜地接过螃蟹灯,好奇地晃悠来晃悠去。

裴慎见状,笑道:"旁人都喜欢什么荷花灯、仙人灯,再不济也是喜欢什么鲤鱼灯、如意灯,你为何偏偏喜欢螃蟹灯?"

沈澜一晃一晃那螃蟹灯,笑道:"螃蟹灯有何不好?它活得张牙舞爪、生机盎然。"

裴慎听了,竟煞有介事地点头说道:"那你合该取一盏乌龟灯。"

他只盼她身子康健,像乌龟那般长命百岁。

沈澜轻哼一声,以为他笑话自己,不欲搭理他,正要往前走,谁知他竟指了指上头的錾银走马宫灯,笑问道:"乌龟灯没有了,你可喜欢那一盏?"

沈澜抬头一望,见那宫灯的主体以银雕刻而成,四角的流苏竟是錾银的,在微风徐来之际竟好似真流苏一般。灯上的四壁皆绘着美人像,在烛火跃动之下,美人旋,鱼龙舞,煞是漂亮。

"好看。"沈澜喃喃道。

裴慎听她说好看,便即刻要叫那伙计将灯取下,谁知却被她扯了扯衣袖,又见她遥遥一指。

裴慎狐疑,便顺着沈澜所指的方向望去,只见有一襕衫士子使唤伙计报了那錾银灯上的灯谜。

那伙计见诸多公子小姐俱盯着这錾银灯便拱手作揖,朗声说道:"诸位老少且听好喽,这灯谜乃是'人人皆戴子瞻帽,君实新来转一官,门状送还王介甫,潞公身上不曾寒',打四个人名。"

周围的众人听了,议论纷纷却猜不出来。

使唤伙计报灯谜的襕衫士子频频去瞥身侧的少女,分明猜不出灯谜,赢不了錾银灯送那少女,急得抓耳挠腮却还要强作镇定。

沈澜忍俊不禁,便扯着裴慎的衣袖低笑道:"窈窕淑女,君子好逑,你且给旁人一个机会吧。"

裴慎嗤笑:"他自求他的淑女,我亦有我的淑女要求,各凭本事罢了。"

沈澜微怔,却见裴慎高声说道:"这谜底乃仲长统、司马迁、谢安石、温彦博,可对?"

那伙计揭了谜底一看,果真是这四个人名,虽心疼,却只好将那錾银灯取来。

沈澜左手提着颇有童趣的螃蟹灯，右手提着华美富丽的錾银灯，看到四面八方投来羡慕的目光，心中难免觉得好笑。

谁知那襕衫士子见錾银灯被旁人拿去了，便咬咬牙，极快地取了一盏鲤鱼灯，赠予身侧的少女。

那少女将手中的汗巾子弃掷于地，复瞥了他一眼，隐入人潮中。

襕衫士子心中大喜，捡起那汗巾子，匆匆追了上去。

裴慎见了这一幕，便点了点沈澜的额头："那男子不过取了盏粗陋的鲤鱼灯，便得了心上人的汗巾子。我替你取了一盏这般好看的錾银灯，你当以何报之？"

沈澜瞥了他一眼，将螃蟹灯递给裴慎，空出右手，揪了一颗衣带上的橄榄灯球儿扔给他。

"赏你。"

裴慎讶然，复忍俊不禁："你那有好几串，却只给我一颗，未免太小气了些。"

沈澜眼波潋滟："你赠我一盏，我送你一颗，以一换一，我哪里小气了？"语罢，她取回自己的螃蟹灯，优哉游哉地往前走去。

裴慎一面发笑，一面将那橄榄灯球儿笼进衣袖里，追上她，笑道："今日，杭州知府要放'奇花火爆'，算算时辰，也快到时间了。"

话音刚落，沈澜只听闻"砰砰砰"的数声巨响。

她回身望去，仰头却见漆黑的夜空中有数朵水仙初绽，浅黄淡白，栩栩如生。

先是一月水仙，复又是二月绛桃，后是三月山茶……直至十二月红梅，竞相开放。

灯火通明，烟火漫天，吹落星子如雨。

那些星子细细碎碎的，似映在沈澜潋滟的眼波里。

裴慎望着她，只觉内心充盈，再踏实不过。

待看了一场"奇花火爆"，沈澜早已心满意足，便嘴角微翘，笑问道："你可知还有别的好玩的？"

裴慎牵起她的手，笑盈盈地问道："再往前走便是武林门，你可要去城门摸钉？"

沈澜微怔，好奇地问道："这是什么习俗？"

裴慎瞥了她一眼，笑道："城门上多有古旧的铜钉，钉与丁是谐音，多为女子求子之意。"

沈澜脸上的笑一下子消失了，她低下头去看那錾银灯，淡淡地说道："我不想去摸什么钉，那都是迷信。"

见她浑然不似旁的妇人那般期待，竟好似不愿给自己生孩子，裴慎已然心中不愉，冷下脸来："你为何不愿意去摸钉？"

沈澜怔怔的，半晌，专挑他的痛处戳："我若生个女儿还好，若生的是儿子，裴大人你难不成要弄个庶长子出来？你不怕家宅不宁？"

裴慎早已想过此事，负手闲谈道："我们这样的人家虽以爵位传承，可说到底，承爵的只有一个。其余子嗣，不论嫡庶，均要靠自己。若是个儿子，我们只管叫他读书、考科举，自己去挣个好前程。"

"我不愿意。"沈澜满心欢喜俱散，冷着脸，淡淡地说道，"若生了孩子，他此生都不能唤我一声娘。"

沈澜说着，将手中的錾银灯递给裴慎："还你。"语罢，她提着自己的螃蟹灯，转身离去。

榆冬/著

下册

青岛出版集团
青岛出版社

## 第十章
# 今日方知我是我

　　见她走远，裴慎心中不快。他原想与她争辩一二，转念一想，她这人牛心左性的，便是争了也说服不了她，保不齐又挨她一通儿排揎，便打算日久天长地耗下去，待孩子生了就好了。

　　元宵回府，沈澜去歇息，裴慎也不曾再提起生子一事，只是日日早出晚归，忙于整编士卒，清剿倭寇。

　　暮春三月，桃花簇绽，春江水暖，沈澜一大早便收到了一封邀帖。

　　拱花着色白单帖，上书"谨詹三月十五日，飞来峰下，柳洲亭畔，寄园竹桃，恭候蚤临。愚孙窈娘顿首拜"。

　　沈澜只拨弄着帖子，却默然不语。

　　待晚间裴慎回来，沈澜方问道："你可知孙窈娘是哪一位？"

　　这名字一听便是个女子，裴慎哪里知道此人是谁，只将邀帖取来一看，方笑道："这寄园是杭州知府程典的园子，想来孙窈娘当是他夫人。"

　　杭州知府的夫人三番五次邀请她做甚？沈澜思忖片刻，问道："不知她寻我有何事？"

　　裴慎笑道："想来是上一回她来求见你，你不见，她心中惶恐，刚过完年便下了帖子邀你去寄园作耍。"他瞥了她一眼说道，"你若想去便去吧。"

　　沈澜诧异："倒是难得，你不是说初秋之前不让我出门吗？"

　　裴慎暗道：自从元宵不欢而散后，她心思沉沉，夜里翻来覆去睡不着。倒不如趁此机会放她出去松快一二。

裴慎夹了筷子蜜渍槐花给她，笑言："我不让你出门只因你身子骨不好，好不容易养了一冬，稍有些起色，可不是蓄意关着你。"

沈澜心中冷笑，只听裴慎继续说道："你若要出去赴宴也好，只需答应我一个要求。"

沈澜瞥了他一眼，暗道无非是什么不许甩脱丫鬟、不许起逃跑心思之类的，便点头说道："你且说来听听。"

裴慎正色说道："莫去什么寒凉之处，登高、行船，这些易受风的，一律不许做，可能应我？"

沈澜微怔，垂下眼帘不语。良久，她想着，他也不过是使些怀柔伎俩罢了，便点了点头，又说道："可还有旁的吩咐？"

裴慎一愣，纳闷儿地问道："哪里还有什么吩咐？"

沈澜神色淡然："无须我与那些个赴宴的夫人、太太结交一二吗？"

裴慎被她逗笑，点了点她的额头，朗声说道："这宴会不过是要叫那帮夫人、太太来哄你高兴的，你只管做去，爱如何便如何。"

沈澜心道这便是权势了，叹息一声，神色便有几分怏怏。

裴慎干脆撂了筷子，将她抱在怀中，哄道："你若想去便去，不想去便不去。"

难得有个机会能出门，沈澜不愿放过，便摇头说道："闷在屋子里许久了，出去透透气也好。"

两个人又说了些话，方才沐浴更衣，上床歇息。

过了几日，到了三月十五，沈澜便收拾妥当，坐马车前往寄园赴宴。

寄园位于柳洲亭附近，占地二十余亩，负飞峰，临西湖，台榭遍布，间杂有琪花瑶草、嘉木碧叶。

沈澜甫一下马车，便有仆婢引路。待她绕过影壁，沿着抄手游廊穿过数道月亮门，方觉眼前朗阔起来。

原来是寄园平整了数亩地，引了一泓西湖水，夹水遍栽桃花。

此时恰是暮春三月，绯桃、碧桃、绮蒂桃、人面桃、飞雨垂枝……十余种桃花，素白淡粉，浅红深红，绽于春风。

"夫人若要赏桃，且去武陵亭中安坐便是。"引路的丫鬟约莫是孙窈娘的心腹婢女，口齿伶俐，温和可亲，引着沈澜往武陵亭中就座。

那亭子原是在桃林中，沈澜沿着乱石小径穿行而入，便见前方立有一飞檐翘角的小亭，一泓清溪绕亭而过，亭旁立有一永溪石，削若峭壁，上书"武陵逸色"四字。

沈澜方一近亭，便见有一着大红织金袄裙的妇人迎出来，笑盈盈地说道："可是裴夫人来了？"

沈澜正欲回答，那妇人已亲亲热热地攀着沈澜的胳膊，眉眼含笑地说道："裴夫人，我便是邀你来的孙窈娘，你只管唤我窈娘便是。"说罢，那妇人将她引入亭中，指着亭中三两妇人一一介绍。

窈娘笑道："这个泼辣的，是钱塘叶家长媳，叶盼娘。她夫婿去了湖州做知府，她虽性子泼辣却颇为孝顺，留在家中伺候公婆、照料子嗣。"

被指泼辣的叶盼娘即刻指了指窈娘，斥骂道："好你个孙窈娘，竟在裴夫人面前诬蔑我！"

亭中其余几个妇人便笑成一团。

沈澜看了看叶盼娘，见对方个子高挑儿，人也瘦削，颧骨又高，生得颇有些刻薄相。她心知这叶盼娘也是知府夫人，只是既留在家中，恐怕是公婆喜欢，丈夫不喜。

"这个性子贤淑的，是钱塘县县令夫人罗四娘，你只管唤她四娘便是。"

那罗四娘即刻起身行礼。

沈澜会意，三生不幸，知县附郭。钱塘县和仁和县俱是杭州城直辖所属，相当于罗四娘日日都须面对顶头上司孙窈娘，哪里能不贤淑呢？

同理，那仁和县的县令夫人孟六娘自然也是个贤惠性子。

窈娘又指了指最后一个穿金戴银的妇人，笑道："这个便好认了，李宝珠，前头元宵的鳌山灯便是她夫家牵头弄的。"她又凑到沈澜的耳边，用一种大家都听得见的声音小声玩笑道，"她家专开金银铺子，好生有钱，你只管去她家打秋风便是。"

闻言，李宝珠即刻笑道："日后裴夫人若来我家银楼买钗环首饰，自然可以折半。"这话说得颇为谄媚，只是民不与官斗，也是无奈。

沈澜极快地便认清了这宴席上的数人。孙窈娘、叶盼娘俱是知府夫人，罗四娘、孟六娘是知县夫人，而倒霉的李宝珠便是商户出身，专做些捧哏取乐的活计。

这样的宴席说来无趣，只是众人妙语频频，专说些家常有趣的事。

孙窈娘正说着家中顽童趣事："有一回我夫君带着家里的铭哥儿作耍，路过一家古董铺子，翻出一幅不晓得是哪个士子的画叫铭哥儿看，那画大约是临摹了龙眠居士的《临韦偃牧放图》，你道铭哥儿见了那画说了什么？"

众人正好奇地望向她，却见她正色摆手，仿着孩子的声调，奶里奶气，一脸严肃："不行！不行！"

沈澜被她的模仿逗笑，众人也笑成一团，孙窈娘又说道："我夫君问他为何不行？他便说这画上的马倌——"说罢，只管做出肃穆样子，"不如爹爹好看。"

众人又笑成一团。

沈澜心知画中马倌多半衣着简朴，保不齐画卷还沾了灰，哪里比得上知府锦衣华服，看起来自然不如知府好看。

李宝珠见大家笑过了，恭维道："铭哥儿虎头虎脑，兰姐儿玉雪可爱，窈娘真是好福气。"

一提起自家一双儿女，孙窈娘神色更柔，嗔怪道："你提起兰姐儿我倒想起来了，她才六岁，丁点儿大的个子，哪里就要你送头面来！那头面上嵌的宝石珠子，比我们兰姐儿的头发都多！"

听她自嘲家中幼女，众人便又笑得打跌，纷纷说道："幸亏兰姐儿不在这里，不晓得你编派她！"

余光瞥见沈澜也笑了，孙窈娘正要再自嘲一番好博她高兴，谁知那李宝珠笑了一阵，便捂着肚子说道："窈娘你一提头发头面，我倒想起一桩趣事来。"

见沈澜好奇望来，李宝珠即刻振奋精神说道："咱们这样的人家若要打扮起来，自有丫鬟、婆子。可外头那些中不溜儿的人家便不同了。"

见她卖关子，泼辣的叶盼娘即刻夹了一块烤鹿肉给她，催促道："又有什么好笑话，速速讲来。"

李宝珠不敢再卖关子，便说道："上上回我赴宴，几个骤然发家的盐商妇人，竟满头珠翠地来了。这倒也没什么，咱们这样的人家，谁还缺几根金簪子？谁……谁知……"她说着说着，自己忍不住笑起来，惹得众人纷纷催促道："莫笑了，莫笑了，快快讲来。"

李宝珠忍着笑："那几个妇人高髻金钗，满头珠翠，脖子僵得不能动了。她们怕头上的钗环掉下来，只好跟个木头人似的，直挺挺地坐着。"

众人笑成一团，叶盼娘笑得去捂肚子，李宝珠继续说道："周围两三个仆婢扶着她们，还得盯着地砖，好把跌下来的钗环捡起来！"

众人肚皮都要笑破，沈澜不爱嘲笑旁人，又不好显得另类，便顺势笑了两声。

孙窈娘笑得肚皮都痛了，问道："这是怎么打扮的？怎的弄成这样？"

李宝珠忍着笑解释道："我后来也去问了，她们说是杭州新起来的风气，说是寻插戴婆打扮的。"又说道，"我今日也寻了两个插戴婆来，非要叫你们看看当日我为何笑破肚皮。"

李宝珠说着，便招来两个丫鬟坐着不动，专贡献出头发当模特，又使唤人将候在园子外的两个插戴婆带进来。

沈澜百无聊赖地吃了会儿丫鬟烤的鹿肉，又赏了会儿景色，便见有丫鬟引着一个着鹦哥绿比甲、一个着深青袄子的妇人齐齐入亭拜见，躬身行礼，口称"夫人""太太"。

"你二人只消将二月十六,赵夫人宴上,你们装扮钱、王两位盐商之妇那般,在这两个丫鬟身上复刻出来便是。"

那两个插戴婆得了李宝珠吩咐,便齐齐抬起头,直起身子,欲要动作。

沈澜一时愕然,拈着半块玫瑰搽穰卷儿发愣。

那着鹦哥绿比甲、包头盘髻、斜插着镏金一点油簪子的妇人分明是玉容。当年四太太捉奸,沈澜亲手从四老爷别院中带走的外室玉容。

她怎会在此?还做了什么插戴婆?

玉容分明也认出了沈澜,只是迟疑片刻,见她高居主位,衣着华贵,到底不敢认,只是低下头去,径自取了一柄金丝玉背梳,打扮起坐着的其中一个丫鬟来。

故人相见不相认,沈澜苦笑一声,只安静地等着玉容和另一个插戴婆为两个丫鬟梳妆完毕。

少顷,妆成,两个丫鬟高髻云鬟,满头珠翠,却生生僵成了木头桩子。

众人见她们二人的呆样,又是一番好笑。沈澜配合着笑了几声,方才对着两个插戴婆说道:"你二人若总这般,也不管好看与否,只将簪花钗凤尽数插戴上,这生意恐怕是做不好的。"

玉容无奈地说道:"不过是听从贵人吩咐罢了。"

众人便晓得,想来是那两个盐商妇为了炫富,要求这般插戴,并非这二人手艺不行。

沈澜便笑道:"既然如此,你二人且给我这两个丫鬟插戴一二,好叫我看看你们的手艺。"

玉容和那另一个插戴婆闻言,即刻上手。玉容替丫鬟紫玉打了个盘头楂髻,挑了一支楠木桃竹灵芝簪。另一个插戴婆给丫鬟绿蕊梳了个一窝丝杭州攒髻,插了累丝山丹花金簪,又在鬓上插了两排小米珠钗。

沈澜点评道:"都不错。"

两个插戴婆俱是一喜,暗道:有了这句话,之后再想接达官贵人的生意便容易多了。

果然,孙窈娘、叶盼娘等人俱附和起来。沈澜这才咬了咬唇,婉转地说道:"不知窈娘这里可有更衣的地方?"

孙窈娘会意,这是酒饮多了,等着如厕呢,便即刻唤了两个心腹丫鬟带沈澜去暖阁更衣。

沈澜起身欲走,偏偏指了指两个插戴婆说道:"这亭子里风大,吹了一会儿,我的鬓发也有些乱了,你二人既是手艺不错,便来给我梳妆吧。"

说罢,沈澜对着亭中众人笑道:"我这头发,成日里都是叫两个丫鬟紫玉和绿蕊梳的，今日也贪个新鲜，换换人，看看外头可有新花样。"

亭中众人即刻便笑起来，孙窈娘凑趣道："裴夫人这两个丫鬟，我看着灵秀，想来也都是好手艺，必不逊色于这两个插戴婆。"

沈澜像煞有介事地说道："这便是家花没有野花香的道理了。"

众人笑成一团，沈澜也笑了一会儿，才带着紫玉和绿蕊、两个插戴婆径自去了暖阁。

暖阁里热烘烘的，沈澜便吩咐紫玉去泡盏茶水来，又吩咐绿蕊守在外头，勿要叫旁人进来。

主子更衣，自然不能叫旁人惊扰了去。绿蕊未曾多想，老老实实地搬了个小杌子守在门前。

沈澜这才指了指玉容说道："你且来为我梳妆。"

她又对另一个插戴婆说道："你二人手艺不分伯仲，只是你年长，想来经验更足些，待我梳妆完毕，你便添补一二，可好？"

那年长的插戴婆被沈澜捧了一句，自然无有不可，便笑盈盈地坐在绿蕊身侧，只等沈澜召见她。

待沈澜将众人尽数支开，进了暖阁，见此地唯余下自己与玉容，这才问道："你过得可好？"

听她不问旁的，只问自己过得好不好，玉容眼眶泛酸，顿时泪水涟涟，欲跪下给沈澜磕头，却被沈澜一把扶住，沈澜嗔怪道："你这是做甚？"

玉容哽咽着说道："我当日被送出京都，尚未来得及谢过姐姐救命之恩。"

沈澜摇摇头："哪里算得上救命之恩，不过是萍水相逢，略尽绵薄之力罢了。"

玉容擦了擦眼泪，这才说道："姐姐好人有好报，如今成了贵人，也算是苦尽甘来了。"

沈澜苦笑，心知她必定以为自己做了裴慎正儿八经的姜室，有了名分，日子过得惬意。谁又知道她满腹辛酸呢？

沈澜不欲与她提及伤心事，便笑问道："不说这些了，你是怎么从京都来杭州的呢？"

玉容这才娓娓道来："我当日蒙姐姐指点，一字不落地将事情尽数交代给来审我的公子，那公子便遣人将我送出京都。

"送我的小厮问我意欲何往，我老子娘捕鱼时撞上了龙吸水，早就没了命。我无处可去，思来想去，独独想起我娘总说自己是嘉兴人，奈何上元节走丢了，被拐子卖去掖县老家的。我便想着，左右也无处可去了，不若去嘉兴吧，保不齐还能找到我娘的亲人。"

沈澜疑惑地问道："既然要去嘉兴，怎会来杭州？"

玉容叹息一声，说道："那小厮不知是谁，也是个得力人，生生平安将我送到了嘉兴。"

沈澜明白，此人必是裴慎的亲卫，之所以一路护送且送得如此之远，无非是要确保玉容不至于又跟四老爷勾搭上。

"我到了嘉兴后，照着我娘说的，专去有石牌坊的地方找，哪里寻得到呢？"玉容叹息一声，失落地说道，"我跑了好几个地方，手头的银钱也花完了，还被两个无赖给盯上了。若不是彭家阿哥带着七八个兄弟来嘉兴贩鱼找门路，正好喝退了那两个无赖，我只怕又要被卖了去。"

玉容说至此处，又是哭又是笑。沈澜安慰了几句，大概也猜到了接下来的事，无非是这彭家阿哥英雄救美，玉容芳心暗许。

"彭三哥很老实，还与我说，他是杭州疍民，专门捕鱼的，身边又有七八个兄弟，本地人是万万不敢招惹那些个无赖的。"

沈澜心道：这彭三果真是个老实人。他不是嘉兴人，所以才敢招惹嘉兴当地的无赖，因为他知道这些无赖报复不到杭州去。

"你与那彭三哥可成婚了？"沈澜笑问道。

玉容含羞带怯地点了点头。沈澜便笑道："是好事，你做插戴婆挣钱，他捕鱼挣钱，夫妻二人齐心协力，一块儿过好日子。"

玉容羞涩地笑了笑，只是秀眉微蹙，似有几分隐忧，沈澜正欲再问，被她支使去泡茶的紫玉已轻声叩门。

沈澜无奈，只好坐于紫檀五屏镜架前，任由玉容为她净面梳妆。待她更衣梳妆完毕，为了遮掩一二，又见过另一个插戴婆，且与孙窈娘等人略坐了一会儿，这才散场回府。

沈澜甫一回府，已是申时末。

沈澜沐浴更衣后，厨下进了碗牛乳粥，雪里青香米倒入浓牛乳，文火煨上数个时辰，软嫩香滑，雪白细腻。配上火腿粒、春笋丁、荼蘼露做成的粉果，直叫人口舌生香。

裴慎归家之际，见沈澜已用了半碗牛乳粥，粉果也吃了两个，便难免笑道："你近日胃口不错。"他又叫紫玉拿钱去赏了厨娘。

沈澜得见旧人，知道自己当日所作所为算是做了一件好事，自然心情不错，闻言，笑道："我赏了桃林美景，自然心情好。"

裴慎净手，同来用膳："你若喜欢，待你养好了身子，只管常去。"

养好身子。沈澜拈着一块粉果，神色冷淡下来："如今才三月中旬，我何时方算养好？"

裴慎笑道："这我哪里知道，自然要听大夫言语。"又叫她放宽心，"上回南京为你诊脉的太医说，到了秋日便好了。"

沈澜略略一算，初秋是七月，大约还有三个多月。

"你且放宽心，少思量，早早养好身子，便能早日出门活动。"裴慎叮嘱道。

沈澜点点头，又思量道："如今不过三月底，到了五月初五，西湖必有龙舟盛会，我可能去看？"

裴慎便瞥了她几眼，她如今看着是越发乖巧了，竟还知道来问问自己，也不知是真乖还是假乖。

裴慎一面思量着，一面笑道："待五月初五，我必带你去看龙舟赛。"

沈澜不过是想着多出去走走，总比闷在屋子里强，这才随口提了个端午龙舟竞渡。此刻听得裴慎允诺，便顺杆儿爬道："说来我今日见了个家里开打金铺子、银楼的妇人，名唤李宝珠，我可能去她那银楼里坐坐？"

裴慎摇摇头："你身子未好，哪里好成日里出去走动，且将养好了，我必不拦你。"

沈澜心里失望，却不欲惹恼裴慎，生怕连端午都不能出门，便歇了冷战的心思，搁下雕花木箸，笑道："我吃饱了，你且慢用。"说罢，她起身掀开珠帘，便要回返内室。

她一走，裴慎只觉用膳也无甚滋味，便饱腹过后，沐浴更衣，披着一件石蓝色潞绸道袍，径自入内室去寻沈澜。

他甫一掀帘，便见暖黄灯火之下，她半倚围屏，背靠天青色引枕，握着半卷书闲读。大抵是沐浴过，绿鬓惊春，粉面生晕，香融融好似兰麝，浓艳艳羞杀海棠。

锦屏春暖，佳人闲候。

裴慎心里热烘烘的，上前搂住沈澜，语笑声低，沙哑着说道："莫看书了，待初秋便好了。"

什么初秋？沈澜没反应过来，一脸莫名其妙，只觉他贴过来，满身热气，便推了推他："莫要靠过来，我热得慌。"

裴慎暗道：你哪里热，我才热得很。只心里想着，单手揽住沈澜的腰肢，将她搂在怀里。

沈澜被他紧紧锁着，挣扎了两下却不得解脱，气恼地问道："你到底做甚？"

裴慎生生忍了数月，本就满腹火气，这会儿被她蹭了三两下，难免失态，偏又心知她对那事素来不热衷，绝不肯这会儿帮他一把，便骂了一句："没心肝的东西。"

沈澜莫名其妙地被骂，恼得踹了他一脚，斥道："你平白无故发的什么疯！"

裴慎只凑上去，恨恨地咬了她的朱唇一口，这才松手说道："我去沐浴。"

不是刚沐浴过吗？沈澜被咬得唇瓣生疼，倒吸一口冷气，难免恼恨，心想：他可莫要多洗了，当心脑子进水！

又过了几日，日暮时分，沈澜正用晚膳。待她用完膳，又沐浴更衣后，戌时三刻，裴慎方才归来。

见他回来，沈澜拿干帕子绞着头发，淡淡地说道："你这几日怎么回来得一日比一日迟？"

裴慎搂过她，笑道："你如今也念着我了？"

沈澜瞥了他一眼，暗道她哪里是关心他，不过是关心江南倭寇在哪些地方作乱罢了，便笑道："可是杭州又闹起了倭寇？"

裴慎轻描淡写地说道："哪一日不闹倭寇？"怕她起了心思，又说道，"九边鞑靼、辽东女真、东南倭寇、云贵土司叛乱，便是浙江当地，除了倭寇，义乌的银矿矿工也在暴动，各地都闹腾得很，你可莫要乱跑。"

沈澜叹息一声，试探地问道："这天底下莫非就没有安生些的地方吗？"

裴慎嗤笑："哪里还有清净地呢？"

他的话音刚落，忽听得门外响起"咚咚"的叩门声："爷，急报。"

是陈松墨的声音。

裴慎即刻起身出门，陈松墨只在前头打了个羊角灯，边引路边低声说道："爷，潭英来了。"

裴慎顿足，复又加快脚步匆匆进了外书房。

一见裴慎进来，潭英即刻拱手行礼。裴慎说道："你伤势如何了？"

潭英咧嘴一笑："好多了。"不等裴慎细问，便匆匆说道，"大人，陛下三日前刚进了些燥性金丹，以百花酒送服，又吃了麝香附子热药，当晚便昏厥不醒。太医扎了针，只说尚能再迁延五六日。"

裴慎一时愕然，回过神儿来，倒也不觉惊讶。陛下御极二十载，又是求道服丹，又是为了求子什么乱七八糟的方膏都用，能活到今日，都算长寿了。

裴慎匆匆追问道："太子人选定下了吗？"

潭英苦笑："指挥使只叫我来报与大人，林少保和婉贵妃不知从宫中哪里寻出一名六个月大的男婴，只说是陛下数月前临幸宫女的沧海遗珠，非要册这男婴为太子。"

裴慎冷笑："陛下一直无子，恐生育上有些妨碍，此婴儿血脉存疑。"又问道，"陈、崔两位阁老如何言语？可是想册立益王之子或是荆王之子？"

潭英苦笑道:"确实如此。陈阁老欲册年过二十的益王长子,理由是国赖长君。崔阁老却认为益王乃陛下三堂弟,长幼有序,当册立陛下二堂弟荆王之子,偏偏这荆王长子早已去世,只留下次子,年方三岁。"

裴慎冷笑一声,这三派心思已是昭然若揭。

别管立哪个藩王的儿子,各个都有父母依靠。婉贵妃及林少保便要立一个无依无靠的婴儿,以图做上太后,再临朝二十年。

陈阁老是江西人,益王封地恰在江西。只怕二人素日里已有勾连,便打着国赖长君的名头,立已成年的益王长子。

偏偏崔阁老平日里与陈阁老好得如同一个人似的,可若陈阁老真立了益王长子,便能够借着从龙之功再煊赫下去。崔阁老不甘心做一辈子马前卒,便以长幼有序的名义推上荆王次子,以图火中取栗,乱中取胜。

"大人,朝中乱象已生,只怕要不了五六日的工夫,陛下驾崩的消息便要传遍两京十三省。"潭英苦笑道,"如今这三方俱在拉拢指挥使。"

裴慎思忖片刻:"看似乱象频频,实则全看陛下决断。"

人人都在争,可皇帝还没死呢。

"这便是症结之处了。"潭英郁闷地说道,"陛下醒了一次,屏退左右,只肯见婉贵妃,也不知说了什么。"

裴慎的脸色便难看起来,潭英也不免叹息道:"咱们这位陛下,惯来是个任性的主子。国事蝤蛴不去理,不问苍生问鬼神。"

"你且叫指挥使做好准备吧,登基的必是婉贵妃挑中的那个婴儿。"

潭英郁闷:"当真没有办法了吗?"

裴慎摇头:"人人都有自己的利益所在,对于陛下而言,别管是立益王长子还是荆王次子,都是自己兄弟的孩子,必不会视他如亲父。届时恐重演旧事。"

当年孝宗帝无子,便择了胞弟淮阳王之子继位,谁知此子登基之后坚持认为自己的父亲是淮阳王,不是孝宗帝。

"陛下势必害怕旧事重演,与其把皇位给远房侄子,倒不如给自己儿子,哪怕是个假儿子也好。"裴慎又说道,"况且陛下病中昏聩,又极信任婉贵妃,保不齐还真认为那是他亲生儿子。"

潭英无奈:"六个月大的稚儿登基为帝,偏又血脉存疑,国朝只怕要人心动荡。"但凡有些不臣心思的,这会儿都要反叛起来。

裴慎点点头,心道:世事至此,如之奈何?

"一朝天子一朝臣,且让指挥使早做准备,尽快退下来,举荐婉贵妃胞弟林通,好最后博个人情。"裴慎叮嘱道。

潭英无奈苦笑，这便是锦衣卫、东厂的悲哀了，他们依托帝王信任，权势煊赫。奈何一朝天子一朝臣。

新皇帝登基，必要将锦衣卫指挥使换成自己的亲信。新上位的指挥使也要把底下的镇抚使换成亲信。一层层换下去，潭英自己也要被换了去。

"大人，难不成真没法子了吗？"便是为了自己的前途，潭英也要问这一句。

幽幽夜色里，裴慎不言不语，良久，方说了一句："且待来日。"

潭英心中焦躁至极，哪里待得了来日，便将声音压得低低的，喑哑如夜枭："大人，你于北边整饬边军，留下了三万精兵，俱是亲信旧部；又来东南练兵，兵额两万。国公爷在云贵六七年不曾回京，为了镇压土司叛乱，手里也有个三万精兵，父子二人手握精兵将近十万，若再加上国公府数百年攒下来的七八万京畿旧部，兼之锦衣卫的情报，何愁——"

"闭嘴。"裴慎眼神冷厉如刀，"此等谵妄之言日后你莫要再提。"

潭英被呵斥，胸口急促起伏，脸色涨红，深呼吸数次，方才压下满腹野望，低声说道："是属下失言了。"

臣不密则失身，几事不密则害成。裴慎便是真有这般心思也绝不会露于人前，只说道："潭英你旧伤未愈，病中昏沉，还是好生歇息吧。"

潭英叹息一声，压低声音说道："我此言不是为试探大人，确是指挥使及我等肺腑之言。"

他沉重地说道："锦衣卫是依附陛下的藤蔓，如今陛下这棵大树要倒了，旁边新长出来的小树偏生不让我等攀附。穷途末路之下，思危求变，我等也只好另寻出路。"

幽幽夜色里，潭英躬身作揖说道："还请裴大人慎重考虑。"

裴慎沉默良久，说道："潭英，你多虑了，时候还长着呢。局势未必会如此恶劣，且待来日便是。"

这是裴慎第二次提及"且待来日"。潭英被提点两次，终有所觉，这是要再观望一二，看看局势如何发展的意思。他长舒一口气，好歹算是有些希望了，这才拱手告退，出了外书房门，隐入夜色里。

裴慎不言不语，在书房静坐半晌，方才叫陈松墨提着灯，径自回房去了。

过了几日，三月底，皇帝驾崩的消息传来，沈澜一时愕然，只叫府中仆婢摘下鲜亮的装饰，换了素衣。

"怎的如此突然？"沈澜奇怪地问道，"陛下无子，继位的是哪个？"

裴慎用了晚膳，慢条斯理地说道："陛下何曾无子？尚有一沧海遗珠在后宫中。"

京中纷争不休，婉贵妃拢住了陛下，到底还是棋高一着儿，强令六个月的婴儿登基，改元延兴。

沈澜惊诧，临死前弄出来个沧海遗珠，难道血脉不会存疑吗？她一面思量，一面问道："国丧百日，那我可还能去看端午龙舟竞渡？"

裴慎微愣，笑道："国丧期间，按理婚丧嫁娶一律不许，哪里还有什么龙舟？"

沈澜嗤笑："你莫拿这话来糊弄我。先不说天高皇帝远，哪个京官吃饱了撑的管东南老百姓过不过端午？便是百姓自发办了、看了这龙舟会，难不成官府还要挨家挨户将富商巨贾、平头百姓都抓来不成？保不齐抓人的差役自己也去看了那龙舟会呢。"

裴慎暗道她这人果真是桀骜难驯、胆大包天，便遗憾地笑道："布衣黔首自然可以去看，只是我便不好去了。"裴慎为人谨慎，必不会给政敌留下国丧取乐的把柄。

听他说不去，沈澜强压着喜悦，神色平静地说道："你既然不去，那我便自己去了。"

她连挽留都不挽留，张嘴便说要自己去，可见是个没良心的。思及此，裴慎只恨恨地拿手中的书卷敲了敲她的额头，骂了她一句"没心肝"。

沈澜心情好，不与他计较，只左数右数，终于挨到了端午。

五月初五，菖蒲切玉，角黍堆金。

本是热热闹闹的景象，奈何国丧期间，不好插红榴花，也不能在中门上贴黄纸朱砂的五毒像，便只在檐下门上插了些艾草。

一大早，沈澜吃了白糖角黍，五瑞果子各用一颗，又饮了一小盏雄黄酒。

待沈澜用了早膳，换上素净的细布襦裙，紫玉和绿蕊只将一簇簇纱小粽子缀在她衣襟上，又在她鬓间的楠木桃竹簪头挂上艾虎，这才与她一道出门。

她甫一出门，便见一蓝布两驾马车等在小角门处，平山打头儿，和三个亲卫围在马车周遭。

距离国丧已一个月了，新皇刚刚登基，可六个月的婴儿怎能处理国事，京里照旧闹腾不休，此等关键时刻，陈松墨和林秉忠作为裴慎的得力亲信，哪里能抽得开身，故而只派了平山前来护卫。

"平大哥，辛苦了。"沈澜笑道。

平山为人忠厚，闻言老实地拱手说道："不敢当夫人言。"语罢，便唤了声车夫，马车辚辚作响，碾过青石板路。

紫玉和绿蕊只随车而行，沈澜孤身一人端坐马车上。

少顷，马车便停了下来。沈澜掀帘一望，只见西湖周遭乃至四堤三岛，俱是人山人海，填塞充溢。遮凉棚子搭得四处都是，小摊贩四处穿梭，还有富贵人家使唤家仆起了高台，围了绫罗来观景。便连湖面上都有千百只小篷船，船上挤挤挨挨立满了人。

见沈澜下了马车，平山即刻拱手说道："夫人，属下已派人定了地方，还请夫人上清润茶楼二楼观龙舟。"

沈澜便点点头："走吧。"说罢，她便往前走去。

平山可是被陈松墨特意提醒过这位夫人的"丰功伟绩"的，生怕她起了什么心思，便紧紧跟着她。

西湖龙舟竞渡，观看的男女老少何其之多也，沈澜兴致勃勃地往前走了几步，便拉着两个丫鬟挤进了人堆里。

平山心里着急，带着三个亲卫即刻跟上。谁知沈澜拽着紫玉、绿蕊的衣袖远远走在前头，一路往人堆里挤。

几个亲卫心急如焚，大声呼喊着："夫人，夫人——莫往前走了。"

奈何人流阻隔，推推搡搡，平山追不上沈澜，只能眼珠子都不错地看着她的身影。偏偏沈澜为了国丧低调，今日穿的是寻常细布襦裙，他哪里认得出来。主子都穿得素净，两个丫鬟更不用说。

不过走了一小段路，一个错眼的工夫，沈澜与两个丫鬟便已没入人流，失去了踪影。

平山心急如焚，即刻散开三个亲卫去寻。

此刻的沈澜早已松开两个丫鬟的袖子，上了苏堤。沈澜方在苏堤立了一会儿，便有人来拉她的胳膊，回身一看，恰是玉容。

玉容引着沈澜，登上了彭三的小船。

彭三打鱼是为了挣钱，西湖龙舟竞渡时，光是载客观看龙舟便有不少钱，加之捞一捞落水者，对方给的谢银也有不少。

一年里难得挣钱的日子，彭三是万万不会错过的。故而沈澜那一日来不及叙旧，便与玉容约了西湖苏堤相见。

甫一登船，沈澜看了一眼精瘦黢黑的彭三，只叫他将船往清润茶楼撑去。

见船行起来，沈澜便即刻开口："玉容，你可缺银子？"

玉容一时愕然，半晌，轻抚了一下肚子，叹息一声："这天底下谁不缺钱呢？打鱼、插戴能挣几个钱啊，若不缺钱，彭三哥也不必辛辛苦苦去嘉兴卖鱼找销路，更不必每年在钱塘江大潮上当什么弄潮儿搏命。"

沈澜心知肚明，玉容也不是傻子，答应来见她，必是有所求的，无非是想求个恩典，替彭三寻个差使或是打个秋风。

沈澜低声说道："时间紧迫，我长话短说。"她顿了顿说道，"我欲请你们二位带我离开杭州。"

玉容惊愕不已："你……你不是……为何要离开？……"

沈澜苦笑道："你莫以为我这日子好过，我也就面上光鲜罢了。"说罢，她将袖子撩起来，雪白的胳膊上好大一块瘀青。

玉容又惊又恼："那巡抚竟虐打于你？"

这是沈澜今早避开丫鬟，自己对着楠木香几，狠狠撞的。她皮肉嫩，这么一会儿工夫便红肿瘀青了。沈澜苦涩一笑："我也不怕告诉你，若再不逃，我只怕命不久矣。"说着，放下袖子，生怕玉容再往上看，见着白白净净的胳膊，那便露馅儿了。

玉容咬着唇，沉默不语。

沈澜心知肚明，玉容虽待她有几分感恩之心，却也不是什么仗义忠勇之人，相反，尚有几分聪明劲儿。她势必畏惧于巡抚权势，不敢带沈澜出逃。

见玉容犹犹豫豫，似要开口拒绝，沈澜低声说道："我见你摸了摸肚子，是怀孕了吧？"

玉容点了点头。

沈澜点了一句，却再不提孩子，只面不改色地道："事成之后，三百两银票奉上。"

玉容的呼吸一下子急促起来，便连一直在划船、毫无声响的彭三都顿了顿。三百两银子啊，拿来买地，足够买下四五十亩上等的水浇地了。她不必再抛头露面做什么插戴婆，三哥也无须打鱼搏命了。他们的孩子还能读书，考个举人做大官。

玉容的脸色涨红起来，彭三也立着不动。

沈澜低声说道："你想考虑考虑，也没关系。这里有五两银子，你只管拿去。若你愿意，便拿着这五两银子去贿赂李宝珠家中银楼的掌柜，只说你想在银楼常来常往，好结识显贵女客，做你插戴婆的生意。待你在银楼安顿下来，过些日子我便去银楼找你。"

这本就是两利的事，玉容用银楼的首饰给贵客们梳妆，若效果好，客人高兴，银楼卖出了首饰，玉容得了插戴的赏钱。

果然，玉容颇有意动。

沈澜却偏偏捏着那五两银子，低声说道："你若不愿意救我一命，这钱便算作封口费。如此一来，那三百两银子，便与你、你的孩子无缘了。"

玉容心一颤，只接过五两银子，神色犹豫不决。

沈澜不再看她，只低声说道："停船。"

彭三便随意挑了个离清润茶楼稍远些的地方，将沈澜放下来。

沈澜甫一登岸，即刻前往茶楼，谁知刚走出没几步，竟听得有人唤她："王览。"

沈澜愕然回头，却见杨惟学一身细布直裰，怅然地望着她。

良久，沈澜方开口，只是声音有几分发涩："你怎会在此处？"

杨惟学苦笑一声，引着沈澜去了僻静处，方才开口："那日我去寻你，你那夫君一口一个内子，我当时被他蒙了去，回去之后左思右想只觉不对。"哪家夫妻闹别扭，妻子会跑出千里之遥的。

"我生怕你被人骗去、掳去，第二日，便遣了小厮打听一二。却没料到，我派出去的小厮竟被几个精壮汉子警告了。过了没几日，你那屋子里便人去楼空。"

见沈澜苦笑，杨惟学也叹息一声，说道："所幸我家在苏州是大族，家中管事认得罗平志是苏州的锦衣卫百户，便贿赂了他手下一小旗，辗转得知是京里的大人物来了。只是不知是哪个大人物。我便辗转寻到了罗平志的相好，使了银钱叫她去打探。那罗平志口风甚紧，生生过了两个月，方于酒后漏了'裴大人'三字。

"满朝文武里，姓裴，年岁二十几许、气度不凡的也就一个魏国公世子。所幸我见过他一面，只是夜色漆黑，不甚清楚，便绘了那人的画像去问家中长辈，像不像魏国公世子。有个叔父致仕前曾做过京官，见过他一面。至此，我才确认了此人乃裴守恂。"

听他这般周折辗转，只为了确认她是否安全，沈澜心中感动，只躬身一礼："能得杨兄为友，实乃我三生有幸。"

杨惟学叹息一声："我知道了是裴慎后，得知他赴任杭州，便打着端午游玩西湖，看龙舟竞渡的名头，想来见你一面。这清润茶楼素来是达官显贵看龙舟的好去处，我便在此地游荡，碰碰运气。"他玩笑道，"看来我这运气果真不错。"

沈澜眼眶发热，真心说道："萍水相逢之人，杨兄却肯为我安危如此费心，实乃赤诚君子。"

听她这般称赞自己，杨惟学竟略有几分面红。少年情热，若说没几分思慕之意，那当真是假话。只是如今见她梳着妇人髻，心中又不免酸涩起来。杨惟学压着万千思绪，关切地问道："你如今过得可好？"

从来只有沈澜问旁人过得可好，如今竟也有人来问自己过得可好，沈澜一时眼眶酸涩，低声说道："杨兄，我今日时间紧迫，必要快些赶到清润茶楼，来不及叙旧，还望杨兄见谅。"

杨惟学原是个狷狂性子，闻言也不介意，只低声说道："你若要来寻我，只管去北关外马前街史家绸缎铺，那是我家中老仆赎身后开的。"

沈澜点点头，敛了满腔思绪，拱手作揖，方才转身离去。

杨惟学不言不语，只怔怔地望着她的背影，叹息一声。

沈澜甫一入楼，茶博士便迎上来，沈澜二话不说取了荷包递给茶博士："我与送我来茶楼的几个护卫走散了，只好先来你们茶楼等人，且让我上二楼去。"

茶博士得了赏钱，甫一摸，便知道里头有碎银子，只笑盈盈地说道："夫人请上座。"

沈澜见他接了赏钱，便松了口气，这样一来，便可以说她身上的银钱俱赏给了茶博士，反正也不会有人问茶博士得了多少赏银。沈澜心思稍定，上了二楼，便见有个护卫守在兰字号房门口，分明是她见过的裴慎亲卫平业。

"夫人？"平业愕然，问道，"俺阿哥呢，怎么没和夫人一起来？"

沈澜无奈地说道："一路上人太多，我和护卫、丫鬟们俱都走散了。"

平业不知该如何言语，只好将沈澜迎入房中，又守在门口。

沈澜甫一入房中，到底松了口气，好歹是赶在护卫们到达茶楼前先行赶到。她取了越窑青白瓷盏，倒入万春银叶，捧着茶盏，优哉游哉，推窗赏龙舟竞渡。

数艘龙舟之上，彩漆木雕的龙嘴怒张，龙尾笔挺，左右各三十名精壮汉子手持船桨，前后各有两个牛皮大鼓，咚咚作响。此刻两岸如油入沸水，人声震天，呼喊鼓劲，长啸如林。唯见数艘龙舟宛如离弦的利箭，直冲前方而去。

沈澜全神贯注地看了一会儿，便听见外头隐有喧哗之声，心知这是平山带着几个护卫赶到了。

果不其然，下一刻，房门被推开，沈澜应声回望，平山见她好端端地立在房中，方才松了口气，擦了擦额头的冷汗，说道："夫人怎么走得这般快？"

沈澜无奈地说道："我带着紫玉和绿蕊走了一段，回头一望，你们各个都不见了。我没法子，想起你说的清润茶楼来，便匆匆赶来寻你们。"她急切地说道，"紫玉和绿蕊可寻到了？"

平山点头："找到了，来茶楼的路上便遇着了。"他退开半步，两个丫鬟跌跌撞撞地冲进了房内，急得鬓发凌乱、满头大汗，两只眼睛也略略泛红，分明是要哭了。

沈澜歉疚地说道："是我对不住你们，走着走着便被人流挤丢了。"

两个丫鬟擦擦眼泪，不敢怪她，只好低声说道："夫人，下回莫要丢下奴婢了。"

沈澜好生安慰了一通儿，方才带着她们继续观赏龙舟竞渡。

待龙舟竞渡散场已是酉初，沈澜在茶楼里用了餐，方带着护卫、丫鬟出了茶楼。回府已是酉时末，暮色四合，星子渐明，裴慎却尚未归来，沈澜也不急，只洗漱更衣。

待过了小半个时辰，裴慎带着陈松墨、林秉忠刚一回府，便见平山来报，说夫人中途走失。

裴慎脚步一顿，冷声问道："怎么回事？"

平山是个憨厚人，老老实实地说道："到了西湖飞来峰，那地方都是人，马车不便，夫人便下了马车步行。卑职正欲引着夫人往清润茶楼去，谁知夫人往前走了数步，人太多，卑职等人被挤散了。"

裴慎神色略显冷淡："后来怎么找到的夫人？"

平山老实地说道："夫人自行去了清润茶楼与平业会合。"

裴慎略一思忖，问道："她何时走丢，何时到的茶楼？"

平山想了想："约是辰时末走丢，平业说夫人是巳时二刻到的茶楼。"

闻言，裴慎神色稍缓，不过两三刻钟的工夫，若是步履匆匆，差不多恰是飞来峰到茶楼的距离。

这般看来，她倒真像是被人流挤散后，匆匆赶往茶楼会合。

裴慎说道："照着规矩，自去领十杖。"

平山松了口气，挨了十杖，这事便算过去了。

裴慎摆摆手，示意众人退下，这才由陈松墨提着羊角灯，往后院去了。

沈澜沐浴更衣后，从净室出来，见裴慎坐在楠木螭龙纹倚板圈椅上，慢条斯理地读书。她脚步一顿，只坐在束腰马蹄五屏罗汉榻上，任由紫玉和绿蕊拿了干棉帕给她绞湿发。

待绞干头发，两个丫鬟正欲燃香铺床，裴慎摆摆手说道："不必动作了，且下去吧。"

紫玉、绿蕊面面相觑，哪里敢违逆裴慎，便屈膝行礼，阖门告退。

室内静下来，唯独青花回纹八方烛台上，数点烛火将室内映得通明。良久，裴慎搁下沈澜那本未读完的《谭意歌传》，问道："头发可绞干了？"

沈澜点点头，起身说道："折腾了一日，我先去睡了。"她掀开珠帘，直往内室走去。

见她神色如常，竟仿佛什么都没发生似的，裴慎心中难免冷笑，只嘴上笑问道："今日可是走丢了？"

沈澜的心脏重重一跳，所幸早有准备，便点了点头，随口说道："我头一回看龙舟，太兴奋，便往前多走了几步，待回过神儿来，护卫、丫鬟都不见了。"

裴慎点点头："原来如此。"

沈澜只以为自己蒙混过关，松了一口气。裴慎突然轻笑一声："你可见着杨惟学了？"

沈澜一时心惊肉跳，难免变色。他是诈她，还是真查到了杨惟学？沈澜心中犹疑不定，不知该装出什么反应。所幸她是背对裴慎的，只深呼吸数次，压下面上惊惧，方才转身蹙眉说道："你胡说八道什么，与杨惟学何干？"不等裴慎发作，沈澜即刻冷下脸说道，"我不过出去一趟，你又疑心我？既是如此，你放我出去做甚！只将我关在屋子里,当个木头傀儡,任你摆弄便是。"说罢,她只甩下珠帘,沉着脸进了内室。

裴慎没料到被她倒打一耙,一时愕然,待回过神儿来,难免神色不愉。原以为这些日子待她好,到底能养熟几分,却没料到,还是这般桀骜难驯。"你莫要得寸进尺。"裴慎掀开珠帘入了内室,警告道,"今日你甩脱丫鬟、护卫,意欲何为,你自己心里清楚。"

沈澜本已上床,闻言,掀开薄被,冷冷地说道:"我是做了什么见不得人的事,要你来这般排揎我?!你既然看我不顺眼,倒不如先打我五杖,让我禁足,或是扒了我的衣裳,再绘一幅雪中红梅图?左右裴大人也是做得出来的!"

裴慎被她气了个倒仰,偏偏这些事都是他干过的,一时恼恨,骂道:"你果真是个狼心狗肺的东西,成日里就记得这些事,怎的不去记我从倭寇手中救你、替你找大夫治病、每日锦衣玉食地养着你!"

沈澜冷笑道:"是啊,裴大人待我多好啊。长江鲥鱼、香粳贡米、洞山岕茶、银条纱遍地锦、金缕缎子瑞麟绸。论起衣食,当真是天下一等一的好。"

裴慎冷哼一声:"你知道便好。"

沈澜生生被气得胸口疼,斥道:"看起来倒是锦衣华服、珍馐美馔,可我过的是什么日子?成日里我只能读些才子佳人的风月话本,什么《谭意歌传》《张生彩鸾灯传》明晃晃地摆在我的床头。你打量我不知道你什么心思呢!

"我闷在后院不得出去,睁眼是四四方方的天,闭眼是四四方方的纱帐。这日子有什么过头儿?!"沈澜语及此处,只狠掐掌心,疼得她眼中略有潮意,"我做了妾,便已是低人一等,从前你拿我当廊下的雀鸟摆弄,闲了便喂把米逗弄一二。如今倒好,越发过分了,连个证据都没有便要来疑我,竟还要诬陷我与人私会。"

见她眼底隐有泪光,裴慎已有几分心软,只是要他拉下脸来道歉,自然是千难万难。半晌,他只起身上前,拿袖子给她揩了揩眼泪,嘴上也软了几分:"我何曾疑你?我不过随口一问罢了。"

沈澜心知他不过是寻不到证据,方才这般轻易放过她,方才提杨惟学,多半也是诈她。但凡她今日应对不妥,裴慎必定要去查杨惟学在哪里。

见她神色冷淡,裴慎便说道:"你今日也玩累了,且在家中好生歇息。"

沈澜只暗自冷笑,心知裴慎虽没有证据,可到底还是疑心病重,这是要拘着她,不许她出门。

沈澜心里有数,若装出一副被安抚后的温顺样,裴慎反倒要起疑,便干脆讽刺道:"你只消成日里关着我便是。"

裴慎被她一噎,心知自己理亏,便轻声安抚道:"我何曾关着你,待你身子好了自可以出去。"

沈澜这才神色稍缓，怒气渐消，只嘀咕了一句："被你这么一气，也不知何时能好。"

裴慎被她气笑，骂道："我看你这身子是好全了，都有精气神倒打一耙了。"又说道，"明日便请大夫来给你看看。"

裴慎一提大夫，沈澜便脸色发苦："药汁子苦得我舌根麻，南京那大夫还说给我加了好些个甘草，结果又苦又涩，半点儿也不甜。"

听她抱怨，气氛渐缓，裴慎也笑起来："你当吃窝丝糖呢？杭州城内倒也有名医，只是我想着，到底还是请御医来一趟为妙。"

沈澜略有些惊愕："南京的那位大夫肯来？"

裴慎轻描淡写："那御医独孙不从医，我欲举荐他去鹿鸣书院读书。"

沈澜怔怔地望着裴慎，叹息一声，不再言语。

过了两个月，已是七月初，正是暑热未散、秋意渐浓的时候。沈澜无所事事，恰倚着西窗望雨。

初秋新雨，青石砖上白雨跳珠，洗去芭蕉浮翠，三两修竹经雨正盛，庭前松柏愈显苍青。

沈澜正望得入神，却见裴慎带着张院判进来，丫鬟婆子递上棉帕，二人擦了擦身上的潮意。

张院判看见沈澜，便捻须笑道："观夫人面色，血气充盈了许多。"

沈澜搁下手中绣着红树秋霁图的藤柄团扇，笑盈盈地起身说道："劳您不远千里赶来，小女实在是受之有愧。"

张院判难免玩笑道："裴大人与夫人鹣鲽情深，若老夫医不好夫人，岂非叫这世间少了一对眷侣。"

沈澜一时默然不语，想来这张大夫必以为她是裴慎的妻子，方才说出这般言语。

裴慎见她神色冷淡，不知在想些什么，便清清嗓子说道："劳烦张院判了。"

张院判取了脉诊锦帕，替沈澜诊了脉，片刻后，略一沉吟，方问道："夫人的小日子可准？"

张院判已是年逾古稀、须发皆白的老人，在座众人也没什么好脸红的。

紫玉即刻低声说道："准的。"近些日子月月都是初五来，再准不过了。

张院判又细细诊脉，只将左右腕尽数诊过，又沉吟片刻，方才笑道："夫人如今已是大好了。"

沈澜心下一松，笑道："是张院判医术高明。"

听说她身子大好，裴慎也松了口气，又与张院判闲话了几句，方才送他出门。

檐外廊下白雨泼天，其声若珠落玉盘，借着雨声，裴慎负手沉声说道："张院判，她这身子可是真康健了？"

张院判心知是上一回自己将裴慎唤出庭外说了真话，如今他心有余悸，方才避开那位夫人，又问了一遍。见裴慎还在看着自己，张院判捻须笑道："自然是真康健了。"

裴慎方才缓了神色，清了清嗓子说道："那这房事……"

张院判笑了笑："若要生子，已是无碍。"他又叮嘱了几句"莫要受寒、饮食上精心些"之类的话语，方才被丫鬟仆婢引去厢房歇息。舟车劳顿，他只待在杭州歇息几日，便要回返南京。

裴慎见他离去，却未曾回房，只望了望檐外墨云暴雨，神色淡然，默然不语。半响，他方出了回廊，自去外书房处理公事。

待晚间，厨房进了碗荷包饭，香粳米泡进南烛叶汁里，和着火腿、瑶柱、鳜鱼肉、三黄鸡丁，拿荷叶包上，文火慢蒸。

沈澜揭开荷叶，顿觉清香扑鼻，胃口不错，用了一碗荷叶饭，方去沐浴更衣。

此时已是戌正时分，浓墨如织，听得窗外松柏飒飒，满庭俱是雨声寒色。沈澜沐浴过后，闲坐无事，只散漫地想，裴慎归来得一日比一日晚，想来是公务越发繁忙。

她刚想到裴慎，他便跨步进来，笑道："怎的还没睡？莫不是在等我？"

沈澜白了他一眼："我成天闷在屋子里头，不是看书便是睡觉，晚上哪里还睡得着。"她指了指书架上的话本，"这屋子里的书全是些才子佳人的话本子，我都看完了，你好歹使人换一批吧。"

裴慎听她说白日无趣，只轻笑一声说道："我先去沐浴。"他便进了净室。

夜色已深，沈澜也略有几分睡意，便起身卷起珠帘，往内室去了。略过了两刻钟，沈澜已是睡意昏昏，正蒙蒙眬眬欲梦周公，忽觉身侧热烘烘的，耳畔传来裴慎哑声低语："你不是说白日无趣吗？我们且做些有趣的事。"他俯下身去。

外头雨势渐小，唯有凉夜萧寒，雨声淅沥，阶前空滴至天明。室内倚锦屏，揉绣被，红浪翻飞魂颠倒；香馥馥，露津津，春暖汗薄意融融。

第二日，晨光熹微，沈澜蒙蒙眬眬间听见身侧窸窸窣窣的动静，想来是裴慎起身。

见她似醒非醒、困倦不堪的样子，裴慎只低声笑骂道："你怎的这般没用。"

沈澜被他吵醒，蒙眬间睁眼，只觉身子酸痛异常，又听他说自己没用，难免薄怒，反唇相讥道："裴大人伺候了我一宿，竟还有能耐早起，果真是个有用的。"

裴慎神色餍足，被她占了些言语上的便宜也不气，只抚了抚她的面颊，含笑说道："些许口舌之利罢了，我不与你争。"说罢，他起身下床，唤来丫鬟更衣。

沈澜困倦不堪，本想倒头睡去，奈何避子汤药还未喝，便懒散地说道："避子汤呢？"

裴慎正任由丫鬟为他系一条石青攒心梅花络子，闻言，想起张院判未曾告诉她，再喝避子汤恐于她将来子嗣有碍，便笑道："哪里有什么避子汤？你今后不必再吃了。"

沈澜一愣，神色难免冷淡了几分："还是叫厨房熬一碗吧。闹出庶子女来，大家面上都不好看。"

裴慎神色一冷，压着怒意，摆摆手叫几个丫鬟都下去，方才冷淡地说道："你不愿替我生孩子？"

沈澜此刻睡意全无，靠着天青如意纹杭绸引枕，冷淡地说道："上回元宵节我便说过了。"

裴慎自然是记得的，她说生下的孩子一辈子不能叫她娘。只是当日他以为沁芳是钻了牛角尖，却没料到半年过去，她竟还没想通。

"你怎的这般牛心左性，你是妾室，庶子若唤你为娘，岂非冠履倒置，不成体统？"

沈澜明知这人是半个道学先生，最重规矩，可依旧被他三言两语气得胸口生疼，良久，方咬牙说道："你如今来与我说体统、说规矩？规矩就是婚前闹出庶子女，好生难看。我要守规矩喝避子汤，你却不肯？也不知是谁不讲规矩、不成体统！"

裴慎被她反唇相讥，难免生怒，沉着脸说道："你可知道这避子汤药喝多了，于你子嗣有碍？"

沈澜微怔，半晌，冷着脸说道："便是一辈子不生，也比生出来叫我孩子做个低人一等的庶子女强。"

"好好好。"裴慎被气得冷笑连连，阴沉着脸拂袖而去。

见他离去，沈澜神色也颇为不愉，起身唤来紫玉，叫她去厨房熬一碗避子汤来。

紫玉犹犹豫豫，时不时偷觑她两眼，低声说道："夫人，爷临走前吩咐了，不许叫厨房熬避子汤药。"

闻言，沈澜本就冷淡的神色更是冽如寒霜。见她这般，紫玉也不敢劝，只垂着头，盯着自己的脚尖。

沈澜不欲为难她，便叹息一声："你且下去吧。"

紫玉松了口气，犹犹豫豫欲出门去，走到门前，见沈澜面色苍白，她心有不忍，到底返身回来，低声劝慰道："夫人莫生气，且听奴婢一言。"

闻言，沈澜抬头望着她，默然不语。

沈澜平日里待几个丫鬟颇为和善，加之紫玉既然伺候了她，终生都要系在沈澜身上，便说了真心话："夫人，奴婢没读过什么书，不懂大道理，可好歹知道世间男儿多薄幸。趁着如今恩宠犹在，夫人快快生下子嗣，终生便有了依靠。"看沈澜脸色不变，又劝了两句，"只在避子汤上，夫人万万不要与爷拧着来，且停了汤药，求个一男半女吧。"

沈澜笑了笑："我心里有数。"

见她神色冷淡，也不知听没听进去，紫玉叹息一声，低声说道："夫人可要用早膳？"

沈澜此刻哪里还有心情吃早膳，便摇头说道："你且下去吧，叫我静一静。"

紫玉躬身告退。室内一片寂静寥落，唯独宣德香鹤铜炉散着袅袅香气，窗外雨丝细密，声声若拈碎酥衣。

沈澜枯坐片刻，再无睡意。

待晚间，裴慎竟忙得一夜未归，遣了陈松墨来报，说他睡在外书房里。沈澜只盼着他别回来，闻言倒也高兴。

一连七八日，裴慎日日不归。沈澜乐得逍遥自在，便次次点头，只说知道了。

谁知这一日，陈松墨报了消息却未走，立于庭中，喊道："夫人可还有吩咐？"

她能有什么吩咐给陈松墨？沈澜笑了笑："无事，你且回去吧。"

陈松墨无奈，硬着头皮回了外书房。

外书房里，裴慎正与几个师爷幕僚议事，待散场已是一更天。

雨丝细如牛毛，沾衣欲湿。裴慎吩咐仆婢打了伞将几位先生送出府。他刚歇息片刻，便听见陈松墨在外头与守门的林秉忠低声说话。

裴慎揉了揉眉心，说道："陈松墨呢？进来。"

陈松墨没法子，推门而入。

夜色漆黑，唯独书房里数盏铜铸镂雕荷叶烛台上，手臂粗的牛油烛将室内映照得灯火通明。

"她可有说什么？"裴慎淡淡地问道。

陈松墨暗道不好，硬着头皮说道："爷，夫人未曾言语。"

裴慎一时心头火起，又难免心寒。他数日不归，她竟半句不问，果真是个冷心肠。

只是裴慎喜怒很少形于色，以至神色一时看不出什么。良久，他只摆摆手叫陈松墨下去。

陈松墨暗松了口气，待出了门，见林秉忠一脸同情，难免叹息，也不知这受夹板气的日子何时是个头儿。

陈松墨正欲与林秉忠交谈两句,却听见身后传来裴慎的声音:

"去掌灯。"

陈松墨一愣,未多言语,只打了盏料丝灯,在前方引路。

此时更阑人静,沈澜早已好梦沉酣,只是蒙蒙眬眬间,似乎听见外头有响动。

沈澜被吵醒,茫茫然睁眼,听见有人推门而入,她被吓了一跳,正欲起身,已有丫鬟婆子进入,又是掌灯,又是备水。

沈澜知道,裴慎回来了。

外头小雨绵绵密密下了七八日了,裴慎夤夜归来,面带寒霜,进来后看也不看沈澜一眼,只径自入了净室。

见他这般,沈澜难免心生惧意。这人分明心情不好,携怒而来,也不知一会儿又要如何发作。思及此处,沈澜倒头装睡。她睡着了,他莫要找她的事。

过了两刻钟,裴慎沐浴更衣后,披了件道袍出来,却见她于帐中背对着自己,好梦沉酣。

裴慎越发恼怒,沉着脸,吩咐丫鬟、婆子下去。见众仆婢躬身告退,室内仅余下自己和她二人,裴慎这才冷着脸撩开纱帐,去衣上床。

沈澜睡在床最里侧,留下大半张床给裴慎,原以为足够他折腾了,谁知裴慎闷声不吭地将她搂进怀中。沈澜以为裴慎习惯搂着她,便佯装不知,合眼继续装睡。裴慎单手揽住她的腰肢,另一只手去解沈澜亵衣的系带。

沈澜实在忍不住了,睁开眼说道:"你做甚?"

裴慎冷笑道:"你不装睡了?"

沈澜被他这番动作唬得心惊肉跳,只攥着自己亵衣的系带,不肯叫他解开。她没吃避子汤,哪里敢跟裴慎再发生关系,便服软说道:"爷,我小日子来了。"

裴慎哪里知道她何时来癸水,却面不改色地说道:"我方才问了紫玉,分明未来。"说罢,他便要来解她的系带。

沈澜见他动作,心里发慌,难免被他诈了去,以为裴慎真拉下脸去问了紫玉,便说道:"你这般凌逼于我,哪里是君子所为?"

裴慎心头生怒,只冷笑道:"我不是君子,你却是个妾。既是个玩意儿,便该知道要做什么。你是自己解了,还是我来解?"

被他三言两语一激,沈澜又恼又恨,倍感羞辱,说道:"我便是妾,也是个活生生的人,你三番五次言语羞辱我,如今竟还欲强了我,当真是个小人!"

被她指为卑劣之人,裴慎勃然大怒,只恨恨地连声道好,偏他自有傲气,绝不愿强迫别人,便恼怒地说道:"你果真是个烈性的!"

沈澜扬眉怒目，半步都不肯退。

见她眉眼清倨，裴慎已是恼恨至极，冷笑一声，慢条斯理地说道："前些日子端午，你走丢了，平山等护卫俱罚过了，两个丫鬟却还未受罚。"说罢，他便要起身去唤人。

沈澜情急之下，一把扑上去，扯住他的袖子，厉声说道："你休要借题发挥，你我二人的事，扯上旁人做甚？！"

裴慎见她待两个丫鬟都这般情深义重，独独待自己成日里横眉怒目，没个好脸，一时心中又痛又气，恨恨地说道："她们没看好主子，难道不该受罚吗？"

沈澜当日主动甩脱护卫、丫鬟，本就心中愧疚，如今竟因自己与裴慎争吵，带累了旁人，更是愧疚，便冷冷地说道："你欲如何？"

她这般语气，裴慎越发恼怒，只冷笑一声："你以为呢？"

沈澜心知肚明他这是要自己主动脱了衣裳，主动去求他。裴慎甚至不是为了做那档子事，就是要折了她的傲骨，要她低头求饶。思及此，沈澜只觉自己的面皮活像是被人剥了下来，尊严被剐得鲜血淋漓。

沈澜浑身颤抖，腮肉几要被咬破，眼中已是泪水模糊。

见她这般痛苦，裴慎又哪里好受，一时想算了，一时又觉得必要趁此机会折了她的气节。

裴慎思绪纷飞之下，却见沈澜抬起头来，明眸含泪，哀声说道："你我之间为何总要你死我活？"

见她如怨如诉、哀婉悲凄的样子，裴慎怒气稍散，虽冷着脸，可语气难免软了几分："从来都是你与我对着干，我又有哪里待你不好？"

沈澜清泪点点，只惶惶哽咽着说道："你今日这般，我心里害怕。"

她这般样子，单薄可怜，依恋温顺。裴慎一时疑心她装模作样，一时又难免心软，坐下来，一把将她搂住，叹息道："你既然怕了，日后便驯服些，莫要再这般桀骜了。"

沈澜依偎着他的胸膛，听他说自己脾性不好，便气道："我就是这般性子，你爱要不要！"说罢，她便要挣脱他的怀抱。

裴慎又好气又好笑，只是她一句"爱要不要"，可见已是服软了。他心中欢喜，偏又疑心病重，怕她是假意驯服，便故意去解沈澜亵衣的系带。

沈澜一把按住裴慎的手，摇摇头，语气低落："你好歹给我些时间，且叫我仔细想一想。"

两个人针锋相对数次，哪里能这么快便改了主意，故沈澜这样犹豫不定的话才有可信度。

裴慎方才放下心来，只是他被沈澜骗过多次，到底不敢轻信，便笑道："你且想上一段时日，待你想好了，心思定了，我们便生个孩子。"

沈澜心知肚明，裴慎这是要她生了孩子方肯彻底放心。所幸她也不过是缓兵之计罢了。

"好，那我想好之前，你不许强迫我，也不许违逆了我的意，事事都要顺着我。我说一你不许说二，我让你往东你不许……"

她越说气焰越嚣张，裴慎生生被她气笑："我是从庙里请回来一尊菩萨不成？"

沈澜点点头："你若要唤我女菩萨，我倒也不介意。"

裴慎又好气又好笑，笑骂道："女菩萨，你可莫要得寸进尺。"

沈澜低声说道："女菩萨累了，要歇息了。"

她绞尽脑汁与裴慎周旋，早已倦怠至极，正欲歇息，谁知裴慎却道："你这当菩萨也得有个期限，岂能千年万载地当下去？"

沈澜心知这是要问她要个期限，便迟疑地说道："一年？"

裴慎笑骂道："你这菩萨，不仅大慈大悲，胆子也大。"又怕她脑生反骨，干脆说道，"只一个月的工夫，不能再多了。"

沈澜闹过这一场，不过是为了博取些许行动自由，兼之拖延一二，不要与他发生关系罢了，能拖多久拖多久。

"一个月便一个月吧。"沈澜困倦地说道，"女菩萨明日要去绸缎庄、打金铺布施，你可莫要拦着。"

裴慎一时好笑，见她眉间倦怠，不免轻抚她的脸颊，又将她搂进怀中，方觉满意。

第二日一大早，沈澜得了裴慎同意，便带着丫鬟、护卫径自去了杭州北新关外。

北新关位于武林门外，毗邻上塘河、德胜港，素来是商贾云集、百货流转之地。沈澜难得有此放风的机会，一路走一路看，路过鱼店肉铺都要瞄上两眼。待她闲逛累了，便在路上买了些点心垫肚子，稍事歇息后，又随意挑拣了两家绸缎庄，进去闲逛一番，消磨了半个下午。

待她回府，便匆匆赶去沐浴更衣。裴慎久未归来，用过晚膳，沈澜略略消食，也不等裴慎，只径自睡去。

两更天，裴慎方才忙完，遣了陈松墨提着盏羊角灯，打上红绢芙蓉皮纸伞回后院。

此时更深夜重，潇潇秋雨，声声淅沥。裴慎路过廊下，伴着雨声，忽而问道："你可查过了？"

陈松墨会意，即刻点头："夫人今日去了两家绸缎庄坐坐，一家位于陆家桥，主营南货,多卖苏杭绸缎、松江棉布,俱是整匹整匹的好料子;另一家位于范甫巷,零剪绫罗,兼卖各类绣线。"

"平山使了银钱,问了两家铺子的伙计,俱是经年的老人了,近日来并无人忽来铺子做事,也不认识什么苏州杨氏。"

"除此之外,平山又问了铺子附近邻居,陆家桥的那家已有四十余年;范甫巷的铺子是一个寡妇开的,如今交由儿子打理,有二十余年了。两家铺子均无异常。"

裴慎点头,暗道北新关乃钞关所在,素以夜市闻名,夜航船沿着运河载客,昼夜不停。思及此,他便淡淡地说道:"她可靠近了码头、船只?"

陈松墨摇摇头:"夫人只一路寻些有意思的地方,路过鱼铺问螺蛳青多少钱;看见一家茶馆兼卖稻叶熟水,便买了一盏尝尝;又在小摊儿买了两个萧山方柿。路过一民居,见一老妇煮箬叶,夫人驻足看了会儿,还好奇地上去攀谈一二。"

裴慎心知她这是憋狠了,好不容易身子好了,便要去最繁华的地方地逛一逛。

两个人说话已到了后院院门处,陈松墨犹豫片刻,躬身说道:"爷,下一回夫人出门,可还要如今日这般,沿路细细查问?"

裴慎淡淡地说道:"不必了。"秋雨下了大半个月,汾河、渭河、黄河水量暴涨,若决堤成灾,涉及河南、山西、山东三省,恐怕流民四起。朝廷必要对苏杭等地加白粮役,钞关又要多征发船料课税。若再摊上倭寇、胡虏、女真,裴慎哪里还抽得出人手来细细盘问沈澜去的铺子可有异常。

裴慎径自入了后院正房,见帐幔重重掩下,室内半分动静都无,便猜到沈澜已是睡熟,低声吩咐紫玉:"明日且告诉夫人,只说外头乱得很,叫她少出门。"釜底抽薪便是,何必再费人手查检。

紫玉哪里敢问为何不让夫人出去,只点头应了下来。

裴慎吩咐完,沐浴更衣后卷上珠帘,掀开帐幔,见她睡得香甜,白晃晃玉臂横在外头,俏生生脸上两颊飞霞,显得憨稚可爱。裴慎一时意动,奈何想起自己答应了她一个月的期限,便叹息一声,又去沐浴一场,方才搂着沈澜沉沉睡去。

第二日,沈澜醒来时裴慎早已不在。一大早,紫玉、绿蕊端来铜盆、拿来棉帕为她净面。紫玉拧了帕子,递给沈澜,犹豫着说道:"夫人,爷昨晚吩咐了,只说外头乱,叫夫人少出门。"

沈澜一顿,暗道:少出门,又不是不让我出门。况且前些日子才答应她可以做一个月菩萨,裴慎总不至于在此刻反悔禁足她。

沈澜慢条斯理地擦了脸,点点头说道:"我知道了,少出去便是。"

已是七月底,裴慎日日早出晚归,沈澜睡得早,每每错过。所幸她要的就是这般错过,倒也不甚在意。

只是裴慎叫她少出门，沈澜便也佯装听话，窝在府中，熬了五六日，方带着护卫、丫鬟出去闲逛一回。

整个七月都在下雨，及至入了八月雨水依旧未停。

沈澜本欲再歇上四五日，待八月初七初八那会儿，便去银楼寻玉容。有了前头数次出行做铺垫，想来再无人会对她出行起疑心。

沈澜本打算得好好的，谁知最为担心的事发生了。

沈澜自喝药调理后小日子颇准，每每初五来，鲜有延迟或提早的时候。可如今已是八月初七了，癸水竟还未至。

她不敢确定，怕是自己想多了，实则不过是小日子延了两日；又怕是真怀上了，那该如何是好？若要流了，裴慎必定不许；若生下来，她岂不是一辈子都要被困死在这里。

四四方方的后院里，她要打碎脊梁、低下头颅，对着自己的孩子自称姨娘，对着未来的主母屈膝行礼，仰仗裴慎的恩宠活着……思及此，沈澜陡生绝望之感，只觉自己似被泡在冰水里，几乎要喘不过气来，五脏六腑渐冷渐寒，似有朔风砭骨，刺得她血色全无。

她坐在圈椅上，怔怔地凭窗望去，见疏窗外小风寒，细雨薄，洗过满庭碧草秋色。

斜风细雨，乱愁如织。

沈澜满腹愁绪，枯坐半晌，良久，忽然高声喊道："紫玉。"

守在门外的紫玉即刻放下络子，推门而入："夫人可有吩咐？"

沈澜笑道："外头下着细雨，天气轻寒，你且叫厨下弄一份拨霞供来，熬了猪肚、三黄鸡成汤，配上茱萸、花椒，又鲜又麻，再烫些蔬菜、肉片、鱼脍、细面，热乎乎的，岂不舒服？"

紫玉应了一声，点头出去了。

到了晚间，裴慎未归，沈澜将薄薄的羊肉片放进猪肚鸡铜锅子里。热气氤氲，烟雾缭绕，肉片在红汤里翻滚，又鲜又麻，滚烫热乎。

没过一会儿，沈澜便吃出了一层薄汗，吩咐紫玉道："我热得很，你且去厨下取一盏冷吃的蜜水来，要拿井水拔过，解热解渴的，快去。"

紫玉不作他想，只匆匆取了冷蜜水，沈澜一口气吃了一盏，方就着冷蜜水，继续吃起锅子来。

裴慎这几日也不知在忙什么，越发早出晚归，等闲和沈澜碰不上面。

第二日，沈澜又带着护卫、丫鬟出门去。她如同前两次出门一般，只在外头走走晃晃，又挑了一家绸缎铺进去坐了坐，才去往李氏银楼。

这银楼原是李宝珠家中产业，自然早得了李宝珠吩咐，见巡抚爱妾上门，青衣着褶子的掌柜即刻迎上来，笑盈盈地说道："可是裴夫人？"

沈澜点了点头，笑道："我闲来无事，且来你家铺子坐坐。"

掌柜年过四十，捻须笑道："夫人来了，当真是蓬荜生辉。"他吩咐伙计上茶，又请沈澜往二楼坐。

见沈澜步入楼内，几个护卫照旧分头把住了前后门。

沈澜上了二楼，被掌柜引入一包间内，清漆楠木桌椅，墙上悬着临摹的米颠山水画，香几上放着个定窑小胆瓶，插着数枝秋桂，暗香盈盈，颇为清雅。

"夫人请看。"掌柜亲手取来十余个剔红梅花漆盒，一一打开，祖母绿、颠不剌、东珠、蜜蜡、血珀、金鸦……二十余颗珠宝。

"夫人可有喜欢的？"

沈澜心道她虽带了三百余两银票，可那是有用的，哪里能买宝石，便淡淡地说道："我不爱珠宝，你这儿可有精巧些的首饰？"

掌柜即刻笑道："自然是有的，簪钗镯钏、坠环佩圈、花钿华胜，样样俱全。"又说道，"请夫人稍候。"他便下了楼去，带着几个伙计，取了二十余个盒子上来。

掌柜打开了剔红漆盒，绒布之下，并蒂海棠红玉簪、累丝蝶恋花嵌宝簪、粉东珠点翠凤钗、錾银芙蕖舒卷坠……俱是精雕细琢、银楼压箱底的好东西。

沈澜笑了笑，开口："紫玉、绿蕊，上回端午带累了你二人，且去楼下挑些自己喜欢的首饰，我来付钱。"

绿蕊已是喜不自胜，紫玉欢喜过后说道："夫人身侧总要留人伺候的，且让绿蕊先去，待她挑好上来了，奴婢再去。"

沈澜摆摆手说道："掌柜还带着两个婆子立在这里，哪里就要你们二人看着了。你们快去吧，一会儿离了银楼还得去别的地方逛逛呢。"

闻言，紫玉也欢欢喜喜地和绿蕊一同下了楼。

见包间里只余下掌柜并两个捧盒子的婆子，沈澜便取出一只玉兰碧玺耳坠，欲戴上试试，谁知摆弄了一会儿却戴不上。

掌柜见机说道："夫人可要插戴婆来伺候？"这是收了玉容的钱便极力举荐她。

沈澜蹙眉说道："你且唤上来吧。"

没过一会儿，玉容梳着一窝丝攒髻，穿着秋香色细布褶子，半垂着头，安安静静地上来了。

见她上来，沈澜瞥了一眼掌柜，慢条斯理地说道："你一个大男人，立在这里到底不方便，且带着婆子们在门外候着便是。"

掌柜瞥了一眼桌上摊开的各色贵重簪钗，毫不犹豫地躬身告退。这些东西本就是要白送给巡抚爱妾的，莫说损毁丢失，便是沈澜当着他的面拆着玩，掌柜也得当没看见。

见掌柜带着婆子告退，室内仅余下自己和玉容两人，沈澜方起身低声说道："玉容，你既然来了，必是想好了。"

玉容点头说道："不瞒姐姐，这般泼天大事，若放在往常，我哪里敢做？可如今我实在是没办法了。"

她苦涩地说道："彭家本是船户，素来以船为家，成日里泡在河上打鱼，未及三十，浑身病痛。这也就罢了，谁知这课钞一年比一年重，前些日子刚交了二两银子的渔课，小甲又来催鱼油、翎毛、鱼鳔、鱼线胶，林林总总，又要折银一两七分。还有岁贡黄鱼，巡检司那头儿遣了小甲日日催逼，非要我们交上黄鱼不可，这黄鱼本就稀少，哪里是能轻易打到的？

"这些还不过是缴钱，家中老人说秋雨绵绵，只怕北边要发灾，届时白粮役一来，必要出两个壮劳力，家中阿公和三哥若去了，全家都要被饿死；若不去，哪里来的银钱折役？"

玉容说着说着，已是哽咽。

沈澜心中叹息，这乱糟糟的天下，生民何其之难也。

沈澜劝慰了她几句，玉容擦了擦眼泪，止住哭声说道："姐姐，我思索再三，倒不如过些日子，姐姐只管像端午那般，甩脱了身侧丫鬟、护卫，上了彭三哥的船，便只管撑船往北新关去，届时沿着运河，想往哪里去都好。"

这法子，太过天真了些。

沈澜摇摇头："我且问你，上回端午你我会面之时，你说彭三上钱塘江大潮当弄潮儿搏命，这是何意？"

玉容苦涩地说道："辛苦打鱼能有几个钱？为了挣钱，每年八月十八钱塘江大潮时，三哥便会带几个水性好的兄弟手持彩旗，上潮头踏浪，彩旗不湿，便能博得两岸观潮人的赏钱。"

沈澜叹息一声，果真如此。

"你家三哥既是水性极好，若我八月十七落进了钱塘江中，大浪滔天之下，彭三可能带着我游上数百米，至岸边逃生？"

玉容愣愣地望着沈澜，说不出话来。

沈澜苦笑。她自然是想过的，若她逃了，裴慎便是花上数年都要将她翻出来，沈澜哪里躲得过去。为今之计，便是让裴慎以为她死了。

可光是为自己择定死法儿，已是千难万难。若自焚而亡，先不说哪里去寻焦尸，单说把焦尸运进巡抚衙门便已是天大的难事。

若跌落悬崖或是被野兽分食，裴慎来崖底寻她，哪里去找残肢和大量血迹？况且她真当着众人的面跌下悬崖，不死也残。

若说自缢假死或是服用假死药，闭气数日后被葬于棺椁内，下葬后再叫人挖出来，这法子更是异想天开。她如何确定自缢不会弄成真死？又上哪里寻到什么假死药？

她思来想去，唯一的法子便是落进钱塘江，当着众人的面被大潮冲走，断无活着的可能。届时血迹全无，尸体也不知被冲去了哪里，如此方才稳妥。

"夫人，我也不知三哥能不能救你。"玉容哪里敢打包票。

沈澜低声说道："彭三既然做了数年弄潮儿却不死，必定知道哪里的大浪看似凶险实则危险不大，哪里适宜上岸，这便是第一重把握。

"其次，彭三除却弄潮博赏，是否还会兼救人？"

玉容惶惶点头："年年观潮，总有人落水，三哥救了人，对方家里多多少少总得给些赏钱。"

沈澜点头说道："他既然有救人的经验，这便是第二重把握了。"又问道，"这样的事不好叫旁人知道，彭三既然行三，家中可有兄弟？"

玉容也稍稍镇定下来："有的，两个弟弟，水性都好，打五六岁就下水帮忙了。"

沈澜点头说道："我本就会浮水，能在水中闭气百余个数，再加上彭家三兄弟扯着我游。这便是第三重把握了。"

沈澜长于水乡，若说只会撑船不会游泳，那当真是笑话。她当日蒙骗裴慎不会浮水，不过是觉得自己会的东西少叫裴慎知道一样也好，却没料到竟在今日用到了。

闻言，玉容虽长舒一口气，可到底为难："姐姐，三哥不在这里，我实在不敢应承下来。"

沈澜点头说道："无事，你且回去与彭三商议一二。若有把握，肯答应，你只管将银楼一楼的柳叶窗支开，插一枝桂花以作装饰，我路过时看见花便知道了。"

二人相约后，沈澜佯装由玉容佩戴首饰，又等了片刻，方才下楼，见紫玉和绿蕊左挑右选，终于选了一只雕花细银镯，一朵牡丹绒花。

沈澜付了钱，这才带着丫鬟、护卫们径自回府。

裴慎日日忙得没工夫搭理她，只在外书房歇息，竟连后院也不来了。

沈澜心中欢喜。又过了四五日，沈澜一大早用了一碗清汤鲜虾面，又带着丫鬟、护卫出府去。路过银楼，掀开车帘，果真见那柳叶窗上插了枝桂花。沈澜轻笑一声，便知道玉容答应了。

待到了北关外，沈澜照旧如同往常一般四处走走看看，终于到了马前街史家绸缎铺。

见沈澜带着几个丫鬟进了铺子，护卫的平业难免感叹道："哥，夫人每四五天便出来闲逛一趟，一逛就是一整日，这衣裳、首饰就那般好看不成？"

平山瞪了弟弟一眼，骂道："你休要胡言，且去守住后门便是。"

众人随着沈澜出来多次，都不曾出过事，略松散了些，闻言，便嬉笑着，径自分头守门。

沈澜入了这家绸缎铺子，即刻便有掌柜眼尖，望见她身上的织金妆花料子，笑盈盈地迎上来，口称夫人。

沈澜未出声，却做了个口型："王览。"

掌柜微愣，哪里会读唇语，不过这般行迹有异之人，唯有自家公子交代过的王览了。

思及此，掌柜拱手笑道："夫人且坐，小老儿这便去取些时新料子。"说罢，他遣了伙计上茶，转入后院，似要去库房将压箱底的料子取来。

没过多久，那掌柜便取来数匹料子，堆在桌前任沈澜观看。

"夫人且看，这两匹分别是大红妆花遍地锦、金缕彩妆贮丝缎子，实打实从苏州盛泽镇运来的纺绸。"

沈澜看了看，点评道："色泽鲜亮，纹路也好。只是我喜欢稍素净些的，可有？"

掌柜先捧了她一句，又指着另外几匹绸缎说道："夫人果真识货，且看这几匹，琉球的兜罗绒、朝鲜的高丽布，还有西洋布、倭缎，俱是精品。"

掌柜一匹一匹介绍过去，沈澜也不嫌他多话，时不时搭上两句，听他滔滔不绝地讲了小半个时辰。

掌柜正讲到兴头上，忽有一伙计在旁挤眉弄眼。掌柜见了，即刻斥了一句："没规没矩！贵客还在，谁许你插嘴！"又躬身请罪道："夫人莫怪，底下人不懂事。"

沈澜笑了笑："无碍。"

见沈澜并未怪他，那伙计方松了口气，低声说道："掌柜，外头送货的来了，只说等你验货结钱呢。"

掌柜闻言，立时瞥了沈澜两眼。沈澜会意，忽而打翻手中茶盏。

"哎呀，夫人。"紫玉和绿蕊慌忙取了帕子来擦。奈何沈澜的妆花织金红罗裙已洇出了茶水印。

所幸出门在外，绿蕊总是带着一两件换洗衣裳，便抱着清漆楠木小箱问道："掌柜，你们这绸缎铺可有更衣的地方？"

掌柜连忙点头说道："后院便有更衣的地方。"他即刻吩咐家中小女，引着沈澜去了后院左厢房。

左厢房地方不大，有一道重绢屏风对着门以作遮挡。

沈澜说道："衣裳留下，你们且出去吧。"

素日里沈澜的衣裳都是她自己换的，紫玉和绿蕊便搁下衣箱，阖上门告退。

见她二人走了，沈澜便转到屏风后头，果真见杨惟学笑盈盈地望着她。

沈澜叹息一声，从袖中取出写好的字条说道："我原以为杨兄已回返苏州，只想着请掌柜将这字条带给杨兄，却没料到杨兄竟还在杭州。"

杨惟学拱手说道："我是必要解决了你这件事，方能安心回去读书。"

他这般仗义，沈澜难免有几分感动："杨兄是赤诚君子，我也不好做小人。"于是她将自己做了"瘦马"，出逃遇裴慎，乃至被逼做妾，逃亡失败的事三言两语交代了干净。

杨惟学一时大受震动。他早已预料到沈澜的身份或许有些尴尬，却也没料到是"瘦马"出身。可见她百折不挠，一时又心生敬佩。沉默半晌，杨惟学问道："你接下来打算如何？"

沈澜低声说道："杨兄是赤诚君子，我别无所求，如今厚颜求杨兄两件事。"

杨惟学只以为她要求自己帮她逃跑，便一口答应道："但有所求，莫敢不从。"

沈澜笑道："其一，我要杨兄回返苏州，权当自苏州一别后再未见过我。"杨惟学难免发愣，沈澜又道，"其二，今日是八月初十，三个月后、一年后我会分别托人给杨兄带两次口信报平安。"三个月足够裴慎死心了，便是心中起疑，要去盯着杨惟学，三个月后也该撤去盯梢的人了。一年后，沈澜也能立足了。

杨惟学急急追问道："报信？你要去哪里？"

沈澜只是笑道："若杨兄未收到我的口信，便请杨兄去官府，告发玉容、彭三两个人私掠官妇。"

杨惟学大惊："这是怎么了？"

沈澜苦笑。她一个弱女子，身上带着数百两银票出逃，但凡玉容、彭三起了邪心，抢了银子也就罢了，若将她卖去窑子里再挣一笔，或是将她拘为船妓，源源不断地揽客……

"不过是以防万一罢了。"沈澜便将手中的字条递给他，"这纸上是玉容、彭三的住址及信息。"

杨惟学一时焦急，接过字条，连声说道："你若有什么事只管说来，何至于此？"

她正要开口，却听见外头紫玉高声唤道："夫人可好了？"

沈澜高声应道："还未。"又匆匆叮嘱杨惟学，"届时若我写了平安信或是托人带了口信来，只要没有你我约定的暗号，杨兄便不要信。"这是怕有人逼迫自己写平安信。

语及此处,沈澜随口说道:"我与杨兄相识于七月沧州乾宁驿,便稍做改动,以'兰月沧乾'四字为暗号。"这暗号古怪,是决计不会有人误打误撞说对的。

杨惟学听她叮嘱,心中已是焦虑万分,正欲再劝,沈澜却已开了衣箱,去取衣裳。

杨惟学避无可避,无可奈何之下,只好仓皇绕回屏风后,听得外头窸窸窣窣的动静。他一个大男人,躲在屏风后头听女子换衣裳,难免脸红,一时心中旖思万千,一时又暗骂自己想入非非,小人行径。

沈澜却不曾解罗衫,怕自己换了件衣裳,惹得护卫起疑,报给裴慎,届时若扯出杨惟学来,反倒不美。她不过是将身上的白绫潞绸扣衫往下扯了扯,又将腰间的丝绦换了换位子,试图遮住腰间茶渍。

待理得差不多了,沈澜才对着屏风处拱手作揖说道:"杨兄,大恩大德,莫敢相忘。若我能活下来,必报杨兄恩情。"语罢,她抱起衣箱,径自出去。

杨惟学一听她说"活下来"三字,顿时心急如焚,竟隔着屏风连声追问道:"说什么活下去?你这话竟好似遗言一般?"

沈澜叹息一声,本就是拼死一搏的遗言罢了。成了,死中求活;不成,香消玉殒。

沈澜既已下定决心,便绝不会再犹豫不决。

八月初十,她见完杨惟学。

八月十四,沈澜照旧出门闲逛。

她日暮归府,厨下已进了一碗珍珠饭、一盅海鲜蒸蛋,炙蛤、鲜虾、瑶柱、鲍鱼等俱花刀切开,铺在下,上头蒸蛋羹,再滴几滴香油。

沈澜胃口不错,用完晚膳后,接过紫玉递来的棉帕,正欲净手,忽然听紫玉说道:"夫人,如今已是十四了,小日子一直没来,可否要请个大夫来看看?"

沈澜手一顿,慢条斯理地说道:"请什么大夫,那些药汁子苦得很,我可不想吃了。"

紫玉急道:"夫人,哪里是什么苦不苦的事?"又低声说道,"小日子久久未来,怕是有了。"她前些日子便想提醒夫人,奈何又怕自己想错了,惹得夫人白高兴一场。她还特意等小日子延了九日,稳妥了,方才提醒。

闻言,沈澜便叹息一声:"哪里就有了?初七那日,我吃了一大盏蜜水,拿井水拔的,你忘了?"

"哎呀,奴婢竟忘记提醒夫人了。"紫玉懊恼地说道,"临近小日子,哪里能吃冷的呢?"

沈澜心道：若不是为了遮掩推迟的癸水，我也不至于去喝那盏凉飕飕的蜜水，甜得发齁。

"这事你莫要告诉爷，惹他白欢喜一场，届时反倒要来怪罪我。"

紫玉点点头，自得了那只雕花细银镯后，紫玉待沈澜越发亲近了，自然为她着想："奴婢晓得。"

"什么事不要告诉我？"

沈澜心惊肉跳，抬眼望去，便见裴慎提步踏入院中，神色淡淡的，似笑非笑地望着她。

紫玉慌忙跪倒在地，正欲开口，却听沈澜不慌不忙地说道："你听错了。"

裴慎被她气笑，神色间已有几分不快，迈步入内，冷淡地说道："你不想说倒也无妨，我只管让人问问紫玉便是。"他吩咐陈松墨将紫玉带出去询问一二。

沈澜无奈地叹息一声："我八月十八想出去观潮，怕你拦着不准我去，紫玉方才正劝我呢。"

若她方才直言说要去观潮，裴慎必定不肯信，如今自己拿紫玉半威胁她，得了这观潮的答案，裴慎便有几分信了。

他缓了神色，轻笑道："你想去观潮？"

沈澜点头："我只见过庙会，还未看过大潮呢。庙会不过是生民群聚，大潮却是天地之威，若不去看，实在可惜。"

见她一双眼如点漆，水汪汪、鲜灵灵，狡黠灵动，带着渴求与期盼，正灼灼地望着他。裴慎已许久未见过她这般高兴了，又想着若能答应带她去观潮，只怕这些日子数次放她出府散心的怀柔之策更能起效。

思及此，裴慎一时意动，想答应，却又不免想起上回端午的事。观潮与端午一般，俱是人山人海，她若再走丢了……裴慎便笑道："我近来忙得很，恐怕没工夫带你去。"

沈澜毫不犹豫："我只管自己去便是。"

裴慎被她一噎，暗骂她没良心，又清清嗓子说道："每年观潮都有百余人丧命，太过危险。待下一年有空了，我亲自陪你去。"

沈澜哪里会被他三言两语堵住，即刻摇摇头："之前你说赴任山西便带我去看明应王庙会，结果中途转道来了浙江，谁知道你下一年会不会赴任别的地方？"

裴慎暗道这话倒也有道理，只嘴硬地说道："倭寇未清剿完，我能去哪里呢？"

沈澜见他的注意力已被吸引到观潮上，再不记得方才紫玉的事，这才松了一口气。比起观潮，她更怕自己疑似怀孕的事被裴慎发现。

见她久久不语，裴慎笑道："实则杭州尚不是看潮最好的地方，若要去观潮，必要去海宁盐官镇,那里有一段海塘,极适合观潮。"又允诺,"待下一年,我且带你去海宁看潮。"

见他意志坚定,绝不允自己八月十八出门观潮,沈澜便冷哼一声,说道:"你若怕我出事,只管派上七八十个护卫,将我团团围起来。"

听她主动要求增加护卫,不像要逃跑,倒像是真要看潮,裴慎松了口气,笑骂道:"我近来忙得很,哪里来的这么多人手派给你。"只管不让她去看潮便是。思及此,裴慎笑道:"今日这海鲜蒸蛋可好吃?"

沈澜见他换了个话题,便也佯装不满地冷哼,方才点头说道:"味道倒是不错。"

两个人又低声说了几句,裴慎用了晚膳,方才沐浴歇息。

八月十七,沈澜应允了裴慎不去观潮,却照旧出府。

马车刚行了一段,沈澜便掀开车帘,吩咐道:"去候潮门外。"

随行的平山发愣,连忙说道:"夫人,爷吩咐了,不让去观潮。"

沈澜淡淡地说道:"谁说我要去看潮?"解释道,"候潮门外是浑水闸附近,里头有鱼鲞集。我每回出来都只去些金银楼、绸缎铺之类,早厌了,还没去过集市呢。"

平山一时为难,踌躇不决。沈澜却说道:"你且安心,我必不去看潮。"

听她再三保证,平山到底松了口气,吩咐车夫驾着马车,赶到候潮门外。

杭州城拥挤,城外一样是延伸出来的民居,精舍密布,鳞次栉比,殊无间隙。

沈澜掀帘望了一会儿,见已到了候潮门外,便笑道:"我不去鱼鲞集了,改去浙江亭。"浙江亭可是观潮绝佳地点之一。

平山一时无语,随后才无奈地说道:"夫人不是应了属下不去看潮的吗?"

"我反悔了。"沈澜面不改色。

平山愕然。他素来是个老实人,见沈澜这般耍无赖,一时停在原地,挠挠脑袋,不知该如何是好。

沈澜便劝道:"平山,你不敢打晕我便拿我没法子,所以你是决计拗不过我的,便是马车不去,我走也能走去观潮。"

一听她说什么打晕,平山即刻拱手说道:"属下不敢。"

沈澜笑了笑:"你与其在此纠结,倒不如遣了人去禀报你家大人,且看他如何言语。若他允许我去观潮自然最好,若他不许,你得了消息再将我打晕带走也不迟。"

这话也就哄哄平山这憨人罢了。观潮之时周围都是人,平山若大庭广众之下打晕沈澜,岂非平白无故惹来非议?裴慎宁可亲自来带走她,都不会下此命令。

平山果真是个老实人,无可奈何,只能任由沈澜下了马车往前走。他生怕再重演端午旧事,即刻点了两个护卫,一前一后护着沈澜,又遣了自家弟弟平业去给裴慎报信。

此时已是巳时末，中午时分。沈澜前后是护卫，左右是丫鬟，被围得严严实实地往浙江亭而去。

八月十二至八月二十一本就是观潮日。浙江亭外两侧早已起了绵延三十余里的棚子，挤挤挨挨全是人，摩肩接踵，沸反盈天。又有富贵人家另起了高台，拿彩幔锦绸围着。还有百姓挤在岸边长堤上，伸长脖子望潮。

"夫人，且往亭中去。"平山指点道。

那浙江亭原被杭州知府夫人孙窈娘占着，她一见沈澜来了，即刻招呼众仆婢，让出了半座亭。

沈澜正欲与孙窈娘说上几句，就听得两岸本就喧阗的人声如同沸水入油锅，"轰"的一声。

"潮来了！潮来了！"

"快看快看！"

"别挤我！往后退！往后退！"

两岸百姓有的欢呼雀跃，有的震撼失声，还有的拼命推搡着要后退，生怕被潮水卷走。

沈澜站在亭中望去，见原本白茫茫的江面上，水势平滑如镜，实则暗流汹涌，先有一线白练自远而近，直逼岸边。

紧接着，潮水汹涌起来，一浪叠着一浪，一浪高过一浪，奔腾咆哮，声如雷霆。恰有狂风卷席，浊浪击石。

待潮水逼至岸边，忽卷起数丈巨浪，万仞惊涛，其势吞天沃日，如山岳压顶、天河倒悬。

滔天浊浪，磅礴激压而下，重重地拍在岸上。离得近的百姓纷纷掩面避退，生怕被巨浪卷走。

沈澜正惊叹于自然的伟力，忽见白浪中似有数个黑点涌动。她细细看去，竟见百十来个披发的汉子出没于惊涛骇浪之间。

有的手、脚各绑着小旗；有的持杆，杆上缀满彩穗丝绦；还有的手持大彩旗，纷纷逐浪而去，试图踏上潮头。

浙江亭离岸边有些远，沈澜实在看不太清楚这些人当中可有彭家三兄弟。她正欲细细辨别一二，却听周围的众人忽惊呼出声。

沈澜遥遥望去，却见有一精壮汉子手持彩旗勇立潮头，那彩旗招展，随风飘飘，竟半分未湿。

"好，好！爷赏你！"

"头榜出来了！"

"那个踏滚木的,挡着了!挡着了!"

"水傀儡演得好,比旁头的水撮弄强!赏!赏!"

一时,亭中的众人乃至两岸的百姓俱大声叫好。

又有人吹笛鸣钲,备下金银吃食,只说头榜已出,只待踏浪的第二名。

沈澜坐于亭中,目不转睛地盯着江面。

此时府中的裴慎正全神贯注地忙于公务,却忽而接到平业来报,说沈澜非要去看潮,如今已在浙江亭中观潮。

裴慎脸色略沉,分明告诉过她不许去观潮,如今她竟敢光明正大地违逆他,胆子当真是越发大了。他说道:"你再派两个护卫去。"

平业应了一声,转身就走。

见平业走了,陈松墨继续低声说道:"爷,锦衣卫那头儿来报,黄河决堤,山西千顷良田被毁,陆陆续续恐有数十万流民拥入各地。偏偏水灾完了,陕西又逢旱灾,饥民王迎祥杀了澄县的县令,扯着数万流民起义了。"

裴慎沉着脸,坐在圈椅上听着。朝廷必定会遣大军去镇压王迎祥,此事不足为虑。只是饥民赈济一事较棘手,朝廷便是拨了银钱,最后也到不了饥民的手里。裴慎越听越烦躁,竟隐隐有几分心绪不宁。

意识到自己在烦躁,裴慎一时惊愕。他年少成名,曾被首辅评为"临大事有静气",已多年不曾有此等心浮气躁之态了。思及此,裴慎揉揉眉心,许是公事繁忙,成日里不得歇息的缘故吧。定了定心,他耳边听着陈松墨言语,眼睛看着翘头案上的数封往来的书信奏报,提笔回复。

待裴慎处理完紧急的公事,已是半下午。他望着窗外的斜阳,不知怎么的,竟还有几分心绪不宁,良久,搁下笔,起身盼咐道:"去浙江亭。"

此时,沈澜焦急地等着日头渐渐偏西,暮色四合,游人散去,岸上攒动的人头也渐渐稀疏。

沈澜笑道:"窈娘若要离去就尽管去吧!我难得出来一趟,想在亭中多看一会儿。"

谁知孙窈娘今日约莫是看潮太兴奋,竟没听出她话中的逐客之意,只觉裴夫人还没走,自己怎么能走,便眨眨眼,笑道:"哪里就有急事了,我也久困深闺,难得出来,自然要玩个尽兴。"

见孙窈娘不走,沈澜倒也无所谓,只笑道:"我可不在这亭中枯坐了,远远地看潮又有什么意思,且往岸边去。"

孙窈娘一时惊讶,劝道:"裴夫人勿怪,只是这潮水甚急,年年岸边都有数百人因看潮丧命。"

沈澜笑道："我不过一时好奇去看看罢了，若见大浪卷过来了，自然会跑。"说罢，她起身迈步，出了亭子，往河岸长堤而去。

平山本守在亭外盯着她，一见她动，即刻带着两个护卫跟上去，却发现她竟直接往岸边而去。

"夫人！"平山急道，"岸边太险，去不得！"

沈澜嗤笑："你们一个个都拿我当傻子不成！看见大浪来了，我难道不会跑吗？"

见她非要去岸边长堤，平山拦也拦不住，没办法，只能连同护卫、丫鬟一起紧紧地跟着她往岸边去。

他们到了岸边，正要踏上长堤，沈澜却说道："你们且在此留下。"

平山愣了愣。

紫玉急忙劝道："夫人怎能一个人去堤上！"

沈澜笑了笑："这长堤延至江面上，上头无人，且江上无船，我又不会浮水，堪称插翅难飞，你们不必担心我逃了去。"又解释道，"我不过是想一个人去看看潮罢了。"

她说完，便踏上长堤。

平山急急欲追，却见沈澜回身呵斥道："尔等只拿裴慎当主子，不拿我当主子不成？"

平山、紫玉，连同其余的几个人，哪里受得了这话，纷纷拱手作揖，留在岸上，看着她一步步踏上长堤。

此时正是黄昏与夜晚相交之时，星月朦胧，夜色渐暗，人潮已散，唯茫茫的江面依旧浊浪滔天。

沈澜孤身一人，站在堤上看潮。

天色尚未黑透，一轮寒镜，三两星子，缀于长空。茫茫的江面上潮声阵阵，蟾光杳杳。

裴慎到亭中之时，一眼便望见河岸延伸出的长堤尽头，立着沈澜。

云鬟雾鬓，衣袂飘飘，她好似要乘风而去。

裴慎一时心慌，复又沉下脸来，匆匆出了亭子，直奔长堤而去。

平山目力好，一眼便望见裴慎赶来，心里松了一口气，遥声喊道："夫人，爷来了。"又往堤上走，劝道，"这浪又大起来了。夫人，快回来吧。"

沈澜没理平山，只盯着江面，见巨浪渐渐成形，冲她奔涌而来。江中映着一轮皓月，数点星子，奈何被飞溅的浪花击碎。

她遗憾地想：我若能将这些捞起来便好了。

思及此，沈澜抬起头想看看天上的星月，一转身却望见大步奔来的裴慎神色又惊又怒，便远远地朝他笑了笑。

裴慎见了她那笑，只觉心惊肉跳，竟脱口而出："沁芳，过来！"

远处，裴慎发足奔来，紫玉在大声唤她，平山也在疾步冲她逼近。

江风呼啸，滔天的大浪朝她席卷而来。

沈澜纵身一跃，直入江中！

跃下的那一刻，她似乎看到裴慎停步，面上一片茫然。

沈澜只是想着"沁芳再也不会回去了，沁芳要死了"，转念又想：沁芳死了与我何干呢？我叫沈澜。

亲眼见沈澜被大浪卷走，裴慎先是茫然了一瞬，只怔怔地往前走了几步，待回过神儿来，意识到沈澜投江自尽了，心口剧痛，生生呕出血来。

"爷——"陈松墨惊恐地唤道。

裴慎顾不上他，只发足狂奔，直冲堤上而去。

他身后的陈松墨和林秉忠被吓了一跳，死死地拽住他。

"松手！"裴慎勃然大怒，拼命挣扎。

他力道大，一时，两个人都拽不住他。

陈松墨见状，直冲着愣在原地的平山等人大喊道："你们愣着干什么，还不快来帮忙！"

平山站在长堤的中段，傻愣愣地望着滔天大浪，闻言，一激灵，醒了过来，回身狂奔。

林秉忠制不住挣扎的裴慎，只连声喊道："浪太大了！爷，夫人救不回来了！夫人救不回来了！"

闻言，裴慎竟愣了愣便不再挣扎，只怔怔地望着前方。茫茫夜色，滔滔大江，唯浊浪击石，声如雷啸，哪里还有人影呢？

是了，她不会浮水，若落水，必死无疑。

裴慎猛地回过神儿来，厉声喝道："找！活要见人，死要见尸！"

她这般百折不挠之辈，必定是逃了去。她说什么不会浮水，当真是笑话，不会浮水之辈胆敢行船半个多时辰，也不怕跌进河中溺死吗？

裴慎根本不信，冷静下来，即刻说道："你们去调水师来，再使些银钱，去寻胆敢踏潮的健儿，只管叫他们去搜沿江两岸。"

陈松墨和林秉忠对视一眼，心道：爷真是疯了！这么大的浪，夫人一个弱女子被浪潮卷走，哪里还能活命呢？

林秉忠到底耿直些，硬着头皮说道："爷，钱塘江连通大海，尸身被水一冲，只怕是杳无音信。"

听到他说"尸身"二字，裴慎神色冷厉，目光几欲择人而噬。

林秉忠从未见过他这副样子，只觉心惊肉跳。

裴慎一字一顿地说道："快去！活要见人，死要见尸！"

陈松墨和林秉忠没办法，只能听从裴慎的命令，一个去调水师，一个去找人，再将人员调动起来，沿河岸寻找沈澜的尸体。

此时，沈澜已被彭家三兄弟艰难地拉扯上岸。

四人浑身湿透，瘫在岸上，大口喘息。

候在芦苇荡中的玉容匆匆地提着蓝布包袱，将彭三扶起来，哽咽地唤了声"三哥"。

心知她担心自己的安危，彭三拿黑瘦粗糙的大掌握住她的手，无声地安慰她。

沈澜勉强挣扎着起身，顾不得说什么，即刻翻出荷包里拿油纸包着的三百两银票，递过去，说道："多谢四位帮忙。"

彭三接过荷包，见沈澜转身欲走，急忙说道："夫人且慢。"

沈澜脚步一顿，朗朗月色下，她心头微冷，却笑道："你可还有什么事？"

彭三哪里知道沈澜在想什么，他是个老实人，嘴皮子虽也不笨，奈何没那么利索，只急匆匆地说道："有尸体。"

沈澜一愣，大喜过望，猜测道："每年在钱塘江边看潮，被大浪卷走的足有数百人之多。想来，你不仅做踏浪、救人的活儿，也会撑船收殓。"

彭三没料到她这么聪明，一猜就中，即刻点点头。

玉容替彭三解释道："八月十二开始看潮，到今日八月十七，三哥光收殓就收了三十余具，男女老少的尸体都有。其中有个跟夫人身量差不多的，只是年纪比夫人大了几岁，三哥私自做主留了下来。"

沈澜微愣，一时沉默。半晌，她才问道："那具尸体当是有家人的，若她替了我，她家里人寻不到她，只怕要难受。"

将心比心，想到自己的父母白发人送黑发人，沈澜只觉酸涩不已。

听到她竟担心这个，玉容一时觉得好笑："夫人，这女尸被三哥捞起来时面孔和半边身子都被礁石撞烂了，还衣衫褴褛，分明是个丐婆，哪里来的家人啊？这样的人，若被官府收了尸体，无人认领，草席都无便被扔进乱坟岗子，任由野狗分食，还不如替了夫人，死后能风光大葬，还能受尽香火。到了地底，她不至于被其他的鬼欺负。"

沈澜长舒一口气，收起自己无用的同情心，即刻问道："那尸体在哪里？"

彭三上前数步，拨开芦苇荡，指了指地上的女尸。

沈澜心知芦苇荡极大，待裴慎寻到这里必要花上四五日的工夫，届时尸身早已成了巨人观，在腐化加爆炸的情况之下，哪里还能认出来是谁呢？到时，裴慎只能靠衣物和钗环辨认罢了。

思及此，沈澜二话不说，脱下身上的衣衫，准备换玉容的包袱里的衣裳。

彭家三兄弟早已躲得远远的。

玉容一面帮沈澜换衣服，一面笑道："夫人当年赠我一件衣裳，如今我也赠夫人一件。"

沈澜想起当年的旧事，便笑了笑。

昨日善因，今日善果。

脱下白绫潞绸袖衫、妆花织金襦裙，扯去宝石璎珞，摘下金簪玉钗，换上粗糙的青布袄，踏上硌脚的蓝布鞋，荣华富贵弃如尘土，玉楼金阙与我何干？

沈澜望着素月清辉，秋风瑟瑟，又见大江滔滔，奔涌而去，忽然潸然泪下。

钱塘江上潮水阔，今日方知我是我。

## 第十一章
## 曲尘犹沁伤心水

当年七月,汾河、渭河、黄河决堤,涉及各省流民十余万。

八月,陕西澄县王迎祥起义,声势渐渐浩大,拥流民军二十万,席卷山西、陕西、河南三地。朝廷调遣陕西三边总督刘昆平叛,未果。

十一月,皇帝年约一岁,高热惊厥身亡,国丧百日。

十二月,益王长子登基为帝,改元康泰,欲鸩杀婉贵妃、林太保,赐死荆王及其二子。

丙子年一月,荆王内联婉贵妃起兵谋逆,鸩杀益王长子,遂荆王登基,改元建武。

同年三月,淮阳王见状,野心勃勃,内结百莲,外联房寇,开京都城门,强令荆王禅位,淮阳王登基为帝,改元延熙。

八月,河南开封徽王、南阳潞王、汝宁崇王等十一位藩王,侵占大量土地,中州半地入藩府。

失地农民武三启起义,拥流民军二十万,屠戮近万藩王子孙。

丁丑年三月,浙江、广州、福建等地倭寇再兴。

同年八月,四川奢安之乱。

戊寅年四月,云贵土司复叛。

六月,江西邵和尚起义。同月,湖广垸田决堤,洪灾甚巨,水匪严重。

天下大乱。

八月秋收,武三启自封荡天将军。十月,武三启攻入京都,斩杀淮阳王,自号大顺，改元昭宁。

天下震动。

己卯年一月，南京六部推举湖广武冈的岷王继位，改元嘉和，调魏国公裴俭北伐大顺，世子裴慎平叛南方各地。

此时，距沈澜跳江已三年有余。

又三年，三月初五，湖广省武昌府。

恰逢清明，淫雨霏霏，天街湿，行人恸。

有钱的在家中宴客，请了乐工百戏作耍，再带着香烛三牲、纸马铺叠的楼阁仆童去祭扫；没钱的打牙缝儿里抠出些银钱购买冥纸去祭拜先祖，以至武昌城的街上人挤人，俱是往城外去的。

这般拥挤，裴慎哪里能骑马入城？他披了蓑衣、戴了斗笠，带着七八个亲卫牵马往巡抚府衙而去。

从平湖门入城，他一路往坡子街走，入目所见不是香雾缭绕，就是冥纸正燃。裴慎一时恍惚，想起沁芳来。

六年了，她应当早就投胎去了吧。

裴慎脸色像是被纸钱香烛的烟气笼罩着看不清楚，只是语气冷淡："你传信回去，叫裴荣照着往年的旧例行事便是。"

陈松墨即刻应了一声，又难免叹息。

打从沁芳姑娘的尸身被葬在爷南京老家的祖坟里，爷唯恐南京那头儿的人不上心，年年遣了护卫送银钱回去，叫裴府请了高僧将水陆法会开起来，又请了道士做度亡科仪。爷从前哪里信这些？如今倒好，爷只管让道士及和尚一起做，只盼着沁芳姑娘能投个好胎。

陈松墨思及此，难免又暗叹一声，正欲继续往前走，却见裴慎忽而驻足，只遥遥望着街边檐下的一家铺子。

那铺子是家江米店。近来多雨，哪里有人买米？掌柜便闲散地坐在柜台后头，看着十余个小童挤在堂中躲雨。那些小童全是五六岁的年纪，其中两个穿得富贵些，一个拿百索扎了缠髫儿，还穿着白裤，像模像样地穿了件宝蓝银条纱小道袍；另一个胖墩墩的，头戴双耳金线帽，身穿大红宋锦。

两个人坐在地上，从身旁的笸箩里取了野草，只管将自己手中的草茎与对方的别住，再对拉。哪个的草茎断了，哪个便输了。

其余的人分别站在二人的身后呐喊助威。

"潮生，使劲儿啊，使劲儿啊！"

"官僧不要输！"

有几个还使诈,一个劲儿喊着"沈潮生,你娘来了"。

沈潮生不为所动,倒是他身后的一众玩伴气愤地大喊"你们好不要脸,竟然使诈",还有几个即刻还以颜色,嚷嚷着"官僧,你爹来了""先生来了"。

官僧一听,冷哼道:"你们休要骗我!"语罢,他使出吃奶的劲儿去拽草茎。

沈潮生不如官僧胖,但打小儿营养充足,力气又大,不似官僧那般全是虚垮的肉,此刻也使出全力去拽那草茎。

官僧手里的草茎断了。

官僧愣愣地看着手上断成两截的草茎,瞪大了眼睛,一骨碌从地上爬起来,大声说道:"再来!"

潮生也笑嘻嘻地爬起来,对着他龇牙咧嘴地做了个鬼脸,趾高气扬地说道:"你在学堂里背书背不过我,打毛球不如我,斗草也输,我可不来了。"

他一说话,身后的七八个小伙伴纷纷做鬼脸吐舌头,有的还幸灾乐祸地拍手:"官僧输!官僧输!官僧输了还爱哭。"

听到此话,连同官僧在内的八个小童气得龇牙咧嘴,有几个性子急的小童还瞪大了眼睛就要上来打人;还有几个不服气,大声嚷嚷起来。

"沈潮生,你斗草赢了有什么了不起的!"

"你们再得意,我只管叫洞庭湖里的水匪把你们都捉了去!"

裴慎便是听见"水匪"二字才驻足望去的。他刚于四川平叛完,班师回返南京小朝廷时,带着二十万大军途经湖广,接了旨意,顺路去平洞庭湖的水匪。

一帮五六岁的孩子都知道洞庭湖有水匪,可见湖广匪患严重。

此刻,江米铺内的小童浑然不知有人在看他们。

官僧气冲冲的,一想起自己背书背不好挨了先生打,如今斗草也输了,新仇旧恨涌上心头,恶狠狠地说道:"沈潮生,你这野种克死了爹!现在你娘要成亲了,也不要你了!"

裴慎蹙眉:哪家的孩子,好没教养!

那掌柜原在柜台后笑盈盈地坐着,听了这话脸色一沉。沈潮生是他东家少爷,他自然要维护一二,只是这官僧的父亲是武昌的知府,绝不能得罪了。

掌柜正想站出来和个稀泥,却见潮生嘴角抿得死死的,直盯着官僧,像一头凶狠的小狼。

官僧被他盯怕了,佯装镇定地说道:"你看我干什么!我又没说错!"

"你胡说什么!"跟在潮生身后的玩伴彭玉气红了脸。

潮生分明不高兴了,却敛了神色,笑嘻嘻地说道:"官僧,你输了就骂别人是野种,那你在学堂里背不出书,先生可有骂你是野种?"

众人嘻嘻哈哈地笑起来。

官僧气得两颊通红,攥着拳头就要冲上来。他身后的几个玩伴多是哪家知县、经历的哥儿,纷纷攥起拳头往前冲。

"你派人去拦一拦。"裴慎吩咐道。

陈松墨一时发怔,不知爷为何突然对几个小儿打架感兴趣,便点了两个长相凶恶的亲卫,想着上去吓一吓这帮小儿便好。

两个亲卫刚走到门口,却听到沈潮生大喝一声:"胆小鬼!你敢不敢跟我出去打?"这铺子是他娘亲的,可不能打坏了。

"我有什么不敢的!"官僧今年六岁,比沈潮生还大一岁,雄赳赳气昂昂地踏出了江米铺的门。

潮生紧随其后。

众人簇拥着这两个小儿往外走。

见他们要打架,掌柜急坏了,匆匆奔出来,喊着"莫打莫打",又拿了丝窝虎眼糖、琥珀糖给他们吃。

潮生和官僧都是富贵出身,哪里稀罕吃糖?独独潮生身后的几个玩伴依依不舍地看了几眼琥珀糖。奈何潮生没发话,众人也没上去拿。

官僧笑话了几句"穷酸",便理也不理掌柜,只管带着人出了门。

潮生笑嘻嘻地说道:"东叔,你可莫要告诉我娘。"说罢,他带着人一溜烟儿地跟过去。

掌柜苦着脸,心知潮生这小鬼有多难缠,又聪明又顽皮,若违了他的意,他只管变着法子整治你。

可偏偏夫人是他的东家啊!思索再三,掌柜张东到底遣了个伙计去报给东家,只说少爷跟武昌知府之子打起来了。

潮生刚出门就望见檐下站着两个大个子,脸上都有老大的一道疤,看上去很凶。他一点儿也不怕生,笑嘻嘻地招呼道:"二位叔叔,可要来我家买米?"

两个亲卫面面相觑,忍不住回头看了一眼裴慎。

潮生本就机灵,顺着二人的视线,一眼便望见站在街旁的裴慎。

数匹膘肥体壮的黄骠马,为首的虽穿着蓑衣、戴着斗笠,却依稀可见青金瑞麟绸直裰、白玉腰带,云凤四色花锦绶,一看就是个富贵公子。

潮生见了他,站在檐下,隔得远远的,招呼道:"这位叔叔若要买米,只管来沈家江米店。"想起阿娘说的,于是学舌道,"固始的、光州的、什么地方的米,我们沈家江米店都有。"

这家伙伶牙俐齿的劲儿,倒与沁芳相似。

想起沁芳，裴慎脸上再无笑意，只淡淡地嘱咐了一句："你休要打架，早些回家去。"语罢，他牵着马往前走去。

　　外头还下着小雨呢！

　　官僧在檐下等得不耐烦了，瞪大眼睛说道："沈潮生，你还打不打了！"

　　潮生转头冲他笑了笑。

　　官僧被吓了一跳，刚要张口，忽觉后背一沉。

　　"哎呀！"他惊慌之下大叫一声，却已被人扑倒在地上，努力挣扎，好似一只胖乎乎的小乌龟。

　　原来是潮生趁着和裴慎说话的空当，遭了比他大几个月的彭玉绕到官僧等人的后面，使出了一招泰山压顶。

　　"彭玉，压住他！"潮生大喝一声，攥起小拳头冲了上去。

　　他身后的玩伴喊着"打倒官僧""冲啊"，然后都撒丫子冲了上去。

　　见官僧被压，官僧的几个玩伴叫喊着也往外冲。

　　两拨人顿时打成了一团。

　　裴慎走了几步，听见后头响起"哎哟哎哟"的叫声，还夹杂着小孩子特有的"呜呜呜"的哭声，便回身望去。

　　十几个还没桌子腿高的娃娃混战，这一幕实在有几分好笑。

　　陈松墨一面笑，一面低声说道："爷，我们可要去拦一拦？"

　　裴慎瞥了一眼那江米铺，淡淡地说道："那店里头自会有伙计出来拦的。"

　　张东已火急火燎地遭了两个壮年伙计出来，想把一群孩子分开。

　　"你们莫打了，莫打了！"张东急得团团转。

　　人群里战况激烈。官僧的玩伴年纪大，潮生的玩伴平日里多在外头野，体力好，两拨人打得不相上下。

　　就在此刻，突如其来的，不知道从哪个小巷子里冒雨冲出来两个五六岁的小孩，抬着一根米铺子里挑货用的扁担，大吼大叫着加入了战局。

　　挤在人群里的沈潮生大喊一声："我们的援兵来了！给我打！"

　　混乱间，官僧不知被谁打了两拳，又疼又气，哇哇大哭起来。他一哭，士气就泄了，又听沈潮生喊什么"援兵来了"，眼泪更是不停地往下掉。

　　没过一会儿，沈潮生就带着人把官僧等人通通打哭了。

　　打完群架的众人个个模样凄惨，沈潮生的一只鞋子不知道被谁踩掉了，脸上也挨了一拳。可他非但不怕，还昂首挺胸地进了江米铺，拿走了柜台上的琥珀糖。

　　他出了门，立在阶上，仿着他母亲的语气说道："此战大家都有功劳，人人都有赏。"说罢，他把琥珀糖一颗一颗分给自己手下的小弟们。

众玩伴欢欣鼓舞地吃糖。有些是家里穷，一年到头吃不了几回糖，真心稀罕；有些却是打了胜仗，得意扬扬地把糖在官僧等人面前晃了晃，方才一口塞进嘴里。

见众人吃完了糖，潮生又说道："彭玉先压住了官僧，记头功，多拿五颗，大家服不服？"

"服！"七八个玩伴一致说道。

彭玉美滋滋地接过五颗琥珀糖，却听见潮生又说道："小七和栓子扛了扁担来帮我们，也记功，大家服不服？"

众人又大声应下。

见潮生这般行径，裴慎不禁发笑，称赞道："果真是个伶牙俐齿的狡童！"

这小子不仅知道擒贼先擒王，还会派人抢占先机，甚至知道要留一支偏师作为奇兵。这也就罢了，打完了架，他竟然还会赏罚分明，倒是个可塑之才。

他原想着问问这孩子是哪家的，转念一想，对方不过是五六岁的小童罢了，焉知其未来如何呢，便收了这心思。

见胜负已分，街面上的人也少了些，裴慎便说道："我们快些赶路吧。"语罢，他带着众亲卫策马离去。

裴慎觉得好笑，掌柜张东却只觉得心惊肉跳。

东家少爷把武昌知府的独子给打哭了！

"我的少爷啊！你赶紧撒手吧！"张东着急忙慌地想把潮生抱起来，却瞥见街头有一辆油壁车徐徐行来。

张东松了口气，提醒道："少爷快看，必是夫人来了。"

沈潮生远远望去，顿时愁眉苦脸，只觉口中的琥珀糖都不甜了。

此刻裴慎打马疾驰，匆匆而过，却望见前面有辆油壁车，难免恍惚。

当年他与沁芳开玩笑，说什么妾乘油壁车，郎骑青骢马……

思及此，裴慎心中微涩，只觉满腹怅惘。

他掉转马头，再不看那油壁车，只管往前疾驰而去。

沈澜坐在油壁车里，半倚着引枕，闭目养神，听得外头似有马蹄的"嗒嗒"声，也没在意。

过了一会儿，油壁车便在江米店前停下来了。

沈潮生再无半点儿侥幸心理。他的一只鞋掉了，白布袜踩得湿淋淋的，脸上也挨了一拳，看起来就可怜兮兮的。偏他还嫌不够，偷偷觑着油壁车，清清嗓子说道："你们自己文章背不过我，就来打我，以后还敢不敢了？"

官僧生怕再挨打，摇摇头。

"那你们还敢不敢再带着我逃课了？"

众人一愣，心想：不是你先逃课的吗？

"我问你们话呢？你们还敢不敢带我逃课？"

几个打架打输了的哪里敢点头，纷纷说道："不敢了，不敢了。"

潮生还想再问，却发现油壁车里半点儿动静都无，心虚之下，挥挥手："你们都散了吧。"

官僧脸上的两行泪一下子就流下来了。

七八个孩子呜呜咽咽，一瘸一拐地往外走。

潮生的玩伴见状，带着糖也一哄而散。

沈澜睁眼，便见车帘被掀开，潮生吭哧吭哧地爬了上来。

他鬼精鬼精的，先偷觑了一眼沈澜，见她脸色寻常，看不出生气与否，就缩在车厢的角落，还把沾了雨水的湿淋淋的白布袜露在外头，又把挨了一拳的小脸对着她。

见状，沈澜轻哼一声，慢条斯理地问道："是哪只泼猴来了？"

潮生可怜兮兮的，小声说道："不是泼猴，是潮生呀！"

小孩皮肉嫩，挨了一拳后，白嫩嫩的脸上难免有几分红肿。加上外头细雨蒙蒙，潮生衣裳沾了雨水，白布袜踩湿了，肖似落汤小鸡，蔫头耷脑，好不可怜。

沈澜心知他这都是装的，可看他可怜巴巴的样子，到底心软了几分。

"过来。"沈澜招招手。

"阿娘。"潮生跑了几步，笑嘻嘻地一头扎进沈澜的怀里。

沈澜搂着他，伸手摸了摸他的白绫里衣，还是干的，便只将他外头的小道袍、布袜脱了。

见状，沈澜身侧的丫鬟秋鸢即刻伸手说道："夫人，我来吧。"

"我不要秋鸢姐姐给我脱，我要娘给我脱。"潮生说着，拿自己肉乎乎的小脸颊贴着沈澜的脸颊，蹭了蹭，奶声奶气地喊了声"娘"。

沈澜心知他这是做错事了，向她撒娇卖乖呢。她眨眨眼，接过秋鸢递来的遍地锦妆花羊绒里鹤氅，将潮生牢牢地裹了，复又狠心地戳了戳他红肿的脸颊。

潮生疼得龇牙咧嘴。

沈澜这才冷哼一声，说道："你现在知道疼了！"

眼看着装可怜和撒娇都不管用，潮生这才真蔫下来，乖乖地站在沈澜面前。

见他老实了，沈澜才取了个红梅甜白釉盖罐，挖了些乳白的膏药，均匀地抹在他的脸上。

"娘，你真好。"潮生甜滋滋地说道，"潮生最喜欢娘了。"

沈澜轻哼一声："待回来后我再与你算账。"又说道，"你好生待着，我自有话要与你东叔说。"

她塞了两颗姜片糖给潮生："秋鸢，你看着他吃完。"

潮生一吃姜片糖嘴巴里便热辣辣的，人也跟着热起来。他想吐出来，可秋鸢两只眼睛都盯着他，没办法，潮生苦着脸，生生含化了两颗姜片糖。

此时沈澜已下了油壁车，跟着张东进了江米店的后院。

江米店的后院里有四个高高的米仓，里面堆满了稻麦、黄籼，甚至有稷粟、黄豆之类的杂粮。

沈澜进去后，并未当着张东的面查验，只是寻了一个隐蔽之处，低声说道："洞庭湖内的米粮，你暂且先不必取出来。"

张东一愣，蹙眉说道："夫人，我们之前存粮，是因为各地乱兵闹腾得厉害，皇帝都换了好几个。如今好不容易魏国公打回北边去了，难不成这天下还要乱？"

沈澜淡淡地说道："我这样做不过是以防万一罢了。"

四年前，湖广发了大水，邵和尚带着兵马从江西杀进湖广。若不是夫人明智，早早在洞庭湖的小岛上存了粮，又带着他们驶了小船躲进洞庭湖，只怕大家都得死在乱兵的手下。

思及此，张东便敛了神色，认真地说道："夫人素来有远见，我听夫人的便是。"又压低声音，迟疑地说道，"夫人，外头都在传魏国公要当皇帝了。"

沈澜神色一凛。魏国公裴俭乃裴慎之父，常年在云贵镇守，与叛乱的土司作战，三年前自云贵被调去北伐。

如今，北伐将成，京都初定。

"这是从哪里传出来的谣言？"沈澜蹙眉问道。

张东摇摇头："家中小儿与我学舌的。到处都在传，就连乡野村夫都跟着嚼两句舌根。"

沈澜头皮发麻。南京小朝廷新立的皇帝是出自湖广武冈的岷王，湖广本是他的龙兴之地。此时裴俭刚刚收拾了京都，湖广就传出这般谣言，也不知是谁散播的？南京小朝廷那里可又起了什么风波？

良久，沈澜长长叹息一声："你且再往洞庭湖的岛上埋些米粮，在沿路的州府也寻些靠河的民居囤些粮食。"

闻言，张东越发迟疑，犹犹豫豫，到底说道："夫人，您说这谣言到底是真是假？"

沈澜瞥他一眼，笑问道："真又如何？假又如何？难不成你还想献了米粮去投机？"

张东苦笑一声："夫人说笑了！我不过是盼着能安安生生地过日子罢了。"

沈澜叹息一声，心想：谁不是呢？大家都宁做太平犬，不为乱世人啊！

"你且安心！便是魏国公真反了，也不至于弄出什么屠城三日的事来。"

裴俭为人如何她不知道，但她深知裴慎麾下军纪森严。

张东点点头："这倒是，听闻魏国公世子在浙江、福建等地剿杀倭寇，又去四川平叛，与民秋毫无犯。"语罢，又恶狠狠道，"若真换了皇帝也好，尽管杀了那帮欺负人的龙子龙孙。"

沈澜默然不语。从前她消息闭塞，不明白天下为何乱成这般，如今在外奔波六载，到底知道了些。

不提别的，仅仅各地藩王子嗣繁盛，便已是大燕败亡的原因之一。

仅河南一地就有近万藩王及其子嗣，半省土地都隶属于各大藩王。河南失地的农户能不造反吗？

张东家中的田产便是被藩王侵占了，才逃难来湖广的，后被沈澜收留。一提起这帮藩王，张东半分好感都无，恶狠狠地啐了两口。

"张哥，这些事原本也与我们无关。你且先将在洞庭湖囤积粮食一事安排好。"语罢，沈澜叹息道，"说到底，我们还是要以保住性命为上。"

张东长叹一声。

沈澜复又叮嘱道："明日我便遣了彭弘业来寻你。"

彭三当年随着沈澜入湖广，改名弘业，自此便与另一个南直隶的流民龚柱子一起分管沈澜手下的百余条渔船。

张东应了一声，复又低声说道："夫人，前些日子，德安府大米行那头儿抓住了三个白龙挂，其中有一个还是内鬼。"

沈澜脸色一沉，冷冷地说道："你只管照规矩当着德安府众兄弟的面将其处置了。"

她不仅在武昌有江米店，而且在整个湖广的十五府半数都有粮铺。

沈澜当年能白手起家，全靠践行"仁义有加、赏罚分明"八个字。她粮铺里的米，每到年末，盘点过后，必会分润数成给手下的人，以作奖赏。

值此乱世，米如黄金。偷粮铺里的米，那无异于偷大家的命。这几个偷米贼便是沈澜不处置，只怕也要被德安府的伙计们活活打死。

处置完了偷米贼，又交代了数件事，沈澜方才上了油壁车。

沈宅不过是两进的院子，前面议事，后头住人。倒不是沈澜买不起雕梁画栋的园子，不过是觉得财不露白，身处乱世，何必把自己弄得太煊赫，是嫌弃自己目标太小,乱军太少吗?

沈澜一入沈宅,丫鬟春鹃即刻从清漆托盘上取下三碗姜汤来。褐色的汤液被盛在甜白瓷碗里,冒着热气。

潮生认真地说道:"娘,我先去读书了。"说罢,他一溜烟儿小跑着往门外冲。

"回来。"

潮生僵住,回身讪笑:"娘,还有什么事吗?"

沈澜不疾不徐地说道:"你淋了雨,把姜汤喝了。"

潮生没跑成,心里无奈。他连姜片糖都不愿意吃,更别提喝更热更辣的姜汤了,便扑进她的怀里,扭来扭去地撒娇:"娘,我最喜欢你了!"

沈澜不吃他这一套,面不改色地说道:"我也最喜欢你。"说罢,她就把一碗姜汤递到他眼前。

潮生无处可逃,苦着脸,捏着鼻子,喝了一碗。

沈澜这才满意地说道:"秋鸢,你也喝一碗姜汤,喝完后便与春鹃一起去歇着吧。"

清明细雨密如牛毛,尚有几分轻寒之意。室内点了几个炭盆,又铺着厚厚的洒海剌,热烘烘的。

沈澜抱着潮生,轻声问道:"你今日为何逃学?"

潮生眨眨眼,甜滋滋地说道:"娘,我错了,以后不敢了。"

沈澜心知他这是在回避问题,便轻哼一声:"你不仅逃学,还跟同窗打架,这又是为何?"

潮生昂首挺胸,理直气壮:"娘,你在油壁车里时没听见吗?是官僧背书背不过我,斗草又输给我,先来打我,我才还手的。"

知子莫若母。沈澜根本不信他的鬼话。

她长长地哦了一声,佯装自己信了,又突然问道:"你三岁开蒙,到如今已有两年,一次都没逃过课,为何今日要逃课?"

"我都说了是官僧约了我斗草嘛!"

看他那副睫毛微颤、略显心虚的样子,沈澜轻笑道:"斗草而已,你为何特意甩脱跟着你的书童?"

潮生身体一僵,两只胳膊搂着她的脖子,把头埋在她的颈间,不说话了。

沈澜一下一下地轻抚着他的脊背,安安静静地等着他开口。没过一会儿,她就觉得自己的颈间隐隐有热意。

潮生哭了。

沈澜心中发涩,柔声说道:"今天是清明,你是不是想逃课去祭拜你的父亲?"

良久，潮生闷闷地嗯了一声。

沈澜无奈。当年她有了潮生后，扮成寡妇来湖广，带着一个空瓷罐，假称逃难的路上丈夫病故。她不肯将病故的丈夫弃于路上，必要在安顿下来后好生葬了他，叫他得享子嗣的香火。

靠着这个有情有义的节烈名声，她与玉容、彭三方才得到流民的信任，让他们愿意在她的手下做事，从而慢慢在湖广扎下根来。

为此，她还置办了一个墓地，安葬了那个空瓷罐，年年带着潮生去祭扫。

"前天娘不是带着你去祭扫过吗，你怎么今日又想起要去看你的父亲了？"沈澜轻声说道，"你是不是在学堂里发生了什么不开心的事？你不想告诉娘，想跟父亲说？"

潮生把头埋在沈澜的颈间，一直不肯抬起来，半晌，闷闷地哽咽着说道："娘，你是不是要成亲了？"

沈澜愣了愣，就什么都明白了。

恐怕是昨天上学时官僧对潮生说了"你娘要成亲了"之类的话，潮生气不过，今天逃课，想着去城外看望父亲，还借着斗草一事刻意打了官僧一顿出气。

思及此，沈澜叹息一声，郑重地说道："潮生，娘向你保证，绝对不会不要你的。"

闻言，潮生趴在她的肩上，啜泣不止。

沈澜一时愧疚不已。骗潮生祭拜了空瓷罐五年，她内心又何尝不煎熬呢？

沈澜心中五味杂陈，只一下一下地轻抚着潮生的脊背。

潮生哭了一会儿才停下来，闷闷地说道："娘，官僧说你要嫁给他的三叔了。你真的会嫁吗？"

沈澜脸色一沉。

官僧的三叔自然是武昌知府的三弟，此人倒不好财，也不好色，却酷爱钻营，前些日子刚买了一批女子送给了湖广巡抚。

"自然不会。"沈澜抚着潮生的发髻，笑盈盈地说道，"娘向你保证，如果要嫁人，第一个告诉你。"

潮生这才擦擦眼泪，破涕为笑，只是抽噎声止不住，一时有几分害臊，扭捏说道："娘，你能不能别告诉别人我哭了呀？"

沈澜哑然失笑，尊重他的自尊心，郑重地说道："娘答应你，保证不告诉别人。"

潮生依恋地蹭了蹭沈澜的脸颊："娘，那你能不能再给我讲讲爹的事情啊？"

沈澜生怕潮生因为没父亲而感到自卑，故而总给他讲他爹是如何在逃难途中保护他们母子的故事。她希望在潮生的心里，父亲的形象是高大的，也是爱他的。

思及此，沈澜心中五味杂陈，不知多年后潮生知道真相后会不会恨她。

"娘。"见沈澜一直不说话，潮生睁大亮晶晶的眼睛，催促道。

沈澜笑了笑，轻抚着他的鬓发，慢慢说道："潮生的父亲是个大英雄！那一年，我们遭了倭寇，刚从杭州逃难……"

第二日一大早，晨起轻寒，三月料峭春风微冷。

厨下便进了两碗芡实蔓菁粥，一碟春饼，两盏热腾腾的牛乳。

那牛乳和着花露百沸蒸之，滋味微甜。潮生爱吃这个，"咕咚咕咚"喝了一小盏，又吃了两张春饼，笑嘻嘻地说道："娘，我去学堂了。"

沈澜搁下瓷勺，摇摇头说道："你今日不必去学堂了。我们一同去德安府。"

潮生一愣，坐在玫瑰椅上，仰着头好奇地问道："娘，是不是德安府出事了？"他记事很早，隐约记得自己两岁的时候，娘带着自己去过洞庭湖的岛上躲兵灾。

"没出事。"沈澜摸了摸他的发髻，笑道，"不过是娘想着许久没陪你了，且陪你去四处逛逛，顺便去查查账。"

裴慎刚从四川平叛回来，已来了湖广，大军分散驻扎在武昌卫、江夏卫、咸宁卫等七八个卫所。这般大的动静，他必要调拨米粮。沈澜手下的伙计昨日便将消息报了上来。她此番带着潮生去德安府，不过是想出去避避风头，躲过裴慎罢了。

"那我去告诉彭玉、柱子他们。"潮生跳下玫瑰椅，兴冲冲地要去跟自己的玩伴道别。

见他带着书童出去，沈澜正欲继续用饭，忽闻秋鸢来报，说外头武昌知府的夫人遣人来了。

秋鸢迟疑地说道："夫人，那嬷嬷自称姓余，带了几个丫鬟来，脸色不善，怒气冲冲的。"

沈澜点点头，心道：无非是昨日潮生和官僧打架，官僧的母亲气不过，今日派个家仆找上门来兴师问罪。

"让她进来吧。"沈澜净了手，剥了个樊江陈氏橘，慢条斯理地吃了，权当清口。

待她吃完橘子，秋鸢便领着一个年约四十、面颊圆润的嬷嬷进来了。

余嬷嬷穿着秋香色如意大袖衫儿，窝丝攒髻梳得齐整，上头插着两排一点油金簪。

沈澜笑盈盈地说道："嬷嬷来寻我可是有何要事？"

余嬷嬷冷着脸，一字一顿地说道："沈潮生心性毒辣，太过凶顽，竟将官僧打成那样，夫人遣我来问问沈娘子是如何教子的，竟教出个无法无天的活邢敖来？！"

沈澜脸色一沉。她虽早已料到余嬷嬷是来兴师问罪的，可心中到底不愉，毕竟潮生之所以打架，分明是因为官僧先挑的事。而这位余嬷嬷说话忒难听。

她神色冷淡：“不过是小儿玩闹罢了。”

余嬷嬷脸色阴沉，再次一字一顿地说道：“商户子弟果真没规矩！”

沈澜面不改色：“叫嬷嬷见笑了。”又淡淡地说道，"嬷嬷骂一个五岁小童毒辣、是活邢敖，果真好规矩。”

余嬷嬷一愣，大概是没想到她一个商户妇人竟敢这般大胆，待回过神儿来便恼怒道："你这般作态，也不怕我去告诉知府夫人？"

沈澜笑了笑：“嬷嬷说笑了。邵和尚杀进湖广那会儿，王知府的手下没一个兵，还是靠了我的船才保得一命。嬷嬷如今痛骂王知府恩人之子，若是知府夫人知道了也要怪罪你的。”

余嬷嬷心知她在威胁自己呢。王知府忘恩负义的名声若传出去了，自家主子只怕即刻要将她发卖了。

余嬷嬷僵着脸，不情不愿地躬身说道：“是老奴早上喝了二两马尿，被猪油蒙了心，一时失言了。"

沈澜笑了笑，见好就收，上前拉住余嬷嬷的袖子，将几两碎银塞入她的手中。

余嬷嬷握住荷包，掂了掂重量，心情稍缓，只是心中到底还有几分怒气，又要给自家主子交差，便笑道：“夫人，潮生这孩子忒顽劣，还请夫人将他唤出来，好生教导一二。”

余嬷嬷这是要沈澜当着自己的面责罚潮生。

潮生打架固然有错，却是因为官僧先口出恶言。况且沈澜便是要责罚潮生，也绝不会在大庭广众之下罚他。

沈澜摇头笑道：“余嬷嬷说笑了。昨日潮生的脸上还挨了一拳呢！小孩子今日闹腾，明日和好，我这个当娘的，哪里就要责罚他了？”说罢，她又塞了一包银子。

余嬷嬷心满意足，心里的那点儿不快也散了，笑道：“夫人，潮生这孩子挨了夫人两巴掌，还是得好生休养，近日便不要出门了吧。”

沈澜会意。这位余嬷嬷收了钱，随意编了个借口去糊弄知府夫人，又怕露馅儿，便想让潮生在家歇几日，避避风头。

“嬷嬷说得是。”沈澜又叫秋鸢取了两斤沉檀马牙香、一坛桃花酢、五斤樊江陈氏橘、五斤银杏白给余嬷嬷，权当赔罪。

余嬷嬷带着几个丫鬟、护院，提着赔罪礼，笑盈盈地离开了。

"夫人，这帮人当真好生贪心！"春鹃气愤不已，"那桃花酢是贡品。樊江陈氏橘本就价贵，放进黄砂缸里，盖上燥松毛，能放到三月底，若拿出去卖能卖好大一笔银钱。还有那檀香和银杏白，都是……"

"好了。"沈澜温和地笑了笑，"做生意，讲究和气生财。况且冤家宜解不宜结嘛。"

春鹃恨恨地说道："早知如此，三年前湖广发大水的那半个月，夫人何必带着人划了小船到处救人，还救了那个没良心的王知府。"

沈澜心道：自己不过是一个外来户，辛辛苦苦地救人，求的也不过是个仁善的好名声。

当年，沈澜并未将全部的首饰尽数插戴在那女尸的头上，一则自己需要本金；二则全部的首饰都未被潮水冲走，实乃破绽。于是沈澜昧下了两根金簪，到了湖广后，撬下上头的宝石死当，又将金簪熔了，得了第一笔银钱。

靠着有情有义、为夫守节的名声，她拿钱从湖广的农户们手里买了米和船，撑着船去毗邻湖广的四川、江西等地倒卖，挣着辛苦钱，生存了下来。

此后又经历了洪灾救人的那一遭，沈澜仁善的名头传开了。被她救了的失地百姓投奔她；各地的流民来了湖广后无处可去，听了她仁善、有情义的名声也来投靠她。至此，沈澜的事业版图方才迅猛扩张。

"不过花费些许财货罢了，千金散尽还复来嘛。"沈澜点了点春鹃的脸颊，"好了好了，你这嘴噘得都快能挂油瓶了。"

"夫人，你总这般！"春鹃嘀咕了一句，又恨恨地说道，"什么时候来个青天大老爷，只管将这帮狗官都打杀了去！"

沈澜心道：这怕是不可能了。局势糜烂成这样，便是北边刚安定下来，还不知道未来如何呢。

她刚要劝春鹃消消气，却忽然听到外头的秋鸢喊道："夫人，巡抚府送帖子来了。"

秋鸢刚送走了余嬷嬷，便从门子的手里接过了一张五寸的苏笺单帖。

沈澜接过帖子一看，原来是邀她明日去湖广巡抚府上赴宴。

沈澜沉吟良久，忽然说道："秋鸢，你去寻谷掌柜，叫他去问问李老爷、赵老爷家里可有收到湖广巡抚的帖子？"

谷仲是沈澜手下负责米粮生意的另一人。

秋鸢应了一声，匆匆离去。

沈澜大约等了半个时辰，谷仲便匆匆赶来了。

一见到沈澜，谷仲便禀报道："夫人，李老爷、赵老爷家里也都收到了帖子。"

沈澜叹息一声。

这二人与她是整个湖广的三大粮商。

"夫人，巡抚突然下帖子请粮商赴宴，是不是来要粮的？"谷仲又说道，"听说魏国公世子带兵入了湖广，这当兵的得吃粮啊！"

沈澜沉吟道："恐怕是。"

这样一来，她便不能去赴宴了，若撞上了裴慎，她岂不是自寻死路？

"谷叔，明日你代我去赴宴，只说清明时节，我刚刚祭祀过亡夫，心中悲苦，酒后风寒，病倒了，不好将病过给诸位贵客。"

谷仲点点头，又迟疑地说道："夫人，咱们到底给不给粮啊？若给，咱们给多少？"

沈澜沉吟道："你只管看着，宴上的其余粮商给多少，咱们便给多少。"

他们随大流、不出挑，才最安全。

待谷仲应了一声，沈澜又说道："若魏国公世子出现在宴席上或是巡抚提及了魏国公世子，你便私下里去拜访魏国公世子，照着两万石给。"

"两万石！"谷仲惊呼道，"夫人何至于此？两万石粮食给出去，咱们半年白干啊！"

沈澜叹息道："湖广巡抚手里没兵，光杆子一个，他来要粮，我们意思意思给个几百石也就罢了。可若是那魏国公世子来要粮，他手握雄兵二十万，我们哪儿敢不给呢？"

谷仲急切地说道："便是要给，咱们何至于给这么多？两万石粮食啊！咱们手里的湖田、垸田拢共也就十顷。夫人还开了高价收购福建的山薯，广东的毛薯、番薯，还有沿海的玉蜀黍；又得花钱找果农、种田老把式育良种；还得养活一支南来北往地跑生意的渔队；还新开了鱼塘，要养青鱼、鲢鱼……哪一样不要钱啊！"

谷仲唠叨个不停："夫人还不肯提高米价卖粮食，非说要平抑米价。这平抑米价是官府的事，官府都不管，夫人倒好……"说到这里，他长长地叹息一声。

"夫人是个仁善的。"谷仲又自嘲一笑，"若非夫人心善，当年小老儿带着孙女从陕北逃进湖广，只怕早被饿死了。"

沈澜叹息一声："往事不必回首，我们总得往前看。"又安慰道，"谷叔，这两万石粮食给了巡抚，只怕要被层层贪墨了去。若给了魏国公世子，好歹能发到那些兵丁的手里，也算是物尽其用了。"

裴慎既不喝兵血，也不役使军卒，军纪严明，粮饷给足，加之他军事天分极高，百战百胜，短短几年的工夫，这才拉起一支士气如虹的强军。

沈澜笑道："我自湖广发家，若出了两万石粮食便能将湖广的水匪给平了，也算是报答湖广的百姓了。"

谷仲长长地叹息一声:"夫人实在不像个生意人。"

夜眠仅需六尺,日食不过三餐,多出来的富贵又有何用呢?

沈澜笑了笑:"我不过是求个心安罢了。"

沈澜收到巡抚的帖子时,湖广巡抚黎大用恰于桐溪楼设宴,为新任川湖总督裴慎接风洗尘。

裴慎原先在浙江平叛倭寇,渐渐地被升为闽浙总督。此后南京小朝廷成立,他又被调为浙直总督,兵马一分为二,一半驻扎在福建、浙江等地,负责防御倭寇;另一半调去南京,充作京军,保卫南直隶。

两年前,裴慎又被调去四川平叛。叛乱初定,回返南京的路上,他忽被调任为川湖总督,以平定湖广的水匪。

二楼包间内,紫檀如意纹马蹄桌,外罩青缎销金桌帷。先是十菜五果开桌,又上了定胜茶食、糖缠簇盘之类的看菜,紧接着才上了些正儿八经的吃用菜。

宝坻银鱼、淮扬干丝、湖州莼菜、太仓青笋、临江黄雀……八方风物,四时荟萃。

"你用心了。"裴慎神色温和地说道。

湖广巡抚黎大用一喜,立时捻须笑道:"应该的,应该的。部堂大人前来湖广剿匪,实乃湖广百姓之幸。"他拍了拍掌心,即刻便有四五个妓子鱼贯而入。

白绫衫,红罗裙,碧丝绦,莲步轻移,香风阵阵。妓子们甫一进来,一个把盏,一个执壶,一个布菜,一个烹茶,还有一个便端坐在榉木镂空牙高几上,怀抱琵琶,半弹半唱起来:

"情惨切,添悒怏,搁不住泪珠汪汪……"

裴慎饮了几杯洞庭春色,已略有几分醉意,摆摆手,斥退了身侧为他执壶倒酒的两名妓子。

黎大用见状,以为裴慎不甚满意,即刻笑道:"大人且听,这副嗓子可好?"

"罗衣尚存兰麝香,鸾笺仗托纸半张……"

声若黄鹂,哀婉动听。

只是裴慎素来不耐烦听这些靡靡之音,只笑了笑:"尚可。"

黎大用笑道:"大人果真是见惯了富贵的。扬州'瘦马'从前闻名天下,只是外头乱了六年,渐渐地便没落了。这个'瘦马'还是我底下人寻摸了许久,特意寻来的。"

裴慎虽厌恶这种正事不干、只知道溜须拍马之辈,可照着他往日里的为人,必会与黎大用虚与委蛇一番。只是如今,他听了"瘦马"二字却默然不语,神思恍惚了一瞬。

那女子早已被嘱咐过，心知裴慎高官显贵，若攀上他，自己便出头了，又见他生得英俊挺拔，缓带轻裘，气度不凡，一时心神荡漾，便含羞带怯地望去。

同为"瘦马"，半分都不像。沁芳从不会用这种眼神看人，除非是为了骗他。

裴慎一时心中五味杂陈，只觉满腹酸涩、满心怅惘。他摇了摇头，端起酒盏一饮而尽。酒液入喉，他的五脏六腑仿若烧了起来，好似往日里那些体统规矩都被烈酒烧了个干净。

裴慎多饮了几杯，这会儿已有三分醉意，以手支额，轻佻地说道："做'瘦马'的，都会唱曲儿吗？"

琵琶声骤然一停。

琵琶女青雀低声说道："许是奴家孤陋寡闻，奴家所见过的'瘦马'都是要学的。"

裴慎摇了摇头，看着手中的酒盏，神色茫然地说道："这天底下总有'瘦马'不会唱曲儿。"

那人还不肯勾人，更不愿做妾。

室内落针可闻。

黎大用不好让气氛这么冷着，即刻笑道："部堂大人说得是。一种米养百样人，天底下总是什么样的人都有的。"

裴慎笑了笑，撂下酒杯说道："黎大人，今日劳你为我接风洗尘。"

"部堂大人言重了。"黎大用笑得眼睛都眯起来了，又见裴慎有些醉了，赶忙说道，"青雀，还不快扶大人去歇息！"

青雀心中欢喜，应了一声便放下琵琶，匆匆上前去扶裴慎。

"不必了。"裴慎不过将醉未醉罢了，斥退了那"瘦马"，任由陈松墨和林秉忠将自己扶上马车，送回总督府。

待马车驶回川湖总督府，已是日暮时分。

府中的丫鬟匆匆迎上来，铺床燃香，宽衣解带，又将裴慎扶上竹纹飘檐拔步床，便径自告退了。

裴慎躺在床上，四周异常安静，他脑袋昏昏沉沉的，很想入睡，可许是喝醉了，头痛欲裂，意识都是模糊的，梦境也凌乱交错。

秋夜轻寒，帘外雨潺潺，他握着沁芳的手，一笔一画地教她写字。

绛云楼内，她坐在小梯上，一下一下地踢着裙摆，鲜灵灵地笑，再跃入他的怀中。

澄湖里，她躺在摇曳的风荷下，细白的手指剥了莲子，又来赠他。

京都庙会，龙江驿救人，冬日赏雪，元宵观灯……

当时，他只道是寻常。

裴慎一时大恸，忍不住又想起八月十七，长堤观潮。

彼时素月清秋，星子霜冷，她立于长堤之上，忽怆然一笑，纵身跃入了惊涛骇浪中。滔滔大江，唯见浪击千堆雪，再不复佳人踪影。

每每忆起当日的场景，裴慎只觉肝肠寸断，大恸不已。

他生生从梦中惊醒，额间大汗淋漓。

待裴慎意识稍微清醒，便忍不住朝身侧望去，那里本该有一个狡黠、鲜活的人影，会"裴大人、裴大人"地唤着，会说"胭脂好吃否""药汁子太苦了""女菩萨今日不高兴"，奈何酒醒残梦，如露似幻。到头来，室内空无一人，独有斜阳晚照，暮色苍茫。

裴慎失魂落魄地在床上坐了半晌，惊觉夜色渐深，便燃了盏灯，又掀开海天霞色的珠帘，迈步入内，端坐于楠木圈椅上。

他从翘头案上展开陈清款宣纸，压上独山玉麒麟镇纸，握着一块清谨堂墨，研于漆砂砚上，又取了一杆碧镂牙管狼毫。

万事俱备，他只消提笔作画，便能将往日种种尽数铭记。

画什么呢？澄湖相拥、京都庙会、元宵观灯……每一幅都能画。

可裴慎只是怔怔地坐着，盯着一盏孤灯，神色空茫。

春寒料峭，绮窗萧瑟，那灯下剪影，独他一人。

半晌，裴慎弃了笔，起身离去。

世间无限丹青手，一片伤心画不成。

第二日一大早，裴慎习武完毕，复又去外书房里处理公事。

待午间，陈松墨叩门而入。

裴慎正在看武昌知府写上来的奏报，头也不抬地问道："拿了多少粮食？"

陈松墨躬身说道："爷，整个湖广最大的三家粮商实乃李心远、赵立、沈娘子。这三家当着湖广巡抚的面各自捐了两百石。其余大大小小的粮商各捐了几十石。"

裴慎淡淡地说道："私下里呢？"

"据黎巡抚所言，这三家俱私下找了他，沈娘子给了两万石，李家给了三千石，赵家给了两千石。另有两家小粮商也私下里给了一千石。"

聪明人可不止沈澜一个。

裴慎对此毫不意外。明面上所有粮商都只意思意思，给了几百石，私底下却向巡抚卖好，或者说，向黎大用背后的裴慎卖好。

唯一让裴慎感到意外的是那位沈娘子。

"那位沈娘子为何给了这么多粮食？"

陈松墨回忆了一番黎大用的解释："沈娘子原姓沈，坐产招夫，奈何六年前遭了倭寇，便与家中的亲眷一同从杭州逃难来湖广，路上夫婿亡故。自此，沈娘子便孤身一人抚育幼子、担当家业。"

裴慎点点头，浑不在意。他绝不会失礼地去问一位女子的闺名叫什么。况且他即便是问了，陈松墨也多半答不出来。因为若要查访女子的姓名，陈松墨只能去询问其父母、丈夫或亲近之人。

裴慎若使人去问旁人家中女眷是何名，不仅轻佻，还会招惹上桃色传闻，尤其对方还是个寡妇，传出去实在难听。

"据黎巡抚所言，这位沈娘子在湖广素有仁善之名，曾于洪灾中划船四处救人，还开仓赈灾，平抑米价。湖广百姓极为敬重她。"

若是这般仁善之家，给了两万石粮食倒也不甚奇怪，不过是盼着他能早早地剿了水匪，还湖广安宁罢了。

见裴慎不语，陈松墨又说道："爷，今日大小粮商群聚巡抚府，独独沈娘子没来。"

裴慎蹙眉，复又断言道："这两万石粮食里，恐有一半是沈娘子给黎大用赔罪的。"

陈松墨点头说道："来的是沈氏商行的掌柜，只说东家清明祭奠亡夫悲痛过度，染了风寒，烧得起不来身了。"

裴慎点点头，示意自己知道了。如今看来，这位沈娘子给了这么多粮食倒也正常。一来她本性仁善，二来她想赔罪，三来女子立身不易，尤其她还是个寡妇，故而借此机会向巡抚卖好，以求个靠山。若这般来看，此女倒颇有魄力。

"另外两家呢？"裴慎淡淡地说道，"可有什么不法之事？"

"有。"陈松墨低声说道，"李家乃湖广的大族，绵延百年，姻亲无数，家中本就田产无数，若算上投献而来的土地，约有万顷之多。当年邵和尚打进来，李家的主支被杀得人头滚滚，方才没落。只是邵和尚去了四川，被爷平叛后，李家的远支又大肆侵占田产，做起了米粮生意。前些日子，李家大放印子钱。有佃户群聚上门逼问，被李家的恶仆打死了好几个。"

裴慎神色一冷，淡淡地说道："你只管传出去，说李家富甲湖广。"

陈松墨暗道：这李家的人大抵是没想到居然有人给的粮食比他们多。和沈娘子给两万石粮食一比，李家给那三千石便显得毫不用心。加之平日里李家欺男霸女，随意打杀人命，这会儿被爷当成杀鸡吓猴的鸡了。

"爷，可要派些水匪去整治李家？"陈松墨问道。

李家既然富甲湖广，引来水匪有什么好奇怪的。

裴慎摇摇头："不必动手。过两日，矿监税使便要来了。"

皇帝派来太监，名为开矿，实际敛财，这帮人自然会去寻富户的。

陈松墨忍不住说道："那矿盐税使怎的这时候来？"

裴慎神色冷厉。天下已纷乱至此，做皇帝的，不让民休养生息，竟还敢肆意敛财，鱼肉百姓，也不怕激起民变。

见他眉目冷峻，陈松墨低声说道："爷，我们可要阻拦一二？"

或者，他们干脆将对方斩杀了事。

裴慎摇了摇头："我们拦不住的。"

这矿监税使王俸虽为敛财而来，但也难免含了几分监军之意。裴慎父子二人军权过重，战乱时皇帝要倚仗他们，待到天下叛乱稍定，皇帝便不放心了，绞尽脑汁要卸了裴慎的兵权。若他阻拦了，岂非证明自己狼子野心、不尊上意？况且这一次，他还不能像当年在扬州送走东厂档头许益那般，彼时尚有锦衣卫制衡，许益不敢太过放肆。如今倒好，这王俸的到来本就是为了制衡他。裴慎非但不能多加动作，保不齐还得被逼着为虎作伥。

思及此，裴慎吩咐道："你去将石经纶唤来。"


过了几日，矿监税使王俸果真如期而至。

甫一到湖广，王俸内着淡红里衣，外罩蟒服，头戴明珠冠，大摇大摆地前去拜见湖广总督裴慎，张嘴便是："请裴大人即刻给我三千人马，开了青山矿。"

什么阿猫阿狗，上下嘴皮子一碰，便敢问他要三千人马！

裴慎心头冷笑，嘴上却说道："王大珰，非是我不肯，只是矿工实在太苦，多是囚犯充任，而我手下的兵是良家子弟，哪儿能去开矿呢？"

王俸仿佛没听出裴慎话里的推拒之意，笑盈盈地说道："我自然不是要兵马去开矿，那岂非大材小用？"

裴慎便佯作不解地问道："那王大珰是何意？"

他当然是要兵马去加征课税，查探富户，再办些私底下的差事。

王俸造作地叹息一声："这些年来，国朝动荡不安，眼看着国库一日比一日空虚，陛下忧心忡忡，夙夜难寐。咱家看在眼里，急在心里。好不容易有了个开矿的办法，咱家自然要为陛下分忧。"

裴慎只觉好笑。

这加征来的银两，但凡能有十分之一充作国帑，而不是任由皇帝自己花销或是赏赐给自家儿子，那都叫侥天之幸了。

"王大珰说得是！陛下夙夜忧劳，为人臣子，焉能不为陛下分忧？"裴慎吩咐身侧的陈松墨："你去取两罐黄雀银鱼和一斤香粳米来。"

两罐黄雀银鱼，实则是明晃晃的黄金。一斤香粳米，自然是一斛东珠。

此次皇帝派出了二十个矿监税使，王俸是官位最低的，不过区区六品御马监奉御罢了，哪里见过这么多好东西？他一下一下地摸着黄金，还拿起珍珠对着日头看色泽。

裴慎只浅笑着啜饮了一口芥茶。

王俸细细把玩了半天，脸都笑出褶子了："这都是裴大人的心意，咱家必定带给陛下。"

裴慎扫了眼黄金和珍珠，暗道：这些东西能有一成献给皇帝，都算这王俸忠心耿耿了。裴慎点头说道："那我便谢过王大珰了。"

王俸得了贿赂，高高兴兴地说道："既是如此，咱家便不扰裴大人清静了。"

说罢，王俸吩咐手底下的几个小太监取了东西后便告辞离去，绝口不提借兵开矿的事了。

裴慎心知肚明。

王俸也知道，靠自己三言两语就想让裴慎借兵是不可能的。若真有这本事，他早混成秉笔太监了。他此行不过是想索贿，加之试探一二，看裴慎对加征课税一事态度如何。此外，他此举也是提醒裴慎，最好作壁上观。

"哦，对了。"王俸走了几步，忽然回头笑道，"洞庭湖匪寇丛生，事不宜迟，裴大人还是速速去襄阳剿匪吧。"裴慎一走，正好把武昌给他腾出来。

说罢，他大笑着离去。

裴慎尚未如何，一旁护卫的林秉忠已是双拳紧攥，心中怒意腾腾。

待王俸一走，林秉忠怒道："什么狗东西，竟敢这般放肆！"

竹叶玛瑙祁阳石屏风后，石经纶低声说道："大人，此人一朝得势太过猖狂，我们可要给他些教训？"

裴慎未曾说话，侧身望去，只见疏窗外天色黑沉，狂风渐起，吹得草木零落，满庭萧瑟。

此时，沈澜恰好也在与手下的谷仲、张东、彭弘业、龚柱子等人谈论王俸至湖广一事。

谷仲忧心忡忡地说道："这可如何是好啊？我们要不要寻其他粮商商议一二？"

解决这样的事，总归是要人多才力量大的。

沈澜摇摇头："我们是民，挡不住当官的。"

为今之计，她只盼着交上去的两万石粮食能有用，能庇佑住她及其手底下的百姓们，让众人安然无恙地度过这场风波。

"既然咱们挡不住，那躲开便是。"张东急促地说道，"夫人，洞庭湖的岛上足足存了五千石米粮，我们可要上去避一避？"

龚柱子连连点头，又愤恨地说道："朝廷已经不是头一回派什么矿监税使了。那帮太监可不是什么好东西，加征店税、渔税、矿税，所过之处，百姓家破人亡。"

沈澜摇摇头，神色凝重地说道："一来矿监税使必定是各府都有的，我们不管去哪里都躲不掉。相反，武昌我们好歹经营了六年，在此地保不齐还有还手之力。

"二来我没去巡抚府赴宴，对外宣称自己病倒了，此时绝对不能去洞庭湖。"

否则，她不能赴宴，却能去百里之外的洞庭湖，那简直是当面打巡抚黎大用的脸，回头还没惹来王俸，便先招来黎大用了。

听她这般说，谷仲疑惑地问道："说来我也不解，夫人当日为何不去赴宴？"

她当然是怕裴慎也在那里。

沈澜面不改色地说道："听说前些日子，武昌知府的三弟给黎大用送了好些女子。我一个寡妇，不好与此等性喜渔色之人扯上关系。"

原来如此。谷仲叹息一声。他独有一个孙女，几将沈澜视作自己的亲女儿，便劝道："夫人还年轻，何必苦苦守着。"

沈澜不愿拂了他的好意，只是笑着摇了摇头。

见劝不动她，谷仲又说道："既然如此，可要将潮生送去洞庭湖的岛上避一避？"

一旁的彭弘业、龚柱子连连点头。

沈澜摇摇头："潮生不过五岁，又是童子，不会出事。咱们手底下的佃户、船户、米行的伙计等，家中凡有女眷的，不论美丑，叫她们只管藏好了，近日来不要出门，若要采买米粮伙食，就叫男子去。"

别看太监是个没根的，淫人妻女之事却屡禁不绝，加之手下招募的各类恶棍四处劫掠，被淫辱者最后的下场通常是自裁。

众人点了点头。

沈澜又说道："这段日子，发三倍月银，各处米仓多派伙计巡逻一二。若到了年底，所负责的米仓未曾出事的，另有赏银。"

张东和谷仲应了一声。

接下来，沈澜又提及了渔业养殖、运输、农业育种、开垦等事情。待她将事情说完，已是黄昏。

春寒料峭，朔风似鞭。

沈澜满腹忧虑，立于廊下，抬头望去，却见天上墨云翻腾，好似黛山倒悬，重重压境。

山雨欲来风满楼。

春日里，连下了三四天的雨。沈澜不再让潮生去学堂，带着他安安生生地在家住了几日。

这一日中午，沈澜正坐在榉木圈椅上翻阅一册《北堂书钞》。

潮生趴在榻上，百无聊赖地摆弄着两个鲁班锁。

春风轻寒，细雨淅沥。

秋鸢撑着一柄小皮纸油伞，匆匆拿了五色蜡笺单帖来。

沈澜接过来一看，原来是武昌知府的夫人邀她明日赴赏花宴。

下着这么大的雨，外头还乱糟糟的，她去赴什么赏花宴？

沈澜摇摇头："秋鸢，你去回绝来人，只说春寒料峭，我偶感风寒，便不去了，改日必登门赔罪。"

秋鸢得了吩咐，便又撑了伞出去回绝送帖之人。

见秋鸢出去了，潮生便翻身下榻，跑到沈澜的身边，仰头看着她。

沈澜点了点他的鼻子，笑道："潮生，你都五岁了，还要抱呀？"

潮生羞赧，辩解道："我没有要娘亲抱。"

沈澜被他逗得发笑，一把将他抱起，搂在怀中。

潮生两只胳膊钩住沈澜的脖子，又拿脸颊蹭了蹭沈澜的脸。

见他来撒娇卖乖，沈澜先是以为他干了什么坏事，可转念一想，他最近都被自己拘在家中，没有机会出去，便以为是小孩子天性好动，熬不住院里的烦闷，便笑问道："你可是想出去玩？"

潮生摇摇头，偷觑她一眼，这才低垂着脑袋，闷声闷气地说道："娘，我上回跟官僧打架，是不是给你惹祸了？"

沈澜诧异："你们同窗打闹罢了，你哪里就惹祸了？"语罢，她忽然想起刚才秋鸢来送帖子。

潮生心细，必是注意到了从前这位夫人从未邀请过沈澜赴宴，今日却突然派人前来送帖，所以以为是知府夫人借机找碴儿。

"娘，我以后再也不和官僧打架了。"潮生闷声闷气地说道，"我让着他。"

沈澜心头一酸，见他眉头紧锁，很是忧虑的样子，干脆伸手揉了揉他肉乎乎的脸颊。

潮生"哎哟哎哟"地叫着，含混不清地说道："娘、娘，我大了，你不能再揉我的脸了。"

见他被自己揉得眉目间再无忧色，沈澜这才将他搂在怀里细细教导："潮生，如果今天因为官僧是知府的儿子，你就要时时刻刻让着他，连挨打都不还手，那么来日官僧遇到了巡抚的孩子，是不是活该挨打？"

潮生想了想，摇摇头："要是巡抚的孩子不讲理，那也是不行的。"

沈澜笑道："这便是了。潮生，做人做事须不媚上、不傲下、中正平和。"

潮生点了点头，好奇地问道："娘，要是巡抚的孩子不讲道理，怎么办？"

沈澜淡淡地说道："那你就帮他讲道理。"官大一级固然能压死人，可这天底下也不是铁板一块的，总有政敌，总有起落。

即便是沈澜初起家那会儿，也不是没碰到过欺凌她的地痞恶棍、贪官污吏。可她该打的打、该杀的杀，能送钱的送钱、能拉拢的就拉拢。她一个女子，一面传播仁善之名，一面又要立威，还曾下令处决过数个劫掠粮食、奸淫妇女的恶棍。

沈澜说到这里，心情复杂地摸了摸潮生的头。她希望潮生快快乐乐地长大，又怕他不适应这个弱肉强食的社会。

潮生挥舞着小拳头，笑嘻嘻地说道："那就像我打官僧那样。"他把官僧打疼了，官僧最近都不敢来招惹他了。

潮生又笑嘻嘻地问道："娘，我什么时候才能出去玩啊？"

沈澜从不糊弄潮生，认真地说道："外头乱糟糟的。矿监税使来了不过几日，便带着一帮爪牙说要在武昌开征店税。当天就有数千商民聚众鼓噪，泼脏水、砸砖头，还扔烂菜叶子呢。"

潮生想了想那个场景，忍不住笑出了声，捏着鼻子嫌弃地说道："那帮恶棍的身上得多臭啊！"

"外头乱糟糟的。你这几日便待在家中，不要出去，嗯？"

潮生郑重地点了点头，又蹭了蹭沈澜的脸，忧心地说道："娘，外头好危险呀，你也不要出去了。"

沈澜点了点头，这才将潮生放下，任他跑到榻上，玩厌了鲁班锁后，又去翻连环画。见潮生专注地翻阅着连环画，沈澜便也继续看起书来。

安静的日子过了没几天，沈澜再度接到了武昌知府夫人的邀帖，随行而来的还有上回来过一次的余嬷嬷。

这一回，对方到底没那么嚣张了，恭恭敬敬地行了礼，笑问道："沈娘子这身子可是大好了？"

这余嬷嬷礼下于人，必有所求。况且，余嬷嬷三番五次来邀她，恐非好事。

沈澜面不改色地咳了两声："我吃了药后便好多了，只是还有些咳嗽罢了。"

余嬷嬷叹息一声，说道："我家夫人邀不到沈娘子，甚是可惜。"

"四时俱有好风光，春日宴……喀喀……我赴不了。待到夏日芙蕖宴，我必去。"语罢，沈澜又以手握拳，掩在嘴侧，咳了两声。

见她咳得这般厉害，余嬷嬷为难地说道："不瞒沈娘子，我家夫人还邀了好些个商户人家。"

沈澜愣了愣。难不成是她想错了？此番宴会，是因为矿监税使来了，所以各商户不好光明正大地聚在一起，便遣了自家夫人去赴宴？

"既然如此，若我晚间服了药后能好些，明日便去赴宴。"沈澜到底松了口。

若她能在宴席上和其他商户的夫人交换些消息也是好的。

见她答应，余嬷嬷笑了笑，告辞离去。临行前，她按照惯例带走了香粳米、西洋布、小龙团之类的赔罪礼。

第二日一大早，沈澜未曾带春鹃，只叫她留在家中理事、看护潮生，自己带着秋鸢和两个健妇、两个护院去赴宴了。

武昌富庶，数年前，某一任知府曾在衙门内修筑过一座藏春园。此次宴席便设在这藏春园内。只可惜战乱频频，武昌知府也不是什么有钱有势的，这藏春园便渐渐破败下来，只修葺了一部分，用于知府夫人待客。

今日，沈澜穿着挑边白绫袖衫，一袭天水碧缠枝纹潞绸罗裙，云鬓缀着些米珠钿，斜簪了一根流云灵芝錾银簪。

她一路穿朱门、越绮户，立于亭前时，清丽似潋滟风荷，浓艳如春醉海棠。

刚见她走近亭子，亭中的七八个女子便议论纷纷。

"沈娘子果真貌美！"

"她空有美貌有何用？听说她是招赘了夫婿，奈何夫婿在逃难路上死了。"

"她成日里抛头露面的，外头人还喊她什么沈娘子呢！"

…………

那七八个女眷倒也不是指指点点，只是时不时看她两眼，再窃笑几声罢了。

如此这般，若是没经过事的小姑娘只怕已受不住了。可沈澜浑不在乎。相反，她虽平日里多与男子交游，不曾见过粮商们的夫人，可看到此情此景后已知不对劲。这帮人蓄意将她骗来，只怕是设了一场鸿门宴。

思及此，沈澜面不改色地走入了亭中，向上首的知府夫人庾秀娘屈膝行礼。

庾秀娘只端起茶盏，优哉游哉地啜饮着，也不理她。

沈澜洒脱一笑，起身入座。她这般样子，倒叫众人一时愕然。

庾秀娘端着茶盏，暗自气闷，想给的下马威没给成，心中越发恼怒，张嘴便斥骂身侧的丫鬟："没规矩的东西，我叫你起来了吗？"

那丫鬟原本是立在她身后布菜的，闻言，"扑通"一声跪倒在地，瑟缩地说道："夫人饶命！夫人饶命！"

沈澜心知她这是指桑骂槐呢，却佯装听不懂，还好心劝道："不过是个小丫鬟罢了，夫人与她计较什么呢！"

不知她是真不懂还是假不懂。

庾秀娘冷下脸来，指了指身侧的余嬷嬷说道："沈娘子不晓得，这余嬷嬷原是京里永宁长公主身侧的管家婆，被我请来教导府里的丫鬟、婆子们，为人最是懂规矩。"

沈澜心想：什么请来，恐怕是京都城破，这位余嬷嬷逃难来的湖广吧。

她正想着，却见那余嬷嬷上前两步，抬手狠狠扇了地上的丫鬟一巴掌。

满亭落针可闻。

小丫鬟半张脸肿得老高，捂着脸，呜呜咽咽地哭起来。

庾秀娘这才对沈澜说道："没规矩的东西，便是这般下场。"

沈澜心有不忍，暗道：这庾秀娘的性子怎的如此骄横，倒与那官僧如出一辙。她心知这庾秀娘不过是方才那个下马威没给成，这会儿借题发挥罢了。

"夫人说得是。"沈澜顺从地说道。

见她低了头，庾秀娘亲亲热热地牵起她的手，笑盈盈地为她介绍自己身侧的七八个女子。这个是哪位知县的夫人，那个是哪位经历、推官的夫人……

沈澜眨眨眼，心想：敢情这些全是庾秀娘的跟班啊！

"这位便是湖广大名鼎鼎的沈娘子了。"庾秀娘说罢，拿起帕子擦了擦眼角，"沈娘子是个可怜人，丈夫死了，还苦苦地守着。"

底下的众人纷纷附和。

"可怜啊！"

"那男子去得这般早，留下孤儿寡母。"

"一个女人苦挨着，好生受罪。"

人人都知沈娘子与她那死了的赘婿情意甚笃，这会儿被人揭了伤疤，只怕要心疼死。

众人嘴上哀叹着，却笑盈盈地抬眼去看沈澜，只见她翠眉颦蹙，哀愁不已，竟好似西子捧心，格外惹人怜爱。

沈澜顺势取了帕子遮住眼睛，呜呜咽咽地假哭了一会儿，然后才说道："实在是失礼了。听诸位提及亡夫,我心中悲痛难忍。"

众人正要看她笑话,却听到她哽咽着说道:"眼前欢宴,亡夫却在地下孤零零的,我哪儿还有脸面赴宴呢?还望诸位夫人恕罪。"说罢,她起身离席而去。

众人皆惊愕。

庾秀娘傻了眼,赶忙起身说道:"沈娘子且留步。"

沈澜暗自叹息,回身望去,庾秀娘将她拉到身侧坐下,又笑道:"方才是我失言了,正要向沈娘子赔罪呢。"说罢,庾秀娘吩咐丫鬟端了一杯茶要给她致歉。

沈澜疑心庾秀娘这是见软刀子刺她不管用,又见她匆匆要走,便要上硬办法了。沈澜瞥了那茶盏一眼,盖子还盖着,也不知里头是什么,可否下了药,便打算接了茶盏,放下不吃就是了。

谁知那丫鬟不知怎么的,直直地往前冲了两步,大半杯热茶泼了出来。

沈澜是坐着的,一半袖子还被庾秀娘拉着,躲闪不及,只能转过头去,又抬手拿左胳膊一挡。

热气腾腾的茶水,有大半泼在了沈澜的胳膊上。

"你们做什么?"秋鸢又急又气。

一旁的余嬷嬷也慌了神儿,差点儿叫出声。

剧痛袭来,沈澜顾不得众人愕然、不忍或幸灾乐祸的表情,匆匆起身。

亭子旁有一泓小溪。沈澜卷起一截衣袖,忍痛将半截胳膊泡在流动的溪水中。

"哎呀,她可是烫着了?"

"她怎的这般不知廉耻,大庭广众之下竟然露出胳膊。"

"狗奴才!叫你奉个茶也不会!"

身后传来庾秀娘打骂奴婢的声音。

众人或许有些不忍心,奈何不敢违逆了庾秀娘的意思,便只好低头不语。

有几个捧着庾秀娘,还有几个惊诧沈澜竟将衣服撩起,露出一片雪白的胳膊。

见身后一片混乱,沈澜厌恶至极。

庾秀娘作为一个母亲,不好生教导官僧道理,竟觉得他挨了打,便要出面替他打回来,想出这么个先羞辱她再毁她容的主意。

"夫人,您怎么样?"秋鸢都快急哭了。

"快快!这里有药膏。"庾秀娘打骂了一通儿丫鬟,即刻吩咐丫鬟去取烫伤膏。

余嬷嬷见状,匆匆去取了膏药来递给沈澜。

沈澜哪里敢用庾秀娘的膏药,生怕里头掺了什么,宁可用流动的溪水足足冲洗了两刻钟。

"不必了。"沈澜忍痛轻声笑道,"我皮糙肉厚,用溪水一冲便是。"

庾秀娘见她疼得额头上都是细汗，连鬓发都被汗沾湿了，心满意足地说道："你自己不用我这膏药，若是留了疤，可不要来怪我。"

沈澜见她露出颇为得意的样子，强忍着怒气说道："不会的。"

见她似咽下了这口气，庾秀娘才笑盈盈地起身，继续宴饮，也不管胳膊还在溪水中泡着的沈澜。

"这帮人怎的这样！"秋鸢气狠了，急得直跺脚，"夫人，我们快快回去吧！府里有膏药，你把胳膊在这溪水里泡着哪里有用呢！"说罢，秋鸢便要扯了她回去。

"不急。"沈澜摇摇头，在溪水中反复浸泡胳膊，任由溪水冲洗伤处。

三月春水尚寒，两刻钟后，沈澜提起胳膊查看伤处时发现半条胳膊冷冰冰的，都快冻麻了。所幸那热茶是隔着一层衣衫的，加之沈澜处理及时，胳膊并未红肿。

沈澜松了口气，若胳膊大面积烫伤、发炎，再发高烧，会死的。

见她起身，亭中宴饮一停，庾秀娘关切地问道："沈娘子如何了？"

沈澜看了看她，对她笑了笑，轻声细语地说道："劳烦夫人关怀，我已无大碍了。"又看了看正午的太阳，面不改色地说道，"天色已晚，我便先告辞了。"

庾秀娘心满意足，也不再留她，任由她出了府。

待宴席散去，余嬷嬷跟着庾秀娘离去，却假借帕子落在亭中避开众人，匆匆折返，入了小亭外侧的假山洞内。

那假山洞内竟靠着一个穿青衣直裰、面容白净的中年男子。一见余嬷嬷进来，他便匆匆问道："她伤得可重？"

余嬷嬷自然知道他问的是谁，便摇摇头："我看过了，她的手臂不过有些红肿，决计不会留疤。"

那男子责怪道："你怎的这般不小心！"

一听他提及此事，余嬷嬷也心头火起，斥骂道："我哪里晓得那庾秀娘竟是个如此蠢货，自家儿子挑事挨了打，她便要毁了对方母亲的容貌，果真毒辣！"

那男子叹息道："好在无事。"

余嬷嬷也庆幸不已，匆匆问道："你也见了，如何？"

"好好好！当真是天下一等一的绝色！"那男子一回想起方才的美人，痴痴地说道。

余嬷嬷见他那副呆样，心中不满，说道："你这呆子，见了新人就忘了旧人！"

那男子连忙搂住她，甜言蜜语地哄她："娇娘莫与我置气。"

余嬷嬷这才瞥了他一眼，缓了神色："可够你去献给王大珰？"

男子满脸喜色，连连点头："够了够了。"又笑道，"娇娘，你放心，有了这般美人，你必能脱了奴籍，入宫做管家婆。俺也能博了王大珰的欢心，得了好差使！"

余嬷嬷冷哼一声，这蠢材哪里比得了当年与她对食的那太监？

她原是永宁长公主身侧的管家婆，当年在京都，与公主府中的太监对食，日子过得煊赫快活。谁知一朝京城破，与她对食的太监死了，她一路逃难来到湖广，却被人卖进了知府衙门里，日子哪儿有在公主府中过得顺心？她原想着攒够了钱，便回返南京，继续入宫伺候公主，谁知竟等来了矿监税使，她自然要把握住机会，先寻个太监对食，再回公主府快活去。

两个人又在假山洞里亲热了一通儿，余嬷嬷方才理了理衣衫，走了。

沈澜甫一上马车，秋鸢便急匆匆地从楠木药箱中取出白釉缠枝纹玲珑罐，挑了些清凉的药膏，以指腹抹开，润泽着沈澜手臂伤处的肌肤。

秋鸢一面小心翼翼地抹药，一面愤恨说地道："夫人，那知府夫人未免太过放肆，哪儿有她这般欺辱人的？"

大家好歹都要脸，便是看不惯，也不至于拿热茶泼人。

那知府夫人忒恶毒！

沈澜摇摇头，反倒不在意这些，只是神色凝重地说道："庾秀娘保不齐只是一把刀罢了。"

秋鸢一愣，捏着罐盖，蹙眉问道："夫人这话是何意？"

庾秀娘既然头一回只是遣了仆从上门，说明那时候怒气还没那么大。若按照余嬷嬷回去后给庾秀娘的说法——沈澜给了赔罪礼且已经责罚了潮生，按理，小儿打架一事应当已经揭过，庾秀娘何至于还要两度宴请，就为了骗她上门受辱？

思及此，沈澜敏锐地说道："是余嬷嬷居中挑拨。"余嬷嬷不仅没提赔罪礼，恐怕还说了什么沈娘子口出狂言辱骂官僧，甚至羞辱庾秀娘及武昌知府的话，才会导致庾秀娘如此愤怒，眼看用言语无法羞辱她，便做出拿热茶泼她的这种过激行为。

"可……可那余嬷嬷图什么呢？"秋鸢握着瓷药罐，喃喃道，"夫人与她无冤无仇，她何至于此？"又迟疑地说道，"莫不是第一次见面时，夫人三言两语就逼她低了头，这余嬷嬷心中不忿，趁机报复？"

沈澜摇摇头，掀开车帘，吩咐车夫道："小武，我们不回府了，改道去李心远的府上。"说罢，这才拢上车帘，对秋鸢说道："余嬷嬷便是真要挟私报复我，早不报复，晚不报复，为何偏偏在矿监税使来了没几日之后就骗我去赴宴？"

沈澜说到这里，已是脸色发沉："你可还记得，庾秀娘说过余嬷嬷乃是宫中出身。"

秋鸢神色凝重地说道："夫人是说这余嬷嬷与矿监税使勾连上了？"

沈澜点了点头，低声说道："方才你可看见了，我手臂受伤，余嬷嬷神色凝重，竟比我还焦急。若是她挟私报复我，何至于如此关心我的身体？"

马车里落针可闻。

良久，沈澜无奈地说道："我被太监盯上了。"

这个说法实在令人惊惧。

秋鸢只觉脑袋一阵阵眩晕，身体冷得打起了寒战。半晌，她回过神儿来，惊惧地说道："夫人，那帮太监可不是什么好东西。没根的人玩弄起女子来手段何其毒辣！"

她强忍着内心的惊惶，劝解道："夫人，您出去避一避吧！"

沈澜脸色沉肃，摇了摇头。此前她之所以躲出去，是因为十余万乱兵过境，她手底下的几百个伙计根本挡不住，只能果断弃了大部分钱财去避祸。

此番来的矿监税使不同，还不敢像乱兵那般见人就杀，保不齐她尚有和矿盐税使周旋的余地。

"我若躲出去，留下的家业必被太监们糟蹋，这么多人的生计就没了。如今我还未到绝境，避祸是最后一个办法。"沈澜低声说道，"况且便是真要躲，我也得抽些时间先把留下的人安置好。"

秋鸢叹息一声："可要是太监们步步进逼，那夫人该如何是好？"

沈澜笑了笑："阉宦们的手段也就那么几种，玩阴的，骗我去赴宴；或是干脆遣了爪牙来我店中闹事，逼我出门理事，趁机掳了我去。"

只要带足了人手，再多加小心，少出门，沈澜便有信心躲过去。她忧虑的是，对方耍横，强抢民女。沈澜思及此，难免冷肃了神色，默然不语。

待马车停在李府的门口，沈澜即刻下车，叩开了李府的大门。

沈、李两家素有龃龉，沈澜靠着仁善的名头发家，素来看不惯李心远霸占田产、殴打佃户的行径。李心远则既不能容忍沈澜抛头露面做生意，又看不惯自己被她一衬成了不仁不义的小人。

然而此次再见面，步履匆匆的李心远将沈澜迎入花厅，又奉上宜兴茶，笑盈盈地说道："沈娘子此番前来可是有事？"他甚是热情，仿佛两家从无不快。

沈澜也拱手作揖，笑道："我无拜帖，匆匆赶来，万望李老爷见谅。"

李心远摆摆手说道："哪里的话！沈娘子大驾光临，蓬荜生辉。"

沈澜笑了笑，见花厅门窗俱开，四下无人，便不再与他寒暄，端起青白釉莲花纹茶盏，眉眼含笑地说道："近来，外头人人都在传李家富甲湖广。"

李心远心一沉：这流言也不知是从哪里传出来的，好生毒辣！

他心里这样想着，却捻须一笑，面不改色地说道："沈娘子说笑了，我李家有百余口人，也不过辛辛苦苦讨口饭吃罢了，哪里称得上富甲湖广呢？"

沈澜搁下茶盏，笑道："李老爷这话我是信的，只是不知道矿监税使信不信？"

李心远心中沉甸甸的，只是碍于商人本色，不见兔子不撒鹰，干脆装傻地说道："这与矿监税使何干？"

沈澜明知他装傻，干脆挑明道："李老爷，我不与你饶舌。你是个聪明人，打从你听说这流言起，只怕已将各路富商大贾见了个遍，在暗地里四处结盟，又撒了钱在朝中钻营，只盼着朝廷能将矿监税使召回。"

她已将话挑得这般明白，李心远知道自己便是不认，她只怕也在心里认定了，便捻须笑道："叫沈娘子见笑了，我此举只是自保而已。"

沈澜摇头说道："既是如此，这同盟可能算我一份？"

李心远一时心头大爽，暗道你沈娘子也有来求我的一日，表面上却故作惊讶："哦？沈娘子这是怎么了？"

看见他那副小人得志的嘴脸，沈澜打心眼儿里厌烦，自然不会将今日之事一一道来，只是笑道："矿监税使这般肆无忌惮，难道会放过我沈家吗？"

得知沈澜想结盟，李心远商人本色发作，趁火打劫道："既要结盟，不知沈娘子是能出钱还是能出力？"

此刻沈澜面临危机，钱与力都出了，只怕面前的这场危机还是避免不了，况且出给李心远，那岂不是肉包子打狗——有去无回？沈澜笑了笑，淡淡地说道："我出一个允诺。"

李心远一愣，好奇地问道："什么允诺？"

"若你李家倒了……"

乍闻此言，李心远勃然大怒。

"我可庇护你李家的两个孩子至成年。"

李心远闻言微愣，反倒沉默了，半晌，方平静地说道："沈娘子这是要空手套白狼！"她什么都不出，就平白无故地来蹭同盟的好处。

沈澜却面不改色地说道："李老爷，同盟结得越多，就一定能抵御矿监税使的侵夺吗？"

这才是李心远沉默的原因。他心里很清楚，即便整个湖广的商户联手，也未必能逼迫朝廷退步。万一李家真被折腾得家破人亡，沈澜的允诺便是李家的最后一条后路。

沈澜轻笑道："李老爷，我在湖广行商六年，我的话虽算不上价比千金，却也算得上是一口唾沫一个钉。"

这话旁人不信，李心远很信。沈澜手下人若亡故了，她不仅发放全部抚恤金，其父母妻儿俱由她来养。靠着信义，她一个外乡人方能撕下李、赵两家嘴里的肉，生生将湖广的二分天下变成了三足鼎立。

"老夫自然信沈娘子一诺千金重。"他又笑道，"只是沈娘子往日不来，今日忽然上门，想来必是察觉到了危机。既然如此，沈娘子又如何保证沈家不会先于我们李家倒下呢？"

若是沈澜先完蛋了，这个承诺毫无意义。

沈澜面不改色地说道："李家如今可比我沈家危险多了。"

这话是真的。李家的护院们已经在府邸的周围擒下了好些个探头探脑、行迹鬼祟的人。

"我不过是赌一赌罢了。"沈澜笑道，"李老爷已有这么多个盟友，再多我一个，难道不好吗？"

这倒也是，左右李心远也不吃亏。他思忖片刻，洒脱地笑道："既然如此，此后每两日，我等便通信一次，也好交换些打探来的消息。"

李心远又说道："按照同盟的规矩，若有什么事，便只管互相遣人求助。"

他这话说得好听，真要实操，还不知道什么样呢。

可沈澜等的就是这句话。太监们玩阴的她不怕，就怕这帮人带着官兵强抢民女。她留了一部分人手在洞庭湖，保卫粮食和岛上的老幼妇孺，哪里比得上李心远这种只惦记自家、专职的打手护院就有百余个的大户？哪怕李心远奸猾似鬼，只派出几个人去探听消息，能替沈澜壮壮声势也好。况且，若真闹腾到太监强抢民女的那一步，民变也不过在片刻之间。那矿监税使应当还不至于如此猖狂。如今她主动提出和李心远结盟，也不过是为了以防万一罢了。

沈澜便笑道："你我两家的府邸不过隔了两条街。届时若发生了什么意外，万望李老爷鼎力相助。当然，若李家出了什么事，我亦当竭力相助。"

李心远点了点头。

两个人复又客气了几句，沈澜方才告辞离去。

离开李府后，沈澜又去了赵府。赵立的名声比李心远好一些，故而沈澜换了法子，不空手套白狼，用什么子嗣之类的后路，只约定了要与赵家守望相助，互通消息。此后她又陆陆续续跑了好几家，见了几个平日里名声还不错的小粮商，约为同盟。

就在沈澜奔波之时，裴慎正坐在总督府后院的桐花草堂里。

两排湘妃竹篱笆，一间茅草屋，背山临水，结庐而居，正宜闲敲棋子，剪烛观月。

裴慎打从王俸来了之后就干脆闭门不出，不仅如此，还特意搬到了前任总督留下来的草堂里，以示无心名利，只冷眼旁观王俸如何言语行为。

"那王俸的手底下总共有三类人：其一便是从南京来的太监及其亲戚、锦衣卫百户、京卫之类的随行人员；其二便是王俸在本地招募的十五个廉干舍人以及投效的文书、差役等；其三便是第二批人招募来的无赖恶棍、打行青手。"

说到这里，前来禀报的石经纶都无奈了："王俸近日遣了好些无赖恶棍四处探听富户，谁知派去的人当中有几个被李家的护院擒下了，还被打了一顿。"

裴慎愣了愣，大概是没料到王俸这般气焰滔天之辈，手底下的人竟这般不中用。他转念一想，这些无恒产之徒一旦啸聚成群，便要四处打砸、强抢财货、淫辱女眷，流毒甚深，最是可恨。

石经纶继续说道："那名单上已记下了二十余家大户，其中李家当在首位。"又无奈地说道，"沈家也在其中。"

裴慎脸色一沉，掷下书卷说道："我不是让黎大用提点王俸，沈家已给了两万石粮食吗？"王俸未免太过放肆，浑然不把他放在眼里。

石经纶也觉得奇怪："卑职底下人传了消息，说是王俸当场便应了，不动沈家。只是不知为何，王俸今日中午匆匆见了个小太监后便改了主意。那小太监嘴紧得很，我底下人使了钱都撬不开他的嘴，恐露了行迹，又不能打，便贿赂了周围的人，问出了这小太监有个相好，他早上刚出门见过那相好。卑职已遣了人去查。"

裴慎神色冷淡。他才不在乎什么沈娘子王娘子的，不过是沈家既已给了粮食，王俸却仍旧肆无忌惮，拂了他的脸面，令他不快罢了。

"王俸那头儿，你的人可盯紧了？"裴慎淡淡地说道。

石经纶点头说道："大人且安心，那阉狗的手底下只有一帮子烂人，老底子的锦衣卫都在卑职的手下。南京那帮新锦衣卫都松散得很，卑职掺了十几个人进去，片刻都不错地盯着。"

他的话音刚落，裴慎便听到外头响起匆匆步履声。

陈松墨叩门禀道："爷，潭英来了。"

石经纶一惊，拱手作揖，出门而去。

片刻后，石经纶神色沉冷，匆匆来报："大人，王俸带着几十个人出府去了。"

沈澜回府时已是日暮时分，见潮生正坐在红酸枝玫瑰高椅上，晃悠着两条小短腿，百无聊赖地拨弄着甜白瓷碗里的榛松栗子糯米粥。

一见沈澜进来，他便跳下高椅，跑着迎向沈澜。

沈澜一把将他抱起，笑盈盈地说道："潮生，你跟着春鹃一同去找彭玉玩，可好？"

潮生愣了愣，紧紧地搂着沈澜的脖子不肯下来，担忧地问道："娘，是不是出事了？"这是乱世，什么事都可能发生。

沈澜从不骗他，便低声说道："你可还记得娘与你说过的矿监税使？那帮人闹腾得厉害，娘先让春鹃带着你去襄阳洞庭湖躲一躲，可好？"

在潮生的五岁人生中，只发生过一次外出躲灾的事件——邵和尚带来的兵灾。

那一次，沈澜是跟着潮生一块儿去的。

"娘，你跟我一起去吗？"潮生死死地搂着沈澜的脖子，两只眼睛紧盯着她。

到底是五岁的孩子，他心里还是害怕。

"等娘处理完了这里的事，马上去找你，好吗？"

潮生不说话，只紧紧地抱着她，泪珠一下子就滚下来了。

沈澜心里酸涩。潮生刚出生那会儿，她为了挣钱根本顾不上陪伴潮生，只能给了钱，将他托付给玉容照顾。她好不容易挣了钱，后来又战乱连连，总让潮生担惊受怕。

"是娘对不住潮生。"沈澜抹了抹他的脸上的泪珠，贴着他的额头，认真地说道，"娘不能保证这是最后一次，但娘肯定尽力，以后多陪潮生。"

潮生抽噎着，泪珠一直往下掉，又怕沈澜难过，便死死地咬着自己的嘴唇，不肯哭出来。他一个劲儿地搂着沈澜的脖子，趴在她的颈侧，不肯被春鹃抱走。

沈澜一时心痛难忍，正欲再劝两句，忽然听闻院外响起一阵喧哗之声。

秋鸢惊慌失措地跑进来，凄厉地说道："夫人，王俸带了几十个人打进来了！"

沈澜心头大震，万万没料到这矿监税使竟真敢如此嚣张。

"秋鸢，你与春鹃一起走！"沈澜当机立断，将潮生递给春鹃。

潮生被吓得大哭不止。

"娘！娘！"他被春鹃抱着，两只手却死死地搂着沈澜，凄惶大哭。

沈澜一时心如刀绞，狠下心将潮生搂着她的手掰开，顾不得哇哇大哭的潮生，厉声喝道："秋鸢、春鹃，跟着小武从角门出去！走，你们立刻就走！"

"夫人，我们一块儿走！"秋鸢缓过惊惶劲儿，慌忙说道，"六子在前头，正带着二十几个人和那些人对峙呢！夫人快走吧！我们一起走吧！"

"娘，我不走！娘——"潮生凄厉大哭，一个劲儿地挣扎，想往沈澜身上扑。

"潮生不哭了，不哭了，再哭就要引来坏人了，会害了夫人的。"春鹃含着泪，一面安慰潮生，一面死死地制住他，匆匆往后院的角门跑去。

潮生抽噎不止，又不敢再哭，只好抱着春鹃的脖子，眼睛含着泪，殷殷地回望她。

沈澜一时心痛难当，双眼含泪，只对着秋鸢厉声说道："我若逃了，阉狗必要搜寻起来，反倒害得你们逃不成。秋鸢，你走吧，快走！"

秋鸢拼命摇着头，泪珠一连串滚落下来，哽咽得连话都说不清楚，只啜泣着："我不走！我陪着夫人！"

沈澜强忍着泪意，狠下心，厉声说道："秋鸢，你留在这里只会拖累我！"说罢，她决绝转身，再顾不上秋鸢，匆匆奔向后院，吩咐后头惊慌失措的几个婆子燃起了火把，四处点火，又从祠堂里取了牌位，方才直接朝前院而去。

沈澜甫一奔出仪门，便见护院六子疾步冲进来，厉声说道："夫人快走！外头的人取了榉木来撞门，我们快抵挡不住了！"

沈澜一面往外跑，一面强自镇定地说道："你可派人去李、赵两家报信了？"

"报了报了！夫人，那两家的护卫肯不肯来谁知道呢？"六子心急如焚，"夫人快走吧！"

沈澜匆匆往外走："你去叫外头的护卫喊起来，给我喊'走水了'。"

六子一愣，奈何沈澜积威甚深，他没法子，狠下心速速往外奔去。

"夫人，夫人，后院已经烧起来了！"头发被火星子燎了一下的健妇刘婆子匆匆奔出仪门来寻沈澜禀报。

"做得好！"沈澜一面往外跑去，一面叮嘱道，"你去叫所有人往外头跑，走不了门就翻墙，不要留在宅中被伤了性命。你们再带上锣鼓，给我喊'走水了'。届时你们混在人群里，我若抬起手臂便是信号，我喊什么，你们只管一起喊，听明白了吗？"

刘婆子应了一声，着急忙慌地往里跑。

此时沈澜终于到了前院大门处，见护卫王建勇、刘英、李木三人俱受了箭伤，鲜血直流，敷了药后躺在前院的青石砖地上，气息微弱，生死未知。

两扇乌木大门的后头，七八个精壮的汉子死死地抵在门口，正声嘶力竭地喊着"兄弟们顶住了"。

两侧的围墙上，护卫们搭了梯子，拿着竹枪，正把从外头爬上来的无赖、恶棍们打下去。

外头响起无赖恶棍抬着榉木撞门的声音，夹杂着百姓奔跑救火的脚步声和锣鼓声。

大好家园，即将毁于一旦。

沈澜心头大恨，神色冷肃，厉声喝道："六子，把门打开！"

六子正抵在门口,心知挡不了多久了,闻言也不多话,只狠狠啐了口唾沫,嘶吼道:"兄弟们,我数到三,杀将出去,弄死这帮阉狗!"

众人齐齐应声。

"一、二。"

"三。"

话音刚落,六子等人齐齐闪开。

下一刻,碗口粗细的榉木冲撞而入。

四五个抬着榉木的无赖、恶棍随着那冲势一起往前,霎时跌了一地,"哎哟哎哟"地叫唤着。

此刻沈家大门前的街上,五六十号人堵在门口,有拿刀的、持长枪的、骑马的,分别是阉宦、南京的官军、当地卫所的兵丁、锦衣卫、无赖、恶棍。

一帮人堵在沈澜家的门口,跃跃欲试。

眼看着门开了,骑在马上的王俸大喝一声:"孩儿们,只管给我冲进去,擒了逆贼!"

"我看谁敢!"

沈澜嘶吼一声,喉中泣血。尖锐的女声饱含着愤怒和恨意,压得周围嘈杂的人声顿时消失。

沈澜捧着牌位,肃然迈步而出。

一见有人出来,几个无赖、恶棍即刻举起手中的刀枪便要将她打杀了去。

六子一面吩咐人背起受伤的三个护院,一面带着还能动的护卫冲上去护住了沈澜。

双方眼看着就要打起来,沈澜却浑然不觉,站于阶上,对着马上的王俸厉声说道:"你为何要攻打我沈家?"

沈澜双颊嫣红似飞霞,剪水明眸饱含怒意,如清凌凌的水中生出簇簇火焰,清艳逼人。她素衣凌乱,手捧牌位,脊背笔直,昂然怒视,更显清高冷艳。

王俸见了她,一时魂不守舍,暗道:那小太监说得果真没错,天底下竟有此等美色。

见他痴痴的,周围的几个廉干舍人不得不低声提醒道:"王大珰!王大珰!"

王俸这才回过神儿来,目光在沈澜的身上游移,心痒难耐:"你便是沈娘子吧!"

沈澜暴喝道:"我问你为何要攻打我沈家!"

王俸见她性烈,又被她拂了面子,心头不快,阴沉着脸说道:"只因你们沈家私藏叛贼,大逆不道。"

此时街上早已挤满了前来救火的百姓，闻言便议论纷纷。

"放他妈的狗屁！纯属胡咧咧！"

"这帮阉狗！"

"没卵子的玩意儿！不得好死！"

赶来救火的俱是附近的百姓，这些日子来，他们也受尽矿监税使的折磨，都提心吊胆。此时听到王俸说什么沈家私藏罪犯，他们半个字都不信，只纷纷唾骂不休。

王俸勃然大怒："你们沈家私藏贼寇，还敢挑动百姓鼓噪，果真是狼子野心！"说罢，他便要招呼底下人持刀强攻。

沈澜衣着凌乱、神色端肃，立于阶上，身后是烧红了半边的天空。

她浑然不惧，上前一步，厉声说道："三年前，湖广发大水，沈家带着船队救民二百三十四人。

"两年前，武昌、荆州、常德八府发生洪涝灾害，沈家带着船队救民六百七十四人，赈济灾民四千八百余人。

"一年半前，襄阳、江陵、枝江等六县大旱，米价暴涨至一石五两，沈家放粮一万石，平抑米价，活民无数。

"一年前，湖广尾子院堤、桑拓院、大兴院、柳水院等十四处垸田决堤，沈家开仓赈济灾民三千六百余人。"

每说一句，沈澜便进一步，场上也静一分。直至沈澜逼至王俸手下的面前，寒光闪闪的枪头就抵在她的心脏处。

沈澜却岿然不动，凄厉暴喝，嗓音嘶哑，几欲泣血。

"我沈家活民过万！你说我沈家私藏贼寇，天理何在！"

满街寂寂，再无半分人声，唯有风声猎猎。

在大火灼烧之下，房梁倒塌，骇人的热浪映红了半边天空。

王俸一时为她的气势所慑，半晌才回过神儿来，阴沉着脸，厉声呵斥道："来人！"

这一声如同油入沸水，霎时惊动了满街的百姓。

"老贼该死！"

"杀了他！"

"杀了阉狗！"

一座大宅起火，冲天的浓烟足够令半城人看见。

越来越多的百姓聚集于此，千万声不同的呼唤渐渐地融合在一起。

"杀阉狗！杀阉狗！"

近万名百姓围堵在街上，群情激愤，振臂高呼，其声如雷霆，其势如惊涛。

王俸不过带了七八十人出来罢了,被近万名百姓堵在这里,哪里还有胆量打杀,两股战栗,慌忙下马,生怕被百姓们打了。

"快!快去找知府!找黎大用!快去啊!"王俸惊慌失措,连忙对手下吩咐道。他转过头去,又欲向沈澜求饶。

沈澜站在阶上,望着王俸,轻蔑一笑。她的身前是寒光闪闪、足以刺穿心脏的长枪,身后是灼灼的热浪、火焰。

沈澜振臂高呼:"王俸假借陛下之名,纵火焚屋、诬陷良善、欺凌孤寡、肆意敛财。今日不过是我沈家一家之祸,来日便是千万百姓之祸!"

沈澜暴喝道:"杀王俸!"

"杀王俸!杀王俸!"

近万名百姓暴动,如同洪水席卷大地、暴雪覆盖一切,足够把中心的王俸等七八十人通通踩成烂泥。

潭英远远地站着,原本只是想混在人堆里观察事态演变的情况,却被激愤的百姓裹挟着往前去,已头晕目眩。他一面庆幸自己掺进王俸队伍里的十几个间谍因为不愿意参与此等残民、虐民之事没来,好歹保住了性命,一面愣愣地看着沈澜疑惑不已。他心想:这天下间,真的会有两个一模一样的人吗?

## 第十二章
## 相逢欲话相思苦

潭英一路魂不守舍地回了总督府的桐花草堂，推开湘妃竹篱，绕过数丛红蓼，却见青衣素带的裴慎正闲坐翘头案后慢悠悠地挑石头。

"王俸死了？"裴慎挑眉问道，转念一想，这般人若不死，当真是天理难容，便随意地捡了块冻石，随口说道，"他是如何死的？"

潭英心情复杂，拱手作揖，将今日发生之事一一道来，自沈宅起火说到沈娘子与王俸对峙，再说到民变激烈，王俸身死。待他禀报完，已是一刻钟后。

裴慎随口称赞了一句："这位沈娘子倒颇有急智。"说罢，他便悠闲地取了刻刀，掂了掂手中的冻石，再以三指压住刻刀，刀锋揳入，直推而去。

一旁的石经纶看了，心道：外头乱成那样，大人这些日子反倒越发静气凝神，把玩起金石来，只将外头俱让给王俸等人。

思及此，石经纶低声说道："王俸身死，必有人要为此事负责。自巡抚以下，只怕俱要被问责，便是大人或许都要被申饬。至于这位沈娘子，实乃挑动民变的罪魁祸首，只怕性命难保。"

一听这话，本就有些魂不守舍的潭英顿时倒吸一口凉气。

这般异态，惹得裴慎和石经纶齐齐抬眼朝他看去。

裴慎心知潭英一向稳重，绝不至于心神动摇至此，只怕是发生了什么大事，便停下刻刀，正色说道："外头可是发生了什么大事？"

潭英一时讷讷无言，半晌才低声说道："大人，今日卑职骤然见了沈娘子一面，她竟与……与……沁芳夫人一模一样。"

裴慎微怔，已有很久未曾听见"沁芳"这个名字了。他身边的人三缄其口，从不敢提。至于他自己，除却酒后失神，夜来幽梦，平日里也不敢多想，想得多了，形销骨立，几欲泣血。

裴慎纵有雄兵百万，能解生民于倒悬，偏偏对生死之事却也无力回天，到头来痛彻人心，徒增伤感。

裴慎恍惚之间惊觉手掌微疼，低下头去，原是锋利的刻刀划破了掌心，鲜血汨汨涌出。

"大人！"石经纶急切地喊道。

潭英更是伸手就要去取药。

"无事。"裴慎面不改色，独独嗓音略有几分沙哑。他抬起头，面对着潭英。

此时已是夜阑人静，淅淅沥沥地又下起雨来。

幽微灯火下，裴慎敛了笑容，神色自若，只是不疾不徐地问道："那人果真和沁芳一模一样？"

轩窗四闭，黑黢黢的夜色里，幽微的烛火跃动，他坐在翘头案后，面容半明半暗，好似隐匿在夜色里欲择人而噬的猛兽。

潭英悚然而惊，仓皇地低下头去："大人，当时已是日暮，兼之火光冲天，隐有灰尘，卑职不敢肯定，正欲禀报大人，再行探查。"

"不必了。"裴慎幽幽叹息一声。

潭英向来稳重，若非那沈娘子和沁芳长相一样，何至于魂不守舍、惊诧不已？

她们长相一模一样，便是双生子，何至于六年前突然出现？天下间哪里有这么多的巧合？

"备马，去沈宅。"

朔风残雨，寒雾湿衣，马匹迅疾如奔雷。

裴慎右手控缰，左手握鞭。奈何左掌心方才被刻刀划了一道，此时皮肉翻出，血流如注，他却浑然不觉。

跟在身后的陈松墨和林秉忠眼见那血顺着马鞭滴下，和着雨水，一滴一滴地落在青石街道上，只觉异常惊惧。他们二人心知自家爷这是面上平静，实则心中早已焦灼如焚，便纷纷低下头去，只管赶路，也不敢再劝。

此刻，沈宅的大火已经烧了半夜，两进的院子早就被烧塌了。好在半夜里下了一场春雨，浇灭了大火。

漆黑的夜色里，匆匆赶来的渔队汉子和护院伙计们正在废墟里寻找，看可有尚未焚烧殆尽的布料、桌椅等财货，能自用最好，即便是不能，可拿去送给周围的百姓，收拢人心也是好的。

"这铜盆虽熏得黑了些，擦洗过后倒也还能用。

"喏，这是书，你们当心些拿。

"这清漆雕花墩都快被烧完一半了，归拢至杂物去，劈了当柴烧吧。"

众人忙忙碌碌。

赵府的管家赵明志跨过倒塌的房梁、被烧毁的柱子，还有满地乌漆墨黑的木块，小心翼翼地接近立于庭中的沈澜。

沈澜见状，即刻拱手笑道："今日赵家带了十几个护院来帮忙，且代我向赵老爷致谢。"

赵明志连连摆手，说道："湖广粮商本就同气连枝，举手之劳，何足挂齿？"又迟疑地说道，"今日沈娘子的宅院被烧，王俸身死，双方俱如此激烈。待明日天一亮，只怕官府必会遣了差役来将沈娘子下狱问罪，不知沈娘子有何打算？"

护院六子闻言，即刻扔下手中的烂木头，凑到沈澜的身侧，忧虑地说道："夫人，不如趁着现在天还未彻底黑透，你速速逃了去吧。我等今日不过侥幸方逃得一命，待天一亮，只怕衙门的捕快便要来了。"

沈澜笑了笑："王俸身死，必有人要为此事担责。武昌知府若要将我下狱治罪，只怕民意汹汹，民怨沸腾；他若不动，又怕朝廷问罪。这会儿，坐立难安的是他，而不是我。"

六子长于武艺，性格敦厚，到底不通这些阴私之事，见沈澜镇定自若的样子，便点了点头。

沈澜面对六子时佯作镇定，实则这会儿翠眉颦蹙，心中焦虑难当。

最好的情况是左右两难的武昌知府选择将沈澜写成纯粹的受害者，而不是挑动民变的罪魁祸首。这样一来，武昌知府只需寻几个罪大恶极的恶棍、囚徒之类的，往皇帝那里一交，就此了事。这样既不得罪皇帝，他也不得罪湖广的百姓。只是沈澜不知道武昌知府到底肯不肯欺瞒皇帝了。

"劳烦赵管事且去通知你家老爷，叫他邀了盟友来，只说明早卯初，群聚知府衙门，好为沈娘子家宅被焚、王俸欺凌孤寡一事讨个公道。"

赵明志微愣，捻须说道："沈娘子这是要先发制人？"

"虽然王俸身死，但是朝廷矿监税使一事却绝不会就此了结，要么派个新的来，要么自王俸的那堆参随里提拔一个。"

赵明志神色一凛，心知这是沈澜在警告他们，别想着把沈澜推出去当替罪羊让这事了结。此时他们若不能精诚合作，待到新的矿监税使来了，只怕是更为酷烈。

见赵明志已然会意，沈澜便笑了笑，敛了锋芒，柔婉叹息道："我不过一个寡妇，带着孩子艰难求生，六年来也算是攒下了些许家业，为湖广的百姓做了些好事，却没料到碰上王俸此等恶贼，见我孤儿寡母势弱，便纵火焚屋。湖广的百姓见我可怜，感我恩德，又被王俸的恶行激怒，一拥而上，将王俸等人踩踏致死。"

赵明志心知这是要他带话回去，与诸位盟友统一口径——王俸之死无罪魁祸首，不过是他罪行累累，招致民愤罢了。换言之，打死王俸的人早就混在百姓中，逃之夭夭了。如此，沈澜便被择了出来，成了纯粹的受害者。

"应该的。"赵明志捻须一笑。又低声说道，"只是不知明日可要邀请李老爷？"

沈澜霎时冷笑，李家距离沈家不过两条街，她却连半个李家的人影都没见着。

李心远那等明哲保身的小人，眼见王俸带人纵火焚沈宅，必遣了人打探情况。见声势闹得太大，疑似民变，即刻收拢了人手，绝不掺和，生怕事后被官府以造反问罪。可如今，民变结束，王俸身死，沈澜顶替李家成了出头鸟。这样一来，李心远明日必会出现，和众大户一起要求朝廷撤销矿监税使。

"你且安心！李老爷明日必定会来的！"沈澜轻笑道，"他不仅会来，还会带上大批盟友。明日，我等只怕能见识到整个湖广的大户群聚府衙。"

人越多，李心远混在其中就越不显眼。

赵明志作为赵家的远支旁亲，久在湖广，也赞同道："这倒是李老爷的行事作风。"

一老一少，对视一笑。

赵明志这才拱手说道："天色已晚，老夫要回去复命，便不搅扰沈娘子了。"语罢，他招呼赵家的十几个护院，点齐了人，便往外走。

沈澜拱手作揖，笑着将赵明志送出门，复又寒暄了几句，方才目送赵明志等人远去。她稍后还得寻个地方住宿，备些东西感谢四邻百姓，事情未稳，今夜不必叫潮生回来，况且明日还有一场硬仗要打。

思及此，沈澜正欲返身，早早回去理事，却忽而听见街面上响起马蹄声，急如奔雷。

沈澜撑着一柄湖山春晓兰竹纸伞，站于街上。

细雨淅沥而下，雨雾蒙蒙。

沈澜微微抬伞，遥遥望去，却见数匹快马冲破雨雾。

顷刻间，烈马停在了沈澜的身侧。

夜色沉沉，马上的人青衣素带，寒雨湿鬓，神色寡淡得像是要隐在夜色里，独独一双眼睛里燃烧着簇簇火焰。那火焰烧得太烈，灼热得像要将沈澜焚烧殆尽。

沈澜的心突突直跳，煞白着脸，紧紧地攥着伞柄。

裴慎看了她一眼。只一眼，他平静的心湖像是被石子儿击中，泛起阵阵涟漪；又像是情绪激荡之下，他自我保护的面具被击碎，再不复平静。

裴慎几欲泣血，却半句话都说不出来，只凶戾扬鞭，长臂一捞，将沈澜带上马。

血水顺着马鞭而下。他甫一扬鞭，鲜红的血溅在沈澜的脸上。

六载身事各如萍，雨夜相逢血满缨。

沈澜的后背贴着裴慎灼热的胸膛，前头是细细密密的雨，乱雨如织。奔马疾驰之下，扑面而来的雨丝冷得沈澜打了个哆嗦。

更要命的是，沈澜整个人几乎被裴慎死死地禁锢在怀里。她试图挣扎，可刚一动弹，裴慎搂在她的腰上的左手即刻使了力，几乎要将她的腰肢勒断。

沈澜腰肢生疼，挣扎着叱骂道："松手！"

时隔六年，裴慎再度听见她的声音，心中酸涩不已，下意识地想低头与她亲昵，复又想起她是如何蒙骗自己，如何坐看自己伤心欲绝，如何铁石心肠，顿觉心头大恨，便一夹马腹。他胯下的黄骠马得了指令，如同离弦的利箭，不过片刻的工夫便到了总督府。

薄雨挟风，寒意入骨。沈澜被裴慎从马上抱下来的时候，整个人冷得直哆嗦。

裴慎抱着她，一脚踹裂了正房的楠木清漆门。

随行而来的丫鬟见他这般样子，纷纷惊惧异常，低下头去，匆匆燃了灯便退下。

室内静悄悄的，二人身上俱是雨水，沈澜的衣裳上还沾着裴慎的血。

眼看着裴慎抱着她往床榻走，沈澜一时惊惶，挣扎着说道："放我下来！"

裴慎不顾她挣扎，只将她紧紧地禁锢在怀中，复又将她扔在丝绸锦被上。

裴慎身量高大，身上俱是雨水，一滴一滴地落在脚踏上。他衣衫染血，神色暴戾，目光阴鸷。沈澜一时心惊肉跳，下意识地往床榻里瑟缩了一下。

见她躲着自己，裴慎心头又痛又恨，像是被彻底激怒了，单手挟制住她的腰肢，右手却去撕她的肩膀的衣裳。

沈澜脸色煞白，惊慌挣扎："你做什么？你松手，松手！"

裴慎阴沉着脸，右手略一使劲儿，就把沈澜的肩膀处的衣物俱扒下了。

雪白圆润的肩膀上，锁骨附近有一朵小花。

那是沈澜的胎记。她第一次出逃时借此骗裴慎，说家里人靠着胎记找到了她。当年裴慎想画雪中红梅图，也是因着这朵花形胎记。重瓣花卉，似绛桃，如红梅，又好似垂枝海棠，缀在她雪白的肌肤上，小巧浓艳，鲜妍明媚，煞是好看。

裴慎粗糙的手指轻轻抚摸着海棠花。这朵海棠花，他抚摸过无数次，亲吻过无数次，绝不会认错的。

裴慎一时大悲大喜。直至此刻，他方能确认果真是她。

她还活着。

只这四个字，几乎能叫裴慎咽下六年的凄风苦雨，心里只余庆幸。

她活着就好，活着就好。

裴慎一时眼眶发涩，几乎要落下泪来。心有千言万语，却偏偏尽数堵在喉头，他半个字都说不出来，只伸手将她紧紧地禁锢在怀中，几乎要将她的骨头都攥碎。

他当年意气风发，何曾有过此等心酸怅惘、落拓可怜之态？

沈澜心头竟略有几分涩意。

裴慎抱着她，只将自己的脸颊贴着她的脸颊，与她耳鬓厮磨，喃喃道："你为何要骗我？"

倏忽之间，沈澜又想起当年自己被他关在府中，一应事务俱要恳求他的同意。她三度出逃俱功亏一篑，直至最后一次，与惊涛骇浪搏命，死中求活。

思及此，沈澜冷下脸来："我与大人素不相识，何谈一个'骗'字？"

素不相识？时至今日，她竟还妄图骗他！

裴慎生生被激出火气，方才她没死的庆幸消散，这会儿便只剩下滔天的怒火。

"当日钱塘江大潮，我派人搜寻你的尸体约六日，停灵下葬约半月。那时已是九月初，你怕我不信你死了而派人四处去查，必定不敢有异动。也就是说，你在杭州生生待到我将那具尸骨下葬完毕。"

沈澜沉默不语。裴慎太聪明了，不过眨眼间便推测出了事情的真相。沈澜的确是在九月初才离去的。

裴慎说到这里，双手死死地攥着她的肩膀，强逼她看着他，语气激烈，带着几分恨意："你眼睁睁地看着我以正妻之礼葬了一具不知名的女尸，任我伤心难过，任我哀毁过甚几至形销骨立。这些年，你心里可曾有过半分悔意？"

沈澜望着他，看得见他牙关紧咬，看得见他眼底深深的恨意。

"我不后悔。"

她一字一顿，字字如刀。

裴慎瑟缩了一下，心头大恸，忽觉皮骨被她剐得鲜血淋漓。

六载相思，十年情意，在她眼里轻如尘土。

"你当真冷心冷肺！"裴慎凝视着她，似笑似哭，"你有天下一等一的狠心肠！"

沈澜的肩膀被他攥得生疼，正欲反驳，却见他忽而松开了手。

沈澜愣了愣。

下一刻，裴慎俯身低头，狠狠地咬上了她肩头的那朵海棠花。

"啊！"沈澜惨叫一声。

裴慎心头泛起一股绝望的快活。

他痛成那样，她凭什么不痛！她要痛，要跟他一样痛，要抵得上他这六年来辗转反侧、纵酒潦倒、哀毁骨立、几欲自戕的痛苦！

沈澜太疼了,眼中沁出泪珠,拼了命地去推他:"你松开!裴慎,松开!"

良久,裴慎才松开。他齿间含血,那血珠子全是沈澜的。

裴慎心头怆然至极,偏又快活大笑。他太恨了,恨到想把沈澜的皮肉都咬下来,磨牙吮血,叫她尝尝自己六年来的痛苦,再将她的皮肉嚼碎了咽下去,叫她这辈子都离不开自己。

沈澜顾不得他发疯,只是即刻转头去看肩上的伤口。她皮肉嫩,这么一会儿工夫,胎记的外围就多了一圈儿牙印,不断地往外渗血。

沈澜又痛又怒,生生被裴慎逼出了一句脏话:"你个王八蛋!"

说罢,她怒气勃发,狠狠地甩了裴慎一巴掌。

谁知裴慎习武,手疾眼快,一把攥住了她扬起的右手。见她痛得双目含泪,眼中怒气勃发,裴慎心中十分快意,冷笑道:"这牙印咬得极深,将来必要留疤。"

他竟还敢提此事!沈澜被他彻底激怒,只想以血还血。她索性握住裴慎的左胳膊,对着掌尾,狠狠地一口咬下去。

裴慎左掌心的刀痕极宽,几乎横贯整个掌心,皮肉往外翻,血液已然凝结。被她这一咬,伤口撕裂,血流如注。

裴慎叫了一声,左掌心剧痛,偏生越痛他心头就越好受些。

"你咬吧,咬得越深越好。"

沈澜恨恨地咬了一会儿,却见裴慎仿佛不疼一般眉头都不皱一皱,顿觉好没意思。偏偏她自己肩膀剧痛,心头还憋着火气,恨恨地张嘴欲刺他几句,却见裴慎忽而起身出去了。

沈澜稍显迷茫。

没过一会儿,裴慎便回来了,原来是去取了伤药、棉布和姜汤回来。

"我自己来。"沈澜冷着脸,先捧起其中一碗姜汤喝了。

裴慎默然不语,随意地往沈澜和他自己的伤口上倒了些药粉,复又扔下药罐,灌了碗姜汤。紧接着,他一把挟住沈澜直接往净室而去。

沈澜惊愕不已,拼命挣扎:"你做什么?放我下来!裴慎!"

净室内有个小汤池,由汉白玉雕砌而成,丫鬟、婆子早已倒好水,热气氤氲。

裴慎神色平静,将沈澜锢在怀中,把她的衣裳尽数扒了,又脱去自己的衣裳,带着她沉入池中。

见他神色平静,再不复方才那般恨意,沈澜反倒越发惊惧。她心知他不过是表面平静,实则心中恨不得将她扒皮抽筋。甫一入池中,沈澜便想往角落里躲,还劝道:"裴慎,你堂堂川湖总督,何必……嗯……"

沈澜再也说不出话来了。

裴慎不想听她说这些,只管将她锢在怀中。他臂力何其大,手臂宛如铁钳一般,让沈澜半分都挣扎不得。

一个咬痕哪里够?自己六年来宛如一个傻子似的被她耍着玩。

她拿着自己满腔的情意当笑话,浑然不后悔离开他。

她不爱他。

裴慎只消一想到这些,便恨不得剜出她的心肝来看一看,看是什么样的铁石心肠;再敲碎她的骨头,吃了她的血肉,叫她生死都和自己融在一块儿。

他下了狠劲儿,生生将沈澜的唇瓣啃啮出斑驳的血痕。

沈澜本就是个倔性子,眼看着挣脱无望,又被他咬得生疼,便反过来去咬他。

他们这哪里是亲吻,分明是带着恨意撕咬对方。

沈澜也不知道过去了多久,只觉自己的唇瓣疼得快没知觉了,裴慎方才停下。

他们亲密、紧紧地贴在一起。

裴慎焦灼得厉害,俯下身去,急迫地去咬她的脸颊,然后是脖子、锁骨……

沈澜不言不语,任由他动作,却在他亲吻她雪白的脖子时忽然说道:"你今日若敢强来,信不信我敢再逃一次!"

裴慎呼吸一窒,半晌,眼神冷厉,恨恨地说道:"我若再放你出府门一步,枉做一品高官。"

十年了,他都没能留住她的心,那便留住她的人。生同衾,死同椁。

闻言,沈澜垂下眼睑,心头悲怆,失望至极。

六年过去了,裴慎半分没变,照旧唯他独尊,旁人都要顺他的意。又或者,他其实也变了,更加心狠、精明、狡诈、谨慎,让她再寻不到半分破绽。

"裴大人。"沈澜唤了他一声,裴慎低头看她。

沈澜脸色平静,心平气和地与他说:"被你关在府里,没有自由与尊严,于我而言,无异于死亡。与其被你一点儿一点儿用慢刀杀死,不如我横刀自刎。"

裴慎怔怔地注视着她。她那被热气熏蒸的眼睛漂亮得惊人,清丽如水,璀璨明媚,她依旧是旧日的模样,就连气节也半分未折。

一别六载,她傲骨依旧。

沈澜注视着他的眼睛,半晌,轻声细语地问他:"你信不信我真敢自裁?"

裴慎一时心头竟隐隐惊惧。他知道,沈澜是真干得出来。

当年,她纵身跃入钱塘江大潮中,那是真的死中求活,稍有不慎,顷刻毙命。可她义无反顾,头也不回地跃入滔滔大江中。

想起她离去的那一幕,裴慎恨得咬牙切齿,神色阴戾地说道:"你到底要我如何?"

闻言，沈澜反倒松了一口气。他虽神色凶戾，但话语已然软了几分。

沈澜一时不知是悲是喜。她以性命相挟，终于让裴慎低头了。

"我不要你如何，只要你先出去！"说罢，沈澜便推了裴慎一把，示意他放开自己。

见她这般抗拒，裴慎心中越发酸涩，难免怒道："你我六年未见，你便半分都不想我吗？"

沈澜冷冷地说道："我日夜想着不要再见到你。"

裴慎一时大恸，见她神色坚定，浑然没有半分后悔之意，心生恨意地说道："你敢拿自裁来威胁我，便是打定了主意我珍惜你的性命。既然如此，我只管叫你的身侧每时每刻都有人陪着便是。"

沈澜呼吸一窒，厉声说道："你当真是天下一等一的下作坏子！"

裴慎心里生疼，牙关紧咬，一时竟说不出话来，半晌，方才说道："我既然在你心里是此等人物，若不弄假成真，倒枉费了你这番言语。"说罢，他看了眼她的唇瓣，上面遍布斑驳的血痕，好不可怜。

裴慎见了，难免心生怜惜，复又想到自己在她的心中竟是个下作之人，一时心生恨意，重重地咬了下去。

此刻二人紧密相贴，沈澜的四肢俱被禁锢在裴慎的怀中，挣扎不得。她也不曾挣扎，只任由裴慎动作。

裴慎咬着她的唇瓣，喃喃道："这般滋味可好？"他又单手挟制住她，只管四处揉她的身子。

二人俱是久旷多年。

沈澜的身子已软了一半，神色却照旧凛然，只淡淡地说道："裴慎，不要让我看不起你。"

裴慎粗糙的手掌僵在了沈澜的腰肢上。半晌，他抬起头，竟带着几分小心翼翼问道："你这意思是，你如今是看重我的？"

沈澜微怔，复又淡淡地说道："多年以前我便说过，你于旁的事情上是个英豪。只在你我之间，你下作了些。"

裴慎听她这般评判自己，一时不知该如何是好。

沈澜又说道："你虽下作，却也不至于毫无底线，做出如此令我生厌之事。"

裴慎心中一时怒，一时喜，五味杂陈，良久，方松开手，冷着脸说道："我如今竟还能得你几句赞语！"

沈澜淡淡地说道："我从不曾否认你荡胡房、平倭寇的功业。"见他神色复杂难辨，分明是怒气稍缓的样子，便捧了他一句，"百年之后，青史之上必有你裴守恂的姓名。"

裴慎脸色稍缓,复又冷着脸,想问她"你既然觉得我是个英豪,为何不肯爱慕于我",偏偏这般情情爱爱的问题他问不出口,便只能冷着脸,焦灼地望着沈澜。

沈澜被他那几欲噬人的目光看得头皮发麻,只低声说道:"你且转过身去。"

裴慎这会儿心头焦灼得厉害,便摇头,只望着她,不说话。

沈澜忍不住斥道:"我让你转过身去!"

裴慎瞥了她两眼,见她双目灼灼,面如酒晕,好似桃花竞燃、海棠欲醉。他一时喉咙干渴,心中焦灼,却也知道这会儿若做些什么必招她厌憎。

裴慎无奈地叹息一声,到底转过身去。

沈澜随意洗了洗,正欲起身,瞥了眼地上自己的衣裳,白绫袖衫早已从肩膀处被裴慎撕裂,鹅黄抹胸和天水碧缠枝纹潞绸罗裙沾了水,半干半湿,不能穿了。

沈澜暗骂了裴慎几句,这才沉着脸取下一旁的楠木弓背站牙翘头衣架上搭着的白绫纺绸裹衣。甫一穿上,沈澜方觉不对,这衣裳未免太大了些,裤腿拖地、袖子长了半截,分明是裴慎的。

沈澜挽起长出来的裤脚、袖子,披上外头的宝蓝斜纹布道袍。没法子,她只能任由道袍长得拖在地上,暗自疑心这是裴慎特意吩咐丫鬟准备的,就为了让她无衣裳可穿,不好离府。

沈澜心里有气,便讽刺道:"裴大人弄坏了我的衣裳,却不肯赔我一件,可见这些年是越发骄横霸道了。"

裴慎被她讽刺了一句,心里不快,忍不住转身辩解道:"我府中无女眷,底下的丫鬟们又不敢将自己的衣裳给你穿。况且,如今天色已晚,街上连估衣铺子都不开了,我自然没有女子的衣裳给你穿。"

沈澜微愣,却听见裴慎冷冷地自嘲道:"你方才还夸赞我尚算个英豪,如今倒好,由得我做什么,你都不管不顾,只管往坏里想我。"

沈澜瞥了他一眼,见他一副落寞样,一时不知他是不是装的,便淡淡地说道:"你这是指责我为人偏颇?"

裴慎被她的话一噎,说道:"我何曾说过这话?你休要胡说!"

沈澜便慢悠悠地地说道:"原来你是指责我无理取闹。"

裴慎冷不丁又被她扣了个罪名,一时恼怒:"不管我说什么,你都偏要寻个罪名来排揎我。你怎的这般不讲理!"

沈澜也冷笑道:"你也知道要讲理!当年我再三拒绝做妾,你倒好,不管不顾,强要我低头。如今更是甫一见面,你又强行将我掳来。就许你裴大人不讲理,不许旁人不讲理,果真是只许州官放火,不许百姓点灯!"说罢,她怒极拂袖而去。

裴慎被她排揎一通儿，心中生恼。偏生过了六年，本以为她早就香消玉殒，他也曾数次反思，终于知道自己当年的所作所为实在没道理，隐隐心虚。良久，他方叹息一声，唤人呈了褻衣来。

此时沈澜出了净室，已至正房，掀开珠帘，正欲往正房外去。

"夫人，且住。"陈松墨和林秉忠俱候在门外，陈松墨开口将沈澜拦了下来。

帘外雨绵绵，庭中春意阑珊。

沈澜借着疏疏灯火瞥了他们一眼。他们二人容貌未改，只是越发成熟了些。

沈澜叹息一声。故人相见，她不觉竟有几分物是人非之感。

"积年未见，二位可好？"

陈松墨哪里敢去看她，便只低着头盯着脚下的水磨方砖，低声说道："劳夫人挂念，属下一切都好。"

林秉忠为人憨厚，跟着点了点头。

沈澜淡淡地说道："你们二人倒是挺好。我被你们爷强掳来，却不太好。"说罢，冷下脸来，"让开！"

祖宗哎，你们夫妻俩吵架，拿我们撒什么气！

陈松墨心里发苦，面上却笑盈盈地说道："夫人要去哪里？属下这便去备车。"

沈澜瞥了他一眼，不愧是能跟在裴慎身边多年的人物，一个"拖"字诀使得极好，还两不得罪。若他真拖不住了，还能掌握她的行踪。一箭三雕。

沈澜淡淡地说道："你不必去备车，我的属下可是在外头等？"

沈澜骤然被掳走，她手下的人必要闹腾起来。陈松墨生怕事情闹大，必会安抚一二。

闻言，陈松墨不好欺瞒她，便说道："是，六子和龚柱子都在花厅里等着。属下早已吩咐人上了热茶、点心，又备了客房请这两位兄弟歇息，夫人不必担忧。"

"陈大哥办事素来妥帖。"沈澜似笑非笑地说道，"你只怕都查问清楚了吧！"

陈松墨一时头皮发麻，心知夫人是在问自己可有查清楚她当年是如何逃跑的，这六年来又是如何安家立业的。偏他心知夫人在自家爷心里的分量，不敢造次，便恭敬地回道："夫人哪里的话，都是自家兄弟，谈何查问，不过闲聊了几句罢了。"

陈松墨这话里话外的意思是没问太清楚。也是，六子和龚柱子都是后头来的，哪里会知道沈澜六年前的旧事呢？只是陈松墨必定已问过这二人沈澜身侧资历最老的是谁。六子和龚柱子都只是普通百姓，哪里抵得过旁人套话，只怕已透露彭弘业的底细，届时距离陈松墨彻底查清楚真相不远了。

沈澜心中本有恼意，却见陈松墨这般战战兢兢、唯恐惹怒了她的样子，不免又想起自己当年是如何面对裴慎的，心有不忍，叹息道："是我不对，不该将气撒到你们身上。"

陈松墨微怔，心里不免叹息："夫人客气了。"

林秉忠是个憨厚的，闻言便忍不住劝道："夫人莫与爷置气！爷待夫人极好。按理，横死之人不好进祖坟的。偏爷性子拗，先是停灵数日，又大操大办，和尚、道士、天文生足足请了几百个，光路祭的彩棚就搭出了十里地，风风光光地把夫人葬进了祖坟。那送葬的铭旌上还写了'冢妇'二字。为了这两个字，爷被数名御史弹劾，又和国公爷吵得厉害，差点儿闹腾到父子反目。"

沈澜静静地听着，良久后漠然地说道："与我何干？"

跟在她身后出来的裴慎闻言又难免脸色阴沉，一面暗骂她是个铁石心肠的，一面又恼恨自己满腔情意错付。他进不得、退不得，脚宛如扎根似的，立在不远处，着魔一般听着沈澜说话。

"是他强要我做丫鬟，又强要我做妾，我不肯，逃了。他却还要将我捉回来，又一意孤行地非要用妻礼葬我。什么事都是他说了算，他何曾问过我的意见？"

沈澜说罢，满腹怅然。自她十五岁将及笄逃出刘宅开始，到她跳入钱塘江潮，前后四年多的时间里，她何曾有过一日能自己做决定？

"那时候，我不是我的主子，他是我的主子。"沈澜语及此处，心头怅惘，再不欲多言，便只摆摆手说道，"你们让开吧。"

沈澜是背对着裴慎的，自然不知道他来了。

陈松墨和林秉忠却是面对着门的，正不知该如何是好，却见裴慎摆了摆手。

二人如蒙大赦，口称告退。

见他们二人这般，沈澜蹙眉，转身望去，见幽微灯火下，裴慎立在不远处，神色莫测。

沈澜并不惊慌，便是站在裴慎的面前，方才那些话她也是敢说的。

此时，外头烟雨空蒙，雨丝淅沥而下，落于庭中，点点滴滴，越发显得芭蕉浮翠，修竹新绿。

两个人隔着珠帘遥遥而望，一个心酸怅惘，一个离愁别恨，相顾无言，唯听到梧桐叶上潇潇疏雨，点点滴滴，似无情江潮。

潮来潮去已六年。

六年啊！

思及六载空山旧梦、凄风苦雨，裴慎只觉满腹怒气俱散，不欲再与沈澜争吵下去，便掀开珠帘，走到沈澜的身侧，说道："你不是说不愿做妾吗，我才想着以妻礼将你风光大葬，怎的如今又成了我不问你的意见了？"

沈澜摇摇头："你从来不知我。"

裴慎的满腔柔情被这句话打得七零八落,他恨恨地说道:"我何曾不知你?你要什么,只管说出来!"

　　沈澜淡淡地说道:"我说过许多次了,我要的是尊严和自由。妾是笼中鸟,妻子便是这群鸟儿的头鸟,又有什么区别呢?"

　　裴慎摇头说道:"你怎能这般做比?妾不过是个玩意儿罢了。"

　　沈澜冷笑,讥讽他:"你这是承认了当年逼我做妾,是将我视作玩意儿了?"

　　裴慎心头酸涩,摇摇头:"我何曾这般想过?"若他是这般想的,何至于六年来辗转反侧,夜不能寐。

　　"你与旁人自是不同的。"裴慎正色说道。

　　沈澜微怔,垂下眼帘,淡淡地说道:"我们都是人,没有什么不同。"

　　裴慎牵起她的手,柔声哄她:"你我已错过六载,光阴不等人,我们还是早早成婚吧。"

　　成婚?自从来到这里,沈澜已绝了此念,正欲拒绝,耳畔却传来裴慎的低语:

　　"待你嫁了我,宅中一应事务俱交给你处理。我只管拿了钱财给你。你想买什么便买什么,想添置什么便添置什么。你便是去了外头,必不会有人对你不恭敬,所有人都得捧着你……"

　　裴慎还要再说,沈澜却已觉疲惫,只拿话堵他:"裴大人这般聪颖,堪称过耳不忘,可还记得那一年在苏州如京桥的宅子里是如何说的?"

　　裴慎微愣,即刻便想起当年他们争吵之时自己说过的话。无非是什么她出身不好、不配做国公夫人之类的话。可谁能料到,她竟烈性至此,宁可跳江搏命,也不愿屈从做妾。

　　沈澜平静地、一字一顿地重复:

　　"你'瘦马'出身,难不成还想做国公夫人?

　　"你这般低贱的玩意儿,只该当个暖床的丫鬟。

　　"扬州'瘦马'素以自安卑贱、屈事主母闻名。"

　　裴慎一时招架不住,被她的话臊得面皮微红,只不过他久经宦海,唾面自干亦是常有的事,便讪讪地说道:"那已是七年前的事,我早就记不得了。"

　　沈澜见他不承认,冷哼一声,正欲再说上几句,却听他得寸进尺地说道:"七年未见,你竟还将我说过的话记得这般清楚,有心了。"

　　沈澜一时被他的无耻气了个倒仰,恨恨地说道:"恶语伤人六月寒。任谁被人羞辱了,都要牢记一辈子的!"

　　裴慎心道:往日里都是你排揎我,我何曾说得过你?他又暗骂:你果真没良心,光记得两个人吵架时我口不择言,怎的不记得我待你的好?

"我拿着自己的人情去填补，延医问药给你治身子，你怎么不记得？"

"在龙江驿，倭寇来的那会儿，我救了你一命，你怎的不说？"

在裴慎的一声声数落里，沈澜默然不语，忽觉无趣。她与裴慎之间有恩义，有仇怨，牵扯不清，一笔烂账。若非要分出个谁是谁非、谁对谁错来，不过徒增烦恼。

"罢了，我不与你争。"沈澜淡淡地说道，"你且给我寻间客房吧。"

裴慎觑她一眼，见她神色冷淡，便试探地问道："你不走了？"

白日里奔波结盟，黄昏时激起民愤杀了王俸，待到夜间又是灭火理事，还被裴慎强掳来，沈澜早已精疲力竭，不欲和他再吵，只讽刺道："我倒是想走，裴大人肯放我走吗？"

裴慎讪讪地说道："这是哪里的话？"

她若要走，难不成他还能拦着她？

他犹豫片刻，到底没敢说出后半句，生怕她真走了。

"这厢房……"

"你可别告诉我，在偌大的总督府里寻不出一间厢房。"沈澜挑眉望他。

裴慎面不改色地说道："这厢房自然是有的。"他便握住她纤薄的手掌，带着她往西厢房去。

甫一到西厢房的门口，沈澜便立于门前，淡淡地说道："明日寅时末，你便要将我唤醒。我要离开总督府，去知府衙门。"

裴慎略一思忖，便想到她要去做甚，蹙眉说道："王俸一事，我自会为你处理。"怕她不明白此事的严重性，便说道，"你杀了王俸，陛下必要降旨捉拿凶手，届时你恐有性命之危。"

沈澜心知裴慎并非在唬她。她不过区区商户，为了渡过眼前的危机，胆敢利用民变这种激烈的手段诛杀一名六品太监，本身就是在饮鸩止渴。

裴慎说道："你且先在府中住下，待我将王俸身死一事料理清楚，将你择出来，届时你自然可以离去。"

沈澜心知他不过是寻个借口将她留下罢了。以朝廷此刻的处事效率，料理此事少则数日，多则半年。她哪里肯在总督府中待上半年，便摇头说道："王俸身死一事，我自有决断，无须你帮忙。"

裴慎蹙眉，正欲张口，沈澜却已跨出半步，转身，"砰"的一声，阖上门，将他关在了门外。

裴慎一时愕然，暗道：六年不见，她这脾性是越发大了。

他心里这样想着却不曾转身离去，只是驻足廊下，听得里头窸窸窣窣的动静渐渐小了，灯火也灭了，便知道她已然睡了。

裴慎这才轻轻推门而入，绕过楠木桌、玫瑰椅，掀开珠帘，掀开重重帐幔，方见她好梦沉酣。

裴慎坐在她的床头，不言不语，只怔怔地望着她。见她白净的玉臂半搭在枕上，云鬓半偏，双颊红润，好看得如同神妃仙子。

裴慎已然经历过无数次夜来幽梦终须醒、镜花水月俱是空的场景了。他打了个寒战，下意识地屏住呼吸，忍不住伸手去探沈澜的鼻息。

温热的气息，跃动的脉搏，轻轻浅浅的呼吸声……

他不是做梦！

这竟然是真的！

意识到这一点，裴慎几乎半虚脱地靠在床头的引枕上，只觉眼眶发涩，隐有几分劫后余生的真实感。他静坐半晌，目不转睛地看着沈澜，听着她轻浅的呼吸声，方觉心中一片安宁。

檐下宿雨渐小，星子渐明，待到云散雨晴，月明松下房栊静，佳人春睡轻。

第二日一大早，天色尚有几分黑，晨星寥落，东曦薄出。

沈澜被丫鬟轻声唤醒，甫一拂开帐幔，便见到裴慎正坐在楠木清漆圈椅上，等她用膳。

沈澜不欲与裴慎多言。一整日折腾下来，她只睡了一个多时辰，困倦得揉了揉太阳穴，匆匆起身洗漱。

重罗白面制成的细面条，拿鸡汤煨了，放上鲜虾仁、银鱼丸、火腿丁、鸡丝、青菜，鲜香可口，抚慰人心。

沈澜胃口不错，吃了面，本欲再用上一盏热乎乎的牛乳，谁知裴慎坐在她的身侧，只盯着她的侧脸，那目光灼热得像要烧穿她的脸颊似的。

她哪里还吃得下去？

沈澜心头微恼，瞥了他一眼，不想理他，便欲出门，却听得他说道："你从知府衙门回来后打算住哪里？"

沈澜淡淡地说道："住哪里都好，我就是不住总督府。"

裴慎呼吸一窒，冷哼道："你那宅子都被烧干净了，不住我这里，你住哪里？"

沈澜面不改色地说道："我会买个新宅。"

裴慎微愣，一时悻悻然。他倒是忘了，今时不同往日，她已非吴下阿蒙。

"宅子总不能说买便买，你若要住进去，光是添置锅碗瓢盆、洒扫清理便要好几日。"

裴慎正欲再劝，沈澜却慢悠悠地说道："我有钱，可以加急。"

裴慎被她的话噎得不行，复又讪笑道："你便是再加急，一日的工夫总归要的吧，不若先在总督府暂时住下。"

沈澜似笑非笑地扫了他一眼："裴大人就算不替自己的名声考虑，好歹也要替民妇的名声考虑吧。"

裴慎一时沉默。无名无分地住进总督府，对她的确不好。

思及此，裴慎忍不住试探地说道："既然如此，你我尽早成婚便是。"

沈澜的神色一下子淡下来，懒得搭理他，便搁了乌木箸，恭敬地说道："昨夜劳烦裴大人款待，民妇便告辞了。"说罢，她起身就走。

她这不咸不淡的态度，着实令人生恼。

裴慎也是有脾气的，何曾被人这般忽略过，便冷冷地说道："你总归要与我成婚的！"

沈澜脚步一顿，然后头也不回地离开了。

见她这般，裴慎越发着恼，偏生这会儿陈松墨眼看着沈澜出了府，料想自家爷也当用完了早膳，便匆匆赶来禀报。

"彭弘业？"裴慎一面往外书房去，一面蹙眉说道，"此人乃是杭州疍民出身？"

"是。"陈松墨点头说道，"据龚柱子所说，此人乃夫人身侧的老人，当年渔队便是由此人负责，据说他家中有三兄弟，水性都极好。"

裴慎略一思忖便想明白了，保不齐当年便是这彭弘业在江潮中带着她逃亡的，只是不知她是如何认识这彭弘业的？

"彭弘业年岁几何？"裴慎忽然问道。

陈松墨一愣，复又硬着头皮说道："爷，听龚柱子所言，此人比夫人大几岁。"又劫后余生般补了一句，"彭弘业与其妻已育有两子。"

裴慎脸色稍微缓和，见已至外书房，便在楠木圈椅上坐定，摆摆手，示意陈松墨下去。

陈松墨猛松了口气，匆匆告退。

昨晚爷将夫人挟走，潭英那头儿便即刻派了人手四处探查夫人这六年来在湖广的经历。而他一整晚都在善后，安抚六子等人，然后套话，看看能否寻到杭州旧事的线索。如今爷既然问到了彭弘业身上，他便只管禀报爷，再转交给潭英便是。

室内静下来，裴慎方才唤来潭英，问道："你查到多少了？"

潭英拱手作揖："我连夜调阅了武昌知府衙门内六年来的宅邸交易契书。"至于为何不查黄册，潭英心中自有盘算。乱世里，官府都不核定人口了，沈澜便是上了黄册，鬼知道小吏将她录去了哪里。他还不如查查大宗宅邸买卖呢。

"三年前，沈宅进行过一次买卖，契书上记有夫人的名讳，上沈下澜。"

裴慎蹙眉：这名字沁芳头一次逃亡时便用过了，何至于要再用一次？这名字莫不是有何特殊的含义？

他正思忖着，潭英又说道："除此之外，昨夜沈宅大火，火势烟气冲天，半城百姓可见。今日一大早，满城民意汹汹。属下只遣了几个人坐在沈宅附近的茶馆里探听消息，便听到周围的百姓在卖弄，他们只说……"

潭英吞吞吐吐，含混不清。

见他这般，裴慎淡淡地说道："你只管如实说来便是。"

潭英这才低声说道："说是沈娘子待夫君情深义重……"硬着头皮说道，"沈娘子年年都要去替亡夫扫墓焚黄，守……守节六载，抚育幼子。"

裴慎眼底寒意森森，沉声问道："你可去查看过那亡夫之墓？"

潭英越发吞吞吐吐："那墓碑上写着……亡夫王新立之墓，妻……沈氏立。"

裴慎握紧双拳，"咔嚓"一声，唬得潭英头皮发麻，只好低下头去，恨不得把地砖盯出花来。

良久，裴慎方松开手，面无表情地说道："你可查过王新立是谁？"

潭英咬牙说道："大人，是属下失职，只有半夜的工夫，时辰太短，尚未查到此人。"

裴慎默然不语，一面疑心此人多半是沈澜捏造的，一面又过不去心里的坎儿。若她在这六年里有了旁人，那他算什么！

裴慎强忍着内心的妒意，追问："还有呢？"

潭英松了口气，拱手作揖说道："大人，沈娘子有一幼子，名唤沈潮生，年约五岁，正在从周先生手下读书。"

"潮生？！"裴慎倏忽想起了自己初来湖广的那一日，江米店内招呼自己买米的那个孩子恰叫潮生。

那孩子生得虎头虎脑，打起架来奇正相辅，赏罚分明，倒是个伶俐聪慧的顽童。

"你方才说此子今年五岁？"

"是。"

若孩子真是五岁，她岂不是六年前怀上的？

裴慎强忍着内心的激动，勉力镇定地说道："你可能查得到潮生的具体生辰？"

潭英自然知道这是重中之重，即刻拱手作揖："属下昨夜遣人去询问了这位从周先生，他只说每年五月初七，潮生都会早早归家，随夫人庆生。"

五月初七？算算时辰，那便是六年前立秋那一次她怀上的。

裴慎一朝妒意尽散，心情大好。

那什么狗屁王新立，果真是沈澜捏造的。不仅如此，她竟愿意替他生儿育女。

只这一条，便足令裴慎心中快意，几欲纵酒狂歌，放声大笑。

裴慎咬着腮肉，勉强按捺住激动，朗声问道："潮生现于何处？他可在沈宅？"

潭英见他高兴，一时心中也有几分喜悦。他和陈松墨都是跟着裴慎的老人了，自然希望他后继有人，否则这国公爷的位子叫旁人得了去，难免叫人不快。

"启禀大人，属下探查过了，小公子自昨晚起便不曾出现在沈宅。"

裴慎倒也不急。若潮生出事，沈澜只怕要急死；如今她还优哉游哉地理事，可见是早将潮生藏匿了起来。

既然知道潮生安全，裴慎便笑道："无碍！小儿顽劣，可能又去哪里闹腾了。"

乘着裴慎心情好，潭英又立刻说道："大人，王俸出府后直奔沈宅一事，属下也已查清了。"

听他提及此事，裴慎神色一黯。

太监亵玩女子，何其毒辣！若非沈澜机敏镇定，只怕自己已与她阴阳两隔。

裴慎只消思及此事，心中便惊怒交加，强忍着怒意说道："你且说来。"

"原是王俸的手下有个小太监与武昌知府夫人身侧的一名唤作余嬷嬷的仆婢对食。"

潭英将其余因果尽数道来。说到潮生和官僧打架，余嬷嬷挑拨离间，庾秀娘愤而拿热茶泼夫人时，潭英忍不住抬头偷觑裴慎的脸色，却见他喜怒难辨，只一双眼睛几欲噬人。潭英心惊肉跳，下意识地低下头去，只说那小太监欲将沈澜献给王俸，且极力描摹沈澜的美貌，王俸这才迫不及待地直奔沈宅。

有人觊觎沈澜，令裴慎愠怒至极。他神色冷厉，一字一顿地问道："此二贼何在？"

"余嬷嬷和那小太监俱被绑了，被关在地牢里。"

闻言，裴慎再难忍凶戾之态："你派锦衣卫好生照料他们！"

潭英笑着应了一声。锦衣卫凶名在外，可不是什么善茬儿，光是伺候人的刑具就有百十来种，保管他们用得高兴。

裴慎叮嘱完，方觉出了一口恶气。只可惜王俸已然身死，否则他必要将这混账东西凌迟处死。

此外，庾秀娘拿热茶欲毁沈澜的容貌，此手段便已足够毒辣了。潮生和官僧打架一事，亦是他亲眼所见的。那官僧蛮不讲理，动辄辱骂潮生"野种"，还对潮生说什么"你娘要成亲了"。

成什么亲！这件事，待沈澜回来后，他自然要问个清楚。

这母子二人的所作所为，已足够令裴慎厌弃。他心中不快，面上反倒叹息道："堂前教子，枕边教妻，王广俊两样都没做好啊。"

这位王知府的仕途只怕要完了。潭英听在耳中，倒并无同情。整个湖广一系的官员没多少是干净的。相反，王知府因着和王俸同姓，虽不曾攀上本家，却也有几分亲热勾连之意。

裴慎淡淡地说道："你去给黎大用传个信，只说王知府素日里治民多行黄老之道，王俸事发时他恰好在衙门内。"

裴慎说的每个字都是真的。只是没出事，王知府那就是奉行黄老之道，无为而治；出了事，王知府便是平日惰怠懒政，导致民变暴动。王俸事发时接近黄昏，王知府尚未散衙，在府衙办公极正常，可裴慎派人蓄意一提，那王知府便是龟缩府衙不出，坐看王俸身死。

待潭英应了一声后，裴慎方自雕竹如意纹笔架上取了一杆黑漆描金的狼毫，铺开空白的罗纹纸，提笔写起了奏本。

王俸身死，裴慎拿一个武昌知府抵命，再加些罪大恶极的死囚充作罪魁祸首，倒也够了。只是，朝局怕是会再度暗流汹涌起来。

"大人，王俸死了，朝中会不会就此收手？"潭英立于房中，临行前忍不住好奇地问道。

裴慎正欲摇头，却听到门外忽有人朗声说道："自然不会。"

石经纶匆匆入内，自袖中取出一份奏报递给裴慎："大人，南京来信了，只说北边刚刚收复，陕西遭了六年兵灾，疮痍满目，饿殍遍野。矿监税使李成上奏，建议陛下暂停征收矿税。"

"如何？"潭英忍不住问道。

石经纶叹息一声："陛下只将折子留中不发。"

潭英双拳紧攥，脖子上青筋暴起，大怒道："阉宦尚有恻隐之心，陛下却视百姓如猪狗！"

裴慎浑然不觉意外，只神色淡漠地合上折子，吩咐道："传令下去，叫众人勿要异动。按照湖广到南京的距离，不出半月，新的矿监税使恐怕便要来了。"

马车一到衙门，沈澜透过马车上的象眼格窗望出去，便见北衙街前密密匝匝地停着十几顶蓝布帷轿，还有七八辆两轮骡车。

不只粮商，武昌城内的大户只怕今日都来了。看来李心远和赵立二人果真扎根甚深，只半个晚上的工夫便联络到了这么多人。想想也是，沈澜的家宅被焚一事就足够令人惊惧，更别提还有王俸带人强攻破门之事，富户们哪里还坐得住？

思及此，沈澜便下了马车，与几个皂隶、差役交谈几句，便被人带着绕过青砖影壁，穿过五架梁、黑红漆的大门，复从单檐硬山灰瓦顶的仪门东侧的小门而入，又行了数步,绕过三班六房、寅恭门等地,终于到了思补堂。

思补堂原是知府休憩之所,异常静谧,此刻却人声鼎沸。

沈澜甫一进去,便见两侧的圈椅上坐了二十余人,打眼一望,各个青衣葛布,只差补个补丁了。

沈澜觉得有些好笑,只因她自己今日也是细布青衫,头发略微凌乱,睡眠不足,以至稍显萎靡。

"沈娘子来了。"

"听说沈娘子昨日家宅被焚,如今可好?"

"依老夫看,这王俸着实可恨!"

一群人凑上来,纷纷替沈澜抱不平。

沈澜心道:既然如此,怎的不见你们昨日来援助我一二?

她心里这样想着,却含笑与众人一一见礼。

她刚一落座,王广俊便拈着长须,自东稍间的茶房里走出来。

王广俊年过四十,方脸阔耳,颇为威严。他落座上首,面容肃穆地说道:"诸位前来所为何事,本官已知晓。"又说道,"只是矿监税使一事实乃朝廷下旨,非本官人力所能及啊!"

王广俊一退六二五,半点儿不沾身。

大伙面面相觑。

李心远便捻须叹息道:"大人为难了。"

于是众人纷纷感叹大人辛劳。

沈澜坐在人群里,只含笑看着,沉默不语。

众人拍了会儿马屁,面面相觑,只等着旁人主动提及要王广俊上奏请求朝廷撤销矿监税使一事。

眼看着大家都沉默不语,沈澜便含笑说道:"是我等为难大人了。既然如此,民妇这便告辞了。"说罢,她起身欲走。

满座皆惊愕。

李心远即刻坐不住了,若沈澜走了,他们今日哪里来的由头,便捻须笑道:"沈娘子且慢。"语重心长地说道,"外头矿监税使闹腾得厉害,王大人是晓得的。沈娘子家宅被焚,当真是一等一的苦主啊!"

李心远三两句话便将众人的视线引到了沈澜的身上,强逼沈澜出头。

沈澜心中冷笑一声,便低下头去,抹了抹眼角:"民妇不过是一个寡妇,拉扯着孩子艰难求生,谁料到又遭王俸欺凌,冤屈无处可诉,无可奈何之下,只能来寻大人了。"哭诉道,"还望大人看在救命之恩的分儿上,救救民妇吧。"

王广俊脸色一白。三年来，沈澜礼物送得殷勤，却从没有一次提及过她对自己的救命之恩。谁料到她今日偏偏当着这么多人的面，揭开了这件往事。

"沈娘子对王大人竟还有救命之恩？！"赵立惊诧地说道。

在座的富户们也纷纷议论起来。

"哎呀，我们从未听过此事。"

"这是什么时候的事？"

"沈娘子怎的往日里不提？"

好钢自然要用在刀刃上。沈澜拿蘸过姜汁的帕子揉了揉眼角，哀声说道："不过是来了洪灾，沈家扶危济困，帮了大人些许小忙罢了，不值一提。"

在座的各位没人是傻子，各个心明眼亮，议论纷纷。

"没想到沈娘子竟救过王大人！"

"沈娘子实在是功德无量！"

王广俊听着，颇有些恼怒。

总督、巡抚、布政使、镇守太监都知道民变的事，他根本瞒不住。他原本打算顺势将沈澜下狱，届时她便是罪魁祸首。自己再事后补救，责任也能小一些。谁知沈澜今日竟当着这么多人的面揭破此事。这下好了，他若强将沈澜下狱，对方本就是个寡妇，一个欺凌孤寡、罔顾救命之恩的名头扣下来，保不齐谣言传着传着能变成他构陷救命恩人。届时，在士林里，他的名声能顶风臭出十里地。

王广俊虽私底下跟太监勾勾搭搭，但还没不要脸到这种地步。

"沈娘子救命之恩，王某日夜不敢忘。"王广俊满脸真诚，"说来沈娘子也是可怜，无故被那王俸焚毁家宅，肆意欺凌。"语罢，他深深地叹息一声。

沈澜心绪稍松，心知王广俊这是答应在上报给布政使的奏折中进行润饰，将她描绘为纯粹的受害者。

"多谢王大人怜悯。"沈澜柔顺地说道。

王广俊便说道："沈娘子乃我王某的救命恩人，今后若有所求，王某在所不辞。"

沈澜心知，王广俊的意思是她以后有事就别来找他了。

她半点儿都不惧王广俊这种半威胁半警告的话。民变一起，王广俊必要遭殃，别说来对付她了，官位能不能保住还是个问题呢。

"大人高义！"沈澜发自内心地称赞道。

众人也纷纷称赞起来，这个说"大人有恩必报"，那个说"大人厚道"。

李心远无奈，眼看着沈澜最大的危机解除了，心知此女绝不会再出头。如今，危机最大的不是沈家，而是富甲湖广的李家了。除非沈澜衰到极致，又被新的矿监税使看上，否则新的矿监税使来了，必是他李家先倒霉。

李心远没办法，只好带头卖惨、收买、胁迫、拉关系，无所不用其极地要求王广俊上奏折祈求朝廷撤销矿监税使。

　　这一次，沈澜只随众人附和，不再多言。

　　沈澜离开武昌府衙已是申时末，残霞夕照，归云如絮。

　　驾车的六子将沈澜带到了石塘桥附近的小宅中。

　　"夫人，时间太紧，老朽只买到了一进的宅邸。"候在门口的谷仲见沈澜下了马车，便匆匆拱手致歉。

　　沈澜摆摆手，笑道："多谢谷叔了。"

　　她又转头对六子说道："你去彭家将潮生接回来吧。"

　　六子领命，匆匆而去。

　　"夫人，这宅子颇有些陈旧，若要尽数修葺完毕，少说也要半个月。"谷仲跟在沈澜的身后，忧心地说道，"与其这般，夫人倒不如先住江米店的后院。"

　　沈澜摇摇头："江米店里人来人往，到底不安全。"她又宽慰了他几句，方才进了正房。

　　正房稍有些陈旧。谷仲已请两个粗使婆子擦洗一番，又去漆店里采买了桌椅、床榻之类的家什，再加上帐幔、桌帷，便已到了酉时。

　　沈澜倦怠地揉揉眉心。她连轴转了两天，疲乏至极，本想等着潮生回来后再歇息，谁知趴在双勾如意马蹄腿方桌上竟然昏沉睡去了。

　　流云纹铜烛台上，牛油烛徐徐燃烧。菁草大方瓶内，插着两枝含苞欲放的山茶花。兽首博山炉里，四弃香烟气袅袅。

　　沈澜好梦沉酣之际，忽觉脸颊微微泛痒。她迷迷糊糊地睁开眼，正好与一双乌溜溜的眼睛对了个正着。

　　"娘。"见沈澜醒了，潮生立在原地，眼眶里冒出泪花。

　　沈澜惊诧，往日里潮生见了她，必要黏黏糊糊地让她抱，怎的一日未见，竟成了这般模样？

　　"你这是怎么了？"沈澜便张开双臂，笑盈盈地唤了一声"潮生"。

　　潮生本来觉得自己长大了，不该让娘抱的。他还想忍住不哭，可沈澜一唤他，他的眼泪就忍不住流了下来。他扑上去，钩住沈澜的脖子，把头埋在沈澜的脖颈儿处，带着点儿哭腔说道："娘，我好想你呀！"

　　沈澜心中酸涩，连忙说道："娘也想你呀！"

　　潮生哽咽了好一会儿，方才慢慢止住眼泪，闷闷地说道："娘，我想学武！你给我找个师父好不好？"

对于潮生想学武一事，沈澜倒不惊讶。

潮生活泼好动，玩具房里有好多小木剑、小木刀，还有一匹神俊的小木马。

沈澜以为潮生被昨晚的事吓坏了，见了自己才会哭，便拍着潮生的脊背安抚他："你想学武强身健体，当然可以。"

见她答应，潮生便抹抹眼泪："等我学了武，当上大将军便好了。"龇出虎牙，恶狠狠地说道，"等我当了大将军，就杀了欺负娘的人！"

沈澜闻言惊了惊。潮生才五岁，性子开朗，活泼好动，怎会忽然这般凶狠偏激？她转念一想，一个五岁的孩子骤然遇见家宅被焚，外头贼人强攻，还被母亲强逼离开，只怕被吓坏了，性子大变也是常有的事。

沈澜既心疼又愧疚难当，便抚摸着潮生的脊背，笑道："将军只在战场上用武，哪儿有张口闭口便要杀人的？"

潮生倔强地摇摇头，却不肯说话了。

沈澜无奈，只好抱着潮生说道："娘明日带潮生出去玩，可好？"

玩上几日，忘记昨晚的事就好了，否则潮生若养成了偏激阴骘、好勇斗狠的性子，那可如何是好？

潮生摇摇头，睁着乌溜溜的眼睛，认真地说道："娘，我明日想去先生那里读书。"又说道，"等找到师父，我就晚上回来后跟着师父学武。"

沈澜叹息一声，心知他这是受刺激了，便哄他："最近半个月，外头乱，潮生便不要每日往外去了，玩上几日后便在家中跟着六子学学武艺，等娘找到好的武师父再说，可好？"

潮生郑重点头，又正色说道："娘，外头那么乱，你也不要出去了，可好？"

沈澜轻笑，也郑重点头。

潮生这才破涕为笑，搂着她的脖子撒娇，一声一声地喊娘。

沈澜被他缠得没办法，便点点他的鼻尖，笑话道："你不该叫潮生，该叫糖饼才是，真黏人！"

潮生耳朵微红，睁圆了眼睛说道："我长大了，娘不能那么说我。"说罢，他挣扎了两下，想跳下来。

沈澜发笑，便将他放下，笑道："我们潮生今年五岁，的确长大了。"

潮生这才抿着嘴笑，又被沈澜牵着手带到高椅上，安安静静地用完了一碗长腰米饭，又大口大口地吃了两个蔬菜肉丝卷、一碟劈晒鸡，还捏着筷子去夹水晶蹄髈。

沈澜惊住了，赶忙打掉潮生的筷子，又去摸了摸他的肚子，正色说道："潮生，你分明吃饱了，为何还要再吃？"这都快有他平日里两倍的饭量了，他的小肚皮都鼓起来了。

潮生抿着嘴："我还饿。"说罢，他却打了个饱嗝儿。

沈澜无奈，赶紧取了山楂给他消食，又将他抱在怀中，揉着他微微鼓起的肚皮："潮生是不是觉得吃了饭就能快快长大了？"

潮生点点头，认真地望着沈澜："我要快点儿长大，长大了就能保护娘。"

沈澜叹息一声："明日一大早，娘拜访完四邻后便带你出去玩。"

她不能再让潮生这样下去了。

沈澜解释道："我们刚刚乔迁至此，要给四邻送上拜帖和小礼物。"

潮生聪慧又精怪，闻言，忍不住打了个嗝儿："娘，明天我去送吧。"

沈澜略略惊诧，低头望着潮生干净的眉眼。她正犹豫，却听到潮生正色道："娘，我长大了。"

任何一个孩子，在经历了那样的事情后，都会快速长大。

沈澜心中酸涩，又知道现在拒绝潮生，潮生必定不高兴，反倒要寻别的事情向她证明他长大了，可以保护她了。与其那样，倒不如任他去，权作疏解。待过些日子，他内心的惊惧自然会淡化。况且潮生要做什么，凡是正向的，沈澜从不打击他，素来积极鼓励他去做。

她便笑盈盈地道："那明日之事便托付给潮生了。"

潮生又期待又兴奋："娘，那我明天要带什么去呢？"

沈澜笑道："你带上两个护院叔叔，几张拜帖，还有礼物。至于礼物，你就选一份虎眼窝丝糖、一尾糟鲥鱼、三尺鹦哥绿杭绸，可好？"

潮生才五岁，哪里懂送礼，便装模作样地点点头。

沈澜看得发笑，揉揉他的脸，细细与他分说："糖送小孩，糟鲥鱼送给大人……"


第二日一大早，潮生便雄赳赳气昂昂地出发，带着六子和另外两个护卫，以及两担礼盒，挨家挨户地叩门拜访。

近邻不多，巷子里拢共也就十几户人家。他先走到巷子头，敲开第一户人家的大门，待有人来开门，便恭恭敬敬地拱手作揖："老丈好，我是石塘桥巷中第六户人家的独子，因是新搬来的，特意来与老丈见礼。"说罢，便招呼护院叔叔送礼。

他人小，又生得玉雪可爱，学着大人的样子拱手作揖时，煞是可爱。

被他拜访的人家平白无故地得了礼物，自然不会觉得他失礼，反倒觉得颇为有趣。有几个还似模似样地向他还礼，赠了他一些糖果、点心。

潮生首战告捷，便越发得趣，高高兴兴地拜访了五家，略过了自己家，敲开了隔壁邻居家的大门。

甫一开门，潮生便瞪大了眼睛，心想：这个叔叔好高，都快有门框那么高了，还有满脸的大胡子。

他一见是个叔叔，便说道："叔叔好，我是石塘桥巷中第六户……"

开门的平山一听他说是隔壁人家的孩子，便吃惊地说道："小公子且稍候。"说罢，他便将门关上了。

潮生惊了惊，没料到他这般可爱，居然会有大人不喜欢。若是以往，潮生必会转头就走。这位叔叔不喜欢他便不喜欢吧，他还不喜欢这位叔叔呢！可如今他长大了，觉得靠自己是不够的，如果再有强人破门而入，有邻里帮忙便最好了。

思及此，潮生便想着再敲一次门。他正欲伸出小手去叩门，却见大门忽然又被打开了。

这次换了一个叔叔。

潮生记性极好，一眼便认出来了："你是买米的叔叔！"这就是他和官僧打架的那一天，站在街上和他打招呼的那个人。

"叔叔，你住这里呀！"潮生睁圆了眼睛望着他。

裴慎低头，见他正仰头望着自己，便油然生出一种欢喜，心里瞬间充满幸福，情不自禁地笑起来。

这是他和沈澜的孩子，身上流着他们二人的血。

裴慎心里激动，蹲下来，细细打量他的眉眼，剑眉，丹凤眼。只是孩子还小，眼睛略显圆润，鼻梁很挺，嘴唇微薄，依稀能见到自己儿时的影子。

当日他怎的就没认出来呢？裴慎颇感遗憾，便笑道："你还记得我？"

潮生点点头，狡黠地说道："你是要来我家里买米的叔叔。"

跟在裴慎身后的几个护卫暗自发笑。

裴慎也忍不住发笑，便一把将他抱起来："你记性倒好。"笑道，"我明日便遣了人去你家买十斤米，可好？"

潮生脸上的笑更甜了，他毫不犹豫地搂住裴慎的脖子，笑嘻嘻地说道："叔叔人真好！"对着六子招招手："六叔，你快把礼物送给叔叔。"

六子不曾见过裴慎，自然没认出来，只是笑着将礼物递给裴慎。

裴慎没接，身后自然有护卫接过礼物。

见送完了礼，潮生想着要去下一家拜访，便挣扎着想往下跳。

抱着自己血脉相亲的孩子，裴慎这会儿正稀罕得很呢，哪里舍得放下他，便笑道："你送了我礼物，我还没送你礼物呢。"

潮生顿时就不挣扎了，笑嘻嘻地说道："谢谢叔叔。"

裴慎满面含笑，单手抱住他，又取下腰间的玉虎纹佩递给他："你可喜欢？"

那玉水汪汪的，油润清透，上面雕刻的虎昂首啸立，活灵活现，一看就极贵重。

潮生摇摇头，将玉虎纹佩递回去："这太贵重了，我不能收。"嘴甜地说道，"叔叔愿意买我家的米，我就已经很高兴了。"

见他行止有度，并不爱财，便知道沈澜教得极好，裴慎心中欢喜，笑问道："那你喜欢什么？下回见面，叔叔送你。"

潮生想了想："我想要的，叔叔送不了。"

裴慎还是头一回听见这种说法，稀奇地问道："这天底下还有我送不了的东西？你且说来听听。"

潮生只觉这叔叔真会吹牛，也不怕吹破牛皮，但他素来喜欢撒娇卖乖，哪里肯当面戳穿别人，便笑嘻嘻地说道："我要快点儿长大。"

这个，裴慎还真送不了。他哑然失笑："除了这个，你可还有别的想要的？"

潮生只觉怪怪的，这个叔叔为什么对他这么好？

他心思多，又遭逢了昨夜惊变，这会儿正是警惕心很强的时候，便笑嘻嘻地说道："我想要一把小木剑。"

潮生有许多小木剑，根本不缺，故意这么说就是想试探这个叔叔。外头的铺子里不卖这个，小木剑需要自己做，很耗费心思。若一个无亲无故的陌生人愿意送他一柄小木剑，那就只有一种可能——他是个专拐小孩的拐子。

"好，下次见面，叔叔送你一把小木剑。"

他果然是个拐子！

可是这位叔叔穿着绸缎呢，上次见面的时候他还有马。拐子这么有钱吗？

潮生又开始怀疑起自己的猜测来。他决定再给这人一次机会。

"叔叔，你为什么对我这么好呀？"

裴慎一愣，认真地说道："我记得，那一日你的同窗唤你潮生。叔叔有个儿子，也叫潮生。"

潮生顿时瞪圆了眼睛，疑心这个叔叔骗他，天底下怎会有如此巧的事？

"真的吗？"

"自然是真的。"裴慎一点儿也没骗人，说罢，一下将他抛起来，掂了几下。

以往家里的护院生怕伤了他，哪里敢这么跟他玩？潮生头一回被人抛上抛下，笑个不停，玩得不亦乐乎。

一旁的六子连带着两个护院，都悬心不已，正想出声制止，却见裴慎冷眼扫来，眼神冷厉。几个人竟被他的眼神吓住，不敢动作。

裴慎漫不经心地收回目光，心道：一帮没杀过几个人的货色，脚步虚浮，功夫也不扎实，怎能保护好她呢？

潮生被抛上抛下，还在快活地大笑："叔叔，叔叔，你再抛一次，再抛一次！"

见他这般快活，裴慎心里也欢喜，带着笑意陪他玩。

两个人玩了一会儿，裴慎生怕潮生玩得太厉害，脑袋发晕，便停了下来。他甫一停下，潮生便抱着他的脖子，亮晶晶的眼睛看着他，分明是还想玩。

可裴慎今日遇见潮生不过是巧合罢了。他刻意遣人在沈澜家隔壁买了宅子，是为了安置亲卫，好护卫她。

宅子刚买下，裴慎不放心，便想着来此地查验一番，谁知恰好遇见了潮生。若两个人玩耍的时间太长，沈澜必要出来寻潮生，届时一问，裴慎只怕会露馅儿。

思及此，裴慎笑道："潮生，叔叔还有事，今日不能陪你玩了。"

潮生心里失望，却也知道二人无亲无故，这位叔叔只是想自己的儿子潮生，这才移情自己的。

他认真地说道："谢谢叔叔陪我玩。叔叔，你去忙吧。"

这个叔叔不是拐子，是个好人呢！

裴慎没料到他这般懂事，便笑盈盈地说道："叔叔这几日早上都在这里，你若还想玩便只管来找我。"

"好的，叔叔，明日我便来找你玩。"潮生又笑嘻嘻地说道，"叔叔，你放我下来，我要去拜访别的人家了。"

裴慎瞥了一眼潮生旁边的几个护卫，嫌弃他们不顶用，便笑道："你人小，旁边的这三个护卫都抱着礼物呢，叔叔再遣个人陪着你，等到你拜访完了，再叫他回来，可好？"

"谢谢叔叔。"潮生认真道谢，便带着三个护卫和一个新来的，一起去拜访剩下的几户人家。

恰逢暮春四月，澄空一碧，云团如絮，天朗气清。

潮生拜访完四邻，回家时已是中午。

他一路小跑回去，满头细汗，兴奋得脸蛋儿通红，一个劲儿地喊着："娘！娘！"

"慢点儿走。"沈澜恰好自正房出来，屈膝将他抱起，取了帕子替他擦汗，又笑盈盈地说道，"你怎么跑得这么急？"

潮生独自完成了一件大事，这会儿激动地说道："娘，我今天收到了好多糖和点心，还卖出去了十斤米！"

沈澜惊讶地说道："潮生还学会卖米了？！"

潮生兴奋得点头，抿着嘴，矜持地说道："我把米卖给了我们隔壁的邻居。"

看他那副略显得意、期待夸奖的样子，沈澜忍笑说道："我们潮生真厉害！"

潮生再也忍不住了，蹭着沈澜的脸颊，小声说道："娘，我要跟四邻搞好关系，让他们以后都买我们家的米。"他尤其要和那个有钱的叔叔打好关系。

沈澜像煞有介事地点点头，夸赞道："潮生有了自己的经商经验，值得表扬。"

潮生害羞地把头埋在沈澜的脖颈儿间，撒娇道："娘，我明天早上去找隔壁的叔叔玩，好不好呀？"

"好。"沈澜并未起疑，只是笑道，"那明天娘跟你一起去，谢谢人家。"

虽是邻里，可现在外头乱着呢，潮生要出去玩，沈澜到底不放心，还是亲自去看看为妙。

见她答应，潮生搂着她的脖子甜滋滋地说道："娘，你最好了。"

见他撒娇卖乖，沈澜便好笑地点点他的额头，将他抱到高圈椅上，又叫厨下进了碗山栗牛乳茯苓粥，搭上两个芝麻薄脆。

待饭毕，沈澜便陪着潮生玩了会儿木剑，又给他读书、讲故事。用过晚膳后，沈澜替他沐浴更衣，又哄他入睡。

第二日一大早，潮生穿上白绫裹衣、浅蓝潞绸小道袍，系上石蓝腰带，再佩上自己心爱的小木刀。

他昂首阔步，挺胸凸肚，努力模仿出书上写的大将军应该有的气势。为此，他甚至放弃了牵沈澜的手。

沈澜看着他这副骄傲的样子，心里觉得好笑，便逗弄他："潮生觉得模仿将军走路便是大将军了吗？"

潮生想了想，终于把自己刻意挺起的小肚子收了回来，认真地说道："娘，我弄错了。能打胜仗的才是大将军，走路好看的不算。"

沈澜笑着点点头："大将军若只是虚有其表，总有一天会露馅儿的，唯有实力强才是硬道理。"

潮生点点头，凑到沈澜的身边，仰起头，甜滋滋地喊了一声"娘"。

沈澜心知他这是向她撒娇，想在外头多玩一会儿，便笑道："你可以多玩会儿，但是必须由护院叔叔们看着你。"

潮生连连点头，又甜滋滋地去喊"六叔""王叔"，一个不落地喊了个遍，惹得身后的几个护卫眉开眼笑。

两个人说话间便出了家门，敲开了隔壁邻居家的大门。

开门的是个精瘦的中年男子。

沈澜外出时为防容貌惹祸，便戴上了帷帽，这会儿正隔着帷帽打量他。

眼前人方脸，招风耳，有胡楂儿，头戴深网巾，穿着三梭布衣衫，脚蹬蓝布鞋，看着便是个普通的百姓。一进的院落,周围都是普通人家,不算大富大贵,他最多也就是小有资产,穿得寻常些也不奇怪。

"娘,昨日便是这位叔叔送我去拜访其他家的。"潮生指了指他。

沈澜还以为昨日陪潮生玩的也是这位,便笑着问对方的姓名。

中年男子即刻答道:"夫人唤我一声'刘哥'便好。"

沈澜笑道:"幼子顽劣,多谢刘大哥帮忙。"说罢,她叫六子取了两斤雪里青递上。

刘青赶忙拱手作揖,咧着嘴笑道:"哪里哪里,夫人客气了。"

二人推辞了一番,刘青到底收下了礼物。

沈澜正欲告辞,却见潮生睁圆了眼睛,仰头问道:"刘叔叔,昨日那位买米的叔叔来了吗?"

刘青摇摇头:"他没来。"

"可我们约好的呀!"潮生失望不已。

刘青便拱手致歉:"实在对不住,东家失约了。"说罢,对狐疑的沈澜解释道:"昨日恰好东家上门来寻我,见潮生有趣,便陪着他玩了一会儿。"

沈澜点点头:"原来如此。倒是劳烦你的东家了。"她说完,又客气了几句,便带着潮生告辞。

走回家就这么几步路,潮生却一而再、再而三地去摸腰间的小木刀。

沈澜心知他这是失望了,便一把抱起他,安慰道:"或许潮生明日来就能看见那位叔叔了。"

潮生抿抿嘴,气馁地说道:"那叔叔还答应送我一把小木剑呢!我还想着等拿到小木剑,就把我的小木刀送给他。"

沈澜脚步一顿,复又笑道:"潮生做得对,人与人之间应该礼尚往来。"

潮生又高兴起来,搂着沈澜的脖子,期盼地说道:"娘,我们明天再来一趟,好不好?"

沈澜面不改色地说道:"好呀!"

两家本就是邻居,不过几步路的距离,平日往来一下也没什么。

沈澜带着潮生回了家中的正房,将他交给春鹃,说道:"潮生,你先在家自己玩,好吗?阿娘有些事要去处理。"

潮生瑟缩了一下,小脸煞白。他一下子便想起了前几日的晚上,大火焚烧,外头刀光剑影,母亲强逼他离开。

沈澜见他脸色发白,心知他必是想起了那天晚上的事情。她一时心疼,便将潮生抱过来说道:"潮生莫怕,娘不过是去处理些事务罢了,并不是要丢下潮生。"

潮生这才缓过来，懂事地从沈澜的怀里跳下去："娘，你去忙吧。"

沈澜哄劝了他几句，又陪了他好一会儿，见他脸色好转，玩起积木来，这才出了家门，带着六子和其余的三个护卫叩开了刘青家的大门。

刘青打开门，见沈澜去而复返，难免惊诧地问道："夫人可是有事？"

沈澜冷笑："让裴慎出来！"

刘青一惊，镇定下来，说道："此人是谁？我不认得。夫人是不是寻错地方了？"

见他嘴硬，沈澜冷笑一声："哪里来的东家，分明素不相识，又是来我家买米，又是送潮生小木剑，吃饱了撑的不成！"

她的话音刚落，刘青的身后便传来一声叹息。

裴慎本想着先和潮生搞好关系，却没料到她这般敏锐，不过第二日便发现了。他一番苦心付诸东流不说，反倒显得自己算计太多，一时竟有几分心虚。

奈何刘青已经退开了半步，裴慎便只得从庭中缓步行来。

他今日头戴凌云巾，内着白绢中单，外罩石青杭绸圆领袍，腰束荔枝银腰带，天青梅花攒心绦上系着药玉环，看着倒是风流蕴藉，矫矫不群。

甫一出来，裴慎便只顾着目不转睛地盯着她看。沈澜今日穿着白绫扣衫、豆绿潞绸罗裙，纤细的腰肢上悬着一根天水碧丝绦，系着个竹叶杭绸荷包。

短短两日未见，人越发清减了，也不知她可有好生吃东西。裴慎有些焦躁，可骤然见了她，心中又难免觉得圆满，竟忍不住喟叹一声。

沈澜亦打量着裴慎，神色复杂难辨。她在被裴慎发现时，就已想到他会来找潮生，却没料到这一日来得这么快。她既不愿意让潮生与裴慎扯上关系，又不能剥夺潮生亲近亲生父亲的权利，更不知该如何告诉潮生真相。

沈澜心中五味杂陈，张了张口，素来伶牙俐齿的她一时竟说不出话来。

隔着门槛，两个人一个在内，一个在外，四目相对，俱不知该如何言语。

半响，沈澜方才开口："我们的事，待潮生长大了，我自会告诉他。"权当父母离异，等孩子大了，跟母亲还是跟父亲，让他自己选吧。

裴慎微愣，神色复杂："你承认了？"他还以为自己要送上好些证据，她才肯承认潮生是他的儿子。

沈澜从不做无谓的挣扎。就算她不承认，裴慎也不会信的。

沈澜讽刺道："难不成裴大人没去查？"

裴慎自然是查了，不仅查了，甚至将六年前沈澜的丫鬟、彭弘业在杭州的亲眷、给沈澜接生的稳婆等人通通翻出来，查了个底儿掉。

"实则也不必查，只'潮生'这个名字便足够证明我的推测了。"裴慎感慨道，

"若不是为了纪念这孩子熬过了滔滔江潮,你何必叫他潮生呢?"

这不过是其中一个原因罢了。

沈澜正色说道:"是为了纪念我在江潮中重获新生。"

裴慎怔了怔,满腔欢喜付诸流水,神色竟有些黯然。半晌,他自嘲一笑:"我从前在你心中便那般差劲吗,以至竟要叫你用上'重获新生'一词?"

沈澜微愣,大抵是想到了从前,神色复杂难辨,沉默了一会儿,终究说道:"从前你拿金子做了个牢笼,我每日再怎么折腾,活动范围也不过一个笼子罢了。而后我侥幸逃出,振翅于辽阔的高空,自然如获新生。"

裴慎已经不是第一次听她自比笼中雀,不解地说道:"六年前,自你身子好了后,我便很少限制你外出,甚至打算等你生了孩子,便叫你自在走动,你想去哪里便去哪里,与你现在一般无二。你又怎会没有自由呢?"

沈澜轻嗤:"六年前,我若告诉你我要自立门户,要做米粮生意,你肯吗?"

那他自然是不肯的。裴慎倏忽间竟隐隐有些明白她的意思了。

"六年前,你给我的自由是有限的。看似我能进进出出,自由自在地买东西、赴宴交际,实则你允许我做的就只有这几件事罢了。"沈澜嘲讽道,"你不许我做生意,不许我看地理舆图,不许我与旁的男子交际……"

裴慎一听到她说旁的男子,便内心妒意升腾,奈何交心的机会难得,只能强忍着嫉恨说道:"你与我成婚,婚后你若要继续做什么米粮生意也好,看什么地理舆图也罢,我都答应。"

沈澜颇为诧异地瞥了他一眼,冷冷地说道:"这话说出来你自己都不信吧。"

"我既然允诺,便绝不食言。"裴慎郑重地说道。

沈澜摇摇头:"我要的不仅是自由,还有尊重,这是你万万给不了的。"

裴慎敏锐地意识到她的话语松动了一半,便低下头,柔声说道:"你又怎知我给不了呢?成婚后,你便是我的妻子,我怎会不敬重你?"

沈澜深吸一口气,抬头望着他殷切的神情、俊朗的眉目,笑问道:"我只问你一句话,若我不愿意与你成婚,你是否愿意尊重我的自由意志,就此放手?"

她用词古里古怪,但裴慎还是听懂了。听懂的那一刻,他脸色阴沉。

沈澜不愿和他成婚,若他选择尊重她的意见,那便不能和她成婚。裴慎哪里肯答应?可若不尊重她,强行要和她成婚,岂不是又被她说中,自己一辈子都给不了她尊重。裴慎惊觉自己被绕进了一个死胡同里。

沈澜嗤笑:"寻常人知道我不愿意,纠缠一阵儿也就罢了。可你不同,你这人性子看似温和,实则执拗,凡是你想要的,即便千难万难,你都要到手。

"我说我不愿和你成婚,你是决计不肯答应的。只这一条,就意味着你这辈子都学不会尊重我。"

不是她不愿意与裴慎说原因,而是她清楚地知道说了也无用。

沈澜说到这里已觉无趣,便叹息一声,说道:"前尘往事俱是旧怨,你早早放下吧。"

他怎么可能放下呢?

裴慎看似面不改色,实则牙关紧咬。

"我今日与你说这么多,不过是因为潮生。你是他的亲生父亲,往后你自然可以来探望他。只是我希望你知道,你我之间是不可能的。"

这一句话令裴慎的一颗心活像是在荆棘林里滚了一遭,伤口密密匝匝的,血淋淋的,疼得厉害。

裴慎微微颤抖了一下,下意识地往门上靠了靠。良久,他才哑声说道:"你既然是为了潮生说的这番话,又为何不能为了潮生与我成婚呢?"

沈澜摇摇头:"我先是沈澜,然后才是沈潮生的母亲。"

## 第十三章
# 世事纷纷一局棋

　　自那一日见面后，裴慎已有大半个月没来了。而沈澜权当他死心了，再不提此人，只安安静静地过自己的日子。
　　这一日已是五月初三，仲夏时节，榴花初绽，芍药正浓。
　　沈澜闲来无事正翻阅《东轩笔录》，方看了没一会儿，略一抬头，却见坐在竹报平安绒毛线毯上的潮生扔下手中的积木，眼巴巴地望着她。
　　临近端午，本该是任潮生四处作耍的时节，偏偏上一任矿监税使的余波还未过去，新任矿监税使邓庚前天已到达。
　　还没摸清楚这邓庚是个什么脾性，沈澜不敢随意放潮生出去，便笑盈盈地冲潮生招了招手："潮生，五月初五是端午，初七是你的生辰，你可有什么想要的礼物？"
　　潮生起身，一边朝着沈澜走去，一边认真想，半晌后，扑在沈澜的身上："我没有什么想要的。"
　　沈澜颇有些为难。潮生衣食不缺，玩具也不缺，若要寻个他喜欢的实在有些困难。
　　"既然如此，初七那一日恰好连着端午，街上必有庙会，娘带你去玩，可好？"
　　他们只出去玩一日，小心些，应当无碍。
　　潮生点点头，兴奋得脸颊通红，迭声说道："娘，娘，你最好了。"
　　沈澜这些年对他的撒娇的抵抗力很强了，便抱着他坐在案前，指点着他一字一句地认读。

彼时轩窗四敞，金光浮跃，案上的红漆盘内梅子紫、樱桃红，旁有翠竹绿柳，叶色攒青。

酒好花新，夏晴人静。

裴慎却没有沈澜那般悠闲好兴致，他坐在螭龙纹倚板圈椅上，面前的刀牙灵芝纹翘头案上堆积着大量的书信、奏报。这些东西几乎占满了小半张翘头案。

裴慎取了三封奏报摊开在案上，一份是兵部侍郎弹劾魏国公及其世子拥兵自重；一份是陕西巡按赵秉请求罢免矿监税使；一份是矿盐税使杨容弹劾云南巡抚刘平、指挥使贺训办事不力，役使军卒，几至激起民变。这三份奏报赫然与皇帝案上的三份奏折的内容一模一样。

裴慎慢条斯理地看了看，只将前两份无用的奏折扔进火盆里，纸张即刻焚烧殆尽。

他细细地看起了第三封奏报，半晌，冷冷地说道："云南要兵变了。"他将奏报递给了石经纶。

石经纶一看，只觉写这折子的人当真是指鹿为马、颠倒黑白。他恨恨地骂道："杨容这阉狗强行索贿，四处扬言要尽捕官吏，私设公堂，无故鞭笞将帅，如今竟还敢上折弹劾！"

裴慎淡淡地说道："西南一地军卒本就悍勇，杨容闹腾得天怒人怨，兵变只在旦夕之间。"

"何止是云南啊！"石经纶叹息道，"福建巡抚袁道被矿监税使无故扣留于衙内长达半个月；安徽凤阳县县令吕衍为避祸远逃至扬州；云南巡按夏高明被戴枷示众……这还只是南方，财货稍多些。北边兵灾、旱灾、水灾轮着来，本就疮痍满目，可太监们为了搜刮财货闹腾得更为惨烈。陕西县丞敖文林被新任的矿监税使梁武生生杖责致死；建雄县知县只因未曾迎接矿监税使，其麾下的典史谭正臣被凌辱致死；山西大同知府因弹劾矿税被矿盐税使裴用修逼得自缢身亡，祸延族人……"

官吏下场都如此惨烈，底下的百姓更不消说。

裴慎安安静静地听着，复又取了一封南京翰林院好友赵圭送来的书信。

他只消一摸这信便知道纸面凹凸不平、厚薄不均，是还魂纸，由废纸重制，价格低廉。

朝中薪俸最开始是半俸，如今已然停发两月了。翰林院虽清贵却无权，自然不会有人送孝敬，无怪乎赵圭窘迫至此。

裴慎展开信，通读一瞬后便知道里头只陈述了一件事：

阉宦痛殴阁老。

十日之前，陛下偶感风寒，大约是病情渐重，又得了各地民变的消息，便下旨罢去矿税。谁知陛下第二日后悔，叫内侍们去内阁将旨意索回。当值的阁臣不肯。二十余名阉人一拥而上，为夺旨殴打阁老及当值的同僚。首辅直入禁中，向陛下叩首陈情，几至流血。陛下不允，再度下旨，只言一句"矿监税使不可罢"。当夜，孙首辅挂冠而去。

　　裴慎将赵圭的信递给石经纶。

　　石经纶即使早已知道此事，看完信后，还是忍不住骂道："天下间焉有此等耸人听闻之事！"

　　石经纶语气激烈，已至愤懑。他虽是锦衣卫出身，对文官也无甚敬意，可锦衣卫与东厂、西厂相争多年，更不愿意看见阉人得意。

　　"大人，各地乱象频频，朝中孙首辅挂冠而去，南京已然乱成一团。"石经纶低声说道，"三日之前，陛下下旨，说国公爷平叛有功，要他回京受赏，明摆着是要解了国公爷的兵权。"见裴慎面无表情，石经纶急切地说道，"大人，我们不能再等下去了！若等到国公爷的兵权被解……"

　　裴慎摇头："我父亲自有决断。"

　　在如今这样的境况下，裴慎绝不会越过他的父亲下达命令，毕竟不孝的名头可不好听。

　　"我让你看这信，不是让你愤愤不平的，你且细细通读此信。"

　　石经纶一愣，细细地又读一遍，读至"君父君父，可堪为君，可配为父"时，悚然一惊。

　　"大人的意思是，士林已生怨望之心？"

　　裴慎沉默不语。

　　近一月来，他共计收到信件两百三十七封，分别是座师、同年、同乡、下属、归隐的致仕朝官等人所写，其中多有怨恨君上之语。若要起事，兵权、民心、士林人望，三者缺一不可。如今他虽已有其三，可不过是潜沸，还缺最后一把火——证明昏君无道。

　　"将弹劾矿监税使的奏报、书信尽数取来！"说罢，裴慎转而吩咐陈松墨道："你去将寅恪、鹤壁、安泰三位先生请来。"这三人俱是裴慎的幕僚。

　　沈澜并不知裴慎在做什么，静好闲适的时光稍过了几日。

　　这一晚，夜静月明，风细柳斜。

　　沈澜哄睡了潮生，沐浴更衣完毕正欲歇息，却见秋鸢匆匆叩门来报，说李府的管事带着两个孩子登门拜访。

　　沈澜微愣，蹙眉说道："你去将人请到厅中。"说罢，她随意取了件天水碧潞绸袖衫、白绫挑边罗裙，匆匆穿好，直奔花厅。

甫一入花厅，她便见李府的管事正牵着一个八岁孩子的手，怀里还抱着一个两岁幼童。

"这是怎么了？"沈澜蹙眉问道。

一见沈澜进来，年过五十的管事李东即刻跪倒在地，又将那八岁孩童一并扯倒，连连叩首，哀泣道："还请沈娘子救命！还请沈娘子救命！"

两个孩子受惊，哇哇大哭起来。

沈澜赶紧伸手，欲将此人扶起。奈何她身量单薄，管事却是个大男人，哪里扯得动他？

沈澜无奈地说道："你且起来。"

李东咬着牙说："沈娘子若不肯应下此事，我便长跪不起。"

沈澜本就对李家的印象不好，被此人威胁更是脸色一冷："秋鸢，吩咐六子找几个人把他们扔出去。"说罢，她便要拂袖离去。

"且慢，且慢。"李东慌忙爬起来，"夫人可还记得当日的盟约？"

沈澜冷笑："我当日的确答应了若李家出事便照拂两个孩子，可前提是李家亦要襄助于我。那日王俸强攻我家门，你们李家的护院在何处？"

李东面皮微红，哀泣道："沈娘子，稚子何辜？还望沈娘子高抬贵手，照拂一二。"

沈澜心知，李心远不过是欺她心善罢了，便冷着脸问道："你且先说说，李家出了何事？"

李东叹息一声："今日上午新任矿监税使邓庚力邀我家老爷去赴宴。谁知到了晚间，竟传来消息，说老爷意欲行刺邓大珰，被下狱了。"

沈澜吃了一惊。

李心远怎么会吃饱了撑的去行刺邓庚，分明是邓庚寻了个理由勒索钱财罢了。

"你家可有探听李老爷的消息，筹措钱财？"

李东急得直跺脚："我连夜遣了人去贿赂狱卒，可那狱卒早就得了邓大珰的吩咐，一口气开出了三万两白银！"

沈澜倒吸一口凉气。

三万两白银？把李家里里外外变卖了个干净，保不齐还能凑得出来。

"为期几日？"

李东面如土色："三日。"苦涩地说道，"若三日不成，只怕那阉人便要遣了兵丁来抄家了。"

沈澜这下明白了。

怪不得这管事火急火燎地将两个孩子送了过来，是怕抄家之下，两个孩子都被变卖了去。

沈澜见他这副样子不免叹息道："李家便是交出了三万两白银，难道就能幸免于难了吗？"这保不齐只是开了个头罢了。

李东苦笑："沈娘子说得是。老爷临行前叮嘱我，出了事便来寻沈娘子。李家虽与沈家多有龃龉，可辅车相依、唇亡齿寒啊！"

一个年过五十的老人涕泪交加、哀泣连连，任谁看了都要心软的。

沈澜细细盯着李东看了几眼后说道："既然还有三日期限，你且先带着孩子回去，再遣了人去联络各家富户，叫他们明日一早在赵老爷的府上见面。"

"好好。"李东立时点头，又为难地说道，"沈娘子，这两个孩子……"

沈澜淡淡地说道："你且带回去吧。有什么事，我们明日再说。"

李东一时没了办法，只好带着孩子告辞。

他一走，秋鸢急切地说道："夫人，可要让潮生去外地避一避？"

"明日一大早，你和春鹃带着潮生避去洞庭湖。"沈澜犹豫半晌，复叹息一声说道，"我若出了事，你便带着潮生去寻川湖总督裴慎。"

秋鸢倒吸一口凉气，愣愣地说道："总督府？！我怕是进不去。"

沈澜笑了笑："你且安心！你只需报出潮生的名字，他必会安置好潮生。"

也不知是不是因为夜风太寒，秋鸢陡然觉得一阵寒意从心底涌出。她隐隐猜到些什么，却又不敢问，只低声说道："夫人既然与总督有旧，还怕那太监做甚！夫人只管请了总督帮忙便是。"

沈澜摇摇头："你只管照我的吩咐去做。"

第二日一大早，沈澜安抚好了潮生，方匆匆赶去赵府。

赵府花厅内都是人。角落里还栽着红榴绿柳，门檐上插着菖蒲、艾草，奈何无人再有心思过端午。

"怎么回事？昨夜我担心得一宿没睡。"

"李家出事了。今日一大早，我便见到李家门口人喊马嘶，乱成一团。"

"出了何事？"

"听说是李心远被下狱了。"

众人议论纷纷，说辞不一。

沈澜甫一进门，与诸位见过礼，却见有几个生面孔坐着，转念一想，应当是李东请来的李心远的人脉。

她便对李东说道："你既然代表了你家老爷，且将昨日你对我说的话一一重复给诸位听。"

李东无奈，只好将昨夜之事尽数道来，然后跪在地上叩首说道："求求诸位老爷救救李家！"他将头磕得鲜血淋漓。

厅中，众人方才不过窃窃私语，此刻却闹得沸反盈天。

端坐上首的赵立一拍茶几，怒道："那阉人以行刺为名，行索贿之实，未免太过蛮横！"

不做米粮生意，素日里仅仅贩盐的盐商大户钱逾捻须说道："若真这般，唇亡齿寒，我们必要救李兄。三万两银子，李家凑不齐。我们这里足足有二十余人，一人出个五百两，凑上一万两倒是使得的。"

客居湖广、祖籍浙江的丝商姚广劭连连摆手："钱老爷，你这话说得倒轻巧。今年南直隶、浙江、福建都在抗矿监税使，染坊罢工、织工四散而去，目不见绸缎颜色，耳不闻机杼之声，我这生意早就做不下去了。"他哀叹道，"今日我倒是能出五百两，可来日呢？若再有下一个李家，难不成我回回都要出五百两？"

又有人提议道："既然如此，倒不如叫李家先卖些东西。我等收了去，也不占他李家的便宜。"

"陈兄这话有趣，明着倒是高义，暗地里却占足了便宜。"

"你这人怎的这般！我好心想要帮李家渡过难关，你倒来诬我！"

厅中的众人吵成一团。

李东急忙哀求各位救救他家老爷。

沈澜头疼得厉害，扬手拂下几案上的茶盏。

瓷片的碎裂声清脆可闻。

诸人皆惊，纷纷诧异地望来。

"诸位且听我一言。"沈澜望向跪在地上的李东，问道："邓庚是六日前来的，昨日突然宴请你家老爷并将其下狱，难道之前便无迹象吗？"

先前王俸好歹遣了人四处调查富户的名单，从而被李心远逮住。难不成邓庚一来就能动手？

跪在地上的李东哀声说道："沈娘子不知道，这邓庚已经不是头一次宴请我家老爷了。他到达武昌的头一日，就向我家老爷索要了五百两。第二日，他索要了一千两。第三日，他又索要了两千两。"

众人纷纷倒吸一口凉气，只觉着这邓庚胃口甚大。

"到了第四日，我家老爷说邓庚这是要钝刀杀猪啊，如今不过是要他放血，再过几日便要吃他的肉，打定主意再不给钱。谁知到了昨日，邓庚恼羞成怒，便将老爷下狱了！"李东说着，老泪纵横。

有几个看不过眼，纷纷出言安慰。

沈澜翠眉微蹙，心道：这邓庚可比王俸聪明多了。他将消息瞒得死紧，只对着李家挥刀，令旁人作壁上观，又给了李心远仿佛只要掏钱就能保命的错觉。

邓庚一日割一刀，直到李心远给出了将近三千两银子，表示无法承受了。这时，邓庚恐怕已经大致查问明白了李家到底有多少钱，方才獠牙毕露，给出了三万两银子的价位，好将李家一口气榨干。

"诸位老爷仁善，如今我们李家败落，还请诸位救救我们李家吧！"说罢，他便颤巍巍地跪下，又要磕头。

众人陡生兔死狐悲之感，叹息着安慰李东。

沈澜也叹息一声："你说说吧，李心远和邓庚达成了什么协议？"

众人闻言皆惊。

李东身体一僵，避开沈澜的眼睛，支支吾吾地说："沈娘子说什么呢？"

沈澜冷笑："前三日，李心远共计交了三千五百两银子，三日后他既然意识到了邓庚是在慢刀割肉，为何不曾通知、联络我等？当时距离他被下狱还有一天一夜，他干什么去了！"

李东只把头深深地低下去："当时老爷正犹豫不决呢！"

"李心远犹豫个屁！"赵立怒道。

大家共事这么多年，谁不知道谁？李心远算不得一代枭雄，却也是老谋深算，预感到危机降临，何至于犹豫一天一夜？

经沈澜一提点，在座的众人即刻意识到了。

盐商钱逾暴怒："一天一夜里，李心远是不是去找了邓庚，拿我们当投名状献了出去？他保不齐还答应了要为虎作伥，是也不是？"

李东高呼冤枉："大家正是要同气连枝的时候，我家老爷何必如此？将诸位献出去，李家没了同盟，又有什么好处呢？"

这话倒也有几分道理，加之没证据，便有人信了，低声说道："位安兄，此话不假。"

位安乃钱逾的字。

钱逾尚未说话，沈澜便已厘清了思绪，慢条斯理地说道："诸位且听我一言。"

众人便纷纷看过去。

赵立捻须说道："沈娘子若有所得，尽管道来。"

沈澜深吸一口气："对于邓庚而言，杀猪还有先杀后杀之分。李心远只怕是以为邓庚会选择他当伥鬼，帮助李家蚕食湖广的富户，最后再灭掉李家。如此一来，李家闹腾到最后必定名声不好。灭了李家，百姓额手称庆，邓庚无须激起民变，不费吹灰之力便能收拢湖广的财富。"

这话有理，可还有人质问道："这都是对邓庚有好处，对李老爷又有何利处？"

李东也叫嚷起来："沈娘子莫要诬陷我家老爷。"

沈澜不理他，只淡淡地说道："怎会对李老爷无利呢！这法子，于邓庚有利，于李家亦然。"她细细解释道，"李家虽名声不好，却也增强了实力。最重要的是，李家获得了苟延残喘的时机，从第一个死的刀下鬼变成了最后一个死，只要熬到最后，尚有变数。或许朝中罢免了矿监税使，或许贿赂邓庚的钱财足够多，对方也就收手了，届时李家便能保住。"

"你这没卵子的王八羔子！"钱逾暴怒。

三四十岁的钱逾做盐贩子起家，年富力强，最是凶狠，提拳便要来揍李东。

见状，尚且愤慨的众人惊得纷纷去拦。

李东四处躲避，高呼冤枉："沈娘子诬陷我家老爷！若我家老爷献了此等毒计，那邓庚得了好处，为何还要将我家老爷下狱？"

沈澜叹息道："因为你家老爷用这法子用得太慢了，邓庚没时间。王俸还没搜刮多少钱便死了，邓庚是继任者，必要让朝中看到成果，于是选择最先最快灭掉最富的李家，紧接着交上一大笔银钱，便有更多的时间去图谋剩下的富户。"她神色复杂地说道，"李心远没料到邓庚不需要他这个伥鬼，只要他当猪肉便好。"

李东再也说不出话来了。

周围的人群情激奋，忍不住狠狠地往李东的身上殴了几拳。

最后赵立将他们拦下，吩咐护院将李东送回李府。

见众人心气稍顺，赵立这才开口："事已至此，自然无须再救李心远，只是我等亦面临大厦将倾的窘境，不知沈娘子有何主意？"

沈澜摇摇头，不说话了。

人在大势之下，要么顺从，要么反抗，要么逃亡，别无他路。

赵立叹息一声："家中有亲朋故旧当官的，只管写了信去陈述一二，且叫他们上书揭发矿监税使的暴行，只盼着朝廷裁撤矿监税使。"

丝商姚广劭叹息道："这法子我早就试过了。"

钱逾蹙眉："我等前些日子还去了布政使的府上，却被人客客气气地请了出来。对方只说没法子。"

"难不成我等真要将祖辈积累下的家业都交出去？"有人哀叹道，"若真是如此，我到时还有何颜面去见祖宗？"

"怕就怕破财都消不了灾。"

众人皆眉头紧锁，唉声叹气。

赵立便勉强提起精神安慰道:"大家且安心!那邓庚吃下李家少说也得五日的工夫,我等尚且有时间商议对策。既然今日没法子,诸位便回去,好生想想,明日再说。"

众人无奈,能想的办法都想了,现在实在没有别的路子,正欲告辞离去,却听到姚广劭忽而吞吞吐吐地说道:"实……实则……还有一个法子。"

闻言,众人大喜。

有人连声催促道:"姚兄,都什么时候了,你还卖关子做甚,速速说来!"

姚广劭叹息道:"我祖籍浙江,从浙江、苏州等地买了绸缎后再贩来湖广。早些年,倭寇闹得凶,浙江巡抚乃魏国公世子,也就是现任川湖总督。我有幸与其家中的管事结识,或可筹钱请那管事引荐,求见川湖总督一面,请他庇佑我等一二。"

沈澜惊愕。

众人大喜,纷纷赞叹。

"我等竟没料到姚兄有此等门路!"

"姚兄果真是人脉广!"

沈澜暗自叹息,转念一想也不由得赞叹。裴慎如今官至从一品,乃封疆大吏,商户若能够上他府中的管事的门路,确实不易。

只是王俸作乱时,裴慎却毫无动静,可见是避而不出,恐怕不会搭理商户们。

她想了一会儿,却见其他人已相约开始凑钱。

沈澜虽觉这法子无用,却也不愿在此时犯众怒,便随着他们意思意思,交了五百两银子。

有几个实在踊跃,生生凑出了一万五千两,托给姚广劭。

天朗气清,长空一碧。

裴慎闲来无事,端坐于茶寮内,静心烹茶。茶寮不过一斗室,恰在桐花草堂外,临水背山,明窗静牖。裴慎慢条斯理地取了宣德窑茶心小盏,温盏过后,提起紫檀玉钮茶注,缓慢地将泉水注入茶盏。热气氤氲之间,白瓷盏中的蒙顶石花慢浮缓荡,渐次舒展。茶汤明澈清亮,色如绿翡,香气浓馥……

"爷。"陈松墨的禀报声打破了一室宁静。

裴慎蹙眉,随手搁下清茶,沉声说道:"进来!"

陈松墨心知,打从半个月前起,爷心情就不好,平日里不是处理公事,就是读书、品茶、篆刻、打棋谱等,左右都是做些能让人平心静气的清雅事。

"何事?"裴慎轻声问道。

陈松墨拱手说道:"爷,外头来了个丝商,名唤姚广劭,自称客居湖广,祖籍浙江，奉上了两千两银钱，请见爷一面。"

这会儿商户找上门来，求的无非是自己的庇佑。

裴慎正欲说不见，想了想，又问道："他是从哪条线搭上来的？"

这样的事陈松墨自然要问明白，便清楚地回道："管车马的董正青。"

裴慎熟悉自己手下的每一个亲卫，自然知道董正青是哪个。董正青方脸阔耳，左脸颊上有道长疤，曾于浙江平倭时挨了倭寇一刀，废了一条胳膊，便退了下来，被分去管理府中的车马。

"属下问过董正青了。七年前在浙江，倭寇攻打临山卫，接到战报，爷遣了董正青带队做斥候，先行勘察情况。途中，董正青意外遭逢小股倭寇，救了一名卫所的小旗。这小旗乃姚广劭的远房堂侄。"

裴慎不需要再往下听便知道，无非是这姚广劭以感谢为名寻上了董家的门，保不齐还有些夏日送米粮、冬日送棉炭、结为儿女姻亲的戏码。

"你去问问姚广劭有何事。"裴慎又道，"若他是因邓庚将李家老爷下狱之事而来，或是他上门来求庇佑，便说我偶感风寒，近来闲居家中，再提点他一句'皇命难违'。"

"是。"陈松墨躬身告退。

裴慎打发了此事，正欲继续品茶，却见茶盏内原本温热的茶水已生凉意。

那姚广劭都求上了门，她怎的不来？

裴慎随手倒掉一盏清茶，换了个印花白瓯重新温盏、注水。热腾腾的泉水自茶注内一线而下，环注盏畔……

她脾性这般倔，绝口断言他们二人之间再无可能，又怎会来求他？

裴慎脸色一沉，正欲撂下茶注，门外忽传来陈松墨的声音。

"爷，那姚广劭……"

"我不是让你去拒了吗？"裴慎烦躁地说道。

"那姚广劭说……与沈娘子有关。"陈松墨硬着头皮说完，然后静静地听着里头的动静。

裴慎听见"沈娘子"三个字，难免恍惚一瞬。

那一日，沈澜亲口对他说出"你我之间是不可能的"这句话。

裴慎彼时心中生疼，低声下气地求她可否为了潮生与他结为夫妻，却只听到她说她先是沈澜，然后才是沈潮生的母亲。

她是沈澜，他又何尝不是裴慎呢？

魏国公世子，累世勋贵，从一品高官，封疆大吏，兵权在握，自然傲气。

这天下间什么样的美人裴慎得不到，何至于要为了一个沈澜辗转反侧、寤寐思服？她不是三番五次地要逃吗？她还不惜跳江搏命都要离开他。她既然弃他如敝屣，他又何必巴巴儿地凑上去？裴慎下定决心，再不回头。

茶寮不过斗室，静得很。

陈松墨在外头候了半晌，里头终于传出一声冷冰冰的呵斥："她欲如何，与我何干！"

我的爷啊，您这么说之前，不妨先把沈娘子居所周围的七八个亲卫撤了，陈松墨暗自腹诽。

他心知主子先前满心欢喜地去看小公子，又遣了护卫去保护沈娘子，却只得了沈娘子一句"绝无可能"，心里必定恼恨，保不齐还有伤怀、酸楚之意。

他不欲火上浇油，便躬身说道："爷，方才属下去见了姚广劭，得知此人拿了一万五千两银子来请爷庇佑。这笔银钱不是他一个人的，实乃各家商户凑的。"

"进来吧！"

陈松墨松了一口气，推门而入，将字条递过去说道："爷，这是姚广劭默下的各家商户名单，还有给出的财货数。"

裴慎神色难辨，只取了名单来看，见这名单是按照商户给出的财货多少来排列的。

石塘桥巷中第六户沈娘子出五百两，不多不少，她的名字恰好排在中间位置。

裴慎脸色一冷，只管将字条扔进了一旁的茶盏里。墨汁晕染开来，顷刻之间便污了茶汤。

陈松墨被吓了一跳，不明白为何沈娘子都求上门了，爷怎的还这般生气。

裴慎沉默不语，只沉着脸坐在圈椅上。中不溜儿，随大流的数额，她哪里是真心来求他，分明是结盟时不好违逆了众人，便意思意思给了些钱。

她根本没想过要来求他。

裴慎只消一想到这里，便觉心如火焚。他待沈澜素来是又爱又恨，那一日得了她一句"你我之间是不可能的"，活像被剐了一刀，心中生恨，几欲将她千刀万剐，百倍报之，好叫她尝尝自己所受的痛苦。

陈松墨见他神色阴鸷，眼中生怒，不敢多言，可等了好一会儿，发现他都没动静，便忖量着他的心思，小心翼翼地说道："爷，沈娘子既然求上门来，可要属下去一趟邓大珰那里？"

她何曾求上门来？

裴慎张口欲斥，忽而抬头盯着陈松墨，直把陈松墨看得脊背上都是冷汗。

陈松墨反复琢磨，正思忖这几句话哪里说错了，却听到裴慎忽然说道："你说得对。"

裴慎瞥了一眼发蒙的陈松墨，漫不经心地补了一句："是她求上门来的。你在前头带路，去沈宅。"

此时沈澜未在家中，而是低调地坐着蓝布骡车，带着四个护院，巡查铺子、清点资产、盘查账册。

整个南昌府，沈澜共计有江米铺、大米行各一家；两家鱼肆干货铺；一家极小的盐铺，专供鱼干晾晒。她在城外还有一家庄子，连着小半个山头的果园；另有各色田亩数顷；两处二进的大院子，大院子中安置着百余个伙计和渔队。

沈澜正欲往干货铺去，见骡车"嗒嗒嗒"地走在街上，途经一家生药铺、裱褙行、写着"纱帽京靴不误主雇"的鞋帽店、"诸般铜器应有尽有"的铜器行……

沈澜不由得叹息一声。

这些地方原本是极热闹的，只可惜矿监税使一来，课税高昂，大街小巷的铺子多半都遭了灾，如今门前冷落，客人寥寥。

沈澜不欲再看，正要放下帘子，却见前方不远处开着个白醉茶馆，里头隐隐约约地传出几句：

"当真是耸人听闻啊！"

"君父无道，为何不让说？"

"世间焉有以子凌父、以臣凌上之事？"

"愚忠耳！君之视臣如土芥，则臣视君如寇仇！如今这般动荡，难道不是昏君自作自受吗？"

沈澜听得眼皮突突地跳，即刻掀开车帘，低声吩咐道："六子，你去茶馆点一壶茶，听听那帮人在说什么。"

六子一愣，随即点了点头，匆匆奔入茶馆里，点了一壶顾渚紫笋、一碟瓜子、一碟炒豆、两个梨子。待付了钱，他只管装作惬意自在地拈起几颗炒豆塞进嘴里，牙齿一咬，"嘎崩嘎崩"几声后，又端起茶盏，含一口茶水咽下，美滋滋地哼着小调"一向来，不曾和冤家面会，肺腑情……"。

沈澜等得心焦。

大约过了一刻钟，六子便匆匆出来了，还不忘把瓜子、炒豆、梨子都带出来。

"夫人，那帮人似在谈什么南京的《财货疏》。"六子将声音压得低低的，"好些天前，南京城里突然就有了这个《财货疏》，不晓得是谁写的。那帮生员正在议论呢。"

沈澜正欲细问这《财货疏》的内容，又想起来六子只认得几个大字，恐怕听不懂茶馆里的那几个襕衫士子谈论的东西。

她毫不犹豫地掀开车帘，正欲下车，却听见茶馆里的几个生员声音越来越大，竟自发朗诵起那《财货疏》来。

阉党淫威赫赫，为祸四海。鹰犬云集，作乱八方。

百姓割肉剜骨，献于阉宦。卖子市女，供养君父。

…………

陛下欲金银高于北斗，而不使百姓有升斗糠秕之储；欲为子孙千万年之计，而不使百姓有一夕之计。

专志财利，自私藏外，敲骨吸髓，朘削四方。

为货利计、为家私计，独独不为万民计！

…………

仁爱四海谓之君，抚我育我谓之父。

君父君父，不配为君！不堪为父！

沈澜听那些士人从头到尾诵完了这篇《财货疏》，只觉呼吸发紧、心脏狂跳，放下车帘，厉声喝道："速速离开！快着些！"

车夫一愣，只管扬鞭打了青骡一下。青骡受惊，抬起蹄子，奋力往前行去。

骡车刚行了几十步，一群红衣缇骑便匆匆而来，神色凶横，双目怒意勃发，手持刀矢，悍然闯入茶馆中，厉声嘶吼道："哪个贼子胆敢谈论妖书！"

"你们做甚！"

"啊——"

"愣着干什么，快跑！"

"别跑别跑，你们还没付钱呢！"

桌子翻倒，椅子倾覆，茶盏碎裂，瓜子、炒豆滚落了一地。

茶馆内的众人仓皇逃窜、狼狈不堪。

蜂拥而上的缇骑们面目狰狞，持棍将几名生员痛殴了数下。

生员们四散避逃，又生生挨了数棍，纷纷哀号：

"阉党暴虐，公然殴打士子！"

"我等有何错处？"

为首的锦衣卫狞笑道："你们私阅妖书、妄议朝政。"一挥手，"带走！"

数名缇骑将生员们戴上木枷，便呼呼喝喝，推搡着他们往税署去。

六子在一旁目睹了全程，忍不住心惊肉跳，立在沈澜的骡车旁庆幸不已："多亏我走得快。"又提醒沈澜，"夫人，那帮缇骑最是凶狠，我们还是快走吧。"

沈澜点了点头，低声说道："你遣两个人跟着这帮缇骑，看看会不会闹腾起来。若闹出了民变或是百姓包围税署之类的，速速回来报我。"

六子点了点头，点了两个机灵的小子，遣他们隔着一条街，顺着人潮，远远地跟上缇骑。

骡车继续动起来，只管往干货铺去。

沈澜忧心忡忡地放下车帘。

这《财货疏》宛如妖风骤起，不知会刮来些什么东西。最要命的是，邓庚竟开始以查妖书为名肆意搜捕士民。百姓若反抗，顷刻之间，又是一场民变。

沈澜心神不宁地清点完资产回到家，已是入夜时分。

天色微黑，月上柳梢。

沈澜下了马车，入得正房大门，正要唤来刘婆子，喊了两声，却不见人。

沈澜蹙眉，摸黑往里行了数步，却见从白石素漆屏风后忽然绕出个人来。

沈澜猝然受惊，心脏狂跳，往后退了半步便要高呼，下一刻，朱唇却被粗糙的手掌捂住。

"是我。"裴慎低声说道。

沈澜听出了裴慎的声音，松了口气，抚了抚自己的胸口。她劫后余生，心中有气，张嘴欲斥，猛地想起这人的手还捂着自己的唇呢。她扬起双手，握住裴慎的腕骨，一把将其手掌扒下，斥道："你大晚上发什么癫！"

粗糙的手掌心原本贴合着她温热润泽的朱唇，此时却猝然离开，裴慎一时怅然。他动了动手，掌心微痒，好似有小蚁轻咬。

裴慎轻笑一声："不是你自己遣了姚广劭来寻我吗？怎的我来了，你又倒打一耙？"

室内不曾点灯，朦胧的月色里，他那沙哑的声音活像羽毛似的撩拨得她耳根发痒。

沈澜暗骂了一句"男色惑人"，便冷下脸说道："我何曾遣了姚……"

她倏忽想起了自己捐出去的五百两银子。

"你见了那姚广劭？"她还以为裴慎会将姚广劭拒之门外。

"见了。"裴慎面不改色地说道，"所以我来了。"

沈澜微怔，一时竟不知该说什么。她是说捐五百两银子不过是自己随大溜，意思意思罢了，还是说自己并不想求他的庇佑？

见她绞尽脑汁地思索，裴慎心里发笑，便只管去牵她的手。

沈澜神色当即一冷，甩开他的手："裴大人自重！"讽刺道，"深夜闯入寡妇的家门，裴大人好教养。"

裴慎被她撂冷脸多了，竟也稍稍习惯了："我特意在房中等你，避人耳目，便是恐你名声受损。"

沈澜心知他这人久在官场，一句话里夹着好几个目的，便淡淡地说道："你避人耳目，哪里是为了我，分明是为了你自己吧！"

总督深夜拜访寡妇，传出去甚是难听。

裴慎微愣，忍不住心头火起："你果真是把好心当成驴肝肺！我便是光明正大地来，今晚我拜访你之事也绝不会传出去半分！"

沈澜沉默，裴慎的确有这能耐。

"我若不是为了你着想，何至于做此翻墙越户的小人行径？"裴慎自嘲道，"你这人薄情，枉费我巴巴儿地凑上来。"

沈澜白日里听了什么《财货疏》，又见缇骑四处捉人，还得奔波盘账、清点资产库存，本就心绪不宁，这会儿被他的几句话弄得越发烦躁，冷下脸，驳斥道："你不必来我这里装可怜。你素来周全，必定令姚广劭默了名单。眼见我捐了五百两，在名单中，以你的聪明，必能想到我不过随大溜罢了，并无意求你。"

裴慎这会儿哪里还顾得上她的驳斥，只觉她的这番冷言冷语格外特别，听在耳畔倒有了些别的意味。她左一个"你素来周全"，右一个"以你的聪明"，听得他嘴角微翘。他暗道：我在她心中也是有几分可取之处的。他心里得意又快活，全然顾不上她的冷脸，只柔声解释："我以为你送信是要我帮忙，一收到姚广劭的字条便即刻赶来了，哪里想得了那么多？"

他这话温雅，再没有往日里那般盛气凌人，还透着些隐晦的情意，倒叫沈澜心中微涩。可她太了解裴慎了，心知对方是个什么性子。这个人天生冷静、周密，又哪里会想不到呢，多半是在哄她心软罢了。

沈澜狐疑地望着他，不肯相信。

裴慎凑近了她，将声音压得低低的，像是在她的耳畔说话一般："是我不好，关心则乱。"

"关心则乱"这四个字，倒叫沈澜心乱了一瞬。

她闭了闭眼，复叹息一声，平静地说道："我不曾要你帮忙，你只管回去吧。"

她这话虽是拒绝，可语气不复平日里刚硬。

裴慎心中狂喜，却又怕自己再有动作反倒毁了今日的成果，便只管小声说道："也好，你既然无事，我这便回去了。"握着她的一双柔荑，仔细地叮嘱，"你若有事，只管遣人来寻我。即便千难万险，我都替你去做。"

这般肉麻的话，裴慎往日里是无论如何都说不出来的。可这会儿夜色昏暗，四下无人，他只觉有了希望，心里正热，想也不想便说出了口。甫一开口，裴慎只觉耳根发热，偷觑了她两眼，见她似乎并没看见，一时觉得保住了颜面，一时又可惜起来，竟浪费了博她怜惜的好时机。

沈澜哪里知道他的心思这般复杂，闻言也是心中一软，摇摇头说道："你不必替我做什么，但凡我有个万一，你替我照顾好潮生便是。"

裴慎最听不得她咒自己，心中生恼，斥道："你浑说什么！我怎会让你出事！"

沈澜听了这话不由得一怔，复又一笑了之。她前头四年多经历的风霜雨雪都是裴慎带来的，偏偏这人又救过她一命。他们之间的关系当真是剪不断，理还乱。

见她轻笑着，神色也淡淡的，裴慎不知怎么的，心里发慌，下意识地使了劲儿握她的一双玉手。

沈澜吃痛，瞪了他一眼，挣脱双手："你且回去吧。"

她人生得俏，眉眼含情，自觉含怒瞪了裴慎一眼，实则在裴慎看来，那眼神似瞪还羞。裴慎本就心里热乎，被她看了一眼，这会儿只觉骨头都酥了半两，止不住地心猿意马起来。

见他不动，沈澜蹙眉催促道："你速速离去。"

气氛正好，难得她愿意和自己平心静气地好生说上几句话，裴慎哪里舍得离开？可他今夜得了沈澜几分好脸色，这会儿格外珍惜，也不敢再多言，生怕又惹她生气，便低低地叹息一声："我走了。"说罢，他转身离去。

沈澜望着他一步一步往门外走去，月色照得满地霜白，衬得他肩宽背阔，好不英挺。

"等等。"沈澜出声道。

裴慎心头一喜，以为她有意挽留自己，心里痒得厉害，转身时却已摆出一副正经的模样："怎么了？"

沈澜定定地看着他，忽而说道："你可曾听闻《财货疏》？"

这几日，大街小巷都在议论这个，沈澜听见了，也不奇怪。

裴慎便说道："我自然知道。这东西先在南京发起来，短短七八日的工夫，便传遍两京十三省。"

沈澜正色道："你可知此疏为何人所作？"

裴慎摇摇头。

连他也不知道？！

沈澜蹙眉说道："这东西既首发南京，倒像是为了能在朝中扳倒矿监税使的人所作，偏偏内容又直指昏君无道，似是在直刺君过。可我总觉得，解释成为造反做铺垫也可以。"她只将"造反"两个字含糊过去。

裴慎离得近，听见了，却觉一惊，没料到沈澜竟会这般敏锐。况且寻常人可不会胆大包天到张口闭口"造反谋逆"，甚至想都想不到这一条。

他心中生疑：沈澜真的是"瘦马"出身吗？

他起了疑心，却又面不改色地说说道："今年年末便是京察。朝中党争不休，伪造揭帖、书信、传单、私书，本就是常用的手段。各党借此机会相互倾轧、相互构陷，有何好惊诧的？"

　　沈澜瞥了他一眼，想起裴慎高居庙堂，他所得到的信息准确度更高，或许此事乃党争的可能性更大些。"或许吧。雾里看花，影影绰绰，不知何人布置，更不知意欲何为。"沈澜叹息一声，"我不过是觉得这天下越发乱了。"

　　裴慎笑道："你莫忧心，我总会护住你的。"

　　疏疏月光下，他神色清朗，扬眉之时锋芒毕露。

　　沈澜恍惚片刻，敛下眼睑，淡淡地说道："你回去吧，日后不必再上门。"

　　若放在以往，得了这句"不必再上门"，只怕他又要恼恨交加，可就连听了"你我之间是不可能的"这种话都挺过来了，这会儿再听她说什么"不必再上门"，他只觉宛如清风拂面，半分都不在乎了。况且他生了半个月的闷气，她倒好，日子逍遥得很。裴慎便已确定自己生气无用，反正她也不在乎自己。

　　裴慎心里发酸，却当自己没听见，只管叮嘱道："你若有事，遣人来寻我。"说罢，他推门离去。

　　室内再度安静下来，只余下月华皎皎，满室清辉。

　　沈澜枯坐半晌，复点了一盏孤灯，推窗望去，却见星月渐隐，墨云如絮，夜色漆黑如浓墨，似是要下雨一般。

　　第二日一大早，外头果真淅淅沥沥地下起雨来。

　　沈澜起身，推窗望去，只见一帘细雨里，健妇刘婆子撑着伞，慌忙赶来。

　　春鹃和秋莺带着潮生一同去了洞庭湖，府中再无一个年轻的丫鬟，只剩下七八个健妇。

　　"夫人恕罪，我原想着今日要早起来着，也不知怎的，竟睡过头了。"说罢，刘婆子将铜盆搁在榉木灵芝头面盆架上，又揉揉脖颈儿，只觉自己的脖颈儿酸麻，也不知是不是落枕了。

　　沈澜暗骂了裴慎几句，连忙说道："无碍。"

　　她洗漱净面后，用了一碗芡实粥、两个粉果，便放下筷子说道："刘娘子，劳你将六子请进来。"

　　刘婆子应了一声，出去了。

　　没过一会儿，六子便冒雨匆匆赶来。

　　沈澜低声问道："昨日那几个被逮捕的生员如何了？"

　　六子苦涩地回道："夫人，我恰要来禀报。今日一大早，那几个生员的家人、同窗，裹挟着许多遭殃的百姓一块儿围堵税署去了。"

沈澜叹息一声，却也毫不意外。这已经不知道是百姓第几次围堵各大衙门了。

"你传令下去，这几日只管叫众人警醒些，不许往茶馆、酒肆这些地方去。"

见六子应了，沈澜又叮嘱道："你再去寻张哥、谷叔，叫他们按照我昨日的吩咐去办，关了铺子。"

六子倒吸一口凉气，犹豫地说道："夫人，铺子若关了，我们得损失好大一笔银钱呢。"

沈澜摇摇头。这样混乱的时刻，命比钱重要。况且沈澜昨日的计划远不止那些。她必须变卖或抛弃铺子这些显眼的资产。除却田亩不能动之外，她将来保不齐还得带着钱和下属隐入乡下。

正好庄子上在育良种、养鱼虾，她且去乡间，避开城中肆虐的矿监税使，再观望一番形势，看看要不要彻底弃了家业去洞庭湖躲避。

"你莫要犹豫，速速去办。"

六子领命，正欲离去，忽而又转身，忧虑地说道："夫人，要不要将潮生接回来？"

细雨绵绵，天气轻寒。

沈澜捧着一盏热牛乳，整个人终于暖和了些。

虽然她身子暖和了，心里却寒意丛生。

《财货疏》一出，为了清查为何人所作，阉党、官僚、锦衣卫等各大派系只怕要借机相互构陷，届时朝中会越发混乱。反映在地方上，邓庚只怕会越发酷烈。到时候，邓庚不仅会借机大肆对富商巨贾动手，还可能以"私藏妖书"的罪名将一干人等尽数下狱。这般时候，她自己都危如累卵，哪里肯让潮生待在身侧？

"你不必将潮生接回我的身侧。外头只怕还要乱。"沈澜叮嘱道，"你再去一趟彭弘业那里，叫他将潮生接去家中，与彭玉一块儿玩。"

六子应了一声，复又忧心忡忡地说道："夫人，彭家离家中也不远。潮生要在那里待几日？"

沈澜神色忧虑："待到我叫他回来为止。"

六子点了点头，领命而去。

沈澜未曾起身，只往窗外望出去，只见细雨如织，斜风乱卷，满庭红花摇落，碧草如洗。

江南的梅雨季来了。

沈澜在赏雨，裴慎却在观潮。其实他观的不是江潮，而是政潮。

"大人，自陛下严令东厂与锦衣卫联合办案以来，只半个月的工夫，朝中的曹阁老称病赋闲在家。礼部的蔡尚书被攀咬，愤而挂冠离去。吏部的林侍郎入狱，连带着六科七八名给事中去职。"石经纶感叹道，"遭殃的大大小小的官员不知几何。这还只是京中的动荡，到了地方上，还不知情势如何呢。"

裴慎面不改色地翻阅着奏报，时不时取了朱笔批阅一二，或是干脆扬手，扔进火盆中焚烧殆尽。

数方相争，不惜倾轧、构陷，打红了眼。空出了这么多大大小小的官位，有心人要上位，自然要你争我夺一番。这样的机会，连裴慎都不会放过。

"此前乾清、坤宁两宫突发大火，陛下任命陆远为工部尚书，主建两宫。修筑宫殿的银钱多来自矿监税使，以致陆远与阉宦走得极近。如今宫殿修筑完毕，陛下不会再保陆远。此人必遭攻讦，尚书的位置保不住了。"

"庞远清水利做得极好，此番浙党没了个工部尚书，你遣人去寻户部的廖尚书，令他推举庞远清去工部任职。

"你再去信曹阁老，问他要两个给事中的名额，只说拿武昌知府的位子来换。

"四川刚定，巡抚的位子空着，你去信李阁老，让他推举成都知府纪林，再告诉他，我不争礼部尚书的位子。"

石经纶一一应下，只待稍后便去传信。

裴慎忙忙碌碌，直至晚才将事务处理完毕。他未曾起身，只抬手将玉笔扔进定窑白鹿衔芝图笔洗里。见墨色缓缓晕染开来，裴慎这才松懈了心神，靠在椅背上，揉了揉眉心，缓缓问道："近来朝中有多少人弹劾我？"

石经纶面不改色地回道："近来弹劾爷的人逐渐多起来了。《揭大奸疏》《揭佞臣设谋养寇》《乱将自起疏》《劾魏国公》……弹劾的奏折有十五六封。"

裴慎点了点头，示意自己知道了，便摆摆手，让石经纶告退。

见他离去，室内只余下自己，裴慎才有心情赏起窗外的绵绵雨丝。

梅雨细，晓风斜，倚窗人静，闲敲玉笔观落花。

已至五月底，黄梅雨深，乍暖还寒。

沈澜披了件天青色的大氅，立于廊下，环顾四周，唯见雨丝之下，碧草萋萋，烟笼细柳，一派哀愁如絮、绵延不绝之景。

沈澜忙碌了半个月，终于将铺子尽数关闭，又替手中的宅子寻到了买家，今日便要搬家去往乡下的庄子上。

她在廊下看了会儿雨。

没过多久，刘婆子便匆匆来报："夫人，都收拾好了。"

沈澜点点头，起身说道："走吧。"

刘婆子却没动，只是躬身站着，犹豫不决地问道："夫人，我们真的要去乡下吗？"

沈澜已经不是头一回听见手下人劝她再观望一二，没必要这会儿远离城郭去乡下。她也能理解，若可以，谁愿意离了繁华热闹的城郭，举家去乡下。

思及此，沈澜便好声好气地说道："刘娘子，半个月前生员们因诵读《财货疏》被缇骑抓住，近万百姓围住税署。可邓庚带着缇骑当众射杀了数人，百姓们只得含怨四散离去。

"十二日前，码头课税愈重，以致数千脚夫、挑夫联合围堵府衙。新任知府生生被围困三日，民众方才散去。

"六日前，邓庚宴请了八名富商，事后将其中四名下狱问罪，并在其家中搜出了《财货疏》。

"前天，有士子于牢中不堪受刑而大声诵读《财货疏》，怒骂昏君无道，桀纣在世，被人殴打身亡。

"昨日，近万民众手持竹刀棍棒再度围堵府衙。"

如今，整个武昌活像一个巨大的火药桶，只等着被不知道从哪里来的一点儿火星子引爆。

刘婆子听得冷汗淋漓，只讷讷地点头，忧虑地说道："那……那这个邓庚会不会找到我们头上来？"

沈澜虽忧心忡忡，却摇了摇头。

邓庚是在王俸身死后才上位的，说明邓庚的后台比王俸小。眼看着王俸在强占沈宅的过程中被杀，邓庚应该会生怕步上王俸的后尘，并没有那个勇气再来挑战一次，也没有要帮王俸报仇的意思。保不齐他还要谢谢沈澜杀了王俸，让他上位呢。可这些不过是沈澜的推测罢了。如今最好的办法便是她避去乡下，不再掺和城中的事。

见沈澜摇头，刘婆子越发不解："夫人，既然矿监税使不会来寻趁咱们家，咱们为何要避开？咱们只管在家中躲着便是，外头闹腾便闹腾吧，与咱们何干？"

沈澜轻叹一声："我怕的根本不是矿监税使。"

她怕的是《财货疏》。若这东西只是有心之人炮制出来，就为了党争也就罢了。她最怕的是这东西是有心之人为叛乱或者造反做铺垫而搞出来的。

与造反谋逆紧密相连的，是兵灾。

若真有类似的白莲教教徒叛乱、叛军乱兵屠城的事情发生，加之素日里游手好闲的恶汉挨家挨户地抢钱、抢粮、抢女人，沈澜身侧的这些护院顶个屁用。

"小乱居城，大乱居乡。这话是有道理的。"沈澜正色说道，"走吧，我们得赶在傍晚之前到达庄子上。"说罢，她返回房中取了一柄油纸伞。

蒙蒙细雨里，她撑伞出了大门，看了看隔壁邻居家，却见乌木门紧闭，无人进出。沈澜权当自己没看见，提着裙摆上了骡车。

三辆骡车候在门外，青骡打着响鼻，在蒙蒙细雨里拉着车向城外行去。

川湖总督府。

"她走了？"

平山来报，只说沈澜离去了。

裴慎倒也不甚意外。前些日子沈澜开始关闭铺子、托官牙贩卖宅院，他便已意识到了她这是想远远地避开。

裴慎倒没别的想法，只是可惜临行前竟没能见她一面。他转念一想，弹劾他和父亲的奏折从几日一封到一日十几封，在这般情况下，自己不好妄动，以免给沈澜带去麻烦。

裴慎安静地注视着案上的七八封弹劾自己的奏折，平淡地说道："城中将乱，她避开也好。"

沈澜并不是头一个离开武昌城的，早就有不堪承受的百姓去了乡下躲避，或是去其余的州县投奔亲朋故旧，更有甚者出了湖广，自去别的省避灾。

"叫林秉忠带着平山几个远远地跟着，保护好她。"裴慎将手中弹劾自己的奏折尽数扔进火盆，火光映出他俊朗的眉眼。

陈松墨犹豫片刻，到底应了一声，领命去寻林秉忠。

他一走，室内便只剩下石经纶和裴慎。

"大人，再过一时半刻，旨意便到了。"石经纶竭力想平静下来，奈何眉宇间满是遮掩不了的焦躁。

是成是败，就看这一遭了。

裴慎安静地坐着，看着火苗舔舐着奏报，将"拥兵自重""自矜功伐""恃勇轻敌""私撰妖书"之类的字句焚烧殆尽。

窗外黄梅雨潇潇，丝丝缕缕，直叫人平白生出些离愁别绪来。

沈澜坐在骡车上，在如织细雨中，慢悠悠地往西侧的平湖门行去。

骡车上不好读书，沈澜闲坐无事，便拈了颗窝丝糖含在嘴里，正欲闭目养神，却忽而听见街上响起如奔雷一般的马蹄声。紧接着，便是车身一荡。

沈澜心知这是车夫在紧急避让。

谁在街上纵马狂奔？沈澜蹙眉，微微掀开车帘望去，见青石砖铺就的街道上，如丝细雨之下，十余个传信的缇骑纵马疾驰，一路高呼"闪开！快闪开"。

沿街的行人躲闪不及，惊声尖叫。

两侧的棚子下的小摊小贩收拢了货物，仓皇避退。

"我的梳子！"

"啊——"

"快躲开！快躲开！"

待骑兵们纵马离去，半条街的货都被糟蹋了。

摊贩们一面收拾东西，一面低声咒骂着"狗娘养的""丧良心"……

沈澜遥遥地注视着那一队缇骑远去。

这十余人中，为首的是个面白无须、身着红色曳撒的太监，其余人则是身穿飞鱼服、腰佩绣春刀的锦衣卫。

太监和锦衣卫联合在一起，只怕是出了大事。偏偏他们又是如此匆忙，不惜冒雨疾驰，此事多半要震惊朝野。

沈澜放下帘子，只觉心脏怦怦狂跳，总有些不太好的预感。

"速速出城离去。"沈澜掀开车帘，吩咐车夫道。

不管出了什么事，都与她无关。

"好嘞！"车夫应了一声，抬手扬鞭，青骡再度动起来。

此时，四个传旨的内宦，加上锦衣卫，纵马疾驰，一路奔波，终于到了税署。

说是税署，实则是城中某个富户的园子。

那内宦甫一进来，只觉此地琪花瑶草，琼台玉阁，移步换景，好不奢华。到了花厅，却见邓庚只着青红曳撒候着。

邓庚甫一见那内宦，便笑盈盈地说道："原来是余大珰。"

这是掌印太监的干孙子。

前来传旨的余宗瞥了他一眼："咱家可当不起。"他阴阳怪气地说道，"邓大珰在湖广，日子过得好生逍遥。"

邓庚是个聪明人，心知自己出身御酒房，抢了御马监地里的苗子，余宗自然不高兴。加之余宗分润到的银钱少了，心里越发不满意。

可邓庚也没办法，进上去的矿税陛下要分润十分之三，他自己总得截流上十之一二，剩下的三分要敬献给御酒房的老祖宗，最后的两三分用来打点二十四衙门里的上上下下，余宗分到的自然就少了。

话虽如此，邓庚却不愿意得罪他，便拱手作揖："余大珰说笑了。"他咬咬牙，从袖中取了一个缠枝纹杭缎荷包，递给余宗。

余宗隔着缎面一摸便知道荷包里的东西颗颗浑圆，应当是珍珠。

他神色一缓，方才笑道："邓大珰有心了。"

邓庚松了口气，便也笑起来。

两个人复又寒暄了几句，邓庚见余宗浑身被淋湿了，便即刻吩咐侍女去备水，又要请余宗去沐浴更衣。

在花厅里伺候的侍女各个都是好颜色，看得余宗心里发痒，奈何自家干爷爷叮嘱了必要将事情办好，他这才冒雨前来，不敢拖延。

"不必了！我有皇命在身。"余宗说道。

邓庚心里七上八下的，生怕自己的官位被罢免，这余宗是来接替自己矿监税使的官位的。

余宗后退一步，肃穆地说道："陛下口谕，着令矿监税使邓庚——"

邓庚跪倒在地，提心吊胆地听着。

见他被自己唬得面如土色，余宗方觉出了一口恶气，这才继续说道："邓庚借甲士一百，护送御马监提督太监余宗。"

邓庚猛地松了口气，不是罢免自己的官位就好。他恭恭敬敬地磕头谢恩，才站起来说道："不知余公公要去何处？"陛下竟下令他借一百甲士护送余宗。

余宗瞥了他一眼，淡淡地说道："这便不劳邓大珰操心了。"

直娘贼！这狗东西！

邓庚只在心里将余宗骂了个狗血喷头，面上却为难地说道："不瞒余大珰，咱家哪儿来的一百甲士？咱家手底下只有三十来个孩儿，加上二十几个锦衣卫，并从南京来的七八十个卫所的兵丁，还有拉拉杂杂的亲眷，拢在一块儿虽有百十来人，可到底不是正儿八经的兵，只怕……"

余宗心知他在推托，毕竟任谁都不愿意将自己的亲信给别人用。

"这是陛下口谕，邓大珰要抗旨不成？"

邓庚被压得没办法，却还不死心，正欲张口打探他到底要去做什么，却听他又似笑非笑地说道："邓大人还是莫要打听为妙。"

邓庚讪笑一声，无可奈何，只管遣了一百亲信，着他们戴上红盔青甲，手持刀枪弓箭，随着余宗直往川湖总督府而去。

百余人的队伍，前有卫士手执银瓜为导，撑黄伞、张褐盖，八人抬的象牙楠木雕帷轿，后有甲士披甲带枪。

一行人走在路上，威风八面，声势赫赫，将半条街面都占了去。甲士们刚将街上的百姓斥退，又引来大量看热闹的民众。

民众们躲在街两侧的棚子底下指指点点，小声交谈。

"哪个官上任，这般大的排场？"

"阉狗又来抓人了？"

"老哥，可知道他们要去哪儿啊？"

寻常百姓看上一截路的热闹也就罢了，自有游手好闲的好事者只管一路跟着，不惜冒雨都想看热闹。

"夫人，这边过不去了。"车夫无奈地将骡车停住。

沈澜掀开车帘一看，只见远处有不少百姓群聚，不断地向前移动。

"六子，你遣个人去问问，前头怎么了？"沈澜低声说道。

六子便点了两个机灵的小子去探听消息。

那两个人混入人群里搭话，没过多久就回来禀报，一脸兴奋："夫人，说是前头有个大官出行，百十来个随从，好大的排场呢！"

大官出行？

沈澜蹙眉：整个湖广，最大的官就是总督裴慎。他这人哪里会弄出这般排场？

莫不是邓庚？还是朝廷新遣了官吏来上任？

沈澜思绪百转千回，掀开车帘问车夫："前头人太多了，你可能绕开？"

车夫无奈地说道："夫人，若要绕开，我们得绕出去三四条街，恐怕傍晚之前都出不了城了。"

沈澜一时也没办法。她后买的宅子在城东，庄子却在城西，若要往西去，需要穿过大半个武昌城。本来按照直线走，穿过城中心，直奔西侧的平湖门便是。可城中心的衙前街、衙后街都是繁华富庶地，人流量最大。如今又来了个什么大官，看热闹的人越发多了。沈澜恰好被堵在了这里。

"罢了，如今我们也掉不了头了。"沈澜望了望骡车后头挤挤挨挨的百姓，忧虑道，"你先驾车往前行去，若看见哪条街上的人稍少一些，便往里走，看看能不能绕出去。"

车夫得了令，也不扬鞭，任由骡车混在人群里，慢悠悠地往前去。

沈澜坐在车里，只觉心里沉甸甸的。前有太监和锦衣卫骑马入城，后有不知名的官员大肆出行，惹得沈澜秀眉颦蹙，心神不宁。

"夫人，那些甲士好似停下了。"过了一刻钟，六子忽然轻叩车身，低声说道。

沈澜即刻掀帘往远处望去。她坐在骡车上，视线颇高，越过前头挤挤挨挨的百姓，唯见最前面六丈宽的青石街上，百余甲士忽然停在了川湖总督府前。

是了，武昌城的中心地带是各类衙门的聚集地，总督府自然也在这里。

沈澜眉心直跳，却见那百余甲士又动起来。他们手持枪棍，四散开来，只将总督府前的街面上的百姓尽数推搡开去。

"让开！让开！"

"哎哟，我的鞋！莫踩！莫踩！"

"你推我做甚！"

"你再嚷嚷，我只管将你抓起来！"

这些甲士很快便分出四十余人组成人墙，生生清出了总督府前的一大块空地。

若是以往，见有兵丁来驱逐，百姓们必要四散而逃，没人愿意惹事。奈何这段时间正是湖广民众抗矿税最为激烈的时候。

除却胆小的几个逃了，反倒有越来越多的百姓聚集在甲士人墙之外，推推搡搡，一个劲儿地探头往里看。

有好奇的压低声音左右打听："这是做甚？这么多兵，是要冲进去抓人吗？"

还有年长又胆大的指点道："抓什么人啊！那可是总督府！哪个当官的敢来这里抓人！"

"依我看，这些人是来拜见裴大人的。"

"拜见个屁！当官的没一个好东西！"

"呸呸呸！裴大人打过北边的胡房，还打过倭寇呢！"

沈澜坐在骡车里，听着百姓们的各种猜测，不觉心里发沉："六子，你去前头看看，到底发生了什么事。"

六子正要往前去，沈澜却又忽然说道："罢了，你带几个人护卫在我的身侧。我们往前头去。"

六子正要劝，却见沈澜已放下车帘，取了一柄天水碧油纸伞，径自下了骡车。

他没办法，只能带人护着沈澜往左前方的人堆里去。所幸这会儿众人都举着伞，或是穿着蓑衣、戴着斗笠往前挤，沈澜混在人群中倒也不甚稀奇。

总督府正对面的不知道是哪家官宦或富商的园子，沈澜半靠在园子外的石狮子旁，压低了伞面，安安静静地往对面望去。

总督府内，外书房。

"大人，来了。"石经纶立于廊下，叩开了外书房的大门。

裴慎神色未变，慢条斯理地起身，拂了拂衣摆，径自往花厅去。

他刚到待客的花厅，陈松墨又匆匆来报，只说要在总督府的大门外接旨。

裴慎嗤笑，心知是传旨的太监生怕入府后孤立无援，怕裴慎遣了亲卫将他的脑袋剁了去，这才坚持要裴慎在大门前传旨。

"随他去吧。"裴慎神色淡漠，任由陈松墨打了把桐油纸伞，只在前头引路，往大门去。

此刻，总督府门外。

就在沈澜专注地望着，众人纷纷探头探脑看热闹之际，"吱呀"一声，五架三间、兽面锡环的中门忽然被打开。

裴慎身着白绢中单,外罩竹青道袍,腰束素带,脚蹬皂靴,缓步行来。

他立于门前,仿佛不曾看见眼前密密麻麻的百姓和披甲执枪的兵丁,只垂眸望着阶下。

余宗坐在轿中,轿帘已被高高掀起。他抬起头,直面裴慎的目光。那目光并不冷厉,实则不过是裴慎安安静静地望着他罢了。可余宗在这样的对视里,不禁心生畏惧,满手心都是冷汗。

半晌,他镇定心神,缓步出了楠木象牙帷轿至阶上,只见他头戴进贤冠,身着蟒服,腰系鸾带,神色肃穆。他展开圣旨,朗声读道:"总督四川、湖广等处地方、提督军务、粮饷暨右佥都御史兼文渊阁大学士,魏国公世子裴慎听旨——"

彼时雨丝绵密,纷扬而下,落在地上如碎雪将融,寒意销骨,却轻而无声。独闻余宗声若洪雷。

"奉天承运皇帝诏曰:仲夏恶月,妖书大兴……六科给事中共二十三人,劾本百六十七封,劾魏国公世子裴慎继祖宗之基业,蒙国朝之皇恩,然则养寇自重,贻误湖广之军机;暴戾骄蹇,窃取陛下之功业。专制朝权,擅断万机;私撰妖书,诟厉君父……着御马监提督太监押解裴慎进京,受三司会审,钦此。"

满街针落可闻,再无人声。唯见长风凄凄,寒雨淅淅。

"裴大人,接旨吧。"余宗招了招手,只叫甲士上来护卫着自己,又紧盯着裴慎。

裴慎尚未动作,大开的中门后忽冲出五六十个兵丁,个个神色冷肃,披甲带刀。那铠甲的缝隙里都沾着洗不净的血渍,分明是经历过百战的悍卒。

余宗慌慌张张地往后退了两步,色厉内荏地说道:"裴大人,你果真要造反不成!"

"造反"这两个字甫一出口,惊得人墙外的百姓失声尖叫,纷纷逃窜,生怕一会儿杀将起来,误砍了自己。

"夫人,要乱起来了,快走吧!"六子急匆匆劝道。

沈澜本该要走的,可只觉双腿跟灌了铅似的,只是遥遥地望着这一幕。

"来人啊!快!快!快保护我!"余宗惊慌失措地往外退。

裴慎身侧的亲卫已将余宗团团围住。

双方甲士齐齐拔刀对峙。

裴慎只是安安静静地站着,一言不发。

余宗被他唬得惊慌失措,脱口而出:"裴、裴守恂,你莫忘了,你的祖母、母亲、一众堂兄弟都在南京呢。你若造反,这些人必定身首……"

他的话还未说完,却见裴慎屈膝、跪地、俯身,朗声叩首,大呼:"臣裴慎接旨。"

余宗愣住了。

沈澜亦愕然。

满街鸦雀无声。

余宗反应过来后喜不自胜,高呼道:"来、来人啊,快快将裴守恂送上囚车!木枷呢!木枷!还有镣铐!镣铐!"

"大人!"陈松墨脸色大变,厉声说道,"这圣旨分明是假的!那妖书跟大人有个屁关系!"

裴慎身侧的亲卫也纷纷反应过来,粗声粗气地说道:"直娘贼的,分明是诬陷!是朝中有人诬陷大人!"

"大人镇守九边,剿灭倭寇,朝廷这是要过河拆桥,忘恩负义!"

有几个性子烈的,嚷嚷着"昏君无道""大人,我等杀将出去",说罢,抬手扬刀,就要劈死拦路的甲士。

"快快!拦住他们!"余宗惊慌失措。他万万没料到,裴慎束手就擒后,其亲卫竟还敢肆意叫嚣。

裴慎的亲卫俱是百战老卒,从尸山血海里杀出来的。

余宗勉强凑起来的百余甲士,哪里能抵得上裴慎身侧的悍卒?

十几名甲士被其亲卫的气势一唬,连扬刀都不敢,只欲四散奔逃。

又有些投机的甲士嚷嚷着"保护余大珰",还有忠心的要逃去禀报邓庚。

裴慎身侧的一队亲卫开路,其余的亲卫齐齐欲举刀杀人。

眼看着局面越发纷乱,青砖几欲染血,裴慎厉声喝道:"收刀!"

亲卫们一愣,愤懑不语,只低下头去,不肯收刀。

有几个性子暴烈的,虽不敢反驳,却照旧面目狰狞,瞪着周围的甲士。

"收刀!"裴慎又沉声重复了一遍。

周围的亲卫再不敢违逆,愤愤不平地收刀入鞘。

余宗冷汗直流,双腿一软,差点儿跌倒在地,所幸有个小太监撑住了他,没叫他丢人。

见他这般孬样,性子暴烈的亲卫虽不敢再拔刀,却纷纷怒骂不已,嘴里嚷着"阉狗该杀""过河拆桥,诬陷大人"之类的话。

"来人啊!"余宗越听越恼恨,叫甲士取了木枷和镣铐要给裴慎戴上。

裴慎素日里赏罚分明,极得人心。眼看着他将要含冤入狱,众亲卫哪里受得了,只愤愤不平,纷纷叱骂。

"天道不公!"

"大人替朝廷打了这么多胜仗,朝廷怎能这般!"

周围聚集在此地、尚未逃跑的百姓闻言,也纷纷鼓噪起来,怒骂声此起彼伏。

"又是阉狗作祟!"

"残害忠良,阉狗丧良心!"

武昌的百姓早已不是头一次围堵府衙了,在一声声怒骂里,不断地向前推搡甲士组成的人墙。

见裴慎沉默不语,陈松墨焦急地劝道:"大人,莫要信这帮阉人!哪里有什么三司会审!只怕大人去了南京后,担了莫须有的罪名,那些人只将大人砍杀了事。"

听他这么一说,其余的亲卫更是极力相劝。

"大人,不能去南京!"

"大人若去了,就是死!"

裴慎一言不发,只是安静地立于大门前,听着劝说他的言语,望着阶下激愤的百姓。半晌,他淡淡地说道:"那又如何?裴家世受皇恩,君要臣死,臣不得不死。"

说罢,他怆然一笑,再不言语,只任由甲士为他戴上了木枷和镣铐。

沈澜隔着一条青石街遥遥望他,却见阴雨蒙蒙里,他青衫落拓,上了囚车。

## 第十四章
## 梅雨暂收斜照明

"夫人，要乱起来了。"沈澜身侧的六子提醒道。

沈澜这才回过神儿来。

青石街上，前有甲士开路，余宗的帷轿在前，中间是囚车，左右两侧及后面亦是甲士。

裴慎的亲卫携刀跟在余宗带来的兵丁四周，这会儿已然融入了人潮，跟着周围的百姓一起大声呼号。

众人群情激愤，拼命地推搡着兵丁。

还有人四处奔走、呼朋引伴。

大量百姓聚沙成塔，如水汇潮，不断地冲入此地。

沈澜生怕被踩踏，压低了伞面，说道："我们顺着人潮走，遇见小巷便斜错离去。"说罢，便只管带着六子艰难地在人潮中前行。

她回到骡车上，然后指挥着车夫斜向离开人潮。

待进了一条小巷，四周稍稍安静下来，六子方才抹了把冷汗。

之前沈澜被裴慎带走时，六子曾去总督府寻她，隐隐猜测自家夫人与总督府有些关系，这会儿见裴慎被押入囚车，他小心翼翼地问："夫人，咱们还去庄子上吗？"

沈澜愣了愣，攥着车帘的手略略一紧，沉默片刻后松开手，点了点头。

六子松了口气。夫人能不掺和此事最好，毕竟官面上的事哪里是他们这样的小老百姓能搅和进去的？

骡车慢悠悠地动起来，一路往城西去。

此刻，越来越多的百姓自四面八方冲入武昌城的中心。

沈澜所坐的骡车与他们逆行，足足花费了一个多时辰方出了城门。

他们到庄子上时，天色擦黑。借着白昼的最后一丝光亮，沈澜检查了行李，又将匆匆赶来的彭弘业、龚柱子等人尽数安置好。

此时天色早已黑透，沈澜正欲去沐浴、歇息，六子却忽然匆匆赶来，压低了声音，勉力平静地说道："夫人，总督府来人了！"

沈澜心脏重重一跳："那人在哪儿？"

"他就在墙外候着。"六子慌得厉害。川湖总督被下狱，他们怎么能再跟总督扯上关系呢，也不怕被人以同党论处？他愿意保护夫人，去面对王俸的强攻，并不代表他愿意主动去和被下狱的大官扯上关系。这不是自找麻烦吗？

思及此，六子狠狠心，问道："夫人，要不要将人赶走？"

沈澜原本跨出去的脚一顿，只低声说道："我先去看看吧。"

乡下的人夜里睡得早，围墙外根本无人。沈澜出了家门，只见墙外的老槐树下立着个身穿细布短打的人影。

沈澜远远地打发了六子，深一脚浅一脚地走过去，疑惑地唤道："林大哥？"

林秉忠躬身："不敢当夫人语。"

沈澜皱眉说道："你家大人危在旦夕，你不去保护他，来寻我做甚？"

林秉忠拱手作揖，道明来意："爷遣我等来保护夫人。"

沈澜沉默。裴慎都要入狱受审了，还抽出人手来保护她，是不是有病？

她略显烦躁："我与他又有什么干系，他派人保护我做甚！"

林秉忠蹙眉，照着自己的想法反驳道："怎会没有关系？夫人是爷明媒正娶的，又生下了小公子。况且爷再三交代我保护好夫人。"

沈澜本想反驳他，自己何曾嫁给裴慎，却又觉得无趣，与林秉忠争赢了又有何用？

"他还交代了什么？"

林秉忠如实地和盘托出："爷只说，若他死了，叫我们隐姓埋名，不必去报仇，保护好夫人和小公子就好。"

沈澜安静地听着，沉默不语，半晌，忽叹息一声："你带着人走吧！我与你家爷并无关系，也无须你们保护。"

林秉忠微愣，愠怒道："夫人怎的这般无情？爷当年为了夫人……"

沈澜早已听厌了这些话："他是生是死，与我何干？"

说罢，沈澜转身离去，独留林秉忠怔怔地站在槐树下竟说不出话来。

此时已然一更天，黑黢黢的夜色里，墨云掩月，似又要下雨。

沈澜忙了一日，只管进了净室沐浴。她望了望天色，合上窗。快要下雨了，囚车在外出行，多半要被淋湿吧。

沈澜摘下簪环、玉镯，搁在一旁的竹木盘上。他那人心思深，未必会坐以待毙，多半有后手。

她脱去豆绿纺绸袖衫，将白绫挑边杭缎罗裙搭在一旁的柏木清漆架上。

封建士大夫多半忠君爱国，或许他是甘愿赴死呢！如同沈澜所知道的许多名留青史却被冤杀的忠臣一样。古往今来，这样的人还少吗？

沈澜憋了一口气，只将头埋进水中，彻底浸湿头发。

可这又与她何干呢？她和他本就是两路人。

沐浴更衣后，沈澜用棉帕绞着头发往正房走，却见兰竹榻上有团小小的人影，正是刚被彭弘业送回来的潮生。他穿着小袄衣，头发松散，困得点头如捣蒜，人也东倒西歪，活像个不倒翁。

沈澜觉得有些好笑，却不想惊动他，便随手将棉帕搭在柏木椅上，轻手轻脚地抱起他，欲将他塞进锦被里。

潮生却忽然睁眼，带着哭腔喊了一声"娘"。

沈澜心中霎时酸涩不已，一下一下地抚着他的脊背。

好半天后，潮生才缓过来，擦擦眼泪，抱着她的脖子，不肯下来。

沈澜任他抱着，低声说道："是娘不好，没陪着潮生过生辰，还让潮生寄居在旁人家里，娘向潮生道歉好不好？"

潮生只把头埋在她的肩上不肯抬头，半晌，方哽咽着说道："娘以后会不会扔掉潮生？"

沈澜心中大恸，心知是这些日子的颠沛流离吓到潮生了，便说道："娘向你保证，绝对不会丢掉你。"

潮生这才闷闷地应了一声，却还是不肯抬头。

沈澜心知他这是害臊了，便取了帕子给他擦眼泪，又抚着他的脊背哄道："娘带着潮生在庄子上住些时日，可好？"

潮生睁着眼睛，伸出小手，像模像样地替沈澜掖掖被角，认真地问道："我们要住多久？潮生不去学堂了吗？"

沈澜微微怔了怔。

裴慎被诬入狱，武昌只怕会更加混乱。或许不止武昌，天下又要乱起来了。

"娘也不知道。"沈澜不愿欺骗潮生，"外头或许要乱一段时间。"说罢，又道，"娘再给潮生去寻个夫子来，可好？"

离开武昌城去避难的人极多，她要寻一个夫子倒也不难。

潮生点了点头，狡黠地说道："不只夫子，娘上回答应帮我找的教我武艺的师父还没寻到吗？"

沈澜心知他多半又起了什么鬼主意，便顺着他的意点点头："的确没寻到。"

潮生严肃地批评了沈澜的行为："娘，先生说这叫食言而肥，是不好的。"

沈澜轻笑道："娘向潮生道歉，一定会尽快为潮生寻到先生和师父的。"

还没等潮生提出要求，她又点点他的鼻尖说道："说吧，你想要什么补偿？"

潮生即刻眉眼弯弯地笑起来，搂着沈澜的脖子撒娇："娘，我们明天去看看爹，好不好？"

沈澜茫然了一瞬，大抵是没料到潮生竟然提了这么个要求。

潮生却有自己的考虑："娘不是说外面马上要乱起来了吗，我们以后都要住在小庄子上，不能出去了，八月忌日也不能去给爹扫墓，所以我们明天去看看爹，好不好？"

沈澜心知大概是这段日子自己不在他的身边，他心里难过，便越发思念父亲。

看着孩子清澈干净的眼睛里饱含着期待，沈澜一时竟不知该如何是好。

半晌，她点了点头，说道："我们明天去。"

潮生欢呼两声，笑嘻嘻地说道："娘，你不是说爹最喜欢吃翠玉冻了吗，我们明天带些翠玉冻去！"

沈澜心道：那翠玉冻不过是我为了让人物更显真实胡编乱造的，裴慎对食物并无喜好。

"好。"沈澜笑着应了。

潮生一年里只有清明和忌日这两天才能和沈澜一起去祭拜父亲，极珍惜这个机会，甚至主动拉好被子，闭上眼说道："潮生要睡了。"

养足精神，他明早去看爹。

沈澜轻笑着给他披了披被角，又抚了抚他额间的碎发、红扑扑的脸颊，听着他绵长的呼吸声……

这是她的孩子，这个世上她唯一的亲人。

现在，他说想去见一见父亲。即使潮生要见的只是一座空坟，可沈澜总忍不住想到他真正的父亲——裴慎。

如果裴慎能过过这一关，自然无所谓，等潮生长大了，可以自己选择要不要认父亲；可如果裴慎真的死了呢？潮生长大后，若知道自己明明能去见父亲最后一面，却因为母亲的隐瞒没能见上，会不会恨她？又或者，她这样的隐瞒，对于潮生而言是否公平呢？

清寒夜色里，伴着轩窗外的蒙蒙阴雨，沈澜的思绪纷杂，如同萧疏野草繁茂生长。

三更天，湖广税署。

白日里，湖广的百姓围堵得太厉害，况且夜间带着囚车又不能行路，余宗没法子，只好将裴慎带来税署，可税署哪里有牢房，便随意寻了间厢房将他关进去。

裴慎手足上的镣铐俱在，不好动弹，便坐在榻上，安静地望着轩窗。

忽然，门外传来急匆匆的脚步声，裴慎循声望去，却见余宗推门而入。

见裴慎坐着，余宗便笑道："裴大人别来无恙。"

裴慎见他蟒袍鸾带，心知他是来耍威风的，便说道："承蒙余大珰照料。"

余宗白日里在他的面前丢了人，又被百姓骂了无数句"阉狗"，这会儿心里正恨，见他穷途末路还浑然不惧，颇有气度地与自己谈话，更是生恼，便对身后的两个小太监斥道："你们还愣着干什么，还不快去给裴大人瞧瞧东厂的手艺。"

裴慎自知有这一遭，便淡淡地说道："余大珰，陛下只叫你将我押解进京，何曾要你动刑？"

余宗自问是体会了上意来的，也知道若裴慎死了，陛下心里虽高兴，然而顶不住满朝文武的压力以及汹汹民意，届时必拿他顶罪。可这也不代表他不能叫裴慎吃些苦头，只要没弄死裴慎便好。

余宗坐在小太监们搬来的楠木太师椅上，拂了拂衣摆，慢条斯理地说道："'弹琵琶''雨浇梅花''梳洗'是用不了了。水刑、鞭刑、夹棍、'贴加官'，也不知裴大人想选哪一样？"

裴慎面不改色，泰然自若地说道："我奉劝余大珰且消停些。我受刑过后，明日囚车出行时必定难看。届时若加上四方百姓围堵，只怕余大珰都出不了税署。"

余宗最恼恨他们这种沉静之人，衬得他白日里险些腿软的样子煞是狼狈。

他皮笑肉不笑地说道："裴大人是勋贵之后，进士及第，必是个文雅人，那我便给裴大人用些不见血的法子吧。"说罢，便有旁人取了铜盆和一沓牛皮纸来。

裴慎神色平淡，不疾不徐地说道："明日一早，出行之时，我的亲卫必在人群中。届时，我便叫他们割下余大珰的首级，扔去喂狗。"

余宗脸色大变，厉声骂道："你要造反不成！"

裴慎摇摇头，说道："待杀了你，我便自缚进京，向陛下请罪。"

请罪个屁！陛下便是真杀了裴慎又如何，那会儿他命都没了。

余宗被他威胁了一通儿，难免神色惊慌。更要命的是，他发现自己如今必要好吃好喝地送裴慎进京，否则这人稍有不如意，只管令亲卫杀了自己，再自行进京请罪便是。

直娘贼的！这哪里是押解进京，这是他请了尊菩萨进京啊！

余宗心中生怒，忍不住威胁裴慎："擅杀传旨内臣可是大罪，形同谋逆，陛下必定会将你处死！"

裴慎神态笃定，反问道："难不成不杀你，我入京之后便能活命吗？"

余宗微愣，试探他："裴大人说笑了！裴大人入京自是要受三司会审，哪里就非死不可呢？"

裴慎瞥了他一眼，懒得搭理这个耍官腔的阉人。

见他不理自己，余宗便斥退身后的几个小太监，弃了官腔，真心实意地问道："裴大人既然知自己必死无疑，为何还要进京？"

裴慎淡淡地说道："我白日便说过了。"

余宗一愣，想了想。裴慎白日曾说过裴家世受皇恩，君要臣死，臣不得不死。

余宗感叹不已，心道：俺们太监日日被骂阉人，实则待主子最忠诚，这裴大人倒与俺们太监相似。只是裴家父子俩被主子过河拆桥，用完就扔；俺们太监也一样，成日里做陛下的"尿壶"，专干些脏事。

他心里陡然升起萧瑟之意，又有些同病相怜之感，便叹息着摆摆手："裴大人饿了吧，咱家遣人送些吃的来？"

裴慎擅察人性，见他态度转变，略一思忖大约能明白他在想些什么，便随意地点了点头。

没过多久，便有个小厮来送饭。

裴慎取了个雪白暄软的馒头，略一掰开，只见里头塞了张字条。字条上明晃晃地写着一句："今夜见夫人，夫人云：他是生是死，与我何干。"

裴慎猛地攥紧字条，脸色煞白。

方才他听到"贴加官"之刑尚能谈笑风生，如今不过看到一张字条却面如死灰。

她对自己竟连半分怜意都无。只消一想到自己拿生死一事去试，竟试出了这样的结果，裴慎便寒心酸鼻，凄惶不已。即使不是第一次知道她不爱慕自己，可裴慎心底到底是存着一分期望的，毕竟他们也曾有过快活的时光，澄湖、庙会、端午……桩桩件件，历历在目。

或许……或许她对自己是有爱意的，只是浅了些、淡了些，被恨意遮盖了。

怀着这样的期待，裴慎等来了一张令他心如刀绞的字条。

他木木地在榻上枯坐半夜。过了许久，他才回过神儿来，将字条在烛火中焚毁，又开了窗，将纸灰碾碎，任其随风而去。

第二日一大早，沈澜便准备了些许祭品，带着潮生去扫墓。

绵绵梅雨，青山哀草，孤坟一座。

潮生拈着香，认真地躬身拜了拜。

沈澜撑着一柄竹青油纸伞，立在墓前，望着他稚嫩的神情，只沉默以对。

待二人坐上骡车，悠悠地回到家时，已是晚膳时分。

厨下进了碧粳米饭、蒸鲥鱼、桃花酥，还有两盅鲜炖蛋。

潮生高高兴兴地舀了勺细嫩的鸡蛋，瞥见沈澜神情恍惚，拿着木箸却不曾动。

"娘，你怎么不吃呀？"潮生凑过去，仰着稚嫩的小脸望她。

沈澜抿了抿嘴，摸了摸他红扑扑的脸蛋儿，沉默半晌，忽而叹息道："潮生，一会儿娘要出去一趟，你在家中跟着春鹃、秋鸢姐姐玩，可好？"

潮生哦了一声，追问她："娘要去哪儿？"

"娘要去忙生意上的事。"沈澜笑道。

潮生点点头，摸了摸她的脸颊："娘辛苦了。"说罢，又舀了勺蒸蛋给她，"娘，你尝尝，这蒸蛋又细又嫩，可好吃啦。"

沈澜心道这蒸蛋里头加了火腿、瑶柱、鲜虾仁、蛤蜊，怎么可能不好吃？

只是，见潮生笑嘻嘻的样子，她心情稍好了些，便揉了揉他的脑袋。

用过晚膳，待到天色擦黑，沈澜撑伞出了家门，只到老槐树下立了一会儿。

没过多久，林秉忠便从不远处的田埂上匆匆赶来。一见到沈澜，他即刻躬身问道："夫人可是有事吩咐？"

沈澜淡淡地说道："若我要见你家爷一面，你可有办法？"

林秉忠一愣，随即点点头。

沈澜心中冷笑：裴慎的下属竟然还能联系到他，甚至能安排她和他见面，可见他并不是孤立无援，保不准是隐于幕后，稳坐钓鱼台呢。

沈澜生恼，正欲拂袖离去，却听林秉忠诚恳地说道："夫人若见了爷，且劝一劝他吧。爷不能进京，一入南京，必死无疑。"

沈澜脚步微顿，颇为诧异地望着林秉忠。她本以为是裴慎有后手，却没料到竟是他自己不愿被下属营救。

他难不成还真忠君爱国，心甘情愿地为那位昏君尽忠？

沈澜狐疑，可林秉忠平日里给她的印象就是性子耿介忠厚，以至她左看右看都觉得对方态度诚恳，浑然不似撒谎。

沈澜实在看不出来，只好问道："我要如何见他？"

林秉忠想了想："明日午间，夫人只管坐上骡车，我来驾车。"

沈澜点点头，见他没有旁的话要说，便告辞离去。

第二日午间，没有太阳，只有阴云如絮，斜风卷地，烟笼哀草，雨侵肌骨。

沈澜坐上骡车，见骡车里备了曲脚帽、胸背花盘领窄袖衫、乌角带、红扇面黑下桩靴。

这是太监的衣裳。

沈澜会意，在骡车中换好衣衫。

骡车行了约一个时辰便停下了。

林秉忠微微掀开帘子，递进来一份棋炒："夫人且慢用。"

沈澜接过棋炒，心里忖度着这便是晚膳了，看来是要等夜里才能去见。

熬过了漫长的白昼，待到酉时，沈澜以手支额，忍不住犯困之时，终于听到了林秉忠轻叩车门的声音。

"夫人，到了。"

沈澜猛地惊醒，掀开车帘下车，却见自己的身侧开着一家刘氏生药铺。这家生药铺是开在衙前街，也就是湖广税署附近。

已经两天过去了，裴慎竟还没被押解出湖广吗？

沈澜正疑惑，却见林秉忠带着她敲开了生药铺的大门，紧接着穿过后院的小门，翻墙进了个宅子，穿过宅子，再度翻墙。

"夫人，这便是税署，爷被关在厢房里。"

沈澜这才意识到，税署不知是哪家富商的园子，这园子被让给了邓庚，园子中有一堵围墙与外头某个大户人家的宅院围墙仅隔一尺，走不了人，却适宜翻墙。

沈澜正疑心为何不直接从税署别的围墙翻入，偏要去旁人家的宅院里走一遭，却听闻外头不远处有喝骂声，话语间夹杂着"阉狗不得好死""陷害忠良"之类的话。

沈澜这才意识到恐怕是湖广的百姓将税署的四面八方都围堵了，怪不得都两日过去了，余宗仍滞留此地，敢情是他根本没办法把裴慎押解进京。

"夫人，跟我来。"林秉忠在前头引路。

沈澜收敛心神，跟着他往前走。

两个人踏上小径，穿过月亮门，又沿着抄手游廊行了数步，这才来到一座假山附近。那中空的假山里头竟放着一个清漆雕花食盒。

"夫人带上食盒，进了院门后往西厢房走，只说自己是来送饭的。"

沈澜点了点头，提起食盒，沿着长廊入得庭院，却见西厢房门口有两个持刀的兵丁把守。

沈澜难免有些紧张，低下头，边走边想着自己该如何应付兵丁的盘查，却没料到那两个兵丁见她穿着太监的服饰，又提着食盒，竟连问都不问就让她进去了。

沈澜轻轻地推开大门，见厢房内只有一张束腰直牙榻、一张双钩如意条桌、一把圈椅，其余的摆设尽数被撤走，整个厢房如雪洞一般。

裴慎挺直了脊背，坐在榻上闭目养神，手、脚俱负镣铐，唯独神色安然自若。

他听见门开了的动静，却未曾睁眼，亦不想说话，只等按时来送饭的人放下食盒，自行离去。

沈澜沉默不语，轻轻地将食盒搁在条桌上，又往裴慎的方向行了数步。

裴慎自前夜接了字条后，便失魂落魄地枯坐榻上，难免黯然。他心情本就不好，如今竟还有人直直地往刀口上撞。裴慎不耐烦地睁眼，却见离自己三步远处，她正俏生生地立着。

裴慎愣了愣，呼吸急促，下意识地眨了眨眼，眼中涌现一点儿欢喜，像干涸的裂土里涌出泉水，不断滋润、扩大，直至充盈整颗心脏，满得几乎要流溢出来。

沈澜见了他这般神情，不免恍惚一瞬。

下一刻，她回过神儿来，垂下眼睑，低声说道："我此行是来——"

话未说完，沈澜忍不住轻轻惊呼一声。一阵天旋地转过后，她整个人被裴慎辖制在榻上。他单掌将沈澜的双手手腕攥紧，用自己腕间镣铐的铁链在她的手上绕了两圈儿，整个人覆在她的身上，矫健颀长的身躯轻松地压制住挣扎的她。

沈澜被压得动弹不得，怒目而视，张口就骂："你……嗯嗯……"

裴慎低下头，含住了她丰润浓艳的唇瓣。

咬噬、撕扯、含吮……狭窄的榻上，他们紧紧地贴合在一起，死死地束缚住彼此。仿佛过了许久，待到二人分开之时，裴慎呼吸急促，胸膛剧烈起伏。

沈澜则是劫后余生般大口大口地呼吸，一张芙蓉玉面似红榴初绽、海棠薄醉，连目光都潋滟如水。

裴慎见她这般意态，整个人热得越发厉害，喉咙焦灼难耐，偏生在这个地方什么都不能做，只能紧盯着她。

沈澜终于回过神儿来，睁着雾蒙蒙的眼睛，压低了声音骂道："你个疯子！"

他前夜本已彻底绝望，如今骤然见到她，知道她主动来看自己，便是挨骂也甘心。裴慎埋在她的颈侧，闷笑起来。那种笑，快活、欢愉。他这哪里是被骂了，倒像是得了赏。

沈澜不明白他在高兴什么，只觉这人活像是穷途末路时得了块糖。有了这么一点儿甜意，他才能继续踩在刀山上，蹚着血往上爬，直到追寻到自己的月亮。

"你当真是个疯子！"沈澜生怕外头的守卫听见，不敢挣扎，压低了声音恼怒地说道，"你给我听着！我此行只为了问你一句话，你到底是甘愿赴死还是留有后手？"

裴慎再不像前一晚心如死灰，这会儿快活至极，整颗心像是高高地飘在夜空里，越飘越高，快要接近月亮了。

裴慎嘴角微翘，俊朗的眉眼难掩愉悦、惬意。

她火急火燎地来见他，他倒好，半分不急，还有闲心笑。他真是有病！

沈澜恼怒，抬脚踹他："我问你话呢！"

见她不仅赶来见自己，还不禁为自己着急，裴慎勉强压制住上翘的嘴角，清清嗓子，叹息一声："我自然是甘愿赴死的。"

沈澜也不是个傻的，冷冷地说道："我往日里怎的没看出来你这般忠君爱国！"

裴慎赶紧敛了笑容，肃穆地摇头："我还是那句话，裴家世受皇恩，怎能对不住陛下？"

见他言之凿凿，不似作假，沈澜内心的狐疑略减，反倒有几分惘然无措。

她来见裴慎，不过是要确定他到底是真的甘心赴死，还是有所准备。若裴慎有所准备，熬过了这一关，那自然与她无关。两个人桥归桥，路归路，此后再无瓜葛。若裴慎真要死了，她便带着潮生来见他最后一面，也算是对潮生有个交代。可如今裴慎真要死了，沈澜却发现自己并没有想象中的那么高兴、解恨。

"我快要死了，有些话再不说便来不及了。"裴慎长叹一声，神色哀痛，"往日种种，都是我对不住你。"

沈澜愣怔，只茫然地望着他。

十载光阴，数次逃亡，冒着凄风苦雨行船，跳入滔滔大江搏命，含辛茹苦，历尽风霜，她终于等来了一句对不起。

沈澜忽觉鼻子发涩，满腹辛酸，眼眶都泛着微微热意。

这几句话本是裴慎早早想好，专拿来与她和解的，可见她怆然含泪，竟也觉出几分酸涩来。他抚摸着沈澜的眉眼，半低下头，神色哀戚："你可愿原谅我？"

他竟也肯低下素日里高昂的头颅，来求自己原谅吗？

沈澜听了这话，忽觉眼眶潮意丛生，不禁泛出点点泪光。

见她这般，裴慎心里竟也有了几分希望。或许哭过一场后，她对自己的怨恨能少一些。

下一刻，沈澜眼含泪光，摇了摇头："你我之间实则是一笔烂账，我原谅与不原谅都无关紧要。"

说罢，沈澜深呼吸一口气，说道："你既然心甘情愿地赴死，那我过几日便带着潮生来见你最后一面，也算成全了你们父子之情。"

裴慎一时发愣，没料到她竟这般狠心。他反应过来，心里活像是被荆棘扎了一般血淋淋的，再也忍不住，追问："你今日来见我，难道只是因为潮生？"

裴慎满怀涩然，一字一顿地追问她："你待我，果真没有情意吗？"

他们离得太近了，仅有一拳之遥，近到能看得见对方的每一个表情、动作。

裴慎死死地盯着沈澜，试图自她的眉眼里寻到些许情意，哪怕只有一丝一毫也好。

被他近乎哀求的目光看着，沈澜竟说不出话来。

她要说什么呢？她恨他吗？恨的；她爱他吗？她自己也不知道。

于是她一言不发，只是迷惘地望着裴慎。

裴慎攥着她的手腕，如同等待堂上的官吏宣判一般。然而伴随着沈澜漫长的沉默，判书迟迟未下，他的眼底哀意渐浓，直至满目凄惶。

当真是报应！裴慎想。

他当年若能待她好一些，再好一些，何至于今日沦落到这般下场？

他恍恍惚惚地想："情爱"二字果真如同鸩酒一般让人肝肠寸断。

夜雨清寒，淅淅沥沥，室外更漏迢迢相递。

沈澜才回过神儿来，竟已是一更天。

"我……我不知道。"沈澜涩然说道。她满腹思绪，到头来只余叹息。

见裴慎听了这话后竟愣愣的，她还以为裴慎不信，便重复了一遍："我是真的不知道。"

是否有情，情意几何，她都不清楚。

不知道？这算什么答案？

她这般敷衍，裴慎本该生气的，可竟觉眼眶略有几分潮热。

她若对他只有恨，那必会说恨他，既然给了"不知道"这个答案，可见对他还是有情的，只是那些情意太浅了，浅淡到被浓烈的委屈、仇恨遮盖了。

没关系，她对他有情就好，有情就好。

裴慎几欲落泪，宛如劫后余生一般，猛地松懈下来，低下头，轻轻地吻了吻沈澜的额头。

"你既然说不知道，我也不强求。"裴慎郑重地允诺，"过往种种，我们一笔勾销。往后我必定待你好，我们好好过日子。"

总有一日，她内心的爱意会滋生、蔓延，覆盖掉那些委屈、仇恨以及糟糕的回忆。凛冬将过，新春终至。

听到裴慎的这般剖心之言，沈澜恍惚了一瞬。仅仅一瞬，沈澜便反应过来，狐疑地问道："你哪里来的以后？"

裴慎呼吸一窒。他心知沈澜以为他要死了才肯吐露衷肠，若叫她知道自己在骗她，莫说以后，沈澜只怕一辈子都不会再搭理他了。

那他便不叫她知道，骗她一辈子就好！

裴慎毫不犹豫地说道："我都要死了，这以后自然是指临去南京受审的路上的那些时光。"

他小心翼翼地说道："这一路，你陪我去，可好？"

沈澜愣了愣，沉默不语。半晌，她一针见血地说道："你若真甘愿受死，按理，怕我和潮生被牵扯进去，应当将我和潮生远远送走才是，为何要我陪你去南京？"

她说着，声音跟着冷下来："除非你在骗我。你有把握自己不会死。"

裴慎呼吸一紧，心道她果真敏慧，便斟酌着说道："我提出如此要求，原因有二，一来，你和潮生与我的关系并无人知道，所谓的陪着上路，也不过是你们扮成商队成员，远远地跟着罢了，决计不会与余宗等人见面。二来，余宗宣读的圣旨中并无'谋逆'二字，不至于连坐，陛下多半会以我和父亲是妖书案主谋的罪名将我们二人诛杀。

"况且，我与父亲并无过错。我父北伐有功，我任事多地，尚算有几分功绩，杀了我们二人便将导致群议汹汹，若要株连开来……"他本想说狗皇帝不敢这么做，却又觉得自己如今正忠君呢，不太恭敬，便换了个说法，"陛下不会的。"

闻言，沈澜越发辨不清楚真假。时至今日，她仍怀疑裴慎要赴死是在骗她，可偏偏历史上，坚持气节、含冤被杀的人物比比皆是。裴慎是不是忠君的士大夫，沈澜根本不敢确定。

即便是怀疑裴慎有后手，可这后手也该有点儿迹象，小一些的是联络朋党、洗刷冤屈，大一些的则是起兵造反，偏偏沈澜都没证据。

这些年，沈澜所见到的裴慎素日里待陛下执礼甚恭，从未有过言语上的不敬。朝廷调他去哪里平叛，他便去哪里，四处奔波辗转，从无二话，尽忠职守、兢兢业业。矿监税使携圣旨而来，他也遵从旨意，宁可避居府中，也不曾阻拦，愚忠一般，以至沈澜犹疑难定。相反，裴慎甘愿受死的证据倒是一堆，譬如喝止亲卫、甘上囚车，保不齐之后还要劝说外头为他鸣不平的百姓离去……

一桩桩、一件件，弄得沈澜都怀疑是不是自己太多疑。或许裴慎真是个忠君的士大夫呢！

"你真的甘心受死吗？"

若裴慎是真的甘心受死，好端端的一个能臣就这么死了，未免太过可惜。

裴慎心中狂喜，知道她这话外音是不希望自己赴死。他强压着心头的喜悦，勉力平静地说道："忠君自是本分！君要臣死，臣不得不死。"

沈澜本能地反感这种话，驳斥他："愚忠！"

裴慎摇头："裴家世受皇恩，焉能背弃陛下？"

沈澜生恼："你自小熟读经史，应当知道孟子有云'君之视臣如土芥，则臣视君如寇仇'。"

她越驳斥他,意味着她越不愿意让他死。

裴慎不好让笑意流露,便抿抿嘴,低声说道:"前天晚上,我受了'贴加官'之刑。"

沈澜的心重重一跳。

所谓"贴加官"之刑,是拿浸湿的纸覆于犯人的面上,一张又一张,直至犯人窒息而亡为止。

可裴慎面色红润,看着浑然不像受过刑的样子。不过隔了一夜,他也有可能是已恢复了。

沈澜不敢断定裴慎是不是在用苦肉计,惊疑不定地望着他。

裴慎知她聪慧,便把真假掺着说:"你若不信,只管去试探府上的小太监,问问前天夜里余宗是不是吩咐人拿了铜盆、纸张。"

沈澜只是一个混进来探监的,时刻怕被人发现,怎么可能去试探府中的人?见裴慎说得信誓旦旦,她想来此事是真的。

见她脸色柔和了几分,裴慎便知道她心软了,佯装低落地说道:"我提及前天晚上的事,不过是想告诉你,我并不知接下来是否还要受刑,也不知自己何时会死。你便当怜惜一下我这个将死之人吧。"

沈澜恼他非要尽忠,心中便有几分烦躁:"我不是说过几日带着潮生来见你最后一面吗!"

那怎么够?裴慎即刻自嘲:"我往日里杀胡虏、杀倭寇,惩治贪官污吏,重新丈量田亩,清查黄册,活民无数,你还说我算个英豪。如今倒好,果真是英雄末路,连妻儿都不肯陪我最后一程。"

裴慎的确是个能臣干吏,将来必能名垂青史、流芳后世。

沈澜心中五味杂陈,既恼他愚忠,待他又有几分钦佩,心头还隐隐有些涩意。

难不成他真要慷慨赴死吗?

沈澜沉默良久后长叹一声:"罢了,我陪你去南京。"

沈澜离开税署时,见两个守门的兵丁一动不动,浑似没有听见里头的动静,也不曾起疑送饭的小太监为何还没出来,便知道这两个人也是裴慎的人。

这个税署里到底有多少裴慎的人手?或者说,他既然有这么多人手,却甘愿被缚,要么是有大图谋,要么是真有气节,宁肯被冤杀。

沈澜实在不敢确定,经过廊下,见夜寒雨急,斜风飒飒,将枝头的紫薇花尽数拂落。骤见此情此景,沈澜满心郁郁,长叹一声。

她冒雨返回庄子之际,已是天色将明。

沈澜见潮生睡得正香，不曾搅扰他，只是安置了林秉忠，叫他留在家中充当潮生的习武师父，又径自沐浴更衣后寻了间偏房倒头就睡。

她这一觉足足睡到下午申时初。

沈澜迷迷糊糊地睁开眼，对着素纱帐顶发了会儿呆，又赖了会儿床，才起身。

她堪堪洗漱完毕，却见潮生换了件细布短打，衣裳也灰扑扑的，蔫头耷脑地被春鹃抱在怀里。

沈澜难得见到他这副样子，放下手中的巾帕，笑问道："你这是怎么了？"

潮生疲惫不堪，有气无力地喊了一声"娘"。

春鹃笑道："夫人新找来的习武师父带着潮生扎马步，头一回就扎了一炷香的工夫，又叫潮生举小石锁。"

沈澜轻笑，将潮生抱过来，逗他："学武这般累，你后不后悔学武？"

潮生依偎着沈澜，都没力气去搂她的脖子了，却还是摇摇头，倔强地说道："不累。"说着，忍不住兴奋起来，"林师父送了我一匹小马驹、一把用檀木雕的小木剑！"

沈澜微愣。这两样多半是裴慎送的，小木剑保不齐还是他亲手做的。沈澜暗自叹息，摸了摸潮生红扑扑的脸蛋儿，又见他眼睛亮晶晶的，分明是高兴极了。

"潮生，那小木剑……"沈澜本想告诉潮生裴慎的事，甫一开口，却犹豫了一瞬，竟不知要如何言语。她告诉过潮生无数次他的父亲已亡故，如今突然冒出一个生父来，要如何跟潮生解释自己当初为什么离开裴慎？或者说，她该怎么告诉潮生自己和裴慎的往事？

见沈澜愣怔，潮生疑惑地望向她："娘，小木剑怎么了？"

一提起小木剑，潮生就笑嘻嘻的，高高兴兴地和沈澜分享今日的乐事："娘，你认识上次那个买米的叔叔吗？今天林师父说，这把小木剑就是上次那个买米的叔叔送我的。他还说，买米的叔叔失约了，要再送我一匹小马驹向我道歉。"

沈澜望着潮生亮亮的眼睛，犹豫片刻，问道："潮生喜欢那个买米的叔叔吗？"

潮生一愣，下意识地搂紧沈澜的脖子。这还是娘亲第一次问他喜不喜欢某个叔叔。潮生聪敏，极快地便意识到了什么。

"我不喜欢他！"潮生抿着嘴，强忍着胳膊和腿的酸痛，挣扎着想从沈澜的怀里跳下去，"娘，我不要林师父了，我去把他赶走！"

沈澜愣了愣，连忙将他放在玫瑰椅上，认真地问道："潮生不是很喜欢林师父吗，为何要赶走他？"

潮生抿着嘴，低下头去，就是不肯回答。

沈澜耐心地问了三四遍，他才不情不愿地说道："他和那个买米的叔叔是一伙的。"

沈澜正要问他为何不喜欢那位买米的叔叔，却见他低头咬着嘴唇，声音略带几分哭腔："娘，你是不是要跟那个买米的叔叔成亲了？"

那个叔叔又来他家买米，又陪他玩抛高高，还送他小木剑、小马驹，又找人教他习武，肯定是想讨好他。现在娘又来问他喜不喜欢那个叔叔。

潮生眼中涌出泪水，抬头，啜泣着说道："娘，你不要爹了吗？"

沈澜头痛不已。她往日里为了便于行事给自己塑造贞烈的形象，又想让潮生不被人欺负，这才为他捏造了一个已亡故的大英雄形象的父亲，以至他很喜欢他的亡父。这会儿沈澜要如何告诉潮生，他的生父没死，就是那个买米的叔叔？况且，若潮生刚知道生父没死，就得知对方马上要死了，只怕心里会更难过。

此事错综复杂，宛如一团乱麻。

沈澜顾不得这些问题，赶紧安抚潮生："你还记不记得自己和官僧打架的那一日？"

潮生哽咽着点点头："娘答应过我，不会扔掉我的。"

沈澜柔软的心脏活像是被小木剑戳了一下。

"阿娘答应过你，就绝对不会食言。"她解释道，"娘并不是要跟那位叔叔成亲，只是那位叔叔快要离开湖广了，娘想带你去见他一面。"沈澜到底没有说出一个"死"字。

潮生愣了愣，这才抹抹眼泪，疑惑地问道："叔叔跟娘认识吗？我以前怎么从来没见过他？"

沈澜犹豫片刻，到底隐瞒了潮生，实在不愿意让他知道自己的生父将要去世。况且若裴慎真死了，沈澜也不愿意潮生跟裴慎有所牵连，以防他被牵扯进去。

"娘这段时间要去一趟南京，潮生跟娘一起去。等到了南京，那位叔叔就要离开了，到时候潮生跟他道个别，可好？"

潮生只觉这话怪怪的。他们为什么突然要去南京？他为什么要跟那位叔叔道别？那位叔叔离开，是要去哪里？

他心里有十万个为什么要问，可犹豫了一下，还是答应了，因为娘看起来好为难啊。

见他点头答应，沈澜松了口气："你觉得习武累不累？"

潮生现在很不喜欢买米的叔叔，连带着林师父也不喜欢了，于是大声说道："不累。"后又郑重允诺，"我要好好习武。"

等学会林师父的武艺，他再给足了银钱，就把林师父赶走。

沈澜可不知道潮生在想什么，只是见他出了一身汗，就叫春鹃带他去沐浴更衣。

乡下的庄子，梅雨时节，入目都是烟雨蒙蒙，浓绿浮翠。

潮生早起习武，然后读书，饭后便沐浴更衣，借着夕阳的最后一丝余晖，与附近佃户的孩子玩上一会儿，消完食后再去歇息。

沈澜见他发愤图强，读书、习武都没落下，无须自己操心，到底松了口气。

即便如此，沈澜依旧满腹愁绪，一日里有半日的工夫都在蹙眉思索。

如此过了三四日。

沈澜越来越疑心，将林秉忠叫来问道："他还未离开湖广？"

距离裴慎被捕已有六日。这六日来，裴慎被关押在税署，半步未动。

林秉忠无奈地说道："夫人，前天余宗遣人押着大人欲踏出税署去往南京，结果武昌卫、荆州卫等卫所的十几个百户带人把税署给围了，加上本来就围堵住税署的百姓，两边正僵持着。"

沈澜也不知自己是什么心情，听了这话，只觉心里一松，这几日沉郁的心情稍好了些。只是她到底理智，止不住怀疑地说道："这般势态，若要踏出门，只能让他自己来劝。他为何不劝散百姓和兵丁？"

时至今日，沈澜纵是信了裴慎的说辞，却隐隐有些疑虑。这样的疑虑，平日里看着不显，一碰到疑点，便总要探出头来，叫沈澜思索他甘愿赴死一事到底是真是假。

林秉忠拱手说道："夫人容禀，非是爷不愿意去劝，而是余宗不肯放爷出去。"

沈澜略一思忖，心知多半是余宗怕裴慎一出去，若被外头的百姓和兵丁一劝，届时反倒起了心思，又怕外头的兵丁弄出黄袍加身的把戏，故而只能将裴慎拘着。

也不知道，这在不在裴慎的算计之内。

沈澜瞥了一眼恭敬候着的林秉忠，试探地问道："这么拦着，裴慎何时才能启程？"

"属下刚收到消息，押送国公爷进京的人马快要到湖广了。余宗多半是想等那百余人马，双方会合后，强行驱散百姓和兵丁，再押送国公爷和爷一起去南京。"

闻言，沈澜蹙眉说道："魏国公不是直接去往南京吗，为何要途经湖广？"

林秉忠神色不愉，似对此事格外不满，却又无可奈何，只好喟叹一声："国公爷接旨时正在陕西督抚民政、剿匪平叛。"

沈澜曾在绛云楼内见过水陆舆图，自然知道从陕西到南京可走河南或湖广这两条路。若走河南，河南也是魏国公收复的，押送魏国公的人怕出事，转而选择走湖广这条路倒也正常。

"魏国公什么时候到？"

他到的那一日，多半就是裴慎离开的日子。

"若照着路程预估，大约明日午间，国公爷的囚车就会入税署。"

闻言，沈澜忍不住看了两眼林秉忠。林秉忠身处乡下的庄子，却依旧对外头的事了如指掌，可见裴慎树大根深。

可裴慎这样的人真的甘心赴死吗？

沈澜忍不住又怀疑起来，想了想，说道："明日早晨你可有空闲？我想去武昌看一看。"

林秉忠微愣，随即点头答应下来。

第二日又是阴天，梅子黄，哀草碧。

沈澜举目四望，俱是烟笼细柳，愁锁阴云。蒙蒙细雨恰如飞丝柳絮，打在人身上，初时不显，时间久了便让人觉得寒意入骨。

沈澜扮成男子，穿上白绫中单、稍厚实些的斜纹布道袍，又在外头套上蓑衣，戴上斗笠，直奔武昌。

她从平湖门入城，甫一接近税署，便眉头紧锁。

整个税署一片混乱。外头的百姓、兵丁混杂在一块儿，里三层外三层，只将税署围堵得严严实实。众人喧哗、叫骂、呵斥，和墙头上的甲士对峙。

沈澜压了压斗笠，问道："魏国公什么时候到？"

林秉忠望了望天色："快了。"

已至正午，押送魏国公的囚车应当已入了城门。

他的话音刚落，便听到远处的青石街上人流喧嚣起来。

沈澜遥遥一望，却见百余名持刀的甲士护卫着一辆囚车而来。囚车上的男子着葛布衣衫，细雨一打，沾衣欲湿。男子年约五十，眼中红血丝遍布、嘴唇干裂、须发微白。加之一路风尘，胡子拉碴，头发凌乱不堪，人也憔悴老迈，几近枯槁。最要命的是，那囚车大约是特制的，极狭窄矮小。他上半身脊背笔挺，下半身却只能直接跪在囚车内。

受到如此羞辱，他却神色刚毅淡漠，跪在囚车里，笔挺得如同一杆标枪。

这是沈澜第一次见到魏国公裴俭，倒与她猜测的一般无二。他与裴慎极像，不是外貌，而是气质很像。那种沉静周全、刚毅果敢的气质，父子二人如出一辙。

"这是哪个？"

"魏国公也被关押了？！"

"狗屁！魏国公北伐，何罪之有！"

"那些阉人怎的这般羞辱人！"

裴俭一出现，即刻激起了更大的民愤。

胆子大的只管与甲士们推搡起来，胆子小的则嚷嚷着往囚车附近凑。

隐在人群中的陈松墨见了这囚车，忍不住倒吸一口凉气。

湖广乃南京小皇帝的龙兴之地。他们千算万算没算到，洪三读为了谄媚陛下，竟临时换了囚车，生生让魏国公跪在囚车里进湖广。

一想到一会儿爷出来见了这情景，陈松墨只觉头皮发麻、心惊肉跳。

他隐隐有些不太好的预感，原定的计划仿佛要失控了。

沈澜冷眼看着甲士们护卫着囚车艰难地在人潮中穿行。足足磨蹭了小半个时辰，囚车终于临近税署门口。

领头骑马的也是个太监，面白无须，年约三十，着青红曳撒，身后跟着十来个头戴尖帽、脚蹬白皮靴的番子。那太监翻身下马，正径自要往府里去，却听见有人大喝一声："莫走！且容我家国公爷进些水米。"

太监洪三读望向来人，见一精瘦汉子，四十五六岁，正直勾勾地盯着他。

方才这句话正是出自这汉子之口。

洪三读心头生恼。从陕西到湖广的路上，这都第几回发生这种事了！不是有人给魏国公要水，就是要充饥的点心，再不然就是要驿站的房间让魏国公好歇息一会儿。可他又不得不从，自己不过带了一百二十三个甲士护卫，然而光是毫不避讳地护卫裴俭南下的亲卫就有百余人，这还不包括隐匿在人群里的。

若真打起来，洪三读不仅完不成任务，还得把自己的性命赔进去。

他心里憋着口气，却又只能强忍着，便恶狠狠地说道："你尽管去喂！"

这也得看他家国公爷肯不肯喝。

说罢，洪三读一拂袖子，其身后的甲士即刻让出一条路来。

精瘦汉子一路疾行，三两步跨上囚车，半跪下，自怀中取出水囊，双手递给裴俭。

见此情景，周围即刻有人低声议论起来。

"这汉子倒是个忠义的！"

"他对魏国公忠心有何用？魏国公还不是要被押去南京！"

"他若真忠心，怎的不将国公爷救出来？"

"怎么救？你话本子看多了吧！劫法场，罪同谋逆！"

沈澜听着乱七八糟的议论声，只是沉默不语地望着前方。

裴俭摇摇头："既有雨水，何需水囊？"说罢，仰面，任由雨丝入口，润泽喉咙。

裴俭怕在囚车上更衣不易，只喝了两口雨水便抿上嘴再不肯喝，还摇摇头，扯着依旧有些干哑的嗓子说道："萧义，你回去吧！"

萧义也是个倔性子："国公爷要向陛下尽忠，我萧义亦要向国公爷尽忠。"说罢，他从怀中取出纸包，里头是掰成小块的干馕饼。

裴俭摇头，以示拒绝，又径自闭目养神，再不去看萧义。

短短七八日的工夫，裴俭先是被陕西的烈日曝晒，紧接着入了湖广后又遭逢连绵梅雨，整个人形容枯槁、神色萧索，分明是心灰意懒，萌生了死志。

萧义心中不忍，又愤愤不平地说道："国公爷是被朝中的奸佞构陷了！那妖书首发南京，与国公爷有个屁关系，分明是陛下昏庸无道……"

"闭嘴！"裴俭猛然睁眼，厉声呵斥道，"谁许你待陛下不敬，滚下去！"

萧义只觉自己说得没错，偏生又不敢违逆裴俭，只能愤懑地跳下囚车。

沈澜旁观了这一幕，却见周围的百姓早已被激怒，推搡着甲士，大声叫骂着"残害忠良""阉党奸佞小人"。

"干什么？都退回去！"

"鸟厮尔敢！"

"阉党害人——"

"老子让你们退回去！退回去！"

所有人都在叫嚣，每个人的脸上都显露出愤怒。

这已经不是湖广的百姓头一次对抗阉人了。他们被破家灭门，被掠夺财产、妻女，对于矿监税使的愤恨早已达到了极致。

沈澜甚至能够隐隐听见"昏君无道、桀纣在世"之类的怒骂声。

整个武昌如同一锅油，即将沸腾到顶点。

沈澜心脏狂跳，本欲速速离去，可看了看分散在她周围的十七个护卫，稍稍安定下来。这十七人都是裴慎留给她的。

沈澜脚步一顿，神色复杂难辨。半晌，她叹息一声，到底抬起头，继续观望。

此刻，税署里的厢房内，裴慎正在闭目养神，忽而听见"吱呀"一声，门打开了，外头传来余宗的声音："裴大人，请吧。"

裴慎睁眼，泰然自若地起身出门。待行至门外，见余宗的身侧站着一个身穿青红曳撒的太监，便说道："敢问这位是……？"

余宗作为中间人，本该介绍一二，谁知洪三读自己张了嘴，恶狠狠地说道："陛下遣了咱家押送魏国公。区区贱名，便不劳世子爷挂齿了。"

裴慎脚步一顿，心知这人多半是在父亲那里受了气，这会儿把气都撒在他的头上。

裴慎瞥了他一眼，说道："若是贱名，的确不宜让旁人知晓。"

洪三读脸色大变。

负责押送裴慎的七八个太监中，有个小太监即刻站出来，厉声呵斥道："贼子尔敢！"说罢，他扬起马鞭，凌空甩下。

裴慎便是戴着镣铐，功夫还在，稍稍侧身，往前半步，欲避开鞭子。

谁知鞭子是那小太监特制的，比东厂惯用的鞭子稍长一截，又是从他的背后打来的。他一时不察，竟被鞭梢抽中，背上的衣裳破裂，顿时沁出血来。裴慎蹙了蹙眉，些许小伤罢了，倒也不算疼。

见裴慎只中了鞭梢的抽打，洪三读恼怒，冷笑一声，呵斥那小太监阿四："没用的东西，谁许你扬鞭了！"

阿四慌忙下跪："洪公公恕罪！"

洪三读虽恼恨他没打到人，可他站出来了，待自己到底是忠心的，便指桑骂槐地说道："金尊玉贵的世子爷便是落魄了，被囚车押送进京，那也不是你能打的。"

阿四点头哈腰，连连称是。

洪三读又说了几句，话里话外都在说魏国公府往日的荣光，专往裴慎的心窝里捅。他边说边偷觑裴慎，见对方神色无悲无喜，眼神无波无澜，分明是将他视作无物，心里越发恼恨。

一旁的邓庚和余宗见状，齐齐装死。这二人不愿意得罪洪三读，只因此人乃掌管东厂的秉笔太监洪达的干孙。余宗背后的靠山是掌印太监余大关，地位犹在洪达之上，可余大关有几百个孙子，不差自己一个。而洪达掌管东厂，又受陛下抬举，洪三读可是洪达最喜欢的干孙，余宗哪儿敢得罪他？

待洪三读演完了，裴慎方才不疾不徐地开口："余大珰，走吧。"

见自己果真被无视，洪三读心中怒意翻涌，当即下了狠心，等到了驿站后，必要给这对父子一点儿颜色瞧瞧。

余宗装死装到现在，实在不好再继续装下去，便对洪三读笑了笑，打圆场道："洪大珰，走吧。"

洪三读冷哼一声，只管叫人撑着伞，自己坐上肩舆，往外去。

尚在税署之内，自然无人给裴慎打油伞、送蓑衣，故而一跨出长廊，细细密密的雨丝纷扬而下，顷刻之间，裴慎鬓着碎雨、衣沾薄寒。

裴慎的手和脚戴着近二十斤重的镣铐，冒着斜风寒雨，一步一步走出了税署的大门。

"出来了！"

"裴大人出来了！"

人群本就喧哗，如今更是如水入沸油，双方顿时喧嚷起来。

十几名甲士挥舞着刀棍长枪，大声呼喝道："退回去！都退回去！"

周遭的人群推推搡搡，时不时传来数声怒骂。

"你们这帮走狗！"

"阉党余孽！"

裴慎安静地望了望人潮，甫一抬眼，便见人潮里有一辆狭窄的囚车，一个五十余岁的老者枯槁衰颓，跪于囚车上。

裴慎脸色大变，厉声喝道："萧义，去将我父亲放下来！"

人群里的萧义一听到裴慎的吩咐，惊喜之下，大声应了，随即带着百余名亲卫，齐齐拔刀。

人群猝然生乱，尖叫、逃窜……

洪三读和余宗惊慌不已，正欲呵斥。

囚车上的裴俭忽而睁眼，冷冷地说道："莫要胡闹！"

裴慎摇摇头，往前行了一步："爹，我与你换一换囚车。"

余宗给他的囚车是正常的，里头的空间尚可，不至于让他屈膝跪下。

裴俭闻言，心中感动，却摇摇头。

裴慎不肯退，说道："今日见我父受苦，却不得以身替之，我枉为人子。"

裴俭没法子，只好叹息道："罢了。"

见他答应，萧义这才松了口气，持刀逼迫两个甲士让开。

那两个甲士面面相觑，只一个劲儿地去看洪三读。

洪三读勃然大怒。

这裴家父子俩怎的如此骄横！他们自说自话，浑然不把他放在眼里！

"谁敢退！"洪三读大喝一声："裴慎，你胆敢私开囚车，罪同谋逆！你们裴家要造反不成？"

裴慎冷冷地扫了他一眼："我们裴家绵延至今共计十二代人，代代披肝沥胆、尽心竭诚。你是什么东西，也配构陷我们裴家！"

"你是什么东西"，仅仅六个字，便让洪三读淤积了数日的火气轰然爆发。他脖子青筋暴起，拳头攥得死紧，目光几欲噬人，却一字一顿地说道："世子爷不必与国公爷换囚车。咱家要坐马车去往武昌水驿，正好缺一个马凳。"

马凳，即上马车时，身量不够高的人用作垫脚的工具。

在场的众人愤然变色。

沈澜也惊愕。

裴家的亲卫齐齐拔刀，横眉怒目。

不仅有亲卫，赶来的人群中还有十几个百户带来的兵丁。

"阉狗尔敢！"

"杀了他！"

近千人叱骂鼓噪、拔刀横戈，令人大惊失色。

洪三读这会儿若说不怕是假的，腿软得厉害。可他与裴俭处了七八日，无论如何羞辱，裴俭都浑不在乎，故而料定裴俭必会喝止。

果不其然，裴俭大喝一声："我们裴家怎会造反？你们都给我把刀收回去！"

萧义咬牙切齿，却不敢违逆，只能心不甘情不愿地收刀入鞘。可此地是裴慎的主场，裴慎不下令，其余亲卫和兵丁即刻再度鼓噪起来。

裴俭见了，遥遥解释："洪大珰，我们裴家世代忠良，怎会谋逆？"

语罢，他又对裴慎说道："囚车极好，不必换了。"

他言下之意是叫裴慎下令喝止兵丁。

洪三读朗声大笑："世子爷可听见了？魏国公说囚车极好，他就喜欢跪着。"

裴慎胸口气血翻涌，目光几欲噬人。

洪三读得了裴俭这么个忠肝义胆且还能管束裴慎的宝贝，这会儿哪里还畏惧裴慎，只意味深长地说道："若世子爷还想让国公爷换辆囚车，我的允诺自然也是作数的。"

裴慎目光凶戾，森冷如刀，几欲暴起杀了洪三读。

下一刻，他却屈膝，跪下，俯身……英挺宽大的脊背趴伏在地上，任人踩踏。

所有人都愣住了，天与地都仿佛静了一瞬。

沈澜怔怔地看着这一幕。

如今，她信了，她信裴慎是真的甘愿赴死。因为他宁可折了自己的骨头都不愿意杀了洪三读。

遥遥的，传来裴俭凄厉的嘶吼声。

周围的人猛然拔刀。

百姓们大声厉骂。

那些声音却像是被蒙了一层布一般，闷闷的。

沈澜不太关注这些了，只是专心致志地望着眼前。

晦晦阴雨，簌簌哀风，裴慎像是被折断了脊梁，跪在那里。他浑身都是雨水，背上隐隐有鲜血流出，被雨水稀释成了淡红色，不断地往外淌。

沈澜下意识地上前一步，于是看得更清楚一些。

铺天盖地的雨，大片大片的鲜血，身着青布素衣、趴伏在地的裴慎。

这一切通通映在她的眼里。

沈澜突然觉得难过。

阴风晦雨，哀草愁云，淅淅沥沥的雨水打在裴俭苍老的面庞上，似叫他的身躯疼得晃了晃。

裴俭死死地攥着拳头，望着跪在地上的儿子，喉咙里宛若吞着千斤重的铁块，半个字都吐不出来。

　　这是他最为骄傲的长子，十七岁得中进士，二十八岁就官至从一品总督。家有麒麟子，是裴俭此生颇为得意之事。可这个麒麟子，也是他最对不起的孩子。刚刚是他勒令裴慎不许轻举妄动，不许擅起兵戈，只许束手就擒，只许引颈受戮。

　　现如今，这个被他拘着，要与他一同赴死的孩子，为了给他换辆囚车，跪在地上，低着头，卑微地求一个阉狗。

　　裴俭目眦尽裂，泪水夺眶而出。他想制止，想说"守恂，你站起来，不许跪"，到头来却一个字都没说出口。

　　半晌，裴俭凄厉地嘶吼：

　　"萧义，杀了洪三读！

　　"杀了他！"

　　嗓音喑哑难听，字字泣血，然而声如雷霆，击碎一帘梅雨。

　　雨中的所有人都像疯了似的。

　　亲卫、兵丁纷纷拔刀举枪。

　　洪三读打从裴慎跪下开始，便被吓得面无血色，惊声逃窜。

　　甲士们有的溃逃，有的举刀相抗。

　　周围的百姓惊声尖叫着，四散奔逃。

　　"夫人，快走！"林秉忠不是不想拔刀杀了洪三读，可他接到的命令是保护沈澜，自然不敢轻举妄动，只一个劲儿地焦急喊道，"夫人，要乱了，快走！"

　　沈澜回过神儿来，最后望了一眼裴慎，见他已然起身，从身侧的一名甲士的手中夺过刀，捅进了洪三读的心窝。

　　紧接着，亲卫、兵丁们一拥而上，乱刀砍向洪三读，血液顺着刀锋涌了出来，一滴一滴地流进了青石砖缝隙里。

　　看到这般情景，沈澜本该异常惊惧，却像松了一口气似的，沉郁的心忽然好受了些。

　　"走吧！"沈澜这才转身，被林秉忠护卫着离开了这个混乱之地。


　　待她冒雨回返家中，见到潮生稚嫩的小脸，被他暖乎乎的身体依偎着，方觉心头的寒意稍去。

　　此时已至日暮时分，沈澜陪着潮生吃了一碗鸡丝鲜虾面。重罗白面配上鸡丝、小虾、青碧蕹菜，色、香、味俱全。潮生吃得极香。沈澜白日里见了那么多的血，胃口不太好，只随意用了些就搁下了筷子。

"娘，你怎么了？"潮生见她不吃，担心地抬起头问道。

沈澜摸了摸他的脑袋："娘没事。只是近来天气不好，阴雨绵绵的，娘没什么胃口。潮生，你吃吧。"

潮生哦了一声，仰着头期待地说道："娘，今日先生夸我了，说我学得极快。"

这位先生是林秉忠带来的。

沈澜心知潮生说这些不过是想让自己高兴一些，于是勉强笑了笑。

潮生一眼就看出她这笑是假的。大人真是的，就会骗小孩。

"娘，你若不高兴，就告诉潮生。"潮生眼巴巴地望着她，又伸出小手去握她的手，"潮生长大了，会保护娘的。"

来自孩子的体贴，到底叫沈澜心绪稍缓。她摸了摸潮生的脑袋，笑着问道："潮生成天在家中读书习武，可会觉得闷？"

潮生摇摇头："我觉得还好呀！"接着又期待地说道，"我们不是要去南京了吗？等到了南京后，我就可以出去玩了。"

沈澜愣怔片刻，摇了摇头："潮生，对不起，我们可能不去南京了。"

潮生愣了愣，笑嘻嘻地说道："不去就不去呗。"正好他现在一点儿也不喜欢那个买米的叔叔，也不想跟他道别。

见潮生眉眼欢喜，不曾难过，沈澜终于松了口气。

两个人用过饭，潮生跑出去消食，玩了一会儿，又被春鹃带去沐浴更衣，送回房歇息了。

沈澜沐浴完毕，坐在床榻上望着窗外。

细雨潇潇，遍洒千里，如同碎雪琼玉，打在满庭的芳草上，也冲刷干净了武昌城中的鲜血。

沈澜满腹叹息，起身合上窗，来到卷草纹三足香几旁，自剔红蔗段式香盒内取了些四弃香，将其置于宣德铜香炉中。瓜果橘皮燃烧出来的香气略带清苦，叫沈澜心神一静。她安静地坐了一会儿，方才吹熄烛火，拂下素纱帐，沉沉睡去。

窗外下着雨，点滴声声，击打在青石砖上。

裴慎跪在那里，背上的血也是这般一滴一滴地往下流。

血声滴碎梦。

沈澜满头细汗，从梦魇中醒来，却见榻边似有一道黑漆漆的剪影。沈澜被吓得心脏狂跳，正要惊声大叫，却被这人一把捂住嘴。

"是我。"

听到熟悉的声音，沈澜猛地松了口气。她抚了抚胸口，一把扒下他的手，本想骂他，转念一想，这已经是他第二次肆无忌惮地黉夜闯门来找她了。普通的骂，对厚脸皮的他根本没用。

"你怎会来此？"沈澜知道骂他没用，便懒得骂他了，蹙眉问道。

然后她就听见身侧响起窸窸窣窣的声音，是裴慎撩开纱帐，坐在床畔的声音。

裴慎一坐下，即刻将沈澜带进怀里，只牢牢地挟抱着，手上发力，搂住她的腰肢，攥着她纤细的手腕。空荡荡的怀抱被填满，低头便能嗅到她鬓发间的清香，裴慎心满意足地喟叹一声。

沈澜被他搂在怀里，挣扎不得，心头恼得厉害，再也忍不住了："你是不是有病！"

裴慎低下头，凑到她的耳畔哑声说道："我想你想得厉害。"

温热的呼吸拂在耳畔，沈澜耳朵发痒，下意识地避开，冷冷地说道："上一回在税署，你拘着我，我念在你将死的分儿上放过了你。这一回……"

她的话未说完，裴慎干笑几声，赶忙松开手。

见他服软，沈澜面无表情地从他的腿上起来，又冷冷地说道："你既然不用死了，便从我家里滚出去。"

若是六年前，裴慎必定要生气，可这些年来，他做梦都想梦到她对自己冷言冷语。加之在税署的那一日，她那句"不知道"给了他巨大的信心。

他清了清嗓子，去拉沈澜的手："你莫与我置气。我才死里逃生，这会儿心绪不宁，方才举止失措。"

听到"死里逃生"这四个字，沈澜忍不住又想起了那一幕。

白茫茫的雨，红艳艳的血，身着青衣的裴慎……

沈澜柔软的心脏像是被轻轻地戳了一下，她神色缓和，淡淡地说道："我走之后，发生了什么？"

裴慎愣了愣，瞥了她一眼，奈何夜色漆黑，根本看不清她的神色。

"你……"裴慎顿了顿，"你今日去税署了？"

沈澜蹙眉："刚刚难道不是林秉忠给你开的门吗？他没向你禀报此事？"

裴慎讪讪。他心热得厉害，整个人都是炽热的，一进门就直奔沈澜的房间，哪里还顾得上听林秉忠说话？

"你都看见了什么？"裴慎试探地问道。

沈澜沉默。这样的事是瞒不住的，林秉忠必定会对裴慎实话实说。

"我看到你捅了洪三读一刀。"

也就是说，她也看到自己对一个阉人下跪了。

夜色幽静，沈澜听见裴慎的呼吸沉重了一瞬。

裴慎在意这个。

沈澜一时不知该说什么，只能沉默地望着裴慎。

裴慎默然了许久才说道："我没想到你今日会去，还看到了……"

他根本不愿意沈澜看到这些，希望自己在沈澜的心中是个顶天立地的英雄，是她可以依靠的男人。裴慎心里憋闷，不知道她是怎么想的。她会不会更厌恶他？她会不会觉得他是个谄媚阉党的小人？

裴慎下意识地摸索着，想握住沈澜纤细的手。待将她的手切切实实地握在自己的手里，裴慎才低低地说道："你既然看见了，又是怎么想我的？"

他整个人掩在夜色里，连声音都是低落的。

沈澜一时鼻子泛酸，觉得他应该心中难受得很，便难得地任由他握住了手，轻声道："我曾说过你也算个英豪。今日是那阉人残害忠良，你勿要放在心上。"

听到这话，裴慎不敢置信。她何时待自己有过这般好脸色，竟还会温言软语地安慰他？

裴慎心头一阵阵发热，只觉自己如同喝醉了似的，整个人宛若飘在云端。

他不敢告诉沈澜，实际上自己并不以此为耻。跪一个阉人固然是耻辱，可阉党势大的时候，内阁大臣都要下跪叩首，高呼"九千岁"。只是裴家父子高傲，从不屑于此等谄媚之道。加之他是为父下跪，事父至孝，天下士子都会颂扬他的孝行，有何觉得耻辱的？但裴慎是绝不会这么说的，张口就来："我不想待在总督府，便快马来见你了。"

沈澜自然听明白了他的话外音，无非是在暗示她，他心里难受，急需安慰。

沈澜见了那一幕后待他固然有几分怜惜之意，却也知道爱怜是沦陷的开始。

她清醒而理智，知道不能再这样下去了。她与裴慎终究不是同路人，便抽出自己的手，强行岔开话题道："你和魏国公杀了那洪三读，日后有何打算？"

打算？今日横插出来的意外打乱了裴慎所有的计划。这下子，他父亲囚车也不用坐了，而他只管打着清君侧的旗号安抚军心，再和父亲兵分两路，直奔南京。

"要打仗了。"

沈澜心知，裴慎要反了，或者说，魏国公裴俭要反了。

她稍有些疑惑："你们父子二人既然甘愿受死，想来是不愿意造反的，为何今日又突然愿意造反了？"

她本以为杀了洪三读后，裴俭会自缚进京，毕竟他左右也要赴死，还怕再多一条罪名吗？或者说，裴俭都愿意赴死了，难道只是亲眼见自己的孩子裴慎受辱就萌生反意？

裴慎淡淡地说道："我父亲性子刚烈，总说人生在天地间，赴死可以，受辱不行。"

裴父跪在囚车里，囚车驶进湖广，他跪的是皇帝。而裴慎被逼下跪，跪的是阉人，裴俭哪里忍得了？

"况且，又何尝只有今日这一件事呢？"

她态度难得柔和，加之多年筹谋终于开了个头，裴慎今夜高兴，倾诉欲难得旺盛："戊寅年八月，也就是三年前，武三启攻陷京都，斩杀先帝，自立为帝，号为大顺。"

沈澜点点头，当然知道此事。足足三年，北边都是大顺的地盘。从实际意义上来说，国朝早就亡了，如今不过是苟延残喘的小朝廷罢了。

"当时南京六部紧急推举湖广的岷王为帝，也就是当朝皇帝。这位陛下登基后颁布的第一道圣旨，是宣称南人归南，北人归北。"

沈澜感叹不已，这一道旨意生生将北方的地盘尽数让给大顺，此后南北离心。

夜色幽幽，裴慎淡淡地说道："皇帝根本不愿意出兵北伐，北伐是我父亲押上爵位和性命才争取来的。"

沈澜一愣，这样的朝堂秘闻她自然不知晓，便安安静静地听裴慎继续说道："当时北边沦丧，士民因着这道旨意离心离德。南方各地叛乱四起，光是自立为帝的就有好几个，只不过后来都被我剿灭罢了。"

"天下乱成这样，哪里还能征得到税？"裴慎神色晦暗难明，"我父亲取出了府中数百年积攒下来的金银家私，养出了数万私兵。加之东南还算富裕，我又在那里剿倭，便截留了钱粮，用于北伐和南下平叛。"

朝廷拿了百姓的钱粮，不是修宫殿，就是赐给藩王花销，还不如他截来养兵。

怪不得皇帝要对裴家下手，沈澜终于明白了。

原来裴俭和裴慎手下有极大一部分兵是私兵，只听从他们的号令，难怪皇帝心惊胆战至此。

"朝廷没在北伐上出过一分力，却在北伐成功后，派遣矿监税使征收重课税，搞得九边动荡，各地民怨沸腾。我父亲连连上本却无用。在北伐的三年里，我父亲顶着满朝的弹章吃尽苦头，如今狗皇帝又要将我父子二人尽数下狱。"

狗皇帝过河拆桥，忘恩负义至此，便是再忠心，裴俭的心里也是怨的。

时至今日，冲突彻底引爆。

待裴慎说完，沈澜大概明白了。短短六年时间，国朝就换了五个皇帝，外头还有什么大顺、大启之类的各色皇帝。而全国的地盘基本是裴家父子二人收复的。

这哪里是篡位，倒像是开国。

沈澜实在不知该说什么，只余下满腹的感慨，良久，方问道："你明日便要启程了？"

裴慎摇摇头："若要打仗，自然要抢时间，我已将公务都处理完了。"又安抚道，"这几个月都要打仗，你搬去总督府安全些。"

沈澜正欲张口，裴慎就好像知道她会拒绝一般，继续说道："你若不愿意，至少也得搬回武昌城的宅子里。"

"好。"沈澜知道轻重，不会拿命开玩笑。

她应下之后，本想告诉裴慎，既然反了，没了去南京赴死的生命危险，日后不必来见她，两个人桥归桥、路归路便是，可是话到嘴边，沈澜犹豫了。

打仗是会死人的，若她今日拒了他，他战时神思不属惹出祸来……

沈澜虽不愿和他在一起，却也不愿见他就此亡故，算了，待他打完仗回来后再说吧。

沈澜开口："天快要亮了，你还不回去？"

裴慎太想她了，心里滚烫得厉害，恨不得将她搂在怀里，与她亲昵调笑，与她热乎乎地偎在一起，或是干脆鸳鸯绣被翻红浪。唯有更深刻、更亲密地接触，方能一解他内心的相思之苦。

即使在黑暗里，沈澜都能感受到裴慎目光灼热，恨不得将她的衣裳都扒了。

沈澜微恼，张口又要赶他，谁知下一刻，忽觉唇上一热。

两唇一触即分。

沈澜恼怒，顿觉一片好意喂了狗，正要狠狠地骂他，却听他闷笑两声，凑到她的耳畔，声音沙哑："等我回来。"

沈澜被他温热的气息弄得耳根微痒，下意识地将他推开，斥道："你回不回来，与我何干！"

裴慎早已学会忽略她的冷言冷语，心情极好地往门外走。

见他开了门，窗外的夜雨不知何时已经停了，疏疏月光漏进门扉，铺在他的身上，映出霜白之色。

沈澜忽然轻声唤道："裴慎。"

裴慎心头一喜，以为她要留自己，正欲转身，却听见沈澜轻声说道："生民煎熬，四海沸腾，我只盼着你能让他们好过些。"

裴慎微怔，点了点头，应下她的嘱托，走进了满庭的月光里。

仲夏六月，梅雨终。

## 第十五章
## 恩仇到此冰销未

第二日一大早。

月隐星稀,晨光欲晓之时,裴慎亲临武昌卫,点齐了三万兵马。

此时裴氏父子已反的消息尚未传至南京。为了抢占先机,裴慎一路不攻城、不拔寨,只率军疾驰,过九江、安庆等地,直奔南京。

同一日,庄子上进进出出,人喊马嘶。沈澜早早起床,指挥着庄子上的伙计、仆婢收拾细软,带着潮生返回武昌城的宅子。

一进武昌城,沈澜掀开骡车的帘子,便见街面两侧的棚子下贩卖不落夹、擂茶等吃食的小摊儿越发稀少,卖整匹绸缎的绸缎庄也摆出了"零剪绫罗"的旗子,宰猪羊的屠户正坐在小凳上发呆。

民众数次围堵府衙,不免有砸、抢之类的行径,加之矿监税使加征课税,武昌百业越发凋敝。

沈澜见了,不免叹息。

她唏嘘不已时,却遥遥听见街那头儿传来敲锣打鼓之声,还夹杂着隐隐的人声。

"娘,外头是什么啊?"潮生好奇地把头凑到骡车的窗口处,却见两个穿青布窄袖、手持锣鼓的皂隶一路走一路喊。

"湖广总督裴大人有令,明日午时三刻,菜市口,杀邓庚!"

"湖广总督裴大人……"

一条街上,皂隶们每每行上五六十步便要喊一遍。

"娘,邓庚要死了!"潮生睁大眼睛,有些惊讶。

沈澜心知这多半是裴慎临行前下达的命令。

拔除矿监税使，收拢民心。

果不其然，待那两个皂隶喊完两三遍，便有几个胆子大的百姓上前搭话。

没过一刻钟，整条街的人都鼓噪起来。

百姓们平日里娱乐本就少，骤然得知明日午时上头要监斩邓庚，一时议论纷纷，还有几个奔走相告。

"湖广总督下令，斩杀阉狗！阉狗要死了！"

"哎呀，下令的是不是昨日税署被逼反的那位？"

"嘘！莫谈国事！莫谈国事！"

"杀得好！杀得好！"

满街的百姓面带喜色，争相鼓掌叫好。

胆大的还相约明日去看杀头。

沈澜心知肚明，不仅如此，恐怕裴慎还要将邓庚及其参随的人头以石灰硝制，勒令快马传递至湖广的各大州府，以供百姓观看。

待到一轮看毕，裴慎便能拢住湖广百姓的心。并且，这法子还能在其余各个矿监税使肆虐的地方使用，以便他收拢民心。

沈澜放上帘子，见潮生巴巴儿地望着她，怕潮生惊惧，便摸摸他的脑袋，问道："潮生害怕吗？"

潮生摇摇头，一点儿也不怕。譬如他极早以前便知道那一晚火烧他们家的仇人名叫王俸，这人也是矿监税使。他和娘之所以搬来搬去，也是因为矿监税使。

"邓庚要被杀头了，这么多人拍手叫好，可见他不是个好官。"潮生不仅不怕，还笑嘻嘻地问，"娘，我们明天可以去看热闹吗？"

沈澜眼睛瞪得滚圆，惊诧不已。

潮生只是一个五岁的孩子，怎么会要去看如此血淋淋的场面？

沈澜心里发沉，勉强笑了笑："潮生怎么想去看这个？"

潮生抬头，见她脸色微微发白，一时疑惑："娘，你怎么了？"

沈澜神色复杂，过了一会儿问道："潮生喜不喜欢新来的先生？"除却林秉忠传授武艺外，另一个教书的鹤璧先生是林秉忠带来的，或者说也是裴慎的人。

潮生之前还好好的，如今变化这么大，必定与这两个人有关。

潮生点点头："鹤璧先生比从周先生有趣。"

沈澜顺着他的话试探地问道："鹤璧先生哪些方面有趣？"

潮生思索了一会儿，形容道："从周先生以前只教我读《三字经》《千字文》之类的，我虽然都能背下来，可实在觉得没什么意思。"说到这里，潮生明显有些不高兴，嘟囔着，"斋里有几个同窗笨死了，像官僧那样，都背了五天了，还背不下《千字文》，每每上课都要让从周先生带着复诵一遍。我还得跟着他们一块儿读，真是浪费时间。"

沈澜抚了抚额头。她和裴慎都不是笨蛋，潮生自然也不是，记性极好，倒衬得同窗们都很笨。

"潮生，不可以说旁人笨。"沈澜正色说道，"娘告诉过你的，卖弄聪明是天下一等一的蠢事。"

潮生点了点头，又笑嘻嘻地依偎在沈澜的身边："娘，我没有卖弄聪明。"说完又郑重保证，"我以后绝不在背后说旁人笨了。"

沈澜瞥了他一眼，知道他在玩小把戏，便毫不留情地戳穿："你当面也不许说。"

"好吧！"潮生快快地应下来，心道：以后打架再也不能骂别人笨蛋来刺激对方了，真可惜。不过，他可以骂蠢蛋嘛！思及此，潮生又高兴起来，从骡车上的柏木小屉几里取了个樊江橘剥了，把橘络仔细撕干净，第一瓣掰下来递给沈澜。

"娘，你先吃。"

沈澜接过来吃了，又问他："鹤璧先生呢？他教了你什么？"

"他教我画舆图，给我讲故事，还问我有什么心得体会。他还送了我好多书呢！"潮生眼睛亮晶晶的，显得很兴奋，然后放下橘子，巴巴儿地从自己的小包袱里取了好几本书出来。

沈澜对于教养潮生多奉行独立的原则，并不干涉他院子里的事。就连小包袱，都是潮生自己指挥着春鹃打包的，以至她竟丝毫不知潮生的包袱里装了什么。

沈澜接过书一看，神色顿时变得复杂。

沈澜一眼就能认出来这几本书上的字迹是裴慎的。

这些书多半是自绛云楼内挑选出来的史书、兵书、地理传记等，总归逃不脱政治、军事之类的范围，约莫都是裴慎希望潮生阅读的书。书上面以朱笔写满了裴慎的笔记。裴慎还在书上批注了许多经典的战役、亲身的实践、复杂的思辨……

潮生才五岁。况且认真算起来，他生辰是五月初七，虽对外说是六岁了，实际才五岁零一个月。

沈澜感觉不合适。

"潮生，你看得懂吗？"沈澜疑惑地问道。他这个年纪，字都还没认全吧！

"先生会给我讲啊。"潮生不以为然地说道，"这总比我念什么'天地玄黄，宇宙洪荒'好玩吧！"

这话倒把沈澜将住了。说起来，兵书、史书上好歹有实例，可以让潮生解闷儿，《千字文》这种东西背起来就倍感无趣了。

"那潮生是因为鹤璧先生的教导才想明日去看热闹的吗？"

虽然沈澜下令处决过好些个流民，但不代表喜欢看人被砍头。

从前她竭力保护潮生，不想让潮生见到乱世里的那些负面的东西。如今这位鹤璧先生来了不过几日，竟教得潮生忽然对血腥暴力的场面感兴趣了。沈澜怎能不担心？这要放在现代，她都急得要带潮生去看心理医生了。

"不是。"潮生摇摇头，"杀人有什么好看的，只是先生说我从来没见过血，连鸡都没杀过，这样不好。"

沈澜闻言，脑袋一阵阵发晕。

她允许林秉忠和鹤璧先生来教导潮生时想着虎毒还不食子呢，裴慎不至于派人教潮生一些乱七八糟的东西。结果呢？裴慎这个神经病！

沈澜忍着气，勉强笑道："潮生，鹤璧先生这几日病了，暂时先不上课了。你在家中待几天，可好？"

潮生惊讶地说道："前些天鹤璧先生说林师父病了，要我改上他的课，怎的鹤璧先生自己也病了？"

沈澜心道：体育老师病了，也是常有的事。

于是她解释道："鹤璧先生和林师父一同染了风寒。"

潮生马上就担心起来，忧心忡忡地望着她："娘，风寒会传染的，你没事吧？"说着，他伸出小手，想去探沈澜的额头。

沈澜摇摇头，说道："娘没事。"安慰他，"他们二人的病极快就能好，潮生别担心。"

等裴慎回来后，她也该与裴慎谈一谈关于潮生的事了。不管是教育问题，还是其他问题，他们都该好好谈谈。等他们谈好，这两个人的病也就能好了。

潮生点了点头。他到底怕沈澜染上风寒，便小大人一般正色说道："潮生陪着娘喝一碗姜汤吧。"

沈澜挑眉，倒有些感动。潮生最讨厌喝姜汤，如今竟愿意陪她喝，可见心里很体恤她。

"我们潮生长大了。"沈澜不免有些感慨。

潮生即刻顺势撒娇："那可不可以娘喝姜汤，潮生不喝呀？"

"不可以。"沈澜残忍地拒绝。

"好吧。"潮生失望地摇头，"潮生长大了，娘还没长大呢！"

昼夜奔驰千余里，裴慎终于带着大军在六月十三日赶到了南京城外。

此时南京已然全城戒严，护城河上的吊桥尽数吊起，墙上旌旗招展，兵丁整肃，路上拒马、铁蒺藜一应俱全。

绵绵的梅雨季过去，此后再没有一滴雨水。仲夏烈日灼心，晒得人头昏眼花。

中军大帐内，众人着盔披甲，聚集议事。

武昌卫指挥使钱宁拱手说道："大人，卑职以为当自南京城的朝阳门攻入。一攻入朝阳门，便是皇城的东华门。快马奔袭之下，很短的时间就能到。我们只要攻占了皇城，擒杀……"

"喀喀。"副总兵赵岩咳嗽了两声。

钱宁这才想起大家打出的是"清君侧"的旗号，不是讨伐无道昏君，怎能说"擒杀皇帝"呢？

裴慎端坐上首，瞥了他一眼，说道："继续。"

钱宁干笑两声，重新开口："反正我们只要以最快的速度突入皇城，斩杀奸佞，一切都好说。"杀了皇帝，他们就攻克了南京城。

"这法子不……"游击将军林建点头称是，话未说完，即刻就被身旁的燕安踢了一脚。

林建是个体格健壮的莽撞汉子，素来是敢打敢冲的先锋，莫名其妙地被踢了一脚，顿时眼睛瞪得如铜铃，张口就骂："你这杆子，踢我做甚！"

原来这燕安生得瘦削，在军中时被取了个诨号——杆子。不过燕安也不生气，只尴尬地坐在椅子上，暗骂自己要是再管这傻子，就真是个二杆子。

见底下人吵闹完了，裴慎才开口："都是军中兄弟，自家亲信，说话时没什么好避讳的。"

听到这话，众人便松了口气。

参将汤行思直言道："从朝阳门攻入，实则这法子是最好的。可惜，偏偏朝阳门外是孝陵。"

孝陵是太祖及其皇后安葬之地。

众将即刻分为两派，一派认为应该从速从快，尽早自朝阳门攻入是最好的，另一派则认为不宜打扰太祖安眠。

众人顷刻间吵成一团。

"一个个的，还不如俺老林呢！咱们都做了脑袋别在裤腰带上的买卖了，难不成还要遮遮掩掩的？"

"不好不好。虽是打仗，却是以'清君侧'为旗号，咱们必不能由孝陵入。"

"打仗就打仗，那孝陵关咱们屁事！"

听到吵吵嚷嚷的声音，裴慎眉头紧锁。

他既然以忠臣自诩，便不该在孝陵动兵戈。

战争不单纯是战争，也是政治的延续。

思及此，裴慎开口："弃了从朝阳门攻入的战略，再议。"

主将既已定了，众人也不敢违逆他的决定，便只好重新制定战略。

"那要不从正阳门攻入，再攻入皇城的洪武门或东、西长安门。"

"不妥不妥，要攻入正阳门，就先得过前头的中和桥或者通济桥，可这会儿护城河上的桥全都被拆毁了。"

"那就走东北方向的后湖。"

"走后湖的话，大理寺、刑部、都察院都在那一块，咱们根本无法夜袭，还不如直接泅渡护城河呢。"

十七八个人，足足提出了七八种战略，俱是围绕着攻打皇城来的。

"走金川门！"裴慎望着舆图，放了个大雷。

众将面面相觑。

这法子最初那会儿大家也提过，只是金川门在西，皇城在东，两者距离最远，几乎横穿整个南京城。由金川门攻入皇城最是不利。况且金川门内就是军营，囤积了十万大军及粮草。强行攻入金川门，他们便要面对十万大军，等于自寻死路。

只是裴慎久经沙场，战功卓著，并不是胡乱指挥的将领，既然提出来了，众人也不敢忽视。

仔细思索了一会儿，赵岩开口："算起来，那十万大军有一小半是国公爷和大人的旧部，一大半是临时从南京周围的卫所、当地招募的新兵，战斗力并不强。那些老卒不愿意和大人打，新兵的战斗力又不够。"

只要能瓦解那十万大军的军心，他们极快便能打下南京城。

"况且我等要速攻皇城，不外乎是畏惧十万大军来援，反将我们堵在皇城和内城之间。若我们能够先拿下十万大军，磨都要磨到皇城开门。"

这话听起来有理，但是……

"前提是我们要能强攻入金川门，还得攻下十万大军啊！"钱宁不满地说道。

"怎么，你怕了！"林建嘲讽他。

钱宁怒目圆睁，斥责道："你这鸟厮，真是不当人子！"

大家正欲相劝，却听林建嗤笑一声，站起来大声说道："大人，俺林建自请领军三千强攻金川门！"

众将见他请令，便纷纷站起来，唯恐落于人后。

裴慎抬手制止，视线扫过众将。

众人皆凛然。

他这才说道："令副总兵赵岩统领东线战事，领东、北路的参将董武、苏子学各率三千人马。

"令游击将军林建领一千游骑为先锋,佯攻正阳门。

"着西路参将汤行思领兵六千,占龙江造船所,趁着夜色渡河,于戌时三刻强攻金川门。"

众将轰然领命而去。

待到戌时初,裴慎头戴锁子盔,身披黄铜咒甲,腰束牛脂皮鞓带,手执长槊,横戈跃马,率军六千,直奔金川门。

汤行思性情沉稳,见状,也不免忧虑地说道:"大人坐镇中军大帐即可,何至于亲临此地?"

裴慎解释道:"此番,三万士卒俱是精锐。金川门一战格外重要,若能成功,那便是毕其功于一役。"

汤行思琢磨了一番,不解地说道:"今日打不下来就明日打,左右除了南京城的那十万大军,外头都是咱们的人,大人何出此言?"

裴慎摇摇头:"错过今日,我们便再也不会有这般好的时机了。"

好时机?今天是什么特殊的日子吗?

汤行思越发茫然,正欲再问,却见裴慎已打马疾驰向前。

夜色里,借着明亮的月光,六千人的队伍沉默地行进在路上。

及至十里之外,裴慎勒马说道:"汤将军,照军令行事。"

汤行思点了点头,即刻率兵一千,马裹蹄,人衔枚,直奔金川门外。

裴慎带着五千兵丁充作援军和断后,目送对方离去。

汤行思跟着裴慎从山西一路辗转,在大同打过胡虏,在浙江打过倭寇,又在四川平叛,还去湖广剿过匪。他打过许多场硬仗,最惨烈的一次是在临海卫与倭寇血战,最后只活下来了十几个兄弟。

来之前汤行思就做好了准备。南京城高,防备完善,此等坚城,他率领一千人马想攻下来堪称做梦。故而,大人令他攻城多半是稍做试探,好为大军攻城做准备。可他没料到,这场攻打南京的战役会以这种方式结束。

戌时三刻,月明千里,华光如水。

汤行思率军来到金川门前,只见城楼上旌旗招展,却半分动静皆无。

汤行思久经沙场,本能地觉得不对劲。就在他正打算遣一小旗上前查看时,却见前方漆黑的城门处传来"咯吱咯吱"的声音。

他知道,那是门后的绞盘在动。

然后,城门开了很小很小的一条缝儿,那缝隙逐渐越来越大……

汤行思瞠目结舌,脑袋嗡嗡的,本能地想起了裴慎那句"今日时机不可错过"。

下一刻，汤行思举锤嘶吼道："城门已开！随我冲——"

千余人马中只有百名骑兵，其余皆是步卒。马匹疾驰，响起闷雷一般的"轰隆"声，夹杂着士卒的嘶吼声、喊叫声，直奔金川门后面的大营。

裴慎驻扎在十里之外，估算一番时间，小半刻钟后，便率领剩下的五千人马疾驰而去。

仅仅十里的路，奔马何其快！

裴慎到达金川门时眼见城门大开，内部传出厮杀之声，便确认不是守军故意请君入瓮，只管拔刀厉声喝道："众将士听令，随我冲——"

五千余人分为数个百人队，一批一批迅速入城。

灭了被惊动的守军后，骑兵来回疾驰，制造骚乱，以致守军营啸。

士卒高呼："南京城破！跪地不杀！"

黑夜里，六千对十万，看似不可能胜，然则十万人马非精锐，加之猝不及防、士气不足、营啸等原因，光是投降的就有四五万，其中因营啸互相砍杀、被踩踏致死的就有数千人马，还有趁机逃散的、战死的……

战役至天明时分彻底结束。

裴慎立在中军大帐内，面前的翘头案上摆放着两颗人头，一颗是南京总兵彭候的，另一颗是监军太监梁俊的。

就在裴慎低头确认二人的样貌时，只见汤行思步入大帐，发黑的血糊在盔甲上，远远看上去像个杀神。

走近的汤行思咧开嘴想笑，又觉得不得劲，只好说："大人，这仗打得好没意思。"

裴慎扔下手中锩刃的长刀，将人头放进匣子里："我们赢了，总归是好的。"

南京城坚，城中的常平仓内还储有大量的粮食。面对这样的城池，他们只能靠从内部攻破。

"大人，那城门到底是谁开的？"汤行思心里跟被猫爪挠似的。

"自然是我。"帐外遥遥传来一个声音，带着些谑意。

汤行思转身望去，却见外头有个青衫士子掀帘而入。

汤行思一把攥住手中的长枪，警惕地问道："你是哪位？"

来人笑道："南京龙江驿驿丞李仲恒。"

汤行思恍然大悟。

龙江驿就在南京金川门外十五里处。此人做了龙江驿的驿丞，必定与金川门的守将有往来，日久天长的，便熟络起来。

想来是得知裴慎率军来攻打，龙江驿的众人便顺理成章地避入南京城内，而李仲恒顺势劝守将开了城门。那守将必定是正好今夜轮值。

怪不得大人说今日时机难得。

"好了。"裴慎打断了二人的寒暄,开口,"仲恒,你速速去寻安泰先生,清点俘虏、粮草、财货等。"

李仲恒闻言,撇了撇嘴,心道:裴守恂是越发无趣了,还不如六七年前带着女眷来龙江驿的那会儿呢!

见他转身离去,裴慎才问道:"你们可有将其余人等召来?"

汤行思得了头功,这会儿正浑身舒畅,也不介意分点儿功劳给同袍,笑道:"我已遣了人去传信,叫赵将军、钱将军等人自金川门入城。这会儿他们估计要到了。"

裴慎吩咐:"你去传信给赵副总兵,叫他将俘虏就地关押,再点些兵马,挑仔细些,随我前去宫中拜谒陛下。"

汤行思也不是个傻子,一听到说要挑仔细些,便晓得这是要慢慢挑的意思。

果不其然,赵岩足足挑了半个时辰,才来禀报裴慎。

此时已是卯时初,天刚蒙蒙亮。

裴慎率军打马路过时,见街面上唯有几个小摊贩正在棚子底下支摊儿。

裴慎心知有些百姓已然知道城破的消息,躲在家里;有些百姓却还不知道,便正常出来支摊儿。

看到浑身带血的数千兵丁冲上街,几个摊贩被吓得脸色发白、两股战战,手忙脚乱地收拾摊子要逃。有几个甚至狠狠心连摊子都不要了,转身四散奔逃。

裴慎翻身下马,往一个烧饼铺子走了两步。

那摊主哆哆嗦嗦地跪倒在地,连连磕头:"军爷饶命!军爷饶命!"

裴慎自袖中取了二两银子,问道:"敢问老人家有多少个烧饼?一个几文?"

"都送给军爷!都送给军爷!"摊主哪里敢收他的钱,只跪跄着连连往后退。

裴慎摇头:"老人家,我是魏国公世子裴慎,只杀胡虏、倭寇,不杀百姓。"说罢,放下二两银子,"我看老人家这里有几百个烧饼,我都买了,二两可够?"

"够……了。"摊主见他盔甲缝隙中染血,面容却俊朗,说话也和气,加之二两银子的诱惑,便壮着胆子伸手将银子拿了。

"这位老人家,我大营内尚有几万人马还未吃食,还请老人家速速带着家中的伙计将烧饼送去金川门附近的大营,可好?"

将二两银子攥在手里,摊主胆子都大了些,没方才那般畏惧了,便点了点头。

裴慎才不管这摊主得了钱去不去大营送烧饼,便是他不去,自己的目的已经达到了。他是特意做给百姓看的。周围百姓见此,知道裴家军秋毫无犯,就够了。

裴慎翻身上马,继续往前走。

他要想从金川门走到皇城，需要途经鼓楼、国子监、太平街……几乎要横穿整个南京城。

裴慎一路走，一路花钱买吃食，只管叫人送去大营。

若沈澜在这里，必定能意识到这是一场政治作秀。

之后，甚至有胆子大的百姓来看热闹。

还有两个光屁股的小孩跟在士卒的后头看稀奇，被自家爹娘抓回去打了一顿。

当裴慎见了那两个孩子，便知道明日"魏国公世子裴慎率兵攻入南京城却秋毫无犯"的消息，会借由这些走街串巷的小摊贩传播开来。

届时，南京的民心便安稳了。

裴慎嘴角微翘，心情颇好。这便是他们从金川门攻入的好处之二了——易于收拢民心。

"大人，到皇城了。"钱宁等人跟在裴慎的身后，齐齐拱手说道。

林建迫不及待地拱手说道："大人，末将愿为先锋。"

裴慎望着眼前巍峨的皇城，摇摇头说道："下马！"

众人无奈，齐齐下马。

裴慎慢条斯理地步入皇宫。

果不其然，"南京城破，十万大军被俘"的消息令人魂消胆丧。

皇城内的禁军大部分早早地脱下盔甲，奔逃出城。

有胆子大的正在抢夺财货。倒也还剩下几个忠心的，去后廷保护陛下了。

自洪武门入，整个皇宫中，随处可见禁军、宫女、太监四散奔逃，乱成一团。

裴慎面不改色，先遣了一千人马将御道两侧的六部衙门和五军都督府尽数围起来；紧接着，他调动钱宁，带着两支千人队，一面喊着"跪地不杀"，一面紧急分兵去封存文渊阁的书籍以及内府十二库；然后，裴慎带着剩下的两千人马绕过三大殿，往北侧的后廷而去。

他刚入奉先殿，便见七八个小太监抬着一具穿衮服、戴冕旒的尸体而来。

裴慎心道：这便是我们攻打金川门的好处之三了。

因为距离皇城远，所以他得慢很正常，石经纶会赶在他来之前动手。他若是来早了，皇帝还没死，打着"清君侧"的旗号来见皇帝实在不妥，难道斩杀个太监再退兵不成？

裴慎低下头，仔细看了一番那尸体，确认果真是岷王。

"裴……裴将军。"领头的小太监颤巍巍地跪在地上，给裴慎磕了几个响头，然后大哭道，"陛下被秉笔太监洪达扔进玉带河淹死了，洪达则畏罪自裁了。"

裴慎微愣，竟然有人抢在石经纶前面动手了。

他饶有兴味地问道:"你叫什么名字?"

那领头的小太监才十来岁,瑟缩着回道:"小人姓余,乃前掌印太监余大关的干孙子。"

裴慎点点头,原来如此。

到底是掌印太监,皇帝身边最为贴心之人,石经纶再快也快不过余大关。

这余大关便是余宗的靠山,也是个聪明的,岷王和洪达多半是他杀的,他却将戕害皇帝的罪名栽赃给了洪达。这般一来,裴慎不必担上残害故主的名头,而余大关便卖了裴慎一个人情。不仅如此,裴慎既然是打着"清君侧"的旗号而来,那总得有奸佞可斩吧。他本打算选两个皇帝身侧的大珰当作奸佞斩杀,现在余大关主动替裴慎选好了洪达,便算是保住了自己的性命。

余大关自知自己乃前朝老臣,必定不可能再担当要职,便将孙儿推出来,在裴慎面前混个脸熟。

裴慎极快地想明白了余大关的打算,顺势叹息道:"我本欲清君侧,孰料一路为了安抚百姓赶不及入宫,陛下到底还是被身侧的奸佞害了。"

说罢,他身后几个机灵的便劝了起来,这个说"大人尽力了",那个说"没料到奸佞这般暴虐"。

裴慎又顺势佯装伤感了一番,便吩咐道:"你既然是余大关的孙子,便去给士卒领路。"裴慎说罢,叫林建带兵一千跟着他去。

"是,是,是!"那小太监知道自己的命保住了,便连连磕头,破涕为笑,只管弯腰跟在林建的后头,一路去平息宫中的骚乱。

此时,裴慎手上只有最后一千兵马,遣了二百兵丁,寻了个屋子,将陛下的尸身摆好,再团团围住,待稍后再处理。

见最为重要的事情已了结,裴慎心中到底松快了些,只管带兵返回文华殿南侧的文渊阁。见外头已有士卒把守,他便推门而入。

此地乃宫中藏书之所,阁中有房十余间,西侧有一间房便是阁臣办公之所。

裴慎推开门,见三位阁老端坐在案后,有的捻须;有的笔上的墨都快滴到纸上了,还在发呆。

裴慎拱手作揖:"曹阁老,李阁老,赵阁老。"

赵宣性烈如火,一见裴慎进来,一下站起来,指着裴慎的鼻子骂道:"乱臣贼子!人人得而诛之!"骂了一句还嫌不够,又厉声说道,"你们裴家深受皇恩,竟做出此等谋朝篡位之事来。始作俑者,其无后乎?"

裴慎不恼,早就料到像赵宣这样的硬骨头总是有的。

他只是笑道:"赵阁老今日骂我是乱臣贼子,何其讽刺!我父亲未有过错,却跪在囚车上，水米不进七日，一路跪进湖广时，赵阁老想必是赞同朝廷过河拆桥、忘恩负义的。我被阉宦逼着下跪，就为了给我父亲换辆囚车时，赵阁老想来也是支持阉人残害忠良的。"

曹、李二人一时沉默。

赵宣气得浑身发抖，脸红脖子粗，攥着拳头，欲冲上来打。

他不过是一老丈，裴慎却是久经沙场的宿将，哪里看得上他，便淡淡地说道："我算什么乱臣贼子！哪个乱臣贼子是被皇帝亲手逼反的？"

赵宣内心的怨气一下子便泄了些，只怆然骂道："我只恨陛下不早听我的啊！"

裴慎摇摇头，说道："晚了，陛下驾崩了。"

三位老臣身子俱晃了晃，即使知道裴慎进来便意味着陛下已亡故，可听见此消息到底有几分震惊。

赵宣喃喃道："陛下，陛下。"他说罢，号啕大哭，撞柱而亡。

曹、李二位阁老齐齐闭上眼，到底是同僚，颇有些不忍。

裴慎叹息道："我去之时，陛下已被洪达杀害了。"

陛下昏庸无道，早已失尽臣心，可到底是君父，曹、李二位阁老听了这话，只余满腹叹息。

裴慎摆摆手，叫外头的兵丁将赵阁老的尸身抬出去葬了，这才对两个人说道："我今日匆忙赶来，只有三件事要请二位去办。"

曹、李二人约莫是早已通过气了，便只管静静听着，既不同意，也不反对。

裴慎仿佛没看见二人消极对待似的，说道："第一，我父于京都登基后，自然会将两京十三省的矿监税使尽数裁撤。作恶多端的，就地斩杀，人头依次传至各府示众。"

二人心知这是应当的，收拢民心。

"第二，请二位将这消息登上邸报，只说一年后朝廷要加开一次恩科，取进士三百，用于填补各地官吏的空缺。"

曹阁老眉毛动了动，明白这是要收拢在野士子之心。

裴慎继续说道："第三，我要二位召集南京六部的官吏。我会在府衙前当堂下发官吏被拖欠的薪俸，先发一个月的。"

李阁老心知裴慎这是要收拢底下官吏的心。他自己虽不缺钱，却念着底下人，忍不住说道："太仓银要拿来养兵赈灾，你哪儿来的钱发放薪俸？"

曹清暗自叹息：李谦到底城府浅了些，这便按捺不住了。

裴慎轻声说："陛下的十二库内自然有钱，还有，我会查抄阉宦住所，林林总总加起来，几万两还是有的。"

他这还说少了，只怕一抄家，几十万两都抄得出来。

"不知二位阁老意下如何？"

曹清和李谦齐齐默然。

裴慎手腕极是老辣，只消做到这三件事，天下民心、士心俱在他手。官吏接了他的钱，就得为他所用。再加上，他还有兵马。

这天下，只怕真要换成裴家人来掌管了。

曹阁老竟有些艳羡。若他家中也有这般成器的子孙，他当真是死也瞑目了。

他叹息道："老臣三日之后便要辞官离去。"自己退下来，也好保住曹家的清名，再叫家中的子弟去考一年后的恩科。

李阁老年纪尚轻一些，登上阁老之位没几年，实在舍不得，闻言，神色略显犹豫。

裴慎扫了眼这二人，只管笑道："国朝初立，万象更新，必要老成持重之辈在朝堂。"说罢，他又劝了几句。

曹阁老推辞不受。

李阁老却就坡下驴，与裴慎相约登上首辅之位。

裴慎见二人答应了，便笑了笑说道："届时我会请父亲加封李阁老为太子太保，位列三公。"千金买马骨，充作过渡，他好让这些前朝臣子安心。

李阁老闻言，脸上的褶子都要笑开了。

兵权在手，士民归心，官吏归附，这场南京之战可算是开了个好头。

裴慎在外忙活了两三日，堪堪稳定了南京。六月十五，他才回返南京的裴府，去拜见祖母和母亲。

裴慎堪堪绕过影壁。

候在廊下探消息的几个小厮见他回来，即刻往内院奔去，嘴里喊着"太子殿下回来了，太子殿下回来了"。

裴慎神色一冷：父亲尚未登基，哪里来的太子殿下？

陈松墨当即遣人上去将几个小厮押了，厉声叱骂道："谁许尔等胡说八道的！"说罢，他又喊了亲卫将这群小厮各打了十杖。

众小厮原想讨个好彩头，却没料到反挨了打，又不敢叫唤，忍痛忍得面部抽搐。

裴慎冷冷地问道："你们都是哪个院子里的？"

领头的小厮颤巍巍地回道："回……回爷的话，我们是珲二爷院里的。"

裴慎蹙眉：珲哥儿是越发没规矩了，身侧的一干人等也是一般轻狂。

他心中不快，只管顺着游廊往二门走。

这一路，天光朗照，长空爽彻，时有幽兰香馥，修竹簇簇。偏他步履匆匆，无意赏景，独独路过一缸并蒂莲时嘴角微微上扬。

待南京事毕，他只管将沈澜和潮生接来，届时长长久久地与沈澜依偎着。

裴慎眉眼含笑，一颗心都滚烫起来。

他想着这些，步伐便越发快了，倏忽间已至昌裕堂。

京都失陷，魏国公府的人便搬来了南京，与裴府众人共居一处。

今日裴慎归家，刚一入院门，只见正房里的一群人欢声笑语，争相出迎。

"慎哥儿。"年逾七十的老祖宗站在最前头，见裴慎来了，只管一把揪住他的袖子，两眼含泪地说道，"你和你爹可还好？"

裴俭和裴慎四处外放，和家人已有数年未见了。

闻言，裴慎心绪也有些激荡，搀扶着祖母，说道："祖母，爹前些日子自湖广赶去京都了，未曾来得及见祖母。"

老祖宗霎时又抽泣起来。

众人围了，哄劝了一通儿，她方才收了泪。

裴慎又拜见了自家母亲。

大太太即将当上皇后，这会儿浑身舒畅，待裴慎越发和颜悦色，拉着他的手说道："慎哥儿在外吃苦了。"

裴慎不以为意，与母亲交谈了几句，又见过堂中的数位叔伯婶子、兄弟姊妹。

裴家要出个皇帝了，主支的、旁支的，凡能扯上关系的，都争相拜见。

满院子欢声笑语。

裴慎与众人叙过离别之情，又吃用了一顿接风宴，这才遣散了大家，只留下祖母、母亲和同胞弟弟裴珲。

裴慎开口："祖母，过两日我便遣了人护送你们去京都与父亲会合。"

大太太喜不自胜，没料到自己这一品诰命夫人竟还能当上皇后，欢欢喜喜，连连点头："好好好。"

老祖宗和裴珲也欣然点头同意。

裴慎见诸人都答应了，这才说道："珲哥儿，先前外院来迎我的那几个小厮实在轻狂，你须得管教一二。"

裴珲一愣，又不敢反驳裴慎，只能委屈地点了点头。

见裴珲这般，大太太心疼地说道："慎哥儿，珲哥儿可是你的同胞弟弟，你怎的一回来就骂他！"

裴慎眉头紧锁："父亲尚未登基，哪里来的太子殿下？此话若传出去，必有人说裴家人轻狂，届时平白无故惹出祸事来。"他又告诫道，"珲哥儿，臣不密则失身，谨言慎行方是长久之道。"

裴珲委屈地应了一声。

裴慎一见他那样便知道他浑然没听进去。罢了，待去了京都，只管叫父亲来管他。思及此，裴慎欲起身告辞，外头事情还多得很。

谁知大太太见他似要走，连忙起身说道："珲哥儿早早娶妻生子，膝下有两子一女。你倒好，身侧还没个贴心的。"她便要提起自己娘家有个六娘，最是秀外慧中。

谁知大太太尚未开口，裴慎便已心情愉悦，含笑说道："母亲，我已有一子，年约五岁，名唤潮生。待来日到了京都，我便叫他来拜见亲长。"

这话来得太过突然！

大太太愣了愣，暗道：慎哥儿当年为了以妻礼让一个丫鬟入祖坟一事跟他父亲吵成那样，如今过去了六年，孩子竟已然五岁，可见他是早已忘记那丫鬟了。

他忘记就好，忘记就好。大太太略过方才的不快，欢喜地点头。

老祖宗也笑起来，口称"是好事，是好事"。

裴珲与这个哥哥差了五岁，与他不甚相熟，可到底是亲兄弟，见他膝下有子，也替他高兴，便开口："大哥放心，允哥儿五岁了，到时我只管叫他陪着侄儿一同作耍。"

裴慎心情颇为愉快。

大太太又说道："既然给你生了孩子，咱们家也不是那等刻薄人家，待你成了婚，便将潮生的母亲迎进来，只管叫她做个才人。"

裴慎脸色一变，念着是自己的母亲，才忍着怒气说道："母亲，我与她情投意合，自是要娶她为妻的。"

三人闻言皆惊。

大太太虽与这个儿子颇为生疏，却自恃是他的母亲，张口说道："哪家的姑娘，无媒无聘便生了孩子，好不知羞！这样的人，怎配做太子妃！"

裴慎心中惊怒，又不好对母亲发火，只说道："母亲，她自是最好的。这天底下再没有女子比她好。"说罢，他忍着气，只说自己外头还有事，便恭敬地告退了。

裴珲愕然地望着自家大哥远去的背影，转过头见母亲被气得身子直颤，慌忙端起茶盏，连声说道："母亲莫气，莫气。大哥这几日忙得很，许是熬了一宿，头脑昏沉才说错了话，非是顶撞母亲。"

大太太心里闷得慌，只管抹着泪，哀泣道："珲哥儿，娘只有你了。"

裴珲又是一通儿撒娇卖俏，方叫大太太破涕为笑。

老祖宗在一旁见了，只叹息道："珲哥儿，你先回去吧。"

裴珲看了眼母亲，不敢违逆祖母的意思，只好告退。

老祖宗又让亲近的丫鬟、婆子尽数退下，待室内只剩下她和大太太两个人，方开口:"你刚才说的什么话,什么叫你只有珲哥儿了?"

大太太掌了多年中馈,府中上下人人都敬重她。她丈夫的几个姨娘都不曾生育,俱是摆设,便连婆母也很少给她脸色,闻言,有些不满,说道:"老祖宗,我这话哪里说错了?慎哥儿为了个狐媚子竟先顶撞我!"

老祖宗人老成精,忍着气劝解道:"你也不是不知道,男人情热之时万万听不得旁人说自个儿的意中人半句不好,他哪里就是顶撞你了!况且,当年俭哥儿与你刚成婚那会儿,我可曾说过你半句不好?"

大太太低下头去,不说话了。

见状,老祖宗又劝道:"慎哥儿是太子,照着前朝的规矩,为防外戚,太子妃乃至皇后只要出身清白,是良籍便可。"

大太太神色稍缓,面上却过不去,寻了个梯子说道:"慎哥儿是长子,素来由国公爷管着,我是管不了了。"她又说道,"只是珲哥儿的妻子是齐国公的嫡次女,如今改朝换代了,珲哥儿将来也算个藩王,我们要不要再指几个人给他?"

老祖宗被她的偏心气了个倒仰,又想起方才的事情,只骂道:"刚才你一句'珲哥儿,娘只有你了'说出去,若叫慎哥儿知道了,必定不高兴。你平白无故地离间他们兄弟俩,对你、对珲哥儿又有什么好处?"

大太太愣了愣,有几分知错,晓得自己这话说得不对,可面子上过不去,嘴硬道:"我何曾离间他们兄弟俩?慎哥儿得了爵位,如今又要做太子,将来还要做皇帝,珲哥儿却什么都没有。他们都是我身上掉下来的肉,我哪里舍得呢?"

见她冥顽不灵,老祖宗忍着气说道:"慎哥儿便是没有这个爵位,也是进士及第,自个儿辛苦考来的。便是如今,他得了个太子之位,也是跟着他老子在战场上拼杀来的,何曾欠了珲哥儿,竟要你这般偏心。"

大太太反驳道:"珲哥儿也不差什么。"

老祖宗冷笑一声:"你若觉得珲哥儿是个顶用的,只管叫他跟着他老子上战场,拿命挣前程去!"

大太太哪里舍得珲哥儿去战场搏命,只管讷讷地说道:"如今天下都定了,哪里还有战事呢?"

老祖宗已然不耐烦起来:"既无战事,你便只管叫他去读书,也考个进士。你看珲哥儿吃不吃得了读书的苦。"

大太太这下没话说了,只好解释道:"我也晓得珲哥儿本就差了慎哥儿一截。正因如此,我若不偏着他一些,只怕他将来吃苦受罪。"

见她承认了自己偏心,老祖宗叹息一声:"珲哥儿文不成武不就,虽嘴甜却办事不甚妥帖。你既然知道他不如慎哥儿,不想着叫他去和慎哥儿好生处着,偏要一字一句地离间他们兄弟二人,你何苦来哉?"

"我自是叮嘱了珲哥儿的,叫他与兄长和睦。可老祖宗今日也见了,珲哥儿巴巴儿地遣了小厮去迎接,可慎哥儿干了什么?他竟遣人将那几个小厮打了一顿。这般伤了珲哥儿的体面,他哪儿有做兄长的样子?"

老太太只觉浑身疲惫,长叹道:"我问你,慎哥儿教导珲哥儿要谨慎行事,可有说错?"

大太太再也说不出话来,只抹着泪说道:"我也知道慎哥儿没说错,可他分明可以告诉珲哥儿,叫珲哥儿自己去惩治,哪里就要当着满府人的面打了珲哥儿的小厮,叫珲哥儿没了脸面。"

老太太端坐上首,本想说珲哥儿耳根子软,底下人一解释,珲哥儿必定不会惩处他们;她还想说慎哥儿若不当着众人的面杀鸡吓猴,府中的仆婢只怕会越发骄横,口无遮拦,迟早惹祸。可老太太看着嘴硬的大儿媳,心知她有一万种法子反驳自己。思及此,老太太竟再也说不出话来,只疲惫地摆摆手:"我只望你莫要闹腾得他们兄弟不和。"

大太太低声说道:"他们都是我的儿子,我自然盼着他们好。"

径自出府的裴慎本欲在今日拜见祖母和母亲后,理顺了南京的事务,再返回湖广接回沈澜,谁承想今日这般不顺。

他心里憋着火气,只管冷着脸将一项项命令下达,这才一路快马疾驰,昼夜不停,直奔湖广。

这一日,沈澜恰好在巡查铺面。

返回武昌后,沈澜将铺子、鱼店重新开了,又买了个新宅,添置了些家用。

此时正值六月二十五,矿监税使一去,苛捐杂税减少,百姓的日子稍好过些,街面上便显得繁华起来。

生药铺挨着石练春酒肆,果子行旁边是素面店,皮市、鼓铺、帘箔铺、鞋店……

沈澜望着生机勃勃的街景内心舒畅,到家之时依旧眉眼带笑,心情颇好。

她拿着给潮生买的一个关二爷面具,正欲掀开车帘,却见门口立着个锦袍玉冠的男子,气宇轩昂,身姿挺拔。

沈澜神色微冷。大白天的,这人堂而皇之地立在她的宅子门口,平白无故地惹来四邻说嘴。她本就有些不高兴,又想起裴慎的人教潮生见血,一时更加不快。

"你来做甚!"沈澜冷着脸欲下车。

裴慎为了她顶撞母亲,又疾驰数日赶来见她,如今听她冷言冷语,心里便难免憋了一口气，只三两步就上了骡车。

沈澜的护院惊住了，正欲高呼，却被一旁的亲卫们扯住，被呵斥闭嘴。

骡车内本就狭窄，裴慎又身量高大，沈澜被他堵在骡车里，面色发冷，正要骂他，裴慎却低声说道："你若大声骂我，外头的人必能听见。"

沈澜噎住，只觉这人数日不见竟越发无赖了。她也不是个好相与的，干脆就低声说道："你果真是个无赖！"

她的声音太小了，便是语气含怒，听起来也不像骂人，倒像调情。

裴慎轻笑，心情稍好了一些，慢条斯理地开口："你既然说我是个无赖，我自然要做无赖事。"说罢，他目光灼灼地向她逼近。

沈澜知道这人在吓唬她，冷冷说道："我还没与你算账呢。"

裴慎挑眉，诧异地问道："你这是何意？"他人在南京，哪里又惹了她？

"你带来的那位鹤璧先生说潮生没见过血不好，惹得潮生前些日子竟想要去菜市口看砍头。"

就这？裴慎不以为然地说道："他都五岁多了，见点儿血怎么了？"

见他这般，沈澜蹙眉："我不是不让他见血。"乱世本就动荡，她并无意为孩子构筑一个真空房，不让他见外头的负面东西。"我的意思是潮生太小了，你可以等他长到十七八岁，心性定了，不至于移了性情，再让他见血。"

等他长到十七八岁？裴慎只觉她果真是个良善人，笑道："我虚岁七岁那年，读书之外的空闲时间便跟着父亲去兵营，什么死人没见过？"

见沈澜又要恼，裴慎连忙说道："你自己十五岁时从刘宅出逃，就晓得拿凳子砸了两个婆子的头，也是见了血的。"

沈澜微恼，退了半步说道："那也得等到潮生十四五岁的时候再让他见血。他现在才五岁，实在是太小了。"

这哪里行？十四五岁，他都要学如何理事了，怎能不见血呢？

裴慎不愿意跟她拧着来，只管笑道："你且去问问潮生，他是愿意早日学些本事，还是被你保护到十四五岁？"

沈澜沉默。她自然知道潮生很喜欢鹤璧先生，也很愿意学习。

头一回在言语上将住了沈澜，裴慎颇为高兴，笑道："我与你都不是庸人，你怎能将潮生视作寻常的小童呢？"

沈澜烦躁地说道："他便是聪慧了些，也不该在五六岁的年纪就去看死人。"

他还只是上着幼儿园，跟同学玩闹的年纪呢！

裴慎只觉她性子太软、心太善，便笑道："哪儿有你这般护着孩子的？照你这么说，水灾旱灾、饿殍遍野的时候，满街都是死人，五六岁的孩子都得自掩双目，见不得尸体了？"

说到此处，裴慎不免觉得怪异。她是"瘦马"出身，鸨母院子里的脏污事何其多，怎会养成这般心性？她倒像是繁华富庶地出来的，打小儿没见过什么残苛之事。

裴慎虽略感奇怪，却不妨碍趁沈澜心神激荡没注意时，去握住她细嫩的手指。把玩了一会儿后，裴慎方才心满意足地说道："你若将潮生养成了太过仁恕的性子，他日后只怕要被人剥皮拆骨了去。"

沈澜微怔，沉默良久。

她来自一个不同的时代，有着迥异的思想。她总害怕自己将一些格格不入的东西传给了潮生，让他痛苦一辈子。与其如此，不如叫他做这个时代的正常人。

沈澜叹息一声："或许你说得对。"

见她神情低落，裴慎心里发紧，也不知哪句话惹她不高兴了，便连忙逗她："你如今是肯让我插手潮生的事了？"

沈澜意兴阑珊："你本就是他的父亲，教养他是你的职责所在。"

裴慎愣了愣，嘴角微翘，心中的欢喜一浪接一浪地翻涌上来。

看到他这般，沈澜觉得莫名其妙："你笑成这样做甚！"

裴慎眉眼都要漾出笑意来，只管凑上去，轻轻地吻了吻她的唇瓣。

车厢太小，沈澜躲闪不及，被他亲了个正着，气急败坏地说道："你是不是有病！"

她说他有病便有病吧！裴慎许久没见她了，心里想得厉害。

裴慎眼热，心更热，只管拥上去，低低地说道："这可是你自己应了的，我是潮生的父亲，可以教养他。"

沈澜忍着气说道："你要管潮生，我拦也拦不住。"说罢，她取了帕子，用力地揩拭自己的唇瓣，又恨恨地掷了帕子，推开裴慎就要下车。

若换作以往，见她这般动作，裴慎必定要恼。如今他被磋磨了六年，再没有少年时的心高气傲，索性无赖地说道："你尽管擦。你擦一个，我亲一个。看看是你擦得快，还是我亲得快！"

沈澜气急，恨不得一巴掌甩到他的脸上："裴慎，你莫要得寸进尺！我同意你管潮生的事，是因为你是潮生的父亲，可我与你之间并无关系！"

裴慎冷言冷语听多了，虽然觉得心里酸涩，但也习惯了。

他笑笑："我们之间哪里就没有关系了？我是潮生的父亲，你是他的母亲，你我之间既然有了潮生，便有了牵扯。"

一辈子的牵扯。

沈澜恼他没脸没皮，忍着气与他分说："你见过夫妻和离吗？我与你便如同和离的夫妻，虽有孩子，实则两方已无关系。"

裴慎愣了愣，却半点儿不恼，眼里漾出欢喜来，倚在车壁上调笑道："你如今说这话，可是认了你是我的妻子？"

沈澜非但不笑，反被他激得怒意上涌，冷若冰霜："我好声好气地与你解释，你却没脸没皮地插科打诨。"说到此处，沈澜满腔怒意微滞，倒觉出些疲惫来，只摇摇头说道，"你从前不肯听我说话，只拿话敷衍我。如今你依旧没变，只不过学会了赖皮，遇见你不想听的，便只管打岔或是混过去。"

说罢，沈澜再不愿与他言语，只管起身往车外去。

"哎——"裴慎一把扯住她的腰上的豆绿攒心梅花丝绦，轻轻一带，将她搂在怀里，"你莫与我置气……"

裴慎话未说完，低下头，便见沈澜面无表情地盯着他。

裴慎干笑两声，松开手，任由沈澜起身。

沈澜抚了抚凌乱的衣衫，淡淡地说道："裴慎，六年前，你想如何摆弄我便只管如何摆弄，从不顾及我。六年后，你依旧如此。"

裴慎的心境还是变了的。他辩解："你方才看我两眼，让我放手，我不是放手了吗，哪里不顾及你了？"

沈澜冷冷地说道："我不让你上骡车，你还不是上来了！我不让你亲吻，你倒好，上来便亲我，你问过我同意与否了吗？"

"情之一道，发乎自然。我待你有意，见了你便想亲吻你，实乃情不自禁。你若觉得我轻薄了你，我向你道歉便是。"

沈澜一愣，心中怒意微散，只觉他这话说得倒还有几分诚意。

见她神色稍缓，裴慎只管去拉她的手，又哑声说道："我想你想得厉害。"

裴慎高大健壮的身躯将沈澜堵在车厢里，粗糙的手缓缓地握住了沈澜温凉的手指。肌肤相触的时候，裴慎心满意足地喟叹一声。然而，仅仅十指相扣已经无法满足裴慎了。他一双眼睛亮得惊人，里头像是烧着一簇簇火，灼热的，极具侵略性，扫过沈澜身上的每一处，恨不得将她整个人都生吞活剥了。

沈澜身子微颤，下意识地避开他的目光，又甩开他的手，咬牙说道："你想我了便可以不顾我的意愿，强行与我十指相扣，还想来吻我吗？我是个人，不是你收藏在家里的花瓶摆件，想把玩了就能把玩！"

裴慎只觉好生冤枉："哪儿有人心心念念地要娶个摆件回家的？我既然要娶你，自然会敬你、爱你。"他正色说道，"你不是要我顾及你、尊重你的意见吗？只要你与我成了婚，我都能答应。"

这些日子，沈澜早已想清楚了，摇头说道："我无意与你成婚。你若真顾及我、尊重我的意见，便不该再来搅扰我的生活。"

裴慎沉着脸不说话。这才是他和沈澜之间最大的分歧。

沈澜数次提及"尊重"二字，裴慎自然听得懂她在意什么，无非是要他顾及她的意见，平日里若有事便与她好生商量，不能拘着她之类的。这些裴慎都能答应。他可以做到尊重沈澜，前提是他要和沈澜成婚。

可如今沈澜要的尊重不同了，是要裴慎尊重她的意见，任由她过自己的日子，同意她与他分道扬镳。这是裴慎万万不能容忍的，以至他百般插科打诨，就为了不让她提及此事。

可如今裴慎还是被拒了。

裴慎深吸一口气，盯着她问道："在税署的那一晚，你说你不知道，可见你心里还是有我的。我也知道从前我待你不好，可我会改的。往后，我们与潮生一起好好过日子，可好？"

沈澜微愣。

裴慎的一腔情意都在这番话里，堪称剖心剖肺。

若是在很早以前，她与裴慎初次相遇的时候，她还没有被裴慎杖责、羞辱，还没有为了重获自由吃过那么多苦，或许就答应了。

可如今……

"裴慎，其实你是个极好的人，人品、能力都是一等一的。你既是个为民请命的好官，也是个百战百胜的好将领。"

听到沈澜对自己的肯定，裴慎的心脏鼓胀起来，像是有许多的喜悦，挤挤挨挨的，满得几乎要溢出来。他眉眼含春，紧紧地握住沈澜的手："我在你心中……"

他的话还未说完，沈澜一点儿一点儿地抽出了自己纤细的手。她看着自己的手，纤长细嫩，指若春葱，看起来煞是漂亮。

"你看我这双手，从前抱着长凳，木杖一杖一杖地打在我的身上；握过竹篙，冒着寒风在太湖上撑船；揪过枕头，任由你在我的背上作画羞辱我。"

裴慎听着听着，心里泛起几分酸涩，艰难地开口："我若知道将来会爱重你至此，必定早早……"

沈澜摇摇头。

"太晚了，裴慎。

"江水很冷。"

平平常常的四个字，其中蕴藏着沈澜的几多艰辛、几多泪水。

大浪铺天盖地地打在她的身上，她一次次被压入江中，探不出头来，几乎要窒息。在茫茫江潮里穿行，寒意侵骨，她冷得浑身发抖，身子全然没了知觉。

沈澜满腹怅惘，她的神色是浅淡的，说出来的话却如同雷霆一般，一下一下地敲打在裴慎的心头。

"裴慎，当年我抛弃了一切去江潮里搏命，不是为了和你在一起的。

"如今我若答应了你，怎么对得起六年前的沈澜？"

这两句话几乎击溃了裴慎。他再一次想起沈澜决绝地跃入江中，宁可与冰冷汹涌的江潮搏命，都要离开自己。

他眼眶微潮，涩然说道："是我不好。"

在税署的那一晚，裴慎也是道过歉的，只是那时道歉，是他早就准备好要与沈澜和解的。

如今道歉，却是他真心实意的，因为他从未如此清楚地意识到自己对沈澜的伤害如此沉重、如此深刻。

"你不必向我道歉。"沈澜摇摇头，"你伤害过我，却也曾在倭寇的手中救过我，还拿着自己的人情请太医帮我治病。"

沈澜笑了笑："前尘往事，俱是不堪回首。恩也好，仇也罢，我们一笔勾销。"

裴慎心中酸楚，只望着她，迫切地允诺道："我日后会待你好的。我肯定会待你好的。我会让你高兴，再也不……"

沈澜主意已定，只自顾自地说道："我知道你此行来湖广多半是为了将我和潮生带去京都。潮生是无辜的，他想跟你还是跟我，全看他自己。"

"至于你我之间……"沈澜笑道，"往后我做我的粮商，你做你的好官。"

说到这里，她忽然与裴慎开玩笑道："我方才说错了，你如今是太子，今后是万民之主，与我再不会有任何交集。"

她说得洒脱，分明是下定决心与他一刀两断，什么爱呀恨呀，她都不在乎了，方能这般磊落、潇洒。

裴慎听了，只觉心如刀绞，疼得说不出话，眼眶也潮热得厉害。

木然半晌，裴慎方才开口："真的不能挽回了吗？"

他一开口，才发现自己的声音如此沙哑。

见他这般低声下气，再没有往日的傲气，沈澜心有不忍，心里竟也有几分涩然。奈何既然要诀别，她又何妨将话说得更狠些呢？

"你是累世勋贵，又是进士及第，天下间什么样的女子你得不到，往后你必会有……"

裴慎摇摇头："我只要你。"

沈澜呼吸一室，心知他这是还不肯放手，难免生恼："你做过官，当知仕途险恶，不如你意的事十之八九。情场如官场一般，你哪儿能事事顺遂？况且你将来当了皇帝，万民承在肩上，你更要好生收拾山河、理政恤民，何必执着于情爱呢？"

裴慎微怔，愣愣地看着她。

沈澜也不知道他到底听没听进去，只能狠狠心，径自下了车，见车外的亲卫、护院四散开来，遥遥地护卫着骡车。

那般远的距离，他们应该是听不见她和裴慎说话的。

沈澜实在不愿自己和裴慎的纠缠被旁人撞见，不愿听到别人在背后嚼舌根。如今确认护卫们听不见，便也不搭理他们，只管往前走了两步，欲推开家门。

"等等——"

沈澜蹙眉，转身望去，见裴慎出了骡车，立于巷中。

沈澜微愣，不明白他要做甚，却听见他遥遥说道："沈澜，你我之间的事说来实则只有两件，其一，你心里对我有恨，无法释怀过往。我要做的，是让你放下恨意。其二，你要我尊重你的意见，我当然可以做到，前提是你与我成婚。可你如今想要的尊重是离开我，自己过活。这是我万万不能忍的。要解此局，法子只有一个——改了你的心意，让你肯与我成婚。"

沈澜愣愣地站在原地，听着裴慎侃侃而谈。

"这两件事看似不同，实则解决的方法可以并为一样——叫你心悦我！"

裴慎朗声大笑，快意至极。

他从前不曾爱慕过旁人，以至一遇情爱便束手无策，总想着如同驯服下属那般去驯服她。

偏她烈性敏慧，身有傲骨，以至裴慎磕得头破血流，只觉女子的心意捉摸不透，又弄不明白她要什么，故而兜兜转转，纠缠到如今。

他却没料到，最后竟是沈澜点醒了他。一句"情场如官场"，叫他恍然大悟。他的确不通情爱，可那又如何？若将情爱比作官场，裴慎即刻触类旁通。

如今是他要叫沈澜心悦他，是他有求于沈澜，那便不该拿她当下属，要使尽手段驯服她，而是要拿她当上峰、当同僚。从前他如何揣摩这些人的心思，现在就如何去琢磨她的心思。他再拿出往日里在官场上结交同党、纵横捭阖的手段，就不信不能让沈澜对他心生好感。

裴慎尘埃尽拭，心如明镜，朗声说道："我裴守恂七尺男儿，有错必认，有过必改。往日种种，都是我对不住你。"

彼时长空万里，晴朗明爽，大片大片的天光洒落在他的身上，如同玉璧生辉、明珠耀目。

沈澜愣愣地望着他，弄不明白他这到底是道歉还是要做甚，只觉这人笑得她心慌，下意识地想将门关上，却依旧听见他恣意快活的笑声。

笑笑笑!

沈澜心头微恼,将手中带给潮生的面具砸出去,骂道:"你笑什么笑!"

裴慎眼含春风,笑盈盈地接了面具,在手中抛了抛。

此时天光明灿,芳草如碧。沈澜立于乌木门前,裴慎倚在黄骠马旁,二人遥遥相望。裴慎眉目明澈,如春日新风、快雪时晴,笑得恣意无比。他翻身上马,扬鞭离去,只留下一句:"前尘已过,且待来日!"

第二日一大早,澄空高爽,天色晴好,潮生一大早跟着鹤璧先生读书去了。

沈澜闲来无事,坐在玫瑰椅上翻阅账册。

恰在此时,秋鸢神色惶惶,匆匆自院外赶来:"夫人,湖广总督来送拜帖了。"

沈澜接过秋鸢手中的帖子一看,胭脂球青花鸟格眼白录纸,双帖、销金署名。

他好生奢靡!

也不知裴慎卖的什么关子?

沈澜秀眉微蹙,打开帖子一看。

今夜亥初,恳请于沈宅一晤。

署名为"友生裴守恂"。

"啪!"沈澜神色恼怒,将那拜帖掼在桌上。

看到她这般行径,秋鸢吓了一跳,凝神问道:"夫人,这帖子莫不是有什么问题?"

这帖子当然有问题。

从前裴慎来她这里,只管半夜三更偷摸进门,从不问她的意见。如今他倒是长进了,知道送张帖子来问今晚他能不能来见她。

可问题在于,难道沈澜说不能,裴慎便不来了吗?他不过是本性难改,给强迫的行为包裹上一层糖衣罢了。

沈澜暗自冷笑,起身取了一张铅山柬纸,认认真真地写了"不行"两个字。

"秋鸢,你将这字条儿回了送帖人。"沈澜说道。

秋鸢应了一声,接过字条儿却又犹豫不已:"夫人,那裴大人到底是湖广总督,如今外头都在传他要做太子了,咱们就这么一张字条儿回过去?咱们要不要再给他送些礼?"

沈澜微愣,摇摇头:"你只管去吧。"

见劝不动她,秋鸢无奈地叹息一声,捏着字条儿径自出去了。

当夜亥时，沈澜未曾入睡，只斜倚轩窗，望着庭中，静静地候着裴慎。

便是自己拒绝了，这人多半不会在乎的，今夜必定会来。谁知她等了小半个时辰，亥时已过，裴慎却还未来。

沈澜挑眉，颇感惊异。

是有事情耽搁了，还是裴慎真的死心了？

她懒得再想，只管合眼睡去。

第二日一大早，秋鸢又来报，说总督府送了新的拜帖来。

沈澜打开一看，无非是约她亥时见面的话。

沈澜照旧取了官柬来，写了拒绝信，叫人捎回去。

第三日、第四日也是如此。

沈澜彻底厌烦了。

她看着桌子上新送来的销金白录纸拜帖，唤来秋鸢说道："从今往后，总督府送来的拜帖，你不必再收。"接着又补充，"若对方强要你收下，你只管收了，尽数销毁即可。"

秋鸢颇为惋惜："这般好的纸，便是拿去卖都有人肯买的。"或者，她们只消将纸裁小些，送出去也极体面。

沈澜摇摇头。这拜帖若流传出去了，旁人必以为裴慎与她有什么见不得人的关系，以至裴慎要夤夜来见她。

"你只管都烧了去。"

秋鸢见劝不动她，只能无奈地应了。

沈澜亲手取了那拜帖，点燃油烛，火焰一燎，上好的白录纸即刻被焚烧殆尽。

袅袅的烟气，映出她沉静的眉眼。

当夜，亥时。

六月底，正是暮夏时分，柳叶窗支开半扇，偶有丝丝缕缕的夜风穿阁越户，吹散暑热。

沈澜枕清风、卧玉簟、掩碧纱，呼吸绵长，好梦沉酣。

窗外的野蝉本是静静的，忽然似被什么惊动，便一声长一声短地鸣了月光。

沈澜被吵醒，略带困倦地睁眼，却不曾撩开碧纱帐，只翻了个身，面朝里侧，不耐烦地说道："你到底要做甚？"

翻墙越户、入内而来的裴慎干笑两声，本想清清嗓子，却见她面朝里侧躺着，分明是不想搭理自己，心里便又忍不住泛起几分涩意。

"你如今是连看我一眼都不耐烦了。"

话刚一说出口，裴慎便后悔了。

他何必做此小儿女姿态呢？他裴守恂难道是痴男不成？

"我来寻你，是有事要告知你。"裴慎正色说道。

沈澜被他的三言两语激出了火气，干脆起身，拂开帐幔，淡淡地说道："你有什么事不能送信告知我？你为何不能白日拜访，偏要夜闯我家门？"

裴慎掩了心虚，只管慢吞吞地说道："我何曾夜闯？白日里我不是给你写了拜帖，约定亥时来见你吗？"

沈澜瞥了他一眼，心道：他看似长进了些，知道光明正大地强迫我无用，便只管装出一副尊重样，还像模像样地送了帖子来，实则才装了三日便受不住了，今夜闯门，也不过是暴露本性罢了。

沈澜冷笑，质问他："你连送四日拜帖，前三日都被我写信拒了。第四日，也就是今日，我虽不曾回信，却也叫人给你带话，只说往后不必再送，拜帖上的事我一概不应，为何今夜你还是来了？"

裴慎挑眉，诧异地说道："竟有此事？"舒展了眉目，补充道，"想来是那带口信的小厮蠢笨了些，不曾言明。"

演！你继续演！

沈澜面无表情地说道："那你如今知道了我的拒绝之意，请回吧。"

裴慎早料到她会冷言冷语，也习惯了，便径自行了两步，笑道："是我误会了。待说完了事我便走。"

沈澜懒得理他，只告诫他："往后你不必再送拜帖来，这样既浪费上好的纸张，还得劳动我去烧。"

裴慎点点头，心道：以后改个样式，换成邀帖便是。

见他点头，沈澜这才问道："你有何事？说吧。"

裴慎深吸一口气，压下满心的热意，伸出右手，将手中的长鞭递到她眼前。

沈澜愣了愣，低头看着这根鞭子。碧玉雕的兽首柄，数股藤丝绞在了一起，油润发亮，打起人来一定很疼。

沈澜狐疑地说道："你这是做甚？"他总不至于见她不答应，便要来打人吧？

裴慎认真地说道："我来与你坦白一件事。"

沈澜抬眼望着他，秀眉颦蹙："何事？"

裴慎来之前早已做足了准备，见她相询，便直言说道："那一晚在税署，我骗了你。"

沈澜茫然，愣了好一会儿才反应过来他的意思。

裴慎说裴家世受皇恩，不能背弃君父，是假的；他说自己要死了，也是假的；

他还说自己受了"贴加官"之刑，更是假的。

裴慎不是被逼反的，而是主动谋反的。

他骗她。

这个消息如同炸雷一般，让沈澜头晕目眩、怒气攻心。她双目灼灼如烈火，胸膛起伏数次都无法冷静下来，霍然起身。

"裴慎，你个王八蛋！"

沈澜拿起枕头，狠狠地砸在裴慎身上。

软和的绸枕砸在他身上，她便是使了力，他也不疼。

裴慎任她砸了一下，将自己手中的鞭子递过去，贴心地说道："枕头打人不疼，你若要撒气，只管拿鞭子打我吧。"

沈澜满腔怒火更盛，一把扯过鞭子，厉声说道："你是不是以为我不敢打？"

裴慎心道她头一次见面就敢骗自己，此后更是阳奉阴违、数次逃跑，哪里有她不敢做的事，但嘴上只说："今日让你打我，只为了两件事。"

沈澜强忍着怒意，攥紧了藤鞭，听他狡辩。

"其一，你嘴上说着过往种种都一笔勾销，实则你心里还是介怀的，放不下过去的仇恨。"

沈澜手指微紧，冷着脸说道："我既然说一笔勾销了，那便是不愿意计较了。"

裴慎点头表示同意："你不愿意与我计较，所以也不愿意和我在一起。"

她若计较，他们才有再续前缘的可能；她若不在乎了，那就真完了。

沈澜沉默，只静静地望着他。

"其二，便是那一日在税署里，我骗了你。"他补充道，"实则两件事可以并为一件事。"

那就是向她赔罪。

裴慎笑道："你打吧，想打多少鞭就打多少鞭，打到你解气为止。"

说罢，裴慎背过身去，解了石青道袍、白绫褒衣，露出宽阔强健、肌理分明的脊背。

沈澜只是站着，不言不语，却满目怒意。她死死地攥着藤鞭，用力之大，几乎让藤鞭将掌心硌出红痕来。

见她久久不动，背过身去的裴慎淡淡地说道："我曾下令打过你五杖，一杖换一鞭。后来，我以在你的背上画雪中红梅图辱你，逼得你冒寒行船，跳江搏命。相逢后，我又欺了你一次。这些要算几鞭都可以，你只管打便是。"

被他言语相激，往事骤然浮现心头，沈澜心中大恸，再也按捺不住了，厉声说道："第一鞭，问你当日为何平白无故地杖责于我！"

说罢，她扬手劈下，鞭子呼啸而下。

"咝——"裴慎倒吸一口凉气，脊背上顿时浮现一条血痕，极快便沁出血来。

沈澜的眼睛也一点儿一点儿涌出泪来。

她哽咽着挥下第二鞭。

"第二鞭，问你凭什么以雪中红梅图辱我！"

裴慎不言不语，连身躯都不曾颤动半分，只沉默地任由沈澜鞭打。

"第三鞭，问你相逢之后为何又来骗我！"

裹挟着恨意的三鞭抽下，令裴慎的后背皮肉肿胀、鲜血淋漓。

他咬着牙，正打算继续挨下去，却听见沈澜扔了鞭子，强忍着哽咽，一字一顿地控诉：

"你害得我冒寒行船，却也为我延医问药、根治旧疾，两相抵过。

"你逼得我跳江逃亡，几乎殒命，却也在倭寇的手里救过我一次，两不相欠。

"你打我五杖，实则只有第一杖是重的，故而我抽一鞭，还你打的第一杖。

"你以雪中红梅图辱我一次，我还你一鞭。

"重逢后你骗我一次，我再还你一鞭。

"共计三鞭，我们再不相欠！"

沈澜说罢，望着眼前裴慎血淋淋的脊背，满腹辛酸委屈，几多怨愤仇恨，俱成了泪水。她立在原地，放声大哭，似要将这十年间的血泪都倒个干净。

其哭声之哀，撕心裂肺，叫裴慎听了，只觉心中比自己血淋淋的脊背还要痛。

沈澜哭了许久方才平静下来，抹了眼泪，望着眼前人关切、哀恸的目光，开口："我们之间的旧怨已消，你走吧。"

听她这么说，裴慎便知道，如今这般才算是前尘俱了，恩怨勾销。明日天亮，便是新的一天了。

裴慎笑了笑，却差点儿扯到脊背上的伤，忍着痛说道："我明日来见潮生。"

沈澜自不会拦着他来见潮生，任他穿上亵衣出了门。

裴慎背上疼得厉害，偏偏只能挺直脊背出了沈宅，刚一出宅子，便见林秉忠和陈松墨候在马车旁。

"爷。"陈松墨刚凑近便闻到了浓烈的血腥气，又见他脸色苍白，知道夫人是真动手了。

陈松墨不敢劝，只能暗叹一句"当真是孽缘"。

可一旁的林秉忠到底耿直些，见裴慎这般，忍了又忍，实在忍不住，劝道："爷，你这又是何苦呢？"

裴慎心道：若不这般，她内心的怨恨哪里能消？思及此，难免庆幸，若不是他前几日想明白了，只怕又要重演六年前的旧事。

六年前，他从不在乎沈澜想什么，只觉得金银玉器、荣华富贵，凡是别的女子喜欢的，她必定也喜欢，便铆足了劲儿强塞给她，还要她欢喜地接着。

如今，裴慎知道要拿沈澜当上峰待，要揣摩她的心思，弄明白她到底要什么。一揣摩，裴慎迅速意识到沈澜本质上是赤诚君子般的人物，恩怨分明，他须以真心待之。于是裴慎立刻想到了自己在税署里骗她那件事，心知此事若曝光，沈澜只会更恨他，两个人之间便再无挽回的余地。今晚，裴慎自己将此事捅了出来。

因为他已经跌到谷底，二人彻底陌路，境况再不会比现在更差了，但这恰恰成了最好的时机。

裴慎笑了笑，任由陈松墨和林秉忠将他扶上马车，脱去褒衣，上药包扎。

"给潮生的礼物，你备好了吗？"裴慎问。

陈松墨即刻点头说道："都备齐了。"稍显迟疑，"爷明日还要来吗？"

其实他比较想问，明日来看小公子，爷不会被夫人打出来吗？

"来。"裴慎快意地说道。

他好不容易消解掉她内心的恨意，第二步自然是要结交"同党"。

## 第十六章
## 断肠声里忆平生

　　第二日是个晴天，长空万里，天光明彻。六月末虽是暮夏，天气却依旧热得厉害。

　　小书房里，翘头案边摆着龙泉青花瓷，上栽闽中兰，香气幽馥，花色清雅。奈何书房中的鹤璧先生讲述的内容却不甚雅致。

　　"今日我为你讲的是《左传》中的《周郑交质》。"鹤璧先生年过五十，身材精瘦，坐于案前，开口，"郑武公、庄公为平王卿士。王贰于虢，郑伯怨王……"诵读完，他又肃穆地说道，"大意是说周平王与郑庄公互换质子，本意是为表互相信任，最后却依旧交恶。"然后又正色说道，"此节恰是为了说明忠信之意。"

　　鹤璧先生从不禁止潮生发表看法。

　　潮生也不怕他，便嘟囔着反驳道："那这书里说得可不对，什么'明恕而行，要之以礼'，实在不妥。信与礼的确好，可那周王室衰微，郑国本就想伐周了。难道周王室是靠着信与礼就能让郑国停止讨伐的吗？"

　　鹤璧先生微愣，看着尚且稚嫩的潮生，欣慰地说道："小公子果真颖慧。"

　　潮生听见先生夸他，甜滋滋地说道："都是先生教得好。"

　　鹤璧先生素日里拿他当亲孙子待，闻言，忍不住发笑，又思及到底是在学堂，不好嬉笑，便刻意地望了一眼兰花旁边的戒尺，教训道："为人莫要油嘴滑舌。"

　　木戒尺极厚，一看打起人来就很疼。

　　潮生即刻挺直脊背，装模作样地说道："先生教训得是！"

　　见他答得好，鹤璧先生捻须一笑，正要细细为他讲解《周郑交质》一文，却见案上的兰花虽香气馥郁，却蔫头耷脑的，不免叹息道："翕翕盛热，蒸我层轩。"

潮生顿时脸色发苦，心道：大热天的，先生就别吟《暑赋》了，我越听越热。

这般暑气，潮生再爱学习也熬不住，早就想吃点儿酸梅饮子了，但他素来鬼精鬼精的，不直说，只是望着鹤璧先生，很是贴心的样子："先生可要用桂浆？拿井水拔过，那桂浆凉丝丝的，极为爽口。"

快说你要吃，叫我也蹭一口，潮生心里想着。

见学生这般孝顺师长，鹤璧先生虽心中满意，却正色说道："在书房，我怎能吃东西？况且学以静为先，心不静，自然热。"说罢，鹤璧先生便又拿起书来教他。

潮生一点儿也不热了，心都凉了，强撑着说道："先生教训得是！"

鹤璧先生见他的额间隐有细汗，又望了望天色，摆摆手："快至午间了，今日且叫你松快一会儿。"

潮生心喜，像模像样地行了个礼，口称"学生告退"，便出了书房门。

谁知刚开门，便见院中的芭蕉树下，有一个着宝蓝道袍、束素银腰带的男子立在门外，后头跟着两个侍卫。

"林师父。"潮生一面喊，一面匆匆地跑了两步。

林秉忠连忙拱手说道："见过小公子。"

潮生停步，也笑嘻嘻地还礼："林师父好。"说罢，他望了望裴慎，抿抿嘴，不高兴了。

这个买米的叔叔怎么又来他家了？

潮生故作惊诧："叔叔，你是来寻鹤璧先生的吗？"他朝着书房唤了两声"先生"。

鹤璧先生听他喊得急，以为他碰上什么事，匆匆出门，见是裴慎，便拱手作揖，肃然说道："见过大人。"

裴慎摆摆手，示意他告退。

潮生见状，便知自己的猜测是对的，不仅林师父是这个叔叔的下属，连鹤璧先生也是。

这个叔叔把自己的下属送来教他文、武艺，足以证明叔叔是真的想当他爹。

潮生心生警惕，仰着头笑道："叔叔，你既然不是来寻鹤璧先生的，那便是来找我娘的了，那得去花厅。"

裴慎低头看潮生，见他穿着天青小襕衫，因跑得急了而小脸红扑扑的，一双眼睛黝黑清润，生得倒是可爱慧黠。

"我不找你娘，来寻你。"裴慎说道。

潮生愣了愣，自己刚才这话本是拿来试探裴慎的，只看他应不应，却没料到他竟然不是来寻娘亲的。

他寻我做甚？潮生疑惑地想。

裴慎说罢，一把抱起潮生，便要往书房里走。

谁知潮生因着不喜欢他，下意识地躲了躲。

裴慎微愣，回忆起前两次见面时潮生都很热情，便即刻意识到这孩子在躲他。

潮生避完就意识到要糟，立刻仰着头，笑盈盈地解释："叔叔，我刚刚做完功课，身上许是有墨痕，不要脏了你的衣裳。"

裴慎瞥了他一眼，心知他狡黠，也不说信不信，只不置可否地嗯了一声，便牵着他的手进了书房。

"方才鹤璧先生教你读《周郑交质》，你说信与礼不足以让郑国停止攻伐周王室，你为何会这么想？"

他这样想，自然是因为那一晚的事情。他娘素有信义之名，可到底还是商户人家，被王俸觊觎，差点儿家破人亡，可见，没有实力的时候，信与礼便都不管用了，只能受人欺负。也恰是在那一日过后，潮生起了习武和参加科举的念头。他只有拥有武力、权力，才能保护自己，保护娘亲。

奈何这番话，潮生是不会和不熟的买米叔叔说的，便笑嘻嘻地说道："我随口说的。"

裴慎虽不信，却也不急，将他抱上官帽椅，任由陈松墨将礼物尽数摆在书房中的翘头案上。

从街边的糖人、风车、摩睺罗到昂贵的麒麟白玉镇纸、宣笔歙砚、古铜驼书灯、白定三山笔格……里头竟还有一把寒光闪闪的匕首。

那是真的匕首，不是小木剑！

潮生眼睛亮晶晶的，兴奋得想去摸摸，却强忍着，坐在椅子上对裴慎说道："叔叔，你送这么多礼物给我做甚？"

见他这般，裴慎也在官帽椅上坐下，随口说道："先前我应过你，说要陪你玩，谁知有事耽搁了，今日便拿着礼物来向你赔罪。"

潮生才不信呢！哪儿会有陌生人特意拿着这么多的礼物给一个小孩子赔罪的？除非这位叔叔有求于他或者有求于娘。

潮生笑："谢谢叔叔。不过我还小，娘不让我收这么贵的礼物。"这是婉拒了他的意思。

裴慎便笑道："你娘知道的，已点头同意了。"

潮生心里一紧，哪儿还顾得上礼物，生怕这是娘喜欢这位叔叔，任由这位叔叔来讨好他。只是他转念一想，娘素来守信，从不骗他，便狐疑地问道："叔叔与我娘认识吗？"

裴慎本打算先与潮生好生相处，此后再揭破他们的父子关系，可自从知道潮生抵触他后就改了主意。要和潮生结为同党，好叫潮生为他说好话，他可用情义，也可用利益。思及此，裴慎便说道："我和你娘十年前就认识了。"

十年？潮生才只有五岁呢！

潮生惊诧一番，疑惑地说道："我为什么从没有听我娘提起过叔叔？"

裴慎眼神稍黯，只说道："六年前，我与你娘失散了。"

既然用得上"失散"二字，那他必定是娘极亲近之人。潮生好奇地问道："你们为何会失散？"

每每忆及此处，裴慎再冷静，也会心神微颤。他知道这个话题是无论如何都避不开的，便竭力平静地说道："六年前在杭州看钱塘江潮时，我和你娘失散了。"

潮生微愣，被裴慎温和的目光注视着，不安地动了动身子。

潮生记得，这位叔叔说过他也有个儿子叫潮生。

六年前，是娘刚怀上潮生的时候，是父亲保护娘从杭州来湖广的时候，是买米的叔叔与娘失散的时候……六年前发生了什么？为什么买米的叔叔与娘认识，娘却从来不提？为什么两个人的孩子都叫潮生？这是巧合吗？

潮生满脑子疑惑，却强行压住。娘不会骗他的，必是买米的叔叔话里有鬼。

"叔叔，你和我娘是怎么认识的？你们是什么关系呀？你们为什么会在看潮的时候失散？"潮生睁着大眼睛，不解地问道。

被小孩子清澈的目光望着，素日里处变不惊的裴慎竟难得有些紧张。

他稍镇定了一会儿，正色说道："六年前，你娘怀着身孕，落入江潮中，跟着玉容、彭弘业等人一起来了湖广安家，又生下了你。"

潮生仰头望着裴慎，先是茫然无措，紧接着终于反应过来。买米的叔叔这话的意思是，从头到尾，娘都是独身一人，从无父亲的出现。

潮生眉毛拧起、双眼睁圆、嘴唇抿紧、双手攥拳，脸上分明是惊怒之色。

"你胡说！是我爹救了我娘！是我爹保护我娘来的湖广！"

潮生愤怒至极，跳下椅子，像阵旋风一般跑了出去，对着廊下的书童厉声喝道："虎子，你去叫六子叔叔把他们打出去！快去！"

虎子被吓了一跳，也不敢回嘴，只管一溜烟儿地往外跑。

潮生立在门前，胸膛起伏不定，眼眶微红，分明是气狠了，可稚嫩的嗓音即使饱含愤怒也掩盖不住隐隐的惊惶。

潮生很害怕，倔强地站在门前，憋着眼泪，不肯去看跟出来的裴慎。

裴慎望着潮生，心道：潮生若这般倔下去，一会儿六子将沈澜引来，必要骂我。

裴慎好不容易跟沈澜缓和了关系，可不愿惹得沈澜生气，便开口："有些事你娘不说，你也应当想得到。"

潮生不言不语，只望着月亮门，不肯理会他。

裴慎从来不觉得小孩子需要保护，想着事已至此，便干脆利落地彻底将此事揭破："潮生，你是我的儿子。"

潮生死死地抿着嘴，不肯开口，可眼里的泪到底还是掉了下来。

"你胡说。"潮生本就倔，闻言更不肯低头，说完之后便死死地咬着嘴唇，不肯哽咽出声，生怕泄了气势。

"你若不信，可以自己去问你娘。"

"我会去问的。"潮生眼眶通红，积蓄的泪珠一颗一颗往下掉，偏还强忍着，一字一顿地说道。

裴慎叹息一声，指了指书房说道："你与我进去吧！不必去问你娘，你想要知道什么，我都会告诉你。"

潮生摇摇头，倔强地站着，只一动不动地望着月亮门，甚至不肯看裴慎一眼。

"你也不想你娘难做吧！"裴慎淡淡地说道。

这一句话击垮了潮生的倔强。他本就聪颖，极快地意识到了裴慎能出现在后院，多半是娘默许的。可娘不曾告诉过他，可见娘心里为难，不知道要不要开口。若他此刻去问，必定会让娘难做。

潮生拿手背抹了抹眼泪，看也不看裴慎一眼，跨过门槛，进了书房。

裴慎将林秉忠和陈松墨都留在门外，关上门后，一把将潮生抱起，放到官帽椅上，见他并未挣扎，便觉好笑，说道："你方才这般抵触我，如今倒乖顺起来了。"

潮生心道：我才没那么傻呢，自己费劲巴拉地爬上椅子，必定会被坏蛋笑话的。反正使的是这个坏蛋的力气，我只管可劲儿用。

"你……你要……要说什么？"潮生努力想跟裴慎谈，可开了口，眼泪倒是止住了，哭过后的哽咽声却怎么也止不住。

裴慎蹙眉说道："你今年五岁有余，怎的还哭哭啼啼的？"

潮生不想被他看低，便将脸上的泪痕也抹干净，站在椅子上，挺直了脊背，抬头望着他。

裴慎并不喜欢心性怯懦的孩子，见他这般，满意地说道："我名裴慎，字守恂，是魏国公世子。"他想了想，补充道，"过些日子，我便是新朝太子。"

潮生愣了愣，没想到他的身份这么尊贵，转念一想，这种人没必要骗他。

自己真的是他的儿子。

潮生情绪低落下来，心中沉郁，嘴上却不饶人："你既然这么厉害，王俸上门欺负我娘的时候，你为什么没来？"

裴慎只消想到那一晚沈澜何其危险，便忍不住神色冷峻，眼中薄怒丛生。他冷冷地说道："王俸已死，后台已被我连根拔起；掺和其中的一干人等，尽数身死。"

潮生心头郁愤稍解，努力板起脸问道："那你和我娘为什么分开？我娘落入江潮中，你没有寻她吗？"

被他这么一问，裴慎仿佛又见到了沈澜自长堤上一跃而下的那一幕。他涩然说道："我寻了许久都没寻到，便以为你娘去世了。"

潮生心道：我娘又没失忆，既然没有回去找你，那肯定是你做得不对。

思及此，潮生顺势问道："你是不是以前做过什么不好的事？"

裴慎微怔。这个沈澜犹豫纠结了许久的问题，如今被放到了他的面前。

裴慎哪里肯在孩子面前说自己与沈澜糟糕的过往，便面不改色地说道："我和你娘的事自有我们两个来处理，与你无关。"

潮生更讨厌他了，皱着鼻子冷哼道："我是我娘养大的，也与你无关。"他说罢，便跳下椅子要走。

裴慎心知他骤然得知生父有异一事，看似愤怒、惶恐过后还能条理分明地来问他，实则多半还没回过神儿来，思绪尚且混乱。

思及此，裴慎便开口与他细细说："我如今与你母亲相逢，必要带着你们母子俩回返京都。"

潮生愣了愣。他不喜欢这个叔叔，也讨厌什么京都，才不要去呢！

"我不去！"潮生沉下脸，一字一顿地说道。

若寻常小童与他这般说话，裴慎早就走人了。可潮生是他与沈澜的孩子，又是他的长子，他待潮生自然有耐心。

"你难道不想当太子吗？"裴慎笑问道。

遇到这种问题，若是寻常小儿，只怕懵懵懂懂，可潮生不是。

潮生经历过颠沛流离的战乱、差点儿家破人亡的阴影，即使有母亲的保护，仍旧过早地成熟懂事。他很快就意识到，娘从不曾提过一次魏国公世子，可见娘是不肯叫他认父亲的。若他认了，娘一定会难过的。

潮生沉默了一会儿，开口："我不想当什么太子。"

裴慎不以为然地笑了笑："你想当的。"

方才潮生开口便问王俸强攻沈宅时裴慎为何没出现一事，可见他心里极在意此事。渡过了险些家破人亡的危机，若还没能生出出人头地的心思，没有对权力的渴望，那便不是他裴守恂的儿子了。

"你已然五岁多了，应当知道将你和你娘欺凌得差点儿破家灭门的王俸，我却可以轻松地摆弄。"

潮生咬着嘴唇，不说话了。

"只有拥有足够的权势和地位，才能不被人欺负，才能保护你自己，保护你娘。"裴慎淡淡地说道，"否则一个小小的浪头打下来，就会让你的生活倾覆。"

潮生默然了很久，到最后也没回答。

此时门外已传来急促的叩门声，随之而来的是沈澜急切的呼唤声："潮生，你在里面吗？"

沈澜接到六子的禀报就匆匆赶来，却见房门紧闭，林秉忠和陈松墨候在门外，一动不动。

"裴慎也在里头？"沈澜问道。

两个人不敢欺瞒她，小心翼翼地点了点头。

沈澜蹙眉问道："方才是怎么回事？为何潮生会生气，竟要使人将你们赶出去？"

陈松墨头皮发麻，只一个劲儿地瞥房门，恨不得房门赶紧打开，自家爷也好早些出来解围。

林秉忠却很耿直，老实说道："方才爷对小公子说他是小公子的生父。"

这话宛如一记重锤，打得沈澜眼冒金星、头晕目眩。

"这个疯子！"沈澜惊怒之下，三步并作两步冲上去，"哐哐"拍门。

听她骂自家爷，陈松墨和林秉忠对视一眼，齐齐低下头去，恨不得即刻隐身。

沈澜焦急地叩门，却又竭力用柔和的声音唤道："潮生，是娘！你将门打开可好？"

雕花柏木门终于打开了。

沈澜即刻走进去，只见潮生眼睛红红的，心知他这是哭过了。沈澜心疼他，将他搂在怀里，慢慢地抚摩着他的脊背。

潮生本来早已止住的眼泪一下子就涌了出来，带着哭腔喊了声"娘"，又紧紧地搂着她的脖子，任她将自己抱起来。

沈澜起身，狠狠地瞪了一眼裴慎，念着做父母的不能在孩子面前吵架，勉强忍着，抱着潮生往外走，边走边安慰他。

裴慎头一回见她这般温柔，却不是对自己，心里难免有几分酸涩，本想说"慈母多败儿"，却又知道这话说出来简直是火上浇油，便强忍住了，只跟在沈澜的身后。

"秋鸢，请裴大人去花厅。"沈澜冷冷地说道。

裴慎原想跟着她去正房，这会儿心思被戳穿，心中讪讪，只好跟着秋鸢去了花厅。

沈澜将潮生抱进正房,又叫春鹃取了帕子给他擦泪。她哄了好一会儿,潮生才止住啜泣,哭累了便睡着了。

自始至终,潮生都没问她,一个字都没问。

沈澜明知潮生这是不想让她为难,可心里依旧堵得厉害。她抚了抚潮生的额头,替他掖好被角,这才轻手轻脚地阖上门。

门一关上,沈澜即刻沉下脸,匆匆直奔花厅。

花厅内,裴慎坐在柏木玫瑰椅上,握着甜白釉刻花缠枝莲盏,啜饮清香四溢的芥茶。

沈澜一进花厅便见他这副闲散样,忍不住怒意上涌,冷冷地讽刺道:"裴大人好雅兴。"

裴慎无奈地搁下茶盏:"此事本就是要戳破的,你不忍心说,便由我来说。你怎的如今又与我置气?"

沈澜被他这般颠倒黑白的话气得发抖:"我不拦着你见潮生,原是指望你与潮生的关系稍好些,我便告诉他真相,再向潮生道歉,毕竟瞒了他这么久。结果呢?你一上来便直言不讳。潮生才五岁多,哪里受得住这些?"

这么多年来,除却王俸闹事的那一晚,沈澜从未见潮生哭得这般撕心裂肺过。

裴慎却不后悔揭破此事。他最开始是想与潮生搞好关系,可没料到潮生已对他心生抵触。这孩子是个倔性子,若他要使怀柔的手段,那也得潮生先不抵触他才行,否则只怕他越使怀柔的手段,潮生便越怀疑他有旁的心思。到时,别说替他说好话了,只怕潮生不在沈澜那里抹黑他就不错了。思及此,裴慎这才直言不讳。有了名正言顺的父子关系,潮生知道裴慎不会害他,不会害他娘,紧接着裴慎便百般怀柔,必能将潮生的心拢过来。

"是我不好,你莫要生气。"裴慎起身去拉沈澜的手。

沈澜一把甩开他,冷着脸说道:"你今日在书房到底与潮生说了什么?"

裴慎哪里肯说自己对潮生以利相诱,便笑道:"我不过是与他说了几句闲话罢了。"那是闲话,却也是实话。

可沈澜哪里会信,干脆冷笑一声:"数年不见,裴大人这敷衍人的功力倒是越发精进了。"

裴慎这会儿正想叫她爱慕自己呢,哪里肯被她误会,便清清嗓子,直言道:"我与他说了些旧事,又问他想不想做太子。"

这是什么话?什么叫他想不想做太子?

沈澜强忍着怒意:"潮生才五岁,你与他谈这些做什么!"冷笑道,"你莫不是拿了太子之位诱惑潮生，叫他跟你走，好让我为了潮生嫁给你？"

若说裴慎没有这心思，那是假话。他虽主要是为了与潮生正式确立父子关系，可若能搂草打兔子，那自然最好，若不行也无所谓。

但裴慎是万万不会承认的。

"我怎会做出此等事来？"裴慎看着沈澜，毫不心虚地说道，"我与潮生说的都是实话，无一句虚言。你若不信，只管去问他。"

见裴慎信誓旦旦的样子，沈澜心知再问也问不出什么，便是去问潮生，除却叫他再难过一次外，还能得出什么呢？

她由衷地感到疲惫，实在不愿意与裴慎继续牵扯下去，倦怠地说道："潮生跟你还是跟我，俱由他自己决定。只是你待我的那点儿心思，只管消了吧。"

裴慎哪里肯，心中虽涩然，却又笑道："过几日便是七夕了，我带你和潮生出去玩可好？"

沈澜摇摇头。

前尘旧怨俱勾销了又如何？他好生过自己的日子不好吗，何必继续纠缠她？

"我不去。"沈澜冷冷地说道，"你若要出去玩，只管带潮生去吧。"她吩咐秋鸢送客。

裴慎早已料到她会拒绝，便柔声体贴地说道："这宅子刚置办下来，冰窖也无一个。如今暑热得厉害，我一会儿便遣人送些冰来。"他又仔细叮嘱她，"你本就身子不好，那冰只许搁在盆里化了，不好入口。你若要吃用，皮薄红瓤的西瓜我那里也有好些……"

他说的都是些琐事，关切之意却溢于言表。可沈澜不再理他，拂袖而去。

沈澜与裴慎不欢而散后，过了没几日便是七月初七。

一大早，趁着潮生尚未去书房进学，沈澜递了盏牛乳给他，笑问道："今日七夕，潮生可想放一日假？"

潮生摇摇头，数口便喝完了牛乳，拿手背一抹嘴，跳下玫瑰椅说道："娘，我去上课了。"他说罢，一溜烟儿跑远了。

沈澜望着他的背影，秀眉颦蹙，神色忧虑。打从前些日子裴慎来过之后，潮生便像是被刺激到了一般，每日晡眼后便开始刻苦努力，学文、习武，一样不落。

"夫人莫要忧心。"秋鸢劝道，"潮生上进是好事。"

潮生努力学习的确是好事，可学到近乎自虐，她怎么能不担心呢？

她忧虑地说道："今晚七夕，我记得城中有花灯会。"

秋鸢点头："自然是有的。"

沈澜笑了笑："我不拘着你们，你们晚上只管乞巧赏灯去。"她也带着潮生去外面走走，散散心。

秋鸢不过十六七岁，闻言便高高兴兴地应了一声。

白日刚过，暮色四合。

潮生散学，刚出书房门就看见林秉忠立在门口，他恭敬地说道："小公子，爷在府外等你。"

潮生瞥了一眼林秉忠，冷冷地说道："他找我有何事？"

林秉忠老实地交代："爷只说七夕佳节，带着小公子去外头作耍。"

潮生摇摇头："不去。"

"爷说他有些事想与小公子谈谈。"林秉忠补充道，"是夫人的事。"

潮生咬着嘴唇，沉默了一会儿才说道："林师父带路吧。"又对书童说道："虎子，你去禀报我娘，只说我出府一趟，稍后便回。"

虎子应了一声便去了。

沈澜接到消息，一听说是林秉忠带着潮生出府去了，便知道多半是裴慎要见潮生。

前几日裴慎刺激潮生的事沈澜还历历在目，不放心，起身正要追出去，却见六子匆匆来报："夫人，那林侍卫叫我替他传句话，说是带着小公子出去玩了。"

沈澜犹豫了一瞬，心道：裴慎是潮生的父亲，论理，我不该也不能阻止他们见面。况且裴慎总不至于第二次刺激潮生。思及此，沈澜止住步伐，加之秋鸢来报，说是后院的乞巧会要开始了，请她去主持，沈澜思索一番，转身往后院去。

此时潮生一跨出沈宅，便见巷口立着一个头戴玉冠、身着缂丝圆领袍、腰系素银荔枝带的男子。

潮生张了张口想唤叔叔，却觉得不太对，想喊爹却又喊不出口，只能沉默地走到裴慎面前，随即仰头说道："我来了，你有什么想说的？"

裴慎挑眉，心道：自己哪里有什么想说的。潮生到底年幼了些，就被自己三言两语骗了出来。

他轻笑，一把将潮生抱起来。

潮生视线骤然升高，被吓了一跳，下意识地搂着裴慎的脖子，待反应过来后，不免气红了脸，只拿手一个劲儿地推着裴慎的胸膛，两腿踢个不停："谁许你抱我了！你放我下来！"

裴慎辖制着他，慢悠悠地说道："今日是七夕，你娘事忙，爹带你去玩。"

潮生揪着裴慎衣襟的小手紧了紧，又松开，板起脸说道："我爹已经死了。"

裴慎早已料到潮生对自己仍有几分抵触，却没想到他这般不喜欢自己，宁可认一个空坟做爹也不愿意认自己，心里恼怒。可这是他和沈澜的孩子，裴慎还是有几分耐心的，便抱着潮生往外走："前几日我不是告诉过你，我是你的生父吗！"

潮生不说话了，冷着一张脸，被裴慎抱在怀里。

若是沈澜在，必定知道他这是不知道说什么了。认裴慎吧，潮生不甘心；不认裴慎，又说不过去。插科打诨、撒娇卖乖，他对着裴慎又干不出来，就只能冷着脸。

裴慎见他不说话，权当他默认了，只管抱着他往前行去。

七夕佳节，灯火煌煌，十里连天阔。父子俩入目所及，俱是如织游人，夹杂着摊贩的叫卖声。

"摩睺罗——泥塑的，蜡质的，样样都有！"

"刚出锅的笑靥儿！好香咧！"

"水上浮，水上浮！牛郎织女！鸳鸯并蒂！"

潮生趴在裴慎的怀里，本想冷着脸，可闻到刚出炉的巧果的香气，就忍不住抽了抽鼻子。

裴慎觉得好笑，说道："你想要什么，尽管说便是。"裴慎便给他买了一袋子巧食儿，叫他自己提着吃。

潮生不想要他买的东西，刚要倔强地摇头，肚子却发出"咕噜"一声。他下意识地往裴慎身上靠了靠，仿佛想借他高大的身躯遮住声音，惹得裴慎轻笑。

潮生恼了，只管接过糙纸，取了个巧食儿便往嘴里塞。

油炸过的面果香喷喷的，泛着小麦独有的甘甜。潮生趴在裴慎的怀里咬了两个，又取了几个干净的巧食儿递给跟在裴慎身后的林秉忠和陈松墨。

"林师父、陈叔叔，你们吃。"

两个人吓了一跳。爷还没吃上呢，他们哪儿敢吃啊？

"属下不敢，小公子自用便是。"

裴慎心知潮生这是故意冷落他，可自个儿的孩子宁可将吃食递给侍卫也不肯给他，裴慎到底不快，沉着脸说道："你自己吃吧。"

见他不高兴，潮生就高兴了，只管扬起笑脸，美滋滋地吃了两个巧食儿。

潮生这般专气他的样子，倒与沈澜如出一辙。思及沈澜，裴慎脸色一缓，指了指街面棚子底下的小摊儿说道："你可喜欢？若你想要，我便买一盏给你。"

潮生一看，原来是巧手的小摊贩将花朵以铜丝和彩带相连，编成了一尾游鱼，再摆上蜡烛，燃起来后便煞是好看，也格外稀奇，怪不得能引来一大堆游人挤在这摊位旁。

潮生到底是个孩子，极喜欢这些，可又不愿意让裴慎买，正在犹豫呢，却见裴慎已遣人付了钱。

一盏素馨花灯便被裴慎塞到了潮生的手里。

潮生好奇地晃了晃杆子。他还从没见过用真花做的灯呢！

"这是素馨花，原产自波斯。七夕的素馨花会盛行于广州。"裴慎指点道，"那小贩的祖籍多半是广州，卖个新奇。"

潮生哦了一声，偷偷地瞥了他一眼，指了指前面摊位上的瓷盆问道："那是什么？"

裴慎遥遥一望，笑道："种生。那盆子里泡着的是豆、麦，泡出芽后，拿彩线系起来，意为求子。"

见潮生好奇地探了探头，裴慎便抱着他往前走了两步，任他去看。

裴慎素来博学，笑言道："实则各地的七夕风俗俱不相同。广州曝衣书、取圣水，悬素馨花灯；至于京都，宫中之人须穿鹊桥补子，还有雕花瓜节；福建要祭拜牛郎织女星。"

潮生别别扭扭地想：这人知道那么多东西，还算博学。

他又不免好奇地问道："这些地方你都去过吗？"

裴慎笑了笑："我大半去过。"

潮生惊叹不已，忍不住哇了一声，然后就后悔了，因为他下定决心不给裴慎好脸色看的，可现在已经破功了。

裴慎佯装没看见他别扭的样子，只管抱着他一路走一路玩。

前头刚看过两个汉子将五六十斤重的石锁对抛，又见有人竟将雪亮的叉头在肩膀、腿弯处滚来滚去，潮生提心吊胆，生怕那叉头扎着他。

"好！那个盘杠的，给爷翻个跟头呀！"

"前头有个在石担上叠罗汉的，快去瞧！"

"哎呀，那个耍鞦鞴技的，桌子要倒了！倒了！"

原来是有个杂耍的人将桌子叠了十余层高，活像翻跟头似的，一层层往上爬。

潮生仰着头，刚激动地想往人群里挤，却听见旁边忽然传来鹤唳之声，清越流畅，惹得游人纷纷又拥去一旁。

潮生急得直拍裴慎的肩膀。

裴慎展颜笑道："那是口技！"说罢，裴慎便抱着他往前走。

看过了口技，又路过一处耍灵禽剧的摊子，可到处都是人，潮生伸长了脖子想往人堆里看。裴慎便一把抱住他，叫他坐在自己的肩膀上。

潮生视线骤然拔高，愣愣地低下头看了一眼裴慎，沉默了一会儿，探头看去。

裴慎生得高大，潮生又高高地坐着，一眼就看见摊子上有数只蜡嘴鸟在跪拜叩首，旁边还有蚂蚁群听着鼓声出击作战。

潮生出神地看了好一会儿，又被裴慎带着往前走。

他高高地坐在裴慎的肩膀上，双手揪着裴慎的衣裳，看了撮弄、偶戏、龟叠塔……各种各样的把戏，多得令潮生目不暇接。

待到灯会散场，裴慎方将潮生抱下来，带着他往家里走，笑问道："你可想去放烟火？"

潮生一愣，趴在裴慎的怀里，伸手搂住裴慎的脖子，半晌，才点了点头。

裴慎笑了笑，一路将他抛高，逗得他终于忍不住哈哈大笑。

此时，沈澜恰在后院主持乞巧会。

宅院里，从丫鬟到仆妇，一共十余人。众人正呼呼嚷嚷地搬来案椅，在上头放置了各色巧食儿、瓜果、点心，还有九孔针、七孔针、单孔的粗针、细针几十枚，并各色彩线，也放在案上。

诸人站在案前稍待了一会儿，等到夜色四起，院中的灯火俱灭，只余下疏疏月光洒在庭中。

沈澜望了望稍显暗淡的月色，对眼前的十余名仆妇笑道："诸位可准备好了？"

"好了好了。"

"夫人只管开始吧。"

仆妇们笑起来。

有几个紧张得满手冷汗，心急得已伸手冲着桌上的针线去了。

沈澜难得做一回裁判，便扬起鼓槌，笑着敲了敲身侧的小鼓。

"咚"的一声。

仆妇们手疾眼快，抓起针线，引彩线、穿针孔。灵巧的仆妇甚至可以打出各色花样。

沈澜每看一次都颇为惊叹。

昏暗的环境下，这几乎等于盲穿，可见她们的绣艺之娴熟。

待对月穿针赛结束，沈澜一一分发奖品，又与她们一同拿着铜盆盛了蜘蛛，只等明日一早来卜巧。

最后众人分食了巧食儿、瓜果、点心，方才欢欢喜喜地出门赏灯去。

沈澜待"职工联欢大会"结束，想了想，正要出门去寻潮生，却忽而听见"砰砰"声。沈澜回身望去，只见漆黑的夜色里，有数道亮光直上琼霄。

"是烟火！"秋鸢望着天幕，兴奋地说道，"夫人，你快看，有人在附近放烟火！"

"咱们去外头看吧，外头地方大！"有小丫鬟急急地奔了出去。

秋鸢和春鹃便拉着沈澜一同出了门。

刚出门,沈澜便愣了愣。

巷口的空地上,高达一丈的烟火架搭在那里,旁边有十余个盒装的烟火。点烟火的人,是裴慎和潮生。

"娘!你快看,快看!"潮生立在远处,兴奋地朝她招手示意。

夜空中,先是丛丛水仙,含苞待放;再是黄蜂出窠之景,如摘花采蜜;又见大星小星,似卷上珠帘;再有寿带、长明塔、撒花盖顶……各种各样的烟火依次燃上夜空。

沈澜怔怔地立在巷中。

裴慎抱着潮生,眉眼含笑,温柔得如同三月的春风,正遥遥向她行来。

他的身后,是银霄胧月、淡星纤云,漫天的星子如雨而落。

一场烟火而已,沈澜却立在巷中看了许久。

待到漫天烟火散去,人潮四散归家时,裴慎挑眉笑问道:"你可喜欢?"

沈澜沉默片刻,不曾回答,半晌,反倒低头问潮生:"潮生可喜欢?"

潮生兴奋地点点头。他被裴慎抱在怀里,见了沈澜便扑出去要让她抱:"娘,我刚才点了好大一个烟火呢!"

"潮生真厉害!"沈澜夸赞,便要接过潮生。

谁知裴慎略一侧身,避开了沈澜的手,蹙眉说道:"你身子本就孱弱,哪里抱得动他?"

潮生颇有自尊心,闻言脸一红,蹬了蹬腿就要下去,不仅不肯让沈澜抱,也不肯让裴慎抱了。

裴慎索性放他下去。

潮生一落地就去牵沈澜的手,兴奋地仰着头:"娘,今天的迎神赛会真好看!那个石锁放在人的身上……"

沈澜牵着他的手,慢悠悠地往家里走,时不时地应和两句:"除了石锁,你还看了什么呀?"

"蜡嘴鸟!好多好多蜡嘴鸟在天上飞来飞去,鸟嘴还衔着帖子送给我呢!"

"哇!那潮生可以给娘看看那帖子吗?"

"好呀好呀!"

裴慎慢悠悠地踱步,跟在两个人的身后。

蝉鸣、蛙叫、潮生稚嫩的嗓音、沈澜温柔的应和声……

裴慎的一颗心像是泡在温水里,熨帖舒适。

待到了正房,潮生沐浴更衣后,一骨碌爬进被子里。

沈澜拿着一柄梅烙六角湖色团扇,一下一下地替潮生扇风,又掖好被角,方才温柔地问道:"潮生今天玩得高兴吗?"

潮生点点头:"高兴。"说完,活像个糯米糕似的黏在沈澜的身上,甜滋滋地问,"娘,我们下一年一起去看庙会,好不好呀?"

沈澜微愣,笑了笑,却不曾答应。下一年,潮生许是要跟着裴慎去京都了。

"潮生喜欢父亲吗?"沈澜柔声问。

潮生怔了怔,依偎在沈澜的身侧,偷偷摸摸地看了她一眼,像是在观察她的表情,半晌,摇摇头:"不喜欢。"

沈澜心中酸涩,知道他是怕自己生气才这么说的。

潮生对父亲的感情不如对沈澜的感情深,可到底还是有几分孺慕之情,便是嘴上不说,心里也是念着的。

"天色已晚,潮生该睡觉了。"沈澜慢悠悠地摇着扇子,又轻轻拍着潮生。

潮生白日读书,又玩了一晚上,这会儿刚说完话,眼睛一合上,呼吸就变得绵长起来。

哄睡了潮生,沈澜便起身出了厢房。她一到正房,见裴慎坐在鱼肚牙圈椅上,优哉游哉地喝着盏日铸雪芽。

"潮生睡着了?"裴慎搁下茶盏,起身笑问道。

他生得本就俊朗,今夜又心情极好,笑起来时眼角眉梢都漾着柔情。

沈澜看了他几眼,垂下眼睑:"谁许你进正房了?"

裴慎睁眼说瞎话:"我在庭中站着有些冷。"

沈澜也不理他:"天色已晚,你走吧!"

裴慎今日与潮生的感情进展迅速,虽遗憾没带着沈澜一同去玩,却怕自己多作纠缠反倒惹她生厌,就说道:"我这便走了。"又笑道,"再过几日就是七月十五,恰是盂兰盆会。我带你与潮生一同去庙会,可好?"

沈澜摇摇头:"不了。"她不愿意与裴慎一同出去,况且,那一日她还有事。

裴慎倒也不失望,说道:"那我带潮生去。"

听到沈澜应了一声,裴慎这才依依不舍地告辞离去。

七夕刚过,极快便到了七月十五。

一大清早,裴慎便登门拜访。他来时,沈澜恰带着潮生在吃饭。

"已入秋了,便是天气尚有些热,你们不好总吃些性寒的东西。"裴慎一入正房便见案上有两碗莲子百合碧粳粥。

沈澜抬头,本想说一句"不是叫你在花厅等吗?",可念着潮生在一旁,到底忍了下来。

谁知她越忍,裴慎越得寸进尺起来:"我来得早,尚未用早膳,沈娘子可否饶我一碗?"

潮生睁着大眼睛,左望望,右望望。

沈澜虽念着潮生在忍了他一次,却不想次次忍他,便似笑非笑地说道:"莲子百合碧粳粥性寒,你不好多吃的。"

裴慎干笑两声,权当没听见,只管吩咐一旁的丫鬟道:"去给我也盛一碗来。"

秋鸢求救一般望着沈澜,却见沈澜白了眼裴慎,再没说话。

秋鸢松了口气,便吩咐厨房又上了一碗粥。

微青的碧粳米中掺入雪白的莲子、淡黄的百合,小火慢炖后泛着淡淡的香气。

裴慎吃得心满意足。更让他满意的是,妻儿俱在身侧。这是他们一家三口头一回坐在一起吃饭。

饭毕,裴慎说道:"今日乃盂兰盆会。潮生,我带你出去玩。"

潮生偷偷地瞥了一眼沈澜,见她面容平静,摇头说道:"我不去。"

沈澜暗自叹息:"潮生想去就去吧。"还没等潮生拒绝,又笑道,"娘今日有事,不去了。潮生去了庙会后,且给娘带些有意思的东西回来,可好?"

潮生犹豫了一瞬,就被裴慎抱了起来,惊得赶忙搂住裴慎的脖子。

"我带着潮生去玩,晚间便回来。"裴慎怕潮生再次拒绝,当着沈澜的面,他又不好威逼利诱、哄骗潮生,只能抱着潮生快步离开。

两个人一走,室内便静了下来。

沈澜望着外头朗朗的天光,怔怔地坐了一会儿,方才起身,说道:"秋鸢,你吩咐下去,只说今日是盂兰盆会,照例放一日假,叫仆妇、婢女们上外头玩去,也松快松快。"

"夫人仁善。"秋鸢取了棉帕递给沈澜,又捧了盏香茗给她。

沈澜净了手,望着铜镜里的面容,叹息一声,摆摆手,叫秋鸢退下。

秋鸢却忽然说道:"夫人,今日可还要去点地灯、烧箱库、送寒衣?"

往日里,这些事情夫人都是早早吩咐做的,今年不知怎么的,夫人不曾提过,秋鸢只能来问。

沈澜愣了愣,点点头:"你将东西备好,拿去后院的小竹林里,然后便去玩吧,我自己会处理的。"

秋鸢应了一声便出去了,到了中午就来禀报,说东西都放好了。

沈澜吃过午膳、晚膳,见夜色四合,府中人却一个都未归来,心知他们必定是去看夜间各大庙宇放河灯了。

沈澜刻意换了件白绫扣衫、月牙儿白襦裙,未施粉黛,不着簪环,通身素净地去了后院的小竹林。说是竹林,实则不过有三两修竹,旁有嶙峋怪石、新绿芭蕉。

沈澜来时,见地上已用竹签插着四根蜡烛,旁边有一包用冥纸折的银锭子、两三个纸扎的箱子,还有几件旧衣罗裙。

沈澜将那蜡烛点燃,任那蜡烛静静地燃烧起来,蜡油顺着烛芯点滴落下。

这便是点地灯了。

她取出怀中提前写好的字条儿,只见那字条儿上赫然是"绿珠"二字。

沈澜苦笑。最开始的时候,她不过是装模作样,烧给潮生那个已死的假父亲。清明节、中元节、忌日,沈澜扫墓祭拜,一次不落。可演戏烧纸给虚构的亡人,沈澜烧得久了,难免觉得虚无了些,便想着顺手烧一份给死去的原身。

如今事情已被裴慎戳破,按理沈澜已经无须再祭拜,可既然给原身烧了六年纸,她不愿意断了此事。若细究起来,她自己也不知道为什么要烧纸给绿珠。或许是盼着若真有神佛,能保佑可怜的绿珠在另一个世界里好过些;又或者是盼着绿珠没死,只是与她交换了身体,能替她奉养父母。

沈澜拿出一张字条儿放入纸扎的箱子中,又放入些许印有"京宵花银"四字的冥纸,借着蜡烛烧了。

这便是烧箱库,将纸钱烧给故人。

接着便是送寒衣。她将写着绿珠名字、生辰八字的字条儿放入旧衣内裹好,又将裹好的包袱靠近蜡烛。

火苗燎起,旧衣迅速燃烧起来。沈澜将其放入地上的铜盆之内,看着它静静地燃烧。

　　送寒衣,送寒衣。
　　他乡非故里,游子寒无衣。

沈澜鼻子一酸,几乎要落下泪来。

绿珠死了,她送寒衣给绿珠不过是份寄托罢了。可沈澜身在他乡,即使十年过去,也无法忘怀故里。

他乡游子,何日归家?

眼泪一点儿一点儿地涌上她的眼眶。

黑漆漆的夜里,秋风瑟瑟,冥钱打着旋儿散在铜盆里,被火苗吞噬,直至被彻底吞没。

夜色已深,蜡烛也燃烧殆尽。

沈澜拭了拭眼泪,用棍子拨弄了一番铜盆,任由里头的火焰尽数熄灭。

她正欲将铜盆端起，收拾干净，却忽然听见外头似是潮生扯着嗓子在喊娘。

沈澜匆匆起身，直接往前院而去。

"我娘不在正房里，府中的仆婢也不在。"潮生嘟囔了一句，牵着裴慎的手想往厢房去。

裴慎蹙眉，心想：花厅、正房、书房她均不在，那她去哪儿了？

裴慎刚要去寻，却见沈澜遥遥穿过月亮门，沿着抄手游廊而来。

"娘——"潮生扯着嗓子喊，甩开裴慎的手，跑了过去。

沈澜笑着，一把抱起他，问道："你玩得可高兴？"

潮生搂着她的脖子，笑嘻嘻地说道："好玩呀！白日里，那些人抬着城隍爷出巡，地藏庙里还烧法船、开地狱，又舍了吃食给人。"

裴慎一面听着沈澜与潮生说话，一面却忍不住心生狐疑。沈澜平日里虽衣着素净，却不至于这般，上衣下裙俱是白的，便是月牙儿白是微蓝，可洗的次数多了，照旧偏白。还有她身上带着股烟火味儿，像是烧过什么东西。

裴慎起了疑却不曾声张，理所当然地坐进正房里，等着沈澜哄睡了潮生出来。

"劳累了一日，裴大人且回去歇着吧。"

灯火通明的室内，裴慎看得清清楚楚，沈澜眼眶略略发红，似是哭过。

裴慎假装没发现，只是笑道："我带着潮生玩耍了一日，减轻了你不少负担，你怎的这么早便赶我走？"

沈澜似笑非笑地看了他几眼。

裴慎这才讪讪不已，佯装依依不舍地被她赶出去。

见正房门已合上，裴慎却不曾离去，只是顺着沈澜方才走来的方向，踏上了花园子里的小径。

刚行了数步，裴慎便看见不远处有一块嶙峋怪石，旁边的小竹林中插着蜡烛，铜盆里还有残余的灰烬，约莫是烧后的纸钱。

按理，她已无须祭拜假丈夫。若是祭拜父母，她为何要特意遣散丫鬟，避开旁人？她到底祭拜过谁？

月色微寒，凉风已厉。

裴慎负手立于竹林中，满心疑惑。

裴慎出了沈宅，快马返回总督府，径自处理公事，绝口不提中元节当晚旧事。

过了几日，已至七月底，秋高气爽。

潭英匆匆返回湖广，直接去外书房寻裴慎。

裴慎处理完手中的公务，才搁下湖笔，召潭英进来。中元节那晚早已不是裴慎第一次起疑了，数月之前他便叫潭英带人去扬州寻琼华探听消息。

今时今日，潭英所探之事也该有结果了。

"你可查清楚了？"裴慎问。

潭英在外历事多年，素来老辣，很少有什么事能叫他惊惶不定，可前来回禀此事时竟脸色发白。

裴慎见他这般异状，沉下脸说道："你不必隐瞒，如实说来。"

潭英定了定神才开口："琼华说夫人曾在刘妈妈出事前一年落入井中。"

此事裴慎是知晓的。当年，他收沈澜做丫鬟时，自然将她过往的经历查得一清二楚。

"我记得，当日刘妈妈说的是绿珠意外跌落井中，高声呼救之下，极快地被人救起。"裴慎记性极好，刘妈妈的供词他看过。

潭英点点头，又咬牙说道："爷，当日刘葛一案锦衣卫也是知晓的，尚且活着的除了琼华，便只有院中剩下的几个'瘦马'——云烟、香梧等人。卑职此次遣人去追查此事时，刻意将这些人尽数分开审问。"

潭英说到这里，神色之间竟有几分惊惧，脸色也有些青白。他咬牙说道："根据众人的口供，当日夫人落井是在夜里的三更时分，第二日才被发现。"

裴慎敏锐地问道："她是意外跌落还是投井自尽？"

"据口供，他们发现之时，井边整整齐齐地摆了一双绣花鞋。"

那她便是自尽了。

她如今既然活着，那便是被救活了。

裴慎思忖片刻，开口："第二日捞起她后，他们就发现她活了？"

潭英点点头："是。"

裴慎倒不觉得惊诧，假死之事古已有之，不甚稀奇。

潭英自然也不以为意，叫他惊诧的是另外一件事："据说夫人醒来后坚称是有人害她，将她推下井的。"

潭英哪里知道沈澜是故意这般说的，若她不这么说，叫心狠手辣的刘妈妈知道原身是自裁，只怕等她醒来后就能打死她。那还不如宣称她是被人坑了，好歹能博得一点儿养病的时间。

听到这里，裴慎蹙起眉来，脸色发沉地说道："她可有怀疑是何人所为？"

潭英摇摇头："据琼华等人的口供，刘妈妈严查了一番后发现查不出来，此事便不了了之。"

"之后呢？"裴慎脸色阴沉地说道。

潭英苦笑起来："夫人自落水醒来后记忆全无，原本学过的诗词歌赋、曲儿小调尽数忘记，什么人都不认得。不仅如此，她性情也大变。从前是个掐尖要强、成日里与琼华对着干的性子，醒来后却沉稳了许多，很少与人起争执。"

潭英说到此处，不由得打了个寒战，犹豫片刻，到底说道："那琼华说，夫人倒像是换了个人似的。"

裴慎眉头紧锁："经历生死之间，她性情骤变也实属寻常。"

潭英苦笑，若真是这般便好了。

"卑职根据卷宗寻到了当年监视夫人的婢女画屏。此人被徒一千里后，侥幸未死。卑职给了十两银子，她便将夫人当年的旧事倒了个干净。"

裴慎敏锐地意识到，潭英惊惧的真实原因恰在这几桩旧事里。

"她说夫人落水后醒来的几日，总是晚上去井边徘徊。有一回她没看住，夫人自己往井里跳。"大白天的，潭英越说越觉得寒意森森，"不仅如此，被救后的那段日子里，夫人夜里总做噩梦。画屏有一回听见夫人喃喃喊着'回去'。"

这几件事对画屏而言实在太过惊悚，以至十年过去了，依旧清晰得宛如发生在昨日。

"属下又问起了那画屏可还有其余印象深刻的事。画屏绞尽脑汁，又想起了一件。

"刘宅附近有个很灵验的赵道婆。刘妈妈格外信奉此人，为自己求过好几张消灾解厄符。有一回赵道婆上门打秋风，刘妈妈在花厅里见她。夫人听闻了此事，竟匆匆前去见那道婆，在那道婆面前晃悠了许久。

"刘妈妈便极不高兴，夫人却解释说是想为自己求一张姻缘符，好博个富贵。刘妈妈这才放过夫人，可夫人回去后很是落寞地坐了一宿。"

潭英不曾直言，夫人此举像是以为这位赵道婆很灵验，却没料到赵道婆什么异状都看不出来，这才失望而归。

裴慎听完这三桩旧事，脸色已然阴沉至极。

潭英生平从不信什么神怪之事，否则锦衣卫杀人如麻，他岂不是要下十八层地狱。可这趟去查事，倒叫他大白天的还脊背发凉。

这一桩桩、一件件，串起来，要么是绿珠疯了，要么便是……

"爷，你说是不是有个孤魂野鬼上了绿珠的身？"潭英恍惚之下，竟在暗指沈澜乃孤魂野鬼。

裴慎冷冷地瞥了他一眼，反问道："她若真是能夺人性命的孤魂野鬼，何至于逃了三次还被我抓住？"

潭英愣了愣，心道也对。

"此外，她早年间随我去过灵霞寺，若真是满手血腥的鬼物，哪儿敢往堂皇的寺庙里去？况且你也知道她这些年救过很多人的性命，怎会是个鬼怪？"

潭英松了口气："是卑职想岔了。"为了缓和气氛，便开玩笑道，"许是那画屏为了挣些银钱胡说八道。"

裴慎笑了笑，只是笑意不达眼底："那画屏可有说起过，夫人从前烧过纸钱？"

潭英微愣，摇摇头："不曾。刘宅管得严，想来'瘦马'们能做的事不多。"

裴慎嗯了一声，叮嘱道："今日之事，出你口，入我耳，再不许第三人知晓。"

潭英恭敬地应道："卑职明白。"锦衣卫就是干秘事的，嘴不紧就不必活了。

潭英告退后已是日暮时分。

秋风簌簌，草木摇落。裴慎端坐在官帽椅上，面色沉沉，沉默不语。

他本想静静心，便提笔批阅移文，可枯坐半晌，心乱如麻，索性掷了笔，直奔沈宅。

沈宅内，沈澜带着潮生用过晚膳，正要回房沐浴更衣，却听得秋鸢来报，说裴慎要来见潮生。

沈澜点了点头，任由裴慎去看潮生，便径自去了净室。

待她沐浴出来，却见裴慎穿着一袭深蓝潞绸道袍，端坐在玫瑰椅上，正握着半卷她尚未看完的《通鉴纪事本末》。

裴慎听见脚步声，抬头一望，却见她穿着白绫裹衣，外头随意披了件宝蓝袖衫，踩着软缎鞋，乌黑的长发半干地披散在身后。约莫是刚刚沐浴过，她雪白的肌肤泛着些粉意，浓艳得如同雨后的新荷，眼睛清润润的，似含着一汪秋水。

"你来做甚？"沈澜秀眉微蹙，取了架上的棉帕绞干湿发。

裴慎一见她这般样子，心里便热得厉害，脑子里不禁胡思乱想，心道：若以后能长长久久地与她伴着，依偎在一块儿，那是何等美事。

"我问你话呢！"眼看着裴慎还在那儿发愣，沈澜忍不住提高了些音量。

裴慎这才醒神，清清嗓子说道："我看完潮生，想着许久没见你了，便来寻你。"

前几日中元节他们不是才见过面吗？

沈澜瞥了他一眼，思及秋鸢是拦不住他的，便冷笑道："你看过了，可以走了。"

裴慎白日里刚得知那样的事，本想过几日再来试探她，可越想越躁，明知她十年不曾有变化，最近若无异事更不会有变动，可心里到底掺着几分惶恐，这会儿见了她，方觉心绪稍静。

"我有事要与你说。"裴慎不想走，便随意编了个借口。

沈澜微怔，片刻后说道："恰好我也有一桩事要问你。你在湖广的事何时做完？"

这也没什么好骗人的，裴慎便实话实说："重新丈量田亩、清查黄册，都是烦琐的事，我还要待小半个月吧。"

湖广乃粮食重地，裴慎坐镇湖广，除为了接回沈澜母子外，还是为了公事。

沈澜点点头，便问道："也就是说，小半个月后，你便要启程回京了。"

裴慎摇摇头："不一定。"瞥了一眼沈澜，犹豫片刻，解释道，"前朝之所以亡故，极重要的一个原因就是收不上课税。"

沈澜隐隐觉得有几分不对，毕竟裴慎还是头一回主动与她谈论正事。但裴慎只是随口闲谈，沈澜也不曾多想，开口："商户投资学子，令其充作保护伞。沿海走私加剧，富商巨贾俱不纳税，朝廷自然无力抵抗外敌、兴修水利、赈济灾民。就连设立矿监税使也是皇帝的无奈之举，本质上是皇帝被逼得没办法了才要太监出去搜刮，只不过搜刮来的财富没用在正事上罢了。"

裴慎惊异地看了她几眼，再次肯定了心中的猜测。她若真有前世，只怕是出身于官宦人家或者是富贵子弟。

"不错。"裴慎点头说道，"故而新朝刚立，首先要做的便是丈量各地的田亩，清查黄册，令大户们重新缴纳课税，减轻小民负担。我于湖广清查完毕后，还要在南方各省轮转，一年左右方能回京。"

沈澜略一思忖便明白了。裴俭于北方理事，裴慎便坐镇南方，梳理完毕后方才北归。她想明白了却不曾松口气，只是静静地坐了一会儿，望着幽幽烛火发呆。

裴慎往日里见她发呆倒也不觉如何，可如今见她神色恍惚，神志仿佛抽离一般，他便忍不住心惊肉跳。

"沈澜！"裴慎加重语气，唤了她一声。

沈澜骤然惊醒，抬眼竟见烛火之下裴慎的神色间隐隐有几分焦躁，不免诧异。这人素来沉静，喜怒很少形于色，怎会有此等心焦之态？只是沈澜转念一想，这又与她何干呢？

沈澜敛了诧异的神色，开口："既然你一年左右才回京，那你回京前来一趟湖广，接了潮生走吧。"

早在前几日祭奠绿珠之前她便想好了，要让裴慎带走潮生。

裴慎再难掩惊诧之色："你说什么？"

沈澜深吸一口气，竭力压制着心头的酸涩："我说，让你带潮生走。"

说出这句话时，沈澜心绪沉郁，几欲落泪。

见她眼眶倏忽发红，裴慎原本惊怒的心便软了一半："你怎会起这般念头？"

沈澜笑着摇了摇头，面上在笑，声音却已渐渐哽咽："七夕之前，你问潮生想不想当太子，你说潮生不曾回答，我便知道，他是想的。"

"七夕、中元那两日你带着潮生出去玩，潮生很高兴。"说到这里，她怔怔地望着裴慎，神思飘忽，喃喃道，"或许跟着你，对潮生而言是更好的选择。"

裴慎见她这般，只觉怒火攻心，偏生又惊惧不已，伸手攥住她的手腕："你莫要胡言！你若不跟我走，我要潮生有何用？"

难道裴慎找不到女人生孩子吗？他待潮生，或许有几分是欣喜于潮生的聪慧，大半却是爱屋及乌罢了。

"你若要我带着潮生走，你也要跟我走！"裴慎声音沉抑，死死地攥着沈澜的手腕，生怕她跑了似的。

沈澜被他攥得手生疼，却又懒得挣扎。她心知潮生想跟着裴慎，或许是因为被王俸一事刺激后，觉得做了皇帝才能保护她。或者更实际些，若将来裴慎有了别的孩子，对方登基后，难道会放过潮生吗？到时潮生一辈子不能出仕，不能做到巨贾，只能做个平凡的人。沈澜哪里舍得让潮生就此庸碌一生。

潮生没错，沈澜也没错，可事情就是走到了这个地步——只要她不愿意与裴慎成婚，她就要失去潮生。可沈澜是独立的个体，永远无法为了潮生而妥协，被关进宫墙里。于是沈澜终将失去自己与这个时代唯一的联系。她来时孤身一人，努力了十年，看似拥有了些许财富与地位，实则到头来还是孤身一人。

她摆脱不了裴慎，也摆脱不了这个时代。

一种巨大的悲恸与倦怠浪潮般涌上来，漫过沈澜的四肢、心脏，直至彻底淹没口鼻。

"裴慎，我累了，你回去吧。"沈澜疲倦地说道。

她安静地坐在玫瑰椅上，倦怠得像一片秋叶，极快地便要落下来。

裴慎心中又惊又痛，咬着牙，说道："你总爱胡思乱想。只要你肯与我成婚，一切问题都会迎刃而解。"

潮生未来自然会成为太子，沈澜也不必与潮生分开。

沈澜摇摇头："六年前，我努力了那么久，就为了从巡抚府的围墙里逃出来，难道如今我还要主动跳进宫墙里吗？"

裴慎攥着她的手腕的手一紧，方才紧迫地说道："我何曾要将你关起来？"

沈澜笑了笑，像是在嘲讽裴慎的天真："我入宫后或许能当皇后，却依旧算是你的下属，要听你的号令，废立皆由你。你想怎么摆弄我便怎么摆弄我，与六年前一般无二。"说到这里，自嘲一笑，"实则如今也是这般，我是商户，你却是未来的天子，不过是仰仗着你待我尚有几分情意，我方敢如此放肆罢了。"

恰因如此，沈澜才意兴阑珊。

她疲惫不堪地靠在椅背上，语带悲凉："裴慎，我看似逃了出来，实则从不曾摆脱过你。"

听到她这般言语，裴慎心里也跟着酸涩起来："你为何总想着离开我？"

"那你又为何总要纠缠我？"

裴慎心中一痛，心被她的这几句话扎得鲜血淋漓。他苦涩地说道："'情爱'二字，若能说出个道理来便好了。"

"是啊，天底下的事就是这般没有缘由。"沈澜悲哀地说道，"我为什么会遇见你？"她为什么会来到这个时代？

她这般语气，像是在后悔当日遇见他。裴慎只觉心如刀绞，疼得说不出话来。

心痛到了极致，大抵也就麻木了。他攥着沈澜的手，带着某些绝望的快意："你我纠缠了十年，往后还会继续纠缠下去。"

沈澜瑟缩了一下，神色怆然，泪水夺眶而出。

有那么一刻，她几乎要屈服了。

沈澜太累了，或许跟裴慎成了婚，他心满意足，一切就都结束了。可下一刻，沈澜再度清醒过来。她努力了那么久，若就此屈服，岂不是对不起自己十年来的坚持？

"裴慎，你强行要与我成婚，便是将我逼上绝路。"她强打起精神问，"你非要将我逼死吗？"

沈澜语气淡得如同湖上的涟漪，脆弱得如同枝头的枯叶，下一刻似要散去。

裴慎哪里受得住她这般诘问，只觉自己说出的每句话、每个字，一声一声，俱是惨厉。

"我何尝要逼死你，分明是你不肯回头看我。"裴慎死死地攥着沈澜的手腕，心头哀哀欲绝，眼眶湿润，几近绝望，"你心里待我有情，为何不认？"

她是待他有情，可那又如何呢？

沈澜咬着牙，皓齿几近要将腮肉咬出血来，一字一顿地说道："你我最好死生不复相见。"

有一瞬，裴慎的神情是茫然的，大概痛到了极致，人在应激之下反倒觉察不出疼痛来。然而下一刻，密密匝匝的痛楚泛上来，疼得裴慎几乎要弓下腰去。这样的疼痛令他下意识地松开了沈澜的手，却又在片刻后将其攥得更紧。

"你做梦！"裴慎厉声说道。他今日本就怀揣着忌妒而来，被沈澜再三拒绝后心里更是悲恨交加。裴慎一把将沈澜扯进怀里，神色凶戾地去扯她的腰带，又将她带上内间的床榻。

"你干什么？"沈澜惊慌失措，不断地踢打他，"裴慎，你个疯子！你是不是有病？松手！我让你松手！"

裴慎胸膛剧烈起伏，眼眶里一点儿一点儿充盈着泪水。他和沈澜没有未来了，再也不会有未来了。裴慎心里绝望而快意，死死地辖制着沈澜，覆上她的唇瓣，将其咬得鲜血淋漓。

"你为什么不肯承认你爱我!

"你为什么不肯跟我成婚!

"你是不是还念着杨惟学?

"还是,你忘不了你上辈子的夫君?"

一字一句,每一次撕咬里都泛着绝望的恨意、浓烈的妒意。

沈澜彻底僵住了,下意识地瑟缩着想躲,泪水却汹涌地往下落。

"你在说什么?"

泪水模糊了沈澜的视线。她茫然地望着裴慎,像是被人剥掉了外壳而暴露了所有的秘密,以至仓皇想躲。

然而仅仅一瞬,沈澜就反应过来,自己最大的秘密被他发现了。

自我保护的本能被激发后,她流着泪,应激一般剧烈挣扎起来,厉声追问:"你这是什么意思?裴慎,你是怎么知道的?我问你是怎么知道的?!"

一声接一声,每一声都是沈澜的悲鸣。

裴慎听在耳里,心里悲恸至极。他剧烈地喘息着,眼眶潮得厉害。他恨不得用世间最残忍的话去刺痛她:"你不肯与我成婚,那就是还想着上辈子的夫君,是不是?你跟我燕好,你的夫君知道吗?他知不知道你攀在我的身上……"

"裴慎!"沈澜再也不堪承受这些羞辱,仰着头哀鸣,像将被这些言语化成的荆棘刺死,泪水汹汹,每一滴眼泪都砸在裴慎的心上。

裴慎强忍着哽咽,再说不出一个字来,只是望着沈澜。

他爱她,恨她,偏又舍不得强迫她、折磨她。

裴慎绝望地松开了辖制沈澜的手,怆然地将头埋在她雪白的颈侧。

下一刻,沈澜只觉颈侧潮湿微热。

裴慎落泪了。

沈澜茫然地想,他也会难过吗?意识到裴慎因她伤心之后,沈澜忽而放声大哭起来。她也不知道自己为什么要哭,为什么要哭得如此惨烈。

骤然离开父母的悲伤、差点儿被裴慎欺辱的后怕、一个人的孤独寂寞、十年来的艰辛困苦、秘密被揭破后的恐惧和解脱……

泪水止也止不住,不间断地滑落。

沈澜哭了许久,像一个走投无路、彻底绝望的孩子。她不知道前路要怎么走,更不知道自己还有没有勇气继续走下去。

裴慎将她抱过来,紧紧地搂在怀里,一下一下地亲吻着她的鬓发。

良久,沈澜哭累了,方止住啜泣,倚靠在裴慎的怀里:"裴慎,我们谈谈吧。"

"好。"

沈澜大哭一场,最大的秘密被摊开在裴慎面前,如同刺猬露出了柔软的肚皮。

她挣扎了十年,已是疲倦至极,太累了,便不想动弹了。至于裴慎是想请人来作法,还是想杀了她,她都无所谓了。

她神色疲惫,低垂了眉眼,缓缓说道:"你既然知道了此事,意欲何为?"

她并没有问裴慎是如何查到的,也不感兴趣,无非是自己露了些痕迹,或是不知何故裴慎起了疑心。重要的不是裴慎是如何知道的,而是他想做什么。

裴慎莫名其妙地看了她一眼:"我自然是要与你成婚。"

沈澜愣了愣,抬眼,诧异地说道:"你竟不害怕!"蹙着眉,慢慢列举了几个可能,"我许是孤魂野鬼借尸还魂,又或是作法强夺了旁人的身躯……"

沈澜再也说不下去了,因为她发现裴慎竟然在笑。

"你笑什么?"沈澜微恼,方才懒得挣扎的心思也淡了。

裴慎闷笑两声,将她紧紧搂住,勉强压着笑意说道:"你若真有此等本事,我只管叫你随我上战场,将对方主帅的魂摄了去。"

沈澜被他弄得无话可说。

头一次见她被自己堵住话头,裴慎笑得越发快活,眉眼尽显恣意风流。他爱怜地吻了吻沈澜的鬓发,说道:"你要么是开了宿慧,想起了前世;要么就是良善人意外身亡,蒙上苍垂怜,借尸还魂得以续命;再不然就是山精野怪化形。"

说到这里,他闷闷地笑了两声:"你若是妖怪,只怕也是妖力低微故而害不得生人性命的小精怪。"

沈澜有些恼怒,只觉这人嘲讽她,便从他的怀里挣脱出来,打起精神骂道:"你百般欺我。我若是磨牙吮血的妖物,头一个便吃了你!"

裴慎非但没觉得恐惧,反倒忍不住笑出了声。她这般眉目含怒,可比方才那副倦怠不堪的样子好看多了。

裴慎待她当真是满心怜爱,握着她的手,诚心诚意地说道:"你前世是什么都好,我又不在乎。"

沈澜瞥了他一眼,暗自冷笑。他若真不在乎,方才不至于百般打探她前世是否有夫婿。"你不在乎最好。"沈澜佯装叹息道,"左右我上辈子的事也都过去了。"

裴慎神色乍变,左手猛然攥紧,惊怒道:"你莫不是真有夫婿?"

他的五脏六腑像是灌满了醋,一下一下地往外冒泡,吐出来的每个字都酸得厉害:"你的夫婿是谁?他可还活着?"

见沈澜不说话,裴慎又惊疑地问道:"那人莫不是王新立?"

沈澜微愣。王新立分明是她虚构出来的,裴慎倒误以为是她上辈子的丈夫。

"你绝不会给活人立碑，也就是说，此人必定死了。"说到这里，裴慎方觉心中的怒意稍减，转念一想，又忍不住追问道，"你与他是何时认识的？你们是怎么认识的？成婚几年？感情如何？"

　　一连串的问题，弄得沈澜烦不胜烦。她上哪儿编这些去？可她转念一想，这或许是摆脱裴慎的最后一个机会了，她再努力一次吧。

　　犹豫片刻，沈澜冷冷地说道："裴慎，我上辈子是个寡妇，与丈夫情意甚笃。"

　　果真如此，果真如此，她念着自己的丈夫，这才不肯从了他。

　　裴慎简直如遭雷击，神色一滞，双手握拳，死死地盯着沈澜，再说不出半个字来。

　　沈澜见他这般，难免心生怅惘。她静坐半晌，低垂着眉眼，残忍地说道："我与先夫赌书泼茶、琴瑟和鸣，再是恩爱不过。"

　　"闭嘴！"裴慎厉声喝道。他眉眼凶戾，神色森寒，将沈澜吓了一跳。

　　裴慎急促呼吸数次，竭力压制着怒意，一字一顿地说道："人已死，你也不必再念着他。"

　　沈澜抬眼，见他牙关紧咬，攥起的拳头上青筋暴起，分明是怒极。沈澜心下不忍，便扭过头去，淡淡地说道："死人永远留在我的心里，活人哪里争得过死人？"

　　裴慎脸色一白，待反应过来，只觉心都被剜走了一块。他眼眶微潮，咬着牙关，几要将腮肉咬出血来："我哪里比不上他？"

　　沈澜垂下眼睑："他是个极好的人，爱我、尊重我，凡事与我有商有量，性情也温和。"

　　裴慎听了，哪里受得住，越听越恼，越听越恨，字字句句都似要将这人贬进尘埃里："这般短命鬼，自己死了，留下你一人支应门楣，也不管你吃了多少苦，可见是个自私自利的！什么尊你爱你、有商量，难道我做不到吗？他那种人，何至于叫你心心念念！"

　　他又妒又恨地说完。寻常人听在耳里，只觉他吃不到葡萄说葡萄酸，可沈澜听了此话，却愣怔不已。

　　裴慎已经不是第一次提及他愿意尊重她了，可从前沈澜是不信的。裴慎此人看似温文尔雅，实则秉性执拗。江山易改，本性难移，兼之他久在官场，见人说人话，见鬼说鬼话，沈澜哪里肯信他呢？

　　可今日裴慎知道了她是孤魂野鬼借尸还魂而来，仍旧爱意不减。若是旁人知道枕边人是不知名的鬼怪，只怕吓也吓死了。可裴慎浑然不惧，还说要与她成婚。

　　若说沈澜心里没有半点儿感动，那是假的。

　　或许，裴慎对她的确有很深的情意，愿意为了她做出改变。

沈澜犹豫了一瞬，下定决心再做最后一次尝试，便平静地说道："我上辈子有个夫君，如今我心里也有喜欢的人，你还坚持要与我成婚吗？"

一听她提到什么前世夫君，裴慎便要恼。只是那短命鬼死也死了，他就不信漫长的三四十年之后，沈澜还记得那短寿的！

"你莫要想着与我分开！"裴慎目光灼灼地盯着她，半分都不肯退。

听到他这般斩钉截铁的话，沈澜鼻子微酸，眼眶发热，心里竟隐隐有几分解脱。

她挣扎了十年，终究逃不开裴慎。既然逃跑这条路走不通，她便不逃了，换个法子——叫裴慎改了性情。若裴慎改不了，她再寻别的办法。

她与裴慎纠缠十年，有恨，也有爱。或许爱意浅薄，仅有一分，可到底还是有的。今时今日，她内心又多了一分感动。只是若放在以前，有些许爱意、感动又如何？沈澜是决计不会答应裴慎的。这不仅仅是因为她若答应了裴慎，对不起她过往的努力和挣扎，也是因为她不能和人交往过密。

沈澜最想要的是回家，最害怕的是被人发现她的秘密，从而被火焚、被虐杀。为此，她谨言慎行，不肯多说一句、多行一步，小心翼翼地守着这个秘密，从不敢与人交心，更不愿与人交颈而眠。因为一句沉酣之时的呢喃梦语，就能害了她。

这样的沈澜，自始至终都隔着一层玻璃触碰着这个世界，孤独地在玻璃之外游走。她茕茕孑立，形影相吊，没有父母，没有朋友，唯一和她血脉相连的潮生还是个尚未知事的小孩子。沈澜只能孤独地守卫着自己，日复一日，年复一年。

整整十载光阴啊！

太累了！沈澜倦怠到了极致。

她将潮生托付给裴慎，就是因为觉得自己快要熬不下去了。

可恰在此刻，沈澜的秘密被戳破了。

这个世界上，有第二个人知道了她的来处。这个人没有借此机会伤害她，反而想保护她，认为她是良善之人，承蒙天意垂怜有了返生的机会。

沈澜近乎枯竭的内心得了一丝安慰，几乎要落下泪来。

这一刻，沈澜忽然想告诉裴慎：我们试试吧。

她孤独得太久了，快要枯死了，她得救一救自己啊！

沈澜对裴慎的爱意极其浅薄，她并不想找个依靠，只想找一个知道她秘密的同路人，哪怕他们只是说说话也好呀。

沈澜太想和人说话了。

"裴慎，上辈子我早早开蒙，寒窗苦读十几年，于科举一道上算是名列前茅。"

裴慎惊疑不定，心道：这天下间还有女子可以参加科举的地方？历朝历代何曾有过此事？他转念一想，若往前数两个朝代，倒是有一位林幼玉参加过科举，只是极快便废止了。莫不是她前世乃林幼玉？那她为何要取名为沈澜呢？

裴慎满心疑惑："沈澜应当是你上辈子的名字吧？"

她头一次逃跑时以及如今都使用了这个名字，可见这名字对她而言意义颇深。

听他提起自己的名字，沈澜便想起了父母，心里有几分惆怅，点点头，说道："珠玉潜水，而澜表方圆。"明珠美玉，其光华内蕴，毫不张扬，然则才华品行终究会透过具体而微的细节显露于世。

裴慎思忖道："这名字倒称你。"

沈澜怅惘叹息。这名字中既有父母盼她性情中正平和，为人清正内秀、不露锋芒、不张扬，又掺杂着父母望她功成名就，做出一番事业来的祝愿。只是，当年为她取名的父母已不在她的身边了。

沈澜鼻子泛酸，强压着泪意说道："我是家中独女，自幼受尽父母疼爱，亲朋好友俱全，生活富足。加之四海承平，自是盛世气象。"

裴慎忽有些遗憾，又有几分恍然大悟。若真是如此，她的反抗、良善都有了合理的解释。

"我一生虽不算做尽好事，却也不曾做过一件恶事，谁料到有朝一日竟成了个任人买卖的'瘦马'。"

辛酸之意，溢于言表。

裴慎心中亦有几分惆怅酸涩："是我对不住你，没能将你早早带出来。"

沈澜艰难地挤出个笑："前尘往事都散了。"然后，又一字一顿地说道，"自我成了'瘦马'开始，从未想过要与旁人在一起。我每日里最大的愿望便是能逃出去，靠自己过上好日子。"

听她娓娓道来，状似云淡风轻，其间不知有几何辛酸，竟叫裴慎一个铁石心肠之人的心中都不禁有几分涩意。

沈澜更是潸然泪下："裴慎，我时常觉得自己与这个世界格格不入。"

只"格格不入"这四个字，便道尽沈澜十年来承受的痛苦。

若她是个蒙昧的，或许屈服于裴慎，给他做妾、做妻，像这个世道的许多女子一样，也能活得好。可偏偏她是清醒的，她的人格早在上辈子就被塑造完毕，于是她只能在这个世界清醒地痛苦着。

"你怎会格格不入？"裴慎掏心地说道，"你自有我。"

"我与你每日都待在一处，你若有什么话只管告知我，若有事我也替你担着。我会护着你，必不叫旁人欺你。还有，你总说什么要敬重你，我必能做到。日后凡有事，我一定与你多商议，绝不敷衍你，也不骗你……"

沈澜静静地听着裴慎说话，只觉千言万语都哽在喉间。

踽踽独行，茕茕孑立，沈澜清醒而痛苦地活了十年，太孤独了。沈澜的感情告诉她，应该给自己一个机会，去试一试与这个世界的人接触、交心，给自己一个锚点。与此同时，沈澜的理智也在说，她假死过一次，裴慎再也不会信她第二次了。也就是说，连最决绝的假死，都无法让她成功逃脱。

那么从理智上来说，她是不是该换个办法了？她可以不再逃跑，看看能不能叫裴慎改了性情，学会尊重她；又或者，她可以试试能不能通过裴慎给这个糟糕的世道一点点细小的改变。就好像她的名字一样。风起青蘋之末，珠显波澜之间。

当沈澜的感情与理智都在告诉她同一件事的时候，沈澜便知道事已成定局。

她听着耳畔裴慎字字句句的允诺和剖白，深吸一口气，打起精神来。

"裴慎，我们试试吧。"

平平常常的一句话，却重重地落到裴慎的心里。

裴慎茫然了一瞬，大约是没反应过来。他忽然停止了许诺，就这么愣愣地望着沈澜，甚至怀疑自己听错了："你……你说什么？"

沈澜见多了他泰然自若的样子，还是头一回见他这副傻样，竟觉得有几分好笑。她便嘴角微翘，调皮地说道："你没听见？你没听见便算了。"说罢，她起身就要下榻。

"听见了！我听见了！"裴慎宛如猛虎下山，一下扑向沈澜，将她紧紧地搂在怀里，覆得密不透风。

沈澜被他死死地禁锢住，紧贴着他的胸膛，这才发现他整个人在微微颤抖。

沈澜心一软，不免叹息。

一听到她叹气，裴慎生怕她反悔，只将她搂得更紧，口中还提醒道："你应了我要试一试的！"反复提醒，"你素来重信义，出口无虚言！"

沈澜轻轻嗯了一声。

听见这一声回应，裴慎忽觉眼眶发热，潮湿得厉害。

这段感情里，被裹缠住的不只是沈澜，裴慎又何尝不是呢？

十年夙愿，一朝得成，裴慎连灵魂都在颤抖。一颗心饱含着喜悦，只要动一动，那些欢喜都要从他的心中溢出来了。

裴慎将沈澜抱在怀里，四肢交缠，紧紧拥抱着她。他贪婪地嗅着她身上的馨香，又爱怜地啄吻她的鬓发，一下一下，怎么也不够。他的每一个亲吻都滚烫炽热，似要将沈澜焚烧殆尽。

秋夜，榻上，孤男寡女彼此痴缠。

裴慎心热、情热，身体更是热得厉害。他粗糙的手掌轻轻抚上沈澜的腰带，他的亲吻渐渐从沈澜的鬓发移到了眼睛、脸颊、唇瓣……

"裴慎。"沈澜轻轻唤道。

裴慎身体一僵。可他这会儿哪里舍得松开,虽然手搭在她的腰带上未动,却照旧低头去痴缠她的唇瓣。

沈澜略略往后仰头,避开裴慎的吻:"我只答应你试试,何曾允许你动手动脚?"她冷了声音,"你若照旧学不会尊重……"

裴慎赶忙松开她,干笑了两声:"我自然是尊重你的!"话音刚落,又忍不住凑上去,双目灿若星子,"待回了京都,我便用八抬大轿娶你过门。"

沈澜挑眉不语,静静地望着他。

裴慎这才意识到又自说自话起来了,只好讪讪地往后,与她拉开些距离。

见他的确能改,沈澜沉静的眼中才有了些浅浅的笑意。

裴慎强装出一副正经样,可只要见了她,心里便又热又痒,想得厉害,恨不得将她带进怀里,去啄吻她白净的额头、卷翘的睫毛、璀璨的眼睛……

偏偏他和沈澜足有两拳之隔,这两拳的距离宛如天堑,若没有沈澜的允许,他是断断越不过去的。裴慎心中叹息,嘴上却一本正经地说道:"你且安心,我又不是浪荡子弟,必不会轻薄于你。"

沈澜瞥了他一眼。这话说出来,他自己都不信吧。

"那好,既然裴大人是个端方君子,便回去吧。"

裴慎微愣。他既不想走,又不愿惹怒沈澜坏了大好的局面。没办法,裴慎只能依依不舍地与沈澜道别,径自出了沈宅大门。

秋夜静谧,西风微寒。

裴慎深吸一口气,微凉的空气直入肺腑,叫他神志爽然,快意至极。他实在压抑不住心头的欢喜,见长空高彻,便忍不住打了个呼哨。

其声清越嘹亮,响遏行云。

十载求得美人恩,快活如侬有几人!

## 第十七章
## 只愿君心似我心

第二日一大早，星河欲曙，晨光熹微。

秋鸢轻轻推门而入，卷上珠帘，拂开素纱帐，见沈澜尚枕着天青色杭绸软枕，呼吸均匀，好梦沉酣。秋鸢犹豫了一瞬，到底俯下身去轻声唤道："夫人，夫人。"

沈澜昨夜和裴慎聊了许久，以致睡得很晚，被秋鸢唤醒后虽睁开了眼，可神思还是倦怠的。她以手扶额，强打起精神问道："怎么了？"

秋鸢连忙说道："夫人，那林护卫一大清早便遣了小丫鬟来将我喊醒，叫我在夫人醒后将这盒子交给夫人。"补充道，"我怕有什么急事，不好耽搁，便唤醒了夫人。"说完，她自怀中取出一个巴掌大小的六角剔红绶带牡丹盒。

沈澜接过来，打开一看——盒中赫然是一粒红豆。

她一时又好气又好笑。天还没亮呢，裴慎便巴巴儿地遣了人来送礼。她还道是什么东西，原来是一粒红豆。

她笑完，见那红豆底下垫着的素帕上隐有墨迹，便展开一看，见上头有一行小楷。

夜步空庭月，枝上红豆结。

沈澜顿觉牙酸不已，心道：时光真是摧折人。当年一句软话都不肯说的裴慎，如今竟还学会写酸诗了。

她将那盒子合上，递给秋鸢，打了个哈欠："劳你放去桌上，待我补个觉，睡醒了再说。"话一说出口，沈澜稍显犹豫。

秋鸢不明所以地望着她。

沈澜却叹了口气，说道："罢了，你放到铜镜旁吧。"

秋鸢接过剔红盒，又问道："夫人，那林护卫还等在外头呢，可要回话？"

沈澜盯着那盒子看了半晌："叫他带话回去，只说我今日不想见他家爷。"

秋鸢不理解，既然郎君来送相思豆，为何夫人接受了礼物却不肯见人。她有心想问，可见沈澜面色微白，分明是还没睡够，气血不足，便不忍心打扰沈澜了。

待秋鸢轻手轻脚地出了门，沈澜倚在枕上，侧身遥望珠帘外的镜台上的剔红盒，再无睡意。

她昨晚应了裴慎要和他试试，自然不会骗人，可前提是裴慎能改一改那性子，学会尊重她的意见。如今她不允他上门，且看他能忍上几日。

沈澜打定了主意，便合眼，补了个回笼觉。

谁知第二日，沈澜刚醒，又收到了个清漆八角盒，上头雕着一幅鸾凤和鸣图，打开来一看，里面还是一粒红豆、一首酸诗。

沈澜轻笑，照旧将它放在妆台上，也不去理会裴慎。

一连七八日，那诗从最开始隐晦的"枝上红豆结"，到稍微婉转的"聊以慰相思"，最后变成了直白的"试问故人思我否"。沈澜看得发笑，便提笔写了回信，叫林秉忠带回去。

裴慎接了信，满心欢喜地展开来一看，上头只有两个大字——"等着"。

他长长地呼出一口气，明知沈澜这是要看他能不能忍耐，能不能尊重她的意见，可他心里到底难耐，攥着信纸，心道：若到了八月十五中秋夜她还不许自己见她，便以看潮生的名义上门去。

裴慎熬到了八月十四都不曾上门，连沈澜都微感惊讶，这可比他之前送了四日拜帖便熬不住来见她长进多了。思及此处，念着头一回押他，暂时也押够了，沈澜便遣人回了林秉忠，叫裴慎今夜上门陪潮生去祭月。

八月十五中秋夜，家家户户团圆时。

沈澜早早地放了宅中的众人一日假。有家人的便回家团圆去了，没家人的则结伴去外头吃酒、逛庙会。

裴慎刚一进门便见庭中设了桌案，上头摆了厨下新做的五仁月饼，又有两个青皮大西瓜，还有簇盘、糖缠、高顶粘果、塘栖蜜橘等，酒有桑落、秋露白，饮子有桂浆、梁秆熟水……桌案的前方还置着堆成宝塔状的香斗，徐徐燃烧，青烟袅袅。

裴慎隔着缭绕的烟雾，一眼便望见了沈澜。她今日穿了件素净的白绫袖衫，底下穿着一条天水碧襦裙，腰系方胜攒心丝绦。

一庭秋色，漫天月光。

她素衣缟袂，眉眼含笑，盈盈望来。

裴慎满心相思酿成酒，被沈澜脉脉的目光一望，活像一点儿火星子迸溅开来，炽热的烈火几乎要将他灼成灰烬。他心里热得厉害，想上去抱一抱沈澜，却又止住了步伐，只是痴痴地望着她，心头微怯。

裴慎下意识地想起沈澜跳江那一天，是八月十七。也就是说，中秋刚过两日，她便"亡故"了。而裴慎那时候忙于公务，从不曾陪她过中秋。她"死"之后，裴慎每至佳节便觉心中哀恸，残梦销人骨，每每醒来，只觉空凉一片。

尤其是到了中秋，深夜时分，家家户户人月两团圆。只有他，形单影只，只能在积年旧梦里寻她。如今陪着沈澜过中秋，对裴慎而言几乎像一场大梦，以至他驻足庭前，竟有几分怯意，生怕过去后发现梦醒了，什么都没有。

沈澜遥遥望见裴慎立在月光下。今夜露华正浓，庭中的月光莹洁似雪，衬得裴慎皎如玉树，英姿勃发。

"既然来了，就过来随我祀月吧。"沈澜见他不动，便随口招呼道。

裴慎愣了愣，没料到有朝一日她竟会冲自己招手，还会好言好语地招呼他。

裴慎心中酸楚，回过神儿来后动作却快，三步并作两步便到了沈澜的身侧。

潮生个儿矮，被桌案一挡都看不见人，直至听见沈澜说话才意识到裴慎来了。

潮生诧异地仰起头，看见高大的裴慎站在自家娘亲的身侧，正取了一支点燃的短香去引燃其余香。他左看看沈澜，右看看裴慎，便伸出手揪住了沈澜的手指，依偎在她的裙摆边，不肯说话了。

沈澜见他全然没有平日里的活泼劲儿，不免叹了口气。从前潮生都是被裴慎强行带出去玩的，可这一次是裴慎主动加入了沈澜和潮生的节庆活动。

多年来，母子俩一起过节，突如其来横插入一个父亲，这令潮生很不习惯。

沈澜抚了抚潮生的额头，为了缓和气氛，便说道："往年都是我先拜，今年潮生先拜可好？"

潮生点了点头，接了裴慎递来的香，认认真真地对月拜了一拜。

紧接着，便是沈澜。

她拈了香，望着天上的皎皎明月，合眼，认真而虔诚地躬身一拜。

若真有神佛，不孝女沈澜祈望父母安康。

沈澜的眉眼隐匿在了烟雾里，迷迷蒙蒙，如雾里看花，叫裴慎心里一紧。他自从知道了沈澜的来历后，尤为畏惧沈澜神思不属、淡漠疏离的样子。

"可好了？"裴慎迫切地打断，惹得潮生不满地看了他一眼。

沈澜笑了笑，将清香递给了裴慎。

裴慎随意地拜了拜，便取了案上的小刀切开了月饼，递给沈澜和潮生各一块。

潮生并不嘴馋，只是月饼这样的时令糕点只有中秋才能吃到，自然满心欢喜。

核桃、杏仁、瓜子……甜滋滋、油润润的月饼吃在嘴里，潮生快乐得眼睛都眯了起来。

裴慎见了，轻笑一声，又见沈澜已吃完了那块月饼，便又取了一块给她。

连吃两块，见裴慎还要再递，沈澜摆摆手，说道："我够了，一会儿还要分食西瓜呢。"说罢，她便取了小刀去切西瓜。

裴慎手疾眼快先取了刀，又蹙眉说道："刀刃锋利，你莫要碰！"

沈澜愣了愣，接受了他的一番好意，任由他将那西瓜剖开，如花瓣一般横陈在案上。

三人各自吃了一块。

潮生人小胃口小，早已吃得肚皮滚圆，余光却还总往秋露白上瞟。

裴慎看着觉得好笑，趁着沈澜没注意，取了干净的筷子在酒中蘸了蘸，递到潮生面前。

潮生偷看了一眼沈澜，犹豫一二，到底按捺不住好奇，吮了吮筷子。火辣辣的酒液在口腔里爆炸，潮生说道："好难吃！"

沈澜闻声望来，却见潮生白净的小脸微微泛红，案前还置着盏酒。

她蹙眉，正欲开口，却听到潮生撒娇卖乖："娘，我再也不吃酒了！酒好难吃呀！"

裴慎被他这副苦相逗得发笑。

沈澜见裴慎笑，便转过头来："谁许你喂他吃酒的！"

裴慎没料到她转头就来教训自己，清清嗓子说道："我只是拿筷子蘸了点儿给他尝尝，好叫他知道酒的滋味如何，免得他将来好奇去尝，反害了身体。你放心，我决计不会害他。"

沈澜脸色稍缓，正欲转头去教训潮生，却见他坐在椅子上，脸色酡红，困得东倒西歪。

夜深、饱食、吃了酒，足够潮生犯困了。

沈澜无奈，正欲将潮生抱起，却没料到刚一碰潮生，他便晃晃脑袋，竭力地睁开眼，迷迷糊糊地说道："我不困，我陪着娘。"

沈澜没办法，便打算将他哄睡了，再把他抱去厢房。

她将潮生抱在怀里，静静地坐在玫瑰椅上，轻轻拍打着他的脊背。

裴慎坐在她身畔，见她眉眼娴静，盈盈浅笑，温柔地哄着幼子入睡。她白净的纤指搭在木色扇柄上，一摇一晃……

裴慎的一颗心都舒缓下来，像是泡在温水里，温热的水流一点儿一点儿地漫上来，洗尽他连日来的疲惫。爱妻、稚子俱在他的身畔，一切都再好不过了。

待沈澜彻底哄睡了潮生，裴慎便将潮生抱起来，轻声说道："我送他去厢房，你歇着。"

沈澜抬头看了他一眼，点了点头，悄声说道："你放下的时候轻着些，莫要惊醒潮生。"

她下意识地仰头，专注地望着裴慎。这是沈澜的习惯，她说话时总喜欢看着对方的眼睛。

裴慎极喜欢沈澜的这个习惯。他愿意被沈澜注视着，甚至迫切地希望沈澜的目光里只有他一人，她永永远远地望着他。

大抵是月色太好，又或是她的目光太醉人，裴慎并未吃酒却已有了些醉意。

此时秋风正拂，薄酒微醺，裴慎心中陶然舒惬，自在无忧。天边月，眼前人，对他而言，再好不过了。

裴慎将潮生抱进厢房，见他睡得熟，便将他放在厚实的蒲花褥上，盖了角素蓝潞绸被，又放轻了脚步，阖门而出。

此时月上中天，千里华光如水。沈澜握着小扇，仰头望着明月。

裴慎行至她的身侧，陪她赏了一会儿月亮，这才柔声说道："一个月后我父亲要登基了，我带你和潮生去一趟京都，成婚后再返回南京处理南方事务，可好？"

沈澜看了他一眼，摇摇头："我只是答应和你试试，何曾答应和你成婚？"

裴慎呼吸一窒，暗道：她这倔性子倒真是一如既往。若换作从前，裴慎必要生气，只是如今有了希望却越发不敢造次，便勉强笑道："那你说，想要如何？"

沈澜不过是想借着裴慎的手做些有意义的事罢了，况且便是真要成婚，也得先让裴慎改一改性子才是。

"以观后效吧。"沈澜摇了摇香樟扇。

裴慎暗自咬牙："你总得给个期限吧。"

沈澜思忖片刻："我曾做了你三年的丫鬟，日日被你使唤。"

三年！裴慎呼吸一窒。

三个月他都不想等，更何况三年！

"不只丫鬟，我还做了你好久的妾室，我记得是从……"

"那便三年！"裴慎连忙说道。他生怕沈澜往上加码，毕竟他还强要沈澜做过妾。若把她给他做妾的时日加上去，还不如三年呢。

见沈澜点了点头，裴慎又忍不住顺杆儿爬："三载光阴何其漫长。人这一生，能有几个三年？"

见他话里话外都是试探，沈澜白了他一眼，淡淡地说道："君子一诺。"

裴慎干笑两声，这才止住不语。

沈澜瞥了他一眼，顺手将扇子递过去："秋夜已寒，蚊虫尚多。"

裴慎愕然，她这意思是叫自己给她扇风？

他接过那小扇看了两眼，见上头是一幅秋日层峦图，层层叠叠的黛青色山峦在细白的绢面上铺开来。裴慎心道：这般绣艺，必定不是她绣的，也不知她何时肯给我绣个荷包。

"你愣着做甚？！"沈澜瞥了他一眼，仿照着从前裴慎的口吻催促。

裴慎一噎，赶忙清清嗓子，正色说道："夫人吩咐得是。"说罢，他便将那小扇摇起来，慢悠悠地为沈澜驱蚊。

沈澜心情很愉快，便靠在椅背上，端起翘头案上的甜白瓷盏。奈何祭月太久，茶水早已凉了。

"咚"的一声，沈澜搁下茶盏，慢条斯理地说道："凉了。"

裴慎一愣，摇动扇子的手不觉顿了顿。他搁下扇子，心中虽有几分不自在，却到底开口："我去吩咐人换一杯。"

沈澜轻笑，将纤白的手指搭在案上，慢悠悠地说道："院子里没别的丫鬟了。守恂，去泡一盏毛尖来。"

裴慎愕然不已，活像卡带一般彻底顿住。他这字被许多人称过，陛下、父亲、座师、同僚、好友……却没人会如此这般唤他。竟好似当年他唤她沁芳，如今沈澜唤他守恂，弄得他如同端茶倒水的小厮一般。

裴慎微恼，下意识地看了看四周，所幸四下无人，否则他岂不是要叫人笑话？

"你怎么还不动？"沈澜一下一下地叩着几案，微微偏头，挑眉说道，"守恂，你还愣着做甚？！"

裴慎满心满眼不自在，可见她这般眼波粼粼、鲜活灵动的样子，心又止不住酸软起来。当年她头一次被自己抓回来后便是这般的鲜灵狡黠，如明媚的春光，叫他见了便止不住快活起来。

裴慎明知她这么做半是发泄旧怨，半是考验他，可到底忍不住想逗她笑，便清清嗓子，正色说道："夫人吩咐得是。"说罢，他接了那茶盏便走。

沈澜没料到他竟真肯低头，诧异地目送他去了茶水房。

没过多久，他就捧着个茶盏出来。只是那香气并非毛尖的清香，而是甜滋滋的芳香味道。

沈澜揭开盖子一看，发现他竟是泡了盏玫瑰木樨花露。

"你怎么泡的茶！"沈澜搁下茶盏，仰头看了他一眼。

看到她目光潋滟，含嗔带怒，裴慎心里发紧，盯着她的眼神也灼热起来。他锦袍玉冠，负手而立，眉眼恣意风流，洒脱地说道："我一时粗心，泡错了。"

沈澜信他个鬼！茶水房里根本就没有毛尖，她只是仿着自己做丫鬟那会儿，裴慎心情不好就为难她的做派。风水轮流转，如今轮到她来为难裴慎了。

沈澜慢悠悠地说道："既然是你粗心泡错了，那便重泡一壶毛尖吧。"

裴慎面不改色地说道："最后一点儿毛尖被我洒了。"不等沈澜说扣钱，又说道，"沈娘子可没给我发月银，难不成还想我贴钱当小厮？"

沈澜轻笑，只管悠悠地晃着扇子，微微抬眼睄他。她眼波婉转，一撩一撩地拨弄裴慎的心尖。"裴大人这是不肯贴钱伺候我？"

他自是肯的，千也肯，万也肯。

裴慎整个人又躁又热，久旷多年，只看到她一个眼神，心头便渴得厉害。

他灼灼地盯着沈澜，目光炽热得恨不得将她烧干净。

沈澜却偏偏敛了方才的那般神色，正经地说道："你参加完登基大典，返回南方后，是要坐镇南京，还是要亲自前往南方，一省一省地轮转？"

裴慎怅然若失，明知她是故意转移话题，却又不敢用强，只能任由她戏弄。一颗心，随她喜，随她忧，由得她搓圆捏扁。

思及此，裴慎又不禁叹息，心道：只见她眼色暗相钩，秋波横欲流，也不知何时方能锦被覆云雨，教君恣意怜。

"这得看田亩初次清查的结果如何。"暗叹过后，裴慎打起精神说道。

"两京十三省的大半地方，我和我父亲都曾赴任，主理政事。北面遭过数次兵灾，早没什么大户了，故而我父亲坐镇京都主要是为了招揽流民，抚恤百姓。南边的情况却不同，富商巨贾与官员勾连，从不缴纳课税。如今我调查南方各省，不过是为了初步清查、了解情况罢了。若初次清查的结果尚算清楚，我便去南京坐镇统率。若富商巨贾与官员欺上瞒下过甚，我就一个省一个省地轮转。"

沈澜点点头："这倒不错。只是你这初次是何意？"

裴慎下意识地说道："待到官吏多了，我总是要进行二次厘定田亩的。"

沈澜脸色微沉，再没了方才戏弄他时的狡黠，冷着脸说道："夜已深了，裴大人且回去吧。"

裴慎愣了愣，这才反应过来，说道："我不是骗你。"

沈澜淡淡地说道："你的确不是骗我，不过是敷衍我罢了。"

傻子都知道，人口普查、田地清查会一次又一次地进行，不过那是五到十年后的事了。如今他们谈话，他将五到十年后的事拿出来说，不是敷衍她是什么？

见沈澜起身要走，裴慎一把拽住她的衣袖，连忙解释道："不管你要问我什么，我必知无不言，言无不尽！"

沈澜似笑非笑地看了他一眼，心知他方才敷衍自己不过是积习难改罢了。可他这般习性，她若不下狠手掰正过来，只怕他一辈子就这样了。

思及此，沈澜将自己的袖子从裴慎的手中抽出来，撂下一句："裴大人的事，我是不关心的。"说罢，她起身欲走。

裴慎见她恼了，连忙将那盏玫瑰木樨花露递过去。

见他表面板着脸、一本正经的样子，行为却显得有几分讨好，沈澜这才消了气，抿了口花露："说说吧，你要如何整治大户？"

他总不能一上来就喊打喊杀的吧。

裴慎松了口气："我打算先挑一批素日里横行乡里的大户，尽数杀了。"

沈澜挑眉，没料到裴慎往日在官场上素来是和和气气的样子，如今却下得了这般狠手。她转念一想，裴慎如今不是官吏，是未来的皇帝，身份不同了，行事自然也就不同了。

"你最好不要用侵占田亩的名头，而是用奸淫掳掠或是伤杀纵火等罪名。"沈澜想了想，提议道。

裴慎赞许道："我意如此。"凡是拥有良田千亩的，没几个是干净的。若他用了侵占田亩的名头行事，反激得大户们自保，还不如用别的罪名，快刀斩乱麻，狠杀一批后，再去收拢他们的田亩。"如此这般，一来平民愤、收民心；二来杀鸡吓猴，叫富户们以为我来势汹汹。"

沈澜笑道："你既下了狠手，此后又要如何安抚其余大户？"

裴慎素日里只与幕僚、下属议事，往来皆是男子，极不习惯与她说这些，只得强忍着不自在，说道："我已报过父亲，会额外给出一省两个进士名额，不占用原本正统考入的三百进士名额。"

沈澜思忖片刻，心道：裴慎果真是心狠手辣，老于仕宦。表面上看，这不过是他杀得人头滚滚后，再以一省给出两个额外的进士名额做安抚，实际上……

"第一个名额是给最先配合你清查田亩的大户，以做榜样；第二个名额便是任由其余的大户子弟争抢，以挑动矛盾，令他们争相检举不法之事？"

裴慎挑眉道："不错。"

这是所有人都猜得到的阳谋，奈何裴慎有兵，大户们只要不造反，就得往里跳。新朝初立，各地都缺官员，此时一个进士少说也是县官起步，能保住家族百年煊赫，唯一付出的代价就是老实地缴纳农税，不干的才是傻子。若造反，那就更好了。全家被裴慎杀个干净，无主的田地、财货被充公，被裴慎拿来安民。

沈澜瞥了他一眼，问道："除此之外呢？"

裴慎愣了愣，展颜一笑："你这是何意？"

"我不信你只想到了这一步。"沈澜语气淡淡地说，"两京十三省忽然多出来了近三十个未经科举的进士名额，这帮人俱是大户子弟出身，你难道不怕他们根植朝堂，继续与大户们勾结，成为富商巨贾的保护伞，重演前朝旧事吗？"

裴慎琢磨了一下，"保护伞"这个词她用得倒颇为形象，也不知她这古里古怪的词语都是从哪儿来的。

裴慎一面想着，一面随口说道："待到新考出来的三百进士，加上额外的三十进士尽数就位，我与父亲会将这些人充入户部的十三清吏司，让他们奔赴各地，对田亩、人口进行第二次清查厘定。我们再抽调一批为人清正的官吏入吏部考功、文选两司，正式对这三百三十名进士进行考核，以定升迁贬谪。"

沈澜定定地看了裴慎两眼，心道：考入的三百进士不管是大户出身还是贫家子弟，都会宛如鲇鱼一般跳入一潭死水的官场。而被大户推举上来的三十名进士，若勤恳任事，那首先就得把自家的田产、人口报上去。若糊弄差使，欺上瞒下，正好被裴慎贬谪乃至杀了了事，既不至于让这些人帮着富户们行贿官场、祸及百姓，又能让裴慎不落人口舌。

思及此，沈澜心里难免有几分寒意。

裴慎此人当真是走一步算三步。所幸沈澜并不打算在政治上与仕宦多年的裴慎争锋，她只是希望天下人能好过些。

"我这些年一直遣人在培育良种，譬如番薯、山薯、毛薯。这些薯类产量最大，然而种植几年后产量便会退化，需要年年选育良种。此外，不同品种的薯类贮存或者种在一起，产量也会退化，要更多更有经验的农户、农官乃至花匠之类的进行良种选育。"沈澜疲倦地揉了揉额头，"还有一些良种亩产极高，可我不知道如今的名字叫什么，只能画了像，遣人去福建、广东沿海一带寻。"

这些良种，听起来便是她上辈子有的东西。

裴慎不喜欢她回忆过往，总怕她思念故里，便打断道："你莫忧心，沿海各地是我当年主政过的地方，我这便遣人去寻。"

沈澜松了口气："待到将各地的田亩、人口清查完毕，你便要四处搜寻并选育良种，缓慢将种子推行开来。有了这些东西，好歹能叫升斗小民填上三分肚皮。"

说到这里，沈澜嘴角微翘，发自内心地笑了。

不是方才她戏弄裴慎时带着些羞怯、风情的嗔笑，而是充满希望、饱含快乐、纯粹喜悦的欢笑，叫人想到初春的新芽、金秋的麦浪，一切美好的意象。

裴慎便也笑了起来。

霜白的月光照在他和沈澜的身上。

月光光，亮堂堂。

沈澜虽不曾答应与裴慎成婚，可无法拒绝裴慎去一趟京都的提议，因为裴慎要带着潮生去见裴俭。

"你是潮生的父亲，会照顾好他的。"沈澜在这一点上倒是颇为信任裴慎，"既然如此，我便不去了。"

裴慎无奈，心道她果真是个倔脾气，便换了个法子劝她。

"你便是不为了潮生，也得为了你自己吧。"裴慎劝说道，"良种选育，因南北气候不同，素来是南橘北枳，差异甚大。你总得抽一部分下属去京都，与当地的农官会合，看看种子能不能适应北方的气候吧。"

沈澜想了想，觉得他这话有几分道理，便点头，笑道："你果真是巧言令色。"

裴慎一噎，心道：也不知自己这小厮要当到何时才能让她消气，莫不是真要当满三年？一想到这里，他又说道："到了京都后，你总不至于住客店吧？"

沈澜愣了愣，倒没想过这问题，见裴慎面上一本正经，实则目光灼灼地盯着她，沈澜轻笑，故意说道："我还没想好。"

裴慎微愣，笑道："你哪里是没想好，分明是在作弄我。"

沈澜慢吞吞地哦了一声，心知裴慎是绝不会允许她在外头住的，况且天下刚定，她也不放心自己和潮生在人生地不熟的京都住客店，便也不跟裴慎拗着，届时住国公府的客房便是了。

有了新的目标后，沈澜精神尚足，抽调了部分单身的下属跟着她去京都，又收拾了些许行李，便随着裴慎坐上了去往京都的官船。

官船自湖广转道南京，紧接着自龙潭、瓜洲、邗沟等北上京都。

潮生从未坐过这么大的船、走过这么远的路，每日一大早，匆匆洗漱完，便立在甲板上眼巴巴地望向远方。

前方江天一色，两岸青山如黛。白日里千帆竞渡，夜间百舸争流。

有时候，潮生被裴慎抱在怀里，听他讲各地的风土人情。

"扬州以盐闻名。盐铁之利乃朝廷课税的重中之重。正盐、余盐、所盐等，乱象纷纷。实则正盐乃朝廷……

"徐州以舟车之利闻名天下。此地为交通要道，自广东、浙江、福建、江西等地北上，最后多半汇聚徐州。

"武清县号称京东第一镇，年年漕船往来俱要在此地停泊，扼住此地便等于卡住了漕运要道。"

............

待到沈澜与裴慎到达京都时，潮生已经与裴慎颇为熟悉了，虽仍不肯喊爹，可待他脸色好看多了。当着沈澜的面，潮生也肯让裴慎牵着手或是抱一抱了。

"到了。"裴慎勒停了马，将沈澜自马车内抱下来。

沈澜牵着潮生的手，再度站在魏国公府门前。她在这座府中的回忆并不美好，如今故地重游，难免神色复杂。

北方绵延了数年的战火自然波及了国公府，导致有一小部分府邸被战火损毁。可当年的大顺皇帝将魏国公府赐给了旁的臣子，那人自然修缮过国公府，以至魏国公府依旧富丽堂皇。

潮生抬头，仰望了一下高高的三道门楼，金漆朱门、铜钉锡环……

"好高啊！"潮生不禁惊叹道。

裴慎已是六年未归家了，再度回来，心情自然不错，便笑道："爹爹来日带你去登正阳门，那里比这儿还高。"

潮生惊呼一声，点了点头。

裴慎笑着将他抱起来，牵着沈澜的手，将她带入了这座府邸。

三人过影壁、前厅、中堂，沿着抄手游廊而入，所见俱是层台累榭、重楼飞阁，入目皆是琪花瑶草、苍松翠柏。

等三人入得南山堂内，但见老祖宗、叔伯婶婶、堂兄弟姊妹俱在。

裴俭尚未登基，自然不会将妻儿老小接入皇宫，便将诸人暂且安置在魏国公府中，只待登基册封之后再行移宫之事。他自己则昼夜忙于公务、埋首案牍，连大儿子回京的接风宴都来不及参加。

一见裴慎抱着孩子、牵着一名女子的手进来，堂中的众人皆愕然。

那女子梳着挑心宝髻，插了一根白玉兰簪，上身白绫袖衫，下着挑边天青潞绸罗裙，腰上梅花丝绦系着白玉环，绿鬓朱颜、雪腮粉面，身姿亭亭玉立，气度不凡。

不论是丫鬟、婆子，还是府中的男女主子，有许多人见过沈澜，知道她是当年的丫鬟沁芳，均面面相觑。

老祖宗也认出来了，只是年岁大了，也不愿当着众人的面发作，加上她自知管不了裴慎，只管叫他老子娘烦恼去。思及此，老祖宗亲亲热热地招呼道："可是潮生来了？"

潮生便是见了陌生人也有三分笑，等闲不和人红脸。加之他那么小的年纪就知道要带着礼物去拜访邻里好笼络旁人，如今见了这么多陌生人自然也不胆怯。

他从裴慎的怀里跳下去，一溜烟儿地跑到老祖宗的跟前，任由她粗糙的双手抚摩着自己的脸颊，笑嘻嘻地说道："我叫潮生。"

老祖宗年岁大了，最喜欢小孩子，笑眯了眼睛，吩咐丫鬟取了个纯金的长命锁来，非要给潮生戴上。

潮生下意识地看了看沈澜，见她没阻止，这才任由丫鬟给他戴上，还嘴甜地说道："谢谢老祖宗。"

老祖宗即刻又笑起来，宠爱地点了点潮生的鼻尖。

大太太虽不喜欢沈澜，觉得她狐媚，可见潮生这般活泼，便也欢喜地说道："你快过来，且叫我看看。"

潮生不认识她，仰着头问道："您是大太太吗？"

"是！是！"到底是自家孙儿，大太太便是偏心了些，哪儿有不喜欢的，只管搂过来，一面说他在外头吃苦了，一面又叫人送衣裳、玩具给他。

潮生不缺这些，却也接受了大太太的好意，只管笑道："谢谢大太太。"

于是大伙儿便都笑起来。

有人见他年纪小，便逗弄道："潮生，你捧着这么多礼物回去，可有回礼？"

潮生伶牙俐齿地说道："不是我主动要的礼物，是长者赐的，不可推辞。"

五岁的孩子跟个小大人似的说话，逗得女眷们纷纷拿帕子捂着嘴笑起来。

有几个甚至笑得直打跌。

周围的人也纷纷凑趣。

二太太一如既往地妙语连珠，一面揉着潮生肉乎乎的小脸，一面亲他："哎哟喂，这孩子怎的这般机灵！"

二太太的几个儿子和媳妇也多是这般性子，便纷纷应和。

"好敏慧的哥儿！"

"小公子好生灵秀活泼！"

好读书习文的三老爷和娴静的三太太多年无子，独独两个女儿未嫁，便送了一方砚台、两支湖笔并几个亲手绣的荷包。

四老爷亡故多年，遗孀四太太这些年没了丈夫，人倒精神多了，带着敏哥儿和儿媳、嫁人的云姐儿及女婿，一同来拜见。

厚礼一件接一件，满堂都是欢声笑语。

没人傻到给沈澜和潮生脸色看，便是真有傻子说错了话，即刻便被描补过去。

沈澜也含笑看着。

前头潮生撒娇卖乖，把所有人的视线都吸引了过去。素日里最为受宠的几个孩子，裴珲的长子裴允、裴敏的幼子裴迁等，俱被自家父母拘着，不高兴地坐在椅子上晃荡着小腿儿。

裴允尤甚，五六岁的孩子，正是人憎狗嫌的年纪，一个劲儿地想去够旁边的高几上的曲竹盘，那盘中有姚坊门枣、塘栖蜜橘、潮州龙眼。奈何裴允手短，眼见够不到，也不肯喊丫鬟帮忙，只管歪着半个身子往旁边去。

沈澜生怕椅子翻了，届时他从椅子上跌下来，便将果盘往旁边推了推。转念一想，龙眼和枣都有核，别人的孩子不好喂有核的，恐不安全，她便拣了个蜜橘递过去。

裴允冲她笑了笑，伸出胳膊要去接。

"啪——"裴珲的妻子齐妙娘眼看沈澜递来蜜橘，下意识地打掉了裴允的手。

沈澜微愣，不明白齐妙娘为何打自己的孩子，又为何打完了，脸色却被吓得白成那样，倒像是被沈澜打了似的。

"娘！"裴允委屈地捂住右手，泪含在眼里。

裴允这么一叫，众人即刻循声朝他看来。

裴慎本就时刻注意着沈澜，眼见齐妙娘这般作态，脸色一沉，又不好对齐妙娘发作，便冷冷地扫了一眼裴珲。

裴珲暗道倒霉，刚要瞎编个理由，可被自家大哥冷冷地看着，本就怕大哥，这会儿情急之下哪里编得出理由来。

最后还是沈澜笑着打圆场："妙娘做得对！是我不好，忘了小孩子不能吃龙眼了。"

潮生即刻抿抿嘴，心想：我三岁多就能吃葡萄吐葡萄皮、吃龙眼吐龙眼核了。

这个裴允真笨！

沈澜这么一打圆场，众人也纷纷笑起来，打算将这话题岔开，继续活跃气氛。

齐妙娘虽自恃是国公嫡次女，觉得沈澜身份低微却要做皇后，日后自己还得向她磕头，心里待她有几分敌意，可见大伯这般爱重她，压根儿不敢得罪她。

齐妙娘赶忙解释道："允哥儿极喜欢吃龙眼，被龙眼核呛过两次。我方才见嫂嫂递来蜜橘，以为是龙眼，这才打了允哥儿，非是对嫂嫂不敬。"

沈澜扶额，心道：这姑娘看着秀气，竟也是个憨人，认真解释起来，倒将我方才说自己递来龙眼的借口戳破了。

果不其然，裴慎脸色很难看，冷冷地说道："既是误会，给你嫂子道个歉也就罢了。"

沈澜心道他们还没成婚，她哪儿是什么嫂子，偏偏此时不好反驳裴慎，便又笑着打圆场："不是什么大事。"为了缓和气氛便逗弄裴允，"允哥儿一会儿剥了蜜橘，给我吃一瓣可好？"

齐妙娘赶紧推了推裴允。

裴允到底听他娘的话，便伸手拿了个蜜橘要剥。

众人只等他剥好了，便即刻夸赞一句"允哥儿真是孝顺长辈"，就能将此事揭过。

谁知恰在此时，大太太蹙眉说道："你是什么身份，怎能叫允哥儿剥给你吃！"

满室寂静。

沈澜愣了愣，不甚在乎地笑了笑，想开口揭过此事。

潮生却回头看了一眼大太太，下意识地抿住嘴，又笑嘻嘻地说道："大太太，你方才还说我和允哥儿是兄弟，以后要亲热和睦。那允哥儿不能剥橘子给我娘吃，我以后是不是也不用剥橘子给二叔二婶吃？"

大太太反驳道："那怎么能一样呢！你是晚辈，当孝顺长辈。"

潮生脸上的笑便淡了，他仰着头，嘴甜地说道："是这样吗？那我以后一定会孝顺二叔二婶的。"

裴珲和齐妙娘脸色有些发白。

周围人更是惊诧不已，谁都没料到五岁的潮生竟然能说出这般话来。

潮生是慎哥儿的独子，只要裴慎没有其他的孩子，潮生就是下下任皇帝，他若看珲哥儿和妙娘不顺眼……

大太太只是偏心了些，又不是傻子，闻言，心中惊了惊。她仔仔细细地打量着潮生，可这孩子已经跑到沈澜的身边，低着头专心致志地给沈澜剥橘子去了，也不知道他到底是记恨上了还是傻乎乎地顺着大人的话说的。大太太左看右看，实在看不出来。

裴慎却早已脸色发沉。

他久经宦海，沉着脸时直叫人噤若寒蝉，唬得周围的人心惊胆战。

"沈澜是我的妻子，你们见她便如见我。"裴慎冷冷地说道，"况且孔融尚知让梨给同辈，允哥儿一个做侄子的，剥了橘子给伯母一瓣又如何？"他又躬身说道："母亲，我等一路舟车劳顿，已是疲惫至极，不知存厚堂可收拾好了？"

大太太顿时就气得脸色青白。

裴珲连忙说道："收拾好了！娘日日盼着大哥你回来呢！"说罢，他可劲儿地给裴慎使眼色，恨不得他即刻说一句软话。

裴慎到底久在官场，日日与人打交道，见母亲气成那样，加之大庭广众人多口杂，不愿背上不孝的名头，便顺势说道："是儿不好，叫母亲生气了。"

裴珲和齐妙娘围在大太太的身侧，又是端茶倒水，又是抚背顺气，才叫大太太缓过一口气，掩着帕子啜泣道："慎哥儿，我是管不了你了！你走吧，叫你爹管你！"

裴珲和齐妙娘围着大太太，像一家三口。

独独裴慎，立在堂前，格格不入。

沈澜见了，难免替裴慎感到难过。她打起精神，笑着对裴慎说道："你不是给大太太带了礼物吗，还不快送上来！"

一如多年前她初次来魏国公府，垂首低声提醒他送礼，试图缓和他和大太太之间的关系。只是当年她缓和了一时尴尬，如今六年过去了，裴慎和大太太之间的关系依旧不好，母子情甚是淡薄。

果不其然，大太太接了裴慎的礼物，一场接风宴就这么干巴巴地过去了。

待沈澜返回存厚堂已是下午，她与裴慎并肩走在抄手游廊上。见丫鬟、婆子远远地跟着，怀中的潮生昏昏欲睡，裴慎低声说道："方才是我母亲对不住你。"

沈澜诧异地看了他一眼，笑道："我并不在意这些。"

那不过是几句口角罢了。

说罢，她又笑了起来："左右我还没有与你成婚，若你母亲再这样，我日后不登门便是。"若大太太能逼得裴慎放手，那倒也不错。

裴慎微恼，又拿她没办法："我登你的门也好。"

沈澜轻笑，慢悠悠地说道："太子殿下来寻我，我好生荣幸。"

见她还有心思戏谑自己，裴慎便知道她没把此事放在心上。只是她不在意，裴慎却舍不得她受委屈，允诺道："待过些日子，我便带着你返回南方。就算以后再回京都，我也会护着你。"

沈澜听了，一笑了之。

裴慎见她真不在乎，顿时有几分气闷，暗想还有三年就成婚，快了快了。

他们沿着抄手游廊行去，廊下竹帘四卷，天光杳杳，疏疏而落，漏窗外但见一丛芭蕉、几根翠竹。

穿过月亮门，绕过小径便至存厚堂，刚到院门口，裴慎便将到了午间就昏昏欲睡的潮生放下，轻声说道："我得去宫里一趟。你若有什么事，只管去寻陈松墨和林秉忠。"

沈澜点了点头，将潮生抱入厢房内安置了。

待出来，她又吩咐一众丫鬟、婆子开了箱笼。

"夫人，山东茧绸的被褥放哪儿，可是放在那红木方斗柜中？"

"不必了，放进漆镶嵌雕亮格柜的下层。再把这件扣衫搭到红漆官帽衣架上。虎丘茶不要放入白瓷罐中，纸收茶气，你们只需拿纸包了便是。"

…………

沈澜指挥着丫鬟、婆子们忙得不可开交，好不容易将行李收拾完毕，却见外头有丫鬟匆匆来报，只说珲二奶奶来了。

沈澜微愣，立于庭中，但见齐妙娘带着几个丫鬟、婆子，抱着两匹大红织金妆花缎入了院门。

沈澜不好推拒，便将她引入房中，吩咐人泡了盏虎丘茶。

青瓷碗里，碧绿的茶叶沉沉浮浮，直将茶汤都成了淡绿色。

齐妙娘坐在玫瑰椅上，啜饮一口茶水解了渴，这才又羡又酸地说道："大爷待嫂嫂果真好，竟还要叫珲二爷带着我来给嫂嫂道歉。"

沈澜愣了愣，倒有几分诧异，没料到裴慎竟私下里训了裴珲。

见齐妙娘这般委屈，沈澜安慰道："本就不是什么大事，误会一场罢了，你何必道歉？"

方才老祖宗和大太太的脸色都不好看，二爷回去还教训了她，要她来给沈澜道歉，这会儿听沈澜这么说，齐妙娘心里的委屈才算缓和了几分。

她本是个憨实人，虽有几分脾气，心眼子却不坏，真心羡慕地说道："嫂嫂命真好！嫂嫂将来是太子妃，又得大爷爱重，府中也没个妾室、通房闹心。"

沈澜微愣，心道：齐妙娘与我还没熟到这般地步吧，怎就对我推心置腹起来？

沈澜笑着岔开了话题："你尝尝这茶。这是虎丘名茶，甚是香浓。"

齐妙娘素日里得大太太看重，与其余几个堂妯娌处得不好，难得遇到个大度、不计较的同龄嫂嫂，便掏心掏肺地说道："嫂嫂不知道，太太指了好些个妾给二爷，都是公爷旧部之女。"说到这里，眼眶微红，拿帕子拭了拭泪，"我一个国公的嫡次女，看着倒是尊贵，可偏生是前朝的，得罪不起她们，成日里受欺负。我嘴又笨，也不知如何分说。"

沈澜闻言，暗自叹息。宅院里你争我夺，明面上争的是宠爱，实则是利益。

打机锋、构陷……俱是些蝇营狗苟的东西，沈澜实在不耐烦，可齐妙娘哭得厉害，她也没办法，干脆取了盏虎丘茶，边饮边听，权当自己是个树洞。

齐妙娘很少能得这么个合格并且没有利益冲突的"树洞"，只管一个劲儿地往外倒苦水。

"前些日子，我爹娘还叫我巴着二爷，只说新朝初立，他这前朝的齐国公还不知道下场怎么样呢！嫂嫂，你说若我爹倒了，我可怎么办？"说到这里，又呜呜咽咽地哭起来，"允哥儿是个顽劣的。二爷虽敬重我，却也偏疼序娘那贱婢。如今又有好几个新人进来，都是公爷旧部之女，我各个都得罪不起，我……"

齐妙娘越说越伤心，只哭得上气不接下气。

沈澜无奈，待她稍缓过来，便取了干净的帕子给她擦眼泪。

齐妙娘发泄了一通儿后心里痛快多了，这会儿知道害臊了，只管低下头去："对不住嫂嫂，叫你看笑话了。"

沈澜干涉不了裴珲房中的事，以至安慰都显得苍白无力，只能笑道："我闲着也是闲着，你来了，与我说说话也好。"

齐妙娘颇为感动，又说了几句，便遣了嬷嬷留下了两匹妆花缎，告辞离去。

怔怔地望着她走远的背影，沈澜颇有几分低落。透过齐妙娘看自己，若裴慎将来只有她一个，她的日子倒也能过；或是他纳了妾，肯放她走，自然最好。她怕就怕裴慎纳了妾，却强要留她。

沈澜低低地叹息一声。直至晚间，裴慎归家时，沈澜的心情都不太好。

虽然裴慎脸色如常，但是沈澜与他处久了，倒也能看出来他心情竟也不太好。

"宫中可是出事了？"沈澜问。

裴慎拂开厢房的竹帘，见沈澜沐浴后坐在罗汉榻上，正拿棉帕拧着湿发。

他蹙眉说道："你怎的不叫丫鬟来伺候？"

沈澜便将棉帕递过去，戏弄道："守恂，我特意驱散了丫鬟，等你。"

裴慎轻哼一声："你就拿我当小厮使吧！"手却接过棉帕，立在她的身后，细细地自发尾绞起。

他背上有伤，却浑然不觉，一边绞，一边说道："宫中不曾出事，只是……"顿了顿，叹息道，"我父亲身子不太好了。"

沈澜一惊，转头时扯动头皮，吃痛之下，咝了一声。

裴慎赶忙松开棉帕："可是我扯疼你了？"说罢，他扔了帕子要叫人去请府医。

沈澜只觉好笑，起身拦住他："请什么府医！"又继续说道，"你只管说，魏国公的身子如何了？"

阑珊灯火下，她眉眼清丽，关切地望着他。裴慎心中沉郁，只轻轻地摇了摇头。

沈澜的心重重地跳了跳。想想也是，常年打仗的人本就有旧伤，自陕西一路跪进湖广更是元气大伤，成日里埋首案牍积劳成疾，再加上对于前朝旧主的愧疚，日日夜夜煎熬着，裴俭能挨到如今，都算是身体底子好了。

"你可通知老祖宗、大太太、裴珲了？"沈澜问道。

裴慎沉默不语，良久方说道："我问了太医，只说好生养着，尚有几年的寿数。"

既然如此，他为何不让魏国公好生歇一歇？可沈澜最终没问出口。

对于裴俭、裴慎这样的人，你让他们闲散地度过一生，还不如杀了他们算了。

"那若是他不养着呢？"沈澜低声问道。

裴慎心中有几分怆然，只咬着牙，一字一顿地说道："他大抵就剩几个月吧。"

沈澜叹息："过几日便是登基大典，魏国公应当是要亲自去的。"

登基大典的流程何其烦琐，魏国公劳累之下只怕越发有损寿数。

沈澜心中叹息，又不能安慰裴慎生老病死自有定数，因为安慰了也没用。他的父亲快要去世了，旁人安慰再多也不过徒增其伤悲罢了。

她转了个话题，想调节裴慎的心情，便笑道："今日齐妙娘来寻我道歉，说了好些她与裴珲的旧事，还留了两匹妆花缎给我。"又戏谑地说道，"妆花缎称你，你穿上便是个富贵公子哥儿，可惜日后再不能给我端茶倒水，以免弄脏衣裳。"

裴慎被她逗笑，眼里漾出些暖意："你这人狡猾，想拿衣裳抵我月银，那可不行。"

沈澜也笑："哪里不行？那缎子极贵重，可比裴珲给序娘的瑞麟绸还要贵。"

裴慎一愣，蹙眉问道："序娘是谁？"

沈澜微怔，以手扶额，无奈地说道："序娘是裴珲的妾室之一。白日里那齐妙娘与我说了许多裴珲的妻妾之事。"偏偏沈澜记性又好，这会儿还记得，以至方才脱口而出了。

听说是裴珲的妾室，裴慎看着沈澜，仔仔细细地打量后，见她脸色无异，便状似不经意地说道："这些日子来，裴家子弟俱在大肆操办婚礼。无妻的娶妻，有妻的纳妾。二弟那里多了几个妾，也是正常。"

沈澜略一思忖，便明白这是要与前朝旧臣联姻安定人心，要与旧部联姻加强关系网。她似笑非笑地看着裴慎："那你这里为何没有？"

裴慎看着沈澜，故作漫不经心："我拒了。"

沈澜虽觉得这是他应该做的，可大环境如此，她听了，到底有几分感动，便笑盈盈地说道："你干得不错！"

裴慎嘴角微翘，得了她的鼓励，分明心里快活，嘴上却还要顺杆儿爬："我今日进宫亦是为了向我父亲禀告此事，为此，还挨了两鞭。"

沈澜微愣，扯着裴慎坐到榻上，叫他脱了道袍、亵衣，果真见他的后背上有两条高高肿起的伤痕。还有沈澜打的三鞭的伤痕。纵横交错，颇为丑陋。

沈澜心中微酸，眼眶也略有几分潮热，忍着涩意说道："你不怕魏国公生气吗？"

裴慎笑了两声，只管舒展了脊背，懒散地说道："我是他的儿子，他打个两鞭也就罢了，难不成还能打死我？"

沈澜忍不住又想起了自己的父母。她少时顽劣，他们也总会原谅自己。

她的思绪割裂一般，一会儿想着父母，一会儿想着裴慎，脑袋里像是塞满了棉花，乱七八糟，以致鼻子堵得厉害。

沈澜忍住眼中的潮意，取了个越窑青瓷罐，挑了点儿乳白色的膏药细细地抹开，替裴慎上药。

微凉的膏药、温热的手指，触碰着自己的脊背，裴慎又痛又快活。

"好了。"沈澜抹完膏药，人也冷静了些，提醒道，"你日后少使些苦肉计。"

他一回来不上药，先来她房里探望，不是苦肉计是什么？

裴慎干笑两声。他本还盼着借此机会给自己减个一年，没承想她已经想到了。

"虽是想让你给我上药，可我拒了纳妾室、通房的心意是真的。"裴慎忍不住提醒她。

沈澜瞥了他一眼，见他眼巴巴地望着自己，实在有几分好笑，便清清嗓子说道："我知道了。"

裴慎这才笑起来，慢条斯理地穿衣裳。亵衣、中单、道袍……就这么几件衣裳，他再怎么磨蹭也该穿好了。

眼看着沈澜似笑非笑地盯着他，裴慎这才依依不舍地下了榻。

这是沈澜的房间，裴慎未经允许不能留宿于此，当去住他自己的房间。

裴慎起身，却不曾离开，叮嘱沈澜："这几日你留在家中，莫要出去走动。"

沈澜蹙眉："外头怎么了？"

裴慎摇摇头，笑了笑："许是我多心了，只是我这些日子遍观奏报，总觉得时局有些不稳。"怕沈澜以为他在糊弄她，又解释道，"我并未搪塞你，奈何我没有证据，只是觉得有些不对劲罢了。"

政治风波这种东西往往是从某些细节开始的。一次百姓的状告、一次言官的照常弹劾、一个参将的常规调动……

沈澜或许不信任裴慎的人品，但相信裴慎的政治嗅觉，于是点头说道："我知道了。"

裴慎见她应了，这才出门而去。

此时月隐星稀，秋风萧瑟，庭中梧桐摇落，竹叶飘零，惊起一片寒鸦。

一大早，天色微明，晨光熹微。

魏国公府就忙碌起来，各大院里俱鼓噪声声，因为府中众人要去参加今日的登基大典以及晚宴。

裴慎换上八梁冠、白绢中单、青缘赤罗裳，系上玉革带，腰佩云凤四色花锦绶。甫一换好衣裳，他即刻叩开了厢房的门。

沈澜抬眼望去，但见他神色沉静，眉眼端肃。朗朗天光明彻周身，衬得裴慎意气风发、矫矫不群。

不论有再多的阴影与暗流，裴俭登基，裴慎到底是高兴的。

他负手而立，笑道："院中吵闹，可是将你闹醒了？"

沈澜放下手中净面用的棉帕，闲闲地说道："我今日无事，待你走了，再歇会儿便是。"

裴慎哽住，心道她必定是被迫早起心情不好，专来噎他，便干笑两声："你今日怎会无事？你还得随我入宫呢！"

沈澜瞥了他一眼，又捋了捋腰间的青红攒心丝绦："我知道了，不必你来提醒。"又难免起疑，"你之前跟我说政局恐有变，叫我这些日子都跟紧你，到底是真是假？"莫不是裴慎想让她入主东宫，便专门借此哄骗她？

"我自然没骗你。"裴慎走到她的身侧，轻声说道，"古来皇位交接之时最宜生出事端来，你必得跟紧我。"

沈澜这才叹息一声，点头说道："也不知何时方能安定下来。"

裴慎轻笑，懒散地说道："天下熙熙攘攘，皆为利来利往，哪儿有安宁的时候？"

无论如何，就裴慎这种与人斗就其乐无穷的性子，沈澜是敬谢不敏的。

"走吧，天要亮了。"裴慎牵着沈澜的手，带着她出府，却见府外已停了七八辆马车，几乎堵塞了魏国公府门前的青石街。

裴慎、裴珲都要去登基大典，老祖宗和大太太要操办晚宴、接受命妇的朝拜，另有其余几房的诰命夫人也要入宫。

车马辚辚作响，直奔宫城。

九月十五，大吉，魏国公裴俭于奉天殿行登基大典。

是日早，新帝告天地、祭太庙、拜社稷。

奉天殿内，钦天监设鼓，教坊司置乐，锦衣卫鸣鞭，翰林院捧诏，文武百官随侍叩拜，山呼万岁。

新朝初立，改元建宁。

帝下诏，大赦天下，册生母林秀为恪贞仁寿皇太后、妻李昭为懿安皇后、嫡长子裴慎为皇太子。

准备了数日的登基大典堪堪结束，接下来就是夜宴。

沈澜自觉在端本宫内住不久，只随意地收拾了些衣裳细软入宫，这会儿收拾完毕，无所事事，便陪着潮生静坐读书。

落日熔金，暮云合璧，朱墙畔有重重修竹，翠色正浓，掩映着乌木绮窗。

裴慎透过轩窗往里望去，依稀可见爱妻、稚子并坐案后，一个手握书卷，一个坐而临帖。他心中安宁，静静地立了好一会儿，这才掀帘而入，惊醒了房中人。

沈澜听见脚步声，抬头望去："你回来了。"

裴慎笑着点头，迈步而入，看着潮生临帖，指点道："这一横不好，太缓了些。"

《笔势论》有云，缓则不紧。此外，你这墨蘸多了，只需豆大即可。"

潮生点了点头，又自顾自地去习楷书。

沈澜不欲打扰潮生练字，便起身拂开珠帘，自去外间看书饮茶。

目送着她离开的背影，裴慎忽有几分心痒，今日只在早晨见了一面，晚上又得去赴宴，心里自然想她。

裴慎看了一眼潮生，见他字习练得尚可，只叮嘱了一句"好生习字，莫要分心"便出去了，惹得潮生撇撇嘴，继续低头练字。

沈澜随意地坐在官帽椅上，慢条斯理地翻阅着一卷《农政全书》，琢磨着良种推广的事。

裴慎见她全神贯注，便忍不住清清嗓子，问道："你在想什么呢？"

沈澜随口说道："没什么。"抬起头，好奇地说道，"你怎么回来了，不去参加宴会吗？"

裴慎细细地看她的神色，见并无异色，一时也不知是什么心情。她并未嫁给自己，不好去参加宫中的大宴，却浑然无失落之色，可见对他感情尚浅。

裴慎心中怅惘，开口便忍不住带着几分酸意："我一会儿要去赴宴，自然不如你清闲。"

沈澜只觉这人莫名其妙："我此番回来本是有事要忙。若不是你说近日危险，叫我不要出门，我哪里会清闲下来？"

裴慎讪笑："外头的确要生乱。"

沈澜索性搁下书，正色说道："你晨间说皇位交接之时恐有乱象，莫不是有人要……"

虽然她"逼宫造反"四个字未说出口，但是裴慎已会意，只是笑道："宫中俱是我父亲的旧部，按理是不会出事的。"

沈澜默然。天下事若都按道理来，哪里还会有意外呢？

见她神思不属，裴慎安慰道："林秉忠的功夫比陈松墨高，我将林秉忠并百余名军士留给你，你只需安安心心地待在端本宫就是。"到底不放心，又叮嘱沈澜，"若外头真有了动静，你便将宫门彻底闭死，只待我来找你时再开。"

裴慎断不会无缘无故说这些，可见是真有迹象，只是他自己也不太确定罢了。

她正想细问，却见裴慎轻轻地抚了抚她的脸颊，笑道："天色差不多暗了，我带着潮生去赴宴，你且好生休息。"

沈澜心绪不宁，叹息一声，目送着裴慎带着潮生出了门。

恰在此刻，另一对夫妻也在低声絮语。

大太太成了懿安皇后，掌了金印宝册，母仪天下，大喜的日子里却满眼含泪，端着白瓷药碗，拿着调羹搅和着黑苦的药汁子，吹凉了，喂给裴俭。

裴俭戎马多年，哪里耐得住这般慢吞吞地喝药，端着碗一饮而尽。

他身体消瘦，眼窝深陷，喝上几口便呛得厉害，不住地掩面咳嗽。

大太太的眼泪忍不住又掉了下来。

少年夫妻老来伴，两个人从前也是恩爱过的，她哪里受得住裴俭这般，一面给裴俭顺气，一面止不住啜泣道："你成日里劳心劳力图什么！你年纪都一大把了，还不肯歇着！"说着又哽咽起来，"你要是出了什么事，叫我怎么办？"

虽然她是埋怨，但裴俭心里到底是熨帖的，笑了笑："你莫怕！待我……喀喀……将国事稍稍理顺些，我也能多……喀喀……多陪陪你。"

只说了这么一句话，他又忍不住咳嗽起来，喉咙痒得厉害，身子也渐渐发沉。

裴俭心知是在登基大典上累着了，歇了好一会儿都没缓过来。即使如此，他仍拍拍大太太的手，坚持说道："你放心，我就算要死，也得熬到慎哥儿把南方整饬完毕返回京都继位后再死。"

一听他提起"死"字，大太太悲从中来。可听见裴慎的名字，她又擦擦眼泪，忍不住埋怨道："你白日里给慎哥儿册封了皇太子，珲哥儿去哪里就藩却没个说法！"

裴俭嗓子痒得厉害，强忍着咳意："珲哥儿去哪里就藩都好。慎哥儿总不会亏待珲哥儿的。"

大太太脸色一变，又埋怨道："都是你教的！慎哥儿脾气那般大，如今连我这个做母亲的都不放在眼里。我真怕有一日，他们兄弟闹起来……"

大太太又止不住地呜呜咽咽："我还想着叫你下一道旨意，若珲哥儿犯了错，也好保住珲哥儿的性命。"

裴俭一时无奈。他知道老妻更偏疼幼子，想着长子承了皇位，幼子却只能得些田庄金银，便也任由妻子偏心珲哥儿，却没料到她竟有此担心。

"你放心，慎哥儿待珲哥儿自有情谊，必不会兄弟阋墙。"裴俭咳得厉害，脸色涨红，惹得大太太情急之下连忙为他抚背顺气。

见他病成这样，大太太也不好再提珲哥儿的事，将他扶起，替他更衣。裴俭头戴冕冠，身穿素纱中单，外罩玄衣纁裳，红罗蔽膝，蹬皂靴，束玉带。

裴俭清瘦，衣裳穿在身上难免有些空荡，惹得大太太又伤心一场。

她正欲搀扶着裴俭去赴宴，却忽见内宦匆匆来报，只说锦衣卫指挥使萧义请见陛下。

裴俭脸色微微一沉。萧义是知道他稍后有大宴要赴的，这会儿却匆匆来报，必定有要事。

"去，叫他进来。"说罢，裴俭瞥了一眼大太太。

大太太本也不耐烦听这些朝堂破事，干脆避去了偏殿。

裴俭屏退了左右，这才宣来萧义。

萧义一见裴俭消瘦的样子，竟犹豫片刻。

裴俭虽年迈病重，脑子却还清醒，知道他这般犹豫是担心自己身体承受不住。可见，萧义要禀报的是个坏消息。

裴俭叹息道："说吧。"

萧义咬牙，即刻双膝跪地："陛下病重，臣本不该以此事搅扰陛下。只是事关重大，臣不敢擅专，只能从速禀报。还请陛下听了，莫要生气，以免中了奸佞小人之计。"

裴俭听了，深吸一口气，说道："你尽管说来。"

萧义这才禀报起来："陛下，今日宫中忽有谣言，说《财货疏》乃太子殿下及其幕僚所拟。前朝之所以有如此多的言官弹劾陛下和殿下，惹来前朝的炀帝生疑，也都是殿下指使的。

"此外，炀帝本欲将陛下和太子殿下均高升一级，借着陛下和太子殿下入京谢恩的机会就此释了兵权，或是干脆办一场鸿门宴将陛下和太子殿下斩杀当场，是太子殿下令人日夜进谗言，方叫炀帝将陛下及太子殿下押解进京，这才给了陛下造反的机会。传谣的小太监说，陛下……"萧义顿了顿，到底如实道，"陛下司马昭之心，路人皆知。"

裴俭神色茫然了一瞬，紧接着喉咙疼得宛如被刀割一般，呼吸间隐有咸腥味儿，还未等萧义说完，竟生生呕出一口血来。

萧义大惊失色，仓皇起身，要奔出去喊太医。

裴俭坐在龙椅上，深呼吸数次，强行压下口中的血腥气，狰狞着面目说道："你快去查，看是谁传的谣言！"

萧义悚然，跪地说道："臣已令人将传谣者逮捕入诏狱，欲细细查问。"

裴俭到底老辣，胸膛起伏数次，竭力冷静地说道："谣言早不来，晚不来，偏偏在登基大典结束后来，可见是有亲近之人知我秉性，特意传谣，想要将我气得病重。想来，必有人在这几日作乱。"裴俭又深吸一口气，压下喉中的血腥气，"你去调了亲军隐入乾清宫，对外便说我重病在身，叫慎哥儿带上亲卫去主持大宴。"

一听他提到裴慎，萧义犹豫片刻后说道："陛下，那两个说嘴的小太监又传谣，说那些脏事都是太子殿下指使的。"

裴俭再难以忍耐，面部抽搐涨红，分明是怒火攻心，只一个字一个字挤出来：

"你去遣人将珲哥儿带来我这里。"

萧义只觉毛骨悚然，脊背冒出一片冷汗。他咬咬牙，这才告退离去。

今日宴会有二，一为大宴，皇帝在西苑宴文武百官；二为宫中的内宴，属于皇室家宴。

西苑明德殿内灯火通明，九月鸡冠花正红。每张案桌上都有金葵花杯，看盘有簇盘、糖缠，水果有龙眼、蜜橘，糕点有带骨鲍螺，菜肴有什锦海味杂烩、花头鸳鸯饭、冰鸭……一应俱是珍品。

眼看着更鼓声响，皇帝却还未出现，文武百官已是议论纷纷。

裴慎心知父亲那里必是出事了。

他冷眼扫过百官，从最前方的数位阁老到六部尚书，乃至几位总督。有的脸色异常，心里不知在想些什么；有的神色凝重，双眉紧锁；有的还在与周围人谈笑风生，状似云淡风轻。这还是在殿内。因着是大宴，殿外还有许多低品级的官僚没资格入殿，还不知喧哗成什么样呢。

裴慎心中冷笑，面上却不动声色，只是回头看了一眼潮生。

潮生在裴慎身后置了一张小案。他今日要端着些，便夹了块稍小的冰鸭。但大抵气氛是会感染人的，潮生渐觉怪异，搁下冰鸭，不说话。

裴慎见他虽诧异，但举止并未失措，神色也未显仓皇，心中到底是满意的，便回过头去，慢条斯理地取了一块甘露饼吃了。一会儿恐有事，他且先垫垫肚子。

果不其然，眼看裴俭还未到，萧义也不知去哪儿了，文武百官的喧哗声渐渐鼎沸起来。

李谦到底按捺不住了，起身说道："已是亥时，陛下未至，可否请太子殿下随老臣同去乾清宫？"

裴慎知道乾清宫里一定出事了。他不是不急，只是心知父亲病重，活不了多久了，对方就算要动手，也不必赶在这时候。也就是说，今日对方的重点必定在他和潮生身上。此时此刻，他带着潮生远离父亲、沈澜，对他们而言才是最好的。

"父皇许是在路上耽搁了。"裴慎温雅地说道，"李阁老且稍待一二。"

李谦蹙眉，正要再开口，却忽听得外头遥遥传来喧哗之声。

殿中的文武百官齐齐往外头望去。

有的问："这是怎么了？"

脾气暴躁的即刻骂道："什么鸟厮，竟敢在殿中喧哗！"

此时殿中灯火通明，煌煌如白日。可外头距大殿越远的地方就越漆黑，唯有疏疏月光落于水磨方砖上，映出模糊暗淡的人影。

那喧哗声越来越近。

数百名披甲的亲军手持长枪、钢刀冲入殿中。

铠甲摩擦声、数百人的脚步声，叫文武百官胆寒异常。

最外头的低品级小官距离这些甲士最近，忍不住尖声叫嚷起来。

"你们是谁？"

"你们披甲闯入宫中做甚？"

"今日夜宴，尔等……"

话未说完，他已被甲士一刀毙命。

周遭的官吏有的尖声叫嚷着四散奔逃，有的被唬得两股战战、面无人色，瘫倒在地上。

紧接着，殿内殿外，四面八方，又冲出了好些身形健硕、手持长刀却做宦官打扮的阉人，见人就劈砍。

此时，萧义终于来了。

他带来的锦衣卫见状，大喝着要阻止，谁知却被身侧的同袍反手捅了一刀。

于是为了自保，有的避开，有的见人靠近就杀。

"快跑——"

"别杀我！别杀我！"

"贼子尔敢！"

翻倒的桌椅，倾覆的茶点，亲军甲士、阉宦、锦衣卫、逃窜的文武百官，殿内彻底乱成一团。

裴慎脸色发沉，目光凶戾，只一把搂住潮生，防止他走丢。

此时，钱宁等武将纷纷聚到了裴慎的身侧。

裴慎厉声喝道："陈松墨何在？！"

话音刚落，殿内又冲出了数百甲士，衣着打扮与第一批甲士一般无二，俱是红袄铜盔，只在手臂上系了一条细白绢。

原来是陈松墨统率的太子亲卫。

"大人！"钱宁等人到底跟着裴慎南征北战，辗转多地，见此情况，便猜到今夜宫中不止有一股势力作乱，才会导致如此乱象。

裴慎心知必不能让身侧的亲军分散开来，否则局势不明，混乱之下，哪里还分得清楚是敌是友？

"叫众人大喊'放下兵刃、蹲地抱头的不杀'！"裴慎说道。

陈松墨领了命，当即率军大喊："放下兵刃、蹲地抱头的不杀！"

此时，大殿中的人根本不知道谁可以信任、谁不能信任。可所有人都知道裴慎是可信的。因为他爹眼看着就要死了，他已被册立为太子，根本没必要造反。

即刻就有离得近的官吏高呼着"别杀我",慌慌张张地要往太子亲卫这边跑。

裴慎冷眼看着。

马上就有个机灵的太子亲卫用长枪一捅。

那小官抽搐了两下,倒在地上,死了。

这个太子亲卫厉声高喊道:"放下兵刃、蹲地抱头的不杀!敢有靠近者,格杀勿论!"

前车之鉴横在眼前,便有聪明人一面拼了命地往太子亲卫这边靠拢,一面取下腰间的丝绦、革带,双手高举,喊着:"莫要杀我!可拿丝绦捆住我的手。"

他就这样颤颤巍巍地靠近,离长枪近了,便哆哆嗦嗦地蹲下来,高举双手,任由太子亲卫拿着革带和丝绦捆上,再起身,跟着太子亲卫蹲到墙角。

一个成功了,极快就有人效仿。文武百官、阉宦、锦衣卫、甲士,只要还没死,并且不是心怀鬼胎的,都拼了命地往太子亲卫这边跑,再扔了兵刃,自取腰带捆缚双手,蹲到墙角。

很快,场上的局势明朗起来。

以齐国公为首的几个前朝旧臣,十余名甲士以及装作阉宦混入宫中的亲卫围拢在他们的身侧。

以赵光泰为首的两个裴俭的旧部,身侧有大半甲士和大批锦衣卫。

还有两个文官、一个武将,俱是湖广、浙江、福建等南方的户籍,甲士偏多。

见此情此景,萧义急火攻心,大声叱骂道:"赵光泰,陛下待你恩重如山,你怎敢逼宫!"

赵光泰浑然不惧,大声骂道:"我待陛下忠心耿耿,不过是裴慎此人狼子野心,谋害亲父,我意欲清君侧罢了!"

裴慎懒得理他,只冷冷地望向身侧的裴珲。

裴珲整个人都开始哆嗦起来。齐国公是他的岳父,赵光泰是他的妾室序娘的亲父,算来算去,都是他的姻亲。

裴珲扯着裴慎的袖子疾呼道:"大哥,不是我!我不知道啊!真的不是我!"

他语无伦次,涕泪交加。

裴慎心知肚明,裴珲多半与此事无关。

今日之事,无非是前朝的旧臣为了替前朝的炀帝报仇,不然就是见当年的同僚裴俭今日登基为帝,心中不平,只觉自己也能尝尝做皇帝的滋味,野心日渐滋长,干脆以谣言激怒裴俭致使其病重,再砍杀了裴慎、裴珲,好自己来做皇帝。

至于赵光泰等人,多半是因为裴慎拒了以其女为妾才搞了这场祸事。要知道,裴慎最开始的班底是裴俭为其准备的,多半是他自己手下人的子侄兄弟。此后,裴慎年岁渐长，有了自己笼络来的势力，可这些人依旧在为裴慎效力。故而即使裴慎拒了旧部的姻亲，可绝大部分裴俭的旧人是愿意辅佐裴慎上位的，因为他们的子侄兄弟也在为裴慎效力。

可赵光泰等人不同，他们既没有子侄在裴慎的身侧，又没有与裴慎结为姻亲，忌惮将来裴慎上位后必要清除掉他们为自己人腾位子。眼看着大业刚成，裴俭就要死了，他们的政治生涯极快地就要终结，哪里还忍得住，拼了命地想拱裴珲上位。

那些南方士商背后的保护者也参与了此次反叛，全是因为不满裴慎在南方丈量田亩、清查人口、重定商税。

三股势力牵扯在一起，才造成了今日的乱局。

此时，局势彻底分明，所有潜藏在暗流之下的人通通浮出了水面。

裴慎狞笑一声："放箭——"

数百亲卫、甲士齐齐自他的身后引弓搭箭。

"放！"

裴慎一声令下，箭雨如潮。

对方自然也有箭矢。

双方数轮箭雨齐射，地上已多出了几十具尸体。

裴慎将惊慌失措的裴珲劈晕，又留出一队护卫保护潮生，这才拔出刀，厉声喝道："众将士听令，随我杀！"

"杀了裴慎狗贼！"赵光泰大吼道。

齐国公率人大喊道："杀！"

数股洪流对撞在了一起，雪亮的刀锋混杂相击，大殿内不断地响起喊杀声、呼救声、嘶吼声。

直至月色渐隐，天际露出鱼肚白，这场战役才结束。

裴慎满身是血，看了看地上的数百具尸体，冷冷地甩下手中卷刃的钢刀，回头望向潮生。

潮生僵立在裴慎的身后，死死地咬着牙，攥着拳头，脸色发白，指尖冰凉，却一言不发。

裴慎赞许地笑了笑："不错，有胆气！"又说道，"我要去见父皇，你得先回端本宫，告诉你娘，大宴结束了，没什么事。"

潮生深吸一口气，被秋末寒凉的空气呛得咳嗽了一声："好。"

裴慎叫陈松墨带人护送潮生返回端本宫，又唤醒了裴珲。

裴珲整个人都在哆嗦，醒来后看到惨烈的景象，双腿发软，几乎走不动道。

见他这般，裴慎干脆使人用腰舆将他抬入乾清宫。

一入乾清宫，越过重重甲士，掀帘入内，便见室内药香缭绕，七八个太医在外间低声细语，神色焦躁。

大太太坐在玫瑰椅上，神色呆滞。

裴慎心中发沉。

他满身是血地走进来，惊得殿中的宫女、宦官们脸色发白。

大太太回过神儿来后更是吓了一跳，惊得一把攥住裴慎的袖子，连声问道："你身上怎的这么多血？可是外头出事了？你有没有受伤？"

裴慎心头稍暖，正要回答"无事"，却见大太太看见后面腰舆上的裴珲，立马扑上去，急得团团转："我的儿，你这是怎么了？你怎的脸色白成那样？"她迭声地喊来太医。

裴慎低头看了看满身带血的自己，又望了望衣着整齐、只是脸色发白的裴珲，忍不住自嘲一笑。

大太太拉着裴珲看了一圈儿，仔细地打量了他一番，见他无事，心才安定下来，眼眶发涩，又忍不住拿帕子捂着脸啜泣道："珲哥儿，你爹呕血了。太医正在为他施针开方。"她说罢，泪水止不住地滑落下来。

裴珲脸色发白，强撑着从腰舆上下来："我去看看爹。"

大太太应了一声，使唤了宫人去搀扶裴珲，刚要往里间行去，转头却见裴慎径自掀了帘子往里去。

"慎哥儿，你一身血，莫要冲撞……"

大太太尚未说完，裴慎已步入内间。

太医正全神贯注地为裴俭施针，便是听见了身后的脚步声，也浑然不理。

"吴院正，如何了？"待太医施针结束，裴慎才问道。

吴院正转过身来，见裴慎满身是血，他的身上、脸上全是干涸的血迹，就连鬓发上都是一股血腥味儿，他难免心惊胆战。所幸他见惯了鲜血，神色镇定地说道："再过一时片刻，陛下便要醒了。"又捻须叹息，"殿下，陛下已是油尽灯枯，若不能将养身子，再劳累下去或是怒急攻心一次，只怕就要……"

裴慎的心情越发沉重，低声说道："辛苦吴院正了。"他说罢，摆了摆手。

吴院正即刻告退。

裴慎接过宫人递来的棉帕，随意地擦了擦脸，只将面上、鬓上的血迹擦去了些。

他刚一擦完，就见母亲和裴珲一同入内。

此时裴俭恰好悠悠醒来了。他身躯沉重得厉害，呕血后越发苍老。那个谣言死死地打在了裴俭的七寸上，令他几乎要被内心的煎熬逼死。

"父皇。"裴慎上前一步，轻声唤道，又取来引枕，叫裴俭靠着。

裴俭胸口发闷，呼吸沉重，睁眼看了一眼衣裳带血的长子，又见满眼是泪的妻子，还有慌慌张张的裴珲，叹息道："外头情况如何了？"

裴慎为他抚了抚背："儿臣都处理好了。"

听到这么一句话，裴珲忍不住作呕起来。醒来后便见到那么多的尸体，还闻到浓烈的血腥气，他这个一向长在锦绣堆里的公子哥儿哪里受得了？

见裴珲吐了，大太太连忙唤人去喊太医，又叫人准备香茶、棉帕。

裴俭见了，心中越发沉痛，只担忧地看向裴慎。

裴慎七岁便离开家。父亲待他虽严苛，可多有望子成龙之意。尤其是裴慎自己做了父亲后，对裴俭更是多了几分敬爱，见此，脸上竟有几分不忍之色。可再不忍，他到底还是如实地交代了情况："外头作乱的是三股势力，前朝的旧臣要杀尽裴氏，父亲的旧部想让珲哥儿上位，还有南方的士族想杀我。"

裴俭的神色一下子黯淡下来，像是平白无故地老了好几岁，浑身的精气神都好似被抽干了。他望着裴珲，招手说道："珲哥儿，你过来。"

裴珲几乎要崩溃了，颤巍巍地走过去，扑倒在床榻边，号啕大哭："爹，我不是！不是我干的！跟我没关系！我没……没想跟大哥抢皇位！爹，你要相信我啊！"他一辈子长在锦绣堆里，打小儿被母亲宠爱到大，从未哭得那么惨烈。

大太太只觉自己的心好似要被挖了，连忙拍拍裴珲的脊背，哄道："珲哥儿不怕，娘在这儿呢！不叫你爹罚你！"她又忍不住跟裴俭抱怨道："珲哥儿有什么错！都是外头的人拿他做筏子，你可不能怪罪他！"

裴俭粗糙苍老的大掌抚摩着裴珲的脑袋，像是小时候抱着他，教他读书习字那样。可如今裴珲长大了，再也回不到幼年时了。

裴俭心中哀恸至极，眼眶发红，却一字一顿地说道："传我旨意，将裴珲贬为庶民。"

裴珲跪地磕头，连声号哭道："爹，我错了！不是我，真的不是我！"

大太太惨叫一声，顿时扑上去，又哭又骂："你怎的这般心狠！外头人造反与珲哥儿有什么关系！你怎么能这般无情！"

裴俭心中难道不痛吗？可他今日若不动手，自有长子裴慎来动手，届时裴珲何止是被废弃封号、贬为庶民。况且，裴珲谋逆，若只要宣称自己不知情就逃脱惩罚，岂不是开了个坏头，届时后世还不知要起什么纷争。

裴俭狠下心来："珲哥儿，你得了魏国公府的金银田产，即刻带着妙娘与你的子嗣出宫去。自此以后，你一辈子都不得入宫来，也不许出京。"

裴珲哭得上气不接下气。

大太太只觉心如刀绞："你怎的这般对我儿！他做错了什么！他做错了什么！"

眼看着裴俭铁石心肠，大太太忍不住转头去看裴慎："慎哥儿，你说句话呀！珲哥儿可是你的亲弟弟！你说句话啊！"

到底是同胞兄弟，便是二人不甚相熟，可裴慎待裴珲也是有几分感情的，闻言便低声安抚道："母亲勿忧！珲哥儿出宫以后，金银田产一应俱全。我必不会亏待了二弟，也无人敢欺凌他。"

裴俭心中的巨石终于放下了。只要裴慎肯照料弟弟裴珲，裴珲这样性子的人远离了宫廷与政治，日子反倒能过得安生。

他做了决定，心中的一口气松下来，身子便轻了些，像是要飘荡在天上。可他现在不能死，还有一件事要问清楚。

裴俭强撑着病体，屏退左右，又说道："珲哥儿，带着你母亲出去。"

裴珲涕泪交加，却不敢违逆父亲，扯着母亲的袖子要走，可大太太这会儿心中悲痛至极，待裴俭又有几分恨意，哪里肯走。

"我不走！"大太太倔强地说道。

裴俭喘着粗气，看着裴慎。

裴慎便躬身说道："还请母亲先出去一会儿，父亲……"

"你闭嘴！"大太太怒极，斥骂道，"你这个做哥哥的不管弟弟的死活，这般不孝不悌之人，也配做太子？"

裴慎脸色发沉，盯着大太太，想问"母亲，珲哥儿是你的孩子，我就不是吗？"，可到底没有问，半句话都说不出来。

裴俭被气得脸色发青，好不容易顺过气来，高呼道："萧义——"

萧义即刻掀帘入内，请了两个宫人直接将大太太拽了出去。

四下无人，室内再度安静下来。

裴俭喘着粗气说道："你跪下！"

裴慎微愣，沉默着跪在父亲的床前。

这是裴俭最为满意的长子，不论是为人处世，还是襟怀品行，都非常好，是他此生最引以为傲的孩子。

裴俭喘得厉害，却强忍着喉中的痒意，一字一顿地重复了萧义禀报的谣言的内容："我问你，《财货疏》可是你炮制的？是不是你指使言官弹劾我和你自己？是不是你出主意给炀帝身侧的近臣，将你我二人押解进京？"

裴慎眉心一跳，看着裴俭，只见父亲消瘦得几乎只剩下骨头了，眼窝深陷、病骨支离。这样虚弱的父亲，若再动怒一次，只怕就……

裴慎面不改色地说道："这谣言多半是赵光泰炮制的，毫无证据，倒因为果，强行构陷我。"

的确没有证据,的确是赵光泰倒因为果,在齐国公所传谣言的基础上误打误撞地推断出来的。可裴俭知道,他的长子自小喜怒不形于色,心思深,真的有能力做出此等事来。

裴俭的胸膛急促地起起伏伏,他涨红了脸,独独目光锋利得可穿透人心。

"慎哥儿,我就要死了。你老实说,别让我带着遗憾走。"裴俭喘着粗气,胸口如同装了一个破风箱,呼哧呼哧地响着,听得裴慎鼻子发酸。

明知道父亲在以感情和死亡作为要挟,裴慎沉默了许久,到底还是开了口:"父亲可还记得我的字是怎么来的吗?"

果然如此。裴俭闭上眼,心如刀绞,肝肠寸断。

"我的字是前朝的肃帝于我考中进士时所赐。"裴慎慢慢地说道,"守恂,恂者,一曰诚,二曰惧,三曰恭。'诚'与'惧'都与我的名'慎'不甚相符,唯一相近的便只有第三个意思,恭。"他讽刺地说道,"裴慎,字守恂,恪守本分,恭顺谨慎。"

自那一日起,裴慎便知道裴家只有两条路可以走:一条路是当狗,直到有一天被主子怀疑是恶犬,就此被宰杀;另一条路就是造反。

"你怎么敢?!"裴俭心中剧痛。他或许早已有了心理准备,可听到裴慎隐晦地承认了,心中照旧生疼。

"你忘恩负义!你陷裴家于不义!"裴俭一口气憋在心里,脸色潮红,摩挲着枕下早已誊写好的两份诏书,痛苦至极。

他最为满意的长子,怎会是这般不忠不义、背弃君父的畜生?

"你母亲说得对,你不配做太子,不配做太子。"裴俭闭了闭眼,只将其中的一份诏书甩出来。

摊开的诏书上赫然写着:"废裴慎,册裴珲为太子。"

就算册立了裴珲做太子又如何,最后登基的依旧是裴慎,因为裴珲根本没那个本事。即使如此,裴慎心中依旧怆然至极,只是脸上笑了笑:"父亲,自肃帝起,裴家日渐为陛下所疑。可裴氏一族,上至祖母,下至幼儿,连同您在内,共计一百二十七口人。我若不反,便只能坐看祖母、父亲、母亲、兄弟死去!"

他一字一顿地说出这番话。

裴俭心中剧痛,哆嗦着半个字都说不出来。

他能说什么呢?强行要裴慎尽忠,让他放弃父母兄弟,冷眼坐看全家人去死?还是要他壮志未酬,英年早逝?

裴慎沉默叩首。

许久之后,裴俭握着早早写好的诏书,呼哧呼哧地喘着粗气:"去……去烧了！"

裴慎微愣，沉默地起身，将那份诏书扔进炭盆里，焚烧殆尽。

裴俭看着那诏书一点儿一点儿地变成了灰烬，心也渐渐平静下来。

待诏书彻底燃尽，裴俭自枕下摸索出另一份诏书，艰难地递给裴慎。

裴慎展开诏书一看，是"废裴珲藩王位，贬为庶人"的旨意。

裴慎跪坐在裴俭的榻前，任由他粗糙的手掌抚了抚自己的额头，终究忍不住问道："父皇为何改了主意？"

裴俭艰难地扯出笑："珲哥儿性子软弱，志大才疏，决计担不起江山。我已对不住旧主，焉能再对不住天下万民？"

说完，裴俭流下两行浊泪。

他摆摆手，说道："去将你母亲和弟弟唤进来。"

裴慎也不知怎么的，忽觉心中哀恸，回首望去，见父亲躺在床上，枯瘦得厉害，只剩下胸口微微起伏。

裴慎眼眶发涩，起身，将母亲和裴珲，还有匆匆赶来的老祖宗，一同唤进来。

裴俭的耳畔是母亲的啜泣声、妻子的痛哭声、二子的号哭声、长子的呼吸声，可是很快就什么都听不到了。

九月十六日，卯时三刻，建宁帝裴俭薨。

沈澜得知这个消息的时候，已经是半个时辰后了。

她牵着潮生的手，匆匆赶来乾清宫。

裴俭已死，裴慎作为太子即将继承大统，是铁板钉钉的新帝，自然无人敢拦着沈澜。

沈澜匆匆入内，只见周围的人哭成一片。

裴慎跪在地上，静静地望着曚昽天光下，榻上没了呼吸的父亲。

皇帝大行，周围所有人都在哭。裴慎看起来似乎并不悲伤，因为不曾落泪。可渐渐地，看着再也没有了呼吸的父亲，一种彻骨的疼痛在裴慎的心里翻涌，好似钝钝的软刀子在割他的肉，心里隐隐作痛。

裴慎忽然想到，他没有父亲了。

沈澜轻轻地走到裴慎的身侧，半跪在地上，任由裴慎将她抱紧，把头埋在她的颈侧。

"我没有父亲了。沈澜，我没有父亲了。"

温热的泪珠一滴一滴地落在沈澜的颈侧。

裴慎再也说不出一个字。

他只是想，母亲是珲哥儿的，不是他的。现在，父亲也离开了。

"我只有你了。"

很轻很轻的声音，却好似万钧重锤击打在沈澜的心上。

沈澜霎时泪眼婆娑。离别父母的痛苦，她又何尝没有过呢？自此以后，她与裴慎都成了孤身一人的旅客，同病相怜。沈澜怜悯裴慎，也怜悯自己。

在一片哀泣声中，沈澜任由裴慎拥抱着自己，允诺道："我在呢。"

沈澜伸手，回抱住了裴慎。

裴俭身死，其陵寝尚未修好，加之他生前并不喜铺张浪费，裴慎便顺着他的意将其葬入裴氏的祖坟。

皇帝大行，闻丧、大敛、上尊谥、虞祭……

忙忙碌碌数日，其间劳心劳力之事不胜枚举，加之朝局动荡，裴慎几乎是日日早出晚归，忙得脚不沾地。

建宁帝亡故一月，新帝登基，改元永兴。

忙碌的登基大典终于结束，裴慎一身衮服还没换，正欲去乾清宫寻沈澜，恰逢宫人来报，说太后相召。

裴慎蹙眉，到底还是去了仁寿宫。一过长信门，入得宫内，他便见母亲正坐在玫瑰椅上，抚着黄花梨高几上的一个牛皮铜钉拨浪鼓发呆。

裴慎面不改色地拱手作揖。

大太太却拿着帕子擦擦眼泪，起身笑道："慎哥儿来了。"

裴慎佯作不知，只陪着她说些家常事。

两个人方说了会儿话，大太太到底按捺不住了，将那拨浪鼓拿起来，递给裴慎："慎哥儿可还记得这个？"

"不过是街边小童的玩意儿罢了。"裴慎轻描淡写地说道。

大太太霎时涌出泪来，埋怨道："你这孩子忘性怎的这般大！这是你在外头读书时，有一年归家，特意买来给珲哥儿玩的。"

裴慎望着眼前的妇人，满头珠翠，银丝渐生，神色间隐有几分躁郁哀凄之色。

到底是自己的生母，裴慎明知她意欲何为，却依旧不愿意戳破，给她留了三分体面，只是淡淡地说道："母亲素来将珲哥儿的东西打理得极好。只是不知道母亲可还记得我两岁那年买的磨喝乐去哪儿了？"

大太太脸色一白，声音小了几分："那磨喝乐应……应当是在存厚堂吧。"

裴慎只是静静地望着她，冷笑道："我少时读书、习武一刻不曾落下，何曾玩过什么磨喝乐？"

大太太一时语塞，半晌，扔下手中的拨浪鼓，直言道："你如今已是皇帝，难道就不能下旨封珲哥儿做个藩王吗？"

"珲哥儿被贬为庶民是父亲的旨意。"裴慎摇头，"三年无改先父之道。"

大太太顿时泪流不止，软了语气哀求道："珲哥儿可是你的亲弟弟呀。他小时候，你还抱过他，说要跟他一起学文习武呢。"大太太越说越觉得悲从中来，"你们是同胞兄弟，手足至亲，你怎能狠心至此！一个亲弟弟，你都容不下！"

裴慎大概早就习惯了母亲的偏心，无甚伤心之态，只是挥挥手屏退左右，才说道："母亲，珲哥儿性子柔怯，嘴甜无志，担不起大任。我叫他做一个富家翁，快活度日，是最好的。"

"珲哥儿原本是一个藩王，如今却成了平头百姓，哪里好了？你说来说去，就是不肯饶了珲哥儿！"大太太眼见哀求无用，心中难免恼恨，情急之下竟脱口而出，"你这般不顾亲缘之谊，手足相残，又不肯听我的话。我怎的生了你这么个不孝不悌之人！"说罢，她又呜呜咽咽起来。

裴慎心中生寒："母亲，你可知这番话若传出去，我是何下场？"

大太太微愣，心头隐有悔意，说到底裴慎也是她的儿子，只是她素来偏心惯了，也不肯低头："我可有哪里说错了？你若真是个孝顺的，便听娘的话，放过珲哥儿吧。"

裴慎忽觉好没意思，内心连一丝怒气都没有了，只是淡淡地说道："母亲，珲哥儿横遭此祸，泰半是因你强指了数个父亲的旧部之女给他，滋长了旁人的贪念。"

大太太脸色发白，哪里肯认是自己惹来的祸患，正欲反驳。

裴慎却不愿再多言，起身说道："珲哥儿之事，母亲莫要再想了。不孝不悌这样的话，母亲也莫要再说了。"

大太太听了难免又痛又恼、又急又气："你的心竟这般狠毒……"

"母亲再多说一句不孝，我便在珲哥儿身上多施加一分。"

大太太呼吸一室，脸色惨白如纸。

见她这般，裴慎心中再无怆然，只余一片宁静，空荡荡的静。他甚至可以按照最坏的想法去揣测自己的母亲："万望母亲保重身体，莫要生出用上吊自戕威胁我的心思。若母亲有个言语、身体上的闪失，母子连心，珲哥儿只怕也要不好的。"

大太太听了，顿时面如死灰，连脊背都塌下来，身体哆嗦着，眼泪翻涌。

裴慎只扫了一眼，再不去理会她，起身出了仁寿宫。

已至十月底，外头是薄暮黄昏，余晖映在人身上，到底还是有几分暖意。

待裴慎行至乾清宫，夜色半昏半暗。

沈澜无所事事，恰在偏殿陪着潮生。

宣德炉内四弃香青烟袅袅，素纱帐上烟岚秀润。

潮生枕着荞麦枕，小脸红扑扑的，乖巧地把手搭在百蝶穿花茧绸被上，闭着眼睛，呼吸轻盈绵长。

自宫变那一日后，虽然潮生看着无异样，可沈澜到底担心他，唯恐他见多了血，心中害怕却还要强撑着，便坚持睡在另一张楠木束腰马蹄罗汉榻上，好叫潮生一眼就能看见她。

刚哄睡了潮生，又听得身后响起脚步声，沈澜回身望去，便见裴慎换了身常服，负手立在自己身后。

"潮生睡了？"裴慎低声问道。

沈澜不搭理裴慎，只是因着不愿吵醒潮生，便起身拂下纱帐，径自往外间去。

裴慎知道她心里有气，也不敢多言，只默默地跟在她身后往外行去。走了数步，见宫人、内侍们都低着头，裴慎才快步走至她的身边，伸出大掌去牵她的手。

沈澜微怔。

夜色阑珊，宽袍大袖掩盖下是裴慎粗糙温热的手掌，还讨好一般轻轻地在她的手背上摩挲了两下。

他这会儿知道来讨好她了？

沈澜照旧不语，欲将手抽回。

裴慎哪里肯，只管紧紧地握着，又低沉着嗓音，端肃地说道："你们都退下吧！"

十余个宫人、内侍退至门外。

见四下无人，裴慎这才不端着了，只管凑近了她，低头笑道："你还与我置气呢？"

当日裴俭去世，裴慎抱着沈澜说只有她了。那时，沈澜待他满心怜意。可待到第二日，沈澜得知了整场宫变的细节，气得再不愿搭理裴慎。

她白了裴慎一眼，淡淡地说道："陛下行事只顾顺着自己的心意，何曾管我生不生气？"

她这是气还没消呢！

裴慎忍不住辩解道："当日宫变何其凶险，我之所以那样做，是怕你出事。"

沈澜微愣，心头不免叹息。

那一日，裴慎提醒她近来恐有危险。她不是没想过夜宴上会有危险，可转念一想，虎毒不食子，既然裴慎肯带着五岁的潮生去赴宴，可见夜宴是安全的，危险或许发生在以后。念着这些，她便也没多做理会。谁承想当日如此凶险，明德殿里死了数千人,尸体盈门塞路,血气冲天,令人作呕。

她如今想想,裴慎带走潮生一半是为了历练他的胆气,另一半是为了迷惑她。

裴慎解释道:"那些造反之流都是冲着我来的,只有我离开你,你才能安全。加之潮生是我的独子,若留在你的身侧,必有人想着斩草除根,反为你惹来祸事。倒不如让潮生跟着我,也好保全你。"

一听他提及此事,沈澜心头微恼:"你把潮生陷于如此险地,若他真出了什么事……"

裴慎轻笑,只轻抚她的鬓发:"我必会先于潮生赴死。"

沈澜满腔怒意一滞,又听裴慎说道:"届时你若恨我也没用了,反正我已死了。"

杳杳夜色里,裴慎连神色都显得极为温柔:"况且我若真死了,不管登基的是裴珲还是谁,见你一个弱质女流,就算是为了自己的名声,也不愿来欺凌你。届时林秉忠会带你离开宫中,保全你的性命。"

不管裴慎是成是败,沈澜都会活着。

沈澜听了,眼眶发涩,心中也不知是个什么感受。

裴慎为了保全她,步步筹谋,分出去了百余亲军,甚至将功夫最好的林秉忠留给了她。他优先保障了沈澜的安全,一如当年在龙江驿,他明知仓促组成的队伍未必顶用,明知自己或许会死在倭寇的手里,却还是义无反顾地来救她了。

沈澜固然可以告诉裴慎,不要自以为好意,不要替她做决定,但作为被保护的对象,她可以谴责,可以恼怒,却没办法怨恨裴慎。

沈澜再无话可说,只是叹息道:"你日后不要再这么做了。"

裴慎点头,只管偷觑她,见她神色间虽有恼怒,可到底还是有几分感动的。裴慎强压着喜意,只在心中快活了一会儿,便紧握着她的手,见她不曾拒绝,又忍不住改为与她十指相扣。

沈澜瞥了他一眼,任他握着,慢悠悠地往外间走去。

见她这般,裴慎只觉今日大有进展,心头越发意动,再难忍耐:"我如今也登基了,宫中后位空悬,你与我成婚可好?"

沈澜顿足。当年,她折磨裴慎说三年后再嫁给他,不过是念着裴俭尚在,她一个太子妃根本做不了太多的事情。今时不同往日,裴慎登基了,她若做了皇后,光明正大地拿到金印宝册,可以放归许多思念故里的宫人;可以以蚕桑纺织为名插手各地的纺织业,毕竟这个行业拥有大量的女工;还可以从裴慎手中分部分权力,借助他的手完成良种选育……

沈澜心中塞满了这些,便是为着心中的志向也应该立刻答应的。可不知怎么的,她下意识地抬眼去看裴慎,见他身量高大,素来英武挺拔,兼之眉目俊朗,越发气度不凡，矫矫不群。这样的裴慎，此刻手心竟滚烫得厉害，一双星目半点儿都不错地看着她，连呼吸都略显沉重，内心饱含期待、紧张、盼望……

沈澜看着他，忽觉心中有几分通透之意。

裴慎是爱她的，为此愿意容忍她侵占他的权力，愿意与她议事，愿意为了保护她将自己置身险地。而她待裴慎呢？爱、怜、恨大抵都有。只是，她素来性情平和，很少记仇，就连恨意都在裴慎的舍身相护、自己发泄式的一鞭一鞭里逐渐抵消了。过往种种烟消云散，日后且行且看吧。

沈澜笑了笑，点了点头。

裴慎微愣，紧接着，狂喜几乎冲昏了他的脑袋。裴慎一把抱起沈澜，将她的腰肢搂住，紧紧地贴着自己火热的胸膛。肌肤相触的那一刻，裴慎再也抑制不住内心灼热的渴望，低下头去，厮磨她的唇齿，先是焦灼地渴求、狂风暴雨地掠夺，再是爱怜地含吮……

沈澜被他的身体裹得密不透风，双颊染粉，泪蒙蒙，如海棠春醉、芙蓉泣露，勉力推开他，上气不接下气地喘着："你……你做什么！潮生……潮生还在里间。"

"我不动你！我保证，等到成婚……成婚后。"裴慎胸膛剧烈起伏，快意地喘息着，又爱怜地啄吻，紧紧地搂着她，与她贴着，恨不得攥碎了，与她融在一起。

永兴元年十一月初九，钦天监卜定良辰吉日。

十五日，裴慎率百官祭告天地宗庙。

永兴二年三月二十，内阁首辅取节及制书行纳采、问名礼。

六月初八，行纳吉、纳征、告期礼。

八月十七，帝后大婚。

皇帝大婚的仪式本就烦琐，加之裴慎爱重她，恨不得将婚礼办得越隆重越好。

八月十七，婚礼当日，首辅、礼部尚书亲至府邸中授冠服册宝，再由女官、内宦奉迎皇后入宫。

沈澜坐在舆车上，望着前方近千人的队伍，锣鼓、卤簿、车骆……蜿蜒绵绵如长龙，喜庆热闹又不失庄重肃穆。不知道为什么，沈澜总显得恍惚了些。前后两世为人，她竟然要成婚了！

在这样的恍惚中，沈澜出舆入宫，于内殿更换礼服，再与裴慎一同去奉先殿谒庙，再回转坤宁宫，行合卺礼。

饮下合卺酒，温热的酒液入喉，呛辣得厉害，沈澜终于有了些真实感。

她和裴慎成婚了！

待到礼成，女官、内宦们正要为二人换上常服，裴慎却摆摆手叫他们都退下。

此刻，偌大的宫中只剩下沈澜与裴慎二人。

数支大红龙凤烛将室内照得煌煌如白日，金漆双喜字贴得到处都是，并蒂同心瑞麟绸卧单，大红织金鸳鸯戏水锦被，就连纱帐上都绣着鱼戏莲叶的图样。

二人并肩坐在垂花门飘檐拔步床上。沈澜盯着裙摆上的小轮花出神，只觉这一日迷离恍惚，如醉如梦。她觉得如坠梦中，裴慎又何尝不是呢？他怔怔地望着她，目光半分都不肯错开。

她今日头戴九龙九凤十二花树冠，鬓插珠翠金宝，内着玉纱中单，外罩金龙云纹十二等翟衣，腰佩玉带，结朱批绿锦绶，庄重肃穆，雍容静好。

如同他积年旧梦里想象过无数次的样子，绿鬓朱颜，粉面丹唇，清如晴时新柳，艳似春醉海棠，会微微仰头，扬眉浅笑，也会眼波脉脉，漱漱含情地望着他。

暖黄的烛火微微晃动，摇摇曳曳的光影里，她虚幻得如同空山旧梦。

裴慎下意识地抓住了她的手。

沈澜被他紧紧一握，吃痛之下回过神儿来，蹙眉说道："你做甚？"

梦中人说话了！她不是假的！

他的确与沈澜成婚了。

他们成婚了。

裴慎终于有了些真实感，忍不住笑起来，笑得恣意又快活，眉眼飞扬，身体舒展，整个人神清气爽、气宇轩昂。

"沈澜。"裴慎与她肩并肩地挨在一起，一面笑，一面唤她。

沈澜微微仰头，诧异地望向他。

她在看着我，裴慎心里的欢喜快要涌出来了。

他忍不住又唤她："沈澜。"

沈澜秀眉微蹙，又应了一声。

"沈澜。"

"做什么！"

见沈澜恼了，裴慎笑得越发厉害，只管凑近了她，又将她搂在怀里，在她的耳畔低低地唤着"沈澜"。

他爱怜地唤她，满怀期待地注视着她，追切地渴望着她的回应。"沈澜"两个字，含在他的唇齿间，厮磨辗转，一声又一声，他怎么也喊不够。

沈澜被他喊得面皮发热。他没完没了了！沈澜微恼，紧闭了唇，再不肯应他。

裴慎哪里舍得，紧紧地搂着她，相依相偎，口中只说着"我唤你，你要应我"。

她何曾不应他？沈澜刚要张口，裴慎却已俯下身来。他整个人炽热滚烫，紧紧地抱着她，让她贴着自己的胸膛，俯身含住她的丹唇。仅仅唇齿相触，如同蜻蜓点水般的一个啄吻，裴慎高大的身躯竟略略发颤，忍不住喟叹一声。

二人于扬州相遇，此后辗转山西、京都、苏州、南京，又于杭州分离，武昌重逢。

　　三载相处，六年别离，多年爱恨纠缠，一朝夙愿得偿。

　　裴慎满心熨帖，忍不住搂着她的腰肢，轻啄她的鬓发，又一声一声呢喃着她的名字。他对她又怜又爱，百般疼惜。

　　沈澜依偎着他的胸膛，听着他蓬勃跃动的心跳，不觉也有几分酸涩。她轻叹一声，张口应道："你莫喊了，我在呢。"

　　只听到这么一句话，裴慎心中便百感交集。从前吵架，她一生气就不肯搭理自己，如今她竟肯说一句她在。

　　裴慎忍不住追问道："你以后都会应我吗？"

　　"以后的事哪里说得准呢？"沈澜轻描淡写地说道，可见裴慎神色微变，略显落寞的样子，竟有几分不忍。

　　罢了，她轻叹一声："你若心意不改，我又何妨应你？"

　　裴慎微怔，整个人犹入梦中，神思恍惚，像是连灵魂都轻飘飘的，不知身在何方。等了十年，他终于等来了这一句允诺。

　　他心中怅惘、酸涩俱去，又忍不住欢喜起来。那些快活、喜悦堆积在一起，满满当当，叫裴慎面热、心热、情热。

　　他胸膛起伏数次，剧烈地喘息着，迫不及待地将沈澜带倒，含吮着她嫣红的唇瓣，与她耳鬓厮磨。

　　"此后山长水阔，我自当与你同往。"

　　摘下凤冠佩绶，脱下翟衣蔽膝，解开系带抹胸，拂下帐上玉钩……

　　鸳鸯卧绣被，红烛昏罗帐。痴痴缠缠，如醉如狂。

　　十年扬州梦，今朝终是真。

# 番 外

永兴三年二月,初春。

正是乍暖还寒的时候,纵是燃了地龙,沈澜也总忍不住往裴慎的怀里缩。这人一年四季都跟火炉似的,热烘烘、暖融融的。沈澜夏日里恨不得离他十丈远,独独秋、冬两季喜欢与他待在一起。

一见她合眼迷迷糊糊地往自己的怀里躲,裴慎一颗心暖烘烘的,侧过身,将她搂进怀里,任她半靠在自己的胸膛上,继续睡得香甜。

谁知他刚一动作,沈澜就醒了。

她困倦地睁开眼,含糊地问道:"什么时辰了?"

裴慎如今每日晨起都能看见她,心中熨帖得很,含笑开口:"卯初。"他又抚着她的鬓发,柔声问道,"你可要再睡一会儿?"

卯初?沈澜困倦得厉害,强撑着脑力换算了一番,昨晚是子时末睡下的。也就是说,她总共只睡了四五个小时。

裴慎这疯子!

沈澜先在心里骂了他一句,然后长长地呼出一口气,强撑着疲惫的身体说道:"我记得今日春闱结束了,是吗?"

裴慎轻笑,抚了抚她的脸颊:"今日十九,会试已结束。我前些日子忙于京察,又撞上会试,不曾陪你。今日我且带你去外头玩,可好?"

沈澜诧异地瞥了他一眼:"我前两天为了育种才去过城外的皇庄。"

裴慎被她的话一噎,恨恨地骂了她一句"没心肝"。

沈澜才懒得理会,只管推开他,起身趿拉上绣鞋。

乌黑油亮的鬓发、雪白的肌肤、鹅黄的抹胸、青纱灯笼膝裤，看得裴慎心里热得厉害，却也知道昨晚折腾得太过了，加之天色已经蒙蒙亮，这会儿再闹她，她必定不肯。

裴慎深吸一口气，强压下心头的躁意，与沈澜一道洗漱更衣。

"你要带我去哪儿？"沈澜慢悠悠地走在宫城外。

裴慎握着她的手，今日心情极好，便笑道："我带你去兴隆寺逛庙会，你去不去？"

沈澜自从能自由出入后，对这些庙会兴趣就不大了。只是裴慎既然提了，她也不愿扫兴，就点了点头。

二人沿着金海桥过了太液池，一路顺着阜成门大街往前走。

跟在他们身侧的几十个亲卫自然而然地隐在人群里。

裴慎博闻强识，一路走，一路与沈澜说些趣闻。

"方才那摊贩口称自己卖的是淹叭香，实则那香色白，在手指捻弄下即刻散成粉末，分明是普通的百花香，专拿来哄骗外地客商的。"

沈澜回头望去，见街道两侧的凉棚底下挤挤挨挨的，那摊贩大大咧咧地摆了摊子，喊着："瞧一瞧——龙桂香、铁面香、沉速香、万春香，应有尽有。"

摊子旁已有几个意动的客商正在问价。

沈澜一时觉得好笑，转头说道："你怎么没叫五城兵马司来整治他？"

裴慎牵着她的手，轻笑道："街边小摊贩而已，我遣个亲卫警告一声，再照着规矩来，该罚钱就罚钱，该入狱就入狱。若我专去寻了五城兵马司来，底下的小吏奸猾似鬼，眼见得是我的亲卫去寻，必定以为这小摊贩得罪了我，只怕是要整治得这小摊贩破家灭门。"

沈澜不由得叹息一声："可见考成法还要继续推行。"

裴慎笑了笑："慢慢来。治大国若烹小鲜，为政最忌讳急躁。"

算起来，裴慎执政也才一年半。这一年半里，新政也慢慢推行开来了。

裴慎牵着沈澜的手，慢悠悠地穿梭在人群里。二人行了数步，沈澜却忽而驻足在一家客店前。

裴慎惊诧地望去，却见沈澜含笑说道："那客店里头有几个士子在说话，我们可要进去听听？"

裴慎无有不可，便带着沈澜随意地捡了张大堂里的桌子坐下。

他们刚一落座，即刻有个茶博士过来，拱手作揖说道："敢问二位客官可要点些什么？"

裴慎随口说道："你给我们上些茶点便是。"

那茶博士应了一声，作了个揖，转身离去。

沈澜不在乎吃什么，不过是听见旁边有三两桌士子议论，才进来听听罢了。

"陈兄休要再提，会试连考九日，考得我大汗淋漓，浑身酸臭，一出考场，便大睡两日，今日方起。"

那个山西籍的学子说完就抹了抹汗，拈了桌上的一块定胜糕吃，边吃边含糊地与众人一块儿吐槽起会试之难。

沈澜看了觉得好笑，促狭地问裴慎："你当年会试后也是这般冷汗涔涔？"

裴慎敢入考场自然是有把握的，况且便是连考九日，衣衫酸臭，也绝不愿意在她的面前表现出来，只慢悠悠地说道："我还行。"

沈澜被逗笑。

旁边的士子们既然是来参加科举的，自然关心时政，话题没过一会儿就从会试转向了京察。

"说来，这次京察用了考成法，好生苛刻！"襕衫士子抿了口茶水，蹙眉说道，"圣上何至于此？一次京察，仅老疾就罢黜了六十八人，还罢黜了一百三十四名贪官。这还只是京察，若算上地方官考满，也不知道有多少人要被罢免。"

方才说话的山西籍士子定胜糕都没吃完，即刻反驳道："这么多官位腾出来，难道刘兄不高兴吗？"

他的发言一针见血，襕衫士子只能讷讷地说道："往日里，京察素来是六年一次，如今改成三年一次，再配上考成法，未免太苛刻了些。"

山西籍士子还没开口，旁边的几个士人便反驳道："刘兄这话便错了。新朝初立，圣上涤荡官场污秽本就是应该的。那帮拿着薪俸却尸位素餐之人尽数被罢黜，难道不是好事吗？"

众人都是十几岁到三十余岁年纪的青壮年，自然踌躇满志，争相反驳襕衫士子。

"刘兄可看了邸报？今次罢黜每一个官员都有理有据，俱被刊登在了邸报上，天下人共鉴之。"

襕衫士子身侧的士子穿着宝蓝道袍，说到激昂处，神情振奋："国朝新立，不同于前朝，薪俸高了，冰炭孝敬一应折在了薪俸里，新来的京官还有什么宿舍住，如今总不能再以生活窘迫为名行贪污之事吧。"

"这高薪加上宿舍倒实在是项善政，免了诸多新官无处容身之苦。"说着说着，那细布葛衣的士子不免又感叹起京都米贵，居大不易。

众人话题一路跑偏，扯过了米价，又说考成法，说过了考成法，又扯到邸报。

山西籍士子感叹道："那邸报上刊登的薯种，我家倒也种了，果真亩产能有四石，倒真是天大的好事。"

"四石?"宝蓝道袍士子惊诧之下连声追问,"产量果真有那么多?"

周围的数人也争相看来。

山西籍士子点头:"北方这些年遭了战乱,土地又贫瘠了些。朝廷遣了农官和山西清吏司的人一同搞了什么试验田,果真种出了四石薯种,就在大同府外,人人都能去看。只可惜,那薯种产量会退化,得年年育种。"

众人哪里还在乎他的后半句,连连追问前半句中的细节,惹得那山西籍士子不耐烦地说道:"那邸报上不都登了吗!"

宝蓝道袍士子即刻一拍大腿:"我等还以为朝廷胡说八道呢!"

山西籍士子一时愕然,奈何身侧的众人纷纷追问起了自己家乡能不能种这个、良种要去哪里弄之类的。

有几个士子兴奋至极,连连称赞:"这是善政,善政!"

沈澜与裴慎对视一眼,轻笑一声,心中到底松快。

大家都在兴头上,谈论了好一会儿,话题又扯开来。

"说来也是!如今万象更新,又哪里只是农事呢!"细衣葛布的士子笑道,"考成法加上高薪以荡清吏治,推广良种以惠及百姓,还有重视邸报,一日一印,五文一份,倒叫识得几个字的百姓都能买得起。"

见友人感叹,旁边有志同道合之辈抚掌大笑:"此实乃仁政也。"

众人齐齐笑起来,又有人附和:"王兄还漏说了一样——邸报上刊登了好一阵的摊丁入亩、一体纳粮。从今往后,投献之风终于要被狠狠刹住了。"

于是大家又不免议论起来。

宝蓝道袍士子反驳道:"这法子待读书人苛刻了些。古往今来,考中了举人,自是可以免徭役课税的,如今倒好,都要纳粮,这是逼得读书人离心啊!"

南方正在大肆清查田亩,若再加上摊丁入亩、一体纳粮的政策,当真是掘了富商巨贾、地主士绅的根子。

南方籍的几个士子即刻赞同起来,这个说陛下当年也是个读书人,莫不是被奸人蒙蔽了,那个说这般下去,恐怕天下的读书人都要离心离德。

到头来,倒有一个邻桌的福建籍士子嘲笑道:"诸位果真如同邸报上说的那般屁股决定脑袋,想来都是大户人家出身,方才这般不满国朝新政。"

眼见众人对他怒目而视,那福建籍士子不慌不忙,站起来,笑道:"我就问诸位一句,若真觉得这新政对我等士人不好,为何还要来考科举?"

这话刺得众人一通儿无言。

那福建籍士子倒不曾志得意满,只是朗声说道:"我辈读书人成日里读着圣人之言,唯愿做个好官、清官,如今正是天朗气清的好时候,为何不趁此机会一展胸中抱负，造他个朗朗乾坤？百年之后，我等青史留名，也好过在此为那帮贪官污吏、奸商劣绅说话。"

他此话一说出口，竟压得众人气势全无。

沈澜即刻举杯相敬，笑道："兄台好志气！"

那福建籍士子转过身，一见沈澜便红了脸，只讷讷地端起茶盏饮了一口。

裴慎见状，不快地看了他一眼，复又伸手，轻轻搭在沈澜的小臂上。

那福建籍士子会意，失魂落魄地转过身去。

这一幕倒惹得其余几个士子争相望来。

有几个年轻的，红着脸，分明已经转过身去，又时不时偷觑她两眼。

还有几个顿时就高谈阔论起来，生怕沈澜注意不到他们。

裴慎不快至极，干脆起身，带着沈澜出了客店。只是走到一半，裴慎到底忍不住酸意，说道："我不高兴，你倒是挺快活的。"

沈澜笑得眉眼弯弯，仰头望了望碧蓝的苍穹，又看了看四周喧哗的人潮。

"簪花！簪花！一朵梅花赛神仙，两朵梅花压牡丹……"

"吹糖哩——葱糖、乌糖、芝麻糖！上好的玫瑰灌香糖！"

"看一看，惠州的画眉石、广东的蛤粉、端州的玉华花粉，都有都有。"

在喧哗的人声里，沈澜握着裴慎的手，笑道："我不过是觉得自己做了些有意义的事，所以才高兴。"

裴慎望着她清丽的眉眼，也忍不住笑起来，只管牵着她的手慢悠悠地踱进了人潮里。

待裴慎和沈澜到了兴隆寺已是半下午，却见庙宇四周人流如织，盈门塞路。

着襕衫的士子们相偕谈笑，意气风发。

锦衣华服的权贵高门或坐着高头大马，或乘着青金雕花大轿。

又有罗裙飘飘的妇人娘子，簪花施粉，含笑而来。

间杂着小摊小贩"棋炒棋炒""甜滋滋的阳桃蜜饯""绉纱云吞来一碗"的叫卖声。

还有鸣金敲鼓游神队伍，有数百人，绵长蜿蜒，望不到尽头。

街面上游人如织，摩肩接踵，时不时夹杂着热闹的欢笑声。

"跳得好！当赏！爷赏你——"

铜钱泼落如雨。

"那个背上插刀枪的哭得不真，不如旁边的那个罪囚！"

"哎呀，揭龙旗喽——"

来来往往的人流穿梭而过。独独沈澜，静静地立在人潮里。

"你在想什么呢？"裴慎握着她的手笑问道。

沈澜恍惚片刻，依稀间竟想起了当年裴慎带自己去的金龙四大王庙会，也是这般热闹，吞刀吐火、台阁唱戏、跳百索、踢铅键……

沈澜前三年艰难求生，此后六年又多在拼命奋斗，今时今日终于尘埃落定。她不必再忧心如何生存下去，不必再时刻忧虑被人发现秘密怎么办。她有了可以说话的人，也做了一些有意义的事……

此时，再看庙会，沈澜只觉身上的束缚尽去，沉疴俱无。

"没什么。"沈澜笑起来，"走，我们看庙会去！"

她一路追逐着扮演美猴王的，畅快地笑；见了捉蛇缠戏的，她便紧张地惊呼一声；看见一个跳百索的没成功，她又不禁感到惋惜。

"裴慎，那个铅键踢得极好！"她欢欢喜喜地说完，又点评，"你看见了吗？白娘娘的簪子都要掉下来了！"她说完，见有放烟火的，又高高兴兴地追上去看。

沈澜牵着裴慎的手穿梭在人潮里，笑得畅快，肆无忌惮地快活，追着美猴王，追着风，追着烟火，追着一切她喜欢的东西……

裴慎陪着她，看着她开怀大笑，跑得脸颊红扑扑的，两只眼睛亮晶晶的，好似满天星河入了眼。他注视着沈澜，牵着她的手，陪着她走过庙会的每一个角落。

等到烟火散场，已是夜阑人静，明月高悬，星子满天。人潮已经四散而去。

裴慎牵着沈澜的手，看着她嘴角微翘，忍不住含笑问道："你今日高兴吗？"

沈澜意犹未尽地笑起来："高兴。"

裴慎不由得也快活起来。

两个人手牵手慢悠悠地步行回返宫城，远远地望见金海桥如同一条狭长的玉带横亘在太液池上。

沈澜行至桥心，放眼望去，只见静谧的夜色里，似有一层薄雾笼罩在湖面上。

月白柳绿，风烟俱净。

大抵是繁华过后散了场，沈澜一时心里竟有几分惘然。她仰头望去，只见一轮明月高悬，清辉漾漾而下，犹如冬日白雪。

千年万载，冰轮高悬；他乡故乡，明月依旧。

见她立在桥上，望着孤高皎洁的月轮神思恍惚，裴慎心头发紧，下意识地握住了她的手，说道："天色已晚，我们该回去了。"

沈澜回过神儿来，开玩笑道："这么晚了，潮生应当已经睡了，只怕明日起来后要闹腾，你最好想个理由糊弄他。"

裴慎注视着她，慢条斯理地说道："我就说是你强要拉着我去看庙会。"

沈澜瞪了他一眼，啐他："不要脸！"

裴慎开怀大笑，只管扣紧她的手，带着她返回宫中。

潮生果真已经熬不住，早早地睡下了。

看过了潮生，二人自去沐浴更衣。

沐浴完毕，出了净室，坐在床榻上，沈澜折腾了一天，困得不行，拂开纱帐，沾上天青色杭缎软枕，倒头就想睡。

她刚一合上眼，便觉有轻盈的啄吻落在脸颊、眼睛、鬓发上……

沈澜忍着睡意睁开眼，迷迷糊糊地说道："你不累啊？"

裴慎轻笑。他多年习武，体力充沛，哪里像她似的，走了几步路就喊累。

裴慎俯身，将她抱在怀里，轻轻咬上她的唇瓣，含吮、厮磨，粗糙的手掌抚上她的身子……

沈澜呼吸渐渐不稳，一双玉臂缠上他的脖子："你怎么总想弄这档子事？"

裴慎紧紧地搂着她，与她耳鬓厮磨："我心悦你，自然想与你一道。"

"你就不能……嗯……养养生吗？"

裴慎拂下罗帐，含糊地说道："明天……明天我就养生。"

你休来糊弄我！沈澜尚未来得及将这话说出来，就已经被裴慎带倒在了榻上。

…………

红烛空烧，更漏声声，待到两个人停歇下来，已是寅时末。

沈澜疲倦地枕着裴慎的手臂，额头出了层薄汗，脸颊染着红晕，依偎在裴慎的怀里，好梦沉酣。

裴慎爱怜地轻抚她的鬓发，听着她平稳的心跳声、绵长的呼吸声，又忍不住静静地注视着她。

在很长的一段时间里，裴慎都怀揣着一种甜蜜的恐惧，越美好，就越害怕。

仿佛南柯一梦，他醒来后就什么都没有了。

他在那事上痴缠沈澜，迫切地想和她融在一起，想听见她的声音，得到她的回应。只有在这种时候，他才会觉得一切都是真实的。她不会突然消失不见，不会离开自己，不会思念什么故乡，也不会想起上辈子的记忆。

裴慎下意识地将沈澜搂进怀里，紧紧地抱着她，与她四肢相缠，听着她轻盈绵长的呼吸声，焦躁的内心才算慢慢平静下来。

夜阑人静，裴慎细细回忆着白日里自己可有哪里做得不好，沈澜可有不高兴的神色。只是他想着今日的庙会，又难免想起了当年带沈澜去看的那个金龙四大王庙会。

京都逛庙会、澄湖观景、冬日赏雪、年末守岁……这些裴慎记忆里的美好，有多少是沈澜为了逃离自己而装出来的呢？又或者当年在这些场景里，她也曾有过几分欢喜和爱意，只是那时她与裴慎不曾平等，以至心中更多的是沉郁、虚情假意的奉承和被迫的屈服。

那些回忆在裴慎的脑海中反反复复地出现，以至他迫切地想用美好的记忆覆盖掉那些糟糕的过往。

今日他带沈澜去逛庙会便是第一件。

接下来，他还有许多事情要带着沈澜去做，直到有一天，让沈澜遗忘了那些爱恨纠葛的过往，只剩下如今美好的时光。

裴慎将她搂得越发紧了，贴在一块儿，鬓发相缠。他又在心里计划着，接下来要教她骑马，六月要带她再游澄湖，冬末和她一同赏雪……

漫漫光阴，与子偕行。

恰逢初春，正是早莺轻啼、新燕衔泥的时候。只是今日微雨，帘外雨丝细密，蒙蒙如雾。

天气轻寒，怕她着凉，裴慎下意识地将手搭在身侧，想将沈澜搂得更紧些，

谁知一摸之下，竟摸了个空。

空的？！

裴慎猛地睁开眼，但见身侧空荡荡的。不仅如此，原本的白绫卧单成了天青色床单，百蝶穿花茧绸被变成了棉被，松木枕也成了素白的枕头。

裴慎心中惊疑，即刻起身望去，只见此地宽约一丈、长约三丈，放着四张床，俱是上床下桌，旁有一柜。除此之外，再无他物。

这是哪里？沈澜去哪儿了？

裴慎心里发沉，隐隐有了些不好的预感。这天底下既然能有沈澜附身转世那般奇异之事，如今这种神异发生在他的身上，又有什么好奇怪的呢？

只是裴慎到底怀揣着一分期望，加之他素来性子坚韧，决计不甘心，只紧握成拳，对着身侧的墙壁猛地砸去。

"砰"的一声，厚重的墙壁簌簌落灰，墙皮脱落。

裴慎手剧痛，骨节发红，溢出点点鲜血。

另外三张床上的舍友被惊动。

其中有个小胖子大骇之下，坐起来惊声说道："怎么了？怎么了？"

另外两个室友也迷迷瞪瞪地醒来。

裴慎只是盯着手指骨节上冒出的鲜血，一言不发。

他会疼，会流血，不是做梦。

沈澜不见了。

他怔怔地坐在那里，半个字都说不出来。

其余三个舍友见了，还以为他也被那声响动吵醒了。

所幸闹钟零零星星响起，另外三人顾不上什么响动不响动的，迷迷糊糊地下了床。

裴慎也被闹钟惊动，回过神儿来，暗道：我既然来了此处，焉知沈澜是否也来了呢？思及此，他提振精神，冷眼旁观这三人如何行事。

从床上下来的小胖子见裴慎没动，催促他："裴慎，起床了。"

此地的他也叫裴慎？！

裴慎知道了名字，干脆利落地下床，学着另外三人的样子穿衣、洗漱。

看着卫生间里的镜子，裴慎内心一阵错愕，倒不是惊异这镜子能将人照得如此清晰，毕竟铜镜虽微微泛黄却也能把人照得一样清楚，而是错愕于这张脸竟跟他十六七岁时一模一样。

他莫不是投胎转世了？还是说，他就是此地的裴慎，只是开启了宿慧？

裴慎压住心中的惊疑，又跟着三个舍友一起去了食堂，吃完饭后再去教室。

嗡嗡转动的吊扇、自动发光的灯、一拧就出水的水管，这些都没有叫裴慎惊诧。灯和扇子改了模样依旧是灯、扇。往前数两个朝代，早就有引水的竹筧。

说白了，无非是有各种各样的机关，他新奇一番也就是了，有何好诧异的？

唯一让他惊讶的是，书院里的同窗中竟然有女子。不仅如此，还有许多女夫子。这里倒与沈澜说的一般无二，可见女子也是能参加科举的。

若真是如此，此地是否就是她的故乡？

沈澜也在这里吗？

裴慎的心绪如湍急的流水激荡万分。既有了希望，他便越发镇定，跟着众人上了一节语文课。

竖版成了横读，字也缺胳膊少腿，除了这两点之外，别的他倒也能适应。

语文课上辨识多音字，裴慎对为文字注音并不感到奇怪，实则早在千余年前就有反切法注音，只是如今的拼音更为简洁、方便。还有什么标点符号、句读，古已有之，只是形式各异、含义不同罢了。他只需稍加熟悉即可。

课本上多有些策论、诗文，读来朗朗上口，叫人口齿生香。与他从前读书时学什么名篇时文一般无二。

这里的人似乎不用毛笔，用什么水笔、圆珠笔，不过也不奇怪，双瓣竹尖笔、铅椠……各种各样的硬笔，古已有之。

一堂语文课上下来，裴慎竟觉得还好。

语文课结束后，是十分钟的课间休息。周围人有的埋头学习，有的打打闹闹。

裴慎瞥了一眼身侧埋头苦学的同桌庞博，不动声色地问道："这附近可有卖书的地方？"女子也能读书，可见此地文化昌盛。既然如此，书肆里必定有史书可购置或者翻看。

庞博握着笔，挠挠头说道："从学校过去两站路就是新华书店。"

两站路？这是何意？裴慎面不改色地说道："太远。"

"坐公交车两站路还远啊？"庞博吐槽道，"你走路快的话没多久都到了！"

公交车？想来是跟马车一般的东西，载人、拉货，那便是可以乘坐的了。

裴慎笑了笑，又慢条斯理地说道："我懒得走路，坐公交车又太慢，还是换个别的吧。"

庞博点点头，随口说道："你打车去也行啊。"

打车？除了公交车，可见还是有别的车的。裴慎佯作点头，正要开口继续套话，谁知过道旁的另一个同学见老师不在，把手藏在抽屉里，缩着肩膀，低着头，偷偷摸摸地翻出一个东西，对着作业搜答案。

裴慎见他鬼鬼祟祟地拿着个小铁盒子，饶有兴味地看了几眼，又拍了拍庞博的肩膀，指了指那同学。

庞博顺着裴慎的视线望去，忍不住感叹一声："他胆儿可真大，在学校里都敢玩手机！"

学校范围内的违禁品？裴慎不动声色地说道："那还挺新的。"

庞博忍不住酸溜溜地说道："那是上一年发售的老手机了，也就壳子看着新，系统肯定已经卡了。"

原来这东西叫手机！

裴慎得了几个新名词，含笑继续套话："你也想买手机？"

庞博拼命点头："我想买个手机打游戏啊！打从上了高中，我爸妈直接就把我的手机收缴了……"他羡慕不已，不由得絮絮叨叨。

裴慎只是静静地听着，不时附和一二："我也想买一个手机。去哪儿买手机？"

"你不是有手机嘛，想换一个？"庞博快快不乐地说道，"你换一个也行。手机专卖店、旗舰店都有。其实你网购手机也挺好的，现在线下都太坑了……"

庞博只是个普普通通的高中生，没多少心眼儿，就这么一个课间，便被裴慎套话给套了个干净。

短短一天的工夫，裴慎便弄清楚了书店的位置、交通方式、各类生活用品等，甚至跟着庞博去学校的小超市里晃悠了一中午，就为了搞明白此地的货币。他看明白了硬币、各种颜色的纸币，甚至暗自换算出了比例，强迫自己将阿拉伯数字和繁体数字对应起来。

只是在超市待了一中午，望着货架上琳琅满目的商品，裴慎又不免惊叹此地的物质之丰富，怪不得沈澜说她生活富裕，不缺吃穿。

惊讶过后，裴慎心情颇好。这样一来，此地是沈澜故乡的可能性就更大了。

傍晚，裴慎没去食堂吃饭，请了假，带着自己在宿舍抽屉里找出来的两百块钱，顺着通校生的人潮离开了学校。

学校门口的公交车站总是无比显眼，人们黑压压地挤在一起。

裴慎站在人群里，冷眼旁观了几次人潮上下车，大概也就知道要如何去往书店了，无非是付钱、上车，到站下车罢了。

到了书店后，裴慎在历史专区找到了好几套历史书，通史、二十四史、史纲，各种版本的都有。

他还看中了一套繁体竖版的二十四史点校本，只可惜二十四史太过庞大，足有数百本。裴慎来不及翻阅，只匆匆买了一套上下两册的通史先做了解。

他买了史书后，又直奔政治类书籍专区，一连挑了好几本。

历史、政治类的书都齐全了，厚厚的一摞书提在手上，裴慎却不曾离去，反而转身去了儿童类书籍的专区。

他少时启蒙，读《幼学琼林》，其中有"上服曰衣，下服曰裳。衣前曰襟，衣后曰裾"之类的语句，类似于常识篇。虽世事流变，然而对于幼童的启蒙终归是一样的，他猜测此地必定也有类似的常识书籍。

儿童书籍专区里多是家长，裴慎站在其中并不突兀。他翻阅了数本故事绘本，发现"蘋果"简化成了"苹果"，"西瓜"却依旧叫"西瓜"。

裴慎微微一笑，果真是自古时一脉相承而来，倒也有趣。他拿着几十本绘本，一连看了两个小时，补足了勿要触电、坐出租车、开关空调之类的生活常识。

他把能翻阅的书尽数翻看完毕后，又挑中了一套百科全书，打算回去后细细查漏补缺。

裴慎付过钱，带着两套书直奔华商大厦。

照庞博所说，他原本是有一部手机的。果不其然，裴慎找钱时发现枕头下压着一部手机，估计是父母买给他打电话用的，但他不会用，于是直奔商厦里的手机旗舰店，待了一个小时，就为了看店员向他展示手机的各种功能。

只看了一会儿，裴慎面上不动声色，心中却有几分惊诧。

短短一日，裴慎对此地的感受是文化昌盛，物质丰富，机关精巧，而此地的人们管这叫科技。裴慎万万没想到，有一天科技能精妙至此。

小小的一个铁盒子竟然能囊括五湖四海的见闻，不仅可以让人查阅书籍、信息，还可以隔着千万里交流，甚至有大量的公共平台以供发言。

他本能地想到这般舆论喉舌利器，为政之人必要管控起来。可他转念一想，既然个人能发表言论，那么是否可以在上面发布寻找沈澜的信息。想到这里，裴慎下意识地上前一步，竟有几分心潮澎湃。只是他既不知道沈澜这一世的样貌、年纪，更不确定她是否来了此地。裴慎叹息一声，再无心情，带着书离开了商厦。

待他回到学校，已经是晚上九点多了。

裴慎顾不上和室友打招呼，洗完澡后开着灯，通宵读起了买回来的各种书籍。

等他将两册通史翻阅完毕，已是晨光熹微，天边露出了鱼肚白。

裴慎眨了眨微涩的眼睛，心中不免感慨。

大魏国祚绵延三百二十七年。

魏太宗裴慎励精图治三十年，征漠北、伐高丽、讨南洋，其疆域北至蒙古奴儿干都司，南至崖、棠二州，西至葱岭小勃律，生民繁茂，社稷安康；稻米流脂，市积金银；舳舻相接，四海通衢，史称"永兴之治"。

昭昭青史，他与沈澜尽数留名。

裴慎嘴角微翘，心情稍好了些，只是思及沈澜，又不免惆怅起来。他挂念着沈澜，越发急迫地试图适应环境，好为寻找沈澜做准备。

事实上，裴慎迅速融入此地并不难。不过短短一周的工夫，他就大致翻完了百科全书，再加上手机的搜索引擎的帮助，迅速地弥补了自己缺乏的各类常识。

各种家电他都会用。有人喊他打篮球，他就去打；有人跟他谈论游戏，他多半言简意赅地点评两句，还能顺势套话。有人提到新名词，他白日不显，晚上就回去翻阅百科全书或者查手机。

只要不和旁人深入交谈，他表面上看起来与旁人一般无二。加之是高一，同学之间不甚熟悉，裴慎又话少心细，观察力极佳，一时竟无人发现他的异常。

然而无论表面装得多么像，裴慎内心深处依旧有一种强烈的不适感。他不太适应周围人露胳膊、大腿，不习惯有同学来跟他勾肩搭背，不习惯男男女女打打闹闹。

竭力适应，无法容忍，在这样的割裂里，裴慎忽然就明白了为什么当年在他发现沈澜的秘密之前，她无论如何都不肯答应和他成婚。因为她根本不信任他，她的心里充满恐惧，唯恐自己说错一句话就暴露某些常识性缺陷，惹人生疑。

那时候的沈澜，面对裴慎，如同面对一个极可能会伤害自己性命的人，内心惊惧至极，怎么可能爱上他呢？

如今易地而处，裴慎心志坚韧，勇毅过人，面对截然不同的世界虽不害怕，甚至可以说是格外镇定，可举目四望，连个能肆无忌惮地说话的人都没有，只余下孤独。那是一种和全世界都格格不入的感觉。他所熟悉的一切都不在了，习俗、人情迥异于过去，只能强迫自己适应。怪不得当年沈澜会感到极度的孤单，甚至日渐郁郁寡欢。

　　想到沈澜，裴慎心里酸涩，回首往事，方知她那十年何其煎熬。

　　"沈澜！沈澜！"裴慎翻来覆去地念着这两个字，本就怅惘的心越发沉郁。

　　也不知她现在在哪里。

　　清晨，长空碧蓝，红霞半染，簇簇金光喷薄而出。

　　沈澜被光亮唤醒，迷迷糊糊地翻了个身，按下了闹钟。

　　"澜澜，起床吃饭了。"门外遥遥地传来柔声的呼唤。

　　沈澜睁开眼，入目是雪白的墙壁、书桌、电脑、七八个毛绒玩偶。她发了会儿呆，从乱七八糟的思绪中回过神儿，换好衣服起床。她打开房门，看到不远处的餐椅上，赵青正戴着眼镜查看邮件。

　　沈澜见了她，高高兴兴地走过去，搂住她的脖子撒娇："妈妈，我好想你呀！"

　　"哎呀，你这孩子！"赵青摘下眼镜，嗔怪地拍了拍她的胳膊。

　　沈松涛刚从厨房出来就看见这一幕，端着餐盘，笑道："澜澜，你这么大个人了，还撒娇。"

　　沈澜还没说话，赵青先嗔怪道："她哪里大了？我们澜澜就算八十岁了也还是小孩呢！"

　　沈澜鼻子微酸，差点儿落下泪来。

　　沈松涛见自家老婆和女儿统一战线，自己打不过就加入："赵老师说得对！"

　　说完，逗得赵青和沈澜一块儿发笑。

　　"爸。"沈澜笑盈盈地接过餐盘，放到桌上。

　　雪白暄软的生煎包上缀着碧绿的葱花，醇厚香甜的豆浆在杯中摇晃，褐色的茶叶蛋热气腾腾……

　　一家三口有说有笑地围坐在桌边吃早饭。

　　氤氲的热气里，沈澜眼眶微微潮湿，鼻子也酸涩异常。她不想让爸妈看见，就低下头去喝豆浆。

　　自家女儿稍有动静，做父母的，哪里会发现不了呢？

　　"澜澜，你怎么了？"沈松涛剥了个茶叶蛋递过去，状似无意地问她。

　　沈澜摇摇头："没事。"

　　沈松涛和赵青对视一眼。

　　赵青清清嗓子，关切地问道："是不是学校里有人欺负你了？"

　　"没有呀！"沈澜摇摇头，脑后的马尾辫一甩一甩的。

　　她依恋地靠在赵青的肩膀上，嘟囔着："我就是有点儿想你们了。"

沈松涛和赵青这才松了一口气。

虽然他们不明白女儿怎么今天这么黏他们，可孩子亲近父母也是好事。

两个人没多想。

沈松涛还笑着调侃她："你就算再撒娇，也得去上学。"

沈澜轻轻地哼了一声，端起豆浆一饮而尽，咬着个生煎包，背上书包，就往学校去了。

出门前，赵青还在提醒她，不要忘记带稿子。今天是新生大会，沈澜要作为优秀新生代表上台发言。

她到学校时恰好是早上六点五十分，六班刚开始早自修，同学们叽叽喳喳，人声鼎沸。

同桌崔乐语性格开朗，还是和沈澜打小儿一块儿长大的发小儿，见她来了就凑过去，笑嘻嘻地问："澜澜，你的数学作业写完了吗？我有两道题不会做呀！"

沈澜掏出作业本给她讲题。

两个人嘀咕了一会儿，没过多久，班主任就通知大家去大礼堂集合。

一千余人把大礼堂挤得满满当当，台下的学生们交头接耳、热烈鼓掌。台上的主持人握着话筒，感情真挚地发言："金秋九月，丹桂飘香，值此……"

裴慎静静地坐在椅子上，听着主持人讲话、校长致辞、已经上大学的优秀学长学姐分享高考的经验、各类竞赛的金牌得主讲话、优秀新生代表发言。

"这活动什么时候能结束啊？"庞博痛苦至极。

另外两个舍友跟裴慎他们坐在一起，也纷纷皱着眉，一个说快要饿死了，另一个说这地方空调开得大，有点儿冷。

旁边的同学则小声地聊着最新的游戏。

主持人还在喋喋不休。

"接下来，请高一年级的优秀新生代表沈澜同学发言。"

周围很是嘈杂，以至台上的主持人说话的时候，裴慎甚至以为自己听错了。他下意识地攥住了椅子的扶手，却又犹豫了一下，侧过头问庞博："刚刚那个主持人说什么？"

庞博哑巴了一下嘴，说道："主持人说请优秀新生代表发言呗。"

裴慎思索了许久要如何寻找沈澜，却没想到见到沈澜竟是在这种情况下。

高一新生大会，优秀新生代表发言。

"各位老师、同学，下午好。我是高一六班的沈澜，非常荣幸……"

裴慎茫然地抬起头望向台上，却见沈澜将乌黑的头发扎成了马尾辫，碎发未打理，散漫至极，却显出一种别样的柔稚可爱。

鲜红润泽的唇，黛色的眉，蓝色的校服校裤，露出一截雪白的手腕。她俏生生地站在那里，清新明快，好似春日里金色的阳光、翠绿的新柳、清澈的溪水……

裴慎眨眨眼，忽觉眼眶有些涩意，可他的心一下子就畅快起来。

隔着千山万水，他到底见到了她。

裴慎深吸一口气，正等新生大会结束，却听见周围的几个男同学已经议论纷纷。

"她穿校服都这么好看，也太漂亮了吧！"

"她是不是叫沈澜？哎，你们说我去追她，能不能追上？"

"你胆儿可真大！也不怕被班主任发现！"

听他们肆无忌惮地议论沈澜，裴慎的脸色难看至极，他沉下脸，冷厉锋锐的目光投向这几个人。

说话的男同学们被他吓了一大跳，等回过神儿来后，却发现裴慎已经转过身去，继续望向台上。

几个人面面相觑，悻悻不已，但又不好发作，只能咽了这口气。

裴慎不再理会他们，只是专注地看着沈澜结束演讲，坐回班级，和旁人谈笑风生。看着沈澜笑得眉眼弯弯，裴慎忍不住迟疑。她到底有没有前世的记忆？或者说，她还记不记得自己？

待到迎新大会结束，千余人散场离去，裴慎起身，顺着人潮追赶而去。

沈澜和崔乐语，还有几个朋友，嘻嘻哈哈地谈笑。奈何人太多，几个人刚出了礼堂就被挤散了。

沈澜想了想，要到中午了，干脆去食堂吃饭吧。只是她走了没几步，就听见有人遥遥喊她：

"沈澜——"

沈澜下意识地回身望去，隔着汹涌的人潮，只见穿着校服的裴慎立在不远处，正殷殷地望着她。

沈澜恍惚了一瞬，轻轻垂下了眼睑。

见她不说话，裴慎倒紧张起来，匆匆走过来，开口时声音却有些喑哑："你……"

他其实想问，她还记得他吗？她是不是把他忘了？他们重逢了，她高兴吗？

那么多的言语都哽在喉咙里，裴慎却一个字都问不出来。

他心跳得极快，想伸手去拥抱她，却紧张得满手心冒冷汗，连声音都是干涩的："沈澜，我……"

"同学你好，请问你有什么事吗？"沈澜仰着头问道。

裴慎脸色骤然发白，连心跳都像是漏了一拍。

她不认识他，也没有前世的记忆。

裴慎心里钝钝地疼，一时竟不明白为何自己来了这里，沈澜却不曾回来。

裴慎下意识地去看她，却见她嘴唇轻抿，神色间有些怅惘，那不是看陌生人的眼神。

她是记得自己的。

裴慎心里陡然一松，几乎脱力。绝处逢生，莫过于此。然而下一刻，裴慎就意识到她不愿意认他。

裴慎心里发沉，又空得厉害。他知道自己从前待她不好，于是竭力想补偿她，可弥补了那么多年，终究没能将那些伤害尽数抹去。

她不爱他，也不想认他。

裴慎立在原地，只是怔怔地看着沈澜，目光哀凄，一副失魂落魄的样子。

沈澜见了，犹豫片刻，终究还是轻轻地叹息一声。

那叹息声轻盈地落在风里，吹得裴慎眼眶潮热，几乎要落下泪来。

沈澜伸出手，轻轻地握住了裴慎的手掌，低声说道："快中午了，我要吃饭去，你去不去？"

裴慎反手握住她细嫩的手指，将她的整只手包裹在自己的掌心。

沈澜终于想起来这是在学校里，连忙挣开手，带着裴慎，一前一后汇入人潮。

食堂里，沈澜排着队，裴慎排在她的后面。

"你卡里有钱吗？"沈澜晃了晃马尾辫，略略歪头问他。

裴慎点点头，低声说道："你想吃什么？我给你买。"

沈澜轻笑，慢悠悠地说："这可是你爸妈的钱。"

裴慎一噎，这会儿才想起自己还没成年，连活计都没一个，哪儿来的钱给她花？

见他被自己的话噎住，沈澜嘴角微翘，心情很好地往后站了站，贴近裴慎，故意说道："我有压岁钱，我给你花呀！"

那他岂不是成了吃软饭的？

裴慎明知她故意戏弄自己，却还是忍不住脸色一肃："不用！"

沈澜顿时笑得前仰后合，嘴上却还要可惜道："那好吧！"

见她笑得眉眼弯弯，裴慎轻哼一声，心道：难得见她这般高兴，便不与她计较。

沈澜高高兴兴地买了一荤两素，又看着裴慎自己刷卡打饭。

附中管得严，一男一女一块儿吃饭，总是会惹来同学、老师关注的目光，要是被班主任看见了，更加麻烦。沈澜正想提醒裴慎不要跟她同桌吃饭，谁知裴慎先等她坐下，然后一本正经地端着餐盘问道："同学，这里有人吗？"

沈澜挑眉，没想到裴慎还挺适应环境。

"没有。"沈澜摇摇头。

两个人斜对角坐着，佯装不认识对方。

裴慎素来食不言、寝不语，沈澜也不说话。两个人一同吃完饭，又慢悠悠地出了食堂。

裴慎隔着一段距离跟在沈澜的后头，越走，前方越僻静，似乎是绕过了中午如织的人流，来到了学校实验楼四楼的楼梯拐角。

待沈澜站定，转过身来冲他笑，裴慎的心又剧烈地跳动起来。

四目相对，裴慎克制不住地想去拥抱她。

沈澜却微微仰头，问他："你是什么时候来这里的？"

裴慎深呼吸一口气，没有回答，只是哑声问道："我能抱一抱你吗？"

沈澜微愣，仰头看见裴慎清俊的眉目，见他神色紧张，忽觉心中微涩。

于她而言是回家，于裴慎而言却是远离故土。

一如当年的自己。

沈澜心中怅惘，想给裴慎一个安抚的拥抱，伸出手，大大方方地说道："你抱吧。"

下一刻，她就落进了裴慎的怀里。

裴慎搂着沈澜的腰肢，近乎凶蛮地将她的身子贴近自己的胸膛，力气大得几乎要将她的骨头都折断。

沈澜吃痛之下正要挣扎，却听见耳畔传来裴慎的声音。

"我想你了。"裴慎的声音闷闷的，又低又哑，甚至带着点儿含混不清。

如果不是近在耳畔，沈澜都未必能听清楚。

她心里发软，念着裴慎宛若当年流落异乡的自己，就抚了抚他的脊背。

四下无人处，唯有二人"怦怦"作响的心跳声。

抱了好一会儿，沈澜算着时间，想起自己还有许多事要问，就推了推他。

裴慎叹息一声，略略松手。

沈澜仰着头，问："你来这里多久了？"

裴慎搂着她，拨弄着她的发尾，柔声说道："十天。"

沈澜微愣，才意识到他竟一直在计时。

他计时做甚？莫非他在数着日子，想找个时机回去，如同当年的自己。

她低低地叹息一声："我不知道你能不能回去。你若有什么困难，就来寻我。"

裴慎搂着她，抚了抚她的鬓发，轻描淡写地说道："没什么难的。"

沈澜慢吞吞地哦了一声，真挚地问他："你真没困难？你的成绩很好吗？"

裴慎脸色一沉，上第一节语文课的时候还好，后面上政治、历史、地理课时还算听得懂，等到上物理、化学、数学课时就已经有些困难了，待到上英语课……

明知她是故意戏谑自己,裴慎哪里肯让她如愿,就淡淡地说道:"你们这里采用的是文理分科,我会弃理从文。"

沈澜微愣,心道:裴慎果真极有决断力。政治、历史、地理这三门本就是裴慎的强项,就算有疏漏之处,他至少理解起来并不困难。剩下的语文不消说,数学固然麻烦,但万幸还是高一刚开学,大家基础都一样,加之裴慎本来也是有数学功底的,否则岂不是会被户部的人糊弄了去?裴慎要做的就是将小学、初中的数学课本收集起来,查漏补缺。

"那英语呢?"沈澜笑盈盈地问,"英语怎么办?"

"我从前学过鞑靼语,学起来倒也不难。"裴慎淡淡地说道,"如今,我不过是换一种语言学罢了。"

他说得容易。

沈澜疑惑起来:"你还会鞑靼语?"

裴慎轻笑:"我当年平胡房,与鞑靼多有交战,特意学过鞑靼语。况且,边地常年与鞑靼打仗,时间久了,两地交会之下,就连百姓都能骂几句蒙古语。不仅是鞑靼语,太常寺下属的四夷馆还教授藏文、波斯文等。这些我也能说上几句,只是不如鞑靼语纯熟罢了。"

沈澜听他解释了一通儿,心道:裴慎居然还是个复合型人才,不过这也没多大用。

她睁大眼睛看着裴慎,真诚地说道:"英语和鞑靼语不同。要不要我替你补习呀?"

裴慎心知她就是想看自己笑话,便淡淡地说道:"我当年在广州平倭,见番邦蛮夷与海商交谈用的多是佛郎机语,没料到最后竟是什么英语强过了佛郎机语。"

他转换话题,就是拒绝了。

沈澜叹息自己损失了一个看裴慎笑话的机会。

她正遗憾着,谁知裴慎却话锋一转:"我听过佛郎机语,会说鞑靼语,粗通藏文,就是没听过英语。"说着,清了清嗓子,"你能不能帮我补习英语?"

能有与她相处的机会,他为何不同意呢?只是过往他在沈澜的面前总是博闻强识的样子,如今却显露出自己不懂英语,倒叫自己稍感郁闷。

沈澜见他略显气闷的样子,心里不免觉得好笑,就点点头说道:"那周六我去市图书馆等你。"接着补充道,"学校不允许异性太亲近,我们在学校里得装作不认识。"

裴慎应了一声,不说话了,只是静静地看着她。

他生得清俊,身量挺拔,看人的时候目光专注,颇显深情。

沈澜被他看得脸颊微热,低声说道:"午自修快要开始了,我们回去吧。"

裴慎不舍得走。他难得能与沈澜待在一起，就低声哄她："这里没人，我们再多待一会儿吧！"

沈澜轻哼一声，甩开他的手就往外走。

裴慎无可奈何，只能远远地跟在她的后面，看着她乌黑的发尾在跃动的阳光下一荡一荡的，小白鞋踢开路上褐色的石子儿，侧身躲过道旁探出来的碧绿枝叶，又将落在肩上的金黄色桂花拂落……

裴慎慢悠悠地跟在她的后面，看着看着，到底忍不住轻笑起来。

听见他在身后笑，沈澜也轻轻翘起嘴角。她把小石子儿略略踢开，却没有踢到路边。继续往前走，没过多久，她就听见小石子儿骨碌碌滚动的声音。

是裴慎将小石子儿踢到了路边。

沈澜再次嘴角微翘，含着笑把肩上的桂花拂落……

漂亮的桂花落在了水泥地上。

裴慎就把桂花捡起来，放到了路旁的野草丛上。

沈澜甩着马尾辫，高高兴兴地往前走。

裴慎就在后面远远跟着，眉眼含笑地注视着她。

路上有那么多的学生、老师喧哗笑闹，却没人知道沈澜和裴慎认识。也没人知道，偌大的校园里，他们走在同一条道路上，这样隐秘地交换着快乐。

她和他都很高兴，一前一后，快快乐乐地穿梭在高中的三年时光里。

附中是重点高中，学习氛围相当浓厚。每个学生都在努力地学，沈澜和裴慎当然也不例外。整个高中三年，两个人都埋头学习。

沈澜自不用说，成绩很好，如无意外，应当能考上最好的学校。而裴慎为了追上她，想与她报考同一所大学，就必须付出加倍的努力。

他凌晨五点半起床，晚上熬夜学习到十二点，周六周日辗转在自习室和家教老师之间。为了在短短三年内夯实基础，提高成绩，裴慎几乎分分秒秒都在学习，好在付出终究有回报。

高二文理分科之前，裴慎的学习成绩不佳，排名是中下游，甚至堪称倒数，因为被不熟悉的理科扯了后腿。

分科之后，裴慎的成绩直线上升。尤其是在彻底夯实基础后，他博闻强识的优点彻底显露。

到了一模的时候，裴慎的文科成绩已经能稳坐年级前三。

二模、三模时，他甚至拿到了全校第一的好成绩。

时光飞逝如流水，很快就到了高考。

燥热的夏天,窗外绿槐成荫,蝉鸣声声。当高考开考的铃声响起,千万考生翻开试卷,提笔落字。

三年的汗水、奋斗,都融在了这一场考试里。

等到高考结束,走出考场的那一刻,沈澜站在蓝天下,和无数冲出教学楼的学生一样奔向了焦灼等候的父母。

一家三口回到家,赵青和沈松涛都没问沈澜考得如何,只是一个劲儿地告诉她,考完就结束了,不用多想,好好地睡一觉。

沈澜笑着应了,刚进房间就听见手机响了。

她从枕头底下翻出手机一看,是裴慎打来的。

沈澜接通电话,正欲开口问他考得如何,却听见电话那头儿传来裴慎的声音:"我在你家楼下。"

沈澜微怔,轻手轻脚地关上房门:"爸、妈,我去趟超市。"说着,她就跑下了楼。

裴慎还穿着校服,估计和沈澜一样,考完回了趟家,就跑出来找她了。

他立在树荫下,灼热的阳光透过树叶洒落了一地光斑,明亮而耀眼。

沈澜被阳光晃了晃眼,心道:这人长得的确很帅。她心里想着,就招了招手:"你怎么来了?"

"我想你了。"裴慎说得轻描淡写,倒叫沈澜耳根微红。

高三那么忙碌,两个人到了后期几乎不能见面,只顾着学习。说起来,他们已经快小半个月没能聊天儿了。

沈澜解释道:"明天我们还得去学校估分,马上就能见面了。"

裴慎摇摇头,专注地看着她,固执地说道:"明天归明天,我今天就想见你。"

沈澜白皙漂亮的耳根浮起一抹红晕,漂亮得如同红玉。她心想:开放的社会环境果然能改变一个人。换作以前,裴慎打死都不会在大庭广众之下说出这种轻浮话来。如今倒好,白天两个人单独相处时他竟也会说些情话了。

沈澜清清嗓子,岔开话题:"你考得怎么样?"

裴慎轻描淡写地说道:"还可以。"

沈澜点点头,谦虚地说道:"我考得也还可以。"

二人对视一眼,齐齐笑出声来。

裴慎专注地看着她笑,眼波轻柔如春水,见四下无人,又忍不住想去抱她、亲吻她,爱意满到要从心里溢出来了。

沈澜被他的目光烫了烫,清清嗓子说道:"你还有事吗?"

裴慎伸出手,紧紧地握住她的手:"你们班后天是不是要在国际大酒店办谢师宴?"

沈澜点点头："是的！怎么了？"

"我们班的谢师宴也在那里办，到时候我跟你一起去，行吗？"

沈澜微愣。她是班长，班里的谢师宴是她负责举办的。裴慎他们班的谢师宴能和沈澜班的撞在一块儿，是巧合还是裴慎在弄鬼？

可沈澜转念一想，不论如何，裴慎这意思倒是表达得很明确——他不想再搞地下恋情了。毕竟整个高中三年，二人的恋爱都是隐秘的。

见沈澜不说话，裴慎心中微躁，目不转睛地盯着她，沉声说道："我们已经谈了三年的地下恋，没有一个人知道我们俩的关系。"

沈澜像煞有介事地点点头："也是，你无名无分这么久了。"

裴慎噎住，恨不得咬她一口："你知道就好！"

若不是她嫌弃同学起哄、老师关注太麻烦，坚决不肯暴露，裴慎哪儿能容忍自己和她搞什么地下恋？他恨不得把自己和沈澜谈恋爱的事告诉所有人！

"谢师宴那天，我先送你过去，再接你回来。你要告诉你的同学、老师，我是你的男朋友。"裴慎提醒道。

"知道啦，知道啦。"沈澜嘟囔着，"你都提醒我八百遍了！"

到了谢师宴那一天，裴慎穿了短袖、牛仔裤、运动鞋。他个儿高腿长，普通的衣服穿在身上也显得清俊英挺。

沈澜懒得折腾，随手从衣柜里抽了条淡蓝色束腰的小裙子穿上就去了。

两个人刚进酒店的宴客厅，沈澜就发现女孩子们都脱下校服，换上了漂亮的裙子，有的还染了头发。男同学们也齐齐换了衣服、发型。

一夜之间，所有人仿佛都长大了。

沈澜是班长，一看到她进来，就有同学热情地招呼她。

"班长来了。"

"班长，就差你了。"

"澜澜，这里这里。"

沈澜见状，侧身对裴慎说："我到了，你回去吧。"

裴慎环顾四周，见同学、老师都在看他，心知目的达到了，就点点头，松开了牵着她的手。

这会儿终于有人注意到了两个人居然是牵着手进来的。看到他们如此亲密的动作，即刻就有同学起哄：

"哇——"

"天哪，班长居然谈恋爱了！"

"这人是谁啊？"

"我认识，我认识，是裴慎，就是那个三模文科全校第一名！"

就连几个老师都好奇地看过来。

沈澜大大方方地介绍："我男朋友，裴慎。"

裴慎嘴角微翘，心情很好地朝着沈澜的同学们笑了笑，这才去了隔壁厅自己班的谢师宴。

他一走，起哄的人就彻底按捺不住了，这个问"你们俩什么时候谈的"，那个号叫着"你怎么就谈恋爱了"。

沈澜只是笑着答了几句就坐下了。

眼看着她大大方方，同学们也就失了调侃起哄的劲儿，各自落座，吃喝聊天儿。

高考之后，骤然解放，所有人都像是从牢笼里出来了。

璀璨的灯光照在红丝绒桌布上，透明的玻璃转桌上是一盘盘精致的菜肴和啤酒、白酒。

有人试着尝了点儿酒，有人一瓶瓶灌。

聊天儿的，喝酒的，笑啊，闹啊……

沈澜晃了晃脑袋，尝了一点点啤酒，雪色的皮肤浮上红晕，粉白得如同芙蕖。酒意上涌，沈澜有些醉了，顺手给裴慎发了条消息，满足他的心愿，叫他来接。

又过了一会儿，估摸着裴慎要到了，谢师宴也将散场，沈澜起身告辞。

恰在此刻，眼见沈澜要走，隔壁桌有个男同学犹犹豫豫，最后被人起哄着过来找沈澜。

沈澜顿觉不好，正要找借口离开。

男同学已经借着酒劲儿告白了："班长，我喜欢你很久了。"

沈澜注视着他的眼睛，认认真真地拒绝："对不起，我已经有男朋友了。"

腼腆的男同学失望地垂下了头："我知道，可我就是不甘心。"

他嘟囔着："我不想留下遗憾。"

沈澜长得漂亮，学习成绩又好，还是班长，脾气温和，是学生时代最惹人注目的人。有人喜欢她，再正常不过了。

大抵是第一个人表白给了勇气，大家似乎放开了自己，各自找自己喜欢的人告白。接下来的十几分钟里，陆续有人来找沈澜表白。

沈澜认真地拒绝了每一个人，又祝贺他们前程似锦、万事顺遂。

等谢师宴散场，沈澜告辞离去，走出大厅的门，发现裴慎立在门口，也不知道等了多久。

眼见沈澜出来，裴慎牵着她的手往外走，脸色晦暗不明。

沈澜头皮发麻，偷偷瞄他，清清嗓子说道："你是不是生气了？"

裴慎心里又闷又恼，偏偏知道不是沈澜的错，只能淡淡地说道："还好。"

沈澜松了口气："我都拒绝了。"她越说越理直气壮，"你们班肯定也有喜欢你的女孩子。"

"我也拒绝了。"裴慎说道。

沈澜哦了一声，看了他两眼，慢吞吞地说道："这么说，已经有人对你告白过了！"

裴慎的心情忽然就变好了，他眼波粼粼，俯身含笑说道："我只喜欢你一个。"

沈澜轻哼一声，牵着裴慎的手慢慢走出了酒店。

夜色里，二人沿着人行道往外走，月光和路灯柔暖的灯光一起映出了地上的两个影子。

"你想好选什么专业了吗？"沈澜问。

"法学，适合从政。"裴慎说着，反问，"你呢，还没想好吗？"

"对呀，我觉得学计算机、学医都可以。"沈澜嘟囔着，牵着裴慎的手，见地上有影子，就跳了一步，想去踩他的影子。

裴慎眼里漾出笑意，故意避开，不肯叫她踩。

沈澜扯着他的胳膊："你别动呀！"

"我不！"裴慎偏要闪开。

可他躲开了，又凑上去哄她："好吧好吧，叫你踩一下。"

沈澜轻哼一声，往前走："我不玩啦！"

裴慎故意落后一截，又追上去，轻轻地踩了一下她的影子。

"你怎么那么烦人！"沈澜恼得追上去。

裴慎边躲边笑，怕她跌倒，又伸手护着她，任她踩自己的影子玩。

今晚的月亮很好看，明亮的、银色的月亮高高地悬挂在天上，和星子、夜风一样温柔。

高考完，接下来是出分、填报志愿。

待到金秋九月，裴慎和沈澜双双考入A大。裴慎学法律，沈澜选择了学计算机。

去报到的那一日天气极好，万里无云，晴空高爽。

沈松涛和赵青提着两个行李箱，一路送沈澜去报到。

沈澜刚到大学门口，就发现这地方无比热闹，迎新的、卖书的、发传单的、办卡的……挤挤挨挨的，全是人。

她微微偏头，余光看了看身后不远处的裴慎，见对方正低声跟他的父亲说话，于是清清嗓子："爸、妈，我们先去找寝室吧。"

她的话音刚落，即刻有两三个学长冲过来，争相给她提行李，还亲切地攀谈：

"学妹，我帮你！"

"学妹，你是哪个学院的啊？"

"学妹，加个好友吧，你以后有不懂的可以问我啊！"

沈澜正要拒绝。

不远处的裴慎见状，即刻沉了脸，快步上前接过沈澜手中的行李箱："给我吧！"

然后，他又对赵青和沈松涛笑道："叔叔、阿姨好！"

沈父沈母齐齐愣住，下意识地去看沈澜。

沈澜抿抿嘴，心知裴慎这是按捺不住了。他们虽然在同学、朋友面前承认了恋情，却还没到见父母这一步。可如今裴慎主动找上来了，沈澜也不好拒绝。她气恼地瞪了裴慎一眼，又去搂赵青的胳膊："爸、妈，这是裴慎，我高中同学。"

他刚才亲亲热热地接过了沈澜的行李箱。哪个高中同学能这么亲密啊？

赵青即刻猜到沈澜这是谈恋爱了。她仔仔细细地打量起裴慎，心道：这小伙子长相周正，个子也高，能和澜澜一起考上 A 大，智商也不错……

赵青并不反对沈澜谈恋爱，反正她也没耽误学习。沈松涛却不同，养在手心里的闺女刚上大学就谈恋爱了，他这个做父亲的心里又酸又堵，淡淡地说道："高中同学啊，你好。"

裴慎头一回面对未来岳父，竟有几分紧张，屏住呼吸，沉声说道："叔叔、阿姨好，我叫裴慎，不仅是沈澜的高中同学，还是她的男朋友。"

话一揭破，沈松涛更不高兴了，又不好对小年轻摆脸色，一口气憋在心里，只能安慰自己：没事没事，澜澜上大学了，交个男朋友不算什么。可转念一想，他又觉得不行，澜澜才十八岁，怎么就交男朋友了呢！

沈松涛郁闷至极，想要详细询问两个人是何时谈恋爱的。

裴俭快步从裴慎的身后走过来，笑道："我是裴慎的爸爸，你们好，你们好。"说着，与沈松涛、赵青一一握手。

沈松涛心里不高兴，板着脸不说话，气得赵青拍了拍他的胳膊，对裴俭解释道："老沈脾气臭，你别搭理他。"

沈松涛不满地哼了一声。

裴俭反倒笑起来："我要是有个漂亮、成绩好、乖巧懂事的闺女谈恋爱了，我心里也难受。"

这几句恭维话，即刻叫沈松涛和赵青神色稍缓。

裴俭又笑道："今天遇见也挺巧的，你们都没吃饭吧，要不去外头吃点儿？"

沈澜犹豫，反倒是沈松涛和赵青爽快地答应了。他们倒不是为一顿饭，只是想了解沈澜的这个男朋友的情况。

一行人就此去往餐厅。

待到宾主尽欢,散场已是两个小时之后了。裴俭还得赶回去工作,裴慎先送沈澜去了宿舍,然后又开车送沈父沈母去机场。

待到他回学校找沈澜时,已经快晚上八点了。

夜里的A大格外热闹,满操场都是夜跑的人,还夹杂着谈恋爱的小情侣,闲聊的夫妻、朋友……

沈澜百无聊赖地在操场上晃悠。

裴慎牵着她的手,借着玉白的月光问她:"毕业之后我正式去你家拜访伯父伯母,可好?"

沈澜微愣,嘟囔道:"你今天不是见过他们了吗?"

裴慎一听就知道她在装傻:"今日吃饭,你父母和我父亲都没提我们俩的事。"

双方父母明知二人是男女朋友,却表现得好似只是跟同学的家长吃了顿便饭,不就是因为他们的情侣关系还不稳定嘛。

裴慎绝不要不稳定的情侣关系,干脆利落地说道:"我们毕业之后就结婚。"

沈澜蹙眉:"太快了。"

四年之后就要结婚,那时她才二十二岁!

听到她拒绝,裴慎下意识地握紧她的手,沉声问道:"那你要何时才与我结婚?"

沈澜听出他声音发沉,分明是不高兴了。可沈澜从不害怕惹怒裴慎,知道裴慎脾性改了许多,舍不得折腾她,干脆就照着自己的心意来:"等我读完研,或者读完博,也可能是工作以后,咱们再结婚。"

裴慎被她气笑:"你怎么不等到七老八十了再嫁给我呢!"

沈澜轻哼一声,故意睁圆了眼睛,赞同道:"你要是想七老八十了再结婚,也可以呀。"

什么可以!

明知她戏弄自己,裴慎却依旧被她挑动了情绪,心中微恼,泄愤般地捏了捏她粉白的脸颊:"我们大学毕业后就结婚!"

"不行不行。"沈澜连连摇头,"最早也得等到我二十七岁再结婚。"

"二十二岁。"

"二十六岁。"

…………

两个人讨价还价一通儿,沈澜咬死二十五岁结婚的底线不肯退。

裴慎心中生恼,干脆一把将她扯进没人的看台底下。

沈澜惊诧不已："你干什么……嗯……"

她的惊呼声被吞没。

黑漆漆的夜色里，裴慎搂住沈澜的腰肢，将她贴近自己的胸膛。

他急切地低下头，去撕咬沈澜的唇，又急又凶，活像是野兽在啃噬猎物。

沈澜胸口剧烈起伏，几乎要喘不上气，只能睁着雾蒙蒙的眼睛，就那样看着裴慎。在密不透风的间隙里，她艰难地挤出一句不完整的话。

"……我答应……二十四……"

"不行……"

裴慎急促地喘息着，强忍着躁意与她厮磨，安抚地啄吻，凶蛮地撕咬……反复交替，折磨着沈澜。

沈澜开始低声啜泣起来，眼睛里浮起一层水雾。

她被折磨得没了办法。

待到两个人分开，沈澜急促地喘息着，发现自己已经答应了裴慎大学毕业之后就结婚的提议。

她又急又气，骂裴慎："你耍无赖！"

裴慎整个人燥得厉害，覆在沈澜的身上，将她笼罩住，竭力平复气息。

听到她骂自己，裴慎反倒笑起来："你自己答应的。"

他笑得肆无忌惮。

沈澜越想越气，甩手就要走人。

裴慎一把拽住她的手，握着她白净纤长的手指，沉声说道："你别生气。"

他本想哄哄沈澜，又实在拉不下脸皮说些轻浮浪荡的话，就凑到沈澜的耳边，低声辩解道："我想早日和我爱慕的姑娘成婚，何错之有？"

温热的气息洒在耳畔，沈澜只觉耳根烫了烫，轻哼一声，推了推裴慎的胸膛："我不和你计较！"说着，从裴慎的怀里钻出来，又轻轻地踢了踢他，"我要回宿舍了，你送我回去。"

裴慎哦了一声，嘴角微翘，牵着沈澜的手，一路将她送回宿舍。

银白的月光朗照着。

他们穿过熙熙攘攘的人潮，度过大学四年的光阴，见过父母，举办婚礼……

如同今晚一样，往后余生中的每一日，裴慎都紧握着沈澜的手。

年年岁岁，白首同心。